SAMUEL BJØRK

Dunkelschnee

W0215469

GOLDMANN

Samuel Bjørk

Dunkelschnee

Der erste Fall für Holger Munch
und Mia Krüger

Thriller

Aus dem Norwegischen
von Gabriele Haefs

GOLDMANN

Die norwegische Originalausgabe erschien 2021 unter dem Titel
»Ulven« bei Cappelen Damm AS, Oslo.

Sollte diese Publikation Links auf Webseiten Dritter enthalten,
so übernehmen wir für deren Inhalte keine Haftung,
da wir uns diese nicht zu eigen machen, sondern lediglich auf
deren Stand zum Zeitpunkt der Erstveröffentlichung verweisen.

MIX
Papier aus verantwortungsvollen Quellen
FSC® C014496

Penguin Random House Verlagsgruppe FSC® N001967

1. Auflage
Deutsche Erstveröffentlichung Juli 2022
Copyright © der Originalausgabe 2021 by Samuel Bjørk
Copyright © der deutschsprachigen Ausgabe 2022
by Wilhelm Goldmann Verlag, München,
in der Penguin Random House Verlagsgruppe GmbH,
Neumarkter Str. 28, 81673 München
Published by arrangement with Ahlander Agency
Umschlaggestaltung: UNO Werbeagentur, München
Umschlagmotive: FinePic®, München; David Paire/Arcangel
Redaktion: Julie Hübner
KS · Herstellung: ik
Satz: GGP Media GmbH, Pößneck
Druck und Bindung: GGP Media GmbH, Pößneck
Printed in Germany
ISBN: 978-3-442-49285-5

www.goldmann-verlag.de

Am 28. Mai 1993 wurden zwei elf Jahre alte Jungen auf einem Feld bei Fagerhult in Schweden ermordet aufgefunden, etwa zehn Kilometer entfernt von Uddevalla. Der Bauer, der die Toten entdeckt hatte, beschrieb seinen Fund später so: *Als ob jemand die Tür der Hölle geöffnet hätte.* Der eine Junge, Oliver Hellberg, war vollständig nackt und lag auf dem Rücken. Der andere, Sven-Olof Jönsson, trug eine Unterhose und wurde einige Meter weiter gefunden. Zwischen den Jungen lag ein Tier. Ein weißer Hase. Aufgrund der Brutalität dieses Falls wurde ein Team aus Ermittlern der Zentralen Kriminalpolizei in Stockholm zusammengestellt, das mit der örtlichen Polizei kooperieren sollte. Es stellte sich jedoch bald heraus, dass diese Zusammenarbeit nicht wie geplant funktionierte. In den folgenden Jahren wurde die Leitung dieser Gruppe nicht weniger als dreimal ausgetauscht, und am Ende musste die schwedische Justizministerin Eva Nordberg zurücktreten. Dem Ermittlungsteam wurde außerdem vorgeworfen, das Tagebuch des einen Jungen nicht vertraulich behandelt zu haben. Die Eltern, Patrick und Emilie Hellberg, zogen vor Gericht, um zu verhindern, dass die Boulevardpresse die persönlichen Gedanken des ermordeten Elfjährigen an die Öffentlichkeit zerrte. Sie gewannen die erste Runde vor dem Bezirksgericht Uddevalla, unterlagen aber bei der Berufungsverhandlung vor dem Bezirksgericht für Westschweden. Die Mutter, Emilie Hellberg, wurde einige Wochen später im Haus der Familie im Ekeskärsväg tot aufgefunden. Sie hatte sich das Leben genommen. An diesem oft als »Tag der Schande« bezeichneten 14. Oktober wurde das Tagebuch des Jungen in *Expressen* und *Aftonbladet* vollständig abgedruckt. Beide Zeitungen hatten zum ersten Mal die gleiche Schlagzeile, die letzte Seite im Tagebuch des Jungen. Auf dieser Seite standen nur wenige Wörter, geschrieben in Schreibschrift:

Morgen kommt der Mond. Ich habe Angst vor dem Wolf.

Der Fall ist bis heute nicht aufgeklärt.

• Teil 1 •

April 2001

• 1 •

Thomas Borchgrevink stand auf dem Parkplatz vor der ehemaligen Fredheim-Schule in Lørenskog und hoffte, dass bald ein wenig Wind aufkäme. Warum sie ausgerechnet diesen Treffpunkt gewählt hatte, wusste er nicht, aber er hatte eine Ahnung. Vielleicht wollte sie es so schwierig wie möglich für ihn machen? War das der Grund? Oder nicht? Der Sechsunddreißigjährige warf gerade einen Blick auf die Uhr, als ein Krähenschwarm von einem Baum in der Nähe aufflog. Über der öden Gegend war nur lautes Krächzen zu hören, denn hier draußen gab es nichts, nur Felder, eine Kiesgrube und dann diese alte weiße Schule, die er als Kind besucht hatte. In einem anderen Leben. Vor dem, was geschehen war. Er war lange nicht mehr in diesem Teil der Welt gewesen. Nicht, dass er überhaupt irgendwo gewesen wäre. Zwölf Jahre hinter Gittern. Er war einige Monate zuvor freigekommen und hatte sich noch immer nicht an dieses Gefühl gewöhnt. Tun zu können, was er wollte. Thomas Borchgrevink zog die Jacke fester um sich, setzte sich auf die Treppe des alten Schulhauses und hob das Gesicht in die bleiche Sonne, die hinter dem Wäldchen hervorlugte.

Viertel vor neun. Sie waren für zehn verabredet, aber er hatte nichts riskieren wollen. Ihr war alles zuzutrauen. *Da sieht man's mal wieder, wir hatten neun gesagt, aber er hat sich nicht blicken lassen. Meint ihr wirklich, dass er ein Recht darauf hat, seinen Sohn zu treffen? Bei ihrer letzten Begegnung war der Junge zwei Jahre alt, seid ihr euch darüber im Klaren?*

Plötzlich erklang ein leises Rascheln in den Baumwipfeln am Ende der Straße, und sofort wurde er etwas optimistischer. Vielleicht würde er doch noch kommen, der Wind? Idiotische Idee natürlich, Drachen steigen lassen zu wollen! Er hatte sich den Kopf zerbrochen, was sie hier draußen tun könnten. Hatte so lange im Spielwarenladen gestanden, dass die Verkäuferin am Ende gefragt hatte, ob alles in Ordnung sei. In Ordnung? Natürlich war nicht alles in Ordnung. Was bildete sie sich eigentlich ein? Nicht ihre Schuld, natürlich, und deshalb hatte er einfach das Erstbeste gekauft. Einen Drachen. Draußen. Bei der alten Schule. Zusammen Drachen steigen lassen. Wäre das nicht schön? Jetzt bereute er es natürlich, da sich der Wind in den Baumwipfeln wieder legte. Ein Schachbrett, daran hatte er eigentlich gedacht. Dem Jungen die Regeln beizubringen, vielleicht ein bisschen mit ihm zu spielen, aber diesen Plan hatte er aufgegeben, als gesagt worden war, dass das Treffen unter freiem Himmel stattfinden würde. In Begleitung. Dass sie ihn unter keinen Umständen mit dem Jungen allein lassen würde.

Damals, bei ihrem Besuch, hatte alles ganz anders geklungen. Siv Johnsen. Er hatte sich nicht einmal erinnern können, wer sie war. *Borchgrevink, Besuch für dich.* Der Erste seit drei Jahren. *Ein Mädel. Sie sitzt in Nummer zwei.*

Besuch?

Ein Mädel?

Mama?

Nein.

Natürlich nicht.

Wie zu einem großen Anlass fein gemacht, mit Blumen im Haar, roten Wangen über einem kurzen Sommerkleid. Siv Johnsen. Sie war auf der weiterführenden Schule in seiner Klasse gewesen. In den wenigen Monaten, die er dort gewesen war, bis er den Stimmen in seinem Kopf nachgegeben hatte.

Und das musste man ihr lassen, fast drei Jahre lang war sie zu ihm gekommen, alle vierzehn Tage. Am Ende hatte er sie fast gerngehabt. Sie schickte Bilder aus der Geburtsklinik. Vom ersten Geburtstag des Jungen. *Martin sehnt sich nach seinem Papa.*

Aber dann, nein.

Nichts mehr.

Ein anderer Mann, das hatte er irgendwann begriffen.

Es konnte ihm ja auch egal sein.

Was sie betraf.

Aber das Kind?

Der feinste Junge auf der Welt.

Sein Sohn.

Martin.

Nein, verdammte Pest!

Thomas Borchgrevink sprang von der Treppe und lief auf dem Platz hin und her, um dieses Gefühl abzuschütteln.

Ruhig.

Nicht wütend werden.

Obwohl sie eines Tages plötzlich nicht mehr gekommen war, stattdessen mehrere Briefe, mit der Maschine geschriebene Blätter von gesichtslosen Sachbearbeitern, die ihm erzählen wollten, dass er den Kleinen nicht mehr sehen dürfe.

Er kickte einen Stein über den Platz und schaute wieder auf die Uhr.

Viertel nach neun.

Kein Mensch zu sehen.

Und warum auch? Hier draußen gab es doch nichts. So weit draußen wie hier, von Finstad den Losbyvei hoch, wohnte doch so gut wie kein Mensch. Das Schießgelände lag gleich hinter der Kurve, die Kiesgrube hinter dem Waldrand dort oben. Er kannte jeden Stein hier draußen, hatte diese Schule geliebt, war jeden Morgen früh gekommen, seinem Zuhause entronnen, dem düsteren Haus, den kalten Menschen, die sich eigentlich um ihn kümmern sollten, dem Ticken des Weckers auf dem Nachttisch, den Armen von Micky Maus, die zeigten, dass er jetzt aufstehen musste, wenn er rechtzeitig losgehen wollte, leise auf Socken durch das Haus, um niemanden zu wecken, die Butterbrotdose, die er mit dem füllte, was er gerade finden konnte.

Er war nicht gerade eine Leuchte in der Schule, aber es reichte, er war auch keiner von den Schlechtesten.

Aber diese Wärme.

Von jemandem, der sich kümmerte.

Viertel vor zehn, und nun kam ein Auto, ein kleiner rostiger Toyota Corolla, am Steuer eine rothaarige Frau mit runden Brillengläsern. Sie reichte ihm nervös die Hand.

»Astrid Lom, Jugendamt.«

»Thomas.«

Leichtes Räuspern über einem Ordner, der sicher dieselben Informationen enthielt, die ihm zugesandt worden waren.

Verurteilt wegen Mordes.

18 Jahre.

Gute Führung.

Vorzeitige Entlassung.

Mutter einverstanden mit diesem Treffen.

Unter Aufsicht.

Fünf vor, und nun kam endlich das richtige Auto.

Weiß.

Teuer.

Natürlich.

Sie hatte etwas Besseres gefunden, aber das spielte keine Rolle, jetzt nicht.

Thomas Borchgrevink merkte, dass ihm am ganzen Leib heiß wurde, als er mit feuchten Händen über den Schulhof auf den Wagen zuging.

»Nein, nein, warten Sie.«

Eine Hand hielt ihn zurück.

»Ja, natürlich, sorry.«

So, wie es für den Jungen am besten ist.

Martin.

Da war er.

Thomas lächelte strahlend, als er sah, wie sich die Autotüren öffneten.

Dunkle Haare.

Brauner Pullover.

Leicht verwirrter Blick, als der Junge vor dem Auto stehen blieb, ohne Hinweise darauf, dass die auf der Vorderbank helfen würden.

Verdammte Idioten.

Seht ihr nicht, dass er …?

Die Sachbearbeiterin kannte sich zum Glück mit Kindern etwas besser aus, sie machte rasche Schritte über den Platz, legte einen Arm um dünne Schultern, und dann stand er plötzlich da. Thomas Borchgrevink musste sich gewaltig zusammenreißen, um nicht in Tränen auszubrechen.

»Hallo, Martin.«

»Hallo …«

Schöne blaue Augen, die eigentlich nicht ihn ansehen wollten. Sondern die Schule.

»Wie geht es dir?«

»Was?«

Ein Blick jetzt, ein wenig neugierig.

»Coolen Pullover hast du da.«

»Äh … danke.«

Der Junge schaute zu der Sachbearbeiterin auf, wie um zu fragen, wer sie war und was sie hier wollte.

»Ist das ein Roboter?«

»Was? Nein. Das ist ein Bionicle.«

Thomas trat vorsichtig einen Schritt näher.

»Bionicle also. Der ist cool.«

Der Junge lächelte zaghaft.

»Er heißt nicht Bionicle, er ist ein Bionicle.«

»Ach so, sorry. Wie heißt er denn?«

»Der hier?«

»Ja?«

Die Rothaarige war ein Stück zurückgetreten.

»Der heißt Makuta.«

»Cool. Ist das dein Liebling?«

Der Junge sah ihn abermals vorsichtig an.

»Äh … nein. Mir gefällt Ehlek am besten, aber mit dem gab es keinen Pullover.«

»Wie blöd.«

»Ja. Aber ich hab die Figur.«

Er warf einen kurzen Blick hinüber zu dem weißen Wagen.

»Wirklich blöd, dass ich nicht gewusst habe, dass du Bionicles magst, dann hätte ich welche mitgebracht.«

»Macht doch nichts.«

Der Junge blies sich den Pony aus der Stirn und schaute neugierig zu der Tüte auf der Treppe hinüber.

»Was ist denn in der Tüte?«

»Nichts Spannendes, leider. Ich hatte auf Wind gehofft.«

»Wind? Wieso denn?«

»Dann hätten wir den steigen lassen können. Einen Drachen. Aber ich weiß nicht, vielleicht findest du das langweilig?«

»Gar nicht«, sagte der Junge und lächelte ein wenig. »Wir können gern Drachen steigen lassen.«

Wieder raschelte es in den Bäumen, also hatte doch jemand von dort oben ein Auge auf ihn gehabt.

»Ja?«, fragte Thomas lächelnd. »Wollen wir mal sehen, ob wir ihn in die Luft kriegen?«

»Okay«, sagte der Junge.

»Vielleicht sollten wir auf das Feld gehen? Ich glaube, da ist mehr Wind.«

Er zog den Drachen aus der Tüte und schaute die Sachbearbeiterin an.

»Ist es in Ordnung, wenn wir …?«

Sie nickte.

»Warum hast du die Frau gefragt?«, wollte der Junge wissen, als sie das alte Schulgebäude hinter sich gelassen hatten und der Drachen zwischen ihnen auf dem Boden lag.

April in Norwegen.

Der Geruch von frisch umgegrabener Erde.

Bald würde das Getreide ausgesät werden, würde den Sommer nutzen, um gelb zu werden.

Er hatte inzwischen ein Problem.

Damit, seine Gefühle zurückzuhalten.

»Die ist zum Aufpassen hier.«

»Auf wen denn?«

»Auf dich. Machst du den ersten Versuch? Du läufst, und ich halte?«

»Okay.«

Wieder lächelte der Junge und hob den Drachen vom Boden hoch.

Und jetzt spielte es keine Rolle mehr.

Die beiden Gesichter im Auto.

Die Sachbearbeiterin hinter ihren vielen Papieren.

Diese vielen Jahre.

Verschwunden.

Nur der Junge, der über das Feld lief und strahlte, als der Drachen endlich den Boden verließ und schließlich oben zwischen den Wolken prangte.

»Sieh mal! Wow!«

Zwanzig kurze, schöne Sekunden, ehe die Schnur nachgab und der Drachen am Ende des Feldes auf den Boden knallte.

Und dann:

Das, was Thomas Borchgrevink niemals vergessen würde.

Der Junge, der zurückkam, jetzt mit einem ganz anderen Blick.

»Was ist los, Martin?«

»Da liegen Leute.«

»Wie meinst du das?«

Die kleine Hand, die beschämt versuchte, die feuchte Stelle vorn auf der Hose zu verstecken.

»Die bewegen sich nicht.«

• 2 •

Holger Munch saß in seinem schwarzen Audi und hörte Bachs Cellosuite Nr. 1 in G-Dur, und er spürte sein schlechtes Gewissen, weil er seine Familie schon wieder während des Sonntagsfrühstücks sitzen gelassen hatte. Nicht, dass sie sich beklagt hätten. Das taten sie nie. Egal, wann diese Anrufe kamen. Spätnachts. Mitten in den Sommerferien. An Heiligabend, wenn gerade die Schweinerippchen aufgetischt worden waren. Sie hatten volles Verständnis, egal, wie. Der zweiundvierzig Jahre alte Holger Munch war kräftig gebaut und arbeitete seit fast zwanzig Jahren als Mordermittler. Und sie war immer da gewesen. Marianne. Seine Liebste aus der Oberstufe. Liebe auf den ersten Blick, geheiratet, sowie sie beide ihr Examen hatten. Endlich, neun Jahre später, war ihre Tochter geboren worden, Miriam, die jetzt vierzehn war und gar nicht so schrecklich, wie es oft von Mädchen in diesem Alter behauptet wurde. Er hatte die Familie immer auf seiner Seite, egal, wie viel er versäumte. Sie hatten im vergangenen Herbst sogar seine Beförderung gefeiert, obwohl alle gewusst hatten, dass er von nun an nur noch mehr zu tun haben würde. Eine neue Ermittlungseinheit. In eigenen Räumlichkeiten. Weit entfernt vom Polizeigebäude in Grønland. Holger Munch war nicht nur zum Leiter dieser historischen Innovation ernannt worden, sie hatten ihm noch dazu vollkommen freie Hand gelassen. Er konnte sich seine Leute selbst aussuchen. Zum ersten Mal, seit er sich erinnern konnte, hatte er einen fantastischen Winter gehabt. Normalerweise verschwand er zu der Zeit hinter seinem rötlichen und gefrorenen Bart in einer tiefen

Finsternis und verfluchte alles und alle, vor allem diese Idioten, die Ski liefen und Schnee liebten, aber in diesem Jahr hatte er anderes im Kopf gehabt. Wie ein Senkrechtstarter, fast wie ein Gründer, hatte er sich gefühlt. Aber es hatte etwas in ihren Augen gelegen, oder vielleicht auch nicht?

Holger Munch schüttelte diese Gedanken ab, und als er dem Beamten, der ihn beim Absperrband angehalten hatte, seinen Dienstausweis zeigte, konnte er es dem jungen Uniformierten schon ansehen.

Das hier war etwas ganz anderes.

Und dann nahm er noch so einen nervösen Blick wahr, versteckt hinter einer feschen uniformierten Fassade, eine Minute später, als er seinen Wagen hinter dem weißen Schulhaus abgestellt hatte.

»Nilsen, Einsatzleiter.«

Munch nickte zur Begrüßung und zog eine Zigarettenpackung aus der Tasche seines beigen Dufflecoats.

»Schon jemand von meinem Team da?«

»Äh, ja … die Blonde. Die Juristin?«

»Goli.«

»Und der mit dem Anzug … Fredrik?«

»Riis«, sagte Munch und gab sich Feuer.

»Die Technik war zuerst vor Ort und ist schon eine Weile am Werk«, sagte der muskulöse Polizist und zeigte zum Feld hinüber.

»Und die Rechtsmedizin?«

»Auch gekommen. Vor kurzer Zeit.«

Der Polizist zog einen Handschuh aus und tippte mit dem Finger auf eine Landkarte.

»Wir haben hier und hier die Straße gesperrt. Den Losbyvei. Es leben nicht viele Leute hier draußen, es gibt nur ein paar Höfe. Wir müssen den Zugang offen halten, also haben wir das Band hier an diesem Weg entlanggezogen. Vålervei. Ist das für Sie in Ordnung?«

»Was ist mit den Feldrändern?«, fragte Munch.

»Da haben wir Leute«, sagte Nilsen und nickte. »Die Stellen müssten jetzt abgedeckt sein.«

»Was haben wir hier sonst noch?«

Munch sah neugierig auf die Karte und drehte sich dann zum Wald um.

»Einen kleinen Albtraum«, murmelte Nilsen. »Die Jungen liegen da draußen, also auf der Karte genau *hier*. Wie Sie sehen, sind hier überall Felder, und dahinter der Wald. Wir nehmen an, dass der Täter vielleicht von *hier* gekommen ist und sich auf demselben Weg wieder entfernt hat. Freie Bahn, wenn Sie mich fragen. Ich glaube, wir können von Glück sagen, wenn irgendwer etwas gesehen hat.«

»Was ist das hier?«, fragte Munch und zeigte auf die Karte.

»Ein Schießgelände.«

»Haben wir das abgesperrt?«

»Äh, nein, noch nicht ... das liegt doch ...«

»Machen Sie es dicht«, sagte Munch resigniert. »Und schicken Sie ein paar Leute hin. Und was ist das hier?«

»Eine riesige Kiesgrube«, sagte Nilsen und zeigte hinter der Schule nach Osten. »Sollen wir ...?«

»Wenn das noch nicht geschehen ist, ja. Und ...?« Er sah den Kollegen an, der ihm die Antwort schuldig blieb.

»Also auch dahin ein Team?«, fragte er endlich.

»Ja«, Munch nickte und ging über den Platz zu Anette Goli, die soeben das weiße Schulhaus verlassen hatte.

Angestellte Nummer eins.

Er hatte nicht eine Sekunde gezögert.

»Warst du schon da draußen?«, fragte die erfahrene Polizeijuristin und fuhr sich mit der Hand durch die blonden Haare.

»Noch nicht. Wie sieht es aus?«

»Schlimm. Ich habe eben mit Wik da oben telefoniert, er fragt, ob er sie zudecken soll oder ob du sie so sehen willst, wie sie da liegen.«

»Lasst sie so liegen«, sagte Munch und zündete sich mit der ersten eine neue Zigarette an.

»Was für ein verdammter Zirkus von Leuten«, seufzte Goli und nickte zum weißen Gebäude hinüber. »Ich versuche gerade, die Beziehungen zu entwirren.«

»Was meinst du?«

»Es geht um Besuchsrecht, wenn ich das richtig verstanden habe. Ein Mann war hier draußen, um seinen Sohn zu treffen. Die Mutter ist anwesend, mit neuem Partner, und wir haben einen Anstandswauwau von, ja, kann das vom Jugendamt sein? Ich bin nicht sicher. Ich musste sie jedenfalls trennen. Der Vater ist dort drinnen, die anderen sind in verschiedenen Zimmern. Willst du mit ihnen reden?«

»Jetzt nicht, aber sorg dafür, dass wir alle Details haben.«

»Okay. Das macht Katja.«

»Ist sie da?«, fragte Munch überrascht und lächelte ein wenig hinter seinem Bart. »Hat sie gedacht …«

»Bei der Kripo war es wohl doch nicht so toll«, sagte Goli und zwinkerte. »Hab sie auf dem Weg hierher aufgelesen. Okay für dich, oder?«

»Natürlich«, sagte Munch und lächelte wieder.

Angestellte Nummer 2.

Katja van den Burg.

Die Entscheidung war ebenso leicht und offenkundig gewesen wie die erste.

»Also, willst du hin?«

»Ja, wo liegen sie?«

»Da lang«, sagte Goli und wies ihm die Richtung. »Aber ich würde eine andere Fußbekleidung empfehlen, es ist ziemlich nass.«

»Alles klar.«

Munch ließ die Zigarette in den Kies fallen und ging zum Auto, um seine Gummistiefel zu holen.

• 3 •

Die einundzwanzig Jahre alte Mia Krüger saß ganz hinten in dem kleinen Hörsaal im Keller der Polizeihochschule und konnte die Augen kaum offen halten. Sie war die ganze Nacht unterwegs gewesen. Schon wieder. Hatte den Kopf erst aufs Kissen gelegt, als die Uhr … war das sechs?, gezeigt hatte. Sie unterdrückte ein Gähnen, als der Dozent mit dem Bürstenhaarschnitt und den blank geputzten Stiefeln ein neues Dia in den Projektor schob. Verdammt, warum hatte sie nicht früher aufgehört? Sie hatte sich doch auf das hier gefreut? Die Informationsveranstaltung über das schnelle Eingreifteam Delta. Deshalb hatte sie doch mit all dem hier angefangen. Trotz aller Warnungen zu Hause, der Traurigkeit im Blick der Mutter, als sie erzählt hatte, dass dieses Literaturstudium an der Universität nicht das Richtige für sie sei und dass sie schon damit aufgehört habe. Dass sie ein bisschen verreisen wolle und dann zum Herbst hin anfangen.

Bei der Polizei, Mia? Nein, aber ...

Das konnte ihr ja egal sein.

Die erste Frau beim schnellen Eingreifteam. Sie hatte in einer Zeitschrift einen Artikel darüber gelesen, wie knallhart die Anforderungen waren, dass bisher keine Frau die Aufnahmeprüfung geschafft hatte, und schon hatte sie sich entschieden. Genau. So und nicht anders. *Delta.* Dahin wollte sie.

Also, fuck you allesamt.

Mia Krüger unterdrückte ein weiteres Gähnen, als da unten auf der Leinwand die Liste auftauchte. Die vorläufige, natürlich. Sie enthielt nur die Minimalanforderungen. Danach warteten höllische Wochen mit physischen und psychischen Tests, und dabei hatten die wenigen Frauen versagt, die es bisher versucht hatten. Aber sie nicht. Natürlich nicht. Nummer eins würde sie sein. Und das würde es ihnen ein für alle Mal zeigen, diesen saublöden Chauvis. Die ihr jetzt höhnische Blicke zuwarfen und sich fragten, was zum Teufel sie hier eigentlich wollte. Die einzige Frau im Saal.

Ein Grinsen da unten in der ersten Reihe, ein blonder Trottel, der sich für die Gabe Gottes an die Menschheit hielt. Er hatte es nach nur wenigen Wochen im ersten Jahr im Trainingsraum bei ihr versucht, und ihr wurde schlecht bei der Erinnerung. Er hatte Aufreißersprüche aus irgendeinem Handbuch für Verlierer von sich gegeben, während er vor dem Spiegel seine Muskeln spielen ließ, mit einem neandertalischen Glauben daran, dass das helfen würde.

Was hast du für schöne Augen ...

Blau wie das wunderbarste Meer ...

Ach was!?

Sind wir ein Dichter?

Deine Augen sitzen zu dicht beieinander. Und du weißt doch, dass da oben eigentlich eine Stirn sein müsste, zwischen Augen und Haaransatz?

Und deine Haare, so exotisch und dunkel ... sie wogen so schön über deine Schultern ... Was bist du denn für eine? Hast du nicht gern ein bisschen Spaß?

Wow.

Echt jetzt?

Fucking Loser.

Sie hatte sie in ihrem Zimmer in Torshov abgeschnitten, am selben Abend. Die Haare. Hatte wütend mit einem Messer vor dem Spiegel gestanden, hatte die Locken ins Waschbecken fallen sehen und diese Aktion seither immer wiederholt, wenn die Haare zu lang wurden.

Sie konzentrierte sich auf die Liste da vorne, mit all den Anforderungen, die sie aus dem Ärmel schütteln konnte, und sie bereute, sich keinen Kaffee mitgebracht zu haben. Selbst, wenn der aus einem Automaten kam und wie Plörre schmeckte. Egal was eigentlich, wenn es sie nur von der Angst befreite, jeden Moment in Ohnmacht zu fallen.

Sie riss sich zusammen, als die Blicke sich endlich auf die Leinwand dort unten richteten.

3000 Meter in weniger als 12.30.

Check.

Zu Hause in Åsgårdstrand war sie schon mit fünfzehn 11.15 gelaufen, und der Widerling von Trainer, der gern kommentierte, wie die Mädchen in den engen Trainingshosen aussahen, hatte sich am Kopf gekratzt, auf die Stoppuhr geschaut, sie noch einmal laufen lassen, denn »hier darf es keinen Fehler geben«.

Ach was?

Fuck you.

50 Sit-ups.

Echt?

Check.

50 Liegestütze.

Dafür hatte sie etwas gebraucht, aber nicht wirklich lange. Sie hatte an der Decke ihrer kleinen Mietswohnung, die sie mit zwei anderen Frauen aus ihrem Jahrgang teilte, eine Stange angebracht. Die beiden anderen interessierten sich vor allem für ihr Aussehen und dafür, wer nach dem Bierabend, den die Studentenvereinigung jeden Freitag arrangierte, was mit wem gemacht hatte. Jeden Morgen, ehe die anderen aufwachten, zog sie sich zu den Wolken hinauf, bis die Arme sie nicht mehr tragen wollten.

10 Klimmzüge.

Zwei Fliegen mit einer Klappe.

Check.

400 Meter Schwimmen.

Echt?

Check.

Bis vier Meter tief tauchen.

Darüber hatte Mia herzlich gelächelt.

Sie dachte an die Küste von Mexiko, einige Jahre zuvor, es war der Sommer nach dem Schulabschluss, und sie hatte alles so sattgehabt. Das weiße Boot dümpelte unter den leichten Wolken. Da waren diese wunderbaren Menschen, die Taucher, und ja, natürlich, ein Franzose mit blauen Augen und braunen, sehnigen Muskeln.

You will feel so free down there, Mia.

Tauchen.

Ob mit oder ohne Sauerstoffflasche.

Die Dunkelheit dort unten, so still, so unvorstellbar schön.

Die erschrockenen Gesichter oben im Boot, als sie endlich wieder an die Oberfläche gekommen war.

Oh, my god.

You are crazy!

Der Franzose war bald darauf verschwunden, aber das spielte keine Rolle, sie hatte ihre große Liebe bereits gefunden.

Die Dunkelheit.

Allein.

Dort unten in der Tiefe.

Vier Meter tief?

Null Problem.

Geradezu lächerlich.

Check.

Er hatte sie jetzt entdeckt. Der Deltamann mit den blanken Stiefeln, sie konnte es ihm ansehen.

Was machst du eigentlich hier?

Mia war immer schon so gewesen. Sie konnte fast spüren, was andere Menschen empfanden.

Du siehst Dinge, die andere nicht sehen, oder? Stimmt das nicht, Herzchen?

Die Großmutter, die nicht ihre richtige Großmutter war und ihr doch so ähnlich. Anders als alle anderen. Ab und zu fast verrückt. Mit achtzig saß sie noch immer bis tief in die Nacht hinein im Garten, rauchte Pfeife, trank Whisky, heulte den Mond an und interessierte sich kein bisschen dafür, was andere über sie dachten.

Ein Handy plingte, sie reagierte sofort, zog mit raschem Griff ihres aus der Tasche.

Sigrid?

Nein.

Sie hatte seit vielen Monaten nichts von ihrer Zwillingsschwester gehört.

Deshalb war sie nachts unterwegs, wanderte durch die dunklen Straßen, mit Zetteln in der Tasche, die sie ausgedruckt hatte.

Haben Sie diese Frau gesehen?

Sigrid Krüger?

Bitte, rufen Sie mich an, wenn Sie etwas wissen.

Sigrid und Mia.

Schneewittchen und Dornröschen.

Die Zwillinge.

Die eine blond, die andere dunkel.

Geboren von einer Sechzehnjährigen, die sie nicht behalten konnte, nicht behalten wollte. Adoptiert von Eva und Kyrre Krüger aus Åsgårdstrand, sie Lehrerin, er Geschäftsführer eines Farbhandels in Horten. Mia legte instinktiv die Finger auf das Armband, das sie um das linke Handgelenk trug. Ein Konfirmationsgeschenk. Ein Anker, ein Herz und ein Buchstabe. S auf Sigrids, M auf ihrem. Und dann: eine Nacht unter der Bettdecke oben auf dem Dachboden.

Willst du meins, und ich krieg deins?

Sie hatte das Armband seither nie wieder abgelegt.

Verdammt, Sigrid!

Wo steckst du?

Mia schob die kalte Kralle von ihrer Brust, unterdrückte abermals ein Gähnen und ließ gerade das Handy zurück in ihre Tasche fallen, als plötzlich die Tür geöffnet wurde und die Frau aus dem Sekretariat in den Hörsaal schaute.

»Entschuldigt die Störung, aber ist Mia Krüger hier?«

Leises Gemurmel regte sich jetzt im Hörsaal.

Aller Augen waren plötzlich auf sie gerichtet.

»Äh, ja, hier?«

»Der Rektor möchte mit dir sprechen.«

»Okay …«

Die Frau aus dem Sekretariat blieb stehen.

»Jetzt?«

»Ja, jetzt.«

Wieder war ein leicht höhnisches Gelächter aus der ersten Reihe zu hören, als Mia ihre Sachen zusammenpackte und so schnell sie konnte die Treppe hinunterging.

»Was ist los?«, fragte sie, als die Tür geschlossen war und die beiden Frauen allein draußen auf dem Gang standen.

»Ich weiß es nicht«, sagte die Grauhaarige. »Aber es scheint wichtig zu sein. Du kennst den Weg?«

»Sicher«, Mia nickte und hängte sich die Tasche über die Schulter.

Mit dem Fahrstuhl nach oben, dann über den asphaltierten Innenhof zum Hauptgebäude gegenüber.

Was war denn jetzt schon wieder los?

Sie ging nicht zum ersten Mal dorthin, hatte schon einmal vor dem großen Schreibtisch stehen müssen wie ein kleines Schulmädchen, vor diesem erwachsenen Blick, den sie nicht ganz ernst nehmen konnte.

Disziplin, Mia. Mehrere Lehrer haben sich beklagt …

Ja, von mir aus.

Es ist nicht meine Schuld, dass die Leute hier glauben, wir lebten in den Fünfzigerjahren.

Schläfst du in der Schule, Mia? Herr Wendelbaum hat gesagt, dass er dich schon wieder zusammengekrümmt auf dem Boden im Klassenzimmer gefunden hat?

Whatever.

Sie war oben im Frognerpark gewesen, hatte Sigrid gesucht. Hinter dem Monolith, wo sich die Junkies trafen, nur wenige Hundert Meter von der Schule entfernt. Sie hatte den langen Heimweg nicht auf sich nehmen wollen.

Doch dieses Mal sah sie ein ganz anderes Gesicht, nachdem sie an die Tür geklopft und die dunkle Stimme gehört hatte.

»Hallo, Mia. Komm rein, komm rein.«

Sie blieb in der Tür stehen, wusste nicht so recht, was das hier bedeutete. Der Rektor, Magnar Yttre, war aufgestanden und lächelte sie mit offenen Armen an.

»Möchtest du etwas trinken? Eine Tasse Kaffee vielleicht?«

• 4 •

Munch saß am Fenster des kleinen Cafés an der Ecke Bernt Ankers gate und Mariboes gate, nur einige Hundert Meter von dem neuen Büro entfernt, und hatte beide Handys lautlos gestellt. Als Ermittler war er von der alten Schule und hatte sich noch immer nicht an das pausenlose Piepsen in der Jackentasche gewöhnt. Er hatte am liebsten seine Ruhe, um nachdenken zu können, aber das war jetzt natürlich nicht möglich. In den letzten vierundzwanzig Stunden hatte ständig eines der Geräte geklingelt. Den Anruf des alten Kollegen, der jetzt Rektor der Polizeihochschule war, hatte er eigentlich nur angenommen, um zu sagen, dass er keine Zeit zum Reden habe, aber Yttre war richtig euphorisch gewesen, hatte ihn fast nicht zu Wort kommen lassen. *Ich glaube, ich habe eine für dich gefunden, Munch.* Es war ein extrem unpassender Zeitpunkt, aber er hatte sich überreden lassen.

Er hatte Yttre schon häufiger von diesem Test erzählen hören. Entwickelt von Forschern am UCLA. Dort wurden alle Studierenden im zweiten Jahr getestet, ihnen wurde gesagt, es sei eine Art Spiel, damit sie sich nicht unter Druck gesetzt fühlten. Fotografien von einem Tatort. *Was siehst du?* Und diese junge Frau hatte offenbar einen Rekord aufgestellt.

Sie ist ein bisschen eigen, Munch. Aber gib ihr eine Chance, okay?

Er war gerade mit einem Kaffee und einem Brötchen zum Tisch zurückgekehrt, als die Tür geöffnet wurde, und da stand sie.

Einundzwanzig Jahre.

Sie war jung, aber Munch wusste aus Erfahrung, dass das nicht unbedingt etwas bedeuten musste. Mehrere Kollegen in seinem Team, sogar einige der Fähigsten, waren unter dreißig. Nicht, dass er vorgehabt hätte, noch weitere anzuheuern, er hatte die Leute, die er brauchte. Aber der sonst so bedächtige Yttre, so aufgekratzt? *So etwas haben wir noch nie gesehen, Munch. Nicht einmal annäherungsweise. Diese Frau ist einfach eine Klasse für sich.*

Natürlich hatte das seine Neugier geweckt.

»Sind Sie Munch?«

Sie trug einen schwarzen Rollkragenpullover, schwarze enge Jeans, schwarze Converse-Schuhe, und sie hatte eine schwarze Umhängetasche, aber das Erste, was er registrierte, waren ihre Augen.

Funkelndes Blau, ganz seltsam klar.

Hellbraune Haut, fast wie eine Indianerin, halblange

kohlschwarze Haare, nicht überall gleich lang. Es sah fast so aus, als sei da jemand mit einer stumpfen Schere am Werk gewesen, aber das schien sie nicht weiter zu stören. Die junge Polizeischülerin stand mit hocherhobenem Kopf vor ihm, als sei diese Begegnung das Natürlichste auf der Welt, und streckte ihm die Hand hin.

»Mia Krüger.«

»Hallo, Mia. Willkommen.«

»Danke«, sagte die blauäugige Indianerin und setzte sich, ohne die Tasche von ihrer Schulter zu nehmen.

»Möchten Sie etwas essen? Trinken?«

Sie warf einen raschen Blick auf die Speisekarte hinter dem Tresen.

»Nein, danke.«

»Trinken Sie keinen Kaffee?«

»Doch, aber nicht hier.«

»Ach was«, sagte Munch. »Sind Sie eine *Connaisseurin*, eine Kaffeespezialistin vielleicht?«

Er hatte das ironisch gemeint. In Oslo waren in letzter Zeit solche Kaffeebars wie die Pilze aus dem Boden geschossen, die eine moderner als die andere, junge überspannte Hipster, die ihr Handwerk wie eine Art Religion betrieben. Aber seine Frage schien ihr nichts auszumachen.

»Wollten Sie mir das hier zeigen?«, fragte die junge Frau und schaute auf die beiden hellbraunen Ordner, die unter seinen Handys lagen.

»Ja. Hat Yttre etwas dazu gesagt?«

Sie schüttelte den Kopf.

»Schön«, sagte Munch. »Ich würde Ihnen nur gern ein paar Fotos vorlegen, und dann sagen Sie mir, woran Sie dabei denken, okay?«

»Okay.«

»In diesem«, sagte Munch und zog den einen Ordner hervor, »liegen Bilder von einem Tatort, an dem wir gestern Morgen waren. Und in diesem ...«, er legte den anderen Ordner neben den ersten, »... sind Fotografien von einem schwedischen Tatort. Vor acht Jahren. Schauen Sie bitte beide an und sagen Sie mir, was Sie sehen.«

»Ob es derselbe Täter ist?«

»Das habe ich nicht gesagt.«

»Aber das haben Sie gemeint?«

Sie runzelte ein wenig die Stirn und sah ihn mit ihren leuchtendblauen Augen fragend an. Munch konnte sich ein Lächeln nicht verkneifen. Yttre hatte recht gehabt, diese Frau war wirklich etwas Besonderes. Immerhin war er Holger Munch höchstpersönlich, Leiter des Dezernats für Gewaltverbrechen in der Mariboes gate 13. Er war daran gewöhnt, dass andere ihm einen fast übertriebenen Respekt entgegenbrachten, aber dieser jungen Polizeischülerin vor ihm schien das alles sonst wo vorbeizugehen.

»Ja, das habe ich gemeint.«

»Warum haben Sie das dann nicht gesagt?«

»Weil es dann vielleicht eine Sperre in Ihrem Kopf aufbaut. Und Sie sollen so offen sein wie möglich. Vielleicht sehen Sie etwas anderes, etwas, das mir nicht aufgefallen ist.«

»Okay, verstehe«, sagte Mia Krüger und drehte die Ordner zu sich.

Sie öffnete sie nicht, blieb nur abwartend sitzen.

»Kann ich dabei meine Ruhe haben?«, fragte sie und schaute nach einer Weile zu ihm auf, weil er noch immer nicht begriffen hatte.

»Natürlich. Wie lange brauchen Sie?«

»Ich weiß nicht. Zwanzig Minuten?«

»Kein Problem. Ich bin gleich draußen, wenn etwas sein sollte.«

Munch erhob sich, nahm sein Brötchen mit und suchte sich eine Bank auf der anderen Straßenseite.

Neun entgangene Anrufe, die meisten von Anette Goli.

»Hallo, hier Holger. Was ist los?«

Die Polizeijuristin seufzte leise am anderen Ende der Leitung.

»Ja, was glaubst du denn. Dreyer will ein Briefing, das Ministerium setzt ihr wohl zu, sie meint, wir sollten eine Pressekonferenz abhalten …«

»Wir warten, habe ich gesagt.«

»Das habe ich auch gesagt, aber das scheint ihr nicht zu reichen.«

»Zu reichen?«, wiederholte Munch gereizt.

»Motz mich nicht an, du weißt, wie das ist.«

Hanne-Louise Dreyer. Frisch beförderte Polizeichefin unten in Grønland. Der Widerstand im Haus war groß gewesen, als bekannt gegeben worden war, dass das Ministerium eine eigene Einheit für Gewaltverbrechen für die Hauptstadt durchgedrückt hatte. Die Polizeiführung hatte mit dem Säbel gerasselt, hatte es als Misstrauensvotum ihrer eigenen Arbeit gegenüber aufgefasst, und Munch hatte gehofft, dass sich unter der neuen Polizeichefin vielleicht etwas ändern würde, aber so war es nicht gekommen. Das schien sein Schicksal zu sein. Er hielt jetzt alle Karten in der Hand, sie konnten nichts dagegen tun, und natürlich ärgerten sie sich deshalb.

»Sag ihr, sie soll warten«, sagte Munch. »Wir geben die

Namen erst bekannt, wenn wir mit beiden Familien gesprochen haben, was findet sie daran so schwer zu verstehen?«

»Wie gesagt, motz mich nicht an. Die Mutter landet gleich um eins, ich habe Katja gebeten, sie vom Flughafen abzuholen. Wer in aller Welt fährt nach Spanien und lässt ein elf Jahre altes Kind allein zu Hause?«

»Sie hat vielleicht einen Grund, das können wir jetzt nicht beurteilen.«

»Die Nachbarn aufpassen lassen? Die nicht einmal wussten, dass sie jetzt die Verantwortung für den Jungen hatten?«

»Darüber können wir später noch reden. Was ist mit dem Lieferwagen?«

Ihre einzige Spur bisher. Die Sichtung eines weißen Lieferwagens im Wald beim Losbyvei.

»Oxen ist oben in der Verkehrszentrale. Die Straße endet beim Golfclub, der Wagen kann also nicht in diese Richtung weggefahren sein. Wir konzentrieren uns auf die Nationalstraße 159 nach Osten und Westen und auf die Mautstation an der E6. Die Bilder von dort werden gerade gesichert. Ich glaube, wir haben sieben Kameras gefunden. Ich habe ihn auf der anderen Leitung, er sagt sofort Bescheid, wenn etwas passiert. Aber, ja ...«

»Was?«

»Ein weißer Lieferwagen? Wie viele davon gibt es in Oslo?«

»Sonntagmorgen«, sagte Munch beruhigend. »Lass uns glauben, dass wir Glück haben. Was ist mit Familie Lundberg?«

»Die sind sehr hilfsbereit«, sagte Goli. »Irgendwie seltsam ruhig. Ich glaube nicht, dass sie wirklich begreifen, was passiert ist. Fredrik ist jetzt da draußen. Er ruft mich bald an. Steht der Termin für die Besprechung um vier noch?«

»Ja, sagst du allen Bescheid?«

»Klar. Du, ich muss aufhören. Dreyer ruft schon wieder an.«

»Keine Pressekonferenz vor …«, begann Munch, aber Goli hatte bereits aufgelegt.

Verdammte Idioten.

Man musste doch wohl einen Moment Ruhe haben können?

Als ob sie nicht genug zu bedenken hätten?

Drei Zigaretten später war die Polizeischülerin offenbar fertig. Er hatte sie immer wieder durch das Fenster angesehen, sie hatte sich fast nicht bewegt, aber jetzt lagen die Ordner geschlossen vor ihr.

»Wie war's?«, fragte Munch, als er wieder am Tisch saß.

Sie schien gar nicht bemerkt zu haben, dass er wieder hereingekommen war. Die blauen Augen waren weit offen, aber ihr Kopf war ganz woanders.

»Sorry«, sagte sie endlich und fuhr sich mit der Hand durch die schwarzen Haare.

»Kein Problem«, sagte Munch und schaute auf die Uhr.

Fast vierzig Minuten, seit er sein Büro verlassen hatte. Sie mussten das hier hinter sich bringen. Durchaus niedlich, so ein Test, er hatte das gemacht, um Yttre einen Gefallen zu tun, ein wenig natürlich auch aus Neugier, aber dennoch. Er hatte Wichtigeres zu erledigen. Und ja, klar, er hatte dasselbe gedacht.

Wer fährt nach Spanien?

Und lässt einen kleinen Jungen allein zu Hause?

Einen Elfjährigen?

»Hier fehlen einige Fotos«, sagte die Polizeischülerin vorsichtig.

»Entschuldigung?«

Sie tippte mit dem Finger auf einen Ordner.

»Hier drin.«

»Wie meinen Sie das?«

»Wie ich gesagt habe. Da fehlen einige Bilder.«

Munch runzelte die Stirn.

»Jetzt verstehe ich nicht ganz ...«

»Er muss doch etwas erhöht gewesen sein, oder?«

»Wer denn?«

»Der Täter.«

Die blauäugige junge Frau sah ihn auf seltsame Weise an.

»Er muss doch auf etwas gestanden haben?«

• 5 •

Fredrik Riis hielt vor dem Einfamilienhaus im Timoteivei 18 und schaute zu den niedrigen Blocks auf der anderen Seite des Feldes hinüber. Finstad. Mitten zwischen Oslo und Lillestrøm. In der Nähe von Lørenskog. Nicht ganz neu. Nicht ganz Land. Selbst wohnte der Siebenundzwanzigjährige in Briskeby, mitten im Herzen von Frogner, mit Blick auf die denkmalgeschützte alte Feuerwache, in dem Haus, in dem er immer schon gewohnt hatte. Seine Eltern waren zehn Jahre zuvor nach Bærum rausgezogen, nachdem sein Vater mit seiner Arztpraxis einen durchschlagenden Erfolg gehabt hatte. Inzwischen war er einer der bekanntesten plastischen Chirurgen Nordeuropas. Die Eltern hatten ihm die Wohnung überlassen, als er siebzehn Jahre alt gewesen war, und seither hatten sie nur sporadischen Kontakt. Nicht, dass ihm das etwas ausgemacht hätte. Er verspürte keine große Sehnsucht nach ihnen. Seine Kindheit – er wusste nie so recht, wie er das erklären sollte, falls ihn mal jemand danach fragen sollte. War seine Kindheit unsichtbar gewesen? So hatte er sich jedenfalls gefühlt. Als ob er seinen Eltern eigentlich egal wäre. Als ob es eine Erleichterung für die beiden gewesen wäre, dass er alt genug war, um dieses Geschenk anzunehmen. *Schau her, hier hast du eine Wohnung. Von jetzt an musst du allein zurechtkommen.* Aber das spielte im Grunde keine Rolle. Der junge Ermittler hatte durch diese Kindheit allerlei gelernt und war viel härter im Nehmen, als die meisten ihm zutrauten.

Plötzlich hatte er einen Flashback. Er dachte an etwas, das damals sehr schön gewesen war, an die Ausflüge hierher, nach Finstadjordet. Er hatte hier draußen einen Cousin gehabt, und ehe sein Vater sich aus irgendeinem Grund mit seinem Bruder zerstritten hatte, waren sie oft hergekommen. Als Kind hatte das Leben hier draußen ihn gewaltig fasziniert. So anders als die Stille in der Wohnung zu Hause. Farbenfrohe große Einzelhäuser in Reih und Glied, mit großen grünen Gärten und idyllischen Straßennamen, die alle etwas mit schönen Blumen und Pflanzen zu tun hatten. Timoteiveien, Kløverveien, Tulipanveien. Mit zehn Jahren war er ein wenig neidisch gewesen, weil diese Gegend einem Kind so viel zu bieten hatte; Sportanlagen, Spielplätze, blühende Wiesen, und nicht zuletzt diese vielen fast magischen Wälder, in denen man auf Entdeckungsreise gehen konnte. Er hatte jedes Mal gespannt auf der Rückbank gesessen, wenn sie wieder nach Hause zurückfuhren, denn er wusste, dass sie jetzt kommen würde, die Diskussion zwischen den

Eltern, ob sie vielleicht aus der Stadt hinausziehen sollten. Seine Mutter, extrem positiv, war selbst in einer solchen Umgebung aufgewachsen. Aber der Vater war natürlich dagegen gewesen. *Wir wohnen nicht auf dem Dorf.* Und das war es gewesen. Er erinnerte sich noch immer an die kleine Enttäuschung, wenn sich die Diskussion zugunsten seines Vaters entwickelte. Und die Erinnerung verblasste. An von perlendem Lachen erfüllte Stunden mit dem Rasensprenger, unter der Sonne in dem gepflegten Garten, an die Momente mit bemaltem Seeräubergesicht im Wald, mit Schwertern und Pistolen, die sie im reichhaltigen Hobbyraum des Onkels selbst hergestellt hatten. Das war eine Familie, die zusammenhielt, wo offenbar alle einander gernhatten und wo sie gern etwas miteinander unternahmen.

Die Aussicht, die er jetzt hatte, erinnerte ihn an etwas anderes, an etwas weniger Angenehmes. An *die Armen.* So hatte der Cousin sie genannt. Die Leute, die kein eigenes Haus hatten, sondern in den Blocks auf der anderen Seite des Zaunes wohnten, nur hundert Meter entfernt. Ein seltsames Gefühl irgendwie, als Munch ihn gebeten hatte, während der Ermittlung für den Kontakt zur Familie des Jungen zuständig zu sein. Timoteivei 18.

Da war ich doch schon mal, oder?

Er erinnerte sich an einen rothaarigen Jungen, mit dem sie gespielt hatten, einen Freund des Cousins, Fredrik wusste den Namen nicht mehr, es war ja lange her. Eine neue Familie wohnte jetzt in dem grauen Haus. Vier andere Namen auf dem mit Blumen verzierten Schild neben der Tür. *Hier wohnen Sanna, Ruben, Vibeke und Jan-Otto Lundgren.* Da waren die Autos, die ein Stück die Straße hoch standen. Fotografen mit Weitwinkelobjektiv. Diskret, und doch nicht. Die Namen der beiden Jungen waren von der Polizei noch nicht bekannt gegeben worden, aber natürlich wusste die Presse schon Bescheid. *Hier draußen hast du nie deine Ruhe, neugierige Nachbarn, Idioten, die ihre Nase in alles stecken,* eines der leicht misanthropischen Hauptargumente seines Vaters bei den Diskussionen im Auto.

Ruben Lundgren.

Elf Jahre.

Nackt auf einem Feld gefunden, weniger als einen Kilometer von zu Hause entfernt.

Neben einem anderen Jungen.

Tommy Sivertsen.

Aus einem der Blocks auf der anderen Seite des Zaunes.

Fredrik drückte auf den Klingelknopf und trat auf dem Kiesweg einige Schritte zurück.

»Ja?«

Ein Gesicht im Spalt einer Tür, die nicht ganz geöffnet wurde.

»Hallo, Jan-Otto Lundgren?«

»Ja?«

Der Mann in der Türöffnung sah ihn seltsam an, als könne er nicht ganz fassen, dass da überhaupt jemand vor ihm stand.

»Fredrik Riis. Ich habe vorhin angerufen?«

»Äh, ja. Hallo. Kommen Sie rein.«

Ein ganz normales Haus. Eine ganz normale Stahltreppe, die ein wenig zitterte, als er hinter dem Mann hineinging. Ein ganz normaler Gang. Stiefel und Schuhe, untergebracht in einem IKEA-Regal. Jacken in unterschiedlichen Größen und Farben, an bunten Haken, unter einem Regal mit Kartons, die irgendwer mit *Mützen, Schals* und *Handschuhe* beschriftet hatte, in zierlicher Schrift mit kleinen Aufklebern. Die Mutter, Vibeke Lundgren. Achtunddreißig Jahre alt. Verkaufschefin bei einer Softwarefirma mit Hauptsitz gleich beim Gewerbezentrum Strømmen. Der Vater, Jan-Otto Lundgren, zweiundvierzig, Systemingenieur bei Telenor. Sanna, fünf Jahre alt, die den Kindergarten von Løken besuchte, nur wenige Hundert Meter entfernt.

Eine ganz normale Familie.

Ein ganz normales Leben.

Bis das Telefon geklingelt hatte.

Vor vierundzwanzig Stunden.

Der Mann versuchte etwas, das vielleicht ein Lächeln sein sollte, als Fredrik die Schuhe auszog und dem abwesenden Blick ins Wohnzimmer folgte. Vor dem Fenster, das auf den Hof hinausging, war ein Tisch gedeckt worden. Eine Thermoskanne. Kleine weiße, identische Kaffeetassen. Eine Schale mit Keksen. Die Mutter, Vibeke Lundgren, saß auf einem Holzstuhl, sie hatte den gleichen toten Blick wie ihr Mann, und sie erhob sich langsam, als er hereinkam.

»Vibeke Lundgren?«

Eine fast leblose Hand in seiner.

»Fredrik Riis. Mordkommission.«

Die schlanke Frau zuckte zusammen, als sie das hörte, und er bereute sofort, dass er nicht etwas Neutraleres gesagt hatte, vielleicht einfach *Polizei,* aber es war ihm automatisch herausgerutscht. Es war das erste Mal, dass er derjenige war, der die betroffene Familie betreuen sollte, und auf der Fahrt hierher hatte er versucht, sich darauf vorzubereiten.

Natürlich hätte nichts ihn auf das hier vorbereiten können. Es war so still in dem großen Haus, dass er das Ticken der ovalen Uhr neben der Küchentür hören konnte. Das

Kratzen des Stuhls auf dem Parkett, als er ihn hervorzog und sich setzte. Das Klirren des Löffels auf dem Boden der Kaffeetasse, als er die Zuckerstücke verrührte, die die leicht zitternden Hände ihm angeboten hatten.

Das Geräusch von jemandem, der irgendwo hinten im Gang ein Kind zur Stille mahnte.

Wer ist das, Oma? Ist das Ruben? Ist Ruben nach Hause gekommen?

»Es tut mir leid, Sie belästigen zu müssen«, sagte Fredrik, als beide Eltern sich gesetzt hatten. »Ich weiß, dass die Kollegen gestern schon bei Ihnen waren, aber wir müssen eben alle Einzelheiten überprüfen. Von nun an bin ich Ihr Kontaktmann, und wenn etwas sein sollte, dann bin ich für Sie da, jederzeit, okay?«

Er griff in die Brusttasche seines Sakkos und schob vorsichtig seine Visitenkarte über die weiße Tischdecke.

»Gibt es etwas Neues?«

Die Stimme der Frau war dünn und klang irgendwie rostig, Luft aus einer schwachen Lunge traf auf Sandpapier im Hals. Sie hatte versucht, sich die Haare im Nacken zu einem Knoten hochzustecken, aber an der einen Seite fielen Strähnen hinunter. Die cremegelbe Bluse war falsch geknöpft und hing schief über den gebeugten Schultern.

»Bisher nicht, nein. Leider.«

Der Mann war unrasiert, hatte dunkelbraune Augen und sprach mit sehr leiser Stimme. Wie ein batterieschwacher Roboter, der nicht so recht wusste, wie oder warum man seinen Satz beenden sollte.

»Für das Team ist es jetzt wichtig, uns ein vollständiges Bild von Rubens Bewegungen zu machen«, sagte Fredrik und schlug seinen Notizblock auf. »Ich weiß, Sie haben gestern mit einem Kollegen gesprochen, aber ich möchte noch einiges klären, damit wir sicher sein können, dass alles stimmt, in Ordnung?«

Jan-Otto Lundgren nickte langsam.

»Sie haben Ruben also zuletzt am Samstagabend gesehen, gegen zehn, stimmt das?«

»Ich weiß, dass wir zehn gesagt haben«, sagte Vibeke Lundgren und strich sich über die Stirn. »Aber war es nicht eher halb elf? Ich glaube …«

»Nein, es war zehn«, sagte ihr Mann und legte die Hand auf ihre. »Nach dem Klassenfest, oder?«

»Dem Klassenfest?«, fragte Riis.

»Ja, Sie wissen doch, diese Talkshow im Fernsehen. *Das Große Klassenfest.*«

Fredrik sah nicht oft fern, aber er wusste natürlich, wovon die Rede war. Samstagsunterhaltung im norwegischen Fernsehsender *NRK*. Das ganze Land war üblicherweise vor dem Bildschirm versammelt. Zwei Promis trafen auf ihre früheren Klassenkameraden und sollten versuchen, sich an alle zu erinnern.

»Er war sauer«, sagte Vibeke Lundgren und verschwand wieder in ihren Gedanken, diesmal hinter einem kleinen Lächeln. »Wollte Hackfleisch auf die Pizza. Aber Sanna mag das nicht, sie will nur Schinken. Also hab ich Cola aus dem Keller geholt, obwohl wir die eigentlich nicht mehr trinken wollen, ist ja schließlich schlecht für die Zähne, stimmt's? So viel Zucker.«

Ihr Mann streichelte wieder ihre Hand.

»Ruben ist nach dem Essen in sein Zimmer gegangen. Er wollte noch am Computer spielen. Nicht länger als bis elf, das ist die Abmachung.«

»Haben Sie bei ihm reingeschaut?«, fragte Fredrik. »Später am Abend? Nachgesehen, ob er schlief?«

Es wurde für einen Moment still.

»Ich weiß eigentlich nicht mehr so genau …«, begann Vibeke Lundgren. »Ich muss es getan haben …? Das tu ich doch immer …?«

»Sanna hatte Bauchweh«, sagte Jan-Otto Lundgren und nickte entschuldigend. »Und da konnte sie nicht schlafen. Ich habe ihr vorgelesen, dabei bin ich wohl selbst eingenickt. Als ich wach wurde, war es … ja, halb eins?«

»Sie waren also bis zehn Uhr mit Ruben zusammen? Haben ferngesehen? Und danach ist er in sein Zimmer gegangen? Er hatte keine Pläne, von denen Sie wissen?«

»Pläne?«, fragte Vibeke Lundgren. »Was für Pläne?«

»Ich frag ja nur. Er hatte keine Verabredung? Mit Freunden? Oder vielleicht einer Freundin?«

»Einer Freundin?«, die schlanke Frau schnaubte. »Er ist erst elf. Er war zu Hause bei seiner Familie. Dann ist er schlafen gegangen. Wie immer. Pläne? Was sollten das denn wohl für Pläne sein?«

Sie schaute verwirrt zu ihrem Mann hoch, der ihre dünne Hand fester umschlossen hielt.

»Das Fenster war zur Hälfte geöffnet«, sagte Jan-Otto Lundgren und erwiderte jetzt Fredriks Blick. »Als ich ihn am Sonntag zum Frühstück wecken wollte. Er muss rausgeklettert sein.«

»Und Sie wissen nicht, wann …?«

»Irgendwann in der Nacht. So muss es gewesen sein.«

»Hat er so was häufiger gemacht? Ist er schon mal von zu Hause weggelaufen?«

»Nein, nein, nein …«

Die Frau murmelte jetzt leise, zog ihre Hand zurück.

»Er ist nirgendwohin gegangen. Ruben ist immer zu Hause. Ruben ist der liebste Junge auf der Welt. Ruben klettert nicht aus dem Fenster. Ruben liegt immer in seinem Bett. Saubere Bettwäsche. Pokémon. Die gefällt ihm am besten. Ich habe zwei Garnituren gekauft, damit er immer Pokémon hat. Die andere habe ich gerade gewaschen.«

Das Handy in seiner Tasche klingelte. Fredrik nahm es heraus und warf einen raschen Blick auf das Display.

Anette Goli.

Er schaltete auf lautlos und legte das Telefon vor sich auf den Tisch.

»Und dieser Tommy Sivertsen? War der ein Freund von Ruben? Ich meine, haben sie oft …?«

Vibeke Lundgren hatte sich jetzt erhoben, stand plötzlich unschlüssig mitten im Raum, zitterte am ganzen Leib und blickte verwirrt vor sich hin.

»Ruben?«

»Ich glaube, wir müssen …«, sagte der Mann vorsichtig und legte den Arm um sie.

»Natürlich«, erwiderte Fredrik, räusperte sich und steckte den Block wieder in die Jackentasche.

Dann ging er zurück über den knirschenden Kies, und er gab sich alle Mühe, das andere Geräusch nicht zu hören. Dieses verzweifelte Weinen aus dem Haus.

Und das Handy, das wieder klingelte.

Irgendwo in der Ferne.

»Ja, hier ist Fredrik?«

»Anette hier. Wo bist du?«

»Bei Lundgrens.«

»Kannst du da weg? Ich brauche dich.«

»Okay, was ...?«

»Wir haben oben beim Schießgelände etwas gefunden. Ein Brunnenhaus. Sieht so aus, als wären die Jungen dort gewesen. Kannst du da hinkommen? Jetzt?«

»Natürlich«, sagte Fredrik, steckte das Telefon wieder in die Tasche und lief über den Kiesweg zurück zu seinem Wagen.

• 6 •

Der alte Mann mit den weißen Haaren wusste, dass einige von denen, die an der Wand hingen, sich vermutlich ziemlich ärgern würden, weil sie nicht zu dem großen Fest eingeladen worden waren, aber an diesem Tag sollte richtig gefeiert werden, und das ging wirklich nur den absolut inneren Kreis an. Er hatte mehrere Tage mit Planen verbracht und sogar eine Tischdecke gebügelt. Die mit der feinen Stickerei. Die er von seiner Großmutter zu Weihnachten bekommen hatte. Oder von seiner Mutter zur Konfirmation? Der alte Mann konnte sich nicht mehr so genau erinnern, und es war ja auch egal. An diesem Tag sollten diese seltsamen Gedanken ihn nicht quälen. Ein doppeltes Fest sollte es werden. Siebzig Jahre, was für eine Vorstellung. Und dann diese neue Aufgabe, die war natürlich das Wichtigste. Ja, und da hieß es, er sei fertig als Schauspieler! Aber nichts da! Der alte Mann mit den weißen Haaren lächelte vor sich hin, dann ließ er das Handtuch auf den Boden fallen und stieg in das kalte Wasser.

Er hatte schon mit achtzehn seinen ersten Auftritt gehabt, beim alljährlichen Krippenspiel des Gymnasiums von

Uddevalla. Und ja, natürlich hatte er sich die Rolle des Josef gewünscht, aber ein Wachmann war eigentlich auch nicht so schlecht, wie behauptet wurde. Denn mal ehrlich, wer war denn wichtiger hier? Der arme Wicht, der vor der Herberge stand und flehte? Der es nicht einmal geschafft hatte, seine Frau selbst zu schwängern? Oder eher der, der entscheiden konnte, wer eintreten und einen Schlafplatz erhalten sollte? Genau. Das lag doch eigentlich auf der Hand. Der alte Mann mit den weißen Haaren lächelte wieder, während er die Bürste über die Seife gleiten ließ, sie ins Wasser tauchte und anfing, sich den Rücken zu schrubben. Ach, wie schön der Lilla Köperödssjö in diesem Licht aussah. Er hatte vierundsechzig seiner bald siebzig Lebensjahre hier gewohnt, erst mit seiner Mutter und seiner Großmutter zusammen. Dann nur noch mit seiner Mutter. Dann allein.

Obwohl …

Nein, daran mochte er jetzt nicht denken. Wo bald das Fest beginnen würde. Der Lilla Köperödssjö. Mit eins Komma sechs Kilometern Strandlinie. Die tiefste Stelle betrug neun Meter, nicht fünf Komma eins, wie bei Ray's Autoservice im Ort behauptet worden war, als er dort nachgefragt hatte, was sie haben wollten, um den alten Volvo in seiner Garage instand zu setzen. Fünf Komma ein Meter war die *mittlere* Tiefe, also, wenn man alle Tiefen nahm, sie zusammenzählte und durcheinander teilte. Wütend waren sie auch geworden, als sie den ganzen langen Weg hierher in den Wald gekommen waren und der Volvo doch nicht dort stand. Eine Menge Schimpfwörter und Beleidigungen waren gefallen. Wie bitte? War es vielleicht seine Schuld? Nichts da. Dieser Idiot hatte den Kopf geschüttelt und vor ihm auf den Boden gespuckt. Schade eigentlich. Er könnte ein Auto gebrauchen. Damit wäre doch alles viel leichter gewesen. Er hatte stattdessen das Fahrrad durch den Wald getragen, war bis zum Spirituosenladen in Uddevalla geradelt, nur zu diesem Anlass. Hallands Fläder, der beliebte Aquavit. Aber sicher. Hier sollte an nichts gespart werden. 38 % mit dem Aroma von Holunderbeeren und Zimt. Der alte Mann mit den weißen Haaren hatte sich fertig geschrubbt und tauchte nun den Kopf unter Wasser, um den Seifenschaum abzuspülen.

Stockholm, was war das schon?

Nein, daran wollte er lieber nicht denken.

Allan Edwall. Der Schauspieler.

An den wollte er denken.

Der war natürlich die Nummer eins. Denn er musste sich jetzt für die Liste entscheiden, wer am Tisch sitzen und wer weiterhin an der Wand hängen sollte.

Nein, Stockholm mit seinem Salzwasser und den Nutten, die sich dafür bezahlen ließen, dass sie in kleinen Räumen, die wie der Tod stanken, mit wilden Körperbewegungen tanzten, nachdem alle zu viel Schnaps getrunken hatten.

Nein, dann lieber der Wald bei Uddevalla.

Hier ließ es sich leben.

Seine andere große Rolle, und vielleicht die, auf die er am stolzesten war, war die im Gefängnis gewesen. Als Insasse. Nummer 112-452311. Verurteilt wegen Exhibitionismus im Vasapark und wegen Hehlerei. Fürwahr, das war ein Stück, das eine ganze Weile auf dem Spielplan gestanden hatte. Vierzehn Monate. So beliebt war er in dieser Rolle gewesen.

Ingmar Bergman?

Der berühmte Regisseur sollte mit an den Tisch?

Der alte Mann schüttelte den Kopf und lachte kurz, als er sich anzog und dann den kleinen Weg zum Hof hochging.

Kam nicht infrage.

Natürlich nicht.

Der Idiot hing nicht einmal mehr an der Wand. In der Küche.

Über all diesen Gedanken hatte er ganz vergessen, zu überlegen, was er hier eigentlich wollte, und da konnte er nur noch wieder nach unten gehen. Zum Ufer. Lilla Köperödssjö. Mit seinen eins Komma sechs Kilometern Strandlinie. An der tiefsten Stelle neun Meter tief, keine fünf Komma eins, wie im Ort bei Ray's Autoservice behauptet worden war.

War das ein Schatten, was er dort draußen bei der Odde sah?

Ja?

War es wieder hier?

Das Seeungeheuer?

Sollte er noch einmal diesen Journalisten von *Bohusläningen* anrufen?

Nein, der brachte doch nichts zustande.

Okay.

Konzentrieren.

Wer soll am Tisch sitzen?

An der Wand hingen sechsunddreißig Bilder. Von allen echten schwedischen Helden, denen er selbst begegnet war. Einige Male nur im Traum, aber das machte doch keinen Unterschied.

Nein, zum Teufel, jetzt stand er wieder oben bei der Tür und hatte total vergessen zu überlegen, was er sich überlegen wollte, und da konnte er nur wieder nach unten zum See gehen.

Die Sonne spiegelte sich jetzt so schön, orange und aprilgelb in der wunderschönen feuchten Oberfläche. Der Lilla Köperödssjö. Mit eins Komma sechs Kilometern Strandlinie. Neun Meter tief an der tiefsten Stelle, nicht fünf Komma eins, wie sie behauptet hatten.

Okay.

Sechsunddreißig an der Wand.

Und am Tisch nur Platz für sechs.

Sechs Stück.

Jeder auf seinem Stuhl, denn sechs Stühle hatte er.

Na gut, der Holzkasten zählte vielleicht nicht ganz als Stuhl und vielleicht auch nicht der kleine Hocker, auf dem er saß, wenn er sich die Zehennägel schneiden wollte.

Habe ich Stühle gesagt?

Was?

Nein, Sitzplätze, habe ich gesagt.

Er hob drohend die Faust.

Was sagst du dazu, Allan?

Willst du vielleicht deinen Sitz verlieren?

Was?

An der Wand hängen bleiben, zum allgemeinen Gespött, während wir anderen uns mit Hallands Fläder zuschütten?

Ach, sicher.

Hier wird ja an den guten Sachen nicht gespart.

Er bereute, was er gesagt hatte, und fügte eilig hinzu, dass das doch nur ein Witz sein sollte, nur ein kleiner Scherz. Klar kannst du mit am Tisch sitzen.

Du kriegst den gelben Stuhl.

Diesmal schaffte er es bis durch die Tür und blieb in Gedanken versunken vor den Bildern an der Wand stehen.

Sänger und Schauspieler und Künstler, alle wie sie da waren.

Cornelis Vreeswijk.

Ja?

Okay.

Ja.

Er nahm vorsichtig das Foto vom Haken und trug es feierlich zum Tisch.

Der rote Stuhl.

Tomas von Brömssen.

Hmmmm …

Okay.

Vielleicht.

Nein, was dachte er sich denn dabei?

Ja.

Hebbe Lille.

Natürlich, ja.

Tomas von Brömssen.

Der blaue Stuhl.

Noch drei, noch drei.

Kann man trinken?

Allan Edwall hatte die Flasche Hallands Fläder schon geöffnet und wollte sich einschenken, *ja, verdammt, jetzt wird gefeiert,* aber das konnte er im letzten Augenblick verhindern.

Wir trinken noch nicht, verstanden?

Kein Schnaps vor dem Auftritt, klar?

Wie würde das denn aussehen?

Der alte Mann schüttelte resigniert den Kopf und stellte die Flasche so hoch, wie er nur konnte, in den Schrank über dem Herd.

Er war gerade zurück zur Wand gegangen und wollte Nummer vier aussuchen, als es plötzlich überall im Raum klingelte.

Was?

Er fuhr zusammen und begriff nicht, was das für ein Geräusch war, dann aber ging es ihm auf.

Das neue Telefon.

Das Mobiltelefon.

Der Auftrag.

Er lief mit leichten Schritten über den Holzboden und öffnete die Schublade.

Blau.

So klein.

Und so praktisch.

Eine Mitteilung im Display.

Blatt 1, Szene 1. Okay?

Er gab die Antwort ein.

Okay.

Der alte Mann mit den weißen Haaren ging zum Regal unter dem Fenster, nahm den schwarzen Ordner heraus, schlug die erste Seite auf und holte tief Luft.

Dann setzte er sich vor sein anderes Telefon.

• 7 •

Sie sah ein kleines Portal mit Säulen, dann zwei Schiebetüren aus Glas und grauem Metall, dahinter ein offenes Foyer, das ziemlich frisch renoviert aussah, und sie konnte erkennen, dass er sich große Mühe gab, daraus kein großes Gewese zu machen, aber es gelang ihm nicht so ganz, dem rotblonden bärtigen Ermittler mit dem warmen Lächeln. Es lag eine Mischung aus Neugier und Freude in dem ansonsten so ruhigen, intelligenten Blick, als ob er fast nicht glauben könnte, was er soeben erlebt hatte, während er zugleich zu überlegen schien, wie er sich nun verhalten sollte.

Es ist nicht immer gut, Mia. Mehr sehen zu können als die anderen.

Die Großmutter an einem ihrer schlechteren Tage. Da war sie lange krank gewesen, weigerte sich aber, zum Arzt zu gehen. Dünn und mit fast schwarzen Augen, zusammengekrümmt auf der Matratze auf dem Boden, ein Bett wollte sie natürlich nicht, diese wunderbare starrköpfige Frau, die Mia so unendlich liebte.

Es kann dich ängstlich machen. Und einsam. Die anderen verstehen nicht, was du verstehst. Über das Leben. Und die Menschen. Darüber, wie alles zusammenhängt. Denk an mich, wenn ich nicht mehr da bin, versprichst du mir das, Mia? Wenn du einsam bist?

Typisch ihre Großmutter. Sie war krank, wollte aber immer noch helfen. Einige Wochen später war sie gesund, zum Glück. Und jetzt wurde sie achtzig. Am Wochenende. Mia Krüger freute sich. Und grauste sich. Denn sie wusste, wie es werden würde. Was Mama betraf. Wenn Sigrid nicht da war.

Was sie natürlich nicht sein würde.

Wo bist du, Sigrid?

Mia Krüger warf einen verstohlenen Blick auf ihr Handy, während der freundliche Ermittler lächelte und auf den Fahrstuhlknopf drückte.

»Wir sind oben im Zweiten. Die Einheit ist im vorigen

Herbst offiziell hierher verlegt worden, aber die Renovierungsarbeiten laufen noch. Handwerker, so was eben.«

Er hatte ihr vom ersten Moment an gefallen.

Holger Munch.

Man weiß sofort, ob man jemanden leiden kann.

So war es jedenfalls bei ihr.

Das ist ein Mensch, auf den du dich verlassen kannst, der ehrlich ist, in dessen Nähe du dich sicher fühlen darfst, der dir helfen wird, egal, worum es geht, wenn du das eines Tages brauchst.

Es war nicht immer so konkret, ab und zu nur eine Ahnung, ein gutes, warmes Gefühl, im Gegensatz zu einem widerlichen, schlechten. Kein Hokuspokus. Jedenfalls nicht bei ihr. Mia Krüger war es ihr Leben lang so gegangen, und es war schwer vorstellbar gewesen, dass sie ihre Eigenartigkeit irgendwann nutzen könnte. Als Kind hatte sie geglaubt, alle seien wie sie. Nicht von außen, das war ihr natürlich klar, nicht alle sahen aus wie eine kleine Indianerin mit knallblauen Augen. Aber innen drin. Erst als Teenager hatte sie begriffen, dass sie anders war.

Jetzt war sie bald zweiundzwanzig.

In einem halben Jahr.

Im November.

Sigrid und sie.

Letztes Jahr hatte sie allein gefeiert.

Diesmal würden sie zusammen sein.

Das hatte sie sich geschworen.

Ich werde dich finden.

Egal, wie.

Mia Krüger unterdrückte ein kleines Gähnen, als sich die Fahrstuhltüren öffneten und das Schild zu sehen war.

Polizei Oslo
Mordkommission
Abt. Mariboes gate 13

»Ja, hier wohnen wir«, sagte Munch lächelnd, gab auf einer Tafel in der grauen Mauer einen Code ein und hielt die Tür für Mia auf.

Ein ganz normales Großraumbüro, fast ein bisschen enttäuschend langweilig. Einzelne Streifen Teppichboden im Gang, ansonsten Parkett. Büros mit Glaswänden, der Versuch, eine Art offene Landschaft zu schaffen, dieses neue und hippe Phänomen in der Geschäftswelt, Synergie, zusammen und doch nicht zusammen. Dem deutlichen Bedürfnis nach privaten Gesprächen, die nicht zu den Visionen des Innenarchitekten gepasst hatten, wurde Rechnung getragen, indem cremeweiße Plastikstreifen vor den Fenstern in den meisten Räumen klebten, abgesehen von den beiden, die leer standen. *Platz zum Wachsen,* wie Munch gesagt hatte, als ihr Gespräch im Café eigentlich beendet gewesen war. Er hatte sie wieder mit diesem neugierigen Blick angesehen.

»Also, wie viel willst du?«

Er hatte danach ein wenig über sich gelacht, ein kleiner Scherz nur. Sie hatte ein Lächeln angedeutet, aber sie hatte natürlich begriffen, dass es sein Ernst war und die Frage eigentlich war: *Willst du bei uns arbeiten?*

Stattdessen eine andere Taktik. Komm mit und sieh dir die Räumlichkeiten an. Sag den anderen im Team Guten Tag. Ob sie dazu Lust habe?

Mitten in einer Mordermittlung.

Während seine Handys ununterbrochen blinkten.

Fast dreißig Stunden seit dem Fund.

Zwei elf Jahre alte Jungen.

Auf einem Feld.

Die ersten achtundvierzig Stunden sind die wichtigsten, ist das nicht so?

Das hatte sie in einem Buch gelesen.

Sie war ja nicht dumm. Sie hatte die aufgesetzte Gelassenheit durchschaut, mit der der Dozent den Test vom UCLA vorgestellt hatte. *Na ja, wichtig ist das nicht. Nur ein Spiel. Damit ihr ein bisschen Tatorttraining bekommt. Fühlt euch aber ja nicht unter Druck gesetzt.*

Mia hatte sich auch nicht unter Druck gesetzt gefühlt, aber die Fotografien hatten sie überrascht. Die waren lebendig, schienen zu sprechen. Sie hatte sich umgeschaut, um zu sehen, ob andere im Hörsaal dasselbe erlebten, denselben Kick, aber so sah es nicht aus. Eifrig wie ein kleines Mädchen vor dem ersten Bilderbuch hatte sie sich in den Bildern verloren, war erst zu sich gekommen, als der Dozent ihr eine Hand auf die Schulter legte und einen Stapel Blätter zum Ausfüllen verteilte.

»Ja, und hier sitze ich.«

Munch klang jetzt wie ein Fremdenführer, noch immer so freundlich und neugierig, der Ernst musste weiterhin warten.

Sie gingen an mehreren Glaswürfeln vorbei, von denen die meisten durch die langen weißen Streifen vor Einblicken geschützt waren, aber dann sah sie etwas anderes, es ging um die Ecke, und dahinter lag etwas, das wirklich eine offene Landschaft war. Zwei Personen schauten leicht gestresst von großen Bildschirmen auf, von denen es insgesamt vier gab, die im Quadrat aufgestellt auf einem großen Tisch mitten im Raum Platz gefunden hatten.

»Das sind Anja Belichek und Ludvig Grønlie«, sagte Munch mit einem Nicken.

Ein etwas älterer Mann, vielleicht Mitte fünfzig, erhob sich halbwegs von seinem Stuhl und reichte ihr die Hand. Er trug halbrunde Brillengläser mit Stahlrand und eine weinrote Weste mit einem roten Strickschlips. Mia musste an den Witz denken, *hallo, die Siebzigerjahre rufen an und wollen ihre Klamotten zurück,* aber zu Spott bestand eigentlich kein Grund, denn der Mann wirkte überaus sympathisch. Ein freundliches Lächeln, eine warme Hand, Augen, die in ihre blickten.

»Ludvig Grønlie.«

»Hallo, Mia Krüger.«

»Und das ist Anja Belichek.«

»Hallo.«

Die junge Frau mit der Hornbrille stand nicht auf, warf ihr nur einen raschen Blick zu, dann seufzte sie und starrte wieder den Bildschirm an, schnelle Finger flogen über die Tastatur wie über Klaviertasten.

»War das dein Ernst, Munch?«

»Anja Belichek. Unser ungeduldiges Computergenie. Geradewegs von Harvard.«

»Nein. Noch immer nicht. Harvard ist für die minderbegabten Bonzengören, die nur aufgenommen werden, weil sie reiche Eltern haben. Ich war auf dem MIT.« Die junge Frau seufzte und kratzte sich ein wenig den kurzen braunen Lockenkopf.

Sie trug einen karierten Rock und eine adrette weiße Bluse, die aussah wie aus den Fünfzigerjahren, und sie hatte sich auf das eine Handgelenk ein kleines rotes Herz tätowieren lassen.

»Wir sind jetzt bei fünfzigtausend Seiten«, sagte sie dann und wandte sich endlich vom Bildschirm ab.

»Sie hat recht«, sagte Grønlie.

Er nahm die Brille ab und wischte sie an einem Zipfel des hellblauen Hemdes ab, das unter seiner Weste hervorlugte.

»Wir brauchen mehr Leute dafür.«

»Die stammen aus der Ermittlung in Schweden«, erklärte Munch. »Wir haben um alle Unterlagen des Falls gebeten.«

»Und das werden immer noch mehr«, murmelte die Frau und zeigte jetzt etwas, das Ähnlichkeit mit einem resignierten Lächeln hatte, während sie unter der kräftigen Brille die Nase rümpfte und endlich Mias Anwesenheit registrierte.

»Und du bist?«

»Das ist Mia Krüger«, sagte Munch.

»Aha?«

»Aber jetzt noch mal ernsthaft, Munch, kriegen wir mehr Leute?«

Wieder Grønlie, nun wieder mit der Brille auf der Nase.

»Natürlich«, sagte Munch und nickte. »Ist schon erledigt. Ich habe Wilkinson gebeten, unten in Grønland ein Team für euch zusammenzustellen. Sieben oder acht Leute, in Ordnung?«

»Alles ist besser als nichts«, seufzte Anja.

»Willst du mich da unten dabeihaben?«, fragte nun Grønlie. »Damit ich dafür sorge, dass sie tun, was sie tun sollen, da suchen, wo sie suchen sollen? Aber hier gibt es auch verdammt viel zu erledigen.«

»Darum kümmert sich Wilkinson, ich brauche dich hier.«

Munch führte Mia wieder aus dem Raum, drehte sich an der Ecke jedoch um.

»Ach, übrigens. Mach für ihn eine Prioritätenliste.«

»Okay?«

Grønlie fischte einen Notizblock und einen Stift hervor.

»Spuren. Verdächtige. Zeugenbefragungen. Die Familien. In dieser Reihenfolge. Alle roten Flaggen direkt an mich. Ich will jeden Abend vor Mitternacht einen schriftlichen Bericht per Mail.«

»Machst du Witze?«

Anja drehte sich jetzt um, aber Mia konnte sehen, dass ihre Grimasse im Grunde freundlich war.

»Eine Flasche Dworék, wenn du etwas findest«, sagte Munch mit einem Augenzwinkern.

»Eine Kiste, dann kommen wir ins Geschäft«, sagte die junge Frau und versank wieder im Bildschirm.

»Polin«, sagte Munch zur Erklärung, als sie wieder auf dem Gang standen.

Er führte sie in einen großen Raum, und nun konnte Mia ihn sehen. Den Ernst in seinem Blick. Eine Uhr tickte irgendwo hinter seinen Augen. Das Lächeln hatte er nur zum Schein angeklebt, nur für sie.

Dreißig Stunden.

Sie hatte die Schlagzeilen gesehen, hatte genug Bücher gelesen, um zu begreifen, was hier Sache war.

Kein Spiel mehr.

Nach ihrem Erlebnis bei dem Test war sie in die Bibliothek gegangen. In die öffentliche Bücherei, gleich nach der Vorlesung, und dort hatte sie gesessen, jeden Nachmittag, mehrere Wochen lang, hatte alles gelesen, was sie finden konnte. Über Tatorte. Serienmörder. Kriminologie. Rechtsmedizin. Kriminaltechnik. Es war ein Versuch zu verstehen, was in ihrem Kopf und ihrem Körper passiert war. Und dort, zwischen den vielen verstaubten Regalfächern, hatte sich für sie eine faszinierende Welt geöffnet, es war fast, als ob sie …

Nein, nein.

Das schnelle Eingreifteam.

Delta.

Dafür hatte sie trainiert.

Das wollte sie werden.

Die erste Frau.

Den Ärschen würde sie es zeigen.

Als Munch mehr Licht machte, war von der scherzenden, freundlichen Miene nichts mehr zu sehen. Und dann war sie plötzlich umgeben von allem, woran hier gearbeitet wurde. Es war das Innere des Falles aus den Zeitungen. Die Fotografien, die er ihr gezeigt hatte, hingen an der einen Wand, aber es gab noch viel mehr. Mia schaute sich fasziniert um.

»Hier ist das Besprechungszimmer, hier passiert alles«, sagte Munch, noch immer mit diesem Ernst im abwesenden Blick.

Mia hatte plötzlich ein wenig das Gefühl, im Weg zu stehen. Sie hatte sich einige Bilder angesehen, na gut, aber das hier war die Wirklichkeit. Sie wollte sich eigentlich nur entschuldigen, mit dem Fahrstuhl nach unten fahren und wieder hinaus auf die Straße gehen, diese Menschen in Ruhe arbeiten lassen, aber dieser Raum war so anziehend, dass sie einfach stehen blieb.

»Ich möchte dich daran erinnern, dass alles, was du hier siehst, vertraulich behandelt werden muss.«

»Natürlich.«

»Ich verstoße sicher gegen eine Million Regeln, nur weil ich dich hier sein lasse.«

»Ich verstehe.«

»Aber was du mir erzählt hast …?«

Er sah sie an. Die Leichtigkeit war jetzt vollständig aus dem runden Gesicht verschwunden, stattdessen zeigte es tiefen Ernst. Augen, die sie schmerzlich ansahen, fast konnte sie seine Gedanken lesen.

Zwei Familien haben ein Kind verloren.

Sie werden ihre Jungen niemals wiedersehen.

Und ich muss dafür sorgen, dass wir ihn finden.

Dass Gerechtigkeit hergestellt wird.

Die ganze Welt sieht uns jetzt zu.

Verstehst du?

»Ich verstehe«, murmelte Mia leise.

»Was?«

»Sorry, ich meinte nur …«

Sie kam nicht weiter, denn die Tür hinter ihnen wurde geöffnet, und eine Frau Anfang dreißig stürzte herein. Ein strenger Blick, halblange blonde Haare und Kleider, die Mia eher in einer Bank vermutet hätte und nicht bei der Polizei.

»Wo hast du dich denn rumgetrieben? Ich hab dich hundertmal angerufen. Wir glauben, einen Treffer bei dem Lieferwagen zu haben. Oxen hat …«

Munch unterbrach sie.

»Anette, das ist Mia Krüger.«

Die blonde Frau stutzte, blieb stehen und musterte Mia skeptisch.

»Mia, das ist Anette Goli. Meine rechte Hand.«

»Hallo«, sagte Mia und nickte vorsichtig.

»Was ist denn hier los?«, fragte Anette Goli leicht irritiert und hob die Hände. »Wir haben zwei Durchfahrten desselben Autos, einmal beim Metrosenter in Lørenskog und einmal kurz vor dem Hafen von Lillestrøm, wir müssen …«

»Gib uns noch zwei Sekunden«, fiel Munch ihr abermals ins Wort und drehte sich zu Mia um.

»Könntest du es dir ansehen? Noch einmal? Für Anette? Und das sagen, was du mir erzählt hast?«

Die Freundlichkeit war in den Blick über dem rotblonden Bart zurückgekehrt.

»Jetzt?«, fragte Mia.

»Ja?«

Munch deutete ein Lächeln an und wies auf die Fotografien, die vor ihnen an der Wand hingen.

• 8 •

Fredrik zeigte seinen Dienstausweis vor, wurde bei den Absperrungen durchgewinkt und hielt neben einem Schild mit der Aufschrift *Schützenverein Lørenskog. Gegründet 1891.* Zwei alte braune Jagdgewehre zierten das ovale Emblem, und zu seinem Ärger musste er an seinen Vater denken, der eine Vorliebe für alte Waffen gehegt hatte. Er hatte im Keller draußen in Bærum eine ganze Sammlung. Für ihn tabu, natürlich. Der Vater hatte ihn nie zu irgendetwas mitnehmen wollen. Nicht, dass er besondere Lust gehabt hätte, mit einer alten Winchester auf Vögel zu schießen, aber dennoch. Er schüttelte diesen Gedanken ab und stieg aus dem Auto.

Ein bekanntes Gesicht empfing ihn, eine Begegnung, auf die er eigentlich hätte verzichten können. William Brun. Ein

Klassenkamerad von der Polizeihochschule, auch wenn Kamerad eigentlich falsch war, eher ein Idiot, der in dieselbe Klasse gegangen war. Der überaus von sich eingenommene Polizeibeamte kam über den Platz gewatschelt und machte bei Fredriks Anblick plötzlich ein mürrisches Gesicht.

»Ach was, unser Dandy ist auch hier?«

Brun fuhr sich über den gepflegten Bart und vermied es bewusst, die Hand auszustrecken.

»Tag auch«, sagte Fredrik, nickte und ließ sich nichts anmerken.

Besser so, bei solchen Leuten. Eine Zeit lang waren sie zusammen auf Streife gegangen, deshalb wurde ihm jetzt dieses saure Gesicht zugekehrt. Neid, natürlich. Er hatte die freie Stelle bei der Mordkommission bekommen. Ein Traumjob. Er wusste, dass auch Brun sich beworben hatte, aber den Job eingesackt hatte Fredrik Riis.

Immer noch Streife, wie ich sehe?

Aber darüber war er erhaben. Höflich und korrekt. Das war das einzig Positive, was er von zu Hause mitgebracht hatte.

Dandy.

Fredrik wusste natürlich sehr gut, woher dieser Spitzname kam und dass daraus innerhalb der Truppe bereits eine kleine Wandergeschichte geworden war. Oslo war keine große Stadt. Als er den Posten erhalten hatte, hatte Fredrik, nervös und glücklich, an seinem ersten Arbeitstag den Wachhabenden angerufen und sich nach der Kleiderordnung erkundigt. Der Betreffende hatte beschlossen, sich auf Kosten dieses dummen Neulings so richtig einen Jux zu machen. *Anzug und Schlips. Da ist das Dezernat streng.* Fredrik hätte vielleicht Lunte riechen müssen, aber wie gesagt, er war jung, naiv und nicht zuletzt reichlich nervös. Er war in seinem besten Anzug mit frisch gebügeltem Hemd erschienen. Er hatte mehrere Stunden dafür gebraucht, hatte sich sogar ein besseres Bügeleisen angeschafft. Blank geputzte italienische Schuhe. Ein Tüchlein in der Brusttasche. Sogar eine Schlipsnadel aus echtem Gold, vom Großvater geerbt. Stolz und mit nervösen Schritten war er zur ersten Besprechung gegangen. Er war oben im dritten Stock aus dem Fahrstuhl gestiegen, nur, um sich einer Menge ungeheuer belustigter Gesichter gegenüberzusehen. Wie ein Clown. So war er sich vorgekommen. Unvorstellbar peinlich. Extrem unangenehm. In dem großen Raum hatte eine Totenstille geherrscht. Nur das knirschende Geräusch seiner nagelneuen braunen Schuhe auf dem Linoleum war zu hören gewesen. Ein mentaler Spießrutenlauf zu dem Schreibtisch, auf dem sein Name stand, und dann war das Gelächter losgebrochen.

Aber na gut.

Es hatte sich ja alles eingerenkt.

Die Leute waren sympathisch.

Und dann hatte er, in einem Augenblick des Wahnsinns, beschlossen, seinem Spitznamen gerecht zu werden.

Warum nicht?

Hocherhobenen Hauptes war er zur Arbeit erschienen, elegant gekleidet, jeden Tag seither. Nur so hatte er sie eigentlich zum Schweigen bringen können. Und er lief noch immer so herum. Ein wenig entspannter jetzt, natürlich, den Schlips hatte er weggelassen, den Anzug jedoch behalten.

»Was haben wir also?«

»Ein Brunnenhaus gleich dort unten«, sagte William Brun und zeigte auf das Foto. »Die Kriminaltechnik ist noch am Werk, wir sollen also wegbleiben. Gibt eben solche und solche, was? Die finden sich verdammt toll, die von der Technik. Wir sollen wegbleiben, damit wir nichts *kontaminieren?* Wofür halten die uns eigentlich?«

Brun verhakte die Daumen im Gürtel und spuckte in den Kies.

Für einen Haufen Idioten, vermutlich.

»Nett, dich zu sehen, William.«

Er schlug dem kräftigen Kollegen auf die Schulter und ging dann weiter über das Schießgelände zu drei Technikern in weißen Schutzanzügen.

Endlich war der Frühling gekommen. Bäume in allerlei frischen Grüntönen säumten den Kiesweg. Zwei Möwen hoben vom Dach des Schießstandes ab und verschwanden kreischend über den Feldern. Fredrik hasste den Winter. Da hatten er und Munch eine Gemeinsamkeit. Sie waren beide mitten in der Stadt aufgewachsen, vielleicht war das der Grund. Hier draußen war das sicher anders, weiß verschneite Hänge, auf denen man rodeln und sich eine kleine Sprungschanze einrichten konnte. In der Osloer Innenstadt dagegen gab es nur Schneematsch und Dunkelheit, nasse Straßen und fröstelnde Menschen. Er hatte irgendwo gehört, dass Kinder in der Schule nicht mehr lernten, dass Schnee weiß war, denn alle konnten doch sehen, dass er grau war. Wenn er überhaupt liegen blieb. Er hatte einige Kumpels, die ihn jedes Jahr unbedingt nach Süden mitschleifen wollten. In die Alpen. St. Moritz. Seefeld. Slalom fahren. Oder Snowboard. Aber für ihn war das nichts. Er blieb lieber im Haus, den ganzen Winter. Vor dem Kamin. Mit den Briefmarken. Und seinem Vogel. Wartete darauf, dass der Himmel wieder heller würde. Damit man atmen konnte. In seiner Sakkotasche war ein Pling zu hören. Er blieb auf halber Strecke auf dem Kiesweg stehen und sah nach.

Verdammt.

Sehn wir uns heute Abend?

Fredrik überlegte kurz, aber er wusste ja, wozu er sich entschieden hatte.

Nein.

Er wartete einige Sekunden auf die Antwort, von der er wusste, dass sie kommen würde.

Warum nicht?

Er schüttelte resigniert den Kopf und ließ das Handy wieder in die Sakkotasche fallen.

»Bist du von der Mordkommission?«

Eine Frau in den Dreißigern kam ihm entgegen.

»Ja, Fredrik.«

»Hallo. Janne.«

Sie zog einen blauen Plastikhandschuh aus und gab ihm die Hand.

»Was haben wir?«

»Ein altes Brunnenhaus. Einer vom Suchtrupp hat es vor ein paar Stunden entdeckt, und ich fürchte, sie haben da allerlei zertrampelt, aber wir haben uns alle Mühe gegeben, zu retten, was zu retten war.«

Sie zog die Kapuze vom Kopf und nickte irritiert in Richtung des Kollegen, den er soeben zurückgelassen hatte.

»Man sollte meinen, die lernten in der Schule was Besseres, oder?«

Die Technikerin gab ihm ein Zeichen, ihr in Richtung Wald zu folgen.

»Aber ihr seid jetzt fertig? Ich kann da rein?«

Sie nickte.

»Wir haben Abdrücke vom Schloss gemacht, und von allem, was wir finden konnten.«

Ein goldfarbenes kleines Hängeschloss lag vor dem heruntergekommenen kleinen, rot angestrichenen Brunnenhaus auf dem Boden.

»Es war abgeschlossen?«

»Nein. Das Schloss hing lose am Beschlag.«

»Okay«, sagte Riis und zog die Handschuhe an.

»Du brauchst das hier«, sagte Janne und reichte ihm eine große Taschenlampe. »Da drinnen ist es seltsam dunkel. So alt, wie das Gebäude ist, sollte man denken, dass das Licht durch die Risse zwischen den Brettern sickert, aber irgendwer hat es von innen isoliert. Mit schwarzer Dachpappe. Sieht aus, als ob da jemand …«

Die Technikerin zog eine Packung Zigaretten aus einer Tasche unter ihrem Schutzanzug.

»Als ob da jemand was …?«

»Ja, gute Frage. Irgendwas Schlimmes jedenfalls. Ich kriege ja nicht oft Gänsehaut an einem Tatort. Und ach ja, übrigens …«

Sie ging zu einem großen Koffer und zog einen durchsichtigen Beweisbeutel heraus.

»Eine Unterhose?«

»Ob die einem der Jungen gehört, wissen wir nicht, aber die Wahrscheinlichkeit ist groß, oder nicht?«

Die Technikerin nickte mit dem Kopf und sah zu einem Kollegen hinüber, der mit einem Feuerzeug ankam und ihre Zigarette anzündete.

»Aber ich kann da jetzt rein?«

»Bitte sehr.«

Fredrik knipste die große Taschenlampe an, senkte den Kopf und ging vorsichtig unter dem niedrigen Türrahmen hindurch.

Oh, verdammt.

• 9 •

Klick. Und dann verschwindet die Welt um dich herum. Jetzt gibt es nur noch diese Fotos. Lass dir ruhig Zeit. Sonst ist niemand hier. Nur du und diese Bilder. Leg die Fotos nebeneinander. Vertikal und horizontal, sodass sie vor dir auf dem Tisch ein Quadrat bilden. Such die Fotos aus, die den bestmöglichen ganzheitlichen Eindruck vermitteln. Tausch unterwegs keine Bilder aus. Die ganze Sache muss in einem Dreh vor sich gehen, ohne Pause. Hast du die Fotos, die du brauchst? Hast du die Übersicht? Die Detailaufnahmen, die du verwenden kannst? Nimm einen Satz, ein Geräusch oder einen Geschmack, um den letzten Rest der Wirklichkeit um dich herum zu tilgen. Wenn du meditierst, weißt du, wovon hier die Rede ist. Es darf gern absurd sein. Solange dein Körper und dein Kopf wissen, worauf es ankommt. Bist du so weit? Dann fangen wir an.

An Oma denken.

Mia schloss die Welt aus und konzentrierte sich voll und ganz auf die Fotos, die systematisch vor ihr auf dem Tisch ausgebreitet waren. Diesmal hatte sie ein besseres Gefühl dabei. Sie war eben erst in der Welt der Bilder gewesen und brauchte sich nicht zu grausen, keine Angst davor zu haben, was sie finden würde. Sie konnte jetzt wirklich tiefer hineingehen. Noch tiefer als beim letzten Mal? Denn sie hatte das

Gefühl, dass es etwas gab, das sie noch nicht gesehen hatte. Es lag nicht nur daran, dass Fotos fehlten. Nein, da war noch etwas anderes. Ein Fehler. Etwas, das sie nicht mitbekommen hatte. Das ihr entgegenleuchtete, das sie aber trotzdem nicht sehen konnte. Mia schloss für einen Moment die Augen und versuchte, sich nicht von der blonden Frau irritieren zu lassen, die ihr Handy auf lautlos gestellt hatte, wie ihr aufgetragen worden war, die aber vergessen hatte, den Vibrationsalarm auszuschalten. In der Jackentasche. Einer Damenjacketttasche. Maßgeschneidert, nicht von der Stange gekauft, jedenfalls nicht bei einer billigen Kette. Himmelblau. Eine passive und ruhige Farbe. Keine impulsiven Entscheidungen. *Ich bin ruhig. Nachdenklich.* Wieder dieses Geräusch aus dem Jackett. Wolle und Viskose. Drei Knöpfe. Vorn auf jeder Seite drei Knöpfe, gleich über den Hüften.

»Entschuldigung, aber könntest du vielleicht …?«

Mia drehte sich zu der Frau um, die Anette hieß, und nickte in Richtung des bebenden Telefons.

»Natürlich, tut mir leid.«

Ein steifes Lächeln um den schmalen Mund, gleichzeitig ein kurzer Blick zu Munch hinüber, gefolgt von einem leichten Kopfschütteln.

What the f…, Holger?

Du weißt, dass bald das Haus über uns einstürzt?

Okay, Mia.

Ruhig jetzt.

An Oma denken.

Zwei fast nackte Jungen liegen auf einem Feld. Der eine hat kurze helle Haare. Er liegt auf dem Rücken. Hat die eine Hand auf die Brust gelegt. Die andere schräg zur Seite gestreckt. Sein Gesicht wirkt friedlich. Einige Sommersprossen sitzen auf der kleinen Nase. Auf den ersten Blick erinnert er ein bisschen an einen Engel. So einen, wie es sie früher auf Glanzbildern gab, die sich über eine Wolke beugten. Dieser Junge hat keine Kleider an. Sein Penis ist klein, und er hat dort erst einige wenige Haare. Diese Haare sind hell, der gleiche Farbton wie die Locken auf seinem Kopf. Keine Haare auf dem Sack. Du weißt es jetzt, aber wenn du raten solltest, würdest du auf zehn tippen. Aber er ist elf. Er ist groß gewachsen. Dünn. Zerbrechlich. Du würdest ihn wie gesagt für jünger halten, vielleicht sogar nur für neun. Seine Glieder sind schlank. Die Beine sehen zu lang aus für den kleinen Leib. Du kannst jetzt sehen, wie er läuft. Er läuft schnell. Er ist wie ein Wind, lächelt und keucht, als er vor den anderen ins Ziel rennt. Streich das. Das weißt du nicht. Ob er an Wettbewerben teilnimmt. Aber schnell laufen, das kann er. Er hat einen blauen Strich um den Hals. Er ist erwürgt worden. Von hinten. Mit etwas Dünnem. Kein Stahldraht, der hätte andere Spuren auf der Haut hinterlassen. Eine Angelschnur? Vielleicht. Du siehst, dass er nach Atem ringt. Die Brust keucht nach Luft. Warum hebt er nicht die Hände, um sich zu wehren? Keine Schrammen. An keinem Finger. Auch nicht an den Armen. Oder anderswo an dem weißen Leib. Doch, zwei blaue Flecke. Einer am Ellbogen, einer am linken Knie. Aber die haben nichts mit dem hier zu tun. Die Fotografie der Finger. Du würdest die Finger gern noch deutlicher sehen, unter dem Mikroskop, aber das hier muss reichen. Denn hier ist das Erste, was dir auffällt. Der Mörder hat sich Zeit für ihn gelassen. Kein Junge hat so saubere Fingernägel. Er hat sie geschnitten. Zurechtgemacht, hat die Finger schön sorgfältig zu einem kleinen

Fächer gespreizt, wie auf einem Gemälde. Dem Porträt einer Hand. Einer Stilstudie. Vielleicht einem Rembrandt. Oder einem Caravaggio. Dieser Junge. Du weißt jetzt, dass er Ruben heißt. Die Hand auf der Brust steckt in einem weißen Gips. Die Finger lugen gerade so aus der Öffnung, sind aber ebenso gepflegt wie die übrigen. Er sitzt im Klassenzimmer, dieser Ruben, ist der Mittelpunkt. Er hat sich die Hand verletzt. Gebrochen? Was hast du angestellt, Ruben? Bist du vom Fahrrad gefallen? Mit der Hand gegen die Wand geknallt? Nein, dazu bist du nicht der Typ. Deine Schultern sind ein wenig nach vorn gebeugt. Du schämst dich vielleicht, weil du so groß bist. Nein, vielleicht auch nicht. Aber etwas ist da. Bist du gedemütigt worden? Über einen längeren Zeitraum? Von Erwachsenen? Hast du viel Angst gehabt? Nur Kinder mit solchen Erfahrungen haben irgendwann diese gebeugten Schultern, sie beschützen sich vor der Außenwelt. Die anderen Kinder mögen dich. Sie schreiben auf deinen Gips. Mit verschiedenen Filzstiften. In vielen Farben. Es gibt ein Mädchen, das du gernhast, oder jedenfalls hat sie dich gern. Sylvia. Um ihren Namen auf dem Gips ist ein rotes Herz gezeichnet. Was ist mit deiner Hand passiert, Ruben? Hat das etwas mit deinen gebeugten Schultern zu tun? Du bist jedenfalls die Hauptperson auf dieser Bühne, der Protagonist. Der andere Junge spielt nur eine Nebenrolle. Er ist nicht so schön. Wurde nicht so sorgfältig zurechtgemacht, ist nicht einmal ganz ausgezogen. Er trägt eine alte dunkelblaue Unterhose. Das Gummi ist ausgeleiert und zeigt deutlich, dass die Unterhose zahllose Male gewaschen worden ist. Sie rutscht ihm fast von der Hüfte. Er ist einfach nur neben dich geworfen worden. Nicht einmal mit zum Himmel gekehrtem Gesicht. Nun einen Blick auf die anderen beiden Jungen. Die aus Schweden. Der eine ganz nackt. Der andere nicht. Die Jungen sind nicht hier ermordet worden. Sie wurden aus einem Grund an diesem Platz abgelegt. Das hier ist kein Zufall. Das hier wurde genau geplant. Alles. Bis ins kleinste Detail. In die Mitte ist ein Tier gelegt worden. Ein kleiner Rotfuchs. Er sieht friedlich aus. Scheint zu schlafen. Die Augen sind geschlossen. Die Pfoten hat er ausgestreckt. Er hat den Kopf dem Jungen zugewandt, der aussieht wie ein Engel. Warum haben die, die diese Fotos gemacht haben, nicht begriffen, dass das hier wichtig ist? Dass wir höher müssen? Um die ganze Szene von oben zu sehen? Dass diese Position etwas bedeutet?

Mia Krüger fühlte sich plötzlich unwohl, ihr war fast schlecht, sie musste sich aus den Fotografien herausziehen, auf dem Stuhl sitzen bleiben, die eine Hand vor das Gesicht gelegt. Es fiel ihr schwer, richtig zu atmen.

»Alles in Ordnung?«

Munch fragte sie mit einem freundlichen Blick, wieder dort draußen in der Wirklichkeit. Die Uhr in der Nähe der weißen Leinwand zeigte, dass im Raum erst drei Minuten vergangen waren. Sie hatten gewirkt wie eine kleine Ewigkeit.

»Ja, bestens«, murmelte Mia und atmete ruhig durch die Nase, in dem Versuch, die hämmernden Herzschläge unter dem weißen Pullover zur Ruhe zu bringen.

Warum hatte sie sich zu all dem hier bereit erklärt?

Wie in einem Zirkus?

Einer Freakshow?

So vor zwei fremden Menschen zu sitzen?

Nein, verdammt.

Nicht mehr davon.

Nach Hause.

Zurück in ihr Leben.

Schlafen.

Dann wieder hinaus in die dunklen Straßen.

Um Sigrid zu suchen.

Die Frau, die Anette Goli hieß, hatte sich auf einen Tisch gesetzt und die Arme über dem blauen Jackett verschränkt, eine Körperhaltung, die deutlich mitteilte, dass sie das hier für Zeitverschwendung hielt.

»Zusammengefasst«, sagte Munch und ging zu den Abzügen, die an der Wand hingen. »Mia meint, dass es hier eine Stelle gibt …«

Ein Finger zeigte auf eins der Bilder.

»Er muss auf einem Stuhl gestanden haben. Oder auf einer Trittleiter oder so, nicht wahr?«

Mia nickte kurz.

»Und das ist wichtig, weil …?«, fragte Goli seufzend.

»Die Jungen sind nicht hier ermordet worden. Sie sind dort abgelegt worden, das meintest du doch, oder, Mia?«

»Ja.«

»Der Mörder war ungeheuer sorgfältig«, fuhr Munch fort, jetzt eifrig. »Die Finger. Gerade ausgerichtet. Die Körper so platziert, wie er sie haben wollte. So getötet, dass es keine Wunden, Verletzungen, kein Blut gibt; sie sind so sauber, wie das überhaupt nur möglich ist, abgesehen von dieser Linie um den Hals. Und dann …«

Er schaute jetzt zu Mia hinüber, wie um ihr den Vortritt zu lassen, aber sie winkte ab, spürte, dass das hier nicht mehr gefährlich war.

»Das ist ein Gemälde«, sagte Munch triumphierend. »Ein Kunstwerk. Zwei tote Jungen auf einem Feld. Er hat sich nach oben begeben, um das dokumentieren zu können.«

»Und …?«, fragte Goli, die jetzt ihre ärgste Skepsis abgelegt hatte.

Sie schaute neugierig zu Mia hinüber, dann sah sie wieder die Fotos an.

»Aber was ist mit den Tieren? Ein Fuchs? Und der Hase? Vom schwedischen Fundort?«

»Ich weiß nicht«, erwiderte Mia kurz.

»Ihr sagt *er«*, sagte Goli. »Sind wir denn sicher, dass es ein Mann war?«

Munch schaute zu Mia hinüber.

»Ja«, sagte sie rasch und stand auf. »Aber ich muss jetzt los, also vielen Dank und viel Glück.«

Sie verließ den Raum, so schnell sie konnte, und hatte schon ein gutes Stück vom Gang hinter sich gebracht, als er sie einholte. Er war nicht gerade in Spitzenform. Er atmete schwer über seinem runden Bauch, während er sie wieder mit dem neugierigen Blick ansah, den er schon im Fahrstuhl gehabt hatte.

»Du bist sicher, dass du nicht …?«

»Nein, danke«, antwortete Mia entschlossen und griff nach der Türklinke.

Er begleitete sie nach draußen.

»Hier«, sagte er und gab ihr eine Visitenkarte. »Ruf mich an. Jederzeit. Wenn du dir die Sache anders überlegst. Oder wenn dir noch etwas einfällt. Okay?«

»Okay«, sagte Mia und steckte die Karte in die hintere Tasche ihrer Jeans, während sich die Fahrstuhltüren mit einem Pling langsam öffneten.

Draußen auf der Straße kam ihr die Frühlingsluft noch frischer vor als sonst. Mia blieb ganz still stehen, bis sich das Hämmern unter ihrem Pullover gelegt hatte.

Dann ging sie, so ruhig sie nur konnte, weiter in Richtung Hausmanns gate.

Um die Straßenbahn heim nach Torshov zu nehmen.

• 10 •

Sie hatte den Wecker auf 21.30 gestellt, erwachte aber schon gegen neun. Aus dem Nachbarzimmer kam dröhnende Musik, und Mia fiel ein, dass sie vergessen hatte, dass Montagabend war. Die Leute aus dem zweiten Studienjahrgang fingen dienstags erst spät an, und so hatte sich dieser Brauch entwickelt. Das Montagsbier. Vorglühen in der Vogts gate. Geschminkte, kichernde angehende Polizistinnen, oft zehn, fünfzehn, die sich in dem kleinen Gemeinschaftsraum zusammendrängten. Mia hatte mit dem Gedanken gespielt, etwas zu sagen, hatte sich die Sache aber gleich anders überlegt. Wenn die sich um Sinn und Verstand trinken wollten, sollte das ja wohl erlaubt sein. Aber musste das gerade da passieren, wo Mia wohnte? In dieser Wohnung, die ohnehin viel zu klein war? Sie wohnten dort zu dritt, aber manchmal kam es ihr vor, als wären es viel mehr. Niemals war das Badezimmer frei. Oder das Klo. Niemals herrschte Ruhe, wenn sie sich etwas zu essen machen wollte. Mia wohnte seit fast anderthalb Jahren in Torshov, und wenn das Wetter es erlaubte, verbrachte sie oft ebenso viel Zeit im Freien wie im Haus. Sie saß gern mit einem Buch oben im Torshovpark. Oder fuhr mit dem Rad zum Baden nach Maridalen. Lieber das, als in der engen Wohnung zu hocken und den ganzen Lärm hören zu müssen. Das Geplapper. Das Gerede über nichts. Mia Krüger war fast allergisch gegen solche Leute. Da war es viel besser, allein zu sein, durch die Straßen zu stromern. Auch nachts. Zwei Fliegen mit einer Klappe. Mit ihren eigenen Gedanken allein zu sein.

Und Sigrid suchen zu können.

Sie hätte gern geduscht, aber an diesem Abend bestand dazu natürlich keine Gelegenheit, deshalb zog sie ihre engen schwarzen Jeans an und suchte sich ein schwarzes T-Shirt und einen dünnen, aber dennoch warmen schwarzen Pullover heraus. Sie holte die große Tasche aus ihrem Versteck im Schrank, nahm das, was sie brauchte, heraus und steckte alles in ihren Rucksack. Handschuhe. Eine Taschenlampe. Einen Packen Handzettel. Wie viele? Fünfzig? Der Vorrat in der Tasche schrumpfte bereits.

Haben Sie diese Frau gesehen?

Sigrid Krüger?

Bitte, rufen Sie an, wenn Sie etwas wissen!

Bald würde sie wieder ins Büro in der Schule gehen und betteln müssen, weitere Kopien machen zu dürfen. Mia schnallte das Armholster um, sodass der Messergriff unmittelbar unter der linken Achselhöhle saß. Ein schwarzes EKA Nordic aus durchgehendem Metall mit einem Griff aus gummiertem Kunststoff, der das Messer leicht machte und doch gut in der Hand liegen ließ. Es war natürlich verboten, mit einem Messer durch Oslo zu wandern, und wenn sie erwischt würde, könnte sie sogar ihren Studienplatz verlieren, aber sie hatte nicht vor, in dieser Stadt die ganze Nacht unterwegs zu sein, ohne sich verteidigen zu können. Die Leute waren so naiv! Mit der Straßenbahn zur Arbeit und zurück. Essen mit Freunden und Verwandten. Bei Tageslicht. Mittelmäßige Unterhaltung im Fernsehen, aber fesselnd, dann etwas dümmer, aber zutiefst zufrieden ins Bett. Schönes Oslo. Sicheres Norwegen. Wo alle strahlend in ihren Trekkingjacken wandern gingen. *Hei, hei. Nein, wie schön, dich zu sehen.*

Bis die Finsternis kam.

Und alle Kakerlaken erwachten.

Mia schob das Messer ins Holster, zog ihre Doc-Martens-Boots an, streifte eine schwarze Kapuzenjacke über und zog sich die Mütze tief in die Stirn. Dann warf sie einen letzten Blick auf ihr Bild im Spiegel beim Kleiderschrank, ehe sie ging.

Ihr gefiel, was sie da sah.

Fast eine Verkleidung.

Ein Panzer gegen alles, was ihr auf der Straße begegnen könnte.

Sie senkte den Kopf auf dem Weg durch den Lärm, und bald darauf saß sie in der Straßenbahn in Richtung Innenstadt.

Oslo S.

Die Platte.

Da fing sie immer an.

Dort versammelten sich die Junkies.

Heroin?

Mia hatte ihren Ohren fast nicht trauen wollen, als es ihrer Schwester herausgerutscht war. Sie hätte es nicht erfahren sollen, aber sie hatte Sigrid in die Mangel genommen. Was zum Teufel ist los mit dir? Ich sehe dich ja kaum noch. Wollten wir nicht zusammen sein? Spaß haben? Eine Ausbildung machen? In Oslo? Ich habe in deiner Schule angerufen – ja, das habe ich wirklich –, und sie haben gesagt, dass du nicht mehr dort bist. Dass du kaum da gewesen bist. Krankenschwester. Wolltest du das nicht werden? Was zum Teufel ist los?

Ich fixe wirklich nicht.

Wir rauchen bloß.

Die Schwester sah müde und dünn aus, mit matten Augen unter den früher einmal so schönen langen blonden Haaren.

Fixen?

Rauchen?

Wovon redest du da, zum Teufel?

Sigrid.

Das liebste, tüchtigste, bravste Mädchen von ganz Åsgårdstrand.

Eine, die Handball spielte, ritt, in der Schule gut war und freiwillig im Seniorenzentrum arbeitete.

Nein.

Mia hatte das für einen Witz gehalten.

Dass jemand mit einer Kamera hereinkommen, der Schwester die matte Schminke aus dem eingefallenen Gesicht wischen, Konfetti an die Decke werfen und sagen würde, sie hätten sich das nur ausgedacht, um Mia einen Streich zu spielen.

Ich höre wirklich auf.

Verdammt, Sigrid …

Natürlich höre ich auf, nur nicht sofort. Ja, ich hab Schulden. Nicht sehr viel, nur ein paar Tausend. Könntest du mir etwas leihen? Bloß für einige Tage? Bitte?

Sie waren zusammen gegangen.

Zum Geldautomaten.

Mia hatte fast ihr ganzes Guthaben abgehoben.

Zehntausend Kronen.

Das war jetzt drei Monate her.

Damals hatte sie ihre Schwester zum letzten Mal gesehen.

Wo bist du, Sigrid?

Sie zog einige Handzettel aus dem Rucksack und ging durch die Menschenmenge. Christian Frederiks plass. Mitten zwischen dem Hauptbahnhof und der Osloer Börse. So genannt nach dem dänischen König, der einmal über Norwegen geherrscht und der in dem gepflegten Schlossgarten seinen Tee getrunken hatte. Dort gaben sich jetzt die Junkies der Stadt ein Stelldichein. Viel Königliches war hier nicht mehr zu sehen. Der Abfall der Menschheit. Die Verlierer. Die Touristen hatten sich beklagt. An dieser Stelle stiegen sie aus dem Expresszug vom Flughafen und wollten das schöne Oslo besuchen, und dann stießen sie zuerst auf das hier. Horse, H, Minus, Hero, Staub, Schnee, Heroin. Zitternde dünne, schmutzige Finger über löchrigen Jogginghosen und verschlissenen alten Daunenjacken. Tausend Kronen das Gramm. Fünf Tagesdosen pro Gramm. Zerknülltes Silberpapier über einem Feuerzeug. Das Blubbern, das Zischen. Die Nadel, die die goldbraune Flüssigkeit in sich hineinsog. Der rote Gummischlauch um die dünnen Arme. Damit die Adern hervortraten. Die abgeschnittenen Trinkhalme. Vom Burger King gleich um die Ecke. Für die, die lieber rauchten. Bibbernde Gestalten, menschliche Zombies, im Kreis auf dem kalten Asphalt, gebeugt über das Allerheiligste, mit diesen weißen, selbst gemachten Pfeifen im Mund. Mia hätte fast gekotzt, als sie diesen strengen Geruch zum ersten Mal wahrnahm. Jemand hatte gleich neben ihr eine Pfeife angezündet. Ein Junge und ein Mädchen. Nicht älter als fünfzehn, sechzehn. Großer Gott. Sie war so verzweifelt gewesen. Fast alles Schöne auf der Welt schien einfach aus ihr herausgesogen zu werden. Alles Gute. Alles Heile. Verschwunden in einem winzigen Augenblick. Der Anblick dieser Jugendlichen hier auf der Straße. Fast schon tot. Die Erniedrigung. Und dann das Lächeln, das sich plötzlich in den jungen Gesichtern ausbreitete, als der Stoff seine Wirkung tat und sie für einen kurzen Moment von dem ganzen Elend befreite.

»Hallo, Polly. Wie geht's?«

Sie war jetzt schon oft hier gewesen. Anfangs waren die Menschen vor ihr zurückgewichen. Drogensüchtige Instinkte. Sie konnten es fast in Mias Augen lesen. Dass sie nicht zum Kaufen hergekommen war. Dass sie nicht hierhergehörte. Aber sie hatten sich irgendwann an sie gewöhnt, hatten sie in die Herde aufgenommen.

Das ist nur die, die ihre Schwester sucht. Hallo, hat irgendwer ihre Schwester gesehen? Wie hieß die doch noch gleich? Weiß irgendwer was? Du hast nicht gerade mal ein paar Kronen? Für den Bus? Für einen Kaffee? Nur ein paar Münzen? Sigrid, hat irgendwer eine Sigrid gesehen? Eine Neue aus Horten?

Das erschöpfte Mädchen vor ihr nickte langsam, konnte kaum die Augen offen halten, schaffte es aber auf irgendeine Weise doch, auf den Beinen zu bleiben. Weltmeister, diese Junkies. Im Durchhalten. Null Schlaf. Null Nahrung. Dennoch, tagaus, tagein hielten sie sich in Gang, wie selbst laufende Motoren, ohne Treibstoffzufuhr, nur ab und zu ein Schuss.

Die Augen des Mädchens leuchteten auf, als es Mia sah.

»Hallo, du bist das? Was machst du hier?«

Das Junkiemädchen, das Polly hieß, schaute sich verstohlen um und zog die graue Strickjacke fester um sich. Eine murmelnde, träge Stimme kam von trockenen, gesprungenen Lippen.

»Das hatten wir doch abgemacht?«, sagte Mia vorsichtig. »Dass ich kommen würde. Mit einem Geschenk für dich. Weißt du das nicht mehr?«

Langsame Gedankenarbeit unter der verdreckten Mütze.

»Ach doch. Scheiße.«

Plötzlich verzog sie ihr Gesicht zu einem zaghaften Lächeln.

»Hast du sie dabei?«

»Ja«, sagte Mia und nickte zu ihrem Rucksack hinüber. »Du wolltest mir helfen, erinnerst du dich? Du hast gesagt, du weißt vielleicht, wo Sigrid sein kann?«

Gerunzelte Stirn und ein neuer Blick um sich herum.

»Komm. Nicht hier.« Polly nickte und ging mit schlurfenden Schritten vor Mia her zur Ecke der alten Bahnhofshalle.

Schaute sich abermals um.

Paranoia.

Das hier war nicht gerade der sicherste Ort der Welt.

Die Platte.

»Kann ich mal sehen?«, fragte Polly mit neugierigem Lächeln und kratzte sich ein bisschen im Gesicht.

»Natürlich«, sagte Mia und streifte den Rucksack ab. »Aber du wolltest mir helfen, nicht wahr?«

»Sicher, unbedingt«, Polly nickte nervös. »Welche Farbe hat sie?«

»Wolltest du nicht Rosa?«, fragte Mia und zog die kleine Puppe aus dem Rucksack.

Polly. Aus Bergen. Die Erste, die zu ihr gekommen war. Mit dem Zettel in der Hand.

Ich weiß, wer sie ist.

Sigrid.

Ich habe sie gesehen.

Das war jetzt drei Wochen her, und seither war Mia an jedem einzelnen Abend hergekommen, ohne Erfolg. Das junge Mädchen mit den zerzausten Haaren war wie vom Erdboden verschluckt gewesen, aber nun war es endlich wieder da.

Ich kann dir helfen.

Glaub ich.

Aber ich hab einen Wunsch.

Ein Geschenk?

Kannst du das besorgen?

Ihr Konto war fast leer. Schon wieder. Naiv und dilettantisch hatte sie anderen Geld gegeben. Gegen Tipps. *Ja, die kenn ich. Gib mir dreihundert Kronen, dann ruf ich mal an.* Das waren keine Samariter, diese Junkies, hier ging es natürlich ums Überleben, egal, wen man betrügen musste. Deshalb hatte sie damit aufgehört, war erwachsen geworden, aber der Wunsch dieses Mädchens war etwas so Besonderes gewesen, dass sie es ihm nicht verweigern konnte.

Eine Cabbage-Patch-Puppe.

So eine hatte ich, als ich klein war.

Die hat auf mich aufgepasst.

Glaubst du, du kannst mir eine Neue besorgen?

Mia Krüger weinte nicht oft, fast nie, aber an diesem Morgen auf dem Heimweg hatte sie die Tränen nicht zurückhalten können. So müde. So wenig Schlaf. Keine Sigrid, nirgends. Dieses viele Elend. Und dann wollte das arme Mädchen eine Puppe?

Großer Gott.

Natürlich.

Klar kriegst du eine Puppe.

Sie war in einen Spielwarenladen gegangen, sowie sie aufgewacht war, hatte nicht einmal gefrühstückt, und hatte ihre letzten Kronen ausgegeben. Sie lag mit der Miete ein wenig im Rückstand, aber scheiß drauf, es ging eben nicht anders.

Es war, als ob jemand in den müden Augen ein strahlendes Licht angezündet hätte, als das junge Mädchen nun die Puppe entgegennahm und sich an die Wange presste. Zwei kurze Sekunden, dann wieder dieser Blick, ehe sie rasch den Pullover hochzog und die Puppe darunterschob.

»Tausend Dank.«

»Keine Ursache. Aber du weißt etwas, hast du gesagt?«

Das Mädchen nickte vorsichtig und schaute sich erneut nervös um.

»Aber das weißt du nicht von mir, okay?«

»Nein, natürlich nicht.«

»Die bringen mich um.«

»Was?«

Murmelnd jetzt, flüsternd, sie konnte fast nicht hören, was Polly sagte.

»Die sagen, du bist eine von den Neuen. Die reisen.«

»Reisen? Wie meinst du das?«

Polly zuckte plötzlich zusammen, weil drüben auf dem Platz Unruhe aufgekommen war, lärmende Uneinigkeit, trampelnde Füße auf dem Asphalt, irgendetwas funkelte auf.

Und dann war es hier offenbar gar nicht mehr sicher.

Gesichter kamen über den Platz auf sie zu.

He, Polly, was machst du denn da?

»Markus Skog«, murmelte Polly, senkte den Kopf und zog die Strickjacke noch fester um sich, dann rannte sie hinaus in die Dunkelheit und war verschwunden.

Was?

Mia wurde wütend. Sie musste den Gesichtern ausweichen, die fragend auf sie zukamen, um niemandem etwas anzutun.

Markus Skog.

Markus *fucking* Skog.

Sie schäumte vor Wut, als sie den Platz und die Junkies verließ und keuchend am Eingang zu Byporten stehen blieb, während sie versuchte, sich zu beruhigen.

Ruhig, Mia.

Nicht so böse werden.

Auch wenn du ihn umbringen möchtest.

Auch wenn er es verdient hätte, in der Hölle zu verfaulen.

Das hilft Sigrid doch nicht, stimmt's?

Mia streifte sich die Kapuze über den Kopf und holte tief Atem.

Sie fühlte sich plötzlich so müde.

Keine Kraft.

Obwohl sie vor Kurzem geschlafen hatte.

Ein Auto fuhr mit offenen Fenstern an ihr vorbei. Jugendliche, die Flaschen schwenkten und zu Musik grölten, Bauern auf Stippvisite in der Stadt, abendliches Fest in Oslos Straßen. Ein plötzlicher Flashback, als Mia hörte, was die auf ihrer Anlage laufen ließen.

Weezer.

Diese Nerdband aus Kalifornien, die Sigrid ihr unbedingt hatte vorspielen wollen.

Das erste Mal, eigentlich, dass Mia gedacht hatte: Hier stimmt etwas nicht.

Die süße Sigrid.

Die gern Céline Dion und Whitney Houston hörte. Die Poster der Backstreet Boys und von NSYNC an der Wand hatte.

»Hör dir das mal an, Mia, ist das nicht cool?«

Ein Sommerabend im Garten in Åsgårdstrand. Als es noch immer sie beide gegeben hatte. Die Eltern waren ausgegangen, und sie hatten das Haus für sich. Schwesternfest. Champagner, Erdbeeren und die rosa Fischsuppe, die Sigrid immer kochte und die nicht besonders toll schmeckte, die aber trotzdem dazugehörte.

Der Wagen mit den grölenden Jugendlichen verschwand in der Fred. Olsens gate, die Musik aber hing Mia noch immer in den Ohren.

Weezer.

Im Garten unter den Lampions.

Da hatte sie zum ersten Mal von ihm erzählt.

Markus Skog.

Dass sie sich verliebt hatte.

In einen Musiker aus Horten.

Dass Mia versprechen musste, den Eltern nichts zu sagen, denn denen würde er nicht gefallen.

Weil er anders war.

Weil er es schwer gehabt hatte.

Aber es würde schon in Ordnung kommen.

Denn sie hatte versprochen, ihm zu helfen.

Denn er konnte so viel.

Er war so tiefgründig.

Diese Musik, zum Beispiel?

War die nicht cool?

Schau mal, das ist das Logo …

In ihrem weißen Kleid tanzte sie barfuß durch das warme Gras, während sie auf eine Weise lächelte, die Mia noch nie an ihr gesehen hatte, fast ganz versunken, so glücklich, die Finger beim Tanzen vor sich überkreuzt, sodass sie ein W bildeten.

Weezer.

Dieser verdammte Markus Skog.

Scheißblödmann.

Scheißjunkie.

Das alles war seine Schuld.

Mia zog sich die Kapuze weiter über den Kopf und ging mit schweren Schritten auf die Ampel zu. Sie wollte gerade auf den Knopf drücken, als ihr plötzlich ein Gedanke kam.

Oh, verdammt …

Sie zitterte jetzt fast, als sie das Handy aus dem Rucksack zog und mit zitternden Fingern die Nummer wählte.

»Ja, Munch?«

»Ich glaube, ich hab's.«

»Mit wem spreche ich?«

»Mia. Mia Krüger. Ich glaube, ich habe kapiert, was ich nicht gesehen habe.«

»Ach ja?«

»Der Gips. Sein Gips. Er hatte sich die Hand gebrochen, nicht wahr?«

»Äh, ja …?«

»Er hat darauf geschrieben.«

»Wer?«

»Der Täter. Er hat den Gips signiert.«

»Wie …?«

»Alle anderen haben ganze Namen geschrieben«, erklärte Mia. »Er aber nicht. Nur einen Buchstaben. Sehen Sie es sich selbst an. Idiotisch, dass mir das nicht sofort aufgefallen ist.«

»Können wir morgen früh darüber sprechen?« Munch hörte sich verschlafen an. »Wir haben um neun eine Besprechung für alle. Kommen Sie?«

»Überleg ich mir noch.«

»Okay, schön.«

Mia lächelte vor sich hin und ließ das Handy wieder in ihren Rucksack gleiten.

• Teil 2 •

• 11 •

Die zwölf Jahre alte Lydia Clemens hockte in dem Wäldchen, hielt den gespannten Bogen in festem Griff und fand es traurig, dass die Welt bald untergehen würde. Dass alles Schöne um sie herum bald verschwinden würde. Die Leberblümchen am Baumstumpf. Die Rehe, die draußen im Moor ästen. Die grünen Blätter an der großen Birke, unter der sie sich bei ihren Streifzügen oft ausruhte. Das alles würde bald verschwinden, nur, weil die Menschen dort draußen böse waren und den Erdball zerstörten. Wann genau, wusste sie nicht, aber es würde nicht mehr lange dauern, denn das hatte Opa Willy gesagt. Deshalb wohnten die beiden allein hier draußen und hatten gelernt, ohne Hilfe von anderen zu überleben. Wie ein langer, düsterer Winter würde es werden. *Die lange Zeit.* Ewiger Frost und Schnee und Kälte. Und dann müssten alle versuchen, so gut sie konnten, zurechtzukommen, bis Mutter Erde sich von allen bösen Menschen befreit hatte, von denen, die nicht aufeinander und auf den Planeten aufpassen konnten. Das war wirklich dumm. Dass alles hier verschwinden würde. Vor allem jetzt, wo der Frühling gekommen war.

Sie hatte allein auf dem Weg hierher schon sechzehn verschiedene Frühlingsblumen und -sträucher gezählt. Gelbstern, Haselnuss, Huflattich, Buschwindröschen, Gundelrebe, Krähenbeere, Krokus, Schlüsselblume, Milzkraut, Weidenkätzchen, Wollgras, Gänseblümchen, Seidelbast, Butterblume, Hellerkraut und Frühlings-Segge. Dazu noch die Leberblümchen, die natürlich die Schönsten waren. Lydia liebte die Farbe Lila, und die sechs Blütenblätter der Leberblümchen, die die weißen Samenkapseln umkränzten, waren doch fast lila, oder? Vielleicht nicht ganz, aber jedenfalls waren sie wunderschön. Die Leberblümchen hatten wie alle anderen Blumen und Pflanzen in ihrer Umgebung auch einen lateinischen Namen, oder einen *echten Namen,* wie Opa Willy das nannte, wenn sie in dem kleinen Haus Schulstunde abhielten. *Hepatica nobilis*. Hepatica, weil das Leber bedeutete, also das große Organ, das bei Menschen auf der rechten Seite unter dem Brustkorb saß und das der Körper brauchte, um sich selbst zu reinigen. Die Blätter der Leberblümchen waren geformt wie eine Leber.

Opa Willy hatte ihr von der Signaturenlehre erzählt, einem alten Glauben daran, dass gleich durch gleich geheilt wird. Da das Leberblümchen leberförmige Blätter hatte, waren diese gegen Leberkrankheiten benutzt worden. Andere Pflanzen hier im Wald hatten ebenfalls Namen, die damit zusammenhingen, wozu sie benutzt worden waren, zum Beispiel Herzwurz, Lungenwurz und Gelbsuchtflechte. Die beliebteste und wichtigste Pflanze war die Alraune. Sie hatte eine Wurzel, die einem Menschenleib ähnelte, deshalb glaubten die Menschen, sie könne fast jede Krankheit heilen. Und ehe die Menschen alles mit ihrer neuen Technologie zerstört hatten, waren Alraunen sehr teuer gewesen und fast für heilig gehalten worden.

Sie hatten sie ein wenig seltsam angesehen, die beiden

Lehrer, mit denen sie einmal pro Jahr sprechen musste. Sie hatten den Kopf geschüttelt, als sie das erste Mal zu dem kleinen Haus gekommen waren. Und sie hatte auch gehört, was sie gesagt hatten, auch wenn das nicht für ihre Ohren bestimmt gewesen war: *Ein Kind kann doch wohl nicht hier draußen leben?*

Opa Willy war unvorstellbar wütend geworden. Er war fast übergekocht vor Wut, als sie ihm erzählte, was sie gehört hatte, und fragte, was denn das Jugendamt sei. Sonst war er nie so. Er war freundlich und lieb und sehr witzig, und Lydia fand, sie habe Glück, weil sie die *lange Zeit* gerade mit ihm verbringen durfte. Niemand war so klug wie Opa Willy. Er konnte alles Mögliche, und Lydia saß während der Schulstunde oft mit offenem Mund da und war beeindruckt von seinem großen Wissen. Er war wie eine lebende Bibliothek. Lydia war nicht weit herumgekommen, sie war einige Male unten in Vassenden gewesen, wenn ihnen die Waren ausgingen, die sie nicht selbst anbauen konnten, Zucker zum Beispiel.

Aber sie wusste sehr viel über die Welt. In einem Land namens Ägypten, in einer Stadt namens Alexandria, hatte es einmal die schönste Bibliothek der Welt gegeben, mit all dem Wissen, das die Menschen brauchten, um friedlich zusammenzuleben. Aber dann hatten die Bösen die Bibliothek abgebrannt, und jetzt war das meiste von diesem Wissen verloren. Stattdessen hatten diese bösen Menschen den anderen eingeredet, dass oben in den Wolken ein Mann wohnte, der sie sehen konnte. Und wenn sie nicht taten, was dieser Mann wollte, würden alle auf Erden an einem Ort brennen, der Hölle hieß. Das machte die Leute überaus nervös und ängstlich, und obwohl manche versuchten, sich zu wehren und zu sagen, dass das gar nicht stimmte, solche wie Opa Willy, so hatten die Bösen am Ende doch gewonnen. Und draußen in der Welt mussten die Leute die Köpfe senken und den Mann in den Wolken um Hilfe und Vergebung anflehen, wenn sie etwas falsch gemacht hatten. Und dann mussten sie das Geld abgeben, das sie verdient hatten, denn obwohl der Mann in den Wolken alles wusste und alles konnte, konnte er offenbar selbst kein Geld verdienen und brauchte ungeheuer viel, und er hatte einige besondere Menschen eingestellt, die wussten, was er brauchte, und die das Geld für ihn eintrieben.

Geschichte. Und Naturkunde. Das waren Lydias Lieblingsfächer. Und Physik. Ups, nein, jetzt hätte sie fast die Mathematik vergessen, und die war doch eigentlich ihr Lieblingslieblingsfach. Opa Willy war der lustigste Lehrer auf der Welt, denn bei ihm wurde alles spannend, was er erzählte, nicht so wie bei denen, die einmal im Jahr bei ihnen nachsehen kamen. Die über sie gelacht und nicht einmal gewusst hatten, was die Signaturenlehre war. Mathematik. Die Zahlen, die in allem waren. In der Bogensehne, die sie jetzt vor ihrem rechten Auge spannte. In den Blättern der Eschen auf der anderen Seite des Moores, die nun auch grün geworden waren. Lydia beobachtete sie schon das ganze Jahr hindurch, denn Opa Willy hatte gesagt, die Eschen seien gütig und gern bereit, den Menschen zu helfen. Und er hatte wohl recht, wie fast immer, denn einmal, als sie die Arme um den einen Baum gelegt hatten, hatte sie fast ein Flüstern hören können: *Du bist die Prinzessin der langen Zeit.* Und seither hatte sie den Baum fast jeden Tag besucht, wenn sie nicht in ihrem kleinen Haus zu viel zu tun gehabt hatte. Was natürlich oft der Fall war, denn es reichte nicht, sich auf alles vorzubereiten, was kommen würde. Wie viel brauchten sie eigentlich von allem? Das kleine Haus war ja zu klein, um viel darin zu lagern, das war klar. Es gab dort nur Küche, Badezimmer, Opa Willys Zimmer, ihr Zimmer und das Klassenzimmer. Es war deshalb unvorstellbar gut, dass Opa Willy fast sein ganzes Leben damit verbracht hatte, den geheimen Bunker zu graben, dessen Eingang nur sehen konnte, wer wusste, dass es ihn gab. Da war viel Platz! Fast wie in einem ganzen Saal! Der Bunker war auch so eingerichtet, dass sie dort unten schlafen könnten und beschützt wären, wenn die Bösen ihre Kriege anfingen. Denn so würde alles beginnen. Mit Kriegen. Draußen in der Welt war es schon so weit. Fast jeden Abend, wenn sie in einem der Bücher gelesen hatte, die Opa Willy für sie in der Bibliothek unten in Vassenden ausgeliehen hatte, und wenn sie im Badezimmer war, um sich zum Schlafen fertig zu machen, erzählte Opa Willy ihr die letzten Nachrichten aus der Welt draußen. Lydia wusste natürlich, was Zeitungen und Internet und Fernsehen waren, aber das hatten sie dort draußen im Wald nicht. Denn dort wurden ja nur Lügen verbreitet. Alles gehörte denen, die an den Mann in den Wolken glaubten, und sie wollten die anderen nur ausnutzen, sie dazu bringen, Dinge zu kaufen, die sie gar nicht brauchten und die am Ende den ganzen Erdball zerstören würden. Aber Opa Willy hatte ein Radio. Keins von denen mit einer kleinen Antenne, die daran hochragte, nein, es war ein richtiges Radio. Ein Langwellenradio. Es stand in einem eigenen Raum unten im Bunker, und mit diesem Radio konnte Opa Willy mit anderen wie ihnen reden. Die auch gut waren, die sich ebenfalls vorbereiteten, und wenn alles vorüber wäre, würden sie aufbrechen und sich treffen, auf einer Erde, die dann rein und gut und schön war.

Jetzt führen sie Krieg in Sri Lanka.

Opa Willy stand hinter ihr, während sie sich die blonden Haare bürstete, damit nicht alles verfilzte.

Jetzt führen sie Krieg in Angola.

Als sie die Asche abwusch, die sie sich auf die Wangenknochen strich, ehe sie auf die Jagd ging, damit die Sonne ihr nicht zu stark in die Augen schien.

In Afghanistan führen sie noch immer Krieg.

Wenn sie sich die Zähne putzte.

Jetzt bringen sie sich auf der Westbank schon wieder gegenseitig um.

Lydia hatte noch nie einen Krieg erlebt, hatte nur darüber gelesen und Opa Willys Erzählungen gehört. Krieg bedeutete, dass ganz normale Menschen, solche wie sie, anfingen, sich gegenseitig mit Waffen umzubringen, weil sie sich über irgendetwas nicht einig waren. Meistens ging es darum, welche Haarfarbe der Mann in den Wolken hatte oder ob der Mann in den Wolken gesagt hatte, *dies ist erlaubt, oder jenes ist erlaubt.* Sie konnten sich gewissermaßen nicht so recht entscheiden, und da brachten sie sich gegenseitig um. Manchmal konnten sie sich auch nicht einigen, wem welcher Teil des Landes gehören sollte oder ob dieser Berg und dieser Fluss diesem oder jenem gehörte, und dann fingen sie an, sich deshalb gegenseitig umzubringen. Krieg war der Anfang vom Ende, und jetzt war es so weit gekommen, dass bald die *lange Zeit* anbrechen würde.

Lydia ließ den Bogen sinken und verspürte wieder diese Traurigkeit, weil alles Schöne um sie herum verschwinden würde. Sie hatte keine Freunde, kannte keine anderen Kinder. Das hier war also eigentlich das Einzige, was sie hatte. Nicht, dass es wenig gewesen wäre, das nicht, sie liebte die Bäume, den Fluss, die Vögel – ja, alles um sie herum –, und sie würde wirklich traurig sein an dem Tag, an dem die Finsternis auch hierherkam. Es war eigentlich seltsam. Wie verletzlich alles war. So wie jetzt, zum Beispiel. Sie hatte auf das Reh gezielt. Wenn sie die Sehne losgelassen hätte, wäre der Pfeil über das Moor und in den Kopf des schönen Tieres geflogen, und dessen Leben wäre dann zu Ende gewesen. Das Reh hätte nicht mehr atmen können, sein Herz würde schon nach einer Sekunde nicht mehr schlagen, nur, weil Lydia die Finger so bewegt hatte, dass die Sehne losgeschnellt war, war das nicht doch seltsam? Warum war nicht alles um sie herum, na ja, zäher? Dann könnten die Natur und die Tiere, und, ja, auch die guten Menschen diesem vielen Bösen widerstehen? Sie hatte Opa Willy eines Tages, als sie eine offene Stunde abhielten, danach gefragt. Das kam nur vor, wenn sie nicht das durchnahmen, was auf dem Stundenplan stand, und dann durfte sie fragen, was sie wollte, aber er hatte keine Antwort gehabt. Er war nur traurig gewesen. Hatte sich in seinem wilden Bart gekratzt und bedauernd den Kopf geschüttelt und sie mit seinen warmen braunen Augen angesehen und gesagt: *Das wüsste ich auch gern, Liebes.*

Und da hatte sie begriffen: Opa Willy war zwar der klügste Mann der Welt, aber nicht einmal er wusste alles.

Wie zum Beispiel das mit dem anderen Haus tief im Wald.

Darüber wusste er nichts.

Und dass ihr andere Kinder fehlten.

Jemand zum Spielen.

Und dass im Fernsehen manchmal Dinge gezeigt wurden, die witzig und interessant waren und bei denen sie sich innerlich ganz warm fühlte.

Und nun war sie dahin unterwegs.

Zu dem Haus tief im Wald.

Sie hatte es durch einen Zufall entdeckt.

Und jetzt ging sie so oft hin, wie sie es nur wagte.

Denn sie konnte durch die Fenster hineinschauen.

Und manchmal hatte der Mann, der dort draußen wohnte, seinen Fernseher laufen.

Sie hatte ein schlechtes Gewissen, konnte es aber doch nicht ganz lassen.

Beim letzten Mal hatte sie sich ganz dicht an die Fensterscheibe herangeschlichen.

Ui, das war ja vielleicht spannend gewesen!

Sie hatte eine Froschpuppe gesehen, die mit einer Schweinepuppe gesprochen hatte und die wohl eine Art Prinzessin war, denn sie trug ein unvorstellbar schönes rosa Kleid und konnte Dinge verschwinden lassen, wenn sie einen Zauberstab schwenkte.

Die Zwölfjährige schaute zu der schwachen Sonne hoch und rechnete ein wenig.

Doch, das würde gut gehen.

Zum Abendessen wäre sie wieder zurück.

Lydia Clemens lächelte, schob den Pfeil zurück in den Köcher, hängte sich den Bogen um und lief durch das feuchte Moor zum Wald auf der anderen Seite.

• 12 •

Dienstagmorgen. Achtundvierzig Stunden. Fredrik war mit dem Fahrstuhl unterwegs in den zweiten Stock und konnte sich nicht erinnern, wann er zuletzt so schlecht geschlafen hatte. Normalerweise machten sie ihm keine Probleme. Die Fälle. Wie damals, als er zum ersten Mal eine Leiche gesehen hatte – eine ältere Frau, die oben in Sagene in ihrem eigenen Bett ermordet worden war, und er war als einer der Ersten am Tatort gewesen. Aber das hier? Er drückte auf den Fahrstuhlknopf und versuchte, sich zusammenzunehmen. Er sah für einen Moment sein Gesicht in den blanken Türen, wandte sich jedoch ab, konnte seinen Anblick an diesem Tag nicht ertragen, so, wie er sich zu Hause im Badezimmer vorhin noch gesehen hatte, müde und verhärmt und auf der Suche nach seiner Zahnbürste. Fredrik konnte die Bilder nicht verdrängen. Das, was er in dem kleinen roten Brunnenhaus gesehen hatte. Sie waren fast unwirklich, wie etwas, das man nur im Film sah, so grausam, so finster. Er war nicht darauf vorbereitet gewesen, es hatte seine Bollwerke durchschlagen, und seither flimmerten ihm die Details immer wieder vor Augen. Zwei Stunden hatte er geschlafen. Vielleicht drei. Er hatte sich im Bett von einer Seite auf die andere gewälzt, verzweifelt fast, hatte genau gewusst, was für ein Tag ihn erwartete, dass er alle Kräfte brauchen würde. Die gemeinsame Besprechung nach achtundvierzig Stunden. Es war irgendwie immer ein Wendepunkt, wenn die ersten beiden Tage vorüber waren. Er hatte jetzt bei fünf Fällen mit Munch zusammengearbeitet, und das Prozedere, dem sein fähiger Chef folgte, war immer das gleiche. An den ersten beiden Tagen reagierten sie nicht auf das, was sie herausfanden. Es ging nur um das Sammeln von Informationen. Jedenfalls wenn sie nichts Direktes hatten, nichts Konkretes, dem sie nachgehen konnten. Damals, bei seinem ersten Mordfall, da konnte er es nicht verhindern, dass alles eine Wirkung auf ihn hatte. Munch war so ruhig geblieben, während er selbst ungeduldig auf seinem Stuhl herumrutschte. Eine Frau war in ihrer eigenen Wohnung umgebracht worden. Warum unternahmen sie nichts? Egal, was? Aber er hatte rasch begriffen, dass es nicht so lief. Es ist kein Sprint, das hier ist ein Marathon. Fredrik warf nun doch einen Blick auf die spiegelblanken Flächen, als der Fahrstuhl pling machte, einfach, um sich davon zu überzeugen, dass er nicht wie ein vollständiges Wrack aussah, denn so fühlte er sich. Würde er diesmal an die Reihe kommen? Vor die Wand laufen? Er hatte Geschichten über die hartgesottensten Ermittler gehört, die scheinbar ohne irgendwelche Folgen jahrzehntelang weitergemacht hatten, bis dann ganz unerwartet ein Fall aufgetaucht war, der ihnen dermaßen zu schaffen machte, dass sie einfach aufhören mussten. War es dieser Fall? Für ihn?

Er musste den Kopf senken. Durch die kleine Tür treten.

Dieser Geruch.

Er wusste nicht, was es war, aber etwas war es.

Kälte.

Etwas Fauliges.

Unmenschlich.

Zeitschriften auf dem Boden. Barbusige Frauen auf den Titelseiten. Ein Lockmittel vermutlich, erotische Magazine, spannend für elfjährige Jungen.

Die Flaschen an der einen Wand.

Cola.

Limonade.

Leere Tüten.

Süßigkeitentüten.

Einen Moment lang war ihm übel.

Fredrik schob sich das Hemd in die Hose, strich den blonden Pony zur Seite und versuchte, etwas aufzusetzen, das einem normalen Gesichtsausdruck ähnelte, als vor ihm die Fahrstuhltüren aufglitten.

Der Besprechungsraum. Er versuchte, nicht sofort die neuen Fotos anzusehen, die an der Querwand befestigt waren, und suchte sich einen Stuhl ganz hinten. War das jetzt vorübergehend, oder was? Nur ein kleiner Schock? Es würde sich bald legen.

Alle waren anwesend. Und es war ein seltsam gutes Gefühl, dass sie jetzt alle hier waren. Dass sie das hier zusammen machten.

»Okay allesamt«, sagte Munch ungeduldig vorn bei der Leinwand. Er schien auch nicht viel geschlafen zu haben. Zerzauste Haare. Derselbe graue Pullover und die braune Cordhose wie am Vortag. Ihr Chef kratzte sich den Bart, dann griff er nach der Fernbedienung des Projektors.

Auf der Leinwand erschien ein Bild der beiden Jungen.

»Ruben Lundgren, elf Jahre. Tommy Sivertsen. Elf Jahre.«

Neues Foto, diesmal vom Feld.

»Auf einem Feld gefunden, einige Hundert Meter von zu Hause entfernt. Ruben war nackt. Tommy war bis auf die Unterhose ausgezogen.«

Neues Bild. Jetzt aus größerer Nähe aufgenommen.

»Beide Jungen wurden erwürgt, vermutlich mit einer Angelschnur.«

Noch ein Foto.

»Wiik hat keine Anzeichen für sexuellen Missbrauch gefunden, es sind auch bei keinem der beiden äußerliche Verletzungen zu entdecken.«

Munch klickte wieder, und Fredrik musste sich für einen Augenblick abwenden. Das Innere des Brunnenhauses.

»Vierhundert Meter südlich des Fundortes haben wir das hier entdeckt.«

Neue Bilder. Die verschiedenen Gegenstände in Nahaufnahme.

»In diesen Limonadenflaschen und in diesen kleinen Schnapsflaschen wurden Reste von Rohypnol und Alkohol gefunden.«

»Verdammter Dreckskerl!« Karl Oxen konnte nicht an sich halten.

Anette Goli warf ihm einen Blick zu und legte den Zeigefinger an die Lippen, aber der Kollege konnte sich nicht beherrschen.

»Ja, aber verdammt noch mal! Süßigkeiten, Schnaps und Pornos? Und dann hat er sie umgebracht, als sie zugedröhnt waren?«

»Karl?«, unterbrach ihn Munch.

»Ja, aber zum Teufel! Wer verdammt noch mal ...«

Karl Oxen. Der Kollege, mit dem Fredrik vielleicht am allerwenigsten zusammenarbeiten wollte. Er hatte einen leichten Stich verspürt, als er erfuhr, dass auch der alte Boxer zum Team gehören würde. Er begriff eigentlich nicht, weshalb. Munch war Intelligenz doch sonst wichtiger als Stärke, oder nicht? Seht euch zum Beispiel Ludvig Grønlie an! Anette Goli? Katja van den Burg? Ja, eigentlich auch ihn selbst? Aber der eins neunzig große kräftige Mann mit

Schnurrbart und Seemannstätowierungen, der sich kleidete wie ein kanadischer Holzfäller? Fredrik war sich über die Meriten des Mannes natürlich im Klaren. Karl Oxen. Der Polizist, der so ungefähr alle organisierten Kriminellen in Ostnorwegen kannte. Alle Banden. Die Motorradclubs. Aus irgendeinem Grund hatten die Oxen wie einen ihresgleichen ins Herz geschlossen. Normalerweise hassten sie die Polizei wie die Pest, aber nein, mit Oxen redeten sie gern. Wenn jemand einen Bruch gemacht hatte oder an der Grenze ein Lkw voller Tabletten angehalten worden war, brauchte Oxen nur kurz zu telefonieren, und innerhalb kurzer Zeit wusste er immer, wer es *nicht* gewesen war. Ein ganz besonderer Mann, natürlich, und ein überaus fähiger Polizist. Aber hier in dieser Einheit? Nein! Fredrik wusste noch immer nicht, wie er sich ihm gegenüber verhalten sollte.

Egal. Oxen hatte trotz allem ausgesprochen, was alle im Raum dachten.

»Wir wollen jetzt keine zu schnellen Schlussfolgerungen ziehen, aber es kann so aussehen«, sagte Munch und klickte wieder.

Ein Übersichtsbild.

Das Feld.

Die alte Schule.

Die Kiesgrube.

Der Schießstand.

»Wie wir sehen, steht das Brunnenhaus hier. Versteckt vom Wald. Man sieht es erst aus der Nähe. Wie Karl gesagt hat, können wir uns vorstellen, dass der Täter sie hergelockt und betäubt hat. Später hat er sie erwürgt und zum Feld gebracht, wo sie so platziert wurden, wie wir sie finden sollten.«

»Mit dem weißen Lieferwagen?«, fragte Ludvig, der mit seinem Laptop auf den Knien vor der einen Wand saß.

»Möglicherweise«, sagte Munch und klickte wieder. »Wie ihr alle wisst, wurde ein solcher Lieferwagen viermal gesichtet. Ein Peugeot Boxer.«

Auf der Leinwand erschien das Bild eines weißen Lieferwagens.

Munch klickte wieder zurück zum Übersichtsbild.

»Er wurde hier gesichtet. Samstag gegen sechzehn Uhr. Und hier, Samstag gegen zwanzig Uhr. Dann wieder hier, in der Nacht auf Sonntag, gegen ein Uhr, und schließlich hier, Sonntagmorgen um sieben.«

»Wir glauben also, dass er sie die ganze Nacht dort bei sich hatte? In dem kleinen Brunnenhaus?«

Diesmal war es Katja van den Burg, die mit einem ernsteren Gesicht, als er es seit Langem gesehen hatte, zu ihnen sprach. Anders als bei Oxen hatte sich Fredrik über die Möglichkeit gefreut, mit der Niederländerin zusammenzuarbeiten. Unten in Grønland hatten sie sich sofort verstanden. Wie sie in Norwegen gelandet war, wusste er nicht so genau, aber Gerüchten zufolge hatte sie bei ihrem Militärdienst in Afghanistan einen Norweger kennengelernt und dann entdeckt, dass das Land ihr lieber war als der Mann. Sie sprach jetzt gutes Norwegisch, mit der gedehnten, ein wenig abgehackten Aussprache, die Ausländer oft hatten. Sie war umwerfend schön mit dem typischen holländischen Aussehen, groß, schlank und mit hohen Wangenknochen. Arme und Beine in alle Richtungen, und immer mit einem spöttischen Kommentar auf Lager. Sie hatten oft herzlich gelacht, und Katja war eigentlich die Einzige aus dem Team, die er auch in seiner Freizeit traf. Nicht wegen der Briefmarken. Sie hatte den Kopf geschüttelt und gefragt, wie alt er eigentlich sei, als er einmal erwähnt hatte, dass er sich soeben eine blaugrüne König Haakon von 1910 angeschafft und eine gestempelte Lærdal im Wert von zwanzig Öre bestellt hatte.

Nein, Filme. Damit verbrachten sie ihre Zeit. Er hatte sich in ihrer Gesellschaft so wohlgefühlt, dass er eine Weile sogar geglaubt hatte, ein wenig verliebt zu sein, aber eines Abends, als er ihr auf dem Sofa ein wenig zu nahe gekommen war, hatte sie ihn fast ironisch weggeschoben. *Echt jetzt, Frikk?* Aber sie traf sich trotzdem noch weiter mit ihm. Zum Glück. Das letzte Mal war allerdings eine Weile her. Im Gimle zeigten sie gerade Kubricks *2001: Odyssee im Weltraum,* und er hatte sie eigentlich fragen wollen, ob sie mitkäme, aber ja, jetzt im Moment natürlich nicht.

Sie hatten anderes zu tun.

»Noch einmal, wir können das alles annehmen, aber sicher wissen wir es nicht«, sagte Munch und holte ein neues Dia auf die Leinwand.

Dort stand nun *Moduskandidaten.*

»Ludvig?«

»Wir haben eine Liste von insgesamt vierzehn Kandidaten zusammengestellt, die sich zum aktuellen Zeitpunkt in der Nähe aufgehalten haben. Es handelt sich um verurteilte Pädophile und andere, die in unseren Fokus geraten sind.«

»Wie ihr wisst, haben wir unten in Grønland ein Team«, schaltete sich Anette Goli ein, »das alle Hinweise und Tipps aus der Öffentlichkeit aufnimmt.«

»Nachdem wir das alles überprüft haben«, fuhr Ludvig fort, »bleibt ein Mann, der überaus interessant wirkt.«

Munch klickte ein neues Bild auf die Leinwand.

»Philip Halvorsen.«

Das Foto zeigte einen Mann von vielleicht Mitte fünfzig, mit angegrauten Haaren und struppigen Augenbrauen. Das Bild war körnig und schien aus weiter Entfernung aufgenommen worden zu sein.

»Wir sind von mehreren Seiten auf diesen Halvorsen aufmerksam gemacht worden«, erklärte Anette Goli und warf einen Blick in ihre Unterlagen. »Er war früher Hausmeister an der Finstad-Schule, der Schule also, die unsere beiden Jungen besucht haben. Allerdings wurde er vor einigen Jahren nach zahllosen Klagen über, wie es hieß, unerwünschtes Verhalten entlassen. Wir haben Zugang zu allen Details, und mehrere der Personen, die dort draußen wohnen und von denen also unsere Hinweise stammen, haben berichtet, dass er Kinder unter der Dusche gefilmt und sich Kindern außerhalb der Schulzeit genähert haben soll.«

»Als wir uns angesehen haben, was bei uns über Philip Halvorsen vorliegt, haben wir noch andere Dinge gefunden«, sagte jetzt Grønlie. »Keine Verurteilungen, nein, aber insgesamt vier Anzeigen.«

»Und dabei ging es worum?«, fragte Katja.

»Dieses Verhalten eben. Er hat Kinder zu sich nach Hause eingeladen, auf Spielplätzen herumgelungert, solche Dinge, aber wie gesagt, keine Verurteilungen.«

»Es muss doch wohl erlaubt sein, sich auf Spielplätzen aufzuhalten?«, meinte Oxen säuerlich und verschränkte die Hände vor der Brust.

»Genau«, sagte Goli. »Deshalb sitzt er ja auch nicht im Gefängnis, aber ein Verdacht war vorhanden, und deshalb wurde er, wie schon erwähnt, als Hausmeister entlassen.«

»Also«, sagte Munch und klickte wieder. »Philip Halvorsen.«

Er ließ seinen Blick durch die Runde schweifen.

»Wir lassen ihn seit fast vierundzwanzig Stunden von einer Streife beobachten. Und heute haben wir vor, ihm einen Besuch abzustatten.«

»Eine Sache noch«, fiel Anette Goli ihm ins Wort. »Ich habe vergessen zu sagen, dass Halvorsen vor acht Jahren in Göteborg gemeldet war. Also nur eine Stunde von dem damaligen Fundort der Leichen entfernt. Er hat sich umgemeldet, ich muss nur kurz nachsehen …«

Noch ein Blick in ihre Unterlagen.

»Ja, er ist im August 1993 nach Norwegen zurückgezogen und hat sich in Lørenskog gemeldet, etwas mehr als einen Monat nach den Morden in Schweden.«

Jetzt kam leises Gemurmel auf.

»Also noch einmal«, sagte Munch. »Philip Halvorsen, 51 Jahre, ehemaliger Hausmeister. Wir werden nachher kurz darüber sprechen, wie energisch wir hier vorgehen wollen. Ich sage euch dann Bescheid, wie wir es machen werden und wer dabei sein soll.«

Spannung und eine Art Erleichterung. Fredrik spürte es selbst, ein kleines Lächeln in seinem müden Gesicht.

Endlich etwas Handfestes.

»Kann …?«, begann Oxen, wurde aber unterbrochen.

»Wie gesagt, ich gebe euch Bescheid, wie wir vorgehen werden und wer dabei ist, aber ich muss gestehen, dass ich zaghaft optimistisch bin.«

Munch lächelte jetzt fast, da oben im Licht des Projektors.

»Bis dahin machen wir hier weiter. Demografie. Um unsere Opfer. Familie. Freunde. Lehrer. Wer weiß da etwas?«

Fredrik und Katja hoben fast gleichzeitig die Hand.

»Ja, Katja?«

»Tommy Sivertsen hat nur mit seiner Mutter zusammengewohnt, Hanna Sivertsen. Wie ihr sicher wisst, sollte ich sie am Flughafen abholen, aber sie hat anscheinend eine Art Zusammenbruch erlitten und wurde nicht an Bord gelassen. Sie befindet sich zurzeit …«

Sie blätterte eilig in ihrem Notizblock.

»Im Hospital Vithas Alicante. Ich habe gestern Abend mit einem Arzt da unten gesprochen. Er wollte nicht viel sagen, aber ich habe Kontakt zu einer Mitarbeiterin des Außenministeriums, die heute hinfliegt und mich auf dem Laufenden halten wird.«

»Schön.« Munch nickte.

»Was andere Verwandtschaft angeht, habe ich nicht sehr viel gefunden. Den Vater kennt offenbar niemand, und Hanna, also die Mutter, hat eine Schwester oben in Finnmark, aber zu der hatte sie offenbar schon lange keinen Kontakt mehr.«

Sie blätterte weiter in ihrem Block.

»Was die Nachbarn angeht, die angeblich auf den Jungen aufpassen sollten, so haben die ihre Aussage ein wenig geändert. Jetzt heißt es: *Ja, sollten wir, aber wir wussten nicht, dass es diese Woche war …*«

Katja schüttelte den Kopf und hob eine imaginäre Flasche an die Lippen.

»Total neben der Spur. Und die vielen leeren Flaschen haben mir den Weg in die Wohnung versperrt.«

»Okay. Gut, danke«, sagte Munch und wollte schon zum nächsten Punkt auf seiner Liste kommen, als sein Handy plötzlich plingte.

Er schaute es an und lächelte.

»Wir machen fünf Minuten Pause. Dann möchte ich euch jemanden vorstellen, okay?«

• 13 •

Mia Krüger saß in Munchs Büro, ein wenig überwältigt von ihren Erlebnissen der letzten neunzig Minuten. Sie war mehrere Stunden lang im Majorstuvei hin und her gelaufen, ohne etwas zu finden, das Ähnlichkeit mit Diamanten gehabt hätte. Sie war erschöpft ins Bett gefallen, zum Glück in einer leeren Wohnung – die Partymädels hatten schon Feierabend gemacht –, abermals mit diesem leicht bohrenden Gefühl, zur Närrin gehalten worden zu sein. Polly. Die junge Drogensüchtige aus Bergen. Mia war noch immer ein bisschen naiv, oder nicht? Wenn sie immer noch glaubte, die Menschen auf der Platte hätten ein Interesse daran, ihr zu helfen? Das hatte sogar einer da unten gesagt, als sie eines Nachts dort gewesen war. *Junkies darfst du nicht vertrauen. Wir würden alles tun, echt alles, für einen Schuss, nur das interessiert uns. Leider.* Ein Grinsen über braunen Zähnen, eine ausgestreckte Hand, in die sie einige Kronen gelegt hatte. *Eine von denen, die reisen?* Was sollte das bedeuten? Hirngespinste, vermutlich.

Sie war mit dem Bild des Gipsarms vor ihrem inneren Auge eingeschlafen. Und dem Bild aller Namen. Und dem des Buchstabens, irgendwie allein, unten am Ende, mit einem Punkt dahinter.

W.

Kommst du?

Sie erwachte fast seltsam ausgeruht.

Großer Gott, Mia.

Was denkst du dir dabei?

Natürlich sagst du Ja.

Die Straßenbahn war voller Gesichter, die nicht aussahen, als ob sie sich auf den bevorstehenden Tag freuten. Aber sie hatte die ganze Fahrt hindurch gelächelt, hatte gespürt, wie ihr Herz unter ihrer Lederjacke hämmerte, hatte fast ein wenig ehrfürchtig vor den Säulen gestanden und an dem hohen cremegelben Haus emporgeschaut. Sie war ein wenig verspätet, aber das hatte ihm nichts ausgemacht. Er hatte ein breites Lächeln unter dem rotblonden Bart, als er aus dem Fahrstuhl kam und fast aussah, als ob er den Arm um sie legen wollte.

Willkommen, Mia.

Wie schön.

Das freut mich ja so.

Komm, dann stelle ich dir die anderen vor.

Sie fühlte sich seltsam verlegen, als sie in dem großen Besprechungsraum die Runde gedreht hatte. Neue Fotos an den Wänden. Pornobilder. Limoflaschen.

Sie hatte sich fast nicht konzentrieren können.

Hände, Nicken, Lächeln.

Katja.

Hochgewachsen wie eine olympische Athletin.

Hallo, hallo.

Fredrik.

Anzug und ein reizendes Lächeln.

Hallo.

Karl Oxen.

Brummstimme und Anker auf dem Unterarm.

Ludvig und Anja.

Hallo, wir kennen uns ja schon.

Anette Goli.

Dasselbe Bankkostüm, aber sehr viel freundlicher.

Ich habe einen Vertragsentwurf aufgesetzt. Wir können den nach der Besprechung durchsehen.

Und dann musste sie sich wieder produzieren.

Diesmal vor einer ganzen Versammlung.

Wieder die Fotos.

Munch hatte speziell für sie eine Bilderserie zusammengestellt. Fast wie ein stolzer Vater stand er neben der Leinwand, wo er klickte und währenddessen ein paar Kommentare von sich gab, das Licht des Projektors im Gesicht.

Sie hatte nicht mehr das Gefühl, im Zirkus zu sein.

Zum Glück.

Alles war ihr seltsam richtig vorgekommen.

Als ob es an diesem Tag erst real sei.

Ernsthaft.

Die anderen hatten sie mit offenen Armen aufgenommen, und sie konnte damit nicht so ganz umgehen, es war fast ein wenig zu viel.

»Ich habe es darauf ankommen lassen«, sagte Munch lächelnd hinter seinem Schreibtisch, eine nicht angezündete Zigarette hing in seinem Mundwinkel, und er zog etwas aus einer Schublade.

Er legte eine an einem langen Riemen befestigte Karte auf den Tisch.

»Für mich?«

»Wenn du hier arbeiten willst, brauchst du einen Dienstausweis. Und nicht zuletzt so eine.«

Er schloss eine weitere Schublade auf und legte eine Pistole neben den Ausweis.

»Damit kennst du dich aus?«

»Ja.«

Es sah nicht so aus, als ob er mit der Antwort ganz zufrieden war, deshalb fügte sie hinzu: »Glock 17, safe action, 9 mm, 17 Schuss im Magazin, mit Option auf bis zu 33. Produziert in Österreich von der Glock GmbH. Viel benutzte Handfeuerwaffe, vor allem vom Militär, in aller Welt. Bekannt geworden durch Bruce Willis im Film *Die Hard 2*.«

»Äh …«

»Doch. Ich weiß, es heißt, das sei eine Glock 7, aber es gibt eine 17. Eine Generation 4. Wie diese.«

Mia nickte zu der Waffe hinüber und zog eine Pastille aus ihrer Tasche.

Munch schmunzelte.

»Was ich meinte, war, ob du schießen kannst.«

»Ach so. Ja, ich kann schießen. Aber die Polizei in Norwegen ist doch nicht bewaffnet, oder stimmt das nicht?«

Er schrieb etwas auf einen Zettel und schob ihn zu ihr hinüber.

»Was ist das?«

»Das ist dein Gehalt.«

Jetzt war sie es, die verstummte.

»Genug?«

Munch schmunzelte wieder und ließ sich ein wenig zurücksinken.

»Äh, ja, großer Gott …«

»Anette kommt nachher mit deinem Vertrag vorbei. Dann sind wir uns also einig?«

Wieder ein Lächeln und eine Hand, die sich auf dem Schreibtisch zu ihrer ausstreckte.

»Willkommen im Team. Wir haben ein Büro für dich fertig gemacht, es ist in der Ecke ganz am Ende des Ganges. Ich habe Ludvig gebeten, das Wichtigste aus Schweden zusammenzusuchen, damit du irgendwo anfangen kannst. Dort müsste auch ein Ordner über Philip Halvorsen liegen, mit allen Infos, die wir bisher haben. Ich habe so ein Gefühl, dass er vielleicht nichts mit unserem Fall zu tun hat, aber irgendwo müssen wir ja anfangen.«

Sie folgte ihrem neuen Chef hinaus auf den Gang.

»Sag Bescheid, wenn du sonst noch etwas brauchst, ja?«

»Ja, danke«, Mia nickte und ging vorsichtig durch den Gang, auf der Suche nach ihrem Büro.

• 14 •

Fredrik saß vor dem Lehrerzimmer der Finstad-Schule. Eigentlich war er zufrieden mit dem Auftrag, den Munch ihm erteilt hatte. Die Schule. Die Lehrer. Die Schüler. Die Menschen, die diese beiden Jungen, die nicht mehr da waren, umgeben hatten. Eine traurige norwegische Flagge hing auf Halbmast in der milden Frühlingsbrise, die Stimmung in dem gelben Gebäude war entsprechend. Schockstarre. Die Rektorin sprach leise.

»Silje wird mit Ihnen sprechen, sie muss nur ihre Stunde in der fünften Klasse beenden, ich habe ihr danach freigegeben. Silje Simonsen. Klassenlehrerin der 6b. Sie weiß fast alles. Wir haben über die Sache mit der Schweigepflicht gesprochen, aber Ihre Kollegen, die gestern hier waren, sagten, dass die bei Todesfällen nicht mehr gilt, stimmt das eigentlich? Ich habe bei der Schulbehörde angefragt, und sie meinten, innerhalb vernünftiger Grenzen? Nicht, dass wir etwas zu verbergen hätten, aber wir müssen doch Rücksicht nehmen, nicht wahr? Auf unsere anderen Schüler. Und auf die Eltern. Wissen Sie übrigens etwas über die Beerdigung? Alle wollen natürlich teilnehmen, aber wir haben ja dreihundert Schüler und dreißig Lehrer, und für alle ist wohl kein Platz in der Kirche?«

Sie war sicher sonst eine recht strenge Dame, Mitte fünfzig, kurz geschnittene Haare und weiße Kunststoffbrille. Jetzt warf sie einen Blick in die Ferne, mit einer aufgesetzten Autorität, zu der ihr eigentlich die Kräfte zu fehlen schienen. Rektorin. Die zwei ihrer Schüler verloren hatte.

»Es dauert sicher nur noch zehn, fünfzehn Minuten. Möchten Sie etwas trinken? Ein Glas Wasser? Eine Tasse Kaffee?«

Fredrik lehnte beides dankend ab, und ihm fiel ein, dass er versprochen hatte, die Familie anzurufen.

Die Beerdigung.

Die Rechtsmedizin hatte die Untersuchungen eigentlich abgeschlossen, aber Munch hatte mitgeteilt, dass er nicht zufrieden war, dass es noch einige Tage dauern würde, bis die Leichen freigegeben werden könnten.

In seiner Tasche war ein Pling zu hören, während zugleich die Schulglocke ertönte. Türen wurden vorsichtig geöffnet, und stille Kinder zogen sich an und gingen langsam zum Ausgang.

Sehen wir uns heute Abend?

Fredrik seufzte und schüttelte den Kopf.

»Hallo, Sie wollten mit mir sprechen?«

Ein neugieriger Blick über Arme um einen Bücherstapel. Er erhob sich und nickte.

»Fredrik Riis.«

»Silje Simonsen.«

»Gibt es einen Ort, wo wir ...«

»Ja, natürlich.« Die blonde Lehrerin lächelte und zeigte auf ein etwas weiter hinten im Gang gelegenes Zimmer.

Drei Tische waren zu sechs Arbeitsplätzen arrangiert worden. Die Oberflächen waren bis an den Rand mit Unterlagen bedeckt. Das norwegische Schulsystem war sicher eines der besten der Welt, aber die Mittel waren noch immer knapp. Vor wenigen Tagen hatte er in der Zeitung über einen geplanten Streik gelesen. Diesmal sollte es nicht um das Gehalt gehen, sondern um Geld für neue Schulbücher. Die krassesten Beispiele für das geschilderte Problem waren Schulbücher, in denen Olav immer noch König von Norwegen und Ronald Reagan Präsident der USA war. In einem Buch über Hauswirtschaft konnten die Kinder lesen, es sei *wichtig für eine Frau, ihre Küche organisieren zu können.* Also ja. Er konnte die Betroffenen gut verstehen. Offenbar streikten sie noch nicht, noch immer hielten sich Lehrer in dem kleinen Arbeitszimmer auf, aber sie waren offenbar informiert worden, denn schon bald waren Fredrik und Silje Simonsen dort allein.

»Möchten Sie etwas trinken? Kaffee? Einen Tee?«

Fredrik besaß nicht diesen Polizeiblick, von dem so oft die Rede war, die Fähigkeit, alle Details zu erfassen, ein Gesicht bis hin zum kleinsten Leberfleck zu beschreiben. Er hatte große Mühe gehabt, wenn solche Dinge auf der Polizeischule vorgekommen waren. Sich physische Merkmale einzuprägen und sie zu schildern, war nicht seine starke

Seite. Er konzentrierte sich immer darauf, wie er sich in der Nähe der Menschen fühlte, denen er begegnete, fragte sich sofort, wer sie eigentlich waren. Warum und wie sie dort gelandet waren, wo sie gelandet waren. Was sie dazu gebracht hatte, sich für gerade diesen Lebensweg zu entscheiden. Wie sie als Kinder gewesen waren. Als Jugendliche. Solche Dinge. Was sie zu Hause machten, wenn sonst niemand sie sehen konnte.

Einmal kam zwar kein Vorwurf, aber ein tiefes Seufzen von Munch, als Fredrik gebeten worden war, einen älteren Mann zu beschreiben, den er vor einigen Jahren im Zusammenhang mit einem Fall vernommen hatte. Da hatte er sich sogar zusammengerissen, hatte ein wenig geübt.

Silje Simonsen war eine schöne Frau, vielleicht Anfang dreißig. Blaue Augen und mittelblonde, schulterlange Haare. Kein Ring. Also vielleicht nicht verheiratet? Er warf einen raschen Blick auf den überfüllten Schreibtisch und konnte keine Fotos von Mann oder Kindern entdecken. Eine beige Baumwolljacke über schmalen Schultern. Jeans mit leicht abgewetzten Knien, flache Joggingschuhe, rote Adidas. Sommersprossen.

»Das hier wird nicht lange dauern«, erklärte Fredrik und zog ein Foto aus der Sakkotasche.

Sie schaute das Bild leicht überrascht an.

»Warum …?«

»Das ist vertraulich, deshalb muss ich Sie bitten, es für sich zu behalten, geht das?«

»Natürlich.« Sie nickte zaghaft.

»Worum ich Sie ganz konkret bitten möchte, wenn das geht, ist, alle Unterschriften für mich zu identifizieren.«

»Wer auf den Gips geschrieben hat?«

»Ja. Geht das, was meinen Sie?«

Sie nahm das Foto und musterte es neugierig.

»Erkennen Sie schon einige?«

»Was? Ja, natürlich. Wir haben Trond, Sylvia, Bente, Einar ... aber weshalb ...?«

Er konnte ihr ansehen, dass sie die Antwort auf ihre Frage bereits begriffen hatte.

Wir glauben, dass der Täter unterschrieben hat.

»Suche ich nach ...?«

Sie runzelte nachdenklich die Stirn und kniff den Mund zusammen.

»Das wissen wir nicht. Wir wollen nur – ja, wir müssen das eben klären. Ich darf eigentlich nicht mehr sagen.«

»Natürlich«, murmelte Silje und vertiefte sich wieder in den Anblick des Fotos.

»Ich glaube, ich habe schon fast alle erkannt. Es ist sozusagen dieselbe Clique, verstehen Sie? In der Klasse. Die Jungen spielen im selben Fußballverein. Drei von ihnen gehen auch zum Fechten.«

»Ruben ging zum Fechten?«

»Ja.«

Fredrik zog den Notizblock aus der Tasche und nahm einen Kugelschreiber aus einem Becher auf dem Schreibtisch.

»Das ist wohl seine Schwester?«

Sie lächelte zaghaft und tippte mit dem Finger auf das Bild.

Sanna.

Geschrieben mit Buchstaben, die man nicht verwechseln konnte, der erste Kontakt einer Fünfjährigen mit dem Alphabet.

»Das Einzige, was ich nicht unterbringen kann, ist wohl das hier.«

Wieder ein Finger auf dem Bild und ein fragender Blick in seine Richtung.

»W?«

»Niemand aus der Klasse?«

Silje Simonsen überlegte kurz.

»Nein … wir haben kein W.«

Die Tür öffnete sich, und ein leicht überraschtes Gesicht tauchte auf und wollte gleich wieder verschwinden.

»Hallo, Konrad, habt ihr in der A ein W?«

»Äh, was?«

»Habt ihr in der 6a Schüler, deren Name mit W anfängt?«

»Nein …«

»Und mit C?«

»Äh, ich weiß nicht, warum …?«

Fredrik nahm ihr das Foto ab und legte es mit dem Bild nach unten auf den Tisch. Er lächelte und nickte dem anderen Lehrer kurz zu, der begriff, und schloss die Tür.

»Wie gesagt …«

»Ach, sorry«, sagte Silje Simonsen. »Ich habe nicht nachgedacht, war einfach so in Schwung.«

»Ist schon gut. Aber Sie wissen, wie leicht sich Dinge herumsprechen, nicht wahr? Gerüchte. Wir wollen das lieber erst einmal für uns behalten.«

»Sie suchen also jemanden, dessen Name mit einem W anfängt?«

»Das habe ich nicht gesagt. Wir wollen zuerst feststellen, wer auf Rubens Gips geschrieben hat. Es muss nicht zwingend wichtig sein. Vielleicht spielt es überhaupt keine Rolle. Vielleicht hat ein Penner, dem er Geld gegeben hat, das geschrieben. Oder ein Junge, der in einem Kiosk arbeitet, wo Ruben Kaugummi gekauft hat. Wenn wir erst wissen, wer W ist, können wir an andere Dinge denken. Okay?«

»Ich verstehe.« Silje Simonsen nickte mit ernster Miene und schob das Foto in ein Buch auf dem Tisch, wie um zu betonen, dass die Sache unter ihnen bleiben würde.

»Wie ist es passiert?«

»Was?«

»Das mit dem Arm. Wie hat er sich den gebrochen?«

Sie schaute ihn überrascht an.

»Wissen Sie das nicht?«

»Nein?«

»Ja, also, das war hier ein großes Drama, ehe … na ja.«

»Ach ja?«

»Sogar die Zeitungen haben darüber geschrieben. Er war fast ein kleiner Promi, Ruben, meine ich, ja, jedenfalls hier in der Schule.«

»Weil?«

»Weil er solches Glück hatte, natürlich.«

Sie blickte ihn abermals fragend an, fast ein wenig misstrauisch, weil er noch nichts davon wusste.

»Ist er irgendwo heruntergefallen, oder …«

»Nicht doch. Das Auto, in dem er saß, wurde angefahren. Großes Glück, dass es so gut gegangen ist. Er musste herausgeschnitten werden.«

»Wo ist das passiert?«

»Drüben bei *Grillen*.«

»Und das ist …«

Sie lachte kurz.

»Sorry, ich vergesse, dass nicht alle alles über alle wissen. Das hier ist ein sehr kleiner Ort.«

»*Grillen* also. Ein Imbiss?«

»Ja. An der Kreuzung zwischen Gamlevei und Nordlivei. Sein Vater hatte dort gehalten. Ruben saß auf der Rückbank. Angeblich kam ein Auto in hohem Tempo über den Parkplatz und knallte einfach gegen sie. War dann sofort wieder verschwunden. Das hat hier vor einigen Wochen gewaltig Staub aufgewirbelt. Er hatte, wie gesagt, offenbar großes Glück, dass er sich nur den Arm gebrochen hat. Es hätte sehr böse enden können.«

»Also ein … *hit and run*?«

»Ich bin Norwegischlehrerin, also würde ich von Fahrerflucht sprechen, aber ja.«

Silje Simonsen lächelte.

»Und der Fahrer ist nie gefunden worden?«

»Nicht, dass ich wüsste. Aber …«

Sie zögerte.

»Was?«

»Nein.«

Jetzt blickte er in ein wenig unsichere Augen, als wisse sie nicht so ganz, ob sie das aussprechen sollte, woran sie dachte.

»Sie haben … ja, ich weiß nicht. Ihnen ist das von Rubens Vater doch bekannt, oder … Sie wissen das vielleicht nicht?«

»Was meinen Sie?«

»Dass er …?«

Die Lehrerin kam nicht weiter. Plötzlich wurde die Tür aufgerissen, und dort stand die Rektorin mit der weißen Brille.

»Entschuldigt die Störung, aber Ragnar musste nach Hause gehen, könntest du wohl die C übernehmen? Die sind jetzt seit fast zehn Minuten allein, und ich kann sonst niemanden finden.«

Sie lächelte bedauernd.

»Natürlich«, sagte Silje Simonsen. »Was haben die jetzt?«

»Religion, aber sieh einfach zu, was du mit ihnen zustande bringst.«

Abermals ein bedauernder Blick, dann war sie wieder verschwunden.

»Es tut mir leid«, sagte Silje Simonsen und erhob sich.

»Ich habe volles Verständnis«, sagte Fredrik und nickte, dann zog er eine Visitenkarte aus der Tasche. »Könnten Sie mich später anrufen? Heute Abend? Oder wann immer Sie Zeit haben?«

»Das kann ich, klar.«

Silje Simonsen lächelte und ging zur Tür.

Dann war er wieder draußen auf dem Parkplatz, vor dem traurigen Anblick der Flagge auf Halbmast, und schon mehrmals hatte es in Fredriks Tasche vibriert. Dieselbe Mitteilung.

Warum nicht?

Warum nicht?

Fredrik überlegte einen Moment, ehe er mit leichtem Widerwillen die Antwort eingab.

Weil du verheiratet bist, okay?

Dann ließ er den Motor an und fuhr in Richtung *Grillen*.

• 15 •

Ludvig Grønlie trug dieselbe Kleidung wie am Vortag, und Mia begriff, warum, als er ein Gähnen unterdrückte, stehen blieb und mit leerem Blick in dem kleinen Raum vor sich hinstarrte. Er hatte nicht viel geschlafen und die ganze Nacht hier verbracht. Mia hatte fast ein schlechtes Gewissen, als sie begriff, warum. Ihretwegen. Munch hatte es wohl schon gewusst, als sie ihn am Vorabend angerufen hatte. Dass sie kommen würde. Dass sie Ja zu dem Job sagen würde. Ludvig lächelte müde und fuhr sich mit der Hand durch die schütteren Haare, dann nickte er zu dem Ordner hinüber, den er vor ihr auf den Schreibtisch gelegt hatte. Sein roter Strickschlips hing schlaff unter dem Kragen, und das hellblaue Hemd guckte zerknittert aus seinem Hosenbund. Er trug karierte Pantoffeln, und das machte Mia klar, dass Ludvig vielleicht nicht der aus dem Team war, der bewaffnet durch die Straßen lief; er verbrachte seine Zeit wohl vor allem hier im Büro.

»Beachte sie möglichst gar nicht«, sagte Ludvig und lehnte den Hintern gegen die Schreibtischkante.

»Was denn?«

»Die möglichen Kommentare darüber, wie schnell du eingestellt worden bist. Nicht alle hier sind gleich sympathisch. Neid. Du weißt, wie das ist.«

»Eigentlich nicht«, sagte Mia vorsichtig.

Ludvig lachte kurz.

»Nein, natürlich nicht. Wie alt bist du, hast du gesagt?«

»Fast zweiundzwanzig.«

»Ach, fast zweiundzwanzig«, sagte Ludvig verträumt und

nahm die Brille ab. »Die Jugend. Die sorglose Zeit. Ohne Verantwortung. Die Naivität. Die Jagd nach der Liebe. Der Glaube daran, dass die Welt ein guter Aufenthaltsort ist. Dass man etwas ausrichten kann. Genieß es, so lange du kannst.«

»Äh, danke, das mache ich«, erwiderte Mia und lachte kurz.

»Haha«, schmunzelte Ludvig und setzte die Brille wieder auf. »Hör nicht auf mich. Ich werde leicht existenziell, wenn ich zu müde bin.«

»Hat er dich wach gehalten?«

»Hat mich um halb eins angerufen, gesagt, dass du hier einsteigst. Und dass ich alles vorbereiten soll.«

»Meine Güte.«

»Nein, nein, denk nicht weiter drüber nach. Man muss im Leben seine Entscheidungen treffen. Und dann dazu stehen. Ich hätte Fischer werden können. Um fünf Uhr aufstehen, auf See mein eigener Herr sein. Oder vielleicht Pastor. Über die Sünden der Menschheit predigen und dann für den Rest der Woche freihaben. Aber nun bin ich eben hier. Munch ist der Chef. Ich gehorche. Das war meine Entscheidung, und da darf ich mich eigentlich nicht beklagen.«

Ludvig blinzelte und kratzte sich an der Stirn.

»Wo war ich?«

Mia lächelte und reichte ihm die Kaffeetasse, die sie eigentlich für sich selbst mitgebracht hatte.

Er nahm die Tasse, blieb stehen und schaute sich ein wenig unsicher im Raum um.

»Die Ordner?«

»Ja, natürlich, Munch wollte, dass ich dir einen kleinen Überblick gebe, aber so weit bin ich noch nicht gekommen.

Acht Jahre Ermittlungen, großer Gott, ich kann mir nicht vorstellen, wie das für die Schweden gewesen sein muss. Zum Glück waren da ein paar kluge Köpfe dabei, die alle Dokumente nach Priorität sortiert haben, wenn nicht, würden wir wohl bis Weihnachten hier sitzen, nur, um Ordnung zu schaffen.«

»Was hast du mir also mitgebracht?«, fragte Mia und schaute neugierig auf den Schreibtisch hinunter.

»Das Wichtigste, was wir bisher herausgefunden haben«, erklärte Ludvig und trank einen Schluck Kaffee. »Im ersten Ordner hier haben wir die Verdächtigen. Das sind nicht wenige, aber wir haben sie auf drei Personen eindampfen können, also die drei, auf die sich die Kollegen im Laufe der Jahre vor allem konzentriert haben. Bei zweien von ihnen wurde sogar eine Anklage beantragt, was die Staatsanwaltschaft aber beide Male abgewürgt hat. Verzweiflung, Mia. Ich weiß ja, dass du extrem neu in diesem Spiel bist, und im Moment kann es durchaus spannend wirken, aber warte, bis eine Woche vergangen ist. Zwei Wochen. Ein Monat. Ein Jahr …«

Ludvig hob die Augenbrauen.

»Ich verstehe.«

»Der erste Fall, an dem ich gearbeitet habe, vor fast dreißig Jahren, hat uns fünf Jahre beschäftigt.«

»So lang.«

»Und noch heute begreife ich nicht, wie wir das am Ende geschafft haben. Pures Glück. Er hat sich gestellt. Ein Hauch von schlechtem Gewissen. Wenn er nichts gesagt hätte, wer weiß, ob wir den Fall jemals gelöst hätten.«

»Diesmal tut er das nicht«, sagte Mia und öffnete den ersten Ordner.

»Was tut er nicht?«

»Sich stellen.«

»Wieso bist du da so sicher?«

»Nur ein Gefühl.«

Sie legte die Fotos nebeneinander auf den Tisch.

»Sind das die drei Verdächtigen?«

»Jepp.« Ludvig nickte und sah aus, als ob der Kaffee ihn ein bisschen wacher gemacht hätte. »Ich habe alles von den Wänden hier entfernt, falls du dir ein kleines System anlegen willst.«

Er nickte zu dem Klebeband hinüber, das neben dem ausgeschalteten Rechner stand.

Mia befestigte das erste Foto an der Wand neben dem Fenster.

»Steinar Svensson«, sagte Ludvig und stellte die Tasse ab. »Klempner. Hatte einige Wochen vor den Morden bei Familie Hellberg Reparaturen durchgeführt. Wurde zudem am Abend, ehe die Jungen gefunden wurden, am Tatort gesehen. Bei ihm zu Hause wurde ein Raum entdeckt mit Zeitschriften, Bildern, ja, du verstehst. Es stellte sich heraus, dass er nicht gerade der Durchschnittsschwede ist. Neun Reisen nach Thailand in den letzten Jahren, ohne dass sie ihm konkret etwas Ungesetzliches nachweisen könnten, es gab nur Vermutungen.«

»Keine technischen Spuren?«

Ludvig schüttelte den Kopf.

»Seltsam, oder? Diese sauberen Tatorte? Nicht einmal ein Haar? Sieht fast so aus, als wüsste er, was er tut, nicht wahr?«

Er hob fragend die Augenbrauen und streckte die Hand nach der Kaffeetasse aus.

»Wieso das?«, fragte Mia neugierig.

»Na ja, das ist schon *äußerst* selten, würde ich sagen. Das überführt sie doch meistens. Blut. Sperma. Aus Haaren sichergestellte DNA. In einem Fall, an dem ich einmal gearbeitet habe, hatte der Täter das Opfer angespuckt. Sogar ich war damals beeindruckt davon, was die Technik da herausholen konnte. Vergiss lieber alles, was du gelesen oder im Fernsehen gesehen hast, Mia. Wir sind noch tüchtiger, als alle glauben. Die Stecknadel im Heuhaufen zu finden, das ist gar nichts. Ich habe gesehen … ja, du verstehst schon. Aber diesmal?«

Er schaute sie mit einem seltsamen Blick an.

»Wir haben also keine Anhaltspunkte?«

»Nein.«

»Nicht mal in Schweden? Und hier auch nicht?«

Ludvig deutete ein Schulterzucken an und hatte wieder diesen seltsamen Blick.

»Munch will sich aber nicht geschlagen geben, er hat die Schweden gebeten, alles noch einmal durchzugehen, aber …«

»Was bedeutet dieser Blick, mit dem du mich ansiehst?«, fragte Mia und nahm eine Pastille aus der Tüte in ihrer Hosentasche.

»Was?«

»Du sagst etwas und schaust mich dabei seltsam an.«

Ludvig lachte jetzt laut.

»Das hat Munch erwähnt.«

»Was denn?«

»Dass du nicht ganz so bist wie alle anderen.«

Ludvig ging zur Tür und sah hinaus auf den Gang, dann zog er die Tür zu.

»Also, bei der ganzen Sache gibt es etwas nicht Ausgesprochenes.«

»Ach ja?«

»Diese sauberen Tatorte? Das Fehlen von technischen Spuren?«

Er blieb stehen, als ob er auf eine Bemerkung ihrerseits wartete.

»Ich verstehe nicht ganz …«

Ludvig trat einen Schritt auf sie zu und senkte die Stimme.

»Es könnte so aussehen, als ob er weiß, was er tut. Sehr genau sogar. Als ob er weiß, wonach wir suchen. Ganz genau. Vorgehensweisen, die man sich nicht erlesen kann. Dinge, die nur wir wissen …«

»Ach, du meinst, dass er …«

Er legte den Finger an die Lippen und schaute abermals zur Tür hinüber.

»So was sagen wir nicht laut.«

»Ein … Polizist?«, fragte Mia leise.

Ludvig zuckte mit den Schultern und trank wieder einen Schluck Kaffee.

»Sehen wir uns mal die anderen Verdächtigen an?«

• 16 •

Fredrik betrat den Imbiss *Grillen* und wurde dort von dem harschen Geruch überwältigt. Er war schon mit fünfzehn zum Vegetarier geworden und konnte sich nicht erinnern, wann er zuletzt ein solches Lokal aufgesucht hatte. Die Speisekarte über dem abgenutzten Tresen zeugte davon, dass das hier kein Ort für Leute war, die ihren Cholesterinpegel niedrig halten wollten oder die überhaupt auf irgendeine Weise Wert auf gesunde Ernährung legten. Hinter dem Tresen stand ein junger Mann mit rotem Hemd und roter Schirmmütze mit dem Logo des Etablissements: ein großes G, ruhend auf etwas, das aussah wie ein Dreifachburger, umkränzt von zwei geschwungenen gelben Pommes, die den bekannteren goldenen Fast-Food-Bögen zur Verwechslung ähnelten. Vermutlich ein Fall für die Anwälte, falls sich so jemand in diesen Kreisen bewegte, was Fredrik aber für nicht sehr wahrscheinlich hielt. Die Kundschaft bestand vor allem aus jungen Menschen, die aussahen, als hätten sie kaum etwas anderes zu tun als hier zu sitzen und zu rauchen und ihre sauer ersparten Kronen auszugeben für *zwölf Hähnchennuggets zu nur 29 Kronen,* und vielleicht eine *Mega Lørencola (nicht Coca-Cola!) zu nur 8,99. 1 Krone extra, wenn vor Ort verzehrt wird.* Fredrik wartete geduldig, bis der junge Mann hinter dem Tresen eine Bestellung aufgenommen hatte, und er dachte dabei an einen Artikel, den er vor nicht allzu langer Zeit in einer britischen Herrenzeitschrift gelesen hatte, im Wartezimmer beim Zahnarzt. *The Founder*. Die Geschichte des Ray Kroc. Ein amerikanischer Verkäufer von Milchshakemaschinen, der eines Tages in San Bernardino, Kalifornien, auf einen ganz besonderen Burgerladen gestoßen war. Betrieben wurde dieses Lokal von den Brüdern Richard und Maurice McDonald. Damals, in den fröhlichen Fünfzigerjahren, waren solche Anlaufstellen synonym mit Serviererinnen, die den Leuten das Essen an ihre Autos brachten, was zu langen Wartezeiten und geringem Verdienst führte, deshalb hatten die Brüder etwas ersonnen, das sie *the speedy system* nannten. Ray Kroc kaufte den McDonald-Brüdern die Rechte ab, für eine

Summe von 2,7 Millionen Dollar, dazu das Versprechen, ihnen 1 Prozent des Gesamtumsatzes zu überlassen, was die Brüder natürlich nie erhielten. Und als ob das noch nicht gereicht hätte, musste auch noch das ursprüngliche McDonald's-Restaurant schließen, weil die Brüder kein Recht mehr auf ihren eigenen Namen hatten. Eine einzigartige Idee. Und schwupp, schon waren sie ihr Lebenswerk los. Wer tut anderen Menschen so etwas an? Riis war von dieser Geschichte so fasziniert gewesen, dass er fast vergessen hatte, dass ihm eine Wurzelbehandlung bevorstand, und er war wütend gewesen, weil diesen Brüdern Name und Lebenswerk gestohlen worden waren. Nicht, dass diese Haltung in seiner Welt etwas wirklich Neues gewesen wäre. Er hatte lange versucht, ein Teil seiner Familie zu sein. Früher hatte er an diesen üppigen Familienessen teilgenommen, mit Strömen von Champagner und immer demselben Gesprächsthema, Geld, wer welches hatte und wie sie sich mehr beschaffen könnten. Adoptiert? Die Bilder, die zu Hause an der Wand gehangen hatten, zeigten eine deutliche Ähnlichkeit mit seinen Eltern, diese Möglichkeit war deshalb wohl ausgeschlossen, aber dennoch.

Nicht, dass er die Familie gebraucht hätte.

Ohne sie war er besser dran.

»Ja, der Nächste?«

Der Junge hinter dem Tresen riss ihn aus seinen Überlegungen.

»Fredrik Riis, Polizei«, sagte er und zeigte seinen Ausweis. »Könnte ich wohl mit dem Geschäftsführer sprechen?«

»Meinen Sie Laila?«, fragte der Junge zögernd und wischte sich unter dem Mützenschirm etwas Schweiß von der Stirn.

»Wenn sie die Geschäftsführerin ist, ja«, erwiderte Fredrik.

»Die ist nicht hier.«

Für einen Moment war es still.

»Okay. Und wann kommt sie?«

»Das weiß ich nicht.«

Neues Schweigen, dann machte die Tür hinter ihm pling.

»Wollen Sie etwas essen?«

»Nein, ich habe nur ein paar Fragen. Vielleicht könnten Sie mir helfen?«

»Äh, okay«, sagte der Junge und kratzte sich an der Wange. »Aber ich habe Kundschaft.«

»Die können sicher einen Moment warten. Es geht um einen Autounfall, einen Auffahrunfall hier auf dem Parkplatz, vor einigen Wochen. Sie waren da nicht zufällig im Dienst?«

»Äh, doch.«

»Haben Sie gesehen, was passiert ist?«

»Nein. Ich habe nur gehört, dass es geknallt hat. Geht es um den Jungen, oder was?«

»Ja.«

»Also, ich fand das ja die ganze Zeit schon komisch«, sagte der junge Mann und schüttelte den Kopf.

»Wie meinen Sie das?«

»Na ja, er durfte nie mit reinkommen.«

»Sie waren oft hier? Die ganze Familie?«

»Nein, nur er und der Vater. Aber ja, der Junge musste immer im Auto sitzen bleiben.«

»Das ist vielleicht nicht so ungewöhnlich, oder? Ich meine, Vater kauft Essen, und dann, ja, dann essen sie danach zusammen …?«

»So war's aber nicht«, fiel ihm der Junge ins Wort. »Er hat immer nur für sich selbst etwas gekauft.«

»Der Vater?«

»Ja.«

»Jedes Mal?«

»Äh, ich bekomme doch wohl keine Probleme, oder so?«

»Nein, wie kommen Sie auf die Idee?«

»Na ja, Sie wissen schon, mit den Bullen reden und so …«

Der Junge zog einen Wischlappen aus der Tasche und fing an, den Tresen abzuwischen, ohne eigentlich nachzusehen, ob er auch die Flecken entfernte.

»Absolut nicht. Ich habe gesehen, dass da draußen Kameras hängen, Sie haben die Sache nicht zufällig auf Band?«

Der Junge schüttelte den Kopf.

»Die funktionieren nicht. Sind nur zum Schein da.«

»Okay, und diese Laila, Sie haben nicht zufällig eine Nummer, unter der ich sie erreichen kann?«

»Nein.«

»Nein? Hat sie kein Telefon?«

Der Junge zögerte.

»Fragen Sie, ob ich Ihnen da draußen etwas zeigen kann«, sagte er leise und fuhr wieder mit dem Lappen über den Tresen.

»Was?«

Der Junge nickte in Richtung Tür und sagte halblaut: »Sicher, sicher, aber es muss schnell gehen, okay? Ich habe Kundschaft, die wartet.«

Er legte sich den Lappen über die Schulter, kam hinter dem Tresen hervor und schüttelte auf dem Weg zur Tür den Kopf.

Eine Clique von Jugendlichen an einem Tisch in der Ecke lachte.

»Sorry, ich möchte meine Zähne behalten«, sagte der Junge vorsichtig, als sie das Lokal verlassen hatten. »Die Bullerei steht hier nicht so hoch im Kurs, verstehen Sie?«

»Verstehe«, sagte Fredrik und nickte. »Hier ist es also passiert?«

»Ja. Der Wagen stand dort, und dann, ja, weiß der Teufel, wie, aber dann raste das andere Auto plötzlich vom Gamlevei her voll über den Rasen.«

Der Junge zeigte darauf.

»Da war vielleicht was los! Polizei und Feuerwehr und Abschleppautos und ich weiß nicht was, und wir mussten dichtmachen. Die konnten die Autotüren nicht öffnen. Am Ende mussten sie ihn rausschneiden.«

»Ruben?«

»Hieß er so? Der arme Kleine.«

»Und das andere Auto ist einfach verschwunden?«

»Soviel ich weiß.«

»Und diese funktionieren wirklich nicht?«

Fredrik nickte in Richtung der Kameras.

»Nein, wie gesagt, nur zum Schein. Aber …«

»Ja?«

Der Junge schaute sich um und trat einen Schritt näher.

»Ich will wirklich keinen verpfeifen und den Bullen helfen und so, aber wenn ich Sie wäre, würde ich Kruppel besuchen, da oben in dem grauen Haus.«

Er nickte vorsichtig zu einem Haus auf der anderen Straßenseite hinüber.

»Kruppel?«

»Ja, ein Sonderling. Aber er hat Kameras.«

»Ach ja?«

»Verlässt selten das Haus. Angeblich leidet er an irgendeiner Art Verfolgungswahn, ist offenbar mal zu Hause zusammengeschlagen worden, und jetzt hat er überall Sicherheitsvorkehrungen, Sie wissen schon, Alarmanlagen und jede Menge Kameras. Sie können die von hier aus sehen, wenn Sie ...«

Der Junge nickte wieder zu dem Haus hinüber, aber nun schaute einer der Gäste aus der Imbisstür.

»Kann man hier 'nen Burger kriegen, Glenn? Oder holst du deinem Neuen da einen runter?«

Lachen aus der offenen Tür.

»Kruppel«, sagte der Junge noch einmal, ehe er über den Parkplatz zurücklief.

Fredrik saß hinter dem Lenkrad des Audi, und sein Handy klingelte.

»Munch hier, du hast angerufen?«

»Ja, wo bist du?«

»Wir sitzen vor Philip Halvorsens Haus. Er ist soeben nach Hause gekommen. Wir gehen jetzt rein. War es wichtig?«

»Nein, das kann warten.«

»Okay, schön«, sagte Munch und legte auf.

Kruppel?

Hatte er diesen Namen nicht schon einmal gehört?

Fredrik ließ das Handy in seine Sakkotasche gleiten und schob den Schlüssel ins Zündschloss.

• 17 •

Munch betrat die Räumlichkeiten in der Mariboes gate mit einem Hauch von schlechtem Gewissen Mia gegenüber. Das legte sich jedoch, als er die junge Frau durch die Glaswände des abgerundeten Eckbüros sah. Ihr erster Arbeitstag, und er hatte sie einfach ins kalte Wasser geworfen, aber das schien ihr zum Glück nicht besonders zuzusetzen. Sie hatte den Schreibtisch in eine Ecke gerollt, den zusätzlichen Stuhl weggeschoben, den Computer so gestellt, dass er ihn nicht sehen konnte, und die Wände fast gänzlich behängt: A4-Bögen, Zettel, Fotos, ordentlich unter- und nebeneinander angebracht. Er konnte ihr System von dort, wo er stand, nicht erkennen, aber es konnte kaum Zweifel daran geben, dass sie eins hatte. Sie flüsterte vor sich hin, verschob Fotos, setzte sich für einen Moment auf den Boden und legte das Gesicht in die Hände, ehe sie plötzlich aufsprang und zur Wand stürzte, um das wieder zu verändern, was sie soeben umgehängt hatte.

Munch musste zweimal an den Türrahmen klopfen, ehe sie ihn bemerkte.

»Störe ich?«

»Ja«, sagte Mia.

Sie hielt sich die Hand vor den Mund und richtete halb geschlossene Augen auf irgendetwas an der Wand, wie, um es zum Leben zu erwecken.

Munch lächelte über ihre Antwort. Er musste dieses Mädchen einfach gernhaben. Ihre Art. Dass normale Umgangsformen ihr offenbar egal waren, als gälten in ihrer Welt andere Regeln.

Überaus erfrischend. Er merkte, dass sich seine Laune wieder hob. Die erfolglose Fahrt zu Halvorsen hatte ihn auf dem ganzen Rückweg verärgert, aber sein Frust legte sich jetzt langsam, als er neugierig stehen blieb und zusah, wie Mia ein Foto an eine andere Stelle verschob.

»Bedeutet das, dass du lieber allein sein willst?«

»Äh … was?«

Sie warf ihm einen kurzen, zerstreuten Blick zu, als ob sie schon wieder von seiner Anwesenheit überrascht worden sei.

»Nicht doch, ich wollte nur …«

Mia blieb noch einen Moment stehen und richtete die blauen Augen auf die Wand, während sie scheinbar versuchte, irgendetwas Unsichtbares einzufangen, ließ es am Ende jedoch mit einem kleinen Seufzer los und kehrte ins Zimmer zurück.

»Kriegst du es zu fassen?«

»Was? Ja, nein …«

Sie fuhr sich mit der Hand durch die Haare und schüttelte den Kopf.

»Vieles ist sehr deutlich, finde ich, aber andere Dinge, na ja …«

Munch zog die Jacke aus und lehnte sich an eine Wand.

»Dann geh doch mal alles durch. Sag mir, was du denkst.«

»Okay.« Mia räusperte sich und kam mit einem Stapel Fotos auf ihn zu.

Der Hase. Der Fuchs. Bilder aus allen Winkeln, mehrere, die er noch nicht einmal gesehen hatte. Sie hatte offenbar Ludvigsen um Zugriff auf die Aufnahmen gebeten.

»Die Tiere«, sagte sie und drehte sich zu ihm um. »Ich glaube, ich habe begriffen, warum er sie dort platziert hat.«

»Ach ja?«

»Du erinnerst dich doch an das Tagebuch des einen Jungen, oder? Des einen schwedischen Opfers?«

»Ja?«

Sie nahm ein Blatt Papier von der Wand und reichte es ihm.

»Das Tagebuch, das sie in den Medien veröffentlicht haben. *Morgen kommt der Mond. Ich habe Angst vor dem Wolf.*«

Sie lief zurück zu den Tierfotos und tippte energisch mit dem Zeigefinger auf beide.

»Ich komm jetzt nicht ganz mit ...«

»Der Wolf?«, wiederholte sie und sah die Fotos an. »Meinst du nicht ...?«

»Was soll ich meinen?«

Munch hätte jetzt fast gelächelt.

»Erklär's mir bitte ...«

»Ach ja, sorry. Ich glaube, wenn der Täter sich selbst als den *Wolf* betrachtet hat, dann stimmt das hier, oder?«

Ein rascher Finger berührte den Kopf des Hasen.

»Und das hier?«

Der Fuchs.

Langsam ging ihm jetzt auf, worauf sie hinauswollte.

»Hase und Fuchs sind Beutetiere? Für den Wolf? Ist das so zu verstehen?«

»Ja, genau.«

Sie lächelte triumphierend.

»Beutetiere. Genau dieses Wort habe ich gesucht. Er zeigt es uns, nicht wahr? Hattest du mal eine Katze?«

»Eine Katze?«

»Ja, zu Hause. Eine Katze? Wir hatten eine, und die

brachte immer Mäuse ins Haus. Legte sie vor uns auf den Boden. Wollte uns zeigen, wie tüchtig sie war. Was sie alles schaffte.«

»Du meinst also, die Tiere liegen für uns da?«

Für einen Moment blieb sie ihm die Antwort schuldig, kehrte ihr Gesicht wieder der Wand zu und war abermals verschwunden.

»Vielleicht nicht für uns«, fügte sie nach einer Weile hinzu. »Oder doch, ich weiß nicht. Vielleicht vor allem für ihn selbst. *Schaut her, ich bin der Wolf. Schaut her, was ich kann.* Ergibt das einen Sinn?«

Mia sah plötzlich ein wenig unsicher aus, drehte sich wieder zu ihm um und kratzte sich an der Stirn.

»Klingt sehr plausibel«, murmelte Munch, der nicht verbergen konnte, dass er beeindruckt war.

Wie viele Stunden war er unterwegs gewesen?

Drei?

Und dieses Mädchen hatte derweil bereits …

»Okay, gut«, Mia lächelte. »Das wäre das eine.«

Sie lief zu einer anderen Gruppe von Fotos, die zusammen mit einer Karte über den Fundort und dessen Umgebung aufgehängt waren. Es waren Bilder der Opfer. Sie hatte sich die ausgesucht, die aus einer gewissen Entfernung aufgenommen worden waren, keine Nahaufnahmen. Munch ging neugierig hinter ihr her.

»Das andere, woran ich gedacht habe …«

Sie runzelte für einen Moment die Stirn.

»Na ja, das ist nicht so konkret, eher ein Gefühl. Ist doch in Ordnung, oder?«

»Ja, natürlich.«

»Okay. Schau her. Es hat etwas mit dem Visuellen zu tun.

Da geht es um Schönheit, nicht wahr? Es sieht aus, als wäre das wichtig für ihn. Das Ästhetische. Und das mit der, ja, Visualität, jetzt habe ich dieses Wort schon zweimal benutzt, aber ich bin ein bisschen unsicher, wie ich …«

»Kein Problem. Mach einfach weiter.«

»Ja, also. Ich denke, dass es hier um den Genuss des Ganzen geht. Visuell. Ich denke also …«

Sie trat vor die Karte.

»Er muss es sich doch angesehen haben.«

»Was meinst du?«

»Na ja, sich angesehen eben.«

Sie drehte sich zu ihm um.

»Also, er muss sich doch seinen Tatort angesehen haben. Sein Werk genossen haben. Glaubst du nicht? Stell dir das doch vor! Dass er das geschaffen hat? Und wir finden es dann? Was für ein Kick! Er muss doch dort gewesen sein. Dann habe ich von Ludvig eine Karte bekommen, und sieh her …«

Sie tippte die Karte an und wandte sich ihm zu.

»Das hier ist die einzige Stelle, die höher liegt, und da dachte ich, hier vielleicht, oder hier, ja, eher vielleicht hier, aber ich würde anfangen mit …«

»Der Kiesgrube?«

»Ja, aber das ist vielleicht ein bisschen zu offensichtlich. Der Wald ist besser, hier, zum Beispiel? Da konnte er sich verstecken.«

»Du meinst also, er hat uns beobachtet?«

»Ja.«

Ihre blauen Augen leuchteten jetzt.

»Hättest du das nicht getan? Es genossen? Zugesehen, wie wir das entdecken, was du geschaffen hast?«

Munch nickte und trat näher an die Wand heran.

»Das ist gut, Mia.«

»Ja?«

»Sehr gut. Wir schicken sofort Leute hin. Du meinst also, hier?«

Er tippte die Karte an.

»Ja. Oder vielleicht hier, ich weiß nicht, wir müssen einfach nach einem Ort suchen, wo die Aussicht auf die Stelle, wo sie gelegen haben, richtig gut ist; davon kann es ja nicht allzu viele geben. Ich meine, alles hier unten ist doch zu tief gelegen?«

»Gut, Mia. Sehr, sehr gut. Ich hatte mir einen Moment lang Sorgen gemacht, weil ich dich hier im Stich gelassen habe.«

Sie sah ihn wieder an.

»Wieso denn? Ich komm schon allein zurecht.«

»Unbedingt«, Munch lächelte. »Sehr gute Arbeit. War das alles?«

»Ja. Oder nein.«

»Ja?«

»Nur noch eine Kleinigkeit.«

Sie ging zurück zur anderen Seite des Raumes.

»Hiermit habe ich gerade erst angefangen, aber ich glaube, es ist wichtig.«

Er sah eine Liste, die nur aus zwei Punkten bestand.

»Und das ist …?«

»1993. Zwei Morde in Schweden. 2001. Zwei Morde in Norwegen. Acht Jahre dazwischen.«

»Ja?«

Sie hob die Hände.

»Wo war er in der Zwischenzeit?«

»Natürlich. Das macht mir auch zu schaffen.«

»Nicht wahr?«

Sie nickte und strich sich wieder den Pony aus der Stirn.

»Was denkst du also?«

Sie überlegte einen Moment, ehe sie antwortete.

»Schwer zu sagen. Vielleicht hatte er keine Lust. Vielleicht konnte er keine finden, die ihm gefielen. Aber …«

»Was?«

»Aller Wahrscheinlichkeit nach wurde er daran gehindert, meinst du nicht?«

»Zum Beispiel wodurch?«

»Ach, ich weiß nicht. Der Mann ist doch nicht gesund. Vielleicht in seinem eigenen Kopf, aber nicht nach unseren Maßstäben. Ich meine, wenn er der Wolf ist …«

Sie zögerte kurz.

»Nein, das wäre vielleicht zu einfach. Aber er war vielleicht irgendwo eingesperrt?«

»Im Gefängnis?«

»Ja, oder irgendwo, wo er behandelt wurde?«

»In einer Irrenanstalt?«

Sie deutete ein Lächeln an.

»Ich glaube, das heißt nicht mehr so, aber ja, in die Richtung.«

»Guter Hinweis, Mia.«

»Und jetzt hätte ich beinahe das vielleicht Wichtigste vergessen.«

Mia schüttelte den Kopf und ging zurück zu den Tierfotos. Sie nahm eins von der Wand und reichte es ihm.

»Siehst du das hier?«

Sie zog einen Apfel aus der Tasche, biss hinein und zeigte eifrig auf das Bild.

Der Fuchs.

Eine Nahaufnahme des Kopfes.

»Was meinst du ...?«

»Sieh es dir genauer an«, sagte sie und zeigte wieder darauf. »Sieh dir das Ohr an.«

»Und?«

»Siehst du es nicht? Diese Flecken da? Ganz oben am Rand?«

Munch sah das, worauf sie zeigte, und dann ging es ihm auf.

Wow. Sieh an!

»Du glaubst, der war vielleicht ... markiert?«

»Ja? Sieht das nicht so aus?«

Sie lächelte wieder und sprach eifrig weiter.

»Eine Markierung am Ohr? Dann hat ihn irgendjemand beobachtet, nicht wahr? In welchem Gebiet er sich bewegt? Der Mörder hat die Markierung entfernt, so sieht es jedenfalls aus, aber egal, oder? Was, wenn es ein aktiver Sender war? So einer mit GPS? Wenn der entfernt worden ist ...«

Sie schaute ihn jetzt fast ein wenig neckend an.

»Ja, zum Teufel«, sagte Munch lächelnd.

»Wenn der aufgehört hat zu senden, als er entfernt wurde, dann wissen wir, wo ...«

»Verdammt!«

Munch grinste.

»Hast du ...?«

Mia lief schon, mit dem Apfel im Mund, zu ihren Notizen.

»Ich habe ein bisschen herumtelefoniert, und bei Rotfüchsen ist wohl die Hochschule in Lillehammer zuständig, jedenfalls hier in Ostnorwegen. Bei denen läuft ein Projekt in Zusammenarbeit mit dem Norwegischen Institut für Naturforschung. Mir wurde da ein Name genannt … wie war der noch? Ah, Nina Dobrov. Die hatte gerade zu tun, aber ich kann morgen früh mit ihr sprechen.«

»Das ist verdammt gut, Mia«, sagte Munch lächelnd und zog gerade eine Zigarette aus der Tasche, als plötzlich an den Türrahmen geklopft wurde und ein atemloser Fredrik den Kopf hereinsteckte.

»Störe ich? Ich habe hier etwas, das ihr euch unbedingt ansehen müsst.«

Er wartete die Antwort nicht ab, sondern eilte vor ihnen her zu seinem Büro und steckte einen Speicherstick in seinen Rechner.

»Okay, ich muss vorher nur schnell etwas erklären. Ich war oben in der Schule der Jungen, um nach der Sache mit dem Gips zu fragen, und da fiel mir ein, dass wir noch gar nicht wussten, wieso er den überhaupt hatte. Ich bin davon ausgegangen, dass das bestimmt nichts mit unserem Fall zu tun hatte – ich meine, ein elf Jahre alter Junge, da kann doch alles passieren, aber was seine Lehrerin erzählt hat, hat mich neugierig gemacht.«

Er hatte jetzt ihre volle Aufmerksamkeit. Munch zog einen Stuhl heran und schob die Zigarette zurück in die Packung.

»Es kam heraus, dass Ruben vor nicht allzu langer Zeit ein kleiner Promi war. Der Gips stammt von einem Verkehrsunfall. Von einem ziemlich seltsamen. Seine Lehrerin, Silje Simonsen, hat gesagt, alle seien froh gewesen, weil es gerade noch mal gut gegangen war. Es hätte viel schlimmer ausgehen können. Also habe ich beschlossen, ein bisschen genauer nachzuforschen. Was ihr jetzt sehen werdet, hat sich da oben bei einem Imbiss zugetragen, *Grillen* heißt der. Ruben und sein Vater wollten etwas zu essen kaufen. Das heißt, der Vater war deshalb im Imbiss. Ruben saß im Auto, auf dem Parkplatz um die Ecke.«

»Und das haben die vom Imbiss gefilmt?«

»Nein, die Kameras sind nicht angeschlossen, das sind nur Attrappen. Aber einer der Angestellten hat mir einen Tipp gegeben. Erinnert ihr euch an Roy Kruppel?«

Munch nickte.

»War das nicht der, der …«

»Genau«, sagt Fredrik eifrig.

»Wer?«, fragte Mia und sah sie beide an.

Munch wollte es ihr erklären, aber Fredrik war schneller.

»Roy Kruppel. Das war eine scheußliche Geschichte vor einigen Jahren. Überaus ungewöhnlich für norwegische Verhältnisse. Sehr brutal. Deshalb war die Aufmerksamkeit so groß. Roy Kruppel war ein ganz normaler Mann, arbeitete in der Versicherungsbranche, seine Frau war in einem Kindergarten in der Nähe angestellt. Sie hatten zwei Kinder, die beide nicht mehr zu Hause wohnten, Haus, Auto, Hund – ja, ihr wisst schon, normale Menschen, ein normales Leben. Bis zu diesem Abend vor einigen Jahren, es war der achtzehnte Mai, das weiß ich noch, weil ich den Nationalfeiertag am siebzehnten Mai gefeiert hatte, zusammen mit …«

Munch brummte etwas.

»Ja, natürlich, sorry.«

Fredrik lächelte Mia leicht verlegen an.

»Egal, an diesem Abend brachen drei Männer in das Haus ein. Offenbar ganz ohne Grund. Vielleicht geplanter Raub, das ist bis heute ungeklärt. Die Kruppels besaßen keine besonderen Wertgegenstände, jedenfalls nichts, was in den Berichten aufgetaucht wäre. Sie wurden beide gefesselt und geknebelt, der Hund wurde betäubt, und so lagen sie dann viele Stunden lang da, dann, und auch der Grund ist ungeklärt, gingen die Täter auf sie los. Zuerst auf den Hund. Totgeschlagen. Dann auf Kruppels Frau. Ebenfalls sehr aggressiv, so gewalttätig, das Ganze wirkte total sinnlos …«

»Sie ist seit dem Überfall schwerbehindert«, warf Munch ein wenig ungeduldig ein. »Und das ist wichtig, weil …?«

»Ja, tut mir leid … jedenfalls, nach diesem Erlebnis war Roy Kruppel offenbar wie ausgewechselt. Was natürlich sehr gut nachvollziehbar ist, wer wäre das nicht? Im eigenen Haus überfallen? Wo man doch eigentlich sicher sein soll? Er hat seitdem vermutlich wahnsinnige Angst, dass so etwas noch einmal passieren könnte, deshalb ist sein Haus jetzt fast wie eine Festung. Zaun mit Stacheldraht obendrauf, und nicht zuletzt überall Kameras.«

»Er hat also den Zwischenfall vor dem Imbiss aufgenommen?«

»Ja, aber nicht nur das …«

»Können wir uns das nicht einfach ansehen?«, fragte Munch und zog abermals die Zigarettenpackung hervor.

Fredrik sah aus, als hätte er eigentlich gern etwas gesagt, begriff aber, drehte sich zu seinem Rechner um und ließ den Film laufen.

Ein bisschen körnig. Schwarz-weiß. Eine Kamera, die offenbar die direkte Umgebung des Hauses einfangen sollte und nicht unbedingt das Gebäude auf der anderen Straßenseite, sodass die Szene, die sie nun miterlebten, sich ziemlich weit oben in einer Ecke abspielte und daher gerade noch zu sehen war. Man sah ein helles Auto, das hinter dem Imbiss stand. Fredrik hielt den Film an und zeigte darauf.

»Das ist der Volvo der Familie Lundgren. Wir können Ruben auf der Rückbank erahnen.«

Er klickte weiter.

Viele Sekunden lang passierte nichts Nennenswertes. Das helle Auto stand einfach nur da. Der Junge auf der Rückbank bewegte sich nicht.

»Jetzt seht genau hin!«

Ganz unerwartet jagte plötzlich ein weißer Lieferwagen über den Rasen, schlingerte in hohem Tempo über den Parkplatz und knallte gegen die Hecktür des Volvo.

»Oh, verdammt.«

Mia zuckte zusammen.

»Und schaut jetzt her!«

Fredrik tippte mit dem Finger auf den Bildschirm und drehte sich eifrig zu den anderen um.

»Er hält nicht mal eine Minute lang.«

Der weiße Wagen lief für einen Moment im Leerlauf.

»Er scheint Probleme mit der Gangschaltung zu haben.«

Der weiße Lieferwagen knallte zweimal gegen die Tür, hinter der der Junge saß.

»Und nun findet er den Rückwärtsgang und fährt wieder los ...«

Der Wagen wendete, wieder drehten sich die Räder im Leerlauf auf dem Bodenbelag, dann verschwand er aus dem Bild.

»Meine Güte«, murmelte Munch.

»Merkwürdig, was?«, fragte Fredrik und drehte sich wieder zu ihnen um. »Kommt aus dem Nirgendwo? Rast voll in den Volvo? Gerät in Panik und haut dann einfach ab? Steigt nicht mal aus, um nachzusehen?«

»Wurde die Sache untersucht?«

Fredrik zog einen Notizblock aus der Sakkotasche.

»Ja. Ich hab mit einem Kollegen vom Verkehr gesprochen. Angezeigt, ermittelt und eingestellt. Keine Toten, also keine Priorität.«

»Aber Personenschaden …?«

»Schon, das fand ich ja auch, aber diese Antwort habe ich eben bekommen. Der Kollege schien nicht so genau Bescheid zu wissen, er wollte mir den Bericht aber mailen.«

»Und das ist alles, was wir auf Video haben?«, fragte Munch und nickte zum Bildschirm hinüber.

»Nein, nein«, sagte Fredrik. »Kruppel hatte den ganzen Tag aufgezeichnet – ja, die ganze Woche sogar. Er hat mir sein Archiv gezeigt. Volle Ausrüstung im Keller. Sah aus wie eine Einsatzzentrale da unten. Die CIA wäre neidisch.«

»Der arme Mann«, sagte Munch und schob sich eine Zigarette zwischen die Lippen. »Aber das ist alles, was wir über das eigentliche Geschehnis haben?«

»Ja«, sagte Fredrik und zog eine neue Datei vom Speicherstick auf den Bildschirm. »Und dann noch das hier.«

»Und das ist …?«

»Was danach passiert ist. Die Polizei trifft ein. Die Feuerwehr, mit diesen riesigen Metallzangen, mit denen sie Leute rausschneiden. Der Abschleppwagen ist auch ziemlich bald da. Dann ein Rettungswagen, eigentlich recht spät. Sie holen den Jungen aus dem Auto und legen ihn auf den Boden, und da bleibt er dann eine Weile liegen. Jede Menge Gaffer.«

Fredrik zuckte mit den Schultern.

»Dann liegt der Junge im Rettungswagen. Alle verlassen den Schauplatz. Der Abschleppwagen nimmt den Volvo mit.«

Munch erhob sich.

»Sehr gute Arbeit, Fredrik.«

»Danke«, der Kollege lächelte und warf einen kurzen Blick hinüber zu Mia, deren Augen am Bildschirm hafteten.

»Ein weißer Lieferwagen«, sagte sie vorsichtig. »Ist nicht auch am Tatort so einer gesichtet worden?«

»So einer ist gesichtet worden, ja«, sagte Munch, blinzelte und zog ein Feuerzeug aus der Tasche.

»Haben wir nicht so einen gesucht? Einen weißen Peugeot Boxer? Ist der inzwischen gefunden worden?«

»Nein.«

»Ich weiß nicht, ob euch das aufgefallen ist, aber das vordere Nummernschild fehlte«, sagte Riis.

»Aber das hintere nicht, oder?«, fragte Mia und beugte sich dichter an den Bildschirm heran, wo Fredrik den Film an der Stelle angehalten hatte, wo der Wagen das Bild verließ. »Kann man das Kennzeichen erkennen?«

»Leider nein. Aber ich habe die Aufnahmen zur Technik geschickt. Die werden versuchen, sie aufzublasen. Wenn wir Glück haben, sehen wir dann das Kennzeichen, falls die Pixel nicht zu groß werden.«

Da klingelte Munchs Handy, und er ging zum Telefonieren hinaus auf den Gang.

»Ja?«

»Anette hier. Sieht leider nach einem Schuss in den Ofen aus.«

»Halvorsen?«

»Ja. Sein Alibi ist offenbar hieb- und stichfest.«

»Verdammt. Na gut. Kommst du her?«

»Bin schon unterwegs.«

»Gut. Ach so, du, wie viele Kollegen haben wir gerade da draußen?«

»Bei Finstad?«

»Ja? Die die Anwohner befragen und so?«

»Weiß nicht genau, um die dreißig, wieso?«

Munch klemmte das Handy zwischen Schulter und Wange und ging in das abgerundete Eckbüro.

»Kannst du vielleicht ein Dutzend von denen in den Wald schicken?«

»Okay? Gibt es dafür einen besonderen Grund?«

»Mia glaubt, dass er uns vielleicht beobachtet hat. Ich kann dir eine genaue Stelle nennen. Hast du einen Stift?«

»Jepp.«

»Okay, dann schick die Kollegen dahin«, sagte Munch und las die Koordinaten von der großen Karte ab, die Mia gefunden und an die Wand gehängt hatte.

• 18 •

Lydia Clemens bewegte sich langsam und leise durch den Wald. Sie hatte vor einiger Zeit mit diesem Spiel angefangen, stellte sich vor, sie sei ein Tiger, der lautlos über den Waldboden schleichen konnte, ohne entdeckt zu werden. Das Mädchen war rasch zur Spezialistin geworden, wie ihr das bei fast allem gelang. Beim Bogenschießen, zum Beispiel. Sie hatte nicht lange gebraucht, ehe sie sogar Opa Willy übertroffen hatte. *Jessas,* hatte der gesagt, als sie schnell hintereinander drei Pfeile in die Mitte der Zielscheibe geschossen hatte, die an der Böschung hinter dem Haus hing. Jetzt konnte sie einfach alles treffen. Mit ihren eigenen Pfeilen. Mit eigenen Federn. Opa Willy hatte die scharfen Spitzen in der Schmiede hergestellt, wie auch das Messer, das sie zum Geburtstag bekommen hatte. Sie würde nie sein Gesicht vergessen, als er sah, wie sehr sie sich freute. Er weinte nie, ihr Opa Willy, aber da war ihm doch ein Tränchen gekommen, vor dem Kamin im Wohnzimmer in dem kleinen Haus. *Das ist einfach fantastisch!*, hatte sie gerufen und war auf ihn zugestürzt, um ihn zu umarmen. *Ja? Bist du sicher? Es gefällt dir? Sehr sogar?* Und es hatte ja wirklich gestimmt, denn das Messer, mit dem sie Wild geschlachtet und Fisch gesäubert und Gras für die Ziegen geschnitten und Fuchsfelle abgeschabt und Holzpuppen geschnitzt, mit dem sie alles Mögliche gemacht hatte, würde nicht mehr lange halten. Sie hatte sich schließlich dort am Schleifstein darüber beklagt. *Jetzt sieh dir mal mein Messer an. Davon ist ja fast nichts mehr übrig.* Sie war ein bisschen böse geworden, als er gesagt hatte: *Das hält noch lange durch.* Aber dann hatte er doch ein Neues für sie gemacht, deshalb hatte er diese vielen geheimnisvollen Abstecher in die Schmiede unternommen. *Ich schau mal kurz bei der Schmiede vorbei, Lydia. Mach du solange deine Hausaufgaben.*

Hausaufgaben, immer Hausaufgaben. Manchmal war es fast zu viel, aber Lydia Clemens begriff natürlich, dass es sein musste, deshalb hielt sie aus, auch wenn nicht alles gleich viel Spaß machte. Denn nach der *langen Zeit* würde der *ewige Sommer* kommen, und dann würde die Erde Menschen wie sie brauchen. Die viel konnten. Dann würde die Zivilisation nicht ganz neu anfangen müssen. Dann würde man kluge Menschen brauchen, die viel gelesen hatten und fast alles wussten. Geschichte. Naturkunde. Mathematik. Chemie. Aber auch praktische Dinge, wie man zum Beispiel einen Unterstand baut und Kerzen zieht. Und jagt, natürlich, das war doch das Wichtigste bei Pfeil und Bogen, dass man Essen für sich und die Seinen beschaffte, nicht nur in der *langen Zeit,* sondern auch später, wenn alles zu Ende wäre. Denn es würde dauern, die Gesellschaft wieder aufzubauen, vielleicht viele Hundert Jahre, nachdem alles von den Bösen zerstört worden wäre. Obwohl sie also nur ungern einem Tier das Leben nahm, sah sie ein, dass es so sein musste.

Lydia hatte ein kleines Gedicht gemacht, das sie immer leise murmelte, ehe sie etwas tötete, nur, um der Welt um sie herum und allen Geistern in den Bäumen und denen, die ihnen von den Sternen her zusahen, zu zeigen, dass sie das Leben, das sie nun nehmen würde, respektierte. *Entschuldige, liebes Wesen.* Mit einem Auge auf die gespannte Bogensehne gerichtet. *Ich habe dich sehr gern. Ich hoffe, es gibt einen Himmel für dich, lieber* (und hier folgte dann der Name des Tieres, Hase zum Beispiel). *Und dass du die ganze Zeit froh sein wirst, wenn du dann dort bist.* Die Augen schließen. Das hätte sie gern getan, aber das ging natürlich nicht. Sie musste dem Pfeil auf dem Weg zum Ziel folgen. Das war das Geheimnis des Bogenschießens. Mit dem Gehirn zu entscheiden, wo der Pfeil treffen sollte, und dann einfach alles *sehen.*

Die zwanzig längsten Flüsse in China: Jangtse, Gelber Fluss, Amur, Perlfluss, Mekong, Tarim, Argun, Hanjiang, Wu Jiang, Selenga, Nen Jiang, Lao He, Hai He, Ylong, Kherlen Gol, Orkhon Gol, Yarlung Tsangpo, Dadu He, Jialing, Huai He.

Die zwanzig ersten Grundstoffe des periodischen Systems: 1. Wasserstoff, 2. Helium, 3. Litium, 4. Beryllium, 5. Bor, 6. Kohlenstoff, 7. Stickstoff, 8. Sauerstoff, 9. Fluor, 10. Neon, 11. Natrium, 12. Magnesium, 13. Aluminium, 14. Silizium, 15. Phosphor, 16. Schwefel, 17. Chlor, 18. Argon, 19. Kalium, 20. Kalzium.

Die Russische Revolution 1917: Großgrundbesitzer und Fabrikanten besaßen den Großteil der Reichtümer in Russland, während das Volk unter Hungersnöten und Armut litt. Die Reichen wollten nicht mit den anderen teilen, und deshalb erhob sich das Volk. Unter Führung von Wladimir Iljitsch Uljanow, der später Lenin hieß, übernahm das Volk die Herrschaft im Land, damit alle genug zu essen und richtige Arbeit hätten, ohne den Nacken beugen und sich von den Kapitalisten demütigen lassen zu müssen.

Rezept zum Seifekochen: 130 g Tierfett, 360 g Rapsöl, 150 g kaltes Wasser, 71 g Lauge (wenn wir haben).

Letzteres war eine praktische Prüfung. Das mit der Russischen Revolution war eine schriftliche Aufgabe gewesen, und die hatte ihr einige Mühe gemacht. Denn sie fand Sprechen viel leichter als Schreiben, aber sie hatte es doch irgendwie geschafft. Und Opa Willy war sehr zufrieden gewesen, er hatte sogar gesagt, bald würden sie etwas von ihrem Zuckervorrat nehmen und einen Kuchen backen. Dann war es nicht mehr so schlimm gewesen, dass die vielen blöden Wörter durcheinanderhüpften und auf dem Papier einfach nicht die richtige Reihenfolge einnehmen wollten.

Mäuschenstill war sie jetzt, noch immer geschmeidig wie ein Tiger, als sie sich dem kleinen Haus auf der anderen Seite des Moores näherte. Sie duckte sich vorsichtig ins Heidekraut hinter einer großen alten Kiefer und zog ihr Fernglas hervor. Dort drüben sah alles ganz still aus. Kein Rauch stieg aus dem Schornstein, wie sonst in letzter Zeit. Dumm. Aber egal. Es war doch noch nicht so kalt, man brauchte nicht zu heizen, auch wenn der Mann, der dort wohnte, es getan hatte, als sie zuletzt hier draußen gewesen war. Sie schob das kleine Fernglas in ihren Ledergürtel und schlich sich vorsichtig über die gelben Grasbüschel. Sie liebte den Moorgeruch. Der war fast magisch, als läge in den feuchten Spalten rostiges Metall. Sie musste natürlich aufpassen, immer die Füße auf die Moosbüschel setzen, sich nicht von den schlammigen Moorlöchern in Versuchung führen lassen, denn dort konnte man einsinken und für immer verschwinden. Kein Problem für sie, natürlich. Sie kannte diesen Wald in- und auswendig, und sie hatte sich schon mit allen Grasbüscheln in diesem Moor angefreundet. Das Haus war alt, braun und nicht so schön. An mehreren Stellen war die Farbe abgeblättert. Ein kleiner, ungestrichener grauer Schuppen stand auf der anderen Seite des kleinen Hofplatzes. Kein Garten. Keine Gemüsepflanzen oder Blumen oder so. Der, der hier wohnte, kümmerte sich nicht um seine Sachen. Hatte keinen Respekt vor sich und dem Seinen, wie Opa Willy es sagen würde. Ein kleines vierrädriges Fahrzeug stand auf dem Weg zum Haus, aber überall war es ganz still. Lydia legte sich auf den Bauch und robbte das letzte Stück bis zur Hauswand, wo sie dann liegen blieb und ihr Herz unter ihrer Jacke aus Wildleder schlagen spürte. Sie wusste es ja schon, natürlich, hatte es schon vom Moor aus gesehen, dass der Fernseher nicht eingeschaltet war, denn zuletzt hatte er die Stube beleuchtet, und sie hatte das Geräusch durch die dünne Wand gehört, aber sie lugte über den Rand und schaute dennoch kurz durch das Fenster. Wie sie erwartet hatte. Der schwarze Bildschirm dort drinnen war ganz und gar leblos. *Verflixt und zugenäht.* Sie hatte sich so darauf gefreut. Sie seufzte und ließ sich enttäuscht auf das braune Gras vor der Wand sinken. Die Sonne näherte sich jetzt den Baumwipfeln, und die Bäume warfen lange Schatten über das gelbe Hochmoor, und da war es jetzt auch egal. Sie musste eh wieder nach Hause. Auf Opa Willys Radio die Nachrichten hören, während sie sich die Zähne putzte. Den Kopf auf das Kissen legen und die gute warme Decke genießen.

Lydia hatte sich gerade aufgerichtet, als sie ein seltsames Wimmern hörte. Und ein Rascheln. Und eine Art Pochen. Sie schlich sich vorsichtig um die Hausecke. Jetzt war alles still.

Hatte sie sich verhört?

Nein, da war das Geräusch wieder.

Vorsichtig schlich sie über den Hofplatz.

Ihre Lederschuhe machten auf dem unebenen Kies kaum ein Geräusch, und dann stand sie ihm plötzlich gegenüber.

Einem Dachs.

In einem Käfig.

Eingesperrt.

Zwei kleine Augen und ein Schnäuzchen, das versuchte, sich durch die Drahttür zu pressen.

Aber zum …

Lydia war außer sich vor Wut.

Tiere fangen?

In Fallen?

Nein, es musste ja wohl Grenzen geben.

Sie dachte voller Hass an den Mann, der in dem verfallenen Haus wohnte, und öffnete das Schloss, hinter dem das Tier eingesperrt war.

Vorsichtiges Schnuppern.

Dann kam der Dachs herausgetrottet.

Er schaute sie dankbar an, ehe er drüben ins Unterholz und in die Freiheit eilte.

Was sollte denn das?

Wie konnte jemand so ein Tier einsperren?

Nein, da kochte ihr doch das Blut.

Lydia warf einen Blick zur Haustür hinüber und spuckte demonstrativ in den Kies, dann ging sie in die Hocke.

Und begann den Rückweg durch das feuchte Moor.

• 19 •

Zum ersten Mal seit zwei Tagen schloss Fredrik die Tür seiner Wohnung in Briskeby auf, und obwohl er sicher auch noch eine Nacht auf dem kleinen Sofa im Büro überlebt hätte, musste er nach Hause, um nach seinem Vogel zu sehen. Den anderen hatte er nichts davon gesagt, natürlich nicht. Schlimm genug, dass sie ihn für einen Dandy hielten, der immer einen Anzug trug, sie sollten ihn nicht auch noch »den Vogelmann« nennen dürfen. Er streifte die italienischen Schuhe ab, trug seine Tasche in die Küche und wurde von dem kleinen Kakadu empfangen, der auf dem Dunstabzug über dem Herd saß und ihn mit traurigem Blick ansah. Fredrik lächelte und hielt dem Vogel die Hand hin. Er war ein wenig misstrauisch, wie immer, wenn Fredrik eine Weile weg gewesen war, aber am Ende kam der Vogel doch auf seine Finger stolziert und trippelte über den Arm bis zur

Schulter und dicht an seine Wange, wo sein Lieblingsplatz war. Sjöberg. Ein grauweißer Kakadu mit gelbem Kopf und orangen Wangen. Genannt nach dem Hochspringer Patrik Sjöberg, der in Stockholm 1987 einen fantastischen Weltrekord aufgestellt hatte, 2,42 Meter. Fredrik plauderte auf dem Weg zum Vogelnapf, ließ den Kakadu zusehen, wie er sauberes Wasser und Körner nachfüllte und wie er einen Leckerbissen in die kleine Schale unter dem Glöckchen legte. Es sei wichtig, das hatte er gelesen, so viel wie möglich mit dem Vogel zu interagieren. Der graue Kakadu brauste mit den Flügeln und stieß ein kleines Geräusch aus. Zufrieden. Fredrik holte das Sushi, das er von unterwegs mitgebracht hatte, und so saßen sie eine Weile schweigend in der kleinen Küche und aßen gemeinsam. Fredrik kam gerade aus der Dusche, als sein Telefon klingelte. Es war eine Nummer, die er nicht gespeichert hatte. Er ging mit dem Telefon ins Schlafzimmer.

»Ja, Fredrik Riis?«

»Ja, hallo. Hier ist Silje Simonsen.«

Eine müde kleine Suche in seinem Kopf, dann hatte er sie gefunden. Die blonde Lehrerin aus der Schule.

»Ja, selber hallo. Wie geht's?«

»Ach, gut.«

Sie schien am anderen Ende der Leitung zu lächeln.

»Tut mir leid, dass ich so spät anrufe, aber es war heute so hektisch. Meine Tochter war sauer, weil ich sie so spät vom Kindergarten abgeholt habe. Also wollte sie nicht schlafen.«

»Kein Problem«, sagte Fredrik.

»Also, das mit dem Gips«, sagte nun die Lehrerin. »Der Buchstabe W, war das nicht so?«

»Ja, genau. Was haben Sie herausgefunden?«

»Eigentlich gar nichts. Ein Erik vom Fechten, aber der hatte schon unterschrieben, also glaube ich nicht, dass Sie da eine Spur haben.«

»Sie haben jemanden angerufen, der nicht Ihr Schüler ist?«

»Ja, war das falsch von mir?«

»Nein, nein«, sagte Fredrik lächelnd. »Das war natürlich nett von Ihnen, aber es wäre nicht nötig gewesen.«

Er ging in die Küche, nahm eine Flasche Wasser aus dem Kühlschrank und kehrte damit ins Wohnzimmer zurück.

»Ich würde Ihnen gern helfen«, sagte die freundliche Stimme. »Macht ja auch Spaß. Ein bisschen Detektivin zu spielen. Dazu hab ich nicht oft Gelegenheit. Mein Job ist nicht so spannend wie Ihrer.«

»Ach, ich weiß nicht«, sagte Fredrik und ließ sich wieder aufs Sofa sinken.

»Ja, also, das wollte ich eigentlich nur sagen.«

»Okay, schön. Danke für die Hilfe. Sie haben ja meine Nummer, wenn noch etwas sein sollte.«

»Ja …«, sagte sie und zögerte ein wenig.

»Haben Sie sonst noch etwas auf dem Herzen?«

Sie schwieg einen Moment lang.

»Nein, ich weiß nicht so recht.«

»Okay?«

»Es ist bloß … ich habe zwei Jungen in der Klasse, die – ja, ich weiß nicht, wie ich das sagen soll, also, die verhalten sich neuerdings anders.«

»Ach ja, wie denn?«

»Na ja, das ist nicht ganz einfach zu erklären. Es kann ja auch die Situation an sich sein. Dass ihnen das Geschehene zu schaffen macht, aber ich weiß nicht. Sie sind mir gegenüber sonst immer offen, aber neuerdings gehen sie mir aus dem Weg, wenn das einen Sinn ergibt?«

»Ja, unbedingt«, sagte Fredrik und ging ins Schlafzimmer.

»Und heute Morgen, als ich Aufsicht hatte, kam ich um die Ecke, und als sie mich entdeckten, sind sie abrupt verstummt. Sie sahen irgendwie schuldig aus, wenn Sie verstehen?«

»Natürlich«, sagte Fredrik. »Vielleicht sollte ich mal vorbeischauen?«

»Ja, vielleicht?«

»Wir brauchen ja die Erlaubnis der Eltern, um Kinder zu vernehmen, aber wir könnten doch einfach locker mal mit ihnen reden, um zu sehen, ob dabei etwas herauskommt?«

»Ja, klar«, sagte Silje Simonsen fröhlich, »das fände ich gut.«

»Super, dann ist das abgemacht. Ich rufe Sie morgen an?«

»Schön. Noch einmal, entschuldigen Sie, dass ich so spät noch angerufen habe.«

»Kein Problem. Ich war ohnehin noch auf.«

»Okay. Gute Nacht.«

»Gute Nacht«, sagte Fredrik und legte das Telefon auf den Nachttisch.

Gute Nacht?

Etwas zu privat, vielleicht?

Nein, er war jetzt zu müde zum Denken.

Er musste machen, dass er ins Bett kam.

Er war gerade aus dem Badezimmer gekommen und hatte die Decke über Sjöbergs Käfig gelegt, damit der Vogel seine Ruhe hatte, und war endlich unter die warme Decke gekrochen, als es unter der Nachttischlampe vibrierte.

Können wir uns bald treffen?

Er seufzte und gab widerwillig die Antwort ein.

Nein, das geht nicht.

Nach ein paar Sekunden kam die nächste Nachricht.

Nur kurz. Bitte.

Er überlegte einen Moment, ihm wurde fast schlecht, aber sein Entschluss stand schließlich fest.

Nein, das können wir nicht.

Direkte Antwort.

Warum nicht?

Er setzte sich im Bett auf und schlug die Hände vors Gesicht. Wie in aller Welt war er nur da hineingeraten? Nein, das hier …

Er biss sich auf die Lippe und gab die Antwort ein, so schnell er konnte:

Weil du verheiratet bist.

Mit einem Kollegen von mir.

Okay?

• Teil 3 •

• 20 •

Susanne Hval Pedersen schaute nervös hinter den Küchenvorhängen im Timoteivei 13 hervor und wünschte, sie könnte sich erinnern, wo sie ihre Tabletten versteckt hatte. An einer raffinierten Stelle, nur das wusste sie noch, denn sie wollte die Tabletten ja nicht nehmen. Der Arzt hatte ihr vor einigen Wochen ein Rezept gegeben. Sie? Valium? Nein, das wäre ja noch schöner! Sie war nun wahrlich keine, die künstliche Hilfe zum Schlafen brauchte. Der Arzt hatte trotzdem darauf bestanden. Dann könnte sie sich nach allem, was geschehen war, doch ein wenig entspannen. Ihr Mann hatte seine Arbeit verloren. Und jetzt benahm er sich plötzlich so anders. So seltsam. Fast hatte sie das Gefühl, ihn nicht mehr zu kennen. Nachts ging er weg. Und dann verschwand er wieder, sobald er wach geworden war, ohne ein Wort. Ohne zu sagen, wo er gewesen war. Oder wohin er wollte.

Wo hab ich bloß die Tabletten hingelegt? Das muss doch im Badezimmer gewesen sein? Im Medizinschränkchen? Aber nein, da hast du schon nachgesehen. Dreimal! Ohne etwas anderes zu finden als Paracetamol und Noras Asthmamedizin.

Wieder schaute Susanne aus dem Küchenfenster, zog sich aber zurück, als sie ein fremdes Auto langsam am Haus vorbeifahren sah. Und dann das noch! Als ob sie nicht schon genug Sorgen hätte! Ruben. Der Junge aus einem der Nachbarhäuser. Der Sohn von Jan-Otto und Vibeke Lundgren. Ermordet? Hier draußen auf einem Feld? Großer Gott. Wie unvorstellbar grauenhaft. Das konnte doch nicht stimmen. Es konnte nicht wahr sein. Obwohl das ganze Land fast von nichts anderem sprach. Im Radio, wenn sie aufstand, um Frühstück zu machen. In der Lokalzeitung, die auf der Treppe lag, wenn sie die Katze hinausließ. Auf allen Sendern im Auto unterwegs mit Nora zum Kindergarten, und später auf der Fahrt nach Lillestrøm, um den Laden zu öffnen. In den Fernsehern, die im Schaufenster des Nachbarladens in Reih und Glied standen, bei Elkjøp, die normalerweise niedliche Tierfilme oder mitreißende Musikvideos zeigten, aber jetzt nicht mehr. Ständig Sondersendungen. Den ganzen Tag. Auf *NRK* und *TV2*. Wichtige Reporter standen mit ernsten Gesichtern über ihren Mikrofonen.

Der letzte Stand: Die Polizei gibt die Namen der ermordeten Jungen bekannt.

Es gab eigentlich kein Entkommen. Bekannte Gesichter, wichtige Menschen. Polizei in flotten Uniformen. Der Justizminister. Oder war er das gar nicht? Der, der ein bisschen Ähnlichkeit mit einer Ratte hatte? Am Kiosk an der Ecke, wo sie zu Mittag gegessen hatte und Zigaretten kaufte. Eine Boulevardzeitung neben der anderen. Schreiende Schlagzeilen. KEINE VERDÄCHTIGEN. LANDESTRAUER. Als wäre Krieg! Als hätte eine ganze Nation diese beiden Kinder verloren! Menschen vor ihr in der Schlange im Supermarkt. Flüsternd, tuschelnd.

Hast du gehört, dass die Mutter von dem einen nach Spanien gefahren ist? Und den Jungen allein zu Hause gelassen hat? Doch, das sagen alle. Was? Nein, offenbar irgendwelche Nachbarn, aber die wussten wohl nicht, von welchem Datum die Rede war. Gibt es solche Menschen? Ja, hinten in den Wohnblocks, natürlich. Was? Nein, ich habe keine Ahnung, wer dieser Junge ist. Dieser Tommy. Aber Ruben kennen wir ja. Ja, hast du das nicht gewusst? Also, meine Anita geht in die Parallelklasse. Ach ja, einmal war er bei uns zu Besuch. Hübscher Junge. Sommersprossen. Blonde Haare. Wie ein kleiner Engel.

Susanne Hval Pedersen zog die Vorhänge zu und sah auf die Uhr über der Anrichte. Viertel nach neun. Eben hatte sie Nora ins Bett gebracht. Allein. Schon wieder. Obwohl die Kleine wieder nach ihm gefragt hatte, die Arme. *Wo ist Papa? Papa soll mir was vorlesen!* Die kleine Raupe Nimmersatt. *Nein, du nicht, Mama, Papa soll kommen.* Sie hatte doppelt so lange singen müssen wie sonst, bis Nora endlich eingeschlafen war. Sie hatte aufgehört, ihn anzurufen, er meldete sich ja doch nicht. Als sie ihn zuletzt gesehen hatte – ja, wann war das eigentlich gewesen? Gestern Abend? Sonntagmorgen? Nein, gesehen hatte sie ihn nicht, sie hatte nur die Tür gehört. Hatte wach unter der Decke gelegen und gehofft, dass er ins Schlafzimmer kommen, sich neben sie legen, sie in den Arm nehmen würde, wie sonst immer, und dann wäre das alles hier endlich vorbei. Was immer es war. Aber er war nicht gekommen, sie hatte nur schwere Schritte auf der Treppe gehört. Zum Gästezimmer nach oben. Und dann wieder nach unten, lange, ehe sie eigentlich sonst aufstand, aber sie war noch immer wach gewesen. Hatte die schwere Haustür zufallen hören. Den Wagen, der losfuhr und verschwand.

Wo hatte sie nur die Tabletten versteckt?

Sie ging hinunter in den Keller und dann weiter in den Hobbyraum. Sie war nicht oft hier unten, sie brauchte lange, um den Lichtschalter zu finden. Das war sein Zimmer, wo er sein Werkzeug aufbewahrte. Eine kleine Stereoanlage stand in der einen Ecke. Die Platten aus seiner Kindheit, aus seinem Jungenzimmer, und die Plakate, die sie nicht oben im Wohnzimmer haben wollte. Led Zeppelin. Die Rolling Stones. Jimi Hendrix. Thin Lizzy. Diese ganze Musik, die sie eigentlich hasste. Nein, nicht hasste, das nun doch nicht, aber dieser viele Rock, so ein bisschen prollig. Daran war sie nicht gewöhnt, nicht von zu Hause aus, dort wurde so etwas eher verachtet, und das hatte sie mit ins Erwachsenenleben genommen. Klassische Musik. Die war natürlich das Richtige. Ein großes Klavier im Wohnzimmer, dort versammelten sich alle, wenn die Mutter spielte. Ein riesiger Weihnachtsbaum. Schöne Kleider. Oberklasse. So ein bisschen *Fanny und Alexander*. Kinder, die nur gesehen werden sollten, nicht gehört. Aber sie hatte nichts dagegen gehabt. Sie hatte ihre Kindheit genossen. Sie selbst hatte Cello gespielt. Natürlich nicht professionell, aber sie war gar nicht schlecht gewesen und sogar mehrmals für das jährliche Sommerkonzert der Musikschule Barratt Due ausgewählt worden. Und dann hatte sie diesen Mann kennengelernt. Der nicht wusste, welches Besteck wozu benutzt wurde. Der sich anzog, als ob er gerade im Laden der Heilsarmee vorbeigeschaut hätte. Waren sie einander entglitten, war es das? Diese viele Routine. Das Alltägliche. Erst mit dem Sohn, der jetzt dreiundzwanzig war und nicht mehr zu Hause wohnte. Der nach Bergen gezogen war, um dort zu studieren. Ausgerechnet Medizin. Susanne war ungeheuer stolz gewesen, als er das erzählt hatte. Dass er einen Studienplatz bekommen hatte, nicht in Oslo, aber Bergen sollte doch eine wunderbare zweite Wahl sein? Wie viele Bewerbungen hatte es eigentlich gegeben? Und wie wenige Plätze? Ihr Sohn war ein ganzes Jahr jeden Tag zur Privatschule Bjørknes gependelt, um in den Fächern aufzuholen, in denen er keine Spitzennoten hatte. Medizin! Stellt euch das vor! Ihre Mutter war so zufrieden, Susanne konnte sich fast nicht erinnern, bei ihr jemals ein solches Lächeln gesehen zu haben. War das der Grund? Waren sie unmerklich voneinander weggeglitten? War es nicht nur das, was vor einigen Monaten passiert war? Und dann die Kleine, die wunderbare Nora, die einfach gekommen war; sie hatten es damals nicht einmal mehr versucht. Sex war nichts mehr, das sich in dem blau gestrichenen Schlafzimmer regelmäßig abspielte, aber das war ganz normal für ein Paar in ihrem Alter, wenn sie ihre Freundinnen richtig verstanden hatte, aber dann eines Tages doch. Schwanger? Einfach unglaublich. Ob sie das Kind behalten wolle? Natürlich, wovon redeten die alle eigentlich? Neununddreißig? Das war ja wohl kein Alter. Ihre Zuckerkrankheit? Was hatte die damit zu tun? Nein, sie war irritiert gewesen, hatte sogar den Arzt gewechselt. Und nun lag Nora da oben und schlief so brav in ihrem Bettchen. *Wo ist Papa? Papa soll kommen!*

Susanne seufzte und blieb mitten im Zimmer stehen. Wusste nicht einmal, was sie hier wollte. Die Tabletten hatte sie doch nicht hier versteckt. Sie war seit Jahr und Tag nicht mehr hier gewesen. Wenche, eine Freundin, die drüben im Kløvervei wohnte, hatte erzählt, dass eine Frau, deren Namen sie nicht nennen wollte, hinter dem Trainingsraum des Mannes im Keller eine Geheimkammer gefunden hatte. Susanne hatte diese Geschichte nicht geglaubt, das hatte einfach nur absurd geklungen, aber die Freundin hatte darauf bestanden, dass es so gewesen sei. So eine Art kleiner Schrank. Mit einem versteckten Schalter, Dinge, wie man sie nur im Film sah. Und dort drinnen hatte es Ausrüstung gegeben – nein, das klang total krank, wie sollte man das nennen, hieß das nicht S&M? Masken und Ketten und Peitschen und Lederanzüge und riesige Dildos, und Wenche hatte alles ausführlich beschrieben, mit allen Details, aber Susanne hatte schließlich weggehört und an etwas anderes gedacht. Hier? In dieser Wohnsiedlung? In den Straßen mit den Blumennamen? Wo alle alle kannten? Nein, das konnte nicht stimmen. Aber jetzt? Wo das alles passiert war? Sie wusste nicht mehr so ganz, was sie glauben sollte.

Susanne Hval Pedersen wollte gerade das Licht wieder ausschalten, als sie etwas entdeckte, das in einer Ecke lag. Ein Bündel Kleider. War das nicht sein Hemd? Sie ging vorsichtig näher. Und die Hose? Die verschlissenen Jeans, die sie absolut nicht wegwerfen durfte? Sie hob die Kleidungsstücke vom Boden auf und betrachtete sie neugierig. Was machten die hier unten? Er legte seine Sachen doch immer in die Waschküche, wie sie ihn gebeten hatte, damit sie die Übersicht hätte. Sie hatte nichts dagegen, die Kleider der Familie zu waschen, aber sie brauchte ihr System, das wusste er doch? Er durfte nicht einfach alles durch die Gegend werfen, das hatte sie ihm ja wohl klar und deutlich gesagt?

Sie warf noch einmal einen gereizten Blick auf die Kleider, und da sah sie es.

Die Flecken.

Etwas Rotes.

Eingetrocknetes.

Was in aller Welt war das?

Das war ja überall?

Großer Gott, was tust du denn bloß, Gunnar?

Nein, jetzt reicht es ja wohl.

Darüber müssen wir sprechen.

Sie fasste einen Entschluss.

Sie würde nicht mehr im Bett darauf warten, dass er zu ihr käme, sondern in einem Sessel.

Bei der Tür.

Und da würde sie sitzen, bis er kam.

Genau.

So würde sie es machen.

Sie ging mit dem Kleiderbündel in die Waschküche und stellte die Maschine auf sechzig Grad.

Und dann ging sie nach oben, um Kaffee aufzusetzen.

• 21 •

Das Norwegische Institut für Naturforschung, NINA, lag in einem roten Klinkerbau gleich neben dem Stadion Ullevaal, und Mia Krüger musste einfach an ihren Vater denken, an ihr Gespräch vom Vorabend, und wie schrecklich es gewesen war, ihn belügen zu müssen, obwohl das ja eigentlich nicht ihre Schuld war. Eine Notlüge vielleicht, aber dennoch. Ullevaal. Fußball. Die norwegische Nationalmannschaft. Mia war das nun wirklich egal, aber sie liebte ihren Vater und hatte ihn damals zu einem Spiel begleitet, weil er sie so gern mitnehmen wollte. Nicht Sigrid. Er hatte sie gefragt, und es war vor allem das, woran sie sich noch erinnerte. An die Gemeinschaft. Papa und sie. Norwegen hatte seine Sache offenbar ausnahmsweise einmal gut gemacht.

Hatte zum ersten Mal seit – war das 1938? – die Chance, sich für die WM zu qualifizieren. Jedenfalls war es furchtbar lange her. Sie hatten einen neuen Trainer, der Leben in die Bude gebracht hatte. Sogar Mia hatte mitbekommen, wer der Bursche war. Drillo. Ein Exzentriker, der die Linken wählte, der hohe Stiefel trug und alles über die Geografie der ganzen Welt wusste, der alle Arten von Musik als Lärm bezeichnete und der eine neue Art Fußball zu spielen geschaffen hatte, die der gesamte Rest der Welt offenbar hasste, die aber Ergebnisse brachte. Ihr war es ziemlich egal gewesen, was auf dem Spielfeld passierte, aber sie wusste noch, wie schön sie es gefunden hatte, dicht an dicht zu sitzen, umringt von Flaggen und Helmen und von Leuten, die sich das Gesicht bemalt hatten. Norwegen–England. Kleiner Bruder gegen großer Bruder, nein, so stimmte das wohl nicht. Ein Nichts gegen das Land, in dem der Fußball erfunden worden war, das wäre vielleicht richtiger. Aber dann hatten sie verflixt noch mal gewonnen. Das kleine Norwegen. Zwei zu null. Vierzehn Jahre war sie alt gewesen, und sie hatte sich so gefreut. Weil alle anderen sich so freuten. Dreißigtausend Menschen glücklich zusammen, und dann mit dem Auto nach Hause. Sie hatte den Vater noch nie so erlebt. Er sang bei offenem Fenster, und in dieser Stimmung war das ganze Land mehrere Tage lang gewesen.

Kannst du nicht mit Sigrid reden? Sagen, dass Mama es nicht so gemeint hat? Dass sie uns beiden fehlt?

Seine schöne Stimme im Hörer, und sie hatte sich auf die Lippe beißen müssen, um nichts zu sagen.

Eigentlich gar nicht so schlecht, dass sie sich gestritten hatten, denn das verschaffte ihr Zeit. Um ihre Schwester zu finden, um die Sache zu klären, ehe Papa irgendetwas erfuhr. Der Kummer würde ihm das Leben nehmen, ganz einfach, da war sie sich fast sicher.

Mama, stur und streng, wie immer: *Solange du dich mit diesem Tunichtgut herumtreibst, will ich dich in diesem Haus nicht mehr sehen, ist das klar?*

Solche Dinge sagte sie immer und bereute es später, aber dann wollte sie sich natürlich keine Blöße geben. Nein, wenn sie gesagt hatte, Sigrid dürfte nicht nach Hause kommen, solange sie mit Markus Skog zusammen war, dann war es eben so. Und jetzt hielt natürlich Papa, der Diplomat, der bei solchen Auseinandersetzungen immer in der Mitte landete, Sigrid für genauso stur.

Sie geht nicht einmal ans Telefon! Auch nicht, wenn ich anrufe! Was habe ich denn getan? Mir fehlen meine Mädels doch. Kannst du nicht sagen, dass sie nach Hause kommen muss? Bitte?

Mia hatte eigentlich gar nichts sagen wollen. Hatte warten wollen, bis sie zu Hause wäre, aber es war ihr dann doch herausgerutscht, vor allem, damit sie überhaupt ein Gesprächsthema hätten.

Ich hab einen Job, Papa.

Was? Aber …?

So stolz auf sie.

Typisch ihr lieber Papa.

Sie hatte gehört, wie gerührt er war, hatte sie kaum genug loben können.

Das müssen wir feiern! Du kommst doch am Samstag?

Samstag.

Omas Achtzigster.

Sie hatte Munch noch nicht gefragt, wusste noch nicht so ganz, wie das hier lief. Alle im Team schienen die ganze

Woche lang mindestens vierundzwanzig Stunden pro Tag zu arbeiten, aber sie hatte trotzdem zugesagt.

Die Forschungsleiterin, Nina Dobrov, war eine Frau von Mitte vierzig, und sie sah genauso aus, wie Mia sie sich vorgestellt hatte. Brille mit Stahlrahmen. Halblange mittelblonde Haare. Eine farblose Hose, darüber ein ebenso farbloser Pullover. Ein ungeschminktes Gesicht über zerstreuten Augen, die mehrmals während des Gesprächs anderswo waren. Nicht alle Leute in der Forschung entsprachen natürlich diesem Klischee, diese Frau aber wohl. Sie wirkte total uninteressiert an ihrem Äußeren, war oft geistesabwesend, arbeitete in einem unvorstellbar chaotischen Büro und redete intensiv und voller Wärme über ihren Arbeitsbereich.

Mia wurde herumgeführt, und die eifrige Frau gestikulierte und erklärte.

»Norwegisches Institut für Naturforschung, oder NINA, genau wie ich, witzig, was? Die Chefin von NINA heißt Nina?«

Die Frau hatte einen Rest von etwas, das aussah wie Joghurt, auf der Wange, aber Mia brachte es nicht über sich, etwas zu sagen. Sie nickte nur höflich, als sie durch die engen Gänge und die meistens leeren Büros geführt wurde.

»Der Begriff *Chefin von allem hier* ist allerdings nicht ganz richtig, unsere Zentrale ist ja oben in Trondheim, aber hier sind wir auch ziemlich viele. Wir sind jetzt wohl an die zweiunddreißig, mit Stipendiaten und allem. Unsere Arbeitsbereiche sind Ökologie und der Mangel an Vielfalt in Wald, Gebirge, Feuchtgebieten, Kulturlandschaften, in allem eigentlich. Daniel, der jetzt gerade nicht hier ist, arbeitet über entomologische Taxonomie. Hier haben wir Gunhild, ihr Gebiet ist terrestrische Terrainüberwachung. Arnt – ja, wie Sie sehen, arbeiten die meisten von uns draußen, in Feld und Wald, da gehören wir ja auch hin, nicht in ein enges Büro. Sein Gebiet ist die Insektenüberwachung. Berit, die meistens dort sitzt, arbeitet an einem überaus spannenden Projekt über die Gesundheit von Fischen speziell bei Rotaugen und Kleinforellen in schwefelhaltigen Binnenseen. Die Stiftung NINA wurde 1988 vom Parlament eingerichtet, und ein unvorstellbar langer Prozess war endlich zu Ende. Es ging darum, Forschung und Verwaltung zu trennen, endlich die Forschung aus dem Umweltministerium herauszulösen. Das war fast wie Staat und Religion, nicht wahr? Es geht doch nicht, dass sich ein Ministerium in die Forschung einmischt? Die muss doch frei sein? Nehmen wir den Zuchtlachs ... überaus wichtig für die norwegische Wirtschaft, nicht wahr? Aber ist das gesund? Für die Umwelt? Für die Menschen? Wir können nicht zulassen, dass der Staat uns da Vorschriften macht, oder was denken Sie? Dann werden nur wirtschaftliche Rücksichten genommen. Nein, unser ...«

Das alles war natürlich hochinteressant, aber Mia ließ sie nun nicht mehr weiterreden. Die engagierte Forschungschefin schien fast vergessen zu haben, weshalb Mia gekommen war.

»Also, es ging ja um diesen Fuchs«, sagte sie und klopfte vorsichtig auf ihre Umhängetasche.

»Ach. Ja, natürlich, entschuldigen Sie«, sagte Dobrov und kratzte sich endlich den Joghurtfleck von der Wange. »Eigentlich müsste Lars hier sein, der kennt sich damit am besten aus, aber der ist oben in Lillehammer. Wie Sie sehen, sind wir in alle Winde verteilt. Die Kollegen an der Hochschule in Lillehammer sind vor allem zuständig für die Wildmarkierung hier in Ostnorwegen. Die Verwaltung wird größtenteils von hier aus erledigt, aber ich bin ja die Chefin, einiges weiß ich natürlich doch.«

Sie lächelte und führte Mia in ein kleines Besprechungszimmer.

»Sie hatten Bilder, habe ich das richtig verstanden?«

Mia setzte sich und zog die Fotos aus ihrer Tasche.

»Es geht um diesen Rotfuchs«, sagte sie und schob das Bild über den Tisch. »Wie Sie sehen, hat der diese Stellen hier im Ohr, und ich dachte, vielleicht …«

»Hmm, ja, genau, genau. Wilfred, der müsste jetzt eigentlich hier sein, verstehen Sie?«

Die Frau lächelte sie wieder an.

»Ach? Und das ist …?«

Ein Mann mit kariertem Flanellhemd und zerzausten Haaren schaute herein.

»Hatten wir heute nicht eine Besprechung?«

»Nein, die ist auf nächste Woche verlegt worden. Ottar musste nach Vadsø.«

»Vadsø? Ich bin doch nur deshalb hergekommen.«

»Hast du die Mitteilung nicht erhalten?«, fragte Dobrov lächelnd.

»Nein. Wie immer. Wenn jemand doch wenigstens …«

Der Mann lächelte resigniert, schüttelte den Kopf und war wieder verschwunden.

»Wo waren wir?«

»Sie haben etwas über einen Wilfred gesagt?«

»Wilfred, ja«, sagte Dobrov lächelnd. »Einer unserer tüchtigsten Doktoranden. Er liebt Füchse. Wir hätten ihm gern eine feste Stelle angeboten, aber leider kam die Liebe dazwischen. Jetzt ist er in Australien. Jaja, so kann das gehen.«

»Okay, aber glauben Sie …?«

Mia zeigte wieder auf das Foto, diesmal etwas energischer.

»Das hier könnte ganz klar eine Markierung gewesen sein«, meinte Dobrov zustimmend und kniff die Augen hinter den dicken Brillengläsern zusammen. »Aber seltsam, das muss ich schon sagen.«

»Inwiefern?«

»Na ja, damit hatten wir eigentlich aufgehört.«

»Womit?«

»Mit dieser Art von Passivmarkierung. Bei Rotfüchsen zumindest. Wir haben im vergangenen Herbst die neuen Sender bekommen. Also solche …«, sie fuhr sich mit dem Finger über den Hals.

»… Bänder. Mit GPS-Sendern. Die sind besser für das Tier und nicht zuletzt für uns. Jetzt können wir sie auf Schritt und Tritt verfolgen. Überall. Wir können auf dem Bildschirm jederzeit sehen, wo sie sich aufhalten. Spannend, nicht wahr? Diese neue Technologie?«

»Sie haben gesagt … Passivmarkierung?«

»Es gibt jede Menge unterschiedliche Arten von Markierungen«, nun dozierte Dobrov wieder. »Fußringe, zum Beispiel, wie wir sie bei Vögeln benutzen. Früher wurden unter anderem Funksender verwendet, die in den Bauch des Tieres implantiert wurden, das arme Tier. Wir haben zwei Braunbären gefunden, die umgekommen waren. Das Implantat hatte Feuchtigkeit aufgenommen und war gerostet, und das hatte in den Batterien einen Kurzschluss ausgelöst.

Tragisch. Damit haben wir also aufgehört. Unser Ziel war …«

»Aber passiv.« Mia räusperte sich vorsichtig. »Wie hier auf dem Bild. Bedeutet das, dass Sie nicht wissen, wo der Fuchs sich aufgehalten hat?«

»Ja. Dazu brauchen wir ein Halsband. Leider.«

»Und die werden mittlerweile bei Rotfüchsen verwendet?«

»Ja, wir haben vor einem Jahr angefangen. Deshalb ist es schon seltsam …«

»Das heißt dann, dass dieser Fuchs früher markiert worden ist. Vor mehr als einem Jahr?«

»Das möchte ich annehmen, ja.«

»Das heißt also, passiv?«

»Ja.«

»Deshalb können wir nicht feststellen, wo er gewesen ist?«

»Wir markieren alle Tiere in Ostnorwegen. Andere, na ja, das kann eigentlich überall sein. In Schweden, zum Beispiel. Wir arbeiten viel zusammen.«

»Okay, dann danke für die Hilfe«, sagte Mia und versuchte, ihre Enttäuschung zu verbergen, als sie die Fotos wieder in die Tasche steckte.

Auf dem Parkplatz wollte sie gerade die Autotür aufschließen, als ihr Handy klingelte. Das Display zeigte eine Nummer, die sie nicht gespeichert hatte.

»Ja, Mia?«

»Hallo?«

Eine vertraute Stimme, die ihr ein Lächeln entlockte.

»Oma?«

»Hallo? Mia? Hallo?«

»Ich höre dich, Oma.«

»Hallo?«

Gemurmel am anderen Ende, ehe das Gespräch plötzlich unterbrochen wurde.

Mia lächelte, als ihr Handy abermals klingelte.

»Hallo?«

»Hallo, Oma.«

»Ja, da bist du ja. Ich glaub, ich hab hier auf einen falschen Knopf gedrückt. Müssen die so klein sein, diese Knöpfe? Was soll das denn?«

»Hast du dir ein Handy angeschafft?«

»Ja, stell dir vor«, sagte die warme Stimme stolz. »Es ist rot und passt in meine Rocktasche.«

»Wie schön, Oma. Und wie geht es dir?«

»Mir? Wir wollen doch nicht über mich reden! Ich höre, du hast eine Stelle? Gratuliere!«

»Danke, Oma. Ich hoffe, ich schaffe das am Samstag.«

»Was denn? Samstag?«

»Dein Geburtstag?«

Die alte Dame schnaubte am anderen Ende.

»Nein, danke, du, ich will ja wohl nicht feiern.«

»Das willst du nicht? Aber …«

»Stattdessen bekommst du ein Geschenk.«

»Was?«

»Ich habe mir das schon lange überlegt, und jetzt ist es an der Zeit. Ich komme morgen nach Oslo. Können wir uns treffen?«

»Wie meinst du das …?«

»Du bekommst ein Geschenk von mir. Können wir uns um zwölf treffen?«

»Ich weiß nicht so ganz …«

Die Großmutter verschwand für einen Moment, fand aber die richtige Taste und war wieder da.

»Kannst du, Mia? Hinter dem Schloss? Um zwölf?«

»Ich werde es versuchen.«

»Was?«

»Ich komme«, sagte Mia lächelnd. »Aber ich kann nicht lange bleiben.«

»Es dauert nicht lange.«

»Gut. Dann sehen wir uns.«

Es wurde wieder still, aber Mia hörte, dass die Großmutter noch immer da war.

»Oma?«

»Ja?«

»Willst du auflegen?«

»Äh, ja ...?«

»Dann drück auf den roten Knopf.«

»Ach so, Liebes, danke.«

»Dann bis morgen.«

»Ja, bis dann.«

• 22 •

Munch stand auf dem Rand der Kiesgrube auf Finstadjordet und hielt Ausschau nach den roten Markierungen, die sie unten auf dem Feld angebracht hatten. Er war ein wenig gespannt auf Mia gewesen, das musste er zugeben, und er hatte sich einiges von Anette Goli anhören müssen. Die Polizeijuristin war dafür bekannt, unverblümt ihre Meinung zu sagen. *Du heuerst sie fest an, nachdem du sie – wie lange gekannt hast? Fünfzehn Minuten?* Aber die Lage hatte sich bereits beruhigt. Sowohl die Stimme in seinem Kopf als auch die Kritik von Anette Goli, die sich nach nur zwei Tagen von der Skeptikerin in Mias größten Fan verwandelt hatte. *Was hat sie entdeckt? Echt? Im Fuchsohr? Was hat sie vorgeschlagen, sagst du? Was für ein Kopf. Daran hatte ich nicht gedacht!* Anette Goli kam ihm jetzt entgegen. Sie hatte ihr Bürokostüm durch etwas Praktischeres ersetzt. Das war auch einer der Gründe, warum er sich genau diese Leute ausgesucht hatte. Sie taten nicht nur, was sie mussten. Sie taten auch alles Mögliche andere. Weil sie Lust darauf hatten. Er hatte an Orten mit so geringer Energie gearbeitet, dass man hätte glauben können, im Speisesaal eines Altersheims gelandet zu sein. Aber in der Mariboes gate 13 war es ganz anders. Fast ein wenig zu viel ab und zu, aber so war es dann eben. Mia meinte, der Täter habe sie vielleicht beobachtet, als sie die Leichen gefunden hatten. Diese Vorstellung hatte Munchs Team als persönliche Beleidigung aufgefasst. Ach, ja, hatte er sie also beobachtet? Alle, die gerade keine anderen Verpflichtungen hatten, hatten Wanderkleidung angezogen und suchten jetzt oben im Wald nach Spuren. Munch zündete sich an der Kippe eine neue Zigarette an, als Anette Goli bei ihm ankam und auf den Wald wies.

»Du musst nach oben zu der Baumreihe, um die Markierungen zu sehen. Und dann sind es – wie soll man sagen – in jeder Richtung dreihundert Meter mit guter Aussicht. Fernglas natürlich, aber er hatte sicher eins. Ich muss jetzt los, Dreyer hat angerufen. Ich hab dir doch gesagt, dass sie dich in ihrem Büro sprechen will, oder?«

»Keine Zeit.«

»Nein, nein, aber ich hab es dir gesagt, stimmt's?«

»Sicher.«

»Fein. Dann komme *ich* ungeschoren davon, wenn sie uns eine von ihren Strafpredigten hält.«

Anette Goli lächelte und kletterte vom Rand der Kiesgrube hinunter, hielt aber nach einigen Metern inne und kam wieder nach oben.

»Ach, übrigens, das hätte ich fast vergessen. Die Zentrale Kripo in Stockholm hat auch noch angerufen. Die wollten wissen, ob wir gern Hilfe hätten.«

»Ach ja? Welches von den Teams, die den Fall nicht lösen konnten, wollen sie denn schicken?«

Er hatte das nicht sarkastisch gemeint, aber so hörte es sich an.

»Sie haben da einen, der die ganze Zeit an der Sache gearbeitet hat. Ein Psychologe. War als Profiler dabei. Patrick oder so. Dann brauchen Ludvig und Anna sich nicht alles anzueignen. Gute Idee, nicht wahr?«

»Unbedingt.«

»Hab mir schon gedacht, dass es dir zusagen würde, deshalb habe ich Herzlich willkommen gesagt, er landet morgen Vormittag hier. Ich besorge für ihn eine der Gästewohnungen, wenn eine frei ist. Jedenfalls triffst du dich dann mit ihm, in Ordnung?«

»Natürlich.«

»Okay, schön, ich teil dir Zeit und Ort mit, wenn ich mehr weiß.«

Anette Goli nickte und stieg wieder in die Kiesgrube hinab. Munchs Handy klingelte.

Marianne.

Munch warf einen Blick zum Wald hoch, wo an die fünfzig Männer und Frauen den Waldboden absuchten.

Das hier gefiel ihm eigentlich gar nicht.

Diese Störungen von zu Hause.

Eine andere Welt.

Die mit dieser nicht vermischt werden durfte.

So musste es für ihn sein.

Nicht nur, um sich maximal konzentrieren zu können, sich so tief in sich zurückziehen zu können, wie er es brauchte, sondern auch aus einem anderen Grund, der vielleicht ebenso wichtig war: Dann hatte er ein normales Leben, wenn er nach Hause kam. Ein Leben, in dem niemand tote, elf Jahre alte Jungen auf einem Feld fand.

Das Handy hörte auf zu klingeln, aber dann stand ihr Name wieder da.

Und er begriff.

War es heute?

Der 23. April.

Sicher, genau.

Das hatte er total vergessen.

Munch drückte auf den grünen Knopf.

»Hallo, Marianne.«

»Hallo, Lieber, wie geht es dir?«

»Na ja …«

»Ich wollte nicht stören, aber du weißt, was heute für ein Tag ist? Gehen wir dieses Jahr, wie sonst auch, oder lassen wir das?«

Munch nahm einen tiefen Zug von seiner Zigarette und überlegte.

23. April 1992.

Neun Jahre war es her, dass sein Vater gestorben war. Sie hatten das seither in jedem Jahr gemacht. Die ganze Familie zusammen am Grab. Ein schöner Augenblick.

Munch merkte, wie erschöpft er war. Er hatte nicht viel geschlafen, seit die beiden Jungen gefunden worden waren, und das machte sich jetzt bemerkbar. Eine leichte Benommenheit. Ein Riss, der kleine, negative Gedanken unter seine Haut ließ.

Acht Jahre?

So lange hatten die Schweden gebraucht?

Noch immer ohne Lösung?

Würde er in acht Jahren auch hier stehen?

Ohne Antwort?

»Holger, bist du noch da?«

»Was? Sicher, du, ich glaube, wir müssen in diesem Jahr darauf verzichten. Wir haben hier oben alle Hände voll zu tun …«

Seine Frau klang ein wenig enttäuscht.

»Ja, natürlich. Wir können es vielleicht nachholen? Eventuell am Wochenende?«

Eine kleine Hoffnung dort im Hörer, aber er konnte es natürlich nicht versprechen.

»Wir werden sehen, okay?«

»In Ordnung, und kommst du heute Abend nach Hause? Soll ich dir etwas zu essen machen? Dir frische Kleider rauslegen?«

Und dann kamen sie doch, die Gedanken, obwohl er versuchte, sie zu verdrängen.

Sein Vater.

All dieses Ungeklärte.

Er sah ihn jetzt vor sich.

Stolz und lächelnd.

Auf einer der ewigen Skitouren, zu denen er immer mitgemusst hatte. Munch war in einer bescheidenen Reihenhauswohnung in Larvik aufgewachsen, und dort waren diese Sonntagsausflüge obligatorisch gewesen. Der Vater marschierte vorweg, mit Kakao und Apfelsinen im Rucksack. Die Mutter, zum Glück geduldiger, wenn der ungeschickte Sohn versuchte, die Füße bei der Jagd auf irgendetwas dort vorn richtig zu platzieren. *Noch ein kleines Stück. Bald sind wir da.* Norwegen. Nationalstolz. Endlich oben auf irgendeiner Anhöhe, und dort stand der Vater lächelnd wie ein König und schaute über die Landschaft. *Sieh, unser Land, Holger! Das Heimatland der Riesen. Es muss mit allen geteilt werden, meinst du nicht auch? Das hier dürfen uns die Kapitalisten nicht wegnehmen!* Der Vater war Eisenbahner gewesen und hatte einen wichtigen Posten bei der Norwegischen Kommunistischen Partei innegehabt. Natürlich war er nie in irgendein Amt gewählt worden, aus dem einfachen Grund, dass niemand mehr die NKP wählte, aber das schien der Vater nicht so recht registriert zu haben. Nach jeder Wahl zwang er den Sohn abends dazu, sich wach zu halten, immer mit derselben Begeisterung, immer gleich optimistisch: *Heute Abend passiert es, Holger. Jetzt werden wir es ihnen zeigen!* Das Leninplakat in der Diele, und diese seltsame grüne Schirmmütze mit dem roten Stern vorn, die auf Drängen der Mutter hinten im Schrank lag, die aber immer zum Vorschein kam, wenn Parlament oder Gemeinderat neu gewählt wurden. Zusammen mit einem Schnäpschen, natürlich. Es sollten viele Jahre vergehen, bis er begriff, dass sein Vater Alkoholiker war. Er wurde niemals handgreiflich, war niemals spürbar betrunken, solange die Kinder wach waren. Die Mutter dagegen bekam es zu spüren, auch das begriff er viel zu spät, eigentlich erst durch den Obduktionsbericht nach dem

Autounfall. Mehr als zwei Promille, Lastwagen in der Gegenrichtung. Die Frage, ob es Selbstmord gewesen war oder nicht, wurde nie gestellt, es gab nur eine Andeutung des Arztes, den er später aufsuchte. Der Vater hatte eine Leber, die nicht mehr funktionierte, und der Arzt hatte ihm weniger als ein Jahr gegeben. Die Mutter war danach irgendwie einfach verschwunden. Zu einer anderen geworden. Jetzt wohnte sie im Pflegeheim und hatte Jesus gefunden, erkannte ihren Sohn aber kaum, wenn er vorbeischaute, was leider dazu geführt hatte, dass seine Besuche immer seltener geworden waren.

Munch hatte sich in seinem Leben einmal betrunken, als er vierzehn gewesen war, mit dem Kirschwein des Vaters.

Seither hatte er keinen Tropfen mehr angerührt.

»Bist du noch da, Holger?«

»Was? Ja, ich bin noch da. Ich versuche, zu Hause vorbeizuschauen.«

»Schön. Ich stell dir was warm.«

Da oben passierte jetzt etwas.

Er konnte Katja winken sehen.

»Danke. Du, ich muss Schluss machen, bis heute Abend, ja?«

»Schön.«

»Holger?«

Die Stimme seiner niederländischen Kollegin erscholl aus der Kiesgrube.

Munch ließ die Zigarette fallen und mühte seinen schweren Leib den steilen Hang hinab.

• 23 •

Fredrik hatte das etwas seltsame Gefühl, dass es schön war, sie wiederzusehen, als Silje Simonsen die Tür hinter ihnen zuzog und sie allein im Klassenzimmer waren. Die Schule. Schon komisch, als Erwachsener hier zu sein. Er hatte fast das Gefühl, etwas Verbotenes zu tun, als Silje das Klassenbild von der Wand nahm und vor ihn hinlegte. Fredrik schwärmte nicht gerade für Autoritäten, vielleicht lag es daran. Sein Vater war streng gewesen, sehr streng. Und er hatte das mit sich in die Welt hinausgenommen, einen fast übertriebenen Respekt vor allen, die in Alter und Rang über ihm standen. Die Pädagogik des Lehrkörpers an seiner eigenen Schule war von der alten Sorte gewesen, fast ein Nachhall der Fünfzigerjahre, nicht, dass das überhaupt Pädagogik gewesen wäre, oder? Die Kinder hatten jedenfalls nicht im Zentrum gestanden. Kinder sollten einfach tüchtige Erwachsene werden, die richtigen Antworten geben und ansonsten den Mund halten. Jetzt war das anders, zum Glück. Er hatte vor einiger Zeit seinen Neffen zum Tag der offenen Tür begleitet und war positiv überrascht davon gewesen, wie viel freier und angenehmer alles gewesen war als noch vor fünfzehn Jahren. Die Welt änderte sich, glücklicherweise zum Besseren.

»Es geht um diese beiden«, sagte Silje Simonsen leise und tippte das Bild mit dem Finger an. »Lasse. Und Karl-Martin. Normalerweise ziemlich lebhafte Jungs, aber wie gesagt, in letzter Zeit haben sie sich anders verhalten.«

»Haben Sie versucht, mit ihnen zu reden?«, fragte Fredrik und drehte das Bild zu sich hin.

An die zwanzig Kinder in Reih und Glied. Sie schauten aus zusammengekniffenen Augen in die Kamera, waren verewigt in einer Gemeinschaft, die in wenigen Jahren vorüber sein würde.

»Hätte ich das vielleicht tun sollen?«, fragte Silje und biss sich auf die Lippe. »Ich bin verunsichert. Bei allem, was passiert ist, Sie wissen schon. Ich will ja auch niemandem Angst einjagen. Sie haben doch wirklich schon genug mitgemacht?«

»Das stimmt«, Fredrik nickte. »Gut, dass Sie auf mich gewartet haben.«

»Okay«, sagte Silje Simonsen. »Soll ich sie holen?«

»Geht das?«

»Ja, ich habe mich mit Bente zusammengetan, der Klassenlehrerin der C; sie hat gesagt, ich soll einfach Bescheid sagen, wenn Sie da sind.«

»Schön.« Fredrik nickte wieder.

Silje Simonsen erhob sich und ging zur Tür.

»Zusammen? Oder nacheinander?«

»Ich weiß nicht. Vielleicht ist zusammen auch gut? Die sollen sich ja nicht unsicher fühlen, ist bestimmt angenehmer für sie, wenn sie zu zweit sind.«

»Okay.« Silje lächelte und verschwand auf dem Gang.

Es vibrierte in seiner Sakkotasche, und er ging zum Fenster, um das Gespräch anzunehmen.

»Riis?«

»Ja, hallo, hier Bernhard, Technik. E-Gruppe. Du hattest uns einen Film zukommen lassen und wolltest eine Autonummer?«

»Ja? Wie läuft's?«

»Willst du zuerst die gute Neuigkeit? Oder die schlechte? Oder vielleicht ein Mash-up aus beiden?«

Die junge Stimme lachte.

»Ein was, hast du gesagt?«

»Ein Mash-up? Good news? Bad news?«

Fredrik seufzte und warf einen Blick auf den Schulhof. E-Gruppe. Die Polizeileitung hatte endlich begriffen, dass sie im Hintertreffen waren, was Computerkriminalität und im Grunde alles betraf, das mit elektronischer Ermittlung zu tun hatte. Deshalb hatten sie voller Panik das Netz nach Leuten durchkämmt, die sie einstellen konnten, und am Ende hatten sie mit Neunzehnjährigen dagesessen, die kaum je das Tageslicht gesehen hatten. Die wurden jetzt die E-Gruppe genannt. Nein, so schlimm war es vielleicht nicht, aber fast. Die Zustände waren jetzt auf dem Weg der Besserung, das hatte er gehört, aber er war wohl an einen von denen geraten, die noch zu Hause bei Mama wohnten.

»Also, good news? Bad news?«

Er konnte hören, dass der Junge irgendetwas kaute und sich das Telefon an die Wange presste, während seine Finger auf einer Tastatur herumhämmerten.

»Könnt ihr das Kennzeichen auf dem Schild erkennen oder nicht?«

»Affirmative.«

»Was?«

»Ja. Das können wir erkennen. Da bin ich mir zu 99,7 Prozent sicher.«

»Okay?«

»Aber ... wir hatten hier einen Absturz im System. Schon wieder.«

»Windows?«, fragte Fredrik trocken.

Ein stehender Witz oben in der Abteilung. Er hatte nicht zum ersten Mal mit denen zu tun.

»Genau«, sagte der Jungspund. »Ist es nicht seltsam, dass die Alten unbedingt auf das Gates-Pferd setzen wollen, obwohl das nur eine alte Haut voller Löcher ist?«

Er lachte ein wenig über seinen Witz und trank offenbar einen Schluck.

»Ja, sehr seltsam. Warum nicht alles auf Linux laufen lassen?«

»Genau«, rief der Knabe. »Ich hätte das zu Hause besser machen können, verstehst du?«

»Gut. Du nimmst es also mit nach Hause?«

»Äh, was? Äh, nein … ich …«

»Wann läuft es bei euch denn wohl wieder?«, fragte Fredrik seufzend, während ihm von draußen auf dem Schulhof ein Ball entgegenflog.

Ein dunkelhäutiges Mädchen kam auf ihn zugelaufen und hob den Ball auf. Sie blieb einen Moment stehen und musterte ihn mit schräg gelegtem Kopf, dann lief sie mit dem Ball in der Hand zu den anderen Kindern zurück.

Wie niedlich.

Fredrik lächelte strahlend. So hatte er sich auch gefühlt, als er zuletzt mit seinem Neffen zusammen gewesen war. Hatten Männer wohl auch so eine tickende biologische Uhr? Wie Frauen? Die laut vermeldete, dass es nun Zeit sei, Kinder zu bekommen? Er wusste es nicht, aber manchmal kam es ihm absolut so vor. Er hatte sich in letzter Zeit dabei ertappt, denen, die mit Kinderwagen unterwegs waren, lange Blicke hinterherzuwerfen.

»Kann eine Stunde dauern, oder auch die ganze Nacht, eher wohl Letzteres. Du weißt, das Gates-Pferd, das …«

»Ruf mich an, wenn du das Kennzeichen hast.«

»Ja, sicher. Ich …«

Fredrik legte auf, als gerade die Tür aufging und zwei neugierige Jungengesichter vorsichtig hereinlugten.

»Ja, da haben wir ihn«, sagte Silje Simonsen freundlich und benutzte nun wieder ihre Lehrerinnenstimme. »Er heißt Fredrik und ist Polizist, aber das bedeutet nicht, dass ihr Ärger habt. Er will nur mit euch reden. Wir wollen beide mal mit euch reden.«

Die Jungen kamen auf ihn zu und gaben ihm die Hand.

»Lasse.«

»Karl-Martin.«

»Fredrik«, sagte Fredrik lächelnd. »Bitte, setzt euch, und eure Lehrerin hat absolut recht. Wir wollen nur mal mit euch reden.«

Er setzte sich so lässig er nur konnte ans Pult, während die Jungen an ihren Tischen Platz nahmen. Sie schauten einander an, ein wenig nervös, und saßen so gerade da, dass sie Fredrik fast leidtaten.

»Ihr wart mit Ruben befreundet, stimmt das?«

Er lächelte und versuchte, seine Stimme so sanft wie möglich klingen zu lassen.

»Ja?«, antworteten beide und tauschten wieder einen Blick.

»Auch mit Tommy?«

»Nein, nicht so sehr mit Tommy«, sagte der Junge, der Karl-Martin hieß.

Er hatte struppige blonde Haare und klare blaue Augen und erinnerte ein bisschen an Astrid Lindgrens Michel.

»Hat das einen besonderen Grund?«

Der Junge, der Lasse hieß, zögerte ein wenig.

»Nein, der … der hat irgendwie nicht ganz dazugehört, ich weiß nicht …«

Er warf Silje Simonsen einen verstohlenen Blick zu, und die lächelte beruhigend zurück.

»Er hat sich nicht so für Tommy interessiert«, sagte Karl-Martin plötzlich.

Sein Kumpel fuhr zusammen.

»Kalle …«

»Ja, aber. Sollen wir nicht …?«

»Er?«, fragte Fredrik neugierig. »Wer ist *er*? Ein anderer Junge?«

Beide schüttelten stumm den Kopf.

»Der Mann«, sagte der, der Karl-Martin hieß.

Fredrik konnte es ihnen jetzt ansehen. Die Nervosität. Er hatte geglaubt, die komme von der Begegnung mit der Polizei, aber nun ging ihm auf, dass sie einen viel ernsteren Grund hatte. Beide Jungen hatten offenbar Angst. Vor irgendetwas.

»Jungs«, sagte Fredrik ruhig und beugte sich zu den beiden vor. »Als Erstes möchte ich euch sagen, wenn ihr etwas gesehen und es noch niemandem erzählt habt, dann ist das in Ordnung. Deshalb braucht ihr kein schlechtes Gewissen zu haben. Zweitens, wenn ich …«

Lasse fing plötzlich an zu weinen.

»Er hat gesagt, dass er uns umbringt«, schluchzte er. »Wenn wir etwas sagen.«

»Der Mann?«, fragte Fredrik vorsichtig.

Beide nickten.

Karl-Martins Stimme zitterte jetzt.

»Er wollte, dass wir Ruben zu ihm bringen.«

»Hoch?«, fragte Silje Simonsen.

»Zum Brunnenhaus«, schluchzte Lasse und fuhr sich mit der Hand über die Oberlippe.

Fredrik warf Silje Simonsen, die jetzt große Augen machte, einen kurzen Blick zu.

»Ihr seid einem Mann begegnet? Und der wollte, dass ihr mit zum Brunnenhaus geht? Zu dem kleinen Roten beim Schießgelände?«

Die Jungen nickten und schüttelten gleich danach den Kopf.

»Wir nicht, Ruben sollte dahin kommen.«

»Ach? Da seid ihr sicher?«

Sie schauten zu ihm hoch.

»Was?«

»Ich meine, ihr seid sicher, dass es gerade Ruben sein sollte? Also nicht irgendwer?«

»Ja«, der Blonde nickte ernst. »Genau das hat er gesagt. Und wir sollten Geld dafür kriegen. Wenn wir ihm helfen würden. Es sollte eine Überraschung sein. Er hätte ein Geschenk für Ruben. Da oben. Und wir sollten jeder hundert Kronen kriegen, wenn er mitkäme.«

Fredrik konnte sehen, dass die kleinen Hände auf den Knien unter dem Tisch zitterten.

»Ist das eine Stelle, die alle kennen?«, fragte Fredrik. »Also, dieses Brunnenhaus?«

»Nicht alle vielleicht, aber die meisten. Die aus den oberen Klassen gehen zum Knutschen hin. Und wir waren dort spionieren. Aber wir haben doch nichts verbrochen, oder?«

»Absolut nicht«, sagte Silje Simonsen beruhigend.

»Natürlich nicht«, stimmte Fredrik zu. »Ihr seid richtige Detektive und könnt stolz auf euch sein. Weil ihr uns das jetzt gesagt habt. Okay?«

Die Jungen schauten einander vorsichtig an.

»Könnt ihr alles von Anfang an erzählen? Schafft ihr das, was meint ihr?«

Beide nickten und waren offenbar ein bisschen aufgetaut. Fredrik zog den Notizblock aus der Sakkotasche.

»Wo seid ihr diesem Mann zuerst begegnet?«

»Auf dem Fußballplatz.«

»Nein, da war das nicht«, widersprach Karl-Martin. »Wir haben ihn zuerst oben im *Grillen* gesehen.«

»Was? Nein, ich nicht.«

»Doch, weißt du nicht mehr? Ich hatte den Fünfziger von Mama, und wir wollten Pommes kaufen?«

»Nein, das war ich nicht«, sagte Lasse.

»Doch, sicher«, sagte der andere. »Else-Karin war da. Und sie hat gesagt, dass Tove wollte, dass wir sie in ihrem Kellerraum besuchen.«

»Habt ihr Tove im Kellerraum besucht?«

»Nein, dazu ist es nicht gekommen, aber du warst doch dabei ...?«

»Nein, das muss Mats gewesen sein.«

»Egal«, schaltete sich Fredrik vorsichtig ein. »Dieser Mann, den ihr auf dem Fußballplatz gesehen habt ...«

»Und im *Grillen*.«

»Und im *Grillen*. Könnt ihr beschreiben, wie der ausgesehen hat?«

Beide Jungen waren jetzt eifriger, die ärgste Angst schien sich zum Glück gelegt zu haben.

»Er hatte einen Schnurrbart«, sagte Lasse.

»Und komische Zähne«, erklärte Karl-Martin.

»Ja, die waren total komisch«, Lasse nickte. »Vorn saßen die fast aufeinander.«

Der Junge öffnete die Lippen und führte das vor.

»War er alt?«

»Ja.« Lasse nickte.

»Wie alt denn, so ungefähr?«

»Vielleicht so alt wie Sie«, sagte Karl-Martin und zeigte auf Fredrik.

»So um die dreißig?«

»Ja. Oder vielleicht vierzig.«

»Er war total komisch, wollte unbedingt unser Kumpel sein, obwohl er so alt war, hat nach Fußballkram gefragt, ob wir Manchester United mögen und so …«

»Und Solskjær.«

»Ja«, sagte Lasse eifrig. »Er hat gefragt, ob wir Solskjær mögen. Und dann hat er gesagt, wenn wir Solskjær mögen, kann er uns von dem ein Autigramm besorgen.«

»Autogramm.«

»Ja, sein Autogramm.«

»Ach ja?«

»Ja, er hat gesagt, dass er mit Solskjær auf der Grundschule war. Hat geprahlt, dass er ihn ausgedribbelt hat, dass er ein viel besserer Stürmer war, dass er damals eigentlich zu Manchester United gesollt hätte, aber dann war irgendwas mit seinem Fuß passiert …«

»Mit seinem Knie«, korrigierte Karl-Martin und zeigte auf sein eigenes Bein.

»Er hat ein bisschen gehuckelt, die Geschichte hat also sicher gestimmt.«

»Meinst du, gehumpelt?«, fragte Silje Simonsen.

»Ja, genau, gehumpelt.«

»Ihr solltet also ein Autogramm von Solskjær bekommen. Hat er denn auch etwas über Ruben gesagt?«

Die beiden sahen einander an.

»Nein, nicht beim ersten Mal.«

»Ihr seid ihm also noch einmal begegnet?«

»Ja, bei der Bushaltestelle. Er hat uns angehalten, als wir mit dem Rad unterwegs waren. Da hat er nach ihm gefragt.«

»Er hat uns ein Bild gezeigt«, sagte Karl-Martin vorsichtig.

»Von Ruben?«

»Ja. Hat gefragt, ob wir den kennen und so. Ob wir ihm helfen könnten.«

»Und ihn zum Brunnenhaus bringen?«

Beide Jungen nickten jetzt stumm.

»Und was habt ihr gesagt?«, fragte Silje Simonsen freundlich.

»Wir haben Nein gesagt.«

»Okay«, sagte nun Fredrik. »Darf ich fragen, warum? Warum wolltet ihr dem Mann nicht helfen?«

Die Antwort kam nicht sofort.

»Der war nicht mehr nett.«

»Nicht? Wie war er denn?«

»Der war anders. Viel mehr, na ja, erwachsen und streng, ein wenig wie …«

Lasse warf einen Blick auf Silje Simonsen.

»Wie ich?«

»Ja, oder nein, nicht genau wie Sie, aber Sie wissen schon, wie Lehrer sind, wenn sie böse werden …«

»Aggressiv?«, schlug Fredrik vor.

»Ja, genau, fast, als ob er die ganze Zeit vor Wut schäumte.«

»Und da hat er es gesagt«, erzählte Lasse nervös. »Dass er uns umbringen würde. Wenn wir irgendwem erzählten, dass er mit uns gesprochen hat.«

»Sein Schnurrbart war auch anders.«

»Was?«

»Na ja, so …«

Der blonde Junge hielt sich einen Finger unter die Nase.

»Ja, beim ersten Mal saß der irgendwie so, aber jetzt mehr so …«

»Glaubt ihr«, fragte Fredrik ruhig, »wenn ich einen Zeichner hole, könntet ihr den Mann dann für uns beschreiben?«

»Einen Zeichner?«

Die beiden Jungen wechselten einen fragenden Blick.

»Ja, das machen wir manchmal bei der Polizei. Wenn wir nicht wissen, wie jemand aussieht, den wir suchen.«

»Müssen wir zeichnen?«

»Nein, nein, ihr sollt nur erzählen, was ihr gesehen habt, dann macht der Zeichner den Rest.«

»Okay?«

Die beiden sahen einander wieder an.

»Vielleicht«, sagte Lasse.

»Aber er war ein bisschen anders«, fügte sein Freund hinzu.

»Das macht nichts. Können wir uns verabreden? Wir schicken jemanden her, und ihr könnt ihm dann erzählen, was ihr gesehen habt?«

»Okay«, sagten die Jungen und sahen jetzt fast ein bisschen zufrieden aus.

»Nur noch eins: Ihr seid euch da ganz sicher? Dass es ihm um Ruben ging? Und nicht um euch andere?«

»Ja, das hat er doch gesagt.«

»Hat er gesagt, warum?«

Beide schüttelten den Kopf.

»Also gut«, sagte Fredrik und erhob sich. »Wisst ihr was, Jungs? Tausend Dank. Ihr wart echt toll. Und jetzt sind wir hier, um euch zu beschützen, und da braucht ihr keine Angst mehr zu haben. Versprecht ihr mir das?«

Die kleinen Münder verzogen sich zu einem Lächeln.

»Okay.«

Er schüttelte jedem die Hand und sah ihnen hinterher, als Silje Simonsen mit ihnen hinaus auf den Gang trat.

Er zog das Handy aus der Tasche, mit zitternden Fingern, sowie die Tür hinter den dreien zufiel.

»Ja, Munch?«

»Fredrik hier. Wir haben eine Beschreibung des Mannes.«

»Was?«

»Zwei Jungen. Sie sind ihm mehrmals begegnet. Kannst du einen Zeichner besorgen?«

»Natürlich.«

»Super, und du?«

»Ja?«

»Er hatte es auf Ruben abgesehen.«

»Was?«

»Es sind keine zufälligen Opfer. Er wusste genau, wen er wollte.«

»Aber verdammt …«

»Nicht wahr?«

»Alles klar. Kommst du her?«

»Bald. Ich muss nur noch die letzten Einzelheiten hier klären.«

Fredrik ließ das Handy in die Tasche gleiten und machte sich auf die Suche nach Silje Simonsen.

• 24 •

Der alte weißhaarige Mann war ja darauf vorbereitet gewesen, dass etwas passieren würde, aber dass sie ihn so schnell entdecken würden, nein, damit hätte er nicht in seinen wildesten Fantasien gerechnet. Kühne Idee, natürlich, sechs der berühmtesten Persönlichkeiten Schwedens zu einem Fest einzuladen, aber sollte man das denn nicht? Kühn leben? Egal, verdammt, ein normaler Mann hätte sich vielleicht für einen sichereren Weg entschieden, aber er nicht, nein, das wollte er sich nicht nachsagen lassen. Ein Abenteurer, das war er, der seine Machete in abenteuerlichen Dschungeln schwenkte. Das hatte er als kleiner Junge gelernt, denn er hatte viel unter freiem Himmel geschlafen, wie ein Fuchs im Bau, damals, als er zu Hause nicht eingelassen wurde. Einige Male auch im Winter, aber was spielte das für einen Globetrotter wie ihn schon für eine Rolle? Nein, eisbedeckte Gipfel im Himalaja, dort draußen im Wald bei Uddevalla, und ja, kalt war es gewesen. Noch immer waren zwei Finger an seiner rechten Hand nicht richtig funktionsfähig, weil sie damals erfroren waren, aber wenn seine Mutter gesagt hatte, er sei ein kleiner Teufel und verdiene es, draußen zu schlafen, dann musste das wohl stimmen. Denn auf Mütter sollte man hören, auch wenn ihre Stimme manchmal aus dem Radio kam, und auch wenn das gar nicht eingeschaltet war.

Das Fest war ein strahlender Erfolg gewesen. Mikael Persbrandt hatte sich natürlich betrunken und unbedingt Flaschendrehen spielen wollen, aber da hatte sich Allan

Edwall energisch widersetzt, und das war nur gut so, denn Persbrandt redete ja doch nur über diese Maria Bonnevie, und darüber, wie gern er diesem Schmalzheini Fredrik Skavlan eine in die Fresse hauen würde. Er hatte auf seinem Stuhl gestanden, natürlich, und dabei mit der Faust in der Luft herumgefuchtelt. Er selbst hatte gedacht, eine Runde Flaschendrehen wäre vielleicht gar nicht so blöd, denn dann würden die Gäste einander vielleicht zuhören, statt ununterbrochen über sich selbst zu reden, aber zum Glück hatte Cornelis Vreeswijk zu seiner alten Gitarre gegriffen und die *Ballade vom Fuhrmann Fredrik* gesungen, und da hatten alle ein Tränchen verdrückt und die Gläser mit Hallands Fläder geschwenkt, bis Ingmar Bergman doch noch aufgetaucht war, mit seinen ganzen Depressionen. Hoffnungsloser Kerl. Was für eine Spaßbremse. Aber sie hatten sich zusammengetan, alle Mann, und ihn am Ende unten im Keller eingesperrt, und obwohl sie einige Male hören konnten, wie er mit dem Besen an die Decke hämmerte, vor allem, als die Krebse aufgetischt worden waren und er Schwarzgebrannten aus einem Kanister ausgeschenkt hatte, gestohlen aus dem Schuppen des Nachbarn auf der anderen Seite des Waldes.

Der alte Mann lugte unter seinem mit Aluminium verkleideten Sonnenschirm hervor und fragte sich, wie es wohl möglich sein konnte, dass die Behörden ihn so rasch ausfindig gemacht hatten. Er war bedeckt mit Max von Sydows Jacke auf dem Boden aufgewacht, und da hatte er sie gehört. Die Stimmen, die durch die Bretter der Küchenwand kamen. Die waren nämlich nicht ganz dicht. Er hatte die ärgsten Ritzen mit Zeitungspapier zugestopft, aber es hatte weiter ins Zimmer geweht, und da hatte er einige Rollen Glaswolle in der Garage eines Neubaus draußen in Äspäröd entdeckt, die jedoch furchtbar gejuckt hatten, und gelbe Krümel waren ins Essen gefallen, da sollte es lieber ein bisschen ziehen, und die Geräusche sollten halt kommen. Aber er hatte ja bald begriffen, dass hier nicht von den Geräuschen die Rede war. Nein, das hier waren fremde Mächte, die vom Mond und von anderen Orten heruntergekommen waren, und da war es besser, sich ganz schnell zu verstecken. Alufolie. Davon hatte er gehört. Dass die half. Also war er, so schnell er konnte, zum ICA Kvantum im Göteborgsväg geradelt und hatte sich dort im Lager zwischen Kästen mit Chips versteckt, bis die Lichter ausgegangen waren und er einfach zugreifen konnte. Bei der Alufolie.

Der neue Job.

Das hatte er sich doch gedacht.

Dass die Behörden es deshalb auf ihn abgesehen haben könnten.

Das schöne neue Telefon.

Das blaue.

Das dauernd in der Küchenschublade fiepte.

Verdammt.

Jetzt fasste er einen Entschluss.

Das Ding musste weg.

Keine weiteren Jobs als Schauspieler.

Der neue Job.

Das Mobiltelefon.

Das musste er jetzt loswerden.

Das musste er.

Der weißhaarige alte Mann holte tief Luft, zählte bis drei und lief, so schnell er konnte, über den Hof.

Dann blieb er mit dem Rücken zur Tür stehen.

Schön.

Bisher gut gegangen.

Jetzt ganz leise sein.

Vorsichtig schlich er sich weiter und vermied es, gegen die vielen leeren Flaschen zu stoßen, die dort bereit zum Klirren herumlagen. Er hielt sich für einen Moment die Ohren zu, als er hörte, dass Ingmar Bergman noch immer unten im Keller stand und mit dem Besen gegen die Decke hämmerte, aber dann war er endlich am Ziel.

Vor der Küchenschublade.

Denken, denken.

Wie sollte er es machen?

Er schaute sich in der Küche um, und zum Glück lag die Lösung vor seiner Nase.

Die gelben Plastikhandschuhe.

Perfekt.

Mühsam zog er die Handschuhe an und hatte gerade die Küchenschublade geöffnet, als es abermals fiepte.

Verdammt.

Er warf einen vorsichtigen Blick auf das kleine blaue Telefon.

Akt 2, Szene 3, okay?

Darüber dachte er einen Moment nach.

Wollte den Regisseur doch nicht enttäuschen.

Er war offenbar eine Weile in Gedanken versunken gewesen, denn nun fiepte es wieder.

Akt 2, Szene 3, okay?

Na gut, okay.

Sollte das Schicksal eben seinen Lauf nehmen.

Ein letztes Gespräch.

Der alte Mann ging zu dem Ordner, der auf der Anrichte unter dem Fenster lag.

Zog diesen vorsichtig zu sich heran.

Und gab die Nummer in sein anderes Telefon ein.

• 25 •

Mia hatte zum ersten Mal seit langer Zeit gut geschlafen und verspürte den gleichen Optimismus wie das restliche Team, das sich zur ersten Besprechung des Tages versammelt hatte. Ein lächelnder Munch betrat den Raum und nahm vorne beim Projektor Platz.

»Willkommen allesamt, fantastischer Tag gestern, und heute müssen wir einfach so weitermachen. Wir haben viel zu besprechen, deshalb schlage ich vor, dass wir sofort loslegen.«

Er drückte auf die Fernbedienung, und das erste Bild tauchte auf der Leinwand auf.

Eine große Kiefer im Wald oberhalb der Kiesgrube.

»Der Täter hat uns zugesehen.«

Noch ein Bild, vom Hang unterhalb des Baumes.

»Ich weiß, dass einige von euch sich davon provoziert fühlen, und das ist nur gut so. Diese Irritation sollten wir ausnutzen, finde ich.«

»Schwein«, murmelte Karl Oxen und schob sich einen Priem unter die Oberlippe.

»Genau, Karl, gut so. Von da oben hat man an sich keine großartige Aussicht, aber diese Stelle ist für diese Zwecke perfekt. Von den Bäumen verborgen, aber doch offen zum Feld hin, wo die Jungen lagen.«

Munch holte das nächste Bild auf die Leinwand, das den Blick auf die Fundstelle zeigte.

»Ob er sich den Platz wohl zuerst ausgesucht hat?«, überlegte Katja van den Burg.

»Was?«

Die Kollegin war heute sportlich gekleidet, sie trug einen blauen Trainingsanzug von Adidas und sah aus, als käme sie geradewegs vom Joggen.

»Nein, das wirkt schon alles sehr geplant, oder? Aber die Stelle auf dem Feld war doch total zufällig? Das ist vielleicht die Antwort. Warum er sie gerade dort abgelegt hat. Weil er schon einen Beobachtungsposten gefunden hatte.«

Leises Gemurmel und Nicken in der Runde.

»Gut gedacht, Katja.«

»Das sagt uns ja eigentlich ganz schön viel«, meinte Anette Goli.

»Was zum Beispiel?« Wieder meldete sich Karl Oxen zu Wort. Mia merkte, dass sie diesen lauten Kerl bald satthaben würde. Seltsam eigentlich, dass der sonst so intelligente Munch ausgerechnet den ins Team geholt hatte.

»Das verstehst du ja wohl, Karl«, sagte Katja und seufzte.

Sie verschränkte die Arme über der Brust.

»Nein, was denn?«

»Lasst das, Leute. Reißt euch zusammen. Dazu haben wir keine Zeit.«

Die Ermahnung kam von Ludvig Grønlie hinten an der Wand. Der ältere, bereits ergrauende Kollege sagte nicht sehr viel und erhielt deshalb die volle Aufmerksamkeit, wenn er ab und zu den Mund aufmachte.

»Wie meinst du das?«, fragte Oxen verärgert und drehte sich um.

»Er meint, dass du die Fresse halten sollst«, sagte Katja, noch immer mit übereinandergeschlagenen Armen.

»Warum zum Teufel sollte ich?«, brummte Oxen und starrte die Kollegin wütend an. »Das ist doch eine legitime Frage, oder nicht? Warum spielt das eine Rolle? Ob er zuerst seinen Aussichtsposten gefunden hat?«

Katja seufzte und schüttelte den Kopf.

»Dazu haben wir keine Zeit, Leute.«

Das war wieder Ludvig.

Karl Oxen murmelte irgendetwas.

»Danke, Ludvig«, sagte Munch. »An der Stelle, wo er gestanden hat, haben wir das hier gefunden …«

Nächstes Bild.

Eine Menge Kippen. Auf dem Boden unter dem Baum.

»Die können natürlich auch von anderen stammen. Aber die Chance, dass unser Mann hier gestanden hat, ist doch groß. Die Marke ist Camel Light, und wir haben die Kippen jetzt zur Technik geschickt. Ich habe die Kollegen gebeten, sich die zuallererst vorzunehmen, deshalb werden wir vielleicht noch im Laufe des Tages erfahren, ob sie eine DNA daraus ermitteln konnten.«

Lächeln und Nicken in der Runde.

»Wie leicht ist das eigentlich?«

Nun hatte endlich Anja etwas gesagt. Die Computernerdfrau mit ihrer Brille sagte sonst bei diesen Besprechungen nicht viel.

»Was denn?«

»Na ja, aus Kippen DNA zu ermitteln. Ist das nicht ein bisschen wie im Fernsehen? Geht das überhaupt?«

Sie zuckte mit den Schultern und schaute sich um.

»Warst du nicht in Harvard?«, fragte Oxen und feixte.

»Nein, ich war auf … Egal, man wird ja wohl noch fragen dürfen?«

Anja sah jetzt ein bisschen verletzt aus.

»Alle biologischen Spuren auf einer Oberfläche können analysiert werden«, sagte Ludvig. »Blut, Speichel, Sperma, Epithelzellen. Die Frage ist, ob die Menge ausreicht. Wenn ja, dann bekommen wir ein DNA-Profil.«

»Ach ja? Wir kriegen also von einer einzigen Kippe genug?«

Mia fühlte mit der jungen Frau, die natürlich nicht wegen ihrer polizeitechnischen Fertigkeiten angeheuert worden war, sondern wegen ihrer Kenntnisse in Sachen Computer.

»Wenn wir Glück haben, kriegen wir genug«, sagte Munch. »Wir haben zwölf Kippen. Ich will nicht sagen, dass das ein Lottogewinn ist, aber auf ein bisschen Glück können wir doch hoffen. Wie gesagt, ich gehe davon aus, dass wir die Antwort heute oder morgen erhalten. – Fredrik?«

Munch nickte zu dem Mann im Anzug hinüber, der sich erhob und an die Leinwand trat.

»Wie ihr sicher schon wisst, habe ich gestern in der Finstad-Schule mit zwei Jungen gesprochen.«

Er übernahm die Fernbedienung von Munch.

»Die Jungen konnten berichten, dass sie mit einem Mann zu tun hatten, der sie überreden wollte, Ruben in das rote Brunnenhaus zu locken. Mithilfe eines Zeichners haben wir gestern diese Skizzen des Verdächtigen erstellt.«

Zwei Bleistiftzeichnungen tauchten auf der Leinwand auf.

»Moment mal«, sagte Oxen und hob diesmal die Hand.

»Was hast du gesagt? *Die beiden* sollten nicht dorthin gelockt werden?«

»Nein.«

»Aber verdammt. Das muss doch bedeuten, dass ... dass es ihm nur um Ruben ging?«

Er schaute in die Runde.

»Gratuliere, Sherlock«, sagte Katja und biss in einen Apfel.

Bei den anderen war leises Kichern zu hören.

»Ja, aber ...«

»Unbedingt«, sagte Fredrik und redete weiter. »Extrem wichtige Info, wenn ihr mich fragt. Dieser Mann hatte offenbar im Vorfeld der Morde Kontakt zu mehreren Kindern da draußen. Und wie Karl so scharfsinnig bemerkt hat, ging es ihm vor allem um Ruben.«

O Scheiße, dachte Mia, und ihr war gar nicht klar, dass sie das laut gesagt hatte.

Jetzt waren aller Augen auf sie gerichtet.

»Ja, Mia?«

»Ach, sorry, ich dachte bloß ...«

»Ja?«

»Na ja, der andere Junge, Tommy. Der hat nicht mit zu der Clique gehört, oder? Der kam doch von, ja, wie hast du das genannt, Fredrik? *Von der anderen Seite des Zauns,* oder so?«

»Ja, wirklich von der anderen Seite«, sagte Fredrik und nickte.

»Was denkst du also, Mia?«, fragte Munch.

»Na ja, das ist vielleicht nicht so wahnsinnig wichtig, aber diese Jungen, mit denen du gesprochen hast, die hatten also nicht getan, was er wollte, stimmt's?«

»Was denn?«

»Ruben ins Brunnenhaus zu bringen?«

»Nein, da waren sie ganz deutlich«, sagte Fredrik.

»Dann war es vielleicht Tommy.«

Es wurde still im Raum.

»Der andere Junge«, fuhr Mia fort. »Ich denke, eben *von der anderen Seite,* also vielleicht nicht so beliebt. Wir haben ja gehört, wie es bei ihm zu Hause aussieht, Sozialfall, die Mutter, die nicht da war, vielleicht war er eher dazu prädestiniert, so etwas zu tun? Ein fremder Mann spricht ihn an und bietet ihm Geld und dringend benötigte Aufmerksamkeit an?«

»Guter Gedanke«, sagte Munch.

»Das kann vieles erklären«, meinte Anette Goli. »Wir haben uns ja über die Konstellation gewundert, also über Ruben und Tommy, die waren doch offenbar sonst nicht befreundet.«

»Das kann auch den Tatort erklären«, fügte Mia hinzu. »Die beiden Jungen. Wie sie so unterschiedlich da lagen. Es war deutlich, jedenfalls für mich, dass Ruben die Hauptperson auf dem Bild war. Er war auch der Einzige, der nackt war …«

»Dieser Tommy war also nur …«

»Ein Werkzeug«, sagte Mia vorsichtig. »Ein zufälliges Opfer.«

Munch bat Fredrik mit einem Nicken zurück an dessen Platz. »Okay, bleiben wir kurz dabei, damit wir den Faden nicht verlieren. Zwei Opfer, eins wurde benutzt, um das andere zu fangen. Weshalb?«

»Weil er auf Ruben scharf war«, sagte Katja.

»Aber warum? Warum ausgerechnet Ruben?«

Wieder Stille im Raum.

»Der Autounfall?«, fragte nun Munch. »Bei dem Ruben vor *Grillen* angefahren wurde, wie weit sind wir damit?«

»Die Technik hatte irgendwelche Probleme, sie sind aber ziemlich sicher, dass sie uns im Laufe des Tages das Autokennzeichen liefern können.«

»Gut, dann wird das unsere erste Priorität, wenn wir es haben, okay?«

Nicken in der Runde.

»Und abermals, weshalb Ruben? Warum gerade er?«

»Vielleicht sollten wir uns die Familie mal näher ansehen«, schlug Anette Goli vor. »Da liegt vielleicht die Antwort.«

»Gut«, sagte Munch.

»Es hat schon einige Meldungen gegeben, die seinen Vater betreffen«, sagte Ludvig zustimmend.

»Ja, stimmt«, sagte Munch. »Ich wollte damit eigentlich noch ein bisschen warten, aber jetzt scheint das eine wichtige Spur zu sein. Ludvig und ... Katja, könnt ihr mal mit denen sprechen, die uns angerufen haben?«

Nicken auf beiden Seiten.

»Wir dürfen Schweden nicht vergessen«, sagte Mia.

»Wie meinst du das?«

»Es sieht doch so aus«, schaltete sich Karl Oxen ein, »als ob er sich Ruben ausgesucht hatte, ja, aber welchen von den Jungen in Schweden hatte er sich ausgesucht? Dann kann die Antwort nicht nur bei Rubens Familie hier in Norwegen liegen, oder?«

Das war das erste Vernünftige, was an diesem Tag aus seinem Mund kam.

»Daran habe ich natürlich auch gedacht«, sagte Mia.

»Aber ich hatte noch nicht sehr viel Zeit, alle Unterlagen von dreiundneunzig durchzugehen.«

Sie schaute Ludvig an, und der fuhr fort:

»Wir haben wie gesagt extrem viel Material aus Schweden. Wir sind bei fast …«

»Hunderttausend«, sagte Anja.

»Ja, fast hunderttausend Seiten mit Fallunterlagen, und wo man da mit Suchen anfängt, ist doch …«

»Fangt hiermit an«, befahl Munch. »Alles, was aussehen könnte wie eine Verbindung zwischen den Familien Lundgren und …«

Er drehte sich zu Mia um.

»Wen hältst du für die Hauptperson an der schwedischen Fundstätte?«

»Oliver.«

»Okay, also zwischen den Familien Lundgren und Hellberg. Siebt alles durch, was wir haben, vielleicht ist ja etwas dabei.«

Katja und Ludvig nickten.

»In diesem Punkt könnten wir heute Unterstützung bekommen«, bemerkte Anette Goli.

»Ja, natürlich, stimmt«, sagte Munch und richtete seine Aufmerksamkeit wieder auf das Team. »Die Schweden schicken uns einen Mann, der uns bei der Ermittlung helfen soll. Einen Psychologen. Der hat als Profiler bei allen drei Teams gearbeitet, die mit dem Fall befasst waren, und da kann er uns wohl eine große Hilfe sein. Er heißt …«

»Patrick Olsson«, sagte Anette Goli.

»Genau. Olsson kommt heute Nachmittag her, dann machen wir einen Plan, wie wir ihn am besten einsetzen können.«

»Vielleicht kommt er zu uns zuerst?«, fragte Ludvig und nickte zu Katja hinüber.

»Genau. Die Familienspuren. Lundgren und Hellberg. Finden wir da eine Verbindung? Warum hat unser Mann sich gerade Ruben ausgesucht? Und warum Oliver?«

»Wenn es stimmt, was die beiden Jungs sagen«, sagte Oxen trocken und nickte zu Mia hinüber.

»Ich glaube schon, dass das der Fall ist«, erwiderte Munch und lächelte ihr zu. »Okay, also die Familien. Und sonst?«

Er kratzte sich am Kopf.

»Die Zeichnungen«, sagte Fredrik und nickte in Richtung der Skizzen, die nun schon lange dort hingen.

»Ja, natürlich«, sagte Munch. »Wie ihr seht, gibt es da Unterschiede. Das liegt daran, dass er unterschiedlich aufgetreten ist, als er sie angesprochen hat. So gesehen, glaube ich nicht so ganz, dass die uns viel bringen werden, es sieht eigentlich so aus, als ob er sich gern verkleidet.«

»Du meinst, das sind Verkleidungen?«

»Könnte schon sein. Auf dem einen Bild jedenfalls. Wir werden noch diskutieren, ob wir damit an die Öffentlichkeit gehen, ob wir die Kapazität haben, alle eventuellen Fehlbeobachtungen zu bearbeiten.«

Er drehte sich zu Anette Goli um.

»Ich bin dafür, an die Öffentlichkeit zu gehen. Ich werde Dreyer fragen, ob wir weitere Leute für die Telefonzentrale unten in Grønland haben können.«

»Okay, schön, dann ist das abgemacht. Also, gebt die Zeichnungen im Laufe des Tages an die Medien, vielleicht bringt das den Ball noch weiter ins Rollen.«

Er kratzte sich an der Nase und überlegte einen Moment.

»Okay, hat sonst noch jemand etwas?«

Fredrik meldete sich.

»Ja?«

»Nur eine Kleinigkeit, ich weiß nicht, ob die von Bedeutung ist. Es kann auch gelogen sein, aber etwas sagt mir, dass das wichtig sein könnte.«

»Nämlich?«

»Die Jungen, mit denen ich gesprochen habe, haben etwas über Fußball gesagt. Manchester United. Unser Mann hat das als Aufhänger benutzt, um mit ihnen in Kontakt zu kommen. Er hat auch Solskjær erwähnt. Dass sie auf dieselbe Schule gegangen seien. Vielleicht haben sie sogar in derselben Mannschaft gespielt. Als Kinder möglicherweise. Da war etwas mit einer Knieverletzung. Unser Mann hinkt ein bisschen. Es kann ja Unsinn sein, aber …«

»Das muss unbedingt überprüft werden«, sagte Munch.

»Clausenengen FK«, sagte Oxen.

»Was?«

»Ole Gunnar Solskjær. Der hat als Junge bei Clausenengen FK gespielt. In Kristiansund.«

»Gut. Das übernimmst du, Karl. Alte Trainer. Alte Bilder, ja, du weißt schon.«

»Wird gemacht.«

»Gut, jetzt haben wir ganz schön viel. Wir legen los, und dann treffen wir uns heute Abend hier zu einem Durchgang und halten uns natürlich gegenseitig auf dem Laufenden, wenn jemand vorher etwas herausfindet.«

Munch zog eine Zigarette aus seinem Dufflecoat.

»Mia? Du wolltest mich sprechen?«

»Nur eine Kleinigkeit. Privat.«

»Okay, komm in ein paar Minuten in mein Büro. Allen viel Glück für heute.«

Munch lächelte, steckte die Zigarette zwischen die Lippen und verschwand in Richtung Raucherbalkon.

• 26 •

Die Umstellung war fast ein Schock für die Sinne. Mia hatte sich so in ihre neue Aufgabe hineingesteigert, dass sie fast vergessen hatte, dass es draußen noch eine Welt gab, doch diese Welt kam ihr nun langsam entgegen, als sie die Karl Johan verließ und durch den Schlosspark ging. Große schöne Bäume hießen den Frühling willkommen, mit glänzenden grünen Blättern, die in der sanften Brise wehten. Sie konnte die Vögel nicht sehen, aber die schienen trotzdem überall zu sein. Hektisches Zwitschern, als ob sie sich allesamt genau hier versammelt hätten, um vor dem Königsschloss ein Fest zu veranstalten. Die Flagge war gehisst, und das bedeutete, dass der König zu Hause war. Das hatte Mia schon als kleines Kind gelernt, und damals hatte sie sich vor allem gefragt, wie um alles in der Welt sich der König in dem riesigen Schloss zurechtfand. Allein, ins Badezimmer oder schlafen zu gehen – man musste ja so lange laufen, dass man müde wurde, oder wenn man frühstücken wollte. Der König musste sicher alles lange im Voraus planen, wie sollte er es sonst schaffen? Sie hatten das Schloss einmal am Nationalfeiertag besucht, an dem Tag, an dem alle im ganzen Land sich in den lokalen Trachten herausputzten und der königlichen Familie auf dem Balkon fröhlich zuwinkten. Sie war so gespannt auf diese Familie gewesen, aber es war nicht leicht. Tutende Hupen und trampelnde Polizeipferde, Menschen, die heulten und schrien und mit ihren Flaggen herumfuchtelten. Sie hatte es fast mit der Angst zu tun bekommen, als sie unten auf der Straße in der riesigen Menschenmenge gefangen war, aber dann waren sie gekommen. Papas starke Arme. Und er hatte sie auf seine Schultern gehoben, und dann hatte die Welt ganz anders ausgesehen. Er war kein Royalist, jedenfalls wollte er es nicht zugeben, aber auf jeden Fall mehr als Mama, die immer darüber jammerte, wie viel Geld für diese Königsfamilien ausgegeben wurde. *Seht euch doch bloß England an. Da heiraten sie in Silberkleidern und mit Goldkronen und mit Pomp und Pracht für Millionen von Pfund, während die Leute in den Arbeitervierteln Hunger leiden. Was soll das denn?* Viel besser war das bei Papa, der roch gut, trug einen frisch gebügelten Anzug und öffnete gern die Brieftasche. Die feierlichen Umzüge mit der Schule in Åsgårdstrand später waren auch nett, aber doch nie dasselbe. *Papakind.* Sie hatte ein etwas schlechtes Gewissen, als sie an *Grotten* vorüberging, der vom Staat als Ehrenbezeugung eingerichteten Prachtunterkunft für Künstler, entworfen und errichtet von Henrik Wergeland im Jahre 1841 und seither einer Handvoll Künstler vorbehalten, die als wichtig genug galten, um das Land in einer eigenen Behausung zu repräsentieren und in der Nähe des Schlosses zu wohnen. Jetzt logierte dort der Komponist Arne Nordheim mit seiner Pling-Plong-Musik, wie Papa das nannte, aber Mama liebte sie natürlich. Wenn etwas erhaben und elitär war, freute sie sich immer. *Er hat dich lieber als mich.* Sigrid dort draußen vor der Garage, und so nannte sie Mia immer, wenn sie gemein sein wollte. *Papakind.* Mia hatte das nie als Schimpfwort aufgefasst.

Papakind, ja und? Sie war gern in der Garage, während er an seinem jadegrünen Jaguar-Oldtimer herumwienerte, den er gekauft hatte, obwohl Mama dagegen gewesen war, und an dem er fast jeden Abend herumbastelte, in der Hoffnung, eines Tages damit losfahren zu können. *Halber Junge*. Das war schon schlimmer, aber irgendwann hatte sie es dann nicht mehr so wichtig genommen. Sie war anders als die Mädchen in ihrer Klasse, weil sie nicht, wie die anderen, unten an der Tankstelle stand und rosa Kaugummi kaute und Schnaps trank, während sie hoffte, mit einem der Autos ans Südufer des Borrevanns mitgenommen zu werden, um zu knutschen. Sie hatte stattdessen ihr eigenes Motorrad, eine rote Honda CB 100, was Mama gehörig in Panik versetzt hatte. *Was? Soll sie sich denn den Hals brechen? Du hast wohl den Verstand verloren, Kyrre!* Der bedächtige Papa war auch hier auf ihrer Seite. *Für ihr Konfirmationsgeld kann sie sich ja wohl kaufen, was sie will?* Sigrid hat schließlich Handball und Reiten? Darf Mia nicht auch etwas für sich haben? Doch, Papakind, das war sie wohl. Und vielleicht hatte sie sich deshalb immer so gut mit der Mutter ihres Vaters verstanden.

»Mein Mondstrahl«, sagte die alte Frau mit breitem Lächeln und drückte sie lange an sich.

Die Achtzigjährige hatte sich zur Feier des Tages schön gemacht. Sie hatte ihre wilde schwarze Mähne zu einem Knoten hochgesteckt und sich mit munteren Farben geschminkt. Sie trug einen roten Mantel, von dem Mia wusste, dass sie ihn liebte, und diese Stiefel, die ihr immer gefallen hatten, golden und mit Fransen hinten. Die dunklen, tiefen Augen schauten sie voller Wärme an, als die alte Frau mit einer runzligen Hand ihre Wange streichelte.

»Du bist aber schön, Oma.«

»Nein, wer hier schön ist, das bist du«, zwitscherte die Großmutter und nahm Mias Hände. »Lass dich ansehen. Da ist meine kleine Indianerin aber groß geworden.«

»Du hast mich doch erst vor ein paar Wochen gesehen, Oma.«

»Schon, schon, aber trotzdem. Jetzt hast du Arbeit und überhaupt. Nein, es wurde auch wirklich Zeit. Komm. Ich hab mich gefreut.«

Die Großmutter lächelte, hakte sich bei Mia ein und führte sie den Parkvei hoch und dann in die Straße, die dahinterlag.

»Das, meine Liebe«, sagte die Großmutter und lächelte listig, »ist die Inkognitostraße.«

»Und?«

»Dort«, fuhr die Großmutter fort und wurde fast zur Fremdenführerin, als sie durch die vornehme Straße spazierten, »liegt die koreanische Botschaft. Und da die italienische. Gleich hier ist der Amtssitz des Ministerpräsidenten. Weiter hinten haben wir die chilenische, die schwedische und die kubanische. Botschaften, meine ich. Hier, meine Liebe, ist also einiges los. Und es macht auch nichts, dass sie den König zum Nachbarn haben.«

Die alte Dame blinzelte und ging durch ein Tor und in einen kleinen Garten, vor einem großen weißen Steinhaus.

»Erbaut 1879, entworfen von dem Architekten Stener Lenschow, und wie du siehst, ist das eine asymmetrische Fassade im Stil der Neorenaissance.«

Das Letzte klang ein wenig übertrieben, als ob sie eine der Sendungen nachahmte, die Mama so gern im Fernsehen verfolgte.

»Wir haben alle unsere Geheimnisse, oder etwa nicht? Und das ist meins.«

Wieder blinzelte die Großmutter und zog etwas aus der Tasche.

»Von mir für dich. Weil ich dich so lieb habe.«

Ein Schlüssel.

»Was?«

Die alte Frau lächelte zufrieden.

»Bitte sehr, meine Liebe.«

Mia sah den Schlüssel an und begriff rein gar nichts. Sie schaute zu dem ungeheuer schönen Haus hoch und ließ den Blick dann zur Großmutter weiterwandern.

»In den Fünfzigerjahren, weißt du«, die alte Frau zwinkerte ihr zu, »da war noch Leben in diesem Leib. Swinging Oslo, ja, das war nur der Vorname. Die Nachkriegszeit hat uns alle dazu gebracht, ja, wie soll ich sagen, ein bisschen übereilte, seltsame Dinge zu tun.«

Sie lachte und musste dann husten.

»Alles in Ordnung, Oma?«

»Ja, natürlich«, antwortete die alte Frau.

»Ist das … dein Haus?«

»Allerdings«, die Großmutter lächelte vielsagend. »Oder nicht ganz, dann müsste ich noch reicher sein, als ich damals war, aber mir gehört der ganze erste Stock. Zweihundertfünfzig Quadratmeter.«

Wieder baumelte der Schlüssel vor ihrem Gesicht.

»Und jetzt gehört sie dir.«

»Nein, du kannst doch nicht …«

Mia stand unter Schock. Wusste einfach nicht, was sie sagen sollte.

»O doch, das kann ich.«

Die Großmutter packte wieder ihren Arm.

»Nein, Herrgott, Oma, das …«

»Komm schon«, die alte Frau lächelte und machte einen Schritt auf die üppig dekorierte Treppe. »Willst du nicht wissen, wie das Haus von innen aussieht?«

• 27 •

Fredrik hatte sich gerade aus der Bäckerei in der Wilses gate etwas zu essen geholt und stand im Fahrstuhl, als sein Handy klingelte. Wieder die E-Gruppe, diesmal glücklicherweise einer der Vorgesetzten.

»Hallo, Morten Olsen hier, spreche ich mit Fredrik Riis?«

»Ja?«

»Tut mir leid, dass es gedauert hat, aber wir hatten einen Systemabsturz.«

»Hab ich gehört. Aber ihr habt es geschafft?«

»Sicher, letztendlich. Die letzte Ziffer hat uns einige Mühe gemacht, ob es eine 1 oder eine 7 ist, aber wir sind doch bei 7 gelandet.«

»Okay«, sagte Fredrik und hatte schon vergessen, dass er hungrig war. Jetzt hatten sie den Wagen.

»Ich muss zugeben, dass wir gestutzt haben«, sagte nun der Mann am anderen Ende der Leitung.

»Wieso?«

»Na ja, wir haben deinen Namen auf dem Auftrag gesehen und dachten, das wäre vielleicht ein Scherz.«

»Weil …?«

Der Fahrstuhl hatte den zweiten Stock erreicht. Ludvig kam gerade auf den Gang und schien etwas sagen zu wollen, aber Fredrik schüttelte abwehrend den Kopf und zeigte auf sein Handy.

»Aber du heißt doch Fredrik Riis, oder?«

»Ja?«

»Und du arbeitest mit Munch zusammen?«

»Ja?«

»Und das ist wirklich kein Jux?«

»Hör mal«, sagte Fredrik, der langsam die Geduld verlor. »Sag einfach, auf welchen Namen der Wagen zugelassen ist, ja?«

»Sicher, ich musste das doch nur wissen. Der weiße Lieferwagen, den wir in eurem Video sehen, ist auf *dich* zugelassen.«

»Was?«

»Auf deinen Namen jedenfalls. Hast du eine Firma draußen in Alnabru?«

»Nein.«

»Dann hast du zumindest einen Namensvetter. Der weiße Boxer mit dem Kennzeichen DK 87127 ist zugelassen auf Fredrik Riis AS, Verksmester Furulunds vei 12. Das ist also nicht deiner?«

»Noch mal, nein«, erwiderte Fredrik, stellte sein Essen auf einem Tisch ab und trat wieder hinaus auf den Gang. »Wisst ihr, was das für eine Firma ist?«

»Nein, aber wir haben Namen und Adresse.«

»Okay, schön, danke für die Hilfe«, sagte Fredrik und legte gerade auf, als Ludvig wieder aus der Tür schaute.

»Hast du zwei Minuten?«

»Nein, eigentlich nicht. Wir haben einen Treffer für den Lieferwagen von dem Auffahrunfall beim *Grillen*. Ich bin jetzt auf dem Weg dahin. Ist es wichtig?«

»Ja und nein. Die Beerdigung des Jungen ist auf morgen vorverlegt.«

»Schon? Wieso denn?«

Ludvig zuckte mit den Schultern.

»Keine Ahnung. Was würdest du als Eltern machen, wenn du ein Kind verloren hättest? Der Trauerprozess muss beginnen, glaubst du nicht, dass es deshalb ist? Munch will ein Team da draußen haben, kannst du das mit Katja übernehmen?«

»Natürlich. Was denkt ihr? Weil er uns an der Fundstätte beobachtet hat, wird er vielleicht auch auf der Beerdigung auftauchen?«

»So ungefähr«, sagte Ludvig. »Die Trauerfeier in der Kirche von Lørenskog beginnt um zwölf.«

»Okay, schön, ich sage Katja Bescheid«, sagte Fredrik und fuhr mit dem Fahrstuhl in die Tiefgarage.

Fredrik Riis AS?

Unter anderen Umständen hätte er das vielleicht witzig gefunden, aber heute war er nicht in der passenden Stimmung. Er war abermals von einer SMS geweckt worden und hatte beschlossen, diesmal nicht zu antworten. Verdammt. Wie war ihm das passiert? In so etwas hineinzurutschen? Und dann diese Zufälle? Wie war das überhaupt möglich? Wie groß war die Wahrscheinlichkeit?

Ein Konzert oben in Grünerløkka, ein Jazztrio, er konnte sich an den Namen nicht erinnern. Er war allein hingegangen, das tat er oft, hatte durchaus nichts dagegen, allein zu sitzen und sich von der Musik umschließen zu lassen. Danach in der Vorhalle war er in seltsamer Stimmung gewesen. In guter Stimmung, aber sie war auch ein bisschen trist, melancholisch, die Musik hatte etwas mit ihm gemacht.

Und da hatte sie gesessen. Es gab nicht viele freie Plätze, deshalb hatte er vorsichtig gefragt: *Ist hier noch frei?* Ganz ohne Hintergedanken, nur ein Stuhl und eine Möglichkeit, sein Bier abzustellen. Drei Stunden später, und er wusste fast alles über sie. Das Gespräch floss seltsam natürlich dahin. Zuerst leicht, wie im Flirt. Musik, Filme, ein bisschen Politik, Gefühle, Gedanken. Der Jazzclub hatte geschlossen, und sie waren zu einer neuen Tränke weitergewandert, als wäre das das Natürlichste auf der Welt, mittlerweile angeheitert, aber nicht zu sehr, noch immer mit klarem Kopf. Und dann waren die traurigen Geschichten gekommen, wieder. Fredrik wusste nicht, was er an sich hatte, aber etwas musste es sein, denn immer wollten sich die anderen ihm anvertrauen, mit ihm über die privatesten Dinge sprechen. Als ob er ein Pastoren-Gen hätte oder so. Oder vielleicht strahlte er eine unglaubliche Güte aus; er wusste es nicht, aber jedenfalls war das schon seit seinen Teenagerjahren so. Klassenkameraden mit Geheimnissen in seinem Zimmer, immer gefolgt von: *Das darfst du niemandem erzählen,* und so war es seither weitergegangen. Und am Ende hatte sie ihn verlockt. Diese Trauer. Dieses schmächtige Geschöpf vor ihm, das so deutlich jemanden brauchte, der es in den Arm nahm.

Mein Mann behandelt mich schlecht.

Wenn unsere Tochter nicht wäre …

Nicht, dass er sich um sie kümmern würde …

Der weiche fremde Körper zu Hause im Schlafzimmer unter der Bettdecke.

Erst später.

Beim vierten Mal.

Was ist dein Mann eigentlich von Beruf?

Verdammt.

Er hielt vor dem großen Lagergebäude und schaute noch einmal auf sein Handy, aber es waren keine weiteren Nachrichten angekommen.

Zum Glück.

Ein kleines goldenes Schild und eine Tür, die ihn in den ersten Stock führte, kleine Büros in Reih und Glied. Er klopfte vorsichtig an die Tür des ersten und wurde von einer älteren Dame hereingebeten, die in etwas saß, das einer Rezeption aus alten Zeiten ähnelte. Was dieser Betrieb tat, war nirgendwo zu erkennen, aber offenbar gab es ihn schon seit Längerem, denn die Einrichtung des kleinen Zimmers schien seit den Siebzigerjahren nicht erneuert worden zu sein. Die grauhaarige Frau lächelte und beendete ihr Telefongespräch.

»Hallo, ich heiße Fredrik Riis und komme von der Polizei.«

Die ältere Frau lächelte und sah seinen Ausweis an.

»Machen Sie Witze?«

»Äh, nein, ich …«

»Olav«, rief die Frau und klopfte an die papierdünne Bürowand.

Ein Mann in ihrem Alter, in Weste und Cordhose, schaute herein.

»Ja?«

»Wir haben Besuch von deinem Großvater«, sagte die Frau lächelnd.

»Ach was?«

»Fredrik Riis«, sagte Fredrik und reichte dem anderen die Hand.

»Sieh dir das an.«

Die Frau kam hinter ihrem Rezeptionstresen hervor und zeigte Fredriks Ausweis vor.

»Meine Güte«, sagte der Mann mit der Weste und griff nach einer Brille, die ihm an einer Schnur um den Hals hing. »Polizei? Haben wir etwas verbrochen?«

»Ich habe eine Frage zu diesem Auto«, sagte Fredrik und zeigte das Foto. »Das ist auf Ihre Firma zugelassen. Kennen Sie den Wagen?«

Der Mann mit der Weste schmunzelte und ging vor ihm her durch den engen Gang. Vor einem Fenster zog er eine verstaubte Jalousie hoch und zeigte auf den Platz hinter dem Haus.

»Meinen Sie einen von denen da?«

Fredrik sah zu den Autos hinunter.

»Wir haben zweiunddreißig von der Sorte«, sagte der Mann lächelnd. »Es kann also durchaus einer von unseren sein, ja.«

»Was haben Sie für eine Firma?«

»Wir betreiben eine Großwäscherei«, erklärte der Mann mit Stolz in der Stimme. »Nächstes Jahr seit siebzig Jahren. Soll ich Sie rumführen?«

»Nein, das muss nicht sein«, sagte Fredrik. »Großwäscherei, das bedeutet …?«

»Hotels. Sechstausend Hotelbetten in ganz Ostnorwegen, die jeden Tag frisch bezogen werden müssen. Als mein Großvater angefangen hat, waren es natürlich andere Zeiten. Da waren wir unten im Zentrum, eine ganz normale Reinigung, aber eines Tages, bei der Mittagspause in Kaffistova – Sie müssen wissen, er war aus Seljord hergezogen und mochte dieses *moderne Essen,* wie er es nannte, nicht so sehr, da …«

»Ach was, wie interessant«, unterbrach Fredrik ihn vorsichtig. »Deshalb haben Sie also diese vielen Autos?«

»Schmutzig holen, sauber bringen«, sagte der ältere Mann lächelnd. »Könnte unser Motto sein. Jeden Tag. Im Pendelverkehr. Vor allem im Zentrum natürlich, aber auch in Lillestrøm, Gardermoen, Drammen …«

»Aber dieses Auto?«, fragte Fredrik und hob das Foto wieder hoch.

Der andere schaute über seine Brillengläser.

»Ja, das kann gut eins von unseren sein. Waren Sie schon im Fahrerbüro?«

»Nein? Und das ist …?«

»Kommen Sie«, sagte der andere und ging vor Fredrik her eine knackende Wendeltreppe hinab zu einem Raum im unteren Stock, der wie eine kleine Cafeteria aussah. Offenbar das Pausenzimmer. Ein Colaautomat in der einen Ecke. Ein kleiner Tresen, wo man sich einem Schild zufolge Kaffee und Brötchen nehmen durfte, aber: *Nur drei pro Fahrer. Wenn Sie mehr nehmen, legen Sie bitte Geld in den Korb.*

Misstrauische Augen über einem Pappbecher.

Ein Mann mit dunklen Haaren und Schnurrbart legte seine Zeitung weg, als sie hereinkamen.

»Olav, was führt den Chef zu uns Sterblichen herunter? Gibt es schon wieder eine Gehaltserhöhung?«

Lachen von den Fahrern auf den Bänken beim Fenster.

»Heute nicht«, antwortete der Chef und ließ sich von dem deutlichen Sarkasmus nicht beeindrucken. »Wir sind auf der Jagd nach einem Auto.«

Er nickte zu Fredrik hinüber, der dem Mann mit dem Seeräuberaussehen das Foto zeigte.

»DK 87127. Hm.«

Der Mann mit den dunklen Haaren erhob sich und ging zu einer Liste, die an der Wand hing.

»Ja, das ist eins von unseren. Wieso?«

Er gab das Foto zurück und wischte sich einen Krümel aus dem Schnurrbart.

»Wer fährt den?«, fragte Fredrik. »Haben Sie für jedes Auto eine feste Besetzung, oder …?«

Der Mann drehte sich zu der Clique vor dem Fenster um.

»DK 87127?«

Kopfschütteln über den Kaffeetassen.

»Wir haben ein Rotationssystem«, erklärte er dann und nickte zur Wand hinüber, wo eine Menge Schlüssel unter einem Schild mit der Aufschrift FREI hingen. »Wenn du ein Auto brauchst, schnappst du dir einfach einen Schlüssel.«

»Sie wissen also nicht, wer …«, begann Fredrik, wurde aber von einem jungen Mann am Fenster unterbrochen.

»Is das nicht der, der geklaut worden is?«

Neues Gemurmel und Genicke unter den Fahrern.

»Ja, verdammt, war das nicht so?«

Der Dunkelhaarige fuhr sich über den Schnurrbart.

»Uns fehlt ein Auto?«, fragte der Chef. »Wann ist das passiert?«

Der, der sich eine Gehaltserhöhung wünschte, seinen Job aber offenkundig nicht im Griff hatte, blieb die Antwort schuldig und wurde abermals von einem Kollegen gerettet.

»Vor zwei Wochen.«

»Ja, vor ungefähr zwei Wochen. Wir wollten das gerade melden, das gehört sich ja so, das wird also erledigt. Sie sind von der Polizei? Können wir …?«

Der Chef war jetzt irritiert und stampfte mit dem Fuß auf den Linoleumboden.

»Das ist deine Verantwortung, oder nicht?«

»Schon … ich wollte nur …«

»Dann melde den Wagen jetzt sofort als vermisst. Hab ich nicht gesagt, dass du hier unten für Ordnung sorgen sollst?«

»Doch, doch …«

Ein beschämter Blick auf den Boden, aber die Fahrer am Fenster grinsten nur.

»Uns fehlt also ein Wagen. Und niemand weiß, wo der steckt?«

Stille vor dem Fenster.

»Das wird jetzt gleich erledigt«, sagte der Mann mit der Weste und tippte mit dem Zeigefinger auf den Tisch vor dem Pflichtvergessenen.

Sie gingen zurück in den ersten Stock, und unterwegs auf der knackenden Treppe bat er die ganze Zeit um Entschuldigung.

»Noch einmal, tut mir sehr leid.«

»Haben Sie hier draußen Kameras?«, fragte Fredrik und schaute noch einmal zu den vielen Autos hinüber.

»Nicht hier draußen. Man kommt nur mit einer Zugangskarte auf den Parkplatz. Aber da draußen vor dem Tor sind zwei. Ich frag mal den Wachmann, ob es Aufnahmen gibt.«

»Oder eine Liste? Die Fahrer müssen ja vielleicht etwas unterschreiben, wenn sie ein Auto holen, oder so?«

Der andere seufzte.

»Ja, das sollte eigentlich so sein. Aber Sie haben es ja selbst gesehen. Zu nett. Meine Frau sagt das immer. *Du bist zu nett, Olav. Du betreibst hier doch kein Sozialamt, oder?* Mein Großvater hat immer gesagt …«

»Können Sie mich anrufen, wenn Sie wissen, wer den Wagen zuletzt gefahren hat? Oder wenn jemandem etwas einfällt?«

Fredrik zog eine Visitenkarte aus der Innentasche und reichte sie dem Chef, und der nickte.

»Natürlich. Ich werde tun, was ich kann.«

»Danke. Nett, Sie kennenzulernen.«

Fredrik nickte ihm und der älteren Dame an der Rezeption zum Abschied zu und ging die schmale Treppe hinunter und zurück zu seinem Auto.

Verflixt.

Er hatte gehofft, Munch mit guten Nachrichten anrufen zu können.

Jetzt wussten sie immerhin, woher das Auto stammte.

Das war jedenfalls etwas.

Fredrik hatte sich gerade hinter das Lenkrad gesetzt, als ans Fenster geklopft wurde.

Er erkannte das Gesicht sofort. Es war der Fahrer vom Fenster im Aufenthaltsraum, der erzählt hatte, dass der Wagen verschwunden war.

Der junge Mann schaute sich verstohlen um.

»Ich weiß, wer das war.«

»Was?«

»Ich weiß, wer das war. Wer den Wagen gestohlen hat.«

• 28 •

Mia Krüger hätte gern die Zeit angehalten und die letzte Stunde noch einmal ablaufen lassen, um bis in alle Ewigkeit mit ihrer Großmutter hier in der neuen Wohnung zusammen sein zu können. Sie stand noch immer unter Schock und wusste nicht, was sie sagen sollte, aber die wunderbare alte Dame streckte die Arme aus und drehte mitten im Zimmer unter der Stuckrosette in einem der vielen riesigen Zimmer eine Pirouette.

»Wie du siehst, ist die Wohnung bezugsbereit«, sagte die Großmutter lächelnd. »Sie war viele Jahre lang vermietet, aber ich habe jetzt alle Möbel aufstellen lassen, die ich eingelagert hatte. Das ist sicher nicht dein Stil, aber du kannst sie ja nach und nach auswechseln. Ich dachte, es wäre schön für dich, wenn hier welche stehen.«

»Du bist einfach wunderbar, Oma«, sagte Mia und zog vorsichtig das Laken von einem gelben Sofa.

»Na ja, ich weiß ja nicht. Ist ja alles nicht ganz modern vielleicht, aber besser als nichts.«

»Mir gefällt alles hier.«

»Ja?«, fragte die Großmutter und legte den Kopf ein bisschen schräg. »Meinst du, hier wirst du gern wohnen?«

Die Welt verhielt sich jetzt nicht ganz wunschgemäß, denn das Telefon in ihrer Hosentasche klingelte und störte die Idylle. Mia ging in die große Küche mit Blick auf die italienische Botschaft und meldete sich.

»Hallo, hier ist Holger, wo bist du?«

Mia blieb für einen Moment die Antwort schuldig.

Ja, wo bin ich eigentlich?

Sie schaute sich noch einmal in der umwerfenden Wohnung um und spürte, wie die Freude noch immer in ihrem Bauch prickelte.

»Ich bin mit meiner Großmutter zusammen, tut mir leid, aber wie gesagt, ich musste etwas erledigen. Ist alles okay?«

»Ja, alles gut hier. Wir haben einen Treffer für den weißen Lieferwagen vom *Grillen.*«

»Ja?«

»Fredrik hat das herausgefunden. Wir fahren jetzt zu einer Vernehmung. Deshalb rufe ich an.«

»Ja?«

»Ich sollte doch den Schweden in Empfang nehmen. Patrick Olsson. Er ist auf dem Weg hierher in die Mariboes gate, aber wir müssen los. Kannst du herkommen?«

»Jetzt gleich?«

»Ja, er kann jeden Moment hier sein. Bist du mit einem der Autos unterwegs?«

»Nein, ich gehe.«

»Nimm ein Taxi.«

Poltern im Hintergrund, Munch war für einen Moment verschwunden, dann kehrte er zurück.

»Wir müssen los, kommst du?«

»Sofort«, sagte Mia und war ein wenig enttäuscht, als sie das Handy wieder in die enge Hosentasche schob.

»Die Arbeit?«, fragte die Großmutter.

»Ja, tut mir leid«, sagte Mia. »Ich muss los.«

»Das macht nichts. Ich bleibe noch ein bisschen hier. Schnuppere an meinem alten Leben, wenn das in Ordnung ist.«

»Großer Gott, natürlich. Bleib so lange, du willst, wir können hier doch zusammen wohnen, wäre das nicht schön?«

Die Großmutter lächelte.

»Du bist lieb, Mondstrahl. Aber ich fühle mich draußen am Fjord am wohlsten. Und wie gesagt, du kannst hier jederzeit einziehen. Hast du viel da oben in deiner Bude?«

»Nein, fast nichts. Ich bringe alles her, sowie ich Zeit habe. Schon heute Abend, hoffe ich.«

»Wie schön«, sagte die alte Frau lächelnd. »Hab ich dir die Schlüssel gegeben?«

Mia umarmte sie noch einmal lange, schnappte sich das prachtvolle Schlüsselbund und lief die Treppe hinunter, und dann stand sie in der vornehmen Straße und rannte so schnell sie konnte hinunter in den Bogstadvei, um ein Taxi heranzuwinken. Atemlos sprang sie aus dem Wagen, nachdem sie sich mit der Bezahlung abgemüht hatte, was nicht nötig gewesen wäre, wie es aussah. Patrick Olsson wirkte sehr ruhig, wie er da mit geschlossenen Augen an der cremegelben Wand lehnte. Mia ließ das Taxi fahren, blieb stehen und musterte ihn aus geringer Entfernung. Psychologe. Darauf hätte sie nicht sofort getippt. Eher vielleicht auf einen kreativen Beruf. Architekt. Designer. So etwas. Er hatte Stil, deshalb. Ein grauer Wollmantel über einem schwarzen Rollkragenpullover. Blaue Jeans zu knöchelhohen braunen Wildlederstiefeln. Nicht schlecht. Sie war fast ein bisschen beeindruckt. Nur wenige Männer hatten Ahnung von Schuhen. Schöne Hände. Lange Finger. Wie ein Pianist. Blaue Augen. Schwede. Natürlich. Aber nicht blond. Dunkle Haare. Wie sie, vielleicht einen Ton heller, aber mit grauen Sprenkeln hier und da, was ihm stand. Wie alt war er, was hatte Munch gesagt? Um die vierzig? Das konnte stimmen. Zu alt für sie natürlich, aber dennoch. Ganz klar ein attraktiver Mann. Nein, konnte er denn überhaupt einer sein? Ein Spezialist für Serienmörder? Der Einzige in dem schwedischen Team, der die ganze Zeit dabei gewesen war? Er sah eher wie ein Model aus, wie er so da stand, blies sich den Pony aus der Stirn und warf einen kurzen Blick auf eine elegante Armbanduhr.

Das ließ sich nur auf eine Weise klären.

»Patrick Olsson?«

Sie überquerte die Straße und ging ruhig auf den feschen Schweden zu.

Die knallblauen Augen leuchteten bei ihrem Anblick auf.

»Ja?«

»Mia Krüger«, sagte Mia und gab ihm die Hand.

»Angenehm«, er lächelte und hob eine Wildledertasche vom Asphalt auf. »Munch kommt nicht?«

»Nein, der hat leider zu tun.«

»Okay«, sagte Olsson und warf sich die Tasche über die Schulter.

»Haben Sie sonst kein Gepäck?«

Er lächelte.

»Ich habe den Koffer schon ins Hotel gebracht.«

»Haben die Ihnen keine Wohnung besorgt?«, fragte Mia und zog ihre Karte durch den Scanner an der Eingangstür.

»Doch, das schon, aber die ist wohl noch nicht ganz fertig. Alles kein Problem, die Zentrale Kripo bezahlt. Jedenfalls bis auf Weiteres.«

Eine ruhige Stimme. Er wirkte selbstsicher. Sie war mit sieben zuletzt bei einem Psychologen gewesen, aber wenn es nötig werden sollte, könnte sie sich gut vorstellen, zu diesem Mann zu gehen, sich auf die Couch zu legen und ihm all ihre Geheimnisse zu erzählen. Er hatte ein charismatisches Funkeln in den Augen und ein sympathisches Lächeln im Mundwinkel, als er dann gelassen neben ihr vor den Fahrstuhltüren stand.

»Ich habe gerade hier angefangen«, sagte sie und drückte auf den Knopf. »Aber ich glaube, ich finde mich schon zurecht. Ich spüre den Täter irgendwie. Wenn das einen Sinn ergibt?«

Die Augen des Schweden leuchteten wieder auf.

»Okay? Du bist also …?«

»Niemandes Assistentin, nein«, sagte Mia lächelnd. »Munch ist ein bisschen vage mit seiner Arbeitsplatzterminologie, aber *Profilerin* kommt der Sache vielleicht am nächsten, ich weiß nicht so ganz.«

»So jung?«

Er sah sie jetzt an und musterte sie von Kopf bis Fuß, aber nicht auf unangenehme Weise, wie es manchmal der Fall war, wenn Männer sie anstarrten.

»Jepp«, sagte Mia und betrat den Fahrstuhl. »Ich war vor ein paar Tagen noch auf der Polizeihochschule.«

»Echt?«

»Jepp. Wie gesagt, ich bin noch nicht sehr weit gekommen, aber ich bin dabei. Willst du sehen, was ich bisher herausgefunden habe? Oder soll ich dich zuerst herumführen?«

»Herumführen ist wirklich nicht nötig«, sagte der Schwede lächelnd.

»Okay, super«, sagte Mia und drückte auf den Knopf für den zweiten Stock.

• 29 •

Susanne Hval Pedersen hatte es dann doch nicht getan. An der Tür gesessen und auf ihren Mann gewartet. Das heißt, sie hatte es versucht, hatte sich unten im Gang mit einem Küchenstuhl bereitgesetzt, mit einer Tasse Tee und einigen

Zeitschriften, aber nach einigen Stunden hatte sie sich selbst sozusagen von außen gesehen, wie absurd das eigentlich war. Großer Gott, alle Paare hatten doch ihre Zeiten. Es bestand ja kein Zweifel daran, dass er gerade etwas durchmachte, eine Phase, irgendetwas, aber bisher hatten sie doch immer miteinander reden können? Ihr gefiel das Ganze nicht, nein, das nun wirklich nicht. Wie er spätnachts zur Tür hereinkam, nach oben ins Gästezimmer trampelte, ohne auch nur bei ihr hereinzuschauen. Wie er schlief, wenn sie Nora für den Kindergarten fertig machte, und meistens schon aus dem Haus war, wenn sie von der Arbeit nach Hause kam. Aber das war seine Verantwortung, oder? Zu ihr zu kommen, wenn er bei irgendetwas Hilfe brauchte? Vor einigen Wochen hatte sie einen Artikel in einer Frauenzeitschrift gelesen: *Ist Ihr Mann abwesend und desinteressiert?* Und ihr war wieder einmal vor Augen geführt worden, dass Männer oft so wurden, wenn sie ein gewisses Alter erreicht hatten. Panik, so nannten sie es. Jedenfalls erklärte die Psychologin, die den Artikel geschrieben hatte, dass Männer oft so wurden, wenn sie begriffen, dass es gewissermaßen keinen Weg zurück gab. Haus und Arbeit und Kinder und bald vierzig. Und dann ging ihnen auf, dass sie doch kein Rockstar mehr werden würden. Oder Fußballmillionär. Dass das hier das Leben war, der tägliche Trott mit Hausputz und Rechnungen und langweiliger Freitagsunterhaltung im Fernsehen. Worauf das Ganze eigentlich hinauslief, war: Machen Sie sich bewusst, dass Männer in dieser Lebensphase oft auswärts Trost suchen. Gern bei einer Jüngeren. Untreu? Verdammt. Ihr war geradezu schlecht geworden. Er wies doch alle Anzeichen auf, oder nicht? Er war nachts viel unterwegs. Check. Er beantwortete Fragen nur ausweichend. Check. Er zeigte weniger und weniger Interesse an seiner Tochter. Check. Er kaufte plötzlich neue Kleider, ging neuerdings in ein Sportstudio, hatte sich eine neue Frisur zugelegt, benutzte Parfüm und hatte andere Interessen als früher. Äh, nein. Absolut kein Check. Als sie zuletzt mit ihm gesprochen hatte, zwei Sekunden auf dem Gang, ehe er etwas gemurmelt hatte und davongestürzt war, hatte er eigentlich schlimmer ausgesehen als seit Langem.

Was also war wirklich mit ihm los?

Egal.

Heute würde das geklärt werden.

Sie hatte Nora früher als sonst zum Kindergarten gebracht, statt dann aber wie sonst in den Laden zu fahren, hatte sie angerufen und sich krankgemeldet.

Ein Tag zu Hause.

Denn jetzt würde sie da sein, wenn er aufstand.

Er hatte keine Möglichkeit, sich wegzuschleichen.

Ein bisschen streng würde sie sein, das hatte sie beschlossen.

Was machst du eigentlich, Gunnar?

Du fehlst Nora.

Du fehlst mir.

Herrgott, so kannst du doch nicht weitermachen!

Susanne hatte in ihrem Leben noch keinen einzigen Tag blaugemacht, aber jetzt musste es eben sein.

Sie musste das hier klären.

Heute.

Wieder eine Bewegung draußen vor dem Küchenfenster, als sie ihre leere Teetasse ins Spülbecken stellte.

Noch ein Auto.

Mit einem Fotografen auf dem Beifahrersitz.

Was war denn bloß in diese Presseleute gefahren?

Konnten sie die Familie nicht in Ruhe lassen?

Wenche hatte erzählt, dass Holm, der Nachbar aus der Nr. 11, einen Mann im Garten entdeckt hatte, der sich hinüberschleichen wollte, um Bilder vom Lundgren-Haus zu machen. Er hatte den Typen weggejagt.

Was für eine Frechheit!

Was würde wohl als Nächstes kommen?

Wühlen in der Mülltonne?

Hatte die Familie es nicht ohnehin schwer genug?

Sie öffnete die Kühlschranktür und verspürte sie wieder, die Angst, mit der sie vor einigen Tagen aufgewacht war, eine Angst, die sie gewissermaßen nicht richtig loslassen wollte.

Und wenn es Nora gewesen wäre?

Nein, verdammt ...

Sie hatte Bilder vor sich gesehen, war wieder durch das Haus gerannt, auf der Suche nach diesen beruhigenden Tabletten, die der Arzt ihr verschrieben hatte, hatte sie aber noch immer nicht gefunden.

Er würde jetzt begraben werden.

Ruben.

Schon morgen.

Sie hatte einen Moment lang überlegt, ob sie hingehen sollte. War es so, dass sie gewissermaßen verpflichtet war, da sie in der Nähe wohnten? Dass sie ihre Unterstützung zeigen mussten? Oder war das Gegenteil der Fall? Sollte sie wegbleiben? Aus Respekt vor der Familie? Damit denen der Druck erspart blieb? All die Leute, die ihr Beileid aussprechen wollten! Was verlangte der gute Benimm in einem solchen Fall? Und was wäre das Beste für die Familie?

Sie hatte sich entschlossen, nicht zu gehen.

Sie kannte Vibeke ja ein bisschen, aber sie waren eigentlich nur auf Grüßfuß. Der Mann nickte höchstens kurz, fast widerwillig, und nur, wenn sie den Anfang machte. Wie hieß er doch noch gleich? Jan-Ottar? Jan-Otto? Irgend so was. Mit dem stimmte etwas nicht, oder? Sie hatte auch Gerüchte gehört. Natürlich sollte man so etwas nicht glauben, aber trotzdem …

Sie nahm ein Ei, verquirlte es mit Milch, Thymian und Schnittlauch und goss die Mischung in die Pfanne auf dem Herd. Ein gutes spätes Frühstück. Das würde er bekommen. Ehe er seine Strafpredigt bekam, haha. Nicht doch. Sie lächelte jetzt und schaltete gerade das Radio ein, als auf der Straße vor dem Haus ein Auto hielt. Und dann noch eins. Sie zog den Vorhang ein wenig zur Seite. Was war das denn nun? Ein beleibter Mann mit rötlichem Bart stieg aus dem ersten Wagen aus und wies mit der Hand auf irgendetwas. Er gab einem weiteren Wagen, der auf der anderen Straßenseite zum Stehen gekommen war, Zeichen. Der Bärtige kam jetzt über ihren Kiesweg, dicht gefolgt von einem jüngeren Mann im Anzug. Jetzt fuhren noch weitere Autos vor. Plötzlich war draußen gewaltige Hektik.

Was um alles in der Welt war hier los?

Susanne Hval Pedersen hielt rasch die Hände unter den Wasserhahn und wischte sie an ihrer Hose ab. Sie hatte die Tür gerade erreicht, als geklingelt wurde.

»Gunnar Pedersen?«

»Ja, der wohnt hier, aber er schläft. Kann ich Ihnen irgendwie behilflich sein?«

»Ich heiße Holger Munch. Das hier ist Fredrik Riis. Wir kommen von der Polizei.«

»Was? Ist etwas passiert?«

Sie konnte jetzt weiter hinten in der Straße Bewegungen sehen.

Die Pressemeute.

Unterwegs zu ihrem Haus.

»Aber warum …«

Ein Stück Papier wurde vor sie hingehalten.

»Wir müssen Sie bitten, ihn zu wecken.«

• Teil 4 •

• 30 •

Der elf Jahre alte Kevin Myklebust saß auf der Rückbank des alten Toyota Corolla und wünschte, er könnte verschwinden. Wie das vor sich gehen sollte, wusste er nicht, aber es wäre sicher das Beste für alle. Jedenfalls für Mama. Denn das hier war seine Schuld. Dass sie in diesem alten Auto durch die Gegend fahren musste, das so verrostet war, dass es jeden Moment auseinanderfallen könnte. Und das jetzt schon wieder hier draußen im Niemandsland liegen geblieben war, mitten im Wald. Für Mama und Elsebet, das war eine der Freundinnen, die zu Besuch kamen, um *Big Brother* anzusehen. Da hatte Mama es wieder gesagt. *Das hätte auch ich sein können. Im Fernsehen. Nicht mit diesem Körper natürlich, aber so, wie ich früher ausgesehen habe. Ich bin ja froh, dass ich nicht gestillt habe, wie würde das denn aussehen!* Papierdünne Wände, und er hatte sich wie immer die Decke über den Kopf gezogen. Das hatte ein bisschen geholfen. Und dann hatte er wieder diesen Traum gehabt, den, der ihn immer so froh machte. Den Traum, in dem ein Engel kam und ihn holte und mitnahm an einen anderen Ort. Und als er aufgewacht war, hatte er es wieder gedacht, dass es doch für alle das Beste wäre, wenn er nicht mehr da wäre. Aber wie er das schaffen sollte, wusste er nicht.

Denn früher war Mama jung und hübsch gewesen, und alle Männer hatten sich nach ihr umgedreht, wo sie auch ging und stand. Einmal in Oslo hatte ein Mann sie angesprochen und gefragt, ob sie Model werden wollte. Sie würde eine Menge Geld bekommen und in New York wohnen, in einem richtig tollen Penthouse, nicht in dieser miesen kleinen Kellerwohnung, aber dann war sie leider schwanger geworden und hatte nichts unternommen, ehe es zu spät gewesen war, und da war ihr Leben ruiniert, und daran ließ sich nichts mehr ändern.

Mama beendete ihr Telefongespräch da draußen und setzte sich seufzend wieder ins Auto. Sie drehte den Spiegel zu ihrem Gesicht und überzeugte sich davon, dass ihr Lippenstift nicht verschmiert war. Dann stellte sie den Spiegel wieder in seine alte Position, und nun konnte er sehen, dass ihre Augen ihn betrachteten.

»Warum habe ich dieses Scheißleben, Kevin? Kannst du mir das sagen?«

Er zuckte zaghaft mit den Schultern.

»Diese Karre? Was? Was soll das eigentlich? Warum kann ich kein anständiges Auto haben wie alle anderen? Ein neues? Einen SUV? Mit Allradantrieb und Sonnendach und Skibox, vielleicht einen Mercedes? Stell dir das vor, würdest du das nicht gern sehen? Wie Mama in einem großen feschen Mercedes durch die Gegend fährt?«

»Doch, das würde ich schön finden, Mama.«

»Ja, nicht wahr? Aber hab ich so einen? Nein.«

Sie schüttelte den Kopf und nahm die Zigaretten aus der Handtasche. Seufzte, als sie sah, dass nur noch zwei Stück in der Packung waren.

»Aber verdammt noch mal ...«

Kevin hatte schon einige Male im Laden die Zigarettenpackungen angeschaut und sich den Mut gewünscht, eine für sie zu stehlen, oder vielleicht sogar viele, dann brauchte sie nicht so traurig zu sein, weil sie so arm waren, dass sie nicht so viele rauchen konnte, wie sie wollte. Er wusste, dass mehrere Jungen aus seiner Klasse das taten, Zigaretten klauen, aber er bekam beim bloßen Gedanken schon Bauchschmerzen, und auf dem Heimweg hatte er sich ein bisschen geschämt. Er war nur im Weg, und dann schaffte er es nicht einmal, eine Packung Zigaretten mitgehen zu lassen?

Die anderen Kinder in der Straße hatten Großeltern. Die meisten jedenfalls. Und dann wäre es doch einfach gewesen, oder? Dann hätte er einfach seinen Rucksack packen können und hätte nicht einmal etwas zu sagen brauchen. Hätte sich aufs Fahrrad gesetzt, oder in den Bus, und wäre hingefahren. Zur Oma. Oder zum Opa. Aber er hatte von diesen Leuten nie gehört, deshalb wusste er nicht, ob es sie überhaupt gab. Und die einzige alte Person, die er kannte, war die Bibliothekarin, und sie war sehr nett, aber er konnte doch nicht einfach zu ihr nach Hause fahren, oder?

Nein, das war wirklich nicht so einfach.

»Na ja, wir sind immerhin Mitglied im Automobilclub. Der Blödmann hat vergessen, da zu kündigen, stimmt's?«

Mama lächelte jetzt im Spiegel und zündete sich doch eine der Zigaretten an.

»Das ist doch wohl gut, Kevin. Dass wir was von ihm gekriegt haben, ehe er sich dünngemacht hat?«

Kevin nickte und versuchte ebenfalls zu lächeln. Er fand es schön, wenn nicht er beschimpft wurde. Manchmal, wenn sie zu wütend wurde, kam es vor, dass er wie zufällig nach einem der Männer fragte, die eine Zeit lang bei ihnen gewohnt hatten, denn er wusste, dass sie dann noch wütender werden und nun über diesen Mann herziehen würde.

»Verdammter Versager! Ist es denn nicht möglich, einen brauchbaren Mann zu finden? Nein, ist es nicht, wie? Nicht hier draußen in der Pampa jedenfalls. Wenn wir wenigstens in Oslo wohnen könnten! Warum muss ich hier draußen wohnen? Kannst du Mama das erklären? Warum ist die Welt so ungerecht?«

Nein, das konnte er nicht, obwohl ein Lehrer der Klasse einmal erklärt hatte, dass alles Geld auf der Welt so verteilt war, dass einige wenige viel davon hatten, während viele kaum etwas hatten, aber er glaubte nicht, dass Mama das gemeint hatte. Egal, er hatte lange darüber nachgedacht, aber er wusste nicht, was er tun sollte, damit sie es ein bisschen besser hätte.

»Eine ganze Scheißstunde«, seufzte Mama und schaute auf ihre Armbanduhr. »Was soll das denn? Warum bezahle ich für Hilfe, wenn ich hier draußen so lange warten muss?«

Kevin wollte schon sagen, dass sie doch gar nicht hatte bezahlen müssen, schließlich hatte Jan-Erik das getan. Wie er alles bezahlt hatte, in den Monaten, in denen er bei ihnen gewohnt hatte. Miete und Strom und einen neuen Fernseher und Kleider für Mama, und obwohl Mama gesagt hatte, er sei nur ein Goldfisch und kein richtiger Mann, hatte sie ein bisschen geweint an dem Tag, an dem er seinen Kram zusammengepackt hatte und wieder ausgezogen war. Aber ihre Traurigkeit hatte nicht lange gedauert, denn nur wenige Tage später war ein neuer Mann eingezogen, einer, der Rune hieß, und dann einer namens Torgeir, aber Kevin hatte

Jan-Erik am liebsten gemocht und fand es eigentlich ein bisschen traurig, dass der nicht mehr da war.

Das taten sie nie.

Lange bei ihnen bleiben.

Die meisten nur einige Wochen, so war das eben bei Mama. Anfangs hatte sie immer großes Interesse, gab sich alle Mühe, schminkte sich auffällig und lachte laut über alles Mögliche. Dann schmiegte sie sich an den Mann wie eine Katze und machte ihm Komplimente, wenn er zum Beispiel ein Motorrad hatte, obwohl Kevin wusste, dass sie sich eigentlich nicht besonders für Motorräder interessierte. Oder zum Beispiel wenn sie große prachtvolle Muskeln hatten, das war ihr wirklich wichtig. Sie hatte auch Ronnys Muskeln gelobt, das war einer von Kevins Freunden, und gesagt, er würde später mal ein richtig toller Mann werden. Dann hatte sie ihre Finger in seine Haare verflochten, und danach hatte Ronnys Mutter an die Tür geklopft und gesagt, dass Ronny nicht mehr kommen und dass Kevin Ronny auch nicht mehr besuchen dürfte, und das war sehr traurig, denn unten im Keller hatten sie die größte Autobahn der Welt, die Ronnys Vater gebaut hatte. Und er war so gern dort gewesen, hatte die ungeheuer feinen Autos fahren lassen, aber das ging nun also nicht mehr.

Goldfisch.

Er wusste genau, was das war. Es war nicht das, was alle glaubten, also ein kleiner Fisch, der aus einem anderen Land kam, aber nun in einem Aquarium herumschwamm, wie bei Nina und ihrer Familie, oder doch, so einer war das ja auch. Aber Mama nannte die Männer, die zu ihr kamen, die meisten jedenfalls, *Goldfische,* und das bedeutete, dass sie sich für einige Zeit keine Geldsorgen mehr zu machen brauchte, denn dann war einer eingezogen, der bezahlen konnte.

Kevin wusste eigentlich nicht, was ihm besser gefiel. Allein mit Mama zu sein, das war schon klar. Aber es wurde dann immer so schwierig, denn immer, wenn Briefumschläge mit der Post kamen, brach sie in Tränen aus, obwohl sie die meisten gar nicht aufmachte. Sie legte sie nur in eine Schublade, die kaum noch zu schließen war. Dann war es also doch das Beste, wenn jemand kam, der bezahlen konnte, auch wenn nicht alle nett waren und fast ein bisschen enttäuscht aussahen, wenn ihnen aufging, dass sie nicht allein wohnte, sondern dass sich ein kleiner Junge in seinem Zimmer versteckt hatte, während sie im Wohnzimmer zugange gewesen waren. Einige Male gingen sie dann einfach direkt, ohne auch nur Auf Wiedersehen zu sagen, aber nicht Jan-Erik, der war ganz anders gewesen als die anderen.

Fast wie ein Papa.

Kevin war seinem Vater nie begegnet, obwohl er ziemlich sicher war, dass er eigentlich einen hatte, denn ab und zu, wenn es Mama richtig schlecht ging, konnte sie Dinge sagen wie: *Schau mich nicht mit diesem Blick und den Sommersprossen an. Du erinnerst mich an einen, an den ich jetzt absolut nicht denken will, okay?* Und er dachte dann, dass sie sicher seinen richtigen Papa meinte. Einen, der Ähnlichkeit mit ihm hatte. Und immer wenn es zu schlimm wurde, dann setzte er sich in das Wartehäuschen unten bei der Bushaltestelle und blieb dort, bis es dunkel wurde, und dabei stellte er sich vor, wie dieser Mann war, und nicht zuletzt, *wo* er war. Und einmal hatte er gedacht, dass es vielleicht war wie in einem Comic, den er gelesen hatte, dass es auf der Welt unterschiedliche Dimensionen gab und dass er zufällig in der falschen gelandet war und dass es dort draußen irgendwo eine *ganz richtige* Dimension gab, in der sein Vater auf ihn wartete. Und wenn er das gedacht hatte, war er immer in besserer Stimmung.

Mama kurbelte das Autofenster hinunter, warf die Kippe hinaus und schaute wieder in die Packung, in der jetzt nur noch eine Zigarette steckte. Zuerst legte sie die zurück in ihre Handtasche, dann überlegte sie sich die Sache aber anders und zündete die Zigarette an, mit einem noch tieferen Seufzer diesmal.

»Herrgott, Kevin, was soll nur aus mir werden?«

Sie schaute ihm im Spiegel wieder ins Gesicht und schüttelte den Kopf.

»Sieh dir an, wie ich aussehe! Sieh es dir an!«

Mama drehte sich zu ihm um und zog ein wenig an der Haut unter ihren Augen und an ihren Wangen.

»Ich finde, du siehst gut aus.«

»Ja? Nicht zu viele Falten, findest du?«

»Nein, nicht zu viele.«

»Wie meinst du das? Habe ich Falten? Wo habe ich Falten?«

»Du hast keine Falten, Mama.«

»Ach nein? Du hast doch gerade gesagt, dass ich viele habe. Entscheide dich gefälligst.«

»Du bist wirklich hübsch, Mama.«

Sie drehte sich zum Spiegel um und schüttelte resigniert den Kopf, dann reagierte sie plötzlich auf etwas, das hinter ihnen auf der Straße passierte.

»Ach, endlich. Da ist er.«

Sie zog rasch den Lippenstift aus der Handtasche, schmierte noch ein wenig mehr Rot auf das bereits Rote und schob ihren Pullover so, dass ihre Schulter zu sehen war.

»Warte hier.«

Mama öffnete die Tür und winkte fröhlich dem Mann zu, der mit dem gelben Abschleppwagen angefahren kam.

Kevin öffnete das Fenster einen Spaltbreit, um die schwere Zigarettenluft hinauszulassen, und er konnte es jetzt an ihrer Stimme hören, konnte es daran sehen, wie sie ihren Körper bewegte.

Wieder wie eine Katze.

»Na, was ist denn hier passiert?«

Der Mann kratzte sich am Kopf, als ob er nicht so ganz glauben könnte, dass noch immer jemand in einer solchen Schrottkarre durch die Gegend fuhr.

»Na ja, ich weiß nicht. Aber Sie sind doch bestimmt ein Ritter, der einer jungen Dame in Nöten hilft?«

»Ja, das muss ich ja wohl«, sagte der Mann und schüttelte wieder den Kopf.

»Schön«, sagte Mama lächelnd.

Und legte ihm die Hand auf den Arm.

• 31 •

Katja van den Burg kam herein, stellte ihre Kaffeetasse auf den kleinen Tisch vor dem Einwegspiegel und blieb neben Munch stehen, der besorgt den etwa vierzigjährigen Mann in dem kleinen Vernehmungsraum ansah.

»Wir lassen ihn warten?«

Munch nickte.

»Er muss sich erst ein bisschen fassen.«

»Er sieht einfach schrecklich aus«, sagte sie und zog einen Apfel aus der Tasche ihrer Trainingsjacke. »Hat er schon etwas gesagt?«

»Im Auto kein Wort«, antwortete Fredrik, der auf der anderen Seite des Zimmers auf einem Stuhl saß.

»Und er will keinen Anwalt?«

»Das hat er gesagt«, beantwortete Munch die Frage.

»Seltsam. Er sieht jedenfalls total schuldig aus.«

Katja biss in ihren Apfel und hielt ihr Gesicht näher an den Einwegspiegel.

»Der ist ja leichenblass. Seht mal, er zittert. Schuldig, wenn du mich fragst.«

»Das kann schon sein. Aber welchen Vergehens?«

Munch zuckte mit den Schultern, zog die Jacke aus und ging allein in den Vernehmungsraum. Der Mann fuhr zusammen und sprang auf.

»Bleiben Sie nur sitzen, Gunnar«, sagte Munch und nickte ihm zu. »Möchten Sie etwas trinken? Einen Kaffee? Oder ein Glas Wasser?«

»Nein, danke«, murmelte der andere zitternd. »Oder doch, vielleicht etwas Wasser. Mein Mund ist wie ausgedörrt.«

»Wasser bitte«, sagte Munch und winkte in Richtung des Einwegspiegels. Dann ließ er sich Gunnar Pedersen gegenüber auf den Stuhl sinken und drückte auf einen in die Tischplatte eingelassenen Knopf.

»Es ist der 24. April 2001. Uhrzeit 15.20. Wir vernehmen Gunnar Egil Pedersen. Anwesend im Raum sind Herr Pedersen und Chefermittler Holger Munch. Gunnar Egil Pedersen hat auf einen Anwalt verzichtet.«

Munch schaute den Mann auf der anderen Seite des Tisches an.

»Können Sie das laut sagen, Gunnar?«

»Was?«

Er war für einen Moment weit weg gewesen, schien nicht zu begreifen, wo er war.

»Ins Mikrofon? Sie wollen keinen Anwalt, stimmt das?«

»Was? Äh, nein, danke. Ich brauche keinen Anwalt.«

»Okay«, sagte Munch und öffnete den Ordner, den er mitgebracht hatte. »Gunnar Egil Pedersen, geboren am 12. Januar 1961. Stimmt das?«

»Was? Äh, ja.«

»Wohnhaft im Timoteivei 13? Verheiratet mit Susanne Hval Pedersen? Ein erwachsener Sohn, Magnus, der nicht mehr zu Hause wohnt. Und eine Tochter? Nora, fünf Jahre alt?«

Gunnar Pedersen fuhr sich mit der Hand über die gerunzelte Stirn und nickte.

»Gut. Dann haben wir den Richtigen. Fangen wir jetzt mit etwas Einfachem an. Wissen Sie, warum Sie hier sind?«

Die Tür wurde geöffnet. Katja stellte eine Flasche Wasser auf den Tisch und verschwand leise wieder.

Auch Pedersen war jetzt vollkommen still. Er sah noch immer aus, als ob er versuchte, in seinem Kopf Puzzlestücke zusammenzusetzen. Ob das hier wirklich passierte, oder ob er noch immer zu Hause in seinem Bett lag.

»Nein …?«, sagte er endlich und schaute kurz zu Munch hoch.

»Nein? Das klang aber nicht ganz überzeugend, Gunnar. Machen wir noch einen Versuch? Wissen Sie, warum Sie hier sind?«

Der schmächtige Mann biss sich auf die Lippen und schaute zu einem Fenster hinüber, das gar nicht vorhanden war.

»Ich … ich glaube nicht.«

»Sie müssen sich schon entscheiden, Gunnar. Wissen Sie nicht, warum Sie hier sind? Oder glauben Sie, dass Sie das nicht wissen? Wollen Sie mir erzählen, dass Sie keine Ahnung haben? Dass Sie denken, dass wir Sie ganz zufällig hergeholt haben?«

»Nein, vielleicht nicht ganz zufällig«, antwortete Pedersen leise und schaute wieder die Tischplatte an.

»Warum sparen wir uns nicht ein bisschen Zeit, Gunnar? Wir allesamt. Macht doch keinen Spaß, hier zu sitzen, oder? Warum geben Sie nicht gleich alles zu, dann können wir Feierabend machen, wäre das nicht schön?«

»Darf ich dann nach Hause?«, fragte Pedersen vorsichtig.

»Tja«, sagte Munch und nickte zu der Wasserflasche hinüber.

Der Mann war dermaßen benebelt, dass er offenbar gar nicht bemerkt hatte, dass Munchs Kollegin die Flasche gebracht hatte.

»Kommt doch ein bisschen darauf an, was Sie uns erzählen, oder nicht?«

Pedersen drehte den Verschluss ab, aber seine Hände zitterten dermaßen, dass es ihm schwerfiel, die Flasche richtig an den Mund zu halten.

»Das war doch nicht …«, begann er und lugte vorsichtig wieder zu Munch hoch.

»Was war nicht …?«

»Na ja, das war nicht meine Absicht. Dass es so kommen sollte.«

Der Blick wanderte jetzt zum Boden zwischen seinen Beinen.

»Sie wollten nur ein bisschen spielen?«

»Äh, ja … oder nein, vielleicht nicht spielen, aber ich dachte, es wäre vielleicht nicht so ernst. Anfangs nicht, wenn Sie verstehen?«

Er schaute wieder vorsichtig zu Munch hoch.

»Nein, ich verstehe nichts, Gunnar, aber das bedeutet zumindest, dass Sie wissen, warum Sie hier sind, können wir uns darauf einigen?«

Pedersen drehte sorgfältig den Verschluss wieder auf die Flasche, stellte sie neben seine Füße auf den Boden und nickte langsam.

»Ja? Sie wissen also, warum Sie hier sind?«

»Ja. Ich weiß, warum.«

Es klang, als ob sich ein Stein gelockert hätte, der irgendwo in seinem Bauch festgesessen hatte. Eine Art seltsame Erleichterung überkam den schmächtigen Körper. Er atmete heftig aus und bedachte Munch mit etwas, das fast ein kleines Lächeln war.

»Aber ich hatte doch nicht gedacht … na ja, Sie wissen schon. Dass es so kommen würde.«

Wieder spiegelte sich Ernst in dem weißen Gesicht, als er sich räusperte und Munch abermals ansah.

»Sie wollten nur ein bisschen spielen, war das so?«

»Ja. Oder nein, vielleicht nicht spielen, das ist wohl nicht das richtige Wort. Aber ja. Ich war sauer. Wütend. Das war ich. Ich wollte mich rächen. Ich hatte doch gesagt, dass ich alles zurückbezahlen würde, nicht wahr? Aber nein, das wollten sie nicht hören. Und so viel Geld war das doch gar nicht, oder? Nur fünfzigtausend? Für den Betrag feuern Sie doch niemanden, oder? Für nur fünfzigtausend? Zehn Jahre hab ich jetzt da gearbeitet. Meinen Sie, ich hätte das so gewollt? Die Buchführung für eine Wäscherei erledigen? Nein, verdammt, ich habe mich da selbst ausgebeutet. Rund um die Uhr geschuftet ...«

Munch fiel ihm ins Wort.

»Wovon reden Sie? Fünfzigtausend?«

Pedersen schaute verwundert zu ihm hoch.

»Äh, ja. Das Geld? Das ich genommen habe? Bin ich nicht deshalb hier?«

»Nein, Gunnar.«

Munch zog ein Foto aus dem Ordner und schob es über den Tisch. »Deshalb sind Sie hier.«

Pedersen betrachtete das Bild mit großen Augen.

»Was?«

Die Fundstätte. Die Jungen, die mit dem Fuchs zwischen sich auf dem Feld lagen.

»Haben Sie den Verstand verloren? Sie glauben doch wohl nicht, dass ich ...?«

»Sie wollten nur ein bisschen spielen, Gunnar? Zuerst? Mit den Jungen? War das so? Drinnen im Brunnenhaus? Ein bisschen Spaß haben, hatten Sie das vor? Die Kinder betrunken machen? Sich amüsieren?«

»Nein, nein ... das ...«

Pedersen riss jetzt die Augen auf und schüttelte fieberhaft den Kopf.

»Aber dann ging es zu weit, ja? Sind sie dort drinnen gestorben, Gunnar? Oder erst später? Lebten die Kinder noch, als Sie sie zum Feld gebracht haben?«

Pedersens Gesicht war jetzt leuchtend rot, er rang sichtlich um Beherrschung.

»Nein, nein, nein …«

Er rutschte rückwärts und hob die Hände.

»Nehmen Sie das da weg. Nehmen Sie das weg!«

»Sie waren das also nicht?«, fragte Munch ruhig und legte ein weiteres Foto neben das erste.

»Oh, verdammt.«

Pedersen wandte sich ab.

»Nein?«, fragte Munch und legte ein drittes Bild auf den Tisch. »Sie haben Ruben also nicht umgebracht?«

Ein Finger wies auf den nackten Jungenleib.

»Oder Tommy?«

Der andere zitterte wieder, konnte fast nicht die Hände vors Gesicht schlagen.

»Ich will das doch«, sagte er leise.

»Was wollen Sie doch, Gunnar?«

»Einen Anwalt«, murmelte Gunnar mit bebender Stimme. »Ich will einen Anwalt.«

• 32 •

Mia Krüger saß im Mother India in Pilestredet unter einer bronzefarbenen Büste des Gottes Shiva und merkte, dass sie angespannt war, denn sie konnte ihn nicht so recht durchschauen, diesen schwedischen Psychologen. Bisher hatte nur sie geredet. Fast zwei Stunden hatte sie in ihrem Büro vor den Fotos gestanden, mit einem Gefühl, sich aufs Langweiligste zu wiederholen, und in dieser ganzen Zeit hatte Patrick Olsson kein Wort gesagt. Sein grauer Mantel hing neben ihm über dem Stuhl. Er trug eine Lesebrille unter einer gerunzelten Stirn. Bisweilen sah sie die Andeutung eines

Nickens. Er hatte ein Notizbuch auf den Knien, das er ab und zu aufschlug, um etwas hineinzuschreiben, aber er gab keinen Kommentar ab. Am Ende hatte sie es nicht mehr ausgehalten, hatte die Hände vor der Brust verschränkt und ganz offen gefragt:

»Was denken Sie? Bin ich da auf einer Spur, oder was?«

Der Schwede hatte nur kurz gelächelt, hatte die Brille vorsichtig ins Etui zurückgelegt und gemurmelt: »Ich glaube, wir brauchen etwas zu essen. Du kennst nicht zufällig einen guten Inder hier in der Nähe?«

Normalerweise hätte sie sich geärgert. Hier zu stehen, ein bisschen nervös, ganz frisch im Job, und ihre Gedanken teilen zu müssen mit einem, der schon viel länger in der Branche tätig war: *Jetzt mach schon, Mann, sag doch was! Komme ich hier weiter? Habe ich begriffen, wer dieser Mensch ist? Oder liege ich meilenweit daneben?* Aber etwas an ihm verhinderte eine solche Reaktion. Er war so ruhig, so freundlich, so vertrauenerweckend. Seine Zurückhaltung war gewissermaßen das Natürlichste auf der Welt. Und vielleicht auch das Wichtigste, denn sie hatte in keinem Augenblick das Gefühl gehabt, dass er sie nicht als seinesgleichen betrachtete. Obwohl sie erst seit zwei Tagen an diesem Fall arbeitete. Obwohl alles, was sie eigentlich wusste, aus Bibliotheksbüchern stammte, vielen zwar, aber natürlich war das hier etwas ganz anderes als ein paar Bilder in einem amerikanischen Nachschlagewerk. *Ohio, April 4th, 1987. Notice that the two prostitutes, just like on the previous crime scene, are placed facing each other, with the fingernails removed, and the hands on each other's hips.* So war es nicht. Jetzt war es Wirklichkeit. Aber falls er während ihres Vortrags gedacht hatte, dass sie für diese

Aufgabe nicht geeignet sei, so hatte er es mit keinem Wort erwähnt.

»Hähnchencurry mit Koriander klingt doch gut«, sagte der Schwede hinter der Speisekarte. »Hast du schon mal hier gegessen?«

»Einmal«, sagte Mia und nickte.

»Was hast du da genommen?«

»Lamm Korma. Nummer 53.«

»Und das war gut?«

Sie fühlte sich ruhelos, bald konnte sie nicht mehr warten.

»Unbedingt. Aber ich habe gehört, dass alles gut ist.«

»Ein Chicken Tikka Masala kann niemals falsch sein«, sagte der Schwede hinter seiner Lesebrille und schaute abermals die Speisekarte an.

Und dann war dieses Gefühl wieder da, das sie so lange nicht mehr gehabt hatte.

Beim Psychologen zu sein.

Sieben Jahre war sie alt gewesen, und viel hatte sie damals nicht begriffen. Ein früher Sonntagmorgen, ausnahmsweise waren beide Eltern wach, auch Mama, die doch gern lange schlief.

Wir müssen etwas mit dir besprechen, Mia.

Ein Ernst, den sie bei ihren Eltern noch nicht erlebt hatte, und sofort wirbelten ihre Gedanken wild durcheinander. Hatte sie etwas angestellt? Was konnte das sein? Die dreißig Kronenstücke, die in dem Krug bei der Haustür gelegen hatten? Das war Sigrids Idee gewesen, aber Mia hatte ja mitgemacht, und deshalb verspürte sie einen Stich im Magen. Süßigkeiten unten am Kiosk, die sie an ihrer geheimen Stelle oben auf dem Dachboden versteckt hatten. Oder ging es um den Riss im Kellerfenster? Krocket im Garten, und sie hatte Pech gehabt. Hatte das letzte Tor verfehlt, und der Ball war einfach davongeflogen. Ein Treffer gegen das Fenster, das zum Glück nicht zerbrochen war. Nur ein kleiner Riss, hatten sie den entdeckt? Der war doch fast unsichtbar?

Aber dann wurde sie doch nicht ausgeschimpft.

Beide waren so ruhig, mit freundlichem Gesicht, ein Pfannkuchen mit Marmelade vor ihr auf dem Teller.

»Du weißt doch, Mia, manchmal, wenn du ein bisschen … weg bist?«

»Wie meinst du das, Papa?«

»Na ja, wenn du von uns verschwindest.«

»Verschwindest?«

Die Blicke, die die beiden wechselten.

»Papa meint, wenn du starrst. Das ist nicht gut.«

»Wenn ich starre?«

Und dann schmeckte der Pfannkuchen nicht mehr wie sonst, er war nur ein kalter Klumpen in ihrem Magen.

»Du weißt, wovon wir reden, Mia.«

»Aber, das macht ja eigentlich gar nichts, wir dachten nur, es könnte gut sein, mit jemandem darüber zu reden.«

Papas warme Hand auf ihrer, zum Glück.

»Weißt du, was ein Psychologe ist?«

Und dann, im folgenden halben Jahr, saß die kleine Mia alle vierzehn Tage in dem großen Ledersessel, der seltsam roch, vor diesem fremden erwachsenen Menschen, der freundlich sein wollte, aber sie konnte sehen, dass er nur so tat, dass er vor allem neugierig war und immer und immer wieder dieselbe Frage stellte, als ob es ihm egal wäre: »Aber was *siehst* du denn, wenn du so viele Stunden lang diese Dinge anstarrst?«

Ein freundlicher Kellner, und dann hatte sich der Schwede endlich entschieden, und nun war es ja wohl an der Zeit, ihr mitzuteilen, was er dachte. Der Psychologe behielt die Brille auf der Nase, zog sein Notizbuch aus der beigen Umhängetasche und legte es neben seinen Teller.

»Okay«, sagte er und lächelte kurz. »Zuerst muss ich einfach sagen dürfen: Wow!« Er ließ sich im Sessel zurücksinken, hob ein wenig die Hände und sagte es noch einmal: »Wow. Ich bin, gelinde gesagt, gewaltig beeindruckt. Nein, das reicht auch nicht …«

Er lächelte und zeigte seine weißen Zähne.

»Geschockt. Kann ich das sagen? Ich arbeite an diesen Themen seit fast – ja, wie lange ist das her?«

Er wurde vom Kellner unterbrochen, der einen Krug Wasser brachte.

»Fünfzehn Jahre. Und du machst das seit … wie lange?«

Mia wurde es heiß unter ihrem Pullover, sie war fast verlegen.

»Ich habe viel gelesen«, sagte sie lächelnd. »Eine Weile habe ich sozusagen in der Bibliothek gewohnt.«

»Das schon, aber da ist noch was anderes. Dieser Blick?«

Er tippte sich mit dem Finger neben das Auge.

»Nein, ich weiß nicht so recht«, sagte Mia, noch immer lächelnd, und versteckte sich einen Schluck lang hinter ihrem Wasserglas.

»Ich bin schon ein Fan«, sagte der schwedische Kollege und lachte. »Und du bist wie alt, hast du gesagt?«

»Bald zweiundzwanzig«, sagte Mia und nickte.

»Meine Güte. Noch einmal, einfach unglaublich, ich bin echt gewaltig beeindruckt und freue mich schon darauf, dich wieder in Action zu sehen.«

Wieder lachte er, und nun kam der Kellner und brachte ihm ein Glas Wein.

»Du bist sicher, dass du keinen willst?«

»Wein?«

»Ja?«

Mia schüttelte den Kopf.

»Ich trinke keinen Alkohol.«

»Ach nein?«

»Nicht oft jedenfalls. Ich habe nichts, was betäubt werden müsste. Die Welt gefällt mir so, wie sie ist.«

Das Letzte hörte sich total falsch an. Sie sah, dass er die Stirn runzelte und seine Miene sich veränderte, als hätte sie ihn an etwas erinnert.

»Aber noch einmal, das sind mein Körper und mein Kopf. Die meisten, die ich kenne, trinken Alkohol, die ganze Welt trinkt Alkohol, tun das nicht alle? Und dann bin ich ja wohl die Unnormale.«

Er war wieder da, deutete abermals ein Lächeln an, sah aber ein wenig verlegen aus, als er den Wein kostete.

Großer Gott, Mia.

Reiß dich zusammen.

Musst du immer sagen, was du denkst?

Sie wandte sich ab, plötzlich ebenfalls ein wenig verlegen, und gab vor, die Büste hinter sich zu betrachten. Shiva. Verheiratet mit Parvati. Der Gott der Gegensätze, Mann und Frau zugleich, asketisch und tierisch, Schöpfer und Zerstörer. Sie sah plötzlich Sigrid vor sich, im Klassenzimmer, genau vor ihr. In Religion. Der Lehrer seufzte, weil sie schon wieder eine Frage hatte. Schöpfer und Zerstörer. Mia räusperte sich und lugte aus dem Augenwinkel zu dem Kollegen aus Schweden hinüber und hoffte, ihre Beziehung nicht bereits ruiniert zu haben. Sie würden schließlich zusammenarbeiten müssen, eng zusammen, vielleicht lange, bis das hier vorüber wäre, aber der Psychologe trug es offenbar mit Fassung. Sein Notizbuch lag jetzt aufgeschlagen da, er hielt das Weinglas in der anderen Hand.

»Möchtest du meine konkreten Rückmeldungen?«

Er schaute sie fast ein wenig neckend über den Rand des Glases an, während der Geruch von frisch gebratenem Lamm mit rotem Curry zu ihnen herüberwehte.

»Gern.«

Der Tisch zwischen ihnen lief jetzt fast über, zischende Düfte aus einer anderen Welt.

»Wollen wir zuerst essen?«

»Nein, müssen wir?«

»Du willst es sofort hören?«

»Unbedingt. Ich kann mich wirklich nicht mehr lange zurückhalten.«

Er lachte kurz.

»Bist du immer so ehrlich?«

»Ja, leider.«

»Erfrischend. Ich glaube, das wird eine gute Zusammenarbeit. Ich freue mich schon auf die Fortsetzung.«

Der Psychologe lächelte, hob das Glas und schob das Notizbuch vorsichtig über die weiße Tischdecke auf sie zu.

»Siehst du das hier?«

»Ja?«

»Ich glaube, da hast du hundert Prozent recht.«

• 33 •

Fredrik hatte so lange vor dem Einwegspiegel des Vernehmungsraums gesessen, dass er sich schon steif fühlte, aber das, was sich dort abspielte, hatte ihn dermaßen fasziniert, dass er seinen Stuhl einfach nicht hatte verlassen können. Die Vernehmung hatte mit Spannung begonnen, denn anfangs war er sicher gewesen, dass sie den Richtigen erwischt hatten. Gunnar Pedersen war ein zitterndes Stück Espenlaub gewesen, leichenblass und in sich zusammengesunken, bereit, seine Sünden zu bekennen. Aber als dann der Anwalt dazugekommen war und der Vierzigjährige es geschafft hatte, in vollständigen Sätzen zu sprechen, hatte Fredrik begriffen, dass es nicht so einfach war, wie er geglaubt hatte. Schuldig, ja. Aber nicht des Mordes. Das war immer deutlicher geworden. Er hatte es auch Munch angemerkt, der bei Vernehmungen ungeheuer professionell war. Je mehr Pedersen erklärte, umso sanfter wurde der Tonfall des Vernehmungsleiters. Jetzt befanden sie sich in der Abschlussphase, und Fredrik hatte gerade beschlossen, sich ein wenig die Beine zu vertreten und einen Kaffee zu holen, als Anette Goli mit zwei Pappbechern das Zimmer betrat, davon einer glücklicherweise für ihn.

»Wie läuft's?«, fragte die Polizeijuristin, ließ sich neben ihn auf einen Stuhl sinken und starrte neugierig durch den Einwegspiegel in den Vernehmungsraum.

Es war fast seltsam, sie so zu sehen. Sitzend. Anette Goli war Munchs erste Wahl bei der Besetzung der neuen Einheit gewesen, und das konnte Fredrik gut verstehen. Unten in Grønland, wo sie eigentlich nur Polizeijuristin gewesen war, hatte sie den Spitznamen *Duracell-Kaninchen* gehabt, und in der Praxis hatte es keine Aufgabe gegeben, die sie nicht erledigte. Er hatte sie in den Jahren, in denen sie nun schon zusammenarbeiteten, kaum je sitzen gesehen, immer in Fahrt, meistens mit einem Handy an jedem Ohr. Alle wussten, dass Munch ein schlechtes Verhältnis zu den Vorgesetzten da unten hatte, den alten wie den neuen, deshalb übernahm Anette Goli auch diese Aufgabe, hielt den Kontakt, sorgte dafür, dass die Zusammenarbeit ordnungsgemäß funktionierte. Nein, sie beeindruckte ihn ganz einfach.

»Ist das unser Mann?«, fragte sie leise und schob ihm den einen Becher zu.

»Nein, leider nicht.«

»Seid ihr sicher?«

Die leichte Enttäuschung in der Stimme, dasselbe Gefühl, das er selbst vor einigen Stunden gehabt hatte.

»Ja, leider. Das glaube ich jedenfalls. Und es sieht aus, als ob Munch das auch so sieht. Wir werden ihn vermutlich über Nacht hierbehalten, auch wenn der Anwalt versucht, ihn jetzt schon zu seiner Familie zurückkehren zu lassen.«

Anette Goli runzelte die Stirn und trank einen Schluck Kaffee.

»Und was erzählt er so?«

Fredrik schüttelte leicht resigniert den Kopf.

»Na ja, es ist eigentlich nur traurig.«

»Fass mal zusammen«, sagte sie und schaute das eine Handy an, das sie vor sich hingelegt hatte. »Kurz. Ich muss gleich wieder loshetzen.«

»Okay. Gunnar Pedersen. Buchhalter bei der Fredrik Riis AS.«

Jetzt lächelte Anette Goli.

»Ja, nicht wahr? Komischer Zufall. Vielleicht sollte ich mich da bewerben.«

»Ich bin froh, dass du bei uns bist«, versicherte sie und beantwortete rasch eine SMS.

»Wie auch immer, weshalb er das alles gemacht hat, weiß ich nicht. Ob er sich in seiner Ehe gelangweilt hat oder im Leben allgemein. Jedenfalls hat er in den letzten Jahren eine ungewöhnlich heftige Spielsucht entwickelt.«

»Und?«

»Das wurde nicht ganz klar, es ist irgendwas mit den Spielautomaten, die überall rumstehen. Du weißt schon, du wirfst ein paar Kronen ein, und dann blinkt es, und dann musst du versuchen, drei Zitronen nebeneinanderzukriegen, oder so.«

Anette Goli ignorierte eine neue Mitteilung.

»Er ist also spielautomatensüchtig? Ein erwachsener Mann?«

Fredrik zuckte mit den Schultern.

»Das kommt offenbar häufiger vor, als wir glauben. Das entsteht aus einer allgemein traurigen Grundstimmung heraus, vermute ich. Und es verspricht ein kurzfristiges Glück. Einen kurzen Dopaminrausch. Ich weiß auch nicht.«

»Traurig.«

»Ja, oder? Und dann gab es wohl noch andere Dinge, Aktien, bei denen er einiges verloren hat, eine Pokerrunde, bei der er glaubt, betrogen worden zu sein ...«

»Also ganz einfach Geldschwierigkeiten?«

»Ja. Und dann hat er in einem Augenblick der Verzweiflung in die Kasse gegriffen, nicht so viel, glaube ich, fünfzigtausend, aber er wurde erwischt und gefeuert, und da scheint alles für ihn zusammengebrochen zu sein.«

»Aber war er das in dem Transporter? Der Ruben angefahren hat?«

Fredrik nickte und trank einen Schluck Kaffee.

»In angetrunkenem Zustand. Ob das stimmt, weiß ich nicht, aber angeblich hatte er damit vorher keine Probleme und jetzt jede Menge. Er kann sich an nicht besonders viel erinnern, er ist offenbar ziemlich verwirrt. Aber er gibt zu, den Wagen aus der Wäscherei gestohlen zu haben, scheinbar als eine Art Rache, das ist etwas uneindeutig, aber er gibt zu, an dem Tag im Suff gefahren zu sein. Er ist auf das Auto aufgefahren, in dem Ruben saß, erwachte am nächsten Tag mit gebrochener Nase und Blut an der Kleidung, deshalb nimmt er an, dass er es war.«

»Okay.« Anette Goli nickte und schaute wieder ihr Handy an, während der Anwalt und ein kleinlauter Pedersen sich im Vernehmungsraum von ihren Stühlen erhoben.

»Na, dann ist das wenigstens geklärt«, sagte sie. »Noch ein Punkt, den wir von der Liste streichen können.«

»Haben wir die DNA-Ergebnisse? Von den Kippen?«

Anette Goli schüttelte den Kopf.

»Morgen irgendwann, heißt es. Sorry, den Anruf muss ich annehmen. – Ja, Goli?«

Die Polizeijuristin nickte ihm kurz zu, deutete ein Lächeln an und stürzte wieder davon.

• 34 •

Munch hielt bei der Garage vor dem weißen Haus, schaltete den Motor aus und blieb einen Moment hinter dem Lenkrad sitzen. Haus. Garten. Eine fantastische Frau. Eine wunderbare, vierzehn Jahre alte Tochter. An solchen Tagen fragte er sich wirklich, warum er das tat, was er tat. Statt hier zu Hause zu sein, eine Sinfonie aufzulegen, die Fenster zum Garten hinter dem Haus zu öffnen und die Rosen zu gießen? Im Herbst wurde er zweiundvierzig, aber er kam sich viel älter vor. Und dieser Tag hatte es nicht besser gemacht. Menschliches Elend. Ein armer Kerl, der nur nach etwas Sinn im Leben gesucht hatte, der zwei Fehltritte begangen und seinen Job verloren hatte und fast als Mörder geendet wäre. Pures Glück. Munch schüttelte resigniert den Kopf, stieg aus dem Auto, steckte sich eine Zigarette an, blieb stehen und schaute zum Himmel hoch. April in Oslo. Eine milde, behagliche Dämmerungsdecke über der Stadt. War es ein Fehler gewesen? Ja zu sagen zu seiner eigenen Einheit, seinem eigenen Ehrgeiz? Er konnte sie jetzt im Haus sehen, ging auf dem Kiesweg einige Schritte näher an das Fenster heran. Auf dem Sofa, die Beine hochgezogen. Das Licht der Lampe auf einem Buch, das ihr fast aus den Händen gefallen war. Sie war eingeschlafen. Müde. Kein Wunder, natürlich nicht. Sie hatte eine volle Stelle in einer Auffangklasse. Asyl suchende Kinder auf der Flucht vor dem Elend der Welt. Und jetzt sollte sie ihnen alles über Norwegen beibringen, ihnen helfen, ihren Platz in einem neuen Land zu finden, in einer ganz anderen Welt. Dafür liebte er sie. Weil sie so war. Weil sie anderen half. Ohne eine Gegenleistung zu erwarten.

Munch ging zur Hecke, warf die Kippe auf die Straße und steckte sich eine neue Zigarette an, als sein Handy klingelte.

»Hallo, Mia.«

»Hallo, Holger, störe ich?«

»Nein, nein, natürlich nicht. Arbeitest du noch?«

»Was?«

»Bist du noch im Büro?«

»Äh, ja.«

»Du weißt, dass das nicht nötig ist. Du musst dir zwischendurch auch mal freinehmen. Das hier kann dauern. Ich brauche dich in ausgeruhtem Zustand, weißt du.«

»Sicher, ich muss nur etwas abschließen, mit dem Patrick und ich angefangen haben.«

Patrick Olsson. Der schwedische Profiler. Den hätte er natürlich selbst begrüßen müssen, aber das war nicht möglich gewesen. Die Besprechung am nächsten Morgen war auf jeden Fall eine gute Gelegenheit, ihn allen vorzustellen. Trotzdem war es gut zu hören, dass Mia sich mit dem Mann schon näher ausgetauscht hatte.

»Wie lief es?«

»Wie bitte?«

Munch konnte sich ein Lächeln nicht verkneifen. Die junge Frau war erst seit wenigen Tagen im Team, aber er hatte schon das Gefühl, sie ein bisschen zu kennen. Ewig abwesend. Sie hatte ihn angerufen, aber das schien sie bereits vergessen zu haben. Er konnte sie fast vor sich sehen. Die schwarzen Haare. Die blauen Augen, die die Fotos an der Wand anstarrten, als ob sie erwartete, dass die jeden Moment zum Leben erwachen könnten, und als ob sie das um keinen Preis versäumen wollte.

»Mia, bist du noch da?«

»Was? Ja, ich musste nur …«

»Das mit Olsson ist also gut gegangen? Hat er sich in der Wohnung schon eingerichtet?«

»Nein.«

»Nein?«

»Die war wohl noch nicht fertig, also ist er in ein Hotel gegangen.«

»Ach ja? Ich werde sehen, was ich tun kann.«

Munch machte sich eine gedankliche Notiz und lagerte sie in seinem ohnehin schon überfüllten Kopf. *Anette wegen Olssons Wohnung fragen. Die heutigen Notizen von Anja und Ludvig lesen. Katja und Fredrik für die Beerdigung morgen instruieren. Fotos/Kamera im Auto. Katja soll etwas anderes anziehen als den blauen Trainingsanzug. Anette um einen Bericht über Rubens Vater bitten. Gerüchte/ist an denen was dran/sollen wir ihn zur Vernehmung holen?*

»Und ja«, sagte Mia.

»Was, ja?«

»Es läuft gut. Mit Patrick. Wir waren erst einige Stunden hier. Ich bin mit ihm das durchgegangen, was wir uns bisher überlegt haben, dann waren wir essen, und dann wollte er in sein Hotel, und ich bin jetzt hier. Es gibt da etwas, das nicht so ganz stimmen kann.«

Dann verschwand sie wieder, kam aber zurück.

»Was denn?«

»Das weiß ich eben nicht so genau. Patrick hat etwas darüber gesagt, dass wir nicht alle relevanten Bilder aus Schweden haben. Ich habe versucht, Ludvig zu fragen, konnte ihn aber nicht erreichen. Weißt du etwas darüber?«

»Über Ludvig?«

»Nein, über Bilder aus Schweden, die fehlen?«

Neue Gedankennotiz, auf den Stapel zu den anderen.

»Ich werde das überprüfen. Hat er gesagt, welche Bilder?«

»Nein …«

Wieder verschwand sie. Er konnte hören, dass sie etwas verschob.

»Mia?«

Um ihn herum war es jetzt dunkler. Die Dämmerung war zu Ende, die Straßenlaternen wurden eingeschaltet. Er schaute neidisch in den Garten der Nachbarn. Ein Fernseher leuchtete blau, und er konnte die Menschen dort sehen. Zusammen auf dem Sofa.

»Aber er hatte welche bei sich.«

»Was?«

»Patrick. Er hat allerlei Material über den Fall mitgebracht, und ich wollte wissen, ob wir das einfach verwenden sollen. Meinst du nicht, das wäre das Beste? Statt dass Ludvig und Anja tagelang in dem suchen, was uns zugeschickt worden ist?«

»Natürlich. Gute Idee«, sagte Munch und zündete sich an der Kippe eine neue Zigarette an.

»Und ja, eigentlich rufe ich aus zwei Gründen an, aber ich muss vorher kurz nachdenken, okay?«

»Worüber musst du nachdenken?«

»Ob ich dich nach beidem fragen soll oder nur nach einem.«

Munch lächelte. Ihre Ehrlichkeit war gelinde gesagt erfrischend. Er machte sich eine weitere Gedankennotiz, sich bei Yttre dafür zu bedanken, dass er sie hergeschickt hatte.

»Okay. Frag nach dem einen, während du überlegst; es wird ja langsam spät.«

»Ich habe eine neue Wohnung.«

»Meine Güte, gratuliere. War das eine Frage?«

Wieder war sie für einen Moment verschwunden, aber sehr bald wieder da.

»Es ist so eng hier, nicht genug Platz für alles. Und da dachte ich, da oben in der neuen Wohnung, da habe ich riesige Wände. Wie große weiße Leinwände. Vielleicht wäre das gut für mich. Da oben noch einmal neu anzufangen. Alles mit frischem Blick zu sehen, wenn du verstehst? Und dann könnte Patrick vielleicht die anderen Wände übernehmen, für seine Sachen. Und dann könnten wir vergleichen. Wäre das so machbar, was meinst du?«

Sie war niedlich, und er erinnerte sich daran, was er absolut nicht vergessen durfte: Egal, wie gescheit, begabt und scheinbar stark diese Frau war, sie war noch immer ein verletzliches junges Mädchen.

»Du, Mia?«

»Ja?«

»Du bist nicht mehr in der Schule.«

»Was bedeutet das?«

»Das bedeutet, dass du mehr oder weniger machen kannst, was du willst. Schön, wenn du mich auf dem Laufenden darüber hältst, wo du bist und was du tust, aber ansonsten entscheidest du selbst, okay? Wenn du alles mit in deine neue Wohnung nehmen willst? Natürlich. Ich finde, das klingt wie eine hervorragende Idee. Kombinier das gern mit dem, was der Schwede hat. Total perfekt. Ich finde, ich habe doppelt Glück, da ich euch beide habe. Aber lass dein Handy eingeschaltet, okay?«

»Na gut«, sagte Mia zerstreut.

»Hast du das gehört?«

»Was?«

»Ich muss dich erreichen können, das ist das Einzige.«

»Natürlich. Du?«

»Ja?«

»Wie geht es der Mutter von Tommy Sivertsen?«

»Unsere Frau aus dem Außenministerium war heute im Krankenhaus, durfte aber nicht mit ihr sprechen.«

»Schade, wissen wir, wann das möglich sein wird?«

»Anette ist mit ihnen in Kontakt. Wieso?«

»Na ja, ich weiß nicht so recht.«

»Sag einfach, was du denkst.«

»Der Junge hat seltsame Stellen gleich über den Knöcheln. Ich habe das zuerst nicht gesehen. Es fällt nicht auf, wenn er auf dem Rücken liegt, aber jetzt kenne ich die Bilder von der Obduktion, und da … ja, ich weiß nicht.«

»Was sind das für Stellen?«

»Na ja, nur solche … Punkte …«

»Wird das im Obduktionsbericht erwähnt?«

»Den habe ich nicht gelesen.«

Wieder verschwand sie für einen Moment.

»Sieh mal nach, ob da etwas steht. Dann kann ich es mir morgen ansehen, wenn ich ins Büro komme, ja?«

»Ja. Haben wir morgen früh Besprechung?«

»Ja, um neun.«

»Ich versuche zu kommen, wenn nicht, hinterlege ich Kopien der Bilder in deinem Büro, geht das?«

»Schön, Mia.«

Er wartete noch einen Moment auf die zweite Frage.

»Sonst noch was?«

Stille am anderen Ende der Leitung.

»Das andere? Wonach du mich vielleicht fragen wolltest?«

Wieder Stille, dann meldete sie sich leise wieder zu Wort.

»Vielleicht ein andermal. Nicht heute Abend.«

»Okay, Mia. Gute Arbeit. Gute Nacht.«

»Gute Nacht, Holger.«

Munch ließ das Handy in die Tasche seines Dufflecoats gleiten und ging, so leise er konnte, ins Haus, um Marianne nicht zu wecken.

• 35 •

Die Kirchenglocken waren schon längst verstummt, aber der Klang steckte ihm noch immer in der Seele, so kam es Fredrik vor, als er die Kameras überprüfte, die er auf der Innenseite der Autofenster angebracht hatte. Eine am Armaturenbrett war auf die Kirche gerichtet, sie wollten beide Straßenseiten im Auge haben. Es war etwas aus seiner Kindheit, das mit den Kirchenglocken, und obwohl das meiste natürlich nachgelassen hatte, machte es ihm noch immer eine leichte Gänsehaut, sie zu hören, er konnte dann fast ihre Stimme vernehmen. Die der Großmutter. Das Gefühl von Ohnmacht und Verrat. Weil die Eltern nicht auf sie hörten, auf ihn und seine kleine Schwester, jeden Sommer dort oben in Telemark, wenn Mutter und Vater ans Mittelmeer wollten und die Kinder in der christlichen Folterkammer deponierten, wie sie das schließlich nannten. Jahraus, jahrein. Dasselbe Verfahren. Die Autofahrt vorbei an Ulefoss, zu dem, was eigentlich ein Sinnbild des norwegischen Wohlstands sein sollte. Ein großer prachtvoller Hof mit Blick auf den See Nomevatn, der mitten in den schönen Telemarkskanal eingebettet lag. Gelbe Felder und grasende Kühe. Hühner im Stall und Ziegen auf dem Dach des Vorratshauses. Wie ein Märchen von Asbjørnsen und Moe, verewigt von den norwegischen Malern Tidemand und Gude. Und wenn nur der Großvater dort gewesen wäre, oder einer der beiden Großonkel, die im ganzjährig bewohnten Ferienhaus wohnten, hätte alles wunderbar sein können. Aber nein, auf dem Nedre Riis-Hof gab es nur eine Herrscherin, die Großmutter. Die Großmutter hatte nicht nur eines Abends im Wald Jesus gesehen. Nein, bei dieser Offenbarung war der Großmutter kundgetan worden, dass die Welt ein Pfuhl der Sünde und Schande war und dass es ihre persönliche Aufgabe sei, sie in das Reich Gottes zu verwandeln. Es waren jedes Mal drei Wochen Hölle, um es vorsichtig auszudrücken. Das war jetzt zum Glück lange her, aber es steckte ihm immer noch in den Knochen, und ihm wurde immer ein bisschen schlecht, wenn er das Bimmeln dieser grauenvollen Glocken hörte.

»Toller Kerl, dieser Schwede«, sagte Katja mit neckendem Lächeln.

»Ach, findest du?«

»Absolut, total mein Typ. Da kriegt man ja fast Lust, zum Psychologen zu gehen.«

Katja lachte und öffnete das Fenster.

Bei der Besprechung einige Stunden zuvor waren sie alle gespannt gewesen. Noch ein neues Mitglied im Team, das noch dazu in Schweden an dem Fall gearbeitet hatte. Es hätte eigentlich alles Mögliche passieren können, aber sogar Oxen hatte den Mund gehalten und sich beeindrucken lassen.

Ruhig, sympathisch, und ja, er hatte es ja selbst gesehen, dass das Aussehen ebenfalls für den charmanten Profiler sprach.

»Gut, glaube ich«, murmelte Katja.

»Was denn?«

»Dass er gekommen ist. Mit seiner ganzen Erfahrung, meine ich. Sie wirkt ja gescheit, unsere kleine Studentin, aber trotzdem …«

»Wie meinst du das?«

»Na ja, wir haben doch darüber gesprochen. Sie hat gute Ideen, das schon, aber wir können doch nicht die gesamte Ermittlung aufbauen auf ihren … wie soll ich sagen?«

»Einfällen?«

»Nein, so habe ich das nicht gemeint, nur …«

»Munch weiß, was er tut.«

»Sicher, ich sage ja nur, dass ich ihn für eine Bereicherung halte.«

»Weil er ein toller Typ ist?«

»Haha.«

Sie schnitt eine Grimasse und schlug ihm auf die Schulter.

»Nein, ich meine, er ist ein erfahrener Profiler, der weiß, was er tut. Das ist ein gutes Gefühl. Als wären wir in guten Händen.«

Fredrik goss sich aus der Thermoskanne eine Tasse Kaffee ein und schaute zu den Kirchentüren hinüber.

»Wie lange soll das dauern?«, fragte Katja und schaute ihr Handy an.

Darauf warteten sie jetzt, sie beide und die zwei Streifenpolizisten, die vor allem die Presse auf Distanz halten sollten. Ein Familienangehöriger war am Vorabend in den Fernsehnachrichten gewesen und hatte alle, die nichts auf der Beerdigung zu suchen hatten, gebeten, gefälligst wegzubleiben. Er hatte sich höflich ausgedrückt, aber alle hatten es so verstanden. Könnt ihr Presseleute uns verdammt noch mal in Ruhe lassen? Es schien aber nicht gewirkt zu haben. Es waren vielleicht keine Horden, aber doch so viele, dass die Kollegen, die jetzt auf der anderen Straßenseite ruhelos von einem Fuß auf den anderen traten, die Straße für den Durchgangsverkehr gesperrt hatten. Drei Wagen standen schon vor der ausgetretenen Treppe, bereit, die engsten Familienangehörigen fortzubringen. Es hatte fast etwas von Hollywood. Oder von einem Staatsbegräbnis. Die Lørenskog-Kirche. Mit Platz für hundertvierzig Menschen. Aber es waren unvorstellbar viel mehr gekommen. Und es war fast wie eine Art Volkstrauer um einen wichtigen Staatsmann, mit großen Gruppen von weinenden Menschen, die, als endlich die Türen geschlossen wurden, nicht so recht wussten, wohin. Haufenweise Blumen und Bilder und Kerzen. Die Fotografen standen bereit mit ihren Zoomlinsen auf großen Stativen, die auf den Friedhof gerichtet waren, bestimmt in der Hoffnung, in dem Moment, wenn der Sarg hinuntergelassen wurde, die besten Bilder der trauernden Gesichter zu schießen, aber er wusste natürlich mehr als die Presseleute. Aus Sicherheitsgründen. Sie hatten beschlossen, dass die Familie den Sarg nicht aus der Kirche tragen sollte. Das sollte ganz inoffiziell erst einen Tag später geschehen. In der Hoffnung, dass die Familie dort draußen einen privaten Moment haben könnte, um von ihrem Jungen Abschied zu nehmen.

»Ich habe keine Ahnung«, sagte Fredrik und trommelte mit den Fingern auf dem Lenkrad. »Sie haben erst um –

war das um eins? – angefangen. Und bis die Leute aus der Kirche raus sind, das allein dauert doch …«

»Schon, schon, aber die Familie und die engsten Angehörigen werden doch wohl zuerst rausgelassen?«, fragte Katja und tippte auf den Ordner, den Ludvig ihnen mitgegeben hatte.

Eine vollständige Übersicht über alle Familienangehörigen, nahe und entfernte; sie hatten die meisten abgehakt, aber einige waren noch offen.

»Haben wir den gesehen?«

Katja tippte mit dem Finger auf das Bild eines Mannes mit Brille und Schnurrbart.

»Wer ist das? Ist das der Onkel mütterlicherseits?«

»Ja. Loke. Wer zum Teufel nennt sein Kind Loke? Du kennst dich in der nordischen Mythologie sicher besser aus als ich, aber Loke? War das nicht ein Betrüger? Ein Schelm? Das ist ja fast so, als ob man sein Kind Judas nennt, oder?«

»Nordische Mythologie? Wieso in aller Welt weißt du etwas darüber? Lernt ihr das in den Niederlanden in der Schule?«

Sie rutschte ein bisschen auf dem Sitz hin und her, fand es bereits unbequem. Munch hatte sie gebeten, nicht den Trainingsanzug zu tragen, damit sie die Truppe bei der Beisetzung auf angemessene Weise vertreten könnte. Sie sah aus, als ob sie sich etwas von Anette Goli geliehen hätte, und sie fühlte sich überhaupt nicht wohl darin.

Er lachte kurz.

»Was? Nordische Mythologie? Jetzt red schon.«

Katja seufzte.

»Nein, in der Schule haben wir nur sehr wenig darüber gelernt, aber ich hatte mal einen Liebhaber.«

»Und?«

»Ernsthaft? Willst du mich zwingen, das zu sagen?«

»Natürlich. Jetzt bin ich nur noch neugieriger. Wie lange ist das her?«

»Na ja, sechs, sieben Jahre.«

»Oi, das ist ja noch ganz frisch. Also los. Nordische Mythologie?«

Sie rutschte wieder hin und her, und nicht nur, weil der Rock sichtlich unbequem war.

»Sollten wir nicht die Liste durchgehen?«

»Sind wir doch schon. Wir haben alle, oder nicht? Abgesehen von denen, die abgesagt haben. Die Großmutter, die im Krankenhaus liegt. Und eine Tante, die wohnt – wo war das noch?«

»In Neuseeland.«

»Eben. Also, Loke?«

Er lächelte wieder, zog sie gern auf diese Weise auf. Sie hatten schon lange nichts mehr zusammen gemacht, alles war irgendwie ins Stocken geraten, seit damals, als er sie auf dem Sofa missverstanden hatte. Es war keine richtige Krise, aber es war doch nett, diesen Augenblick mit ihr teilen zu können, wie eine Art Gegengewicht zu der Tragödie, die sich in dem weißen Gebäude vor ihnen abspielte.

Katja seufzte.

»Das will ich aber im Büro nicht hören müssen, in Ordnung?«

»Natürlich nicht. Jetzt bin ich erst recht gespannt.«

Sie schüttelte den Kopf.

»Ich war mit einem Typen zusammen, okay? Der hörte Black Metal. Aus Norwegen. *Mayhem. Burzum. Dark-*

throne. Immortal. Und er stand nicht nur auf die Musik, sondern auf das gesamte Umfeld, also auf den Plattenladen Helvete und die nordische Mythologie und diesen ganzen Kram. Tja, und was macht man da? Versucht, eine interessierte Liebste zu sein, nicht wahr? Ich habe meinen Teil an Satanisten gesehen, um das mal so zu sagen.«

Sie blinzelte und biss in einen Apfel, den sie auf die Gangschaltung gelegt hatte.

»Meine Güte. Das hätte ich nicht erwartet.«

»Meine düstere Vergangenheit?«

Sie lachte kurz.

»Also, worüber reden wir jetzt? Ich meine, Nieten, schwarze Haare?«

»Das ganze Drum und Dran.«

»Du bist mit Leichenschminke ins Konzert gegangen?«

»Hier endet die heutige Vernehmung.«

»Echt? Weiß im Gesicht?«

Sie malte sich einen Reißverschluss vor den Mund.

»Jetzt rede schon! Ziehst du dich deshalb an wie Sporty Spice Girl Mel? Um das zu kompensieren?«

Sie schlug ihm so hart auf die Schulter, dass es wehtat, und er wollte gerade noch einen Witz reißen, als die Kirchenglocken plötzlich erneut ertönten, und nun war der Ernst ins Auto zurückgekehrt.

Katja hielt sich den Fotoapparat vor das Auge und sah sich mit der Zoomlinse um.

»Wo bist du … wo bist du?«

Die Kippen oben im Wald. Vor allem deshalb hatte Munch diese Überwachung angeordnet.

Er sieht gern zu.

Betrachtet, was er geschaffen hat.

Was ist besser als die Beerdigung?

»Das gefällt dir doch, oder? Komm zu Katja.«

Das Geräusch der Verschlussblende, die sich hob, damit die Bilder sich festsetzen konnten, wie ein klickendes Maschinengewehr.

Die Kirchentüren öffneten sich, und da waren sie plötzlich. Gesenkte Köpfe. Schwarze Kleider. Eine schluchzende Mutter, die gestützt werden musste, um sich überhaupt vorwärtsbewegen zu können. Jetzt kam Unruhe unter den Presseleuten auf, eine Armada von Kameralinsen richtete sich auf die Trauernden, während die sich unsicher die Treppe hinunterbewegten, auf die wartenden Autos zu, und dann passierte es unerwartet, wie eine Szene in Zeitlupe.

Ein Fotograf hatte die Absperrung durchbrochen. Arme, die vergeblich versuchten, ihn aufzuhalten. Der Schock in den trauernden Gesichtern, als sie plötzlich in seine Kamera starrten, und dann das, worüber noch lange geredet werden würde.

Der Onkel.

Loke.

»Gib mir die Kamera, du Scheißwichser!«

Hände, die dem Fotografen die Kamera entrissen und ihm zugleich einen Schlag ins Gesicht verpassten, und noch einen, und noch einen, und kurz darauf sank er in die Knie, und das Blut strömte ihm übers Hemd, bis er am Ende zusammengekrümmt auf dem Asphalt lag.

»Das gefällt dir, was? Andere zu quälen?«

Der Onkel hob die entwendete Kamera und schlug mit enormer Kraft auf den Kopf des Mannes ein, der bereits am Boden lag. Einmal. Und noch einmal.

»Gefällt dir das auch? Ja?«

Ein Fuß sauste durch die Luft, unterwegs zu dem blutenden Gesicht, und dann war sie da.

Katja.

Mit einem Griff rang sie den Mann zu Boden und nickte Fredrik zu.

Schaff sie weg.

Und nun stand er mitten zwischen ihnen.

Konnte alles aus nächster Nähe sehen.

Die hohlen Augen.

Die Tränen auf den Wangen.

»Kommen Sie. So, ja. Steigen Sie einfach ein.«

Einige Sekunden darauf war es vorbei.

Rote Hecklichter, die sich eilig entfernten.

Katja auf dem Rücken des Onkels, mit einem verärgerten Blick auf die uniformierten Kollegen, die erst jetzt zu Hilfe geeilt waren.

»Was zum Teufel macht ihr hier eigentlich? Schafft den verdammten Einsatzwagen her!«

Fredrik entdeckte erst später, dass er Blut auf den Schuhen hatte, als er leicht erschüttert einige Schritt beiseitetrat, um einen Rettungswagen zu bestellen.

• 36 •

Mia Krüger trat einige Schritt zurück und schaute fast ein wenig stolz die neue Wand an, die sie hergerichtet hatte. Es war nur Chaos gewesen da unten in dem kleinen Büro. Das hier kam ihr viel besser vor. Eine ganz andere Übersicht. Sie lief lächelnd über den alten Holzboden bis in die Küche und mit dem frisch aufgebrühten Kaffee zurück ins Wohnzimmer. Die Wohnung war riesengroß, und es gab mehrere Wohnzimmer, aber sie hatte beschlossen, vorsichtig anzufangen. Erst zwei Zimmer einzuwohnen. An diesem Abend hatte sie drei Touren gemacht, mit der Straßenbahn hoch nach Torshov und hinab zum Nationaltheater, und sie hatte festgestellt, dass sie eigentlich gar nicht viel besaß. Das alte Zimmer war fast schon leer, der Rest konnte dortbleiben, ihr war das egal, irgendwer würde den Kram schon haben wollen. Als sie das letzte Mal durch die Tür gegangen war, hatte sie begriffen: *Großer Gott, was hatte sie diese enge kleine Wohngemeinschaft satt, oh, verdammt, wie wunderbar, jetzt in diese fantastische Wohnung gehen zu können.* Ihre Wohnung? Nein, sie konnte das fast nicht glauben. Sie würde mit der Großmutter reden müssen. So ging das doch nicht. So etwas Fantastisches anzunehmen. Vielleicht könnte sie die Wohnung mieten. Dafür bezahlen. Sie hatte doch jetzt Geld. Das erste Gehalt war bereits auf ihrem Konto eingetroffen, als Vorschuss. Es war natürlich bitter, die Sache mit der Kaution, die sie für das alte Zimmer bezahlt hatte und die sie vermutlich nicht zurückbekommen würde, aber egal. Das spielte jetzt keine Rolle mehr. Einige Möbel hatte die Großmutter hier stehen gehabt, ehrwürdige Sessel und mit weißen Laken verhüllte Tische, aber sie hatte alles in ein Zimmer geschoben und die Tür geschlossen. Jetzt war dieser Raum hier ganz leer. Fantastisch eigentlich. Nichts konnte sie stören. Sie hatte sich das Schlafzimmer mit Gartenblick ausgesucht. Ein großes Bett mitten im Raum, auch dort nichts Störendes. Zwei große Zimmer und diese prachtvolle Küche. Das musste reichen. Es kam jetzt auf das an, was um sie herum an den Wänden hing. Das Leben hatte Zeit bis später, konnte warten. Jetzt setzte sie sich barfuß mitten ins Zimmer und legte das Handy vor sich. Sie hatte ihm eine SMS geschickt, aber er hatte nicht geantwortet. Sie hatte gelächelt, als die SMS abgegangen war. *Ich bin so weit.* Genau so kam es ihr vor. Dass sie wach war. Präsent. Dass sie lange nicht mehr so konzentriert gewesen war. Mit allen Sinnen in Bereitschaft. Wie eine Jägerin vor der Beute. Sie hatte fast nicht schlafen können, hatte nur in dem großen weißen Bett gelegen und auf das Licht gewartet, darauf, dass der Tag anfing. Natürlich hatte sie ein schlechtes Gewissen, weil sie nicht unterwegs gewesen war und gesucht hatte. Aber sie war doch so oft dort draußen gewesen, oder nicht? Hatte überall Handzettel verteilt? Wenn Sigrid in der Stadt war, musste sie jetzt mitgekriegt haben, dass Mia nach ihr suchte. Die Stadt war doch nicht so groß, jedenfalls nicht in der Junkieszene. Sie kannte schon fast alle, oder nicht? Verdammt, Sigrid. Warum tust du mir das an? Sofort hatte sie ein schlechtes Gewissen, weil sie das gedacht hatte, und dass sie auf irgendeine Weise Mitleid verdiente. So war das doch nicht, sie saß hier in ihrem neuen Palast, mit neuem Job und überhaupt, und im Gegensatz dazu war ihre Schwester dort draußen und …

Sie unterbrach sich, wollte nicht weiterdenken. Ein visueller Albtraum, der ihren Kopf schon mehrmals fast zerstört hätte. Verzerrte Bilder von Sigrid – zugedröhnt und umringt von … *nein, verdammt,* sie verdrängte alles, schenkte sich mehr Kaffee ein. Sie hätte eigentlich auch etwas essen müssen, aber irgendwas stimmte da nicht, Essen machte sie schläfrig. Träge. Sie fühlte sich so wohler, mit wenig Schlaf, viel Kaffee, der Kopf ganz klar, die Nerven voll angespannt, fast am Rande des Vertretbaren. Sie stand auf, nahm zwei

Fotos von der Wand und befestigte sie an der leeren Fläche zur Küche.

Ein toter Fuchs.

Ein toter Hase.

Ein Fuchs.

Ein Hase.

Der eine rot.

Der andere weiß.

Weiß?

Reinheit?

Unschuld?

Sie zog mit den Zähnen die Kappe vom Filzstift, lief zur dritten Wand, die sie mit leeren Papierbögen behängt hatte.

Weiß.

Das Kind.

Die Unschuld.

Ja, unbedingt.

Hier war etwas.

Warum also gefällt dir das Unschuldige? Das Verletzliche? Gibt dir das ein Gefühl von Macht? Gefällt dir das? Der zu sein, der bestimmt? Ausnahmsweise einmal? Ist es sonst nicht so? In deinem Leben?

Die acht Jahre?

War es deshalb?

Haben sie dich eingesperrt?

Acht Jahre lang?

In eine psychiatrische Abteilung?

Du musstest tun, was man dir sagte?

Hast du dich dann wieder klein gefühlt?

Unwichtig?

Und musstest es ihnen zeigen?

Noch einmal?

Als du wieder draußen warst?

Wer du wirklich bist?

Dass du keiner bist, mit dem sie machen können, was sie wollen?

Denn du bist ...

Sie schrieb mit großen Buchstaben DER WOLF auf einen der großen Bögen.

Morgen kommt der Mond.

Ich habe Angst vor dem Wolf.

Aus Oliver Hellbergs Tagebuch.

Der blonde Engel aus Schweden.

Das war natürlich leicht gewesen, sie hatte nicht einmal die Fallunterlagen lesen müssen.

28. Mai 1993.

Das konnte sie einfach im Internet nachsehen.

Vollmond.

Sie leerte ihre Kaffeetasse und lief wieder in die Küche, um eine neue Kanne aufzusetzen, wartete ungeduldig darauf, dass das Wasser kochte, wollte ihren Gedankenstrom nicht verlassen.

Der Wolf.

Das ist deine Entschuldigung, oder?

Um jemanden zu töten?

Und dann ist es besser?

Das zu tun, von dem du das Gefühl hast, dass du es tun musst?

Patrick. Im Restaurant. Das hatte er in das Notizbuch geschrieben, das er ihr auf dem Tisch zugeschoben hatte. Er hatte damit sagen wollen, dass sie recht hatte.

Du tust nur so.

Deinetwegen.

Ein Wolf.

Der Jagd auf seine Opfer macht.

Als wäre das natürlich.

Als wäre das, was du tust, normal.

Nicht deine Schuld, oder wie?

Auf dem Rückweg verschüttete sie Kaffee, hatte aber keine Zeit zum Aufwischen, nicht jetzt, lief wieder zur Wand.

Er tut so.

Um sich zu rechtfertigen.

Aber das bedeutet nichts.

Nicht für mich.

Trotzdem muss ich dort suchen.

Warum gerade diese Jungen?

Nein.

Sie strich es durch und fing noch einmal an.

Warum Oliver?

Warum Sven-Olof?

Warum Ruben?

Warum Tommy?

Sie füllte ihre Tasse und setzte sich wieder auf den Boden.

Nein, nein.

Das stimmte doch nicht. Der Junge, mit dem Fredrik gesprochen hatte, die Freunde in der Schule, die ihm begegnet waren.

Ruben.

Der war wichtig.

Tommy war nur ein Lockvogel gewesen.

War es in Schweden auch so passiert?

Sie sah auf ihrem Handy nach, aber Patrick hatte noch immer nicht geantwortet.

Verflixt, sie hätte ihn jetzt gebrauchen können.

Aber …

Nein, nein …

Großer Gott, was war sie begriffsstutzig.

Sie wusste es doch schon.

Sie sprang auf und lief zu der Wand, nahm die Bilder von Fuchs und Hase herunter, ersetzte sie durch zwei andere Bilder von den Fundstätten. Beide. Dort, wo sie alle Toten sehen konnte.

Ach, mach schon, Mia.

Das ist es doch.

Du hast es doch gesehen.

Im Kunstwerk.

Der eine Junge nackt, auf dem Rücken, im Zentrum von allem. Der andere unwichtig, nicht einmal ganz ausgezogen.

Sie schrieb eilig unter die Bilder.

Ich will Ruben.

Ich will Oliver.

Warum?

Sie strich es durch, schrieb noch größer:

WARUM?

Sie zitterte jetzt, konnte fast den Rest des Kaffees nicht in sich hineinschütten.

Schau her, Mia.

Hier ist es doch.

Es muss genau vor deiner Nase sein.

Plötzlich klingelte ihr Handy, eine unbekannte Nummer, aber sie wollte nicht antworten, jetzt nicht.

Warum Ruben?

Warum Oliver?

Sie ging weiter von der Wand weg.

Es ist doch hier, Mia.

Er hat sie aus einem bestimmten Grund ausgesucht.

Und plötzlich wusste sie es.

Großer Gott!

Sie rannte wieder durch das Zimmer, riss die Bilder von der Wand, hielt sie ins Licht des Fensters.

Oh, verdammt.

Du bist krankhaft langsam.

Genau vor deiner Nase.

Ist es denn möglich?

Unten auf dem Boden bebte ihr Handy wieder, und sie drückte auf den roten Knopf, um die unbekannte Nummer verschwinden zu lassen, suchte sich dann Munchs Nummer heraus.

»Ja, Holger?«

»Hier Mia.«

Sie merkte es jetzt selbst. Wie schnell sie redete. Ihr Herz hämmerte unter dem schwarzen Pullover.

»Hallo, Mia. Alles in Ordnung?«

»Ich weiß, warum, Holger.«

»Wie, warum?«

»Warum er sie aussucht. Warum er gerade sie nimmt.«

»Bist du in der neuen Wohnung?«

»Ja.«

»Wo liegt die?«

»Inkognitogate 12.«

»Bleib da. Ich komme. Gib mir zehn Minuten.«

• 37 •

Fredrik fühlte sich gar nicht wohl in seiner Haut, als er mit den Schuhen auf den Knien im Besprechungszimmer saß und versuchte, das Blut zu entfernen. Katja war ebenso schlecht gelaunt, sie kauerte in sich zusammengesunken neben ihm auf einem Stuhl, während Ludvig den Kopf schüttelte und die letzten der Bilder, die sie gemacht hatten, vor ihnen an die Wand hängte.

»Nicht gut.«

Ludvig seufzte und wiederholte, diesmal an sie alle gewandt:

»Nicht gut.«

»Was denn, zum Teufel?«, seufzte Katja und hob abwehrend die Hände. »Waren wir denn zum Babysitten da? Ist doch verdammt noch mal nicht unsere Schuld!«

»Trotzdem nicht gut«, Ludvig schob sich die Brille höher auf die Nase. »Du weißt, wie wir jetzt dastehen, oder?«

»Wie Amateure«, murmelte Fredrik und studierte seinen einen Schuh, der zum Glück bald sauber sein würde.

»Genau«, sagte Ludvig.

Munch hatte soeben brummend den Raum verlassen, Ludvig hatte den Chef nicht oft so gereizt gesehen, aber zum Glück war ein Anruf gekommen, und Munch war hinausgegangen, ehe es zu schlimm geworden war.

»Der Idiot überlebt«, sagte Katja, die das Kostüm abgelegt hatte und nun wieder ihren Trainingsanzug trug. »Da muss er jetzt durch. Ich meine, was ist denn mit etwas Respekt? Den armen Leuten einfach so die Kamera ins Gesicht zu stecken, also echt!«

»Darum geht es hier nicht«, erklärte Ludvig. »Er hatte es sicher nicht besser verdient, nur war eben ganz Medien-Norwegen vor Ort, alles, was da kreucht und fleucht. Habt ihr die Nachrichten gesehen? Es ist überall! Was glaubst du, wie Dreyer reagieren wird? Die sucht doch nur nach einer Möglichkeit, uns fertigzumachen? Glaubst du, Munch darf diese Einheit in alle Ewigkeit behalten? Nichts da. Wenn Dreyer zu entscheiden hätte, dann würde sie ihn …«

Er fuhr sich mit einem Finger über den Hals.

»Jaja, klar, aber verdammt noch mal. Wir waren doch nur da, um Fotos zu machen. Munch war für die Bewachung zuständig, oder nicht? Oder, Anette? Also, mach uns keine Vorwürfe.«

»Ich sag's ja nur. Munch ist schon einbestellt worden.«

»Wohin?«

»Zu unserer geliebten Hanne-Louise Dreyer. Gerüchten zufolge will sie uns den Fall entziehen.«

»Pah!«

»Nein, echt. Das habe ich gehört. Die Kripo ist angeblich schon in Bereitschaft versetzt worden, die sollen sich in den Fall einarbeiten.«

Vom Trainingsanzug war jetzt nichts mehr zu hören. Fredrik wusste nicht, weshalb, aber Katja hatte die Einheit nach dem letzten Fall für kurze Zeit verlassen und war eine Weile bei der Kripo geblieben.

»Okay, können wir jetzt damit aufhören? Und das tun, wozu wir eigentlich hier sind?«

Fredrik schob die Füße in die Schuhe und erhob sich. Er ging zur Wand hinüber und nickte in Richtung der Fotografien.

»Die Zuschauer? Wie machen wir das?«

Niemand antwortete.

»Macht schon, Leute. Wenn die uns abziehen wollen, dann werden sie das tun, aber bis dahin müssen wir verdammt noch mal tun, was wir können. Und ja, Katja, ich bin ganz deiner Meinung. Das nehmen wir nicht auf unsere Kappe. Bewachung? Nein, dafür waren verdammt noch mal nicht wir zuständig.«

Katjas Stimmung schien sich ein wenig zu verbessern, und sie erhob sich von ihrem Stuhl.

»Sind das alle Bilder, Ludvig?«

»Das sind alle, die ich bekommen habe, ja.«

»Okay, wo fangen wir also an?«

Ludvig zuckte mit den Schultern.

»Da hinten vielleicht? Die Presseecke? Die Fotografen? Ich kann mich mal umhören. Die Fotos an alle Redaktionen schicken. Kreuzt eure Journalisten an. Und die Fotografen. Und dann sehen wir, ob jemand auftaucht, über den wir nichts wissen.«

»Gute Idee«, Fredrik nickte.

»Aber verdammt, das dauert doch mehrere Wochen.«

»Nein, ein paar Tage vielleicht, aber was sollen wir sonst tun?«

»Gut so«, sagte Fredrik ermutigend. »Da fangen wir an. Wie viele sind das? Um die fünfzig vielleicht? Das kann doch nicht so lange dauern, Herrgott. Sogar ich könnte fast die Hälfte ankreuzen.«

»Ich glaube eher an diese Bande hier«, sagte Katja und tippte ein anderes Foto an. »Aber wo zum Henker fangen wir an?«

Die Gäste. Mit Blumen, Teddys und Fotos. Die Trauernden, für die in der Kirche kein Platz gewesen war.

»Na ja, vielleicht einfach so«, sagte Ludvig und zog einen Stift aus der Tasche. Er trat vor das Bild.

»Frauen sind ausgeschlossen, nicht wahr? Das sind doch … was sagen wir, sechzig Prozent? Was bleibt uns dann also? Vielleicht vierzig Männer? Und wenn wir alle Kinder und Jugendlichen streichen, was haben wir dann? Seht her, schwupp? Ich zähle kurz durch, zwölf, fünfzehn Stück? Damit müssen wir doch arbeiten können, meinst du nicht, Sonnenstrahl?«

Katja schnitt eine Grimasse, nickte aber beifällig.

»Doch, das müsste gehen.«

»Na also. Was sagen noch mal die Amerikaner? Wenn das Leben dir Zitronen gibt, mach Zitronensaft draus? In den Niederlanden sagt ihr das vielleicht nicht?«

»Nein, das sagen wir nicht, aber wir sagen etwas anderes.«

Sie erhob sich und nahm ihm den Stift ab.

»Und zwar?«

»Sei nicht immer so verdammt positiv und hol mir eine Cola, ich verspreche, dann bin ich besserer Laune, wenn du zurückkommst.«

»Meine Güte. Poetisch.«

»Nicht wahr?«

Katja schnitt diesmal eine freundliche Grimasse und fing an, auf dem großen Foto Gesichter anzukreuzen. Ludvig schmunzelte und verließ den Raum.

»Er hat recht, oder?«, fragte Katja. »Schau mal, nicht viele erwachsene Männer.«

Fredrik stand neben ihr, als sein Handy klingelte. Als er sah, wer es war, ging er auf den Gang, um zu antworten.

»Hallo, Silje.«

»Hallo.«

Ihre Stimme klang anders als sonst.

»Stimmt was nicht?«

»Ich …«

»Was ist los?«

»Ich glaube, ich habe etwas gemacht, was nicht richtig von mir war. Und da wusste ich nicht so ganz, wen ich anrufen sollte.«

»Dann ist es gut, dass Sie mich angerufen haben. Was ist los?«

Einen Moment war Stille, dann sagte sie:

»Sie wissen doch, Rubens Vater?«

»Jan-Otto? Was ist mit ihm?«

»Na ja, also, ach, ich fühle mich richtig schlecht, ich glaube, das ist eigentlich nicht erlaubt …«

Die sonst so muntere Lehrerin schien mit den Tränen zu kämpfen.

»Keine Panik. Es ist sicher alles nicht so schlimm. Aber was haben Sie denn nun gemacht?«

Er schloss die Tür des Besprechungsraums und ging noch weiter über den Gang.

»Sie wissen, ja, wir haben darüber gesprochen, dass Rubens Vater vielleicht nicht so nett war? Dass es Gerüchte gab, nach denen er Ruben vielleicht nicht sehr gut behandelt hat?«

»Ja?«

Wieder war für einen Moment Stille.

»Eine Freundin von mir arbeitet beim Jugendamt. Und ja, dann hat mich der Hafer gestochen, und ich habe sie gefragt, ob ihnen dazu etwas vorläge.«

»Ein Fall?«

»Ja.«

»Und?«

»Nein, darüber darf sie natürlich nicht sprechen, aber ich kenne sie gut, wir sind schon so lange befreundet, also …«

»Sie haben also etwas gefunden?«

Sie schwieg.

»Hallo?«

»Tut mir leid, Sie … äh, es kommt mir nicht richtig vor, am Telefon darüber zu sprechen. Könnten wir uns vielleicht irgendwo treffen? Nicht in der Öffentlichkeit? Irgendwo privat?«

»Wo sind Sie jetzt?«

Ludvig kam mit einer Cola durch den Gang und verschwand lächelnd im Besprechungsraum.

»Ich bin in der Stadt, in Oslo. Siri ist bei meiner Mutter, ich bin also allein. Wo sind Sie?«

»Im Büro. Wollen Sie herkommen?«

»Nein, ich weiß nicht …«

»Oder zu mir nach Hause? Wäre das besser?«

»Ach, ich bin so nervös, ich hätte das einfach nicht tun dürfen.«

»Was, wenn ich mir ein Taxi schnappe, und Sie auch? Treffen wir uns bei mir um – sobald Sie eben können? Ich schick Ihnen gleich die Adresse, okay?«

Stille.

»Sie sind sicher, dass das geht?«

»Natürlich. Bin schon unterwegs.«

»Okay. Gut. Tausend Dank.«

»Wäre ja noch schöner. Bis gleich.«

• 38 •

Munch stellte das Auto ab und schaute beeindruckt zu dem majestätischen Haus hinüber, unsicher, ob Mia sich vielleicht in der Adresse geirrt hatte. Inkognitogate? Hier wohnten doch keine gewöhnlichen Sterblichen, oder? Er konnte keine hundert Meter weiter die Residenz des Ministerpräsidenten sehen. Plötzlich rief Mia ihm aus einem Fenster im ersten Stock etwas zu.

»Es ist offen, komm einfach rauf!«

Er passierte eine knallgrüne Hecke, die aussah wie mit mathematischer Präzision geschnitten, und wollte gerade durch die riesige Tür gehen, als sein Handy klingelte, es war Oxen. Er war skeptisch gewesen, das schon. Oxen galt als allzu stürmisch und unnötig laut, aber Munch hatte sich für seine Einheit Vielfalt gewünscht. Unterschiedliche Persönlichkeiten. Aber es wäre vielleicht an der Zeit, mit ihm zu sprechen. Katja hatte nicht ganz klar gesagt, warum sie plötzlich zur Kripo gewechselt war, aber der kleine Wortwechsel zwischen den beiden bei der Besprechung vor einigen Tagen hatte ihm klargemacht, dass hier ein Grund liegen könnte. Totalkollision. Blöd natürlich, dass er da nicht früher eingegriffen hatte, aber alles war noch so neu gewesen. Er hatte keine Lust gehabt, eine Niederlage einzugestehen und gleich im ersten Jahr Änderungen vorzunehmen. Aber es war vielleicht an der Zeit.

»Hallo, Karl. Was ist los?«

Er zog eine Zigarette aus der Tasche und zündete sie im Licht der Sonne an, die hinter einer Wolke hervorlugte.

»Ole Gunnar Solskjær und dieses ganze Fußballthema.

Ich habe jetzt langsam eine Art Übersicht, aber ich weiß nicht so recht. Ich habe das Gefühl, dass ich vielleicht bessere Arbeit leisten könnte, wenn ich kurz dorthin fahren und mit den Leuten reden würde.«

Die Jungen, mit denen Fredrik in der Schule gesprochen hatte, über die Situation mit dem Mann, der damit geprahlt hatte, dass er früher zusammen mit dem norwegischen Helden Fußball gespielt hatte, dessen Karriere jedoch aufgrund irgendeiner Verletzung ruiniert worden war.

»Der war immer bei Clausenengen. Als Junge, meine ich, hat mit siebzehn sein Debüt in der A-Mannschaft gehabt. Die Frage ist, ob ich da hinmuss, wenn ich alte Mannschaftsbilder sehen will, solche Sachen. Wie siehst du das, kann sich das lohnen?«

»Unsicher«, erwiderte Munch. »Alle Infos, die wir in der Richtung haben, stammen vom Hörensagen, die auch total erfunden sein können. Aber eigentlich finde ich es doch wichtig genug, um der Sache eine Chance zu geben.«

»Du meinst, wenn er lügt, warum lügt er so konkret?«

»Ja, oder? Ich finde, du kannst einen oder zwei Tage investieren. Halt mich auf dem Laufenden, ja?«

»Alles klar«, brummte Oxen und war wieder verschwunden, während Mia mit einer Banane in der Hand die Treppe herunterkam und Munch fragend ansah.

»Kommst du jetzt oder nicht?«

»Klar doch.«

Munch lächelte und folgte ihr in das ehrwürdige Gebäude.

»Himmel. Hier wohnst du?«

Mia zuckte mit den Schultern.

»Weiß nicht so genau, was da passiert ist, aber ich habe

den Schlüssel, jedenfalls vorläufig. Zieh hier draußen die Schuhe aus, bitte.«

Sie warf die Bananenschale auf die Anrichte und ging barfuß vor ihm her in ein riesiges weißes Zimmer mit Stuckrosette unter der Decke. Der helle Raum war ganz leer, bis auf die mit Fotos und Notizen fast vollständig bedeckten Wände.

»Himmel«, sagte Munch beeindruckt. »Vielleicht hätten wir hier unser Büro haben sollen.«

»Ja«, sagte Mia zustimmend, ohne wirklich zugehört zu haben.

Sie war schon damit beschäftigt, eine Wand zu betrachten, an der nur einige wenige Bilder hingen.

»Was hast du?«, fragte Munch und stellte sich neben sie.

»Ich sag's noch mal«, sagte Mia und strich sich die Haare aus den Augen. »Das kann total falsch sein, und als ich vorhin aufgelegt hatte, wurde ich gleich wieder unsicher, aber jede Theorie hat eine Chance verdient, meinst du nicht?«

»Unbedingt«, sagte Munch und stellte sein Handy lautlos.

»Hab übrigens Antwort von Patrick.«

»Ach ja?«

»Er wollte nach der Besprechung hier vorbeikommen, aber es ging ihm nicht gut. Der Magen. Ich hoffe, es war nicht das indische Essen, mir geht es gut. Jedenfalls meinte er, es werde nicht so lange dauern, und deshalb habe ich dahinten Platz für seine Fotos gemacht.«

Mia zeigte auf den Teil einer Wand, die noch nicht gefüllt war.

»Mach doch mal einen Versuch«, sagte Munch.

»Okay. Zuerst habe ich mir die Fundstätten angesehen, ja? Wie die Jungen zurechtgelegt worden sind. Warum ist Ruben ganz nackt, während Tommy eine Unterhose anhat? Und das Gleiche in Schweden. Warum ist Oliver ganz nackt, während Sven-Olof eine Unterhose anhat? Und dann das, was die Jungen gesagt haben. Dass es ihm um Ruben ging … Haben wir übrigens noch mehr von da draußen gehört?«

»Wilkinson und sein Team durchkämmen noch immer die Umgebung«, sagte Munch. »Klingeln überall, schütteln die Leute ein bisschen, du weißt schon. Viel Klatsch, bisher wenig Konkretes. Wir haben einige Beobachtungen, bei denen wir glauben, dass es derselbe Mann sein kann, allerdings nur aus der Ferne. Aber die Kollegen arbeiten daran, und ich glaube wirklich, dass etwas dabei herauskommen wird. Es gibt immer Leute, die etwas wissen, auch wenn sie nicht wissen, dass sie etwas wissen, das ist jedenfalls meine Erfahrung.«

»Gut. Und die Phantombilder? Haben die was gebracht?«

»Ach, du hast ja keine Ahnung. Alle Welt ruft unsere Hotline an, wegen allem, von verdächtigen Onkeln bis zu Leuten, die in Nachbars Garage herumgeschnüffelt haben. Du weißt doch, wie das ist.«

»Eigentlich nicht.«

Er lächelte.

»Nein, stimmt. Du bist ja erst eine knappe Woche hier, aber du bist so professionell, dass ich das immer wieder vergesse.«

»War das ein Lob?«

Sie drehte sich um und schaute ihn fragend an.

»Ja, vielleicht.«

»Danke. Also, die Fundstätten. Es könnte so aussehen wie – nein, das ist zu schwach, es ist doch ganz deutlich, dass er es in beiden Fällen auf einen der Jungen abgesehen hatte. Vielleicht gefällt es ihm, beide umzubringen, aber ich habe das Gefühl, dass er auf den einen eben so richtig Lust hat. Kommst du noch mit?«

»Absolut.«

»Also habe ich mich an diesen Bildern fast blind gestarrt, aber dann ging mir plötzlich auf – hallo? Wie begriffsstutzig kann man eigentlich sein, ich muss mir doch diese hier ansehen. Die lebenden Jungen, verstehst du?«

Sie zog einige Bilder von der Wand, um zu betonen, was sie meinte, hielt sie hoch und befestigte sie wieder.

»Schau her.«

Sie trat einen Schritt zur Seite und zeigte auf die vier Fotos, die dort hingen.

»Und?«

Es waren Bilder von den Jungen, als sie noch lebten.

»Was soll ich sehen?«

»Sieh einfach hin.«

Sie nahm zwei Fotos weg, sodass nur noch Ruben und Oliver dort hingen.

»Nein, warte mal.«

Mia lief zur anderen Wand und kam mit einem der Fotos von der Fundstätte zurück.

»Das hier ist besser. Ich glaube, das ist ein altes Bild von Oliver. Stell dir vor, dass seine Haare bei seinem Tod so aussahen. Länger.«

»Verdammt«, sagte Munch und sah es jetzt auch.

Mia lächelte triumphierend.

»Es ist auffällig, wie ähnlich sie einander sehen, oder?«

»Warum sehe ich das erst jetzt?«, murmelte Munch.

»Es ist nicht so leicht zu erkennen. Sie sind ja nicht identisch. Sie haben nur dasselbe – wie soll ich sagen? Sie vermitteln irgendwie dasselbe Gefühl, meinst du nicht?«

»Herrgott …«

»Sie sind blond, haben ziemlich lange Haare und sehr blaue Augen. Und schau her, das ist mir zuerst nicht aufgefallen. Augen verlieren ja den Glanz, wenn jemand stirbt, und auf diesem Bild von Ruben stimmt offenbar etwas nicht mit dem Licht, aber das hier! Und dann das von Oliver, sieh dir die Augen an! Strahlend blau! Und schau hier und hier. Sommersprossen. Eine Menge bei Ruben, nicht ganz so viele bei Oliver, aber sie sind vorhanden, nicht wahr?«

Sie zeigte eifrig auf die Bilder. Munch nickte langsam.

»Und sie sind schmächtig, alle beide. Zierlich. Vielleicht auch vorsichtig, was weiß ich?«

»Wie meinst du das, vorsichtig?«

»Als Personen, in ihrer Ausstrahlung. Viele Jungen in diesem Alter sind – ja, wie soll ich sagen, sie spielen den Starken, nicht wahr? Protzen. Einige sind wie kleine Tiere. Aber ich wette, diese beiden waren zurückhaltend. Lieb. Bescheiden. Und das gefällt ihm …«

»Verdammt, Mia, das ist gut«, murmelte Munch.

»Nicht wahr? Hier muss es etwas geben. Sie sehen fast ein bisschen aus wie Engel, oder nicht? Fast wie auf diesen Glanzbildern. Wie heißen diese Dinger noch mal? Cherubim?«

»Dieser spezielle Typ gefällt ihm also …«, sagte Munch langsam.

»Zart, klein, blond, schüchtern, lieb …«

»Verdammt, das ist wirklich gut, Mia.«

»Das ist eigentlich nicht mein Verdienst«, sagte Mia und verschwand in der Küche.

Sie kam mit einem Joghurt zurück.

»Sorry, muss etwas essen. Das vergesse ich manchmal. Bin total ausgehungert.«

»Warum ist es nicht dein Verdienst, wessen denn sonst?«

»Das von Jodie Foster.«

»Bitte?«

»Hast du den Film nicht gesehen? *Das Schweigen der Lämmer?*«

»Nein, leider nicht.«

»Himmel, Holger, das musst du tun. Hannibal Lecter. Der Serienmörder. Er hilft ihr und gibt ihr einen Hinweis. *You covet what you see.*«

»Und das bedeutet?«

»Du begehrst, was du siehst. Du willst es haben, musst es haben, du kannst dich nicht beherrschen – so ungefähr. Der Killer in dem Film hat einen echten Serienmörder als Vorbild. Ed Gein hieß er. Hat natürlich in den USA gelebt. In Wisconsin, in einer kleinen Stadt irgendwo auf dem Land. Als sein Haus durchsucht wurde, fanden sie mehrere Möbel, die mit echter Menschenhaut bezogen waren, Masken aus echten Frauengesichtern, einen Gürtel aus echten Brustwarzen, eine Lampe aus Gesichtshaut. Überall lagen Körperteile, Lippen, Finger, Geschlechtsorgane …«

»Verdammt«, sagte Munch und hob seine Jacke auf, um seine Zigaretten zu suchen.

»Nicht wahr? Deshalb dachte ich, das hier könnte vielleicht etwas sein, weil es auf etwas Realem basiert. Also, er sieht sie …«

Sie tippte mit dem Finger auf die Fotos.

»Er bekommt Lust auf sie. Und beschließt, sie sich zu holen.«

Munch schob sich eine Zigarette zwischen die Lippen.

»Aber wie?«

»Ja, wie sucht er sie aus?«, fragte Mia.

»Ich weiß es nicht. In der Schule? Auf dem Fußballplatz?«

Sie zögerte.

»Ich habe das Gefühl, dass es vielleicht nicht so aktiv vor sich geht. Dass er einfach auf irgendeine Weise auf diese Kinder stößt, und dann kommt es in ihm hoch. Wenn nicht, würde es doch mehr Opfer geben, meinst du nicht? Wenn sein Trieb so stark wäre, dass er ihnen fast schon nachläuft, Spielplätze und andere Orte durchkämmt, ob er ein neues Opfer findet?«

»Da hast du vielleicht recht.«

»Weißt du, was Ed Kemper gesagt hat, als er zum ersten Mal von seriösen Leuten interviewt wurde, die wissen wollten, warum er seiner Mutter den Kopf abgeschnitten und später damit Sex gehabt hatte?«

»Noch ein Serienmörder?«

»Ja.«

»Wie viel hast du eigentlich über diese Leute geforscht?«

»Jede Menge. Aber egal. *It's like a sneeze. You just kind of have to, don't you?*«

»Wie niesen zu müssen?«

»Ja. Das lässt sich nicht aufhalten, oder?«

»Großer Gott.«

»Gilt das auch für unseren Mann? Vielleicht war ihm nicht einmal ganz klar, dass es sich so verhält, verstehst du? Vielleicht war Schweden das erste Mal? Er hat Oliver gesehen, dieses schöne, zarte Kind – ich weiß nicht –, und dann *musste* er einfach.«

»Okay, aber warum acht Jahre bis zum nächsten Mal?«

»Vielleicht hatte er danach Angst? Vor seiner eigenen Gewalttätigkeit? Wenn das alles ganz frisch war?«

»Aber das wissen wir doch nicht.«

»Nein, aber hast du andere Morde gesehen wie diese? Jungen, der eine nackt, mit einem Tier dazwischen? Das kann das erste Mal gewesen sein, stimmt's? Und was ist das beim ersten Mal für ein Gefühl? Nach dem ersten Mal?«

Sie sah ihn auffordernd an, aber er blieb die Antwort schuldig.

»Das erste Mal?«, fuhr sie fort. »Ein starkes Erlebnis. Egal, was es ist. Ich meine, ein Fallschirmsprung, Sex, Bungeespringen, Tauchen auf vierzig Meter Tiefe ohne Sauerstoff, ein irrer Rausch, oder nicht? Ein Kick? Aber anders als das, was ich hier erwähnt habe, ist das doch ...«

Sie legte abermals einen Finger auf die Fotos der Fundorte.

»Das hat doch wohl keine Ähnlichkeit mit etwas anderem, oder? Jemanden umzubringen? Diese Eruption? Aber jetzt weißt du, wer du bist, oder nicht? Du hast es vielleicht im tiefsten Herzen schon gewusst. Es ist leicht, es zu verleugnen, solange du nichts *tust,* aber jetzt hast du es getan, nicht wahr? Jetzt weißt du, wer du bist.«

»Du glaubst also, er hat sich einweisen lassen?«

»Bingo.« Mia nickte. »Vielleicht hatte er Angst. Vor dem, der er war. Ich bin krank. Ich brauche Hilfe.«

»In eine psychiatrische Einrichtung?«

»Ja, oder? Und da ist er lange, viele Jahre. Er fühlt sich besser. Vielleicht glaubt er sogar, ganz gesund zu sein? Er geht wieder hinaus in die Gesellschaft, vielleicht arbeitet er sogar. Bis dann, eines Tages, wie ein Blitz aus heiterem Himmel …«

Sie tippte mit dem Finger auf Ruben.

»Dann passiert es wieder?«, fragte Munch.

»Genau.«

»Ein neues Begehren?«

»*You covet what you see …*«

»Mia, das überzeugt mich.«

»Ja?«

»Absolut.«

Er nahm die Zigarette aus dem Mund und schaute sich um, und nun vibrierte ihr Handy auf dem Boden.

»Das muss ich wohl annehmen. Dieselbe Nummer ruft schon den ganzen Tag an.«

»Wo kann ich rauchen?«

»Durch die Tür, zwei Zimmer, dahinter ist ein Balkon, an der Ecke.«

Sie winkte ihn weg, biss sich auf die Lippe und sah aus, als müsse sie Kraft sammeln, dann drückte sie endlich auf den grünen Knopf auf ihrem Handy.

• 39 •

Kevin Myklebust erwachte von Geräuschen im Badezimmer und wusste, dass es jetzt wieder so weit war. Es war ein neuer Mann im Haus, und jetzt würde alles einige Tage lang anders sein. Was an sich ja gut war, denn wenn ein neuer Mann im Haus war, war sie immer freundlicher und beklagte sich nicht so oft über ihn wie sonst. Aber er hatte eigentlich doch gehofft, dass sie an dem Abend vor einigen Wochen die Wahrheit gesagt hatte. Sie war sozusagen eine Mutter, die viele Menschen war. Oder mindestens zwei. Eine, wenn sie sie selbst war, und eine, wenn sie und Elsebet Rotwein tranken, denn dann hatte sie ihn plötzlich gern, jedenfalls, wenn Elsebet das sah. *Du und ich, Kevin, was? Wir kommen doch gut zurecht, nicht wahr? Brauchen keinen Mann im Haus, um es gut zu haben, oder was? Du bist der Mann im Haus, nicht wahr?* Und Elsebet hatte es auch gesagt: *Du hast so ein Glück, dass du den Jungen hast. Er ist einfach reizend, ich hätte auch gern so einen Engel.* Und sogar, dass sie im Zimmer geraucht hatten und die Tür zum Alkoven unter der Treppe, wo er schlief, nicht richtig zuging, sodass seine Bettwäsche noch viele Tage nach Rauch roch, hatte ihm nichts ausgemacht. Wenn Mama ihn an sich drückte und sagte, er dürfe sich gern die Cola aus dem Kühlschrank holen, obwohl es doch ihre war und obwohl es nicht einmal Samstag war. Ihm wurde dann ganz warm, ganz weich wurde er, und dann durfte er lange dort sitzen, während die Flaschen klirrten, und Mama küsste ihn auf die Wange und drückte ihn noch fester an sich, und obwohl sie schlecht roch, machte auch das nichts, denn jetzt hatte sie ihn lieb, hinter den schwimmenden, verschlafenen Augen. *Du bist mein Junge, Kevin. Ein Glück für Mama, dass sie dich hat.*

Und er hatte es ja auch versucht. Seit dem Abend. Der Mann im Haus zu sein. Er wusste nicht so genau, was eigentlich dazu gehörte, aber er hatte versucht, so zu sein wie andere Männer, die bei ihnen gewesen waren. Wie Rune. Und Torgeir. Und Jan-Erik, den er am meisten gemocht hatte, der ihm sogar ein Fahrrad versprochen hatte, ein richtiges, nicht Mamas altes, das viel zu groß war und so eine Krümmung hatte, wie nur Mädchenräder das haben. Nein, ein echtes Fahrrad, einen Offroader. Ach, was für eine Vorstellung. Ein richtiger Offroader. Dann würden die anderen in der Schule jedenfalls die Klappe halten, die Jungen in der Klasse über ihm, die immer tuschelten und auf ihn zeigten, wenn er auf dem großen alten Rad angestrampelt kam. *Na? Wer lacht jetzt am meisten, hm? Schaut her! Ein Offroader! Mit Flammen! Was? Nein, haltet jetzt die Fresse, allesamt!*

Aber es war nicht so leicht gewesen, wie er gedacht hatte. Der Mann im Haus zu sein. Er hatte alles getan, was er sonst auch tat. Frühstück gemacht. Danach alles weggeräumt. Im Wohnzimmer aufgeräumt, wenn Elsebet oder eine andere Freundin zu Besuch gewesen war. Gläser, die auf dem Teppich umgekippt waren. Er hatte gelernt, den Staubsauger zu benutzen, ohne so viel Krach zu machen, dass Mama Kopfschmerzen bekam. Er brauchte nur auf die unterste Stärke zu drücken, auf das Bild mit dem Vorhang. Aber dann war da noch das Schwerste. Die Rechnungen zu bezahlen. Das schaffte er nicht. Egal, wie er sich auch den Kopf zerbrochen hatte, denn er hatte ja kein Geld, und die Flaschen, die er unten am Fußballplatz sammelte, waren bei Weitem nicht genug.

Und das war vielleicht der Grund.

Warum sie sich doch einen neuen Mann ins Haus geholt hatte.

Er hörte sie jetzt deutlicher, die Wand war fast keine richtige Wand, Mama lachte und sagte Dinge, die er bisher nur im Fernsehen gehört hatte. Er hielt sich die Ohren zu, zählte bis tausend, und dann waren sie offenbar fertig, jetzt in der

Küche, der Geruch von Bacon und Kaffee, und das war sein Signal. Er wollte niemanden ohne Kleider sehen, nein, das brachte er nicht über sich, aber jetzt war wohl freie Bahn, jetzt konnte er aufstehen.

Kevin zog sich an, während er noch in dem schmalen Bett saß, ging in die Küche und rang sich ein Lächeln ab.

»Hallo, hallo.«

»Ja aber hallo, mein Schatz. Du kennst Ulf doch noch?«

Eine Hand durch die Luft.

»Ja, guten Tag, hallo. Natürlich.«

Der Mann aus dem Abschleppwagen.

Der Ritter in der Stunde der Not.

Einer musste es ja sein.

Wenn er selbst es nicht schaffte, der Mann im Haus zu sein.

»Setz dich, jetzt gibt es Frühstück, Herzchen.«

Die Schauspielermama mit der aufgesetzten Stimme, die sie immer benutzte, wenn ein neuer Mann im Haus war.

»Nein, danke. Ich habe keinen Hunger. Und ich muss los, habe eine Verabredung. Will nicht zu spät kommen.«

»Ach, wo willst du denn hin, mein Junge?«

Er schnappte sich auf dem Weg zur Tür einen Apfel.

Er hätte gern gesagt: Ich würde mich ja mit Ronny treffen, aber das darf ich ja nicht mehr, Mama, deinetwegen, aber er brachte es nicht über sich, er wollte nicht gemein sein.

»Nur mal in die Bibliothek. Wir müssen da in der Schule einen Aufsatz schreiben. Und ich will das gut machen.«

»Ach, was bist du tüchtig, Kevin.«

Sie trug jetzt eine Schürze, aus irgendeinem Grund. Mama kam zu ihm und legte ihm die Hand auf den Kopf.

»Er ist so gut in der Schule, mein Kevin. Ja, ich weiß nicht, woher er das hat, von mir jedenfalls nicht.«

Leichtes Kichern jetzt, als sie in die Arme des neuen Mannes glitt und ihm einen Kuss auf die Wange gab, wie eine echte Hausfrau das sicher tun würde.

»Das ist gut«, sagte der Mann, der Ulf hieß. »Dann brauchst du später vielleicht keinen Abschleppwagen zu fahren.«

Er brach in ein brummendes Lachen aus, und Mama stupste seine Schulter an.

»Ach, du Scherzkeks. Das Abschleppauto ist doch gut. Menschen in Not zu helfen.«

»Sicher«, sagte Ulf und zuckte mit den Schultern. Dann legte er wieder die Arme um sie, lachte und kniff sie hier und dort.

Kevin hatte jetzt genug.

Diesmal schaute er sich auch nicht um, denn jetzt war es nicht so gefährlich, wenn sie nach ihm Ausschau hielt. Es war wieder losgegangen. Und er wusste, wie es werden würde. Zuerst nett. Bis sie herausfanden, wie sie wirklich war. Und dann verschwanden sie mit eingekniffenem Schwanz, sogar Jan-Erik, der ziemlich lange ausgehalten hatte, fast ein Jahr, aber schließlich hatte auch er es nicht mehr ertragen.

Er tat so, als ob er zur Straße ginge, nur für den Fall, dass sie doch hinschauten, aber als er den kleinen Schuppen erreicht hatte, bog er nicht nach rechts ab, in Richtung Stadt, sondern ging stattdessen in die Hocke. Wartete einen Moment, dann machte er sich so klein wie möglich, kroch hinter die Hecken und dann wieder hoch zum Haus und lief so schnell er konnte den Forstweg entlang, der in den Wald führte.

Er war für einen Moment traurig gewesen, aber jetzt nicht mehr, denn er hatte einen Plan, oder etwa nicht?

Ein Lächeln breitete sich um den kleinen Mund aus, als er an seine Entdeckung dachte.

Ein Ort, nur für ihn.

Sein eigenes Heim.

Das könnte es doch werden, oder nicht?

Warum er dieses kleine Haus nicht schon längst gesehen hatte, wusste er nicht. Oder doch, es war total versteckt gewesen, fast unsichtbar hinter der kleinen Böschung, das war sicher der Grund. Sein Herz hatte fast einen Schlag ausgesetzt, als er es zum ersten Mal gesehen hatte, eine baufällige kleine Bude zwischen riesigen Bäumen. Das Licht war vom Himmel gekommen, ein Strahl zwischen den Wolken, als hätte jemand dort oben ihm den Weg gezeigt. *Sieh da, Kevin. Ein geheimer Ort. Den nur du kennst.*

Nur eine halbe Stunde, dann war er am Ziel. Er lächelte wieder, lachte fast in Gedanken, so perfekt war es hier. Ein Häuschen mitten im Wald. Von dem nur er wusste. Das nur ihm gehörte. Kevin zog vorsichtig die Tür auf und suchte die Streichhölzer heraus, die er hier versteckt hatte, zündete die Kerze an und hängte die Jacke an den Haken neben der zerbrochenen Anrichte. Er war schon mehrmals hier gewesen. Hatte allerlei in seiner Schultasche hergeschmuggelt. Es wurde jetzt richtig schön hier. Eine Liegeunterlage in der einen Ecke, der Schlafsack, den er in der Garage der Nachbarn gefunden hatte. Richtig gemütlich. Strom hatte er nicht, aber es gab hier einen Ofen, deshalb hatte er einige Holzscheite mitgebracht, und auch eine Axt, damit er an den alten, morschen Kiefern mehr hacken könnte. Einen Kochtopf. Eine Schüssel. Etwas Besteck. Der Tisch hatte dort gestanden, dazu ein Stuhl. Beide waren ein bisschen angefault, aber das würde er in Ordnung bringen. Wenn erst der Sommer käme und die Sonne kräftiger schiene, würde er alles hinaustragen, damit es in der Wärme richtig trocknen könnte. Er ging zu dem türlosen Schrank und nahm einige von den Konserven heraus, die er dort gelagert hatte. Pfirsiche. Und Bohnen in Tomatensoße. Er lief durch den Raum, fand seinen Bleistiftstummel und schrieb mit eifrigen Fingern. Was ich brauche: Eine Bratpfanne. Eine große Kanne, damit ich aus dem Bach Wasser holen kann. Seife. Handtücher. Er legte den Bleistift zurück und blieb vor dem kleinen Spiegel an der Wand stehen. Der war alt, rissig und leicht angerostet, deshalb konnte er sein Gesicht darin nur erahnen.

Ein neues Leben.

Sein eigenes Haus.

Vielleicht sollte er auch ein anderer werden?

Sich die Haare schneiden?

Vielleicht färben?

Auch deshalb wurde er in der Schule aufgezogen, aber Mama gefielen seine Haare so gut, dass er sich nicht getraut hatte, etwas zu unternehmen, es tat so gut, wenn sie ihm deshalb ein Kompliment machte.

Die langen blonden Haare.

Die Sommersprossen auf der Nase.

Wie bei einem Mädchen.

Ein bisschen taffer werden.

Kevin Myklebust lächelte breit vor sich hin, als er den Apfel aus der Schultasche zog und wieder hinaus auf die Treppe ging.

Und das Gesicht in die schwache Frühlingssonne hob.

• 40 •

Das Taxi hielt gerade vor einer roten Ampel vor der Konditorei Pascal in der Henrik Ibsens gate, als sich der Himmel plötzlich öffnete und ein donnernder Regen auf Windschutzscheibe und Motorhaube prasselte, so heftig, dass Fredrik und der Taxifahrer beide zusammenzuckten.

»Pakao!«, rief der junge Mann hinter dem Lenkrad.

»Genau«, sagte Fredrik und schaute verstohlen aus dem Fenster hoch zu den kohlschwarzen Wolken, die plötzlich die Hauptstadt erobert hatten. »Ich weiß zwar nicht, was das bedeutet, aber es kommt mir richtig vor.«

Der Fahrer lächelte im Rückspiegel, als ob er um Entschuldigung bitten wollte.

»Sorry.«

»Nein, nein, absolut in Ordnung. Pakao?«

»Hölle«, murmelte der Fahrer. »Auf Kroatisch.«

»Okay. Doch, das fasst die Lage eigentlich zusammen.«

Fredrik warf abermals einen Blick auf die Wolken, während eine neue Welle über sie hereinbrach. Die Ampel zeigte grünes Licht, aber die Autos um sie herum blieben einfach stehen. Eine Sturzflut innerhalb weniger Sekunden, die Straßen um sie herum schwammen bereits.

Er hoffte, dass Silje dem entgangen war, dass sie sich zumindest irgendwo in Sicherheit gebracht hatte, aber leider war das offenbar nicht der Fall. Denn die Lehrerin stand fröstelnd unter dem kleinen Erker vor seiner Haustür, während er mit den Händen über dem Kopf aus dem Taxi sprang und seinen Schlüssel hervorzog.

»Großer Gott.«

»Ja, verdammt.«

Triefnass liefen sie die Treppen hoch, als plötzlich vor den kleinen Fenstern ein Blitz aufleuchtete, gefolgt von einem Donnerschlag.

»Wo in aller Welt kam das her?«, lachte Silje und umklammerte vor seiner Wohnungstür ihre Tasche, während sie um sich herum alles nass tropfte.

Endlich hatte er aufgeschlossen.

»Schade um die Schminke«, sagte sie bibbernd vor dem Spiegel im Gang und zog ihre durchweichten Stiefel aus.

»Weltuntergang?«, schlug Fredrik vor und schüttelte den Kopf.

Silje sah ihn mit verlaufener Schminke an und blinzelte.

»Ja, vielleicht. Aber dann könnte man die letzten Stunden in schlechterer Gesellschaft verbringen.«

Fredrik lachte und nickte zu ihrer Tasche hinüber.

»Der Ordner da drinnen? Hat der überlebt?«

»Das hoffe ich«, antwortete Silje und bibberte sich weiter in die Küche. Beide hinterließen feuchte Spuren auf dem eleganten Eichenboden. Sie legte die Tasche auf den Tisch, schüttelte ihre nassen Haare aus und schaute an sich hinunter.

»Ich will ja nicht aufdringlich sein, wir kennen uns ja nicht so gut, aber könnte ich mir wohl etwas zum Anziehen leihen?«

Eine halbe Stunde später war das ärgste Unwetter vorüber. Die schwarzen Wolken waren so schnell verschwunden, wie sie gekommen waren, unterwegs nach Süden, um die Reisenden auf der Fähre nach Dänemark zu ärgern. Eine schwache Sonne war jetzt dort draußen zu sehen, sie leuchtete den Küchentisch an. Es war plötzlich wie in einer romantischen Komödie, als sie in seinem weiten hellblauen Hemd dort saß und sich an der Teetasse wärmte, während im Hintergrund der Kamin knisterte, denn sie waren beide durchgefroren gewesen.

»Sorry«, sagte Silje schließlich, und dann kehrte der Ernst in ihr Gesicht zurück, der, den er am Telefon in ihrer Stimme gehört hatte.

»Weshalb?«

»Na ja, weil ich Sie so belästige. Das ist ja alles meine Schuld, meinen Sie nicht? Weil ich das getan habe.«

Sie nickte zum letzten Rest des Unwetters hinüber, das über den Oslofjord abzog.

»Ja, meinen Sie? Dass da oben jemand wohnt, der Sie bestraft? Wer denn? Ein Meteorologe?«

Sie grinste.

»Ja, warum nicht?«

»Eine Blondine, die vor einer Wettertafel herumgestikuliert, Hochdruck und Tiefdruck ankündigt und ab und zu die Menschheit züchtigt?«

Sie lachte.

Ihr Lachen gefiel ihm. Sie gefiel ihm überhaupt. Eine seltsame Situation. Fredrik merkte, dass er die Wirklichkeit am liebsten noch einen Moment außen vor lassen würde. Um das hier zu genießen.

»Sie haben den Namen Siri erwähnt?«

»Was?«

»Ist das Ihre Tochter?«

Sie schaute die Tischplatte an und schüttelte den Kopf.

»Jetzt habe ich auch deshalb ein schlechtes Gewissen.«

»Weshalb denn?«

»Ich habe meine Mutter belogen. Habe gesagt, ich hätte

in der Stadt etwas zu erledigen. Das ist natürlich Unsinn, aber ich musste einfach da weg. Diese Beerdigung hat mich total fertiggemacht.«

»Ja, das war nicht einfach.«

»Sie waren auch da?«

Er nickte.

»Sie haben also gesehen, was passiert ist?«

»Schlechte Bewachung. Sicher unsere Schuld, ich weiß nicht.«

»Er ist da drin.«

Silje sah ihn an und nickte zu dem Ordner auf dem Tisch hinüber.

»Wer?«

»Rubens Onkel. Loke.«

»Echt?«

Sie nickte wieder und trank einen Schluck Tee.

»Sie haben also nachgesehen?«

»Nein. Aber Elin hat das gesagt. Uff, wir sind schlimm, nicht wahr? Wir werden sicher beide gefeuert werden.«

Sie stellte die Tasse auf den Tisch und schaute sich zaghaft um.

»Sie haben nicht vielleicht einen Schluck Wein?«

»Doch, klar.«

Er erhob sich und ging zu dem kleinen Regal über der Anrichte.

»Wie wäre es mit einem Pinot Noir?«

»Gern. Ach, tut mir leid, ich bin wohl ziemlich durcheinander, sonst trinke ich nicht um diese Tageszeit.«

»Es ist doch nach fünf, oder nicht?«

Er lächelte, nahm einen Korkenzieher aus der Schublade und zwei Gläser aus dem Regal und schenkte für beide ein.

»Haben Sie ein Bild von ihr?«

»Was?«

»Von Ihrer Tochter, Siri?«

Das hübsche Gesicht strahlte jetzt wieder.

»Ja, das habe ich.«

Sie zog ihre Brieftasche hervor und schob ihm ein Foto hin.

»Ach, wie süß. Wie alt?«

»Fünf. Kommt im Herbst in die Schule. Haben sie gerade angemeldet.«

»Wie spannend.«

»Ach, ich weiß nicht. Ich finde sie eigentlich noch zu klein. Das arme Herzchen.«

Sie drückte das Bild an sich und steckte es wieder in die Brieftasche.

»Und … der Vater?«

Das klang so bescheuert, dass er es bereute, aber ihr Blick sagte ihm, dass es nichts ausmachte.

»Der war nie mit im Spiel.«

»Okay.«

»Also bin ich – ja, Single und zufriedene Alleinerziehende. Und Sie?«

Er wies auf die Wohnung um sie herum.

»Junggeselle, wie Sie sehen. Hier gibt es nur mich und …«

Patrik Sjöberg.

Er hatte bei allem den Vogel total vergessen. Der Arme musste doch eine Sterbensangst haben nach dem vielen Krach dort draußen. Er bat um Entschuldigung und holte den Käfig aus dem Schlafzimmer, zog die Decke herunter und ließ den Vogel heraus.

»Sorry.«

Sie lächelte und hob ihr Glas vom Tisch.

»Kein Problem. Keine Kinder, keine Freundin?«

»Freundin, nein. Kinder hätte ich gern, aber das eine hängt ja oft mit dem anderen zusammen, stimmt's?«

»Ja, das habe ich auch gehört.«

Wieder lachte sie.

»Also«, er räusperte sich und schaute den Ordner an. »Wollen wir …?«

»Müssen wir? Mir ist noch immer kalt.«

»Nein, natürlich nicht. Lassen Sie sich Zeit.«

»Sicher?«

Sie trank noch einen Schluck und schaute ihn über das Glas hinweg an.

»Ich habe sonst nichts vor«, sagte Fredrik, lächelte verlegen und hob sein Glas vorsichtig zu einem kleinen Prosit.

• 41 •

Emilie Skog saß auf den Felsen unterhalb von Hvalstrand Bad und fühlte sich wehmütig, weil alles bald zu Ende sein würde. April und noch immer kalt hier draußen in Asker, aber das machte ihr nichts aus, denn sie saß gern morgens früh hier unten am Fjord unter ihrer Decke und dachte nach, ehe alle anderen erwachten. Amund Andersens Kunstakademie. Eine private Schule für Maler. Zwei Jahre. Sieben Schüler in jedem Kurs, vierzehn Menschen in der großen Villa. Nicht alle wohnten hier draußen, aber die meisten, die, die aus anderen Orten stammten, wie sie. Sie kam aus dem Postkartendorf Grimo in Westnorwegen. Und bald würde sie dorthin zurückkehren. Zu dem, was ihr Leben sein würde. Auf den Hof. Zu den Eltern. Den Äpfeln. Und sie hatte es gewusst, sie war sich darüber im Klaren gewesen, dass sie den Rest ihres Lebens dort verbringen würde. Nicht, weil sie das musste, sondern, weil sie das wollte. Sie konnte sich nicht vorstellen, ihr Leben anderswo zu verbringen. Was begriffen sie also nicht daran, dass sie vorher noch zwei Jahre nur für sich haben wollte? Sie hatten allesamt über sie den Kopf geschüttelt. Die Eltern. *Nach Oslo? Um was zu tun? Zu malen? Weshalb?* Wie Fragezeichen, sie alle, auch die Freundinnen. *Was willst du, hast du gesagt?* Aber das konnte ihr ja egal sein, denn Emilie hatte sich entschlossen. Zwei Jahre. Nur für sie selbst. Auf der Malschule. Und danach würde sie zurückkehren und den Hof übernehmen, und nicht nur, weil sie das ihrem Vater versprochen hatte. Nein, weil sie das wollte, begriffen sie das nicht? Sie schwenkten auf der Veranda des großen weißen Hauses die Mützen wie auf einem Gemälde aus dem 19. Jahrhundert oder in einer Geschichte von Olav Duun. Sie mit dem Rucksack, unten an der Bushaltestelle. Nein, allesamt, das ist nicht so. Zum einen leben wir bald im einundzwanzigsten Jahrhundert, habt ihr das schon gehört? Mädchen brauchen nicht mehr für die Aussteuer zu sparen, in der Hoffnung, von einem umherreisenden Verehrer oder dem Jungen vom Nachbarhof aufgelesen zu werden. Hallooo, Mutter. Hallooo, Vater. Ich komme zurück. Tränennasse Gesichter unter bestickten Taschentüchern, die Großmutter hatte sogar die Tracht mit dem vielen Silberschmuck angelegt. Auch Flaggen. Nein, nein, jetzt hört aber auf. Endlich kam der Bus, und die Reise begann.

Emilie fand einen Stein und warf ihn hinaus in den ruhigen Fjord. Sie war anders als alle anderen an der Schule, das stimmte, und doch hatte sie hier Freunde fürs Leben gewonnen. Und das war doch der Sinn der Sache, oder nicht? Etwas anderes zu sehen? Andere Menschen kennenzulernen? Und doch, jaaaa, Vater, ich komme zurück, warum sollte ich nicht? Warum sollte ich all das hier verlassen? Sie hatte ihn zum Fenster geschoben, einfach, um klarzustellen, was sie meinte. Die Aussicht auf die Apfelbäume. Die fantastischen Hardangeräpfel, klein und rot, wie die pure Liebe an den Bäumen. Die Besten von Westnorwegen. Sie produzierten jetzt auch eigenen Cider, der sich sehr gut verkaufte, sogar die feinen Restaurants in Bergen hatten diesen unglaublichen Geschmack entdeckt. Die Berge, die steil in den funkelnden Fjord abfielen. Vater, verstehst du jetzt? Ich komme zurück.

Sie hatte zuerst an die Kunstakademie gedacht, diesen Plan aber rasch wieder aufgegeben. Blutige Handschuhe an einer leeren Wand oder Musik auf Gewürzgurkengläsern, das war nichts für sie. Sie malte gern. Nichts Tiefsinniges, sie wollte nur wiedergeben, was sie sah. Es noch einmal erschaffen. Sie liebte das Visuelle daran. Es gefiel ihr, wie ihre Hand sich über die Leinwand bewegte. Wie die Farben auf ihrer Palette verschmolzen und zu einer neuen wurden. Sie war nicht tiefsinnig, nicht wie Hansi, zum Beispiel. Die Angst. Die Leere. Die unstillbare Trauer des Menschen und seine Furcht vor dem Tod. Er war zwar erst sechzehn, aber dennoch. Hansi war aus Trøndelag und ungeheuer reizend, aber auch ungeheuer traurig, und es gelang ihm gar nicht gut, auf sich aufzupassen. Er wollte nicht essen, und er wollte kein Wasser und keinen Cider trinken, oder etwas anderes, was gesund war, denn: So ist das Leben nicht, das Leben ist nicht schön, das Leben ist hart und schwer, und am Ende sterben wir verdammt noch mal, und niemand weiß, warum. Und dann soll ich hier sitzen und Sahnetorte essen und Limo trinken? Zum Teufel, nein.

Sie schrieb »Hansi« auf ihren Block.

Vielleicht eins seiner Spukbilder?

Denn so malte er. So dünne Menschen, dass man durch sie hindurchsehen konnte, ihr Skelett und alles. Ihr standen immer die Haare zu Berge, wenn sie sah, wie er sich vor der Leinwand bewegte. Was für eine unglaubliche Technik mit den Pinseln. Einige Male unterbrach sie ihre eigene Arbeit, einfach nur, um ihm zuzusehen.

Aber Gott, wie traurig.

Der Arme.

Sie würde ein Bild von ihm kaufen, ehe sie nach Hause fuhr. Das hatte sie beschlossen. Hansi war einer von denen, die ein Stipendium bekommen hatten. Von Andersen selbst. Es gab nur eins pro Jahr, und vor zwei Jahren war es an Hansi gegangen. Sie wollte ihm natürlich nicht sagen, dass sie das Bild gekauft hatte. Sie würde einfach heimlich einen orangen Zettel daran kleben.

»Schau mal, ein Verkauf, Hansi!«

Die Freude in seinem Blick sehen.

Darauf freute sie sich.

Oder vielleicht doch lieber Amalie?

Ihre Fast-Namensschwester aus Nordnorwegen?

Sie schrieb den Namen auf ihren Block.

Die Abschlussausstellung. Deshalb saß sie doch an diesem Morgen hier draußen. Weil Andersen ihr den ehrenvollen Auftrag erteilt hatte.

Du, Westland.

So hatte er sie schon am ersten Tag genannt.

Du, Westland, malst du da einen Elch im Sonnenuntergang, oder was? Sieh dir doch dein Licht an! Grauenhaft. Hoffnungslos. Gib mir deine Pinsel. Die werde ich verbrennen.

Emilie lächelte und zog die Decke fester um sich zusammen, als die Sonne über Konglungen auf dem anderen Ufer des jetzt funkelnden Fjords hervorlugte.

So konnte er sein.

Andersen.

Unter vier Augen.

Sie hatte ihn vorsichtig gefragt: Wäre es möglich, zwei Gemälde für das Plakat auszusuchen? Aber der Alte hatte nur geschnaubt. Wollte keine Scheißcollage, wofür sie das hier eigentlich halte? Für einen Kindergarten?

Emilie seufzte und steckte den Bleistift wieder in die Tasche.

Nein, es würde wohl so werden, wie sie zuerst gedacht hatte.

Der Junge mit dem Dachs.

Sie hatte das Bild im Lager gefunden, als sie dort aufräumen sollte. Darin war er gut, der alte Andersen, die Leute für sich arbeiten zu lassen, egal, ob sie den Rasen mähen oder mit seinem Hund eine Runde drehen sollten. Wie auch immer, dort hatte das Bild eingestaubt in einer Ecke gelegen.

Ein nackter blonder Junge.

Der sie traurig anstarrte.

Mit einem Dachs in den Armen.

Sie hatte Andersen gefragt, wer das Bild gemalt habe, aber er hatte abgewehrt. Ein Idiot. War nicht viele Monate hier, konnte nicht bezahlen, und seither hatte das Bild über ihrem Bett gehangen.

Noch sechs Wochen.

Es war schön hier gewesen.

Freunde fürs Leben.

Vielleicht sollte sie sich doch für Hansi entscheiden?

Brauchte der das nicht am meisten?

Nein, das konnte sie Amalie nicht antun.

Es musste dabei bleiben.

Der Junge mit dem Dachs.

Emilie Skog stand vom Felsen auf, hob die Arme zum Himmel, lächelte in die Sonne und ging ruhig zu der Villa hoch, um das Frühstück zu machen.

• Teil 5 •

• 42 •

Die Vision der vierzehn Jahre alten Tochter des Pastors hatte zu einer gewaltigen Spaltung in der kleinen Kirchengemeinde geführt. Es hatte auch früher schon Meinungsverschiedenheiten gegeben; wenn auch nicht direkt Streit, dann doch Diskussionen, aber niemals so wie jetzt. Es gab jetzt zwei Flügel. Der eine glaubte an diese Offenbarung, der andere stritt alles ab und hielt sie für eine falsche Prophezeiung. Und was sich jetzt hier versammelt hatte, war der erste Flügel. Beim Aussichtsturm oben auf dem Marifjell, der Holzkonstruktion, die, wenn man genau hinsah, an den Turm zu Babel erinnern konnte, und der auf dem höchsten Punkt dieser bewaldeten Gegend lag, nur wenige Kilometer von der neuen Kirche entfernt, die sie vor weniger als zwei Jahren gebaut hatten. Denn als endlich die Diskussion beendet war, *ob* die Vision der Pastorentochter wirklich eine solche gewesen sei oder nicht, hatte der Teil der Gemeinde, der davon überzeugt war, in sehr kurzer Zeit entschieden, *wo* die Heimholung stattfinden sollte. Der Turm war einer der Gründe, weswegen so viele überzeugt waren, denn weshalb hatte jemand den überhaupt gebaut? Und warum gerade dort? Auf dem Marifjell? Wie hieß die Pastorentochter? Ja, nicht wahr? Mari. Und wie hoch war der Berg? 178 Meter über dem Meer? Und was stand in Matthäus 7, 18: *Jeder Baum, der keine guten Früchte hervorbringt, wird umgehauen und ins Feuer geworfen.* Karoline lächelte, als einer der Jungen zu dem Stein kam, auf dem sie saß, und ihr einen Schluck Tee anbot. Der Junge, Erik, war in ihrem Alter, einundzwanzig, und das entsprach dem, was in der kleinen Gemeinde geschehen war. Der Streit hatte sie gespalten, nach dem Alter. Die Jungen gegen die Alten. Und so war es schon lange, ohne dass irgendwer das in aller Öffentlichkeit zur Sprache gebracht hätte. Vor allem war unter den jüngeren Gemeindemitgliedern in stillen Ecken getuschelt worden. Aber das sind doch alte Gedanken? Das kann ja nicht stimmen? Glaubst du, Gott schickt Engel, um uns zu holen, wenn wir uns so verhalten? Eine kleine Fraktion hatte schließlich die Predigten befolgt, wie es ihnen aufgetragen worden war, ja, und außerdem trafen sie sich nun heimlich. Abends. Wenn die Alten schliefen. Angeführt von Marius, der wegen seiner Ansichten fast aus der Gemeinde ausgeschlossen worden war, der jedoch nach Protesten von, ja, eben den Jüngsten doch hatte bleiben dürfen. Bis auf Weiteres. Wenn er von nun an die Spielregeln befolgte und tat, was die Alten sagten. Denn eine Arche würde kommen. Das war natürlich der Kern des Streits. Das hatte Gott doch gesagt, hatte Er das etwa nicht in der Bibel geschrieben? Die Arche Noah? Die bei der Sintflut von jeder Tierart zwei und außerdem die von Gott auserwählten Menschen gerettet hatte? Sie hatten bei ihren geheimen Treffen viel darüber gelacht, dicht aneinandergedrängt im Kerzenlicht in der kleinen Hütte. Eine Arche? Aber klar doch. Sollte also ein riesiges Schiff hierherkommen? Mit Platz für alle? Unsinn. Das sei doch eine *Metapher,* das müssten sie alle begreifen. Jetzt seien neue Zeiten. Sie lebten jetzt in einer modernen Welt. Und Gott sei doch kein Hinterwäldler, Er sei das Licht an sich, also werde Er natürlich kein Boot schicken.

»Und was ist mit einem UFO?«

Das hatte Erik als Erster gesagt, ganz leise in der kleinen Hütte. Er hatte geflüstert, ein Gedanke, der fast zu gefährlich war, um laut ausgesprochen zu werden.

Und unter ihnen hatte sich eine Freude ausgebreitet, eine Geistigkeit, die nicht misszuverstehen war. Sie hatten es alle gespürt, wie diese Vorstellung in ihnen Wohnung nahm, sie fast euphorisch machte.

»Ja!«

»Natürlich.«

»Das erklärt doch alles, oder etwa nicht?«

Denn auch das hatten sie vor nicht allzu langer Zeit in der kleinen Kirche diskutiert, nachdem Marius geglaubt hatte, etwas Leuchtendes über dem Hügelkamm schweben zu sehen. Er hatte nicht nur das Licht gesehen, sondern auch ein Fahrzeug. Es war metallisch gewesen und hatte sich sehr schnell um sich selbst gedreht, innen hatten Farben gesprüht, fast wie in einer Diskothek, und das hatte dazu geführt, dass er ausgewiesen werden sollte, denn das widersprach doch jeder Vernunft. Solchen Unsinn betrieb Gott natürlich nicht. Fliegende Untertassen und grüne Männchen und Leben auf anderen Planeten, das wussten doch alle, diese Vorstellungen hatte Satan auf die Welt losgelassen, um die Menschen zu verwirren, um sie an der Schöpfung zweifeln zu lassen. Aber so hatte Marius das doch nicht gemeint. Er hatte gemeint, das UFO sei Gott selbst, aber das hatte die Sache nur noch schlimmer gemacht, und er war abermals verwarnt worden, doch zum Glück spielte das jetzt keine Rolle mehr.

Das war es, was Mari, die vierzehn Jahre alte Pastorentochter, gesehen hatte: Sie hatte mitten in der Nacht in tiefem Schlaf im Bett gelegen, als eine Stimme sie weckte und ihr auftrug, hinunter zum Fluss zu gehen. Die Pastorentochter hatte sich nicht gefürchtet, hatte nur, wie sie es sagte, eine *warme Geborgenheit* empfunden, und sie hatte den Befehl der Stimme befolgt. In ihrem langen weißen Nachthemd war sie barfuß durch den Wald gegangen, und wie sie es selbst erzählte: *Ich hatte keine Schuhe, aber das machte nichts. Egal, worauf ich trat, es tat nicht weh, es war, als hätte Gott selbst nur für mich einen Weg aus Watte ausgelegt.*

Auf dem Weg nach unten hatte sich der Wald plötzlich mit der lieblichsten Musik gefüllt. Sie hörte einen Engelschor und Streicher, und sie war so gerührt gewesen, dass ihr die Tränen über die Wangen gekullert waren. Und dann hatte sie den Fluss erreicht, und der war reißend nach der Schneeschmelze, aber die Stimme hatte ihr befohlen, trotzdem hineinzugehen. Und stellt euch vor, dort, als das Wasser sie umschäumte und umtoste, hatte sie weiterhin fest gestanden. Und dann hatte sie es gesehen. Dort unten. Im Wasser.

Die brennenden Zahlen.

24040424.

»Unter Wasser brennt es doch nicht, oder?«, fragte Erik augenzwinkernd. Er setzte sich neben sie auf einen Baumstumpf und hob sein Gesicht zum Himmel.

Das war sozusagen zum geheimen Losungswort der beiden geworden.

Unter Wasser brennt es doch nicht, oder?

In der Bedeutung: Wer ist der Einzige, dessen Macht groß genug ist, um ein solches Zeichen zu schicken?

Ja, natürlich.

GOTT.

Und dann war diese Diskussion entbrannt, und alle hatten sich daran beteiligt, immer, seit sie vor einigen Jahren hergezogen waren. Wohin kommt Gott? Wann kommt Gott? Und was müssen wir tun, damit Er gerade uns auswählt und in den Himmel holt?

Das Letzte würde in Ordnung gehen, da waren sich alle einig. Denn sie waren doch die Auserwählten. Niemand diente dem Herrn besser als sie.

Und wohin Er kommen würde, ja, diese Antwort hatten sie jetzt erhalten, oder nicht? Mari? Das Marifjell? War es ein Zufall, dass der Pastor ausgerechnet diesen Wald ausgesucht hatte, um die neue Kirche zu errichten? Nein, natürlich nicht. Und dann war doch die große Frage: Wann?

Wann wird das geschehen?

Wann werden wir unsere Belohnung erhalten?

24040424.

»Was, wenn das bedeutet, 24. April? Um 04.24 Uhr nachts?«

Eine neue explodierende Offenbarung dort in der kleinen Hütte, und Karoline hatte vor Freude fast geweint.

Sie hatte nur selten eine solche Wahrheit vernommen.

»Nur einige Wochen noch.«

»Wir haben keine Zeit zu verlieren.«

Und dann hatten sie angefangen.

Wieder insgeheim.

Ihre Sachen zusammenzusuchen.

Das wenige, was sie brauchten.

Und nun saßen sie da, bebend vor Spannung.

Vierzehn junge Menschen.

Draußen war es jetzt stockfinster, nur einige wenige Sterne leuchteten über dem Berg, über der Gemeinde, die fast unmerklich eng zusammengerückt war.

4.20 Uhr.

4.21 Uhr.

Sie spürte das Pochen unter ihrer Jacke, Hände, die nach einander griffen.

4.22 Uhr.

4.23 Uhr.

4.24 Uhr …

4.25 Uhr …

Aber …?

4.26 Uhr …

War das nicht …?

Verwirrte Blicke untereinander, und zu dem unendlichen Himmel über ihnen.

Marius sah es als Erster.

»Da!«

Eifrige Finger richteten sich auf das Flammende dort unten im Wald.

Zuerst nur wenig, dann größer, noch kräftiger.

Lächeln jetzt, als sie begriffen, was geschehen war.

Der Aussichtsturm auf dem Marifjell.

Nicht hier würde es landen.

Natürlich nicht.

Von hier aus sollten sie es nur sehen!

Karoline stieß ein kurzes Freudengeheul aus, während sie

in aller Eile ihre wenigen Habseligkeiten zusammenraffte und so schnell sie konnte den Abhang hinunterlief.

Auf das brennende Zeichen zu.

• 43 •

Holger Munch stieg aus dem Auto und steckte sich gerade eine Zigarette an, als Fredrik den schmalen Waldweg hochkam. Der junge Ermittler trug ausnahmsweise keinen Anzug, sondern hatte sich die passende Kleidung für diese Umgebung ausgesucht.

»Ist es weit unten?«, fragte Munch.

Er öffnete den Kofferraum und nahm seine Stiefel heraus.

»Ein Kilometerchen.«

»Die Umgebung ist abgesperrt?«

»Ja, das wenige, was nötig war. Hier wohnen ja nicht viele, wie du siehst.«

Fredrik nickte zu den Wäldern in ihrer Umgebung hinüber. Das Marifjell natürlich, gleich beim Hurdalssjø, nur neunzig Autominuten nördlich von Oslo, aber dennoch schienen sie sich schon tief in der Wildnis zu befinden. In aller Frühe war der Anruf von der lokalen Polizei gekommen, die klug genug gewesen war, den Zusammenhang zu erkennen. Ein weißer Peugeot Lieferwagen. Wie der, nach dem gefahndet wurde.

»Und wer hat ihn gefunden?«

Fredrik schien mit der Antwort zu zögern.

»Eine Gruppe von Jugendlichen. Sie behaupten, zum Zelten hergekommen zu sein, aber ich bin mir nicht so sicher. Hab kein Zelt gesehen, dafür eine Menge Kreuze um den

Hals, ich habe so das Gefühl, dass die hier waren – ja, ich weiß nicht so recht, aber egal, ist ja auch nicht so wichtig. Sie haben jedenfalls den Brand gemeldet, und dann sind wir informiert worden, also ist es unser Glück, dass sie hier waren. Der Brand war gerade gelöscht, als wir eingetroffen sind.«

Munch ging hinter ihm her den Waldweg hinunter. Er war schon lange nicht mehr so weit von der Stadt entfernt gewesen. Der Geruch der norwegischen Natur. Die Luft war so frisch, dass sie fast eine Herausforderung für seine Lunge darstellte. Sicher gut, in letzter Zeit waren es ein bisschen zu viele Zigaretten gewesen. Marianne hatte ihn besorgt angesehen.

Du atmest im Schlaf sehr schwer, Holger. Sollten wir noch mal einen Termin beim Arzt machen?

Noch eine nicht eingehaltene Abmachung. Er hatte ihr ein richtiges Familienfrühstück versprochen.

Ich hab dir etwas zu essen eingepackt.

Ein Eichhörnchen lief einen Baumstamm hinab und huschte vor ihnen über den Weg.

»Aber wir glauben, dass es unser Mann war?«

»Man kann nie wissen«, sagte Fredrik. »Aber warum einen fast neuen Peugeot Lieferwagen weit in die Wildnis hinausfahren und dann anzünden? Zumindest ist das verdächtig. Clever von den örtlichen Beamten, das so schnell mit uns in Verbindung zu bringen.«

Munch atmete jetzt schwerer. Er konnte mit dem jungen Kollegen fast nicht Schritt halten.

»Warum fahren wir nicht runter?«

»Was?«

»Wenn er den Lieferwagen gefahren hat? Warum können wir nicht auch fahren?«

Fredrik blieb stehen, drehte sich um und grinste.

»Ein bisschen Training tut dir doch gut, oder nicht?«

»Klar, das schon, aber trotzdem?«

»Gleich hinter der Kurve hier siehst du die Antwort.«

Zweihundert Meter weiter lag eine riesige Kiefer, die ihnen den Weg versperrte.

Fredrik zeigte auf die frische Schnittkante ganz unten am Stamm.

»Ach was«, murmelte Munch.

»Wirkt unnötig, aber er hat einen Baum umgesägt, um den Weg zu versperren.«

»Seltsam.«

Munch zog eine Zigarette aus dem Dufflecoat und steckte sie an.

»Hier?«

Er schaute sich um.

»Hat das etwas zu bedeuten?«

»Wie meinst du das?«

»Na ja, dass er genau hier gesägt hat. Kann das etwas bedeuten?«

»Daran hab ich noch nicht gedacht.«

Fredrik schaute sich um und zuckte mit den Schultern. »Das ist bestimmt ein Zufall, meinst du nicht? Hätte auch jeder andere Baum gewesen sein können. Er wollte sicher nur verhindern, dass jemand nach unten fährt? Damit es länger dauert, bis der ausgebrannte Wagen gefunden wird? Ich meine, es war halb fünf Uhr morgens, pures Schwein für uns, dass diese jungen Leute hier waren, was immer sie hier wollten. Wenn nicht, hätte es doch Wochen dauern können, bis jemand die Karre gefunden hätte?«

»Was dieser Typ macht, wirkt nie zufällig«, murmelte

Munch und drehte die Zigarette zwischen den Fingern. »Wie ist er zurückgekommen?«

»Was?«

»Er ist mit dem Wagen hergefahren. Mitten in die Pampa. Ist er danach nach Hause spaziert? Hat jemand oben an der Straße auf ihn gewartet?«

»Ja, gute Frage«, sagte Fredrik und schaute sich auf dem Boden um, bis er das Gesuchte gefunden hatte.

»Schau mal. Die sind ganz frisch, und es gibt weitere, den ganzen Weg nach unten.«

Spuren in der feuchten Erde.

»Ich glaube, er hatte so einen kleinen Geländewagen auf der Ladefläche. Er fährt nach unten, zündet den Transporter an und fährt mit diesem Dings weg. Eine Theorie jedenfalls.«

»Und wie viele Stunden ist das her, hast du gesagt?«

Munch schaute sich abermals um.

»Die Jugendlichen haben gesagt, es war so gegen halb fünf. Also an die fünf Stunden.«

»Führen viele Straßen hierher?«

»Nur die, über die du gekommen bist, sagen die Kollegen von hier. Aber wenn er wirklich so ein Minifahrzeug hatte, kann er theoretisch überall hier gefahren sein.«

Fredrik hob abermals die Hände und ging gerade weiter, als Munchs Handy klingelte.

Anette Goli.

»Ja, Holger hier.«

»Hallo, bist du da draußen?«

»Wir sind gleich vor Ort. Was ist los?«

»Die Technik hat gerade angerufen. Wir haben einen Treffer für die Kippen. Ein DNA-Profil. Der Bursche ist vorbestraft. Ich glaube, wir haben vielleicht unseren Mann gefunden, Holger. Ich sehe mir gerade sein Bild an.«

»Warte«, sagte Munch eifrig. »Ich komme.«

Er rief zu Fredrik nach unten:

»Ich muss zurück. Wir haben einen Treffer für die Kippen. Sag den örtlichen Kollegen, sie sollen diese Spuren verfolgen, sehen, wie weit das möglich ist, und ruf mich an, wenn die Technik etwas am Wagen findet, okay?«

»Na klar.«

Munch ließ das Handy wieder in seine Tasche gleiten und lief durch den Wald zurück nach oben.

• 44 •

Mia Krüger hatte erbärmlich geschlafen und war mit einem ganz scheußlichen Gefühl im ganzen Körper aufgewacht. Ein Bett allein in dem großen weißen Raum, und so fühlte sie sich auch, wie von Einsamkeit überwältigt. Wieder hatte sie Hoffnungen gehabt, als das Telefon so oft geklingelt hatte. Von derselben Nummer aus.

Sigrid?

Aber nein, natürlich nicht.

»*Hallo, ich rufe an von …*«

Ein Scheißverkäufer.

Mia zwang sich aufzustehen und stapfte in Richtung Küche los, wo sie sich einen Joghurt aus dem Kühlschrank schnappte. Ihr war schlecht, aber etwas musste sie essen. Sie zuckte zusammen, als das Telefon erneut klingelte, aber im Display stand zum Glück Munchs Name.

»Ja, Mia?«

»Hier Holger. Bist du zu Hause?«

»Ja.«

»Wir haben einen Treffer für die Kippen aus dem Wald.«

»Echt?«

»Ich bin auf dem Weg zu dir.«

»Alles klar.«

Und dann, einige Minuten später, ein seltsames Gefühl, dass hier etwas nicht ganz stimmte, als Mia sich in den schwarzen Audi setzte. Munch starrte mit leerem Blick durch die Windschutzscheibe. Das war absolut nicht die Reaktion, die sie erwartet hatte. Sie hatten doch einen Treffer für die Kippen? Warum war er nicht schon dort oben? Und weshalb dieses Gesicht? Kein Zeichen von Freude, nur diese zusammengekniffenen Augen, die am Ende erwachten und zu ihr herüberlugten, als sie den Sicherheitsgurt schloss.

»Was ist los?«

»Was?«, fragte Munch fast mürrisch und fuhr los.

»Wer ist es? Für wen haben wir einen Treffer?«

Er nickte zu einem kleinen Ordner hinüber, der zwischen ihnen lag, bog ruhig in den Parkvei ab und fuhr dann weiter in Richtung Majorstua. Keine Eile. Aus irgendeinem Grund.

Mia nahm die Blätter aus dem Ordner.

»Paul Iverson?«

Sie sah das Bild an. Ein Mann von Mitte dreißig. Rasierter Schädel. Müde Augen. Tätowierungen – eine neben dem Auge, mehrere im Nacken. Die Bilder stammten sichtlich von einer Festnahme, und sie hatten sich große Mühe gegeben, alle Details an seinem Körper zu dokumentieren. Mehrere Narben an der Brust und auf den Oberschenkeln. Möglicherweise von Messerstichen.

Munch hielt vor einer roten Ampel und schien es noch immer nicht eilig zu haben.

»Erinnerst du dich an einen Fall von vor einigen Jahren?«, murmelte er, als sie weiterfuhren.

»Welchen Fall?«

»Ein Banküberfall in Lillestrøm. Der hat großes Aufsehen erregt, nicht, weil sie so viel erbeutet hätten, sondern, weil sie nicht weit gekommen sind.«

Ein kurzes Lächeln jetzt, ehe er wieder im Ernst versank.

»Ach, der Typ ist das?«

Sie konnte sich gut erinnern. Sie hatten zu Hause vor dem Fernseher gesessen, die ganze Familie, und dieser Banküberfall war zur reinsten Samstagsunterhaltung geworden. Es war wochenlang so weitergegangen; nachdem die Nachrichten den Fall vergessen hatten, hatten die Komiker die Sache übernommen. Die hoffnungslosesten Bankräuber aller Zeiten. Der hoffnungsloseste Fahrer aller Zeiten. Mia wusste noch genau, wie sehr sie gelacht hatten. Es war Sommer gewesen, da draußen in Åsgårdstrand. Es war so schön gewesen, wieder zusammen zu sein. Wieder und wieder waren die Bilder der Überwachungskameras über den Bildschirm geflimmert. In der Bank, wo die Räuber ihre Waffen schwenkten und den Leuten befahlen, sich auf den Boden zu legen. Sie hatten die Alarmanlagen ausgeschaltet, alles war professionell gewesen bis in die Fingerspitzen, wie im Film. Alles hervorragend, aber dann die Bilder von draußen. Der Fluchtwagen war in hohem Tempo zu den Türen gefahren, und der Fahrer hatte den Motor abgewürgt. Action, als die Bankräuber in ihren Skimasken mit den Waffen fuchtelnd aus der Bank rannten, aber der Wagen bewegte sich nicht vom Fleck. Der Fahrer sprang heraus, ohne sein

Gesicht zu bedecken, er schaute zudem verdutzt voll in eine Kamera. Er klappte die Motorhaube hoch, fummelte am Motor herum. Endlich stieg er wieder ein, nur um über die Straße zu schlingern und voll gegen einen zwanzig Meter entfernten Laternenmast zu knallen.

Der kürzeste Banküberfall aller Zeiten.

»Ist er das?«

Munch nickte und bog in den Sørkedalsvei ab.

»Er war der Fahrer?«

»Paul Iverson war der Fahrer, ja. Hat achtzehn Monate gekriegt, sozusagen mildernde Umstände für Idiotie, glaube ich, jedenfalls haben wir ihn deshalb in unseren Registern. Er ist jetzt wieder draußen, kriegt Frührente, wohnt oben in Østerås.«

»Und …?«

»Und was?«

Mia begriff noch immer nicht, was hier vor sich ging.

Die Kippen?

Vom Aussichtspunkt?

Aus dem Wald?

Hallo?

Heulendes Blaulicht?

Warum in aller Welt hatte er sie abgeholt?

Munch runzelte die Stirn, öffnete das Fenster und steckte sich eine Zigarette an, als sie abermals bei Rot anhielten.

»Okay«, sagte Mia. »Und wir sind sicher? Das ist seine DNA auf den Kippen?«

»Die Rechtsmedizin sagt, das sind hundertprozentige Treffer.«

»Er ist es also?«

»Offenbar.«

Aber verdammt, Munch?

»Und wir wissen, wo er wohnt?«

»Eiksvei 88 c. Zweiter Stock.«

»Haben wir dort schon einen Wagen?«

»Nein.«

»Woher weißt du also, dass er zu Hause ist?«

»Ich habe vorhin angerufen.«

»Was?«

»Er wollte Kaffee aufsetzen.«

»Du hast angerufen und gesagt, dass wir kommen?«

»Ja.«

Sie konnte jetzt nicht mehr.

»Warum freust du dich nicht?«

»Wie meinst du das?«

»Wir haben einen DNA-Treffer für die Kippen. Und hier fährst du wie ein Opa beim Sonntagsausflug? Und warum hast du dir die Mühe gemacht, mich abzuholen?«

Munch runzelte wieder die Stirn.

»Weil ich wollte, dass du es selbst siehst.«

»Was denn?«

»Was wir sehen, wenn er die Tür öffnet.«

• 45 •

Die seltsame Stimmung hielt schon seit mehreren Tagen an, und obwohl Lydia Clemens dachte, es sei vielleicht ihre Schuld, war das gar nicht so. Einmal im Jahr. Weil sie ein Kind war. Und so gesehen war es das vielleicht doch, ihre Schuld, denn sie kamen ja ihretwegen, aber Opa Willy musste doch begreifen, dass nicht Lydia das entschieden hatte? Dass die *Überwacher* zu Besuch kamen. Das hatte doch der Staat beschlossen, nicht sie selbst? Nein, ab und zu war sie richtig sauer auf ihn. Jetzt, wo der Frühling gekommen war, alle ihre Freunde unter den Vögeln zurückgekehrt waren und sie barfuß über den Waldboden laufen konnte, und dann maulte er nur die ganze Zeit. *Versuch doch, ein bisschen fröhlich zu sein, Opa,* hatte sie gesagt, fast ein bisschen frech, beim Frühstück, aber da war er noch saurer geworden, war mit dem Essen in sein Zimmer gegangen und hatte die Tür zugemacht, und seither hatte sie ihn nicht mehr gesehen. Na ja, deshalb wollte sie sich nicht den Kopf zerbrechen. Denn sie hatte den ganzen Winter hindurch gearbeitet, hatte sich an der schweren Nähmaschine abgemüht, die keinen Strom hatte, sondern so eine Platte, auf die man treten musste, und da war sie fast nicht rangekommen, deshalb hatte sie ein großes Stück Holz daran befestigen müssen. Aber es spielte jetzt keine große Rolle mehr, denn heute würde sie es zum ersten Mal anziehen, es jemandem zeigen.

Das Kleid.

Lydia lächelte und merkte, dass ihre Wangen heiß wurden. Es hing schon fertig im Schrank, aber sie hatte es nicht hervorholen wollen. Dafür brauchte sie einen Anlass. Nicht, dass ein Besuch der *Überwacher* ein Anlass zum Feiern wäre, aber es hatte doch keinen Sinn, ein Kleid vorzuführen, wenn niemand es sah, oder? Und Opa Willy, dem war so was doch wohl egal. Das hatte natürlich einen Grund, das wusste sie. Denn die Modeindustrie war eine der Ursachen dafür, dass die Erde zerstört war und dass die *lange Nacht* bald beginnen würde. Wenn alle nur die Kleider hätten, die sie wirklich brauchten, wäre die Natur noch am Leben.

Aber so waren die Menschen nicht. Die Menschen waren alberne, selbstsüchtige Wesen, die zeigen wollten, dass sie schöner und besser waren als andere. Manchmal zeigten sie das äußerlich, mit Schmuck, den Sklaven in Afrika aus unterirdischen Bergwerken graben mussten, oder Schminke, die an Tieren ausprobiert wurde, die davon starben. Aber was am meisten verwendet wurde, waren Kleider, oder *Mode,* wie die Leute da draußen das nannten. Mode war etwas, das sich die ganze Zeit veränderte, nicht, weil es notwendig war, sondern, weil die, die Kleider herstellten, nicht haufenweise Geld verdienten, wenn die Menschen die ganze Zeit dasselbe trugen, denn dann kauften sie ja nichts Neues. Also hatten sie eine schlaue Abmachung mit Zeitungen und Zeitschriften in aller Welt getroffen, die nun behaupteten, die Menschen brauchten Mode. Und wenn sie diese *Mode* nicht befolgten, waren sie dumm und nicht so viel wert wie die anderen. Auf diese Weise verdienten die Zeitschriften und die, die Kleider verkauften, Geld, ohne dass, was sie herstellten, eigentlich benötigt wurde. Ein überaus kluger Plan, hatte Opa Willy gesagt, damals, als er ihr diesen Zusammenhang erklärt hatte. *Gierige Menschen sind aus irgendeinem Grund ungeheuer clever, und das ist sehr dumm für uns andere.* Sie fand das klug gesagt, und sie hatte es sofort in ihr Buch geschrieben, in das sie Dinge klebte, die sie fand, oder in das sie Gedanken kritzelte, die ihr gekommen waren, wenn sie zum Beispiel unterwegs gewesen war und einen Adler gesehen hatte, der so prachtvoll und schön war und so majestätisch oben am Himmel schwebte, dass es ein seltsamer Gedanke war, warum nicht Adler auf der Erde bestimmten, statt dieser dummen Menschen, die dafür gesorgt hatten, dass die *lange Zeit* bald kommen würde.

Deshalb hatte Lydia das getan, was Opa Willy immer sagte: *Ehe wir etwas Neues herstellen, müssen wir das verbrauchen, was wir haben.* Zuerst hatte sie das schwierig gefunden, denn alle Kleider, die sie hatten, hatten Opa Willy oder Lydia doch selbst gemacht. Und das meiste war aus Fellen, von Tieren, die sie geschossen hatten, oder aus Wolle von den Schafen, und das war doch irgendwie nichts Besonderes, wenn jemand zu Besuch kam und man fein sein wollte. Lydia hatte lange darüber nachgedacht, ehe sie plötzlich gewusst hatte, was sie tun würde. Sie wusste ja, dass sie das eigentlich nicht durfte, denn die *verbotene Truhe* war genau das: sehr verboten und abgeschlossen. Und ihr Inhalt war geheim, und niemand sollte ihn sehen, niemals mehr. Aber sie wusste ja, wo Opa Willy alles aufbewahrte. Er war einfach so. So vergesslich. Also hatte er sich ein System gemacht, und jetzt hatte alles seinen besonderen Platz. Auch geheime Dinge. Wie der Schlüssel zu der *verbotenen Truhe.* Und sie wusste ja, dass sie das nicht durfte, dass es nicht erlaubt war, aber draußen war es so lange so dunkel gewesen. Nur Schnee überall, und nicht der stille, lustige Schnee, der einfach auf dem Boden lag, nein, feuchter, klebriger Schnee, der sie durchnässte, wenn sie nur die Ziegen melken ging. Und sie hatte ja auch niemanden zum Spielen. Keine anderen Kinder. Denn die anderen Kinder waren ja dumm oder gemein, stimmt's? Mit Krankheiten im Kopf und im Leib, und wenn man sich bei ihnen ansteckte, wurde man so dumm wie sie oder so krank, dass man die *lange Zeit* nicht überleben würde.

Also hatte sie es getan.

Als Opa Willy eines Tages unten in Vassenden gewesen war.

Obwohl es nicht erlaubt war.

Sie kletterte auf einen Stuhl, holte den Schlüssel aus dem alten Zigarettenetui oben auf dem Schrank, ging die steile Treppe hinunter in den Keller, nahm die Decken weg und öffnete die Truhe mit der Bauernmalerei mit zitternden Fingern. Sie hatte es schon einmal gemacht, deshalb wusste sie, dass sie dort drinnen lagen. Die geblümten Vorhänge. Beim ersten Mal hatte sie nur einen kurzen Blick in die Truhe gewagt, aber jetzt, im Winter, war sie mutiger gewesen. Und das war ja vielleicht kein Wunder, denn jetzt war sie doch zwölf Jahre alt. Zwölf Jahre, das war ein wichtiges Alter. Denn dann konnte ein Kind über sich selbst entscheiden. Opa Willy hatte ihr erzählt, dass es zwei wichtige Tage im Leben eines Menschen gab. Den zwölften Geburtstag, denn dann konnte man anstelle der Eltern bestimmen, wo man wohnen wollte, wenn es zu Hause Probleme gab, wenn die Eltern zum Beispiel auseinanderziehen wollten. Das passierte draußen in der Welt oft, denn die Liebe war wohl nicht so einfach. Viele lernten sich zu früh kennen, dann bekamen sie Kinder, weil sie glaubten, dass sie immer zusammenbleiben wollten. Aber dann änderten sich die Menschen und wollten doch nicht mehr zusammenbleiben, und dann gab es oft das, was Scheidung genannt wurde, und die Erwachsenen, die nicht besonders lieb oder klug waren, ließen die Kinder darunter leiden. Deshalb hatte der Staat beschlossen, dass Kinder mit zwölf Jahren selbst entscheiden durften. Das hatte sie sehr schön gefunden. An diesem Tag. Opa Willy war noch früher als sonst aufgestanden und hatte einen Kuchen für sie gebacken und das ganze Haus geputzt, und als sie alle Kerzen ausgeblasen hatte, hatte er ihre Haare gestreichelt und gesagt: *Du bist das feinste*

Mädchen, du, und ihr war überall ganz warm geworden, und dieses Gefühl hatte noch viele Tage vorgehalten. Seltsam, eigentlich, hatte sie gefunden, dass Opa Willy etwas Gutes darüber sagte, was der Staat dort draußen beschlossen hatte. Das mit den zwölf Jahren. Aber sie hatte nicht weiter danach fragen wollen.

Der achtzehnte Geburtstag war der nächste große Tag. Zwölf war wichtiger, achtzehn war vor allem für die da draußen von Bedeutung, aber sie freute sich trotzdem. Auch wenn die *lange Zeit* wohl schon vorher anbrechen würde, war es doch schön, etwas zu haben, worauf sie sich *vielleicht* freuen konnte; das war besser, als sich gar nicht freuen zu können.

Sie zitterte innerlich noch immer, als sie voller Ehrfurcht das Kleid aus dem Schrank nahm und ihre Sachen aus Wildleder zu Boden fallen ließ. Der Spiegel war nicht groß und ziemlich angelaufen, aber sie konnte sich doch gut sehen, als sie vorsichtig das geblümte Kleid anzog und sich am Fenster aufstellte, wo das Licht am besten war.

Oi.

Was war sie fein!

Sie drehte sich ein bisschen hin und her und lächelte.

Sollte sie bei Opa Willy anklopfen?

Ihm zeigen, wie schön sie aussah?

Nein.

Besser nicht.

Sie wollte das hier genießen.

Lydia Clemens strahlte, als sie auf den Gang hinaussprang und die Stiefel anzog.

Und den ganzen Weg zum Tor rannte.

Um zu warten.

• 46 •

Fredrik stand mit gesenktem Kopf an der Grenze zwischen feuchtem Waldweg und festerem Kiesweg und konnte zu seiner Erleichterung sehen, dass das Wetter ausnahmsweise einmal auf seiner Seite gewesen war. Der Regen. Der hatte den matschigen Trampelpfad und diesen Kiesweg feuchter gemacht, und nachdem er den Boden eine Weile betrachtet hatte, fand er sie. Die Spuren des kleinen Geländefahrzeugs, die nach Süden führten. Er ging zurück zu seinem Auto und breitete die Landkarte auf der Motorhaube aus. Wie die Stecknadel im Heuhaufen, natürlich. Er war auf allen Seiten von Wald umgeben. Im Norden führte der Kiesweg hoch ins Naturreservat Gullenhaugen, ehe er nach Westen in Richtung Øyangen abbog und dann weiter beim Hurdalssjø auf die Nationalstraße 120 abbog. Von dort aus hatte der Täter eigentlich überall hinfahren können, hinunter nach Eidsvoll, hinauf nach Hurdal. Wie viel fasste eigentlich der Benzintank eines solchen Geländefahrzeugs? Sein Onkel hatte so eines gehabt. Das war doch nicht groß gewesen? Was mochte das gewesen sein? Unterschiedliche Modelle hatten sicher unterschiedliche Größen, aber sie waren doch nicht für weite Strecken konstruiert, wie weit konnte der Täter eigentlich gekommen sein? Fredrik richtete sich auf und betrachtete den Wald um sich herum.

Das Schwein war noch irgendwo hier draußen.

In der Nähe.

Er beugte sich wieder über die Karte. Abzweigung vom Gamle Hurdalsveg. Wie weit war es von dort nach hier oben gewesen? Drei Kilometer? Sechs? Na gut. Er hatte also an die sechs Kilometer, bis der Asphalt begann. Dort würden die Spuren verschwinden. Es musste hier oben sein. Auf dem Kiesweg. Wie viele Abfahrten hatte er auf dem Herweg gezählt? Eine zu einer Rodung, wo hohe Stapel von frisch gefällten Baumstämmen am Ende des Weges lagen. Eine zu etwas, das wie ein Stausee aussah. Die Gemeinde hatte entsprechende Schilder angebracht. Vom letzten Weg hatte er schnell wieder zurückgesetzt, fast hätte er sich dort festgefahren.

Fredrik überzeugte sich davon, dass er die Spur sehen konnte, und setzte sich ins Auto.

Er konnte noch immer ihren Duft spüren.

Die weiche Haut unter der Bettdecke.

Danach ihr Lächeln auf dem Kopfkissen.

Die Lehrerin.

Silje Simonsen.

Verdammt, Fredrik, als ob du nicht schon genug zu bedenken hättest.

Aus der einen Flasche Wein waren zwei geworden. Die Welt am Küchentisch war für einen Moment auf Pause gestellt, und er hatte sich davon mitreißen lassen, wie leicht es war, mit ihr zu reden. Frei nach dem Klischee, als ob sie schon alte Bekannte wären. Er war schließlich ziemlich beschwipst gewesen. Aus der Anlage kam leise Musik. Billie Holiday, dieselbe CD auf Repeat, während ihre Finger auf dem Tisch näher gekommen waren.

Der Ordner vom Jugendamt war zum Glück nicht so schlimm gewesen, wie er erwartet hatte. Schlimm genug, ja, der Junge war mehrmals mit blauen Flecken in die Schule gekommen, so vielen, dass die Schulleitung schließlich aktiv geworden war. Ein Gespräch mit dem Vater. Nicht genug für konkrete Maßnahmen, aber die Zusammenfassung der Sachbearbeiterin hatte er sich gemerkt. *Vater scheint an einem Mangel an Empathie zu leiden, und ich würde dringend dazu raten, die Familie weiterhin im Auge zu behalten.* Gefolgt von einem Vorschlag für ein weiteres Gespräch, aber dazu schien es dann nicht gekommen zu sein. Er selbst hatte natürlich auch das Gefühl gehabt, dass etwas nicht so war, wie es sein sollte, da der Junge im Auto gesessen hatte, während der Vater nur für sich selbst Essen kaufte. Aber ein Mord? Nein, er hatte nichts gefunden, was darauf hinweisen könnte. Er würde mit Munch reden müssen. Eine Vernehmung könnte jedenfalls nicht schaden. Wenn sie nicht schon den Richtigen hatten. Die Kippen. Einen vollständigen DNA-Treffer. Aus dem Wald. Er begriff noch immer nicht, wie sie das geschafft hatte. Wie sie auf diesen Gedanken gekommen war. Die Studentin. Mia Krüger. An den ersten Tagen war auf dem Gang über sie getuschelt worden, jetzt war alles still. Alle waren begeistert von ihr, sogar Oxen hatte mit Brummen aufgehört.

Oxen.

Nein, daran mochte er jetzt nicht denken.

Er fluchte leise über dem Lenkrad, als die Spur vor ihm plötzlich verschwand. Der Boden war zu hart. Er sprang aus dem Wagen und ging in die Knie.

Nein.

Scheiße.

Eine Pfütze unten bei der Ausfahrt zum Gamle Hurdalsveg stimmte ihn plötzlich optimistischer, aber draußen auf dem Asphalt fand er dann nichts mehr.

Er wurde von einer Mitteilung gestört.

Hallo, Lieber, heute »krank«. Denk an dich. S.

Er ging zurück auf den Asphalt und starrte zum Wald hoch.

Hatte er etwas übersehen?

Gab es einen Seitenweg, den er nicht bemerkt hatte?

Verdammt.

Okay.

Fredrik steckte das Handy in die Tasche seiner Fleecejacke, setzte sich wieder hinters Lenkrad und wendete.

Und fuhr langsam den schmalen Kiesweg hoch.

• 47 •

Sie tat Munch fast leid, als sie mit gesenktem Kopf an der Motorhaube des Audi lehnte, die Hände tief in die Taschen ihrer schwarzen Lederjacke gebohrt. Er rief sich in Erinnerung, dass er sich um dieses junge Mädchen kümmern musste, denn sie war empfindlich und durchaus nicht so hart, wie sie gern auftreten wollte. Sie wirkte jetzt fast durchsichtig, als sie den Blick hob und über die niedrigen Wohnblocks vor ihnen wandern ließ. Anette Golis Stimme drang aus dem Handy an seinem Ohr, aber er hörte fast nicht mehr zu.

»Dreyer tobt. Hast du heute die Zeitungen gesehen?«

»Was?«

»Komm schon, Holger. Sie will dich sprechen. Ich habe gesagt, dass du irgendwann morgen nach Grønland kommst, okay?«

Munch seufzte und steckte sich eine neue Zigarette an.

»Zu ihr? Weshalb denn?«

Anette Goli seufzte resigniert.

»Herrgott, Holger, hast du mir überhaupt zugehört? Hast du heute die Zeitungen gesehen?«

Die Schlagzeilen der beiden Großen.

Polizei ohne Spuren bei den Jungenmorden.

Die Ermittler sprechen nicht mit der Presse.

Haben die Behörden etwas zu verbergen?

»Verdammt, Holger. Du weißt, wie wichtig es ihr ist, dass wir eine gute Figur machen. Die gesellschaftlichen Verpflichtungen. Mir ist das ja scheißegal, aber aus irgendeinem Grund ist das mein Job geworden, sozusagen zwischen dir und ihr zu vermitteln. Was, wenn du von nun an ihre Anrufe selbst annimmst? Ich hab bald keinen Nerv mehr.«

Anette Goli schien mit dem falschen Fuß zuerst aufgestanden zu sein, falls sie überhaupt geschlafen hatte.

Die Presse?

Was zum Teufel spielte die für eine Rolle?

»Bist du noch da, Holger?«

Mia hob wieder den Kopf und starrte zu dem Wohnblock hoch, den sie eben besucht hatten.

»Ja, reg dich ab. Ich geh morgen zu ihr, okay?«

»Sag nicht, ich soll mich abregen.«

»In Ordnung. Ich tu es, Anette. Okay?«

»Dann kann ich für heute Abend eine Pressekonferenz anberaumen?«

»Warum?«

»Warum?«

Er konnte hören, wie sie am anderen Ende der Leitung Luft holte.

»Mach das nur, aber ich schaff es nicht, mit irgendwem zu reden. Ich bin doch verdammt noch mal kein Zirkusaffe, ich hab einen Fall zu klären ...«

»Ja, aber es ist nun einmal so …«

»Du kannst das machen. Oder Oxen, oder was ist mit Ludvig?«

»Aber Holger …«

»Nein, so läuft das. Ich besuche morgen Dreyer, von mir aus, aber damit hat sich's. Hast du das andere erledigt, worum ich dich gebeten hatte?«

Einen Moment war Stille, während die Polizeijuristin abermals hörbar Luft holte.

»Ja, ich habe mit der Haftanstalt Ullersmo gesprochen.«

»Und?«

»Nur, damit das klar ist. Du triffst dich morgen mit Dreyer? Kann ich ihr das mitteilen?«

»Ja, sicher, klar doch.«

Munch steckte sich an der Kippe eine neue Zigarette an.

»Er saß also wirklich im Rollstuhl?«

»Ja.«

»Ach, verdammt.«

»Genau.«

»Wie sind dann seine Kippen oben im Wald gelandet?«

»Keine Ahnung. Sind wir diesbezüglich hundert Prozent sicher?«

Anette Goli seufzte.

»Noch einmal, zum fünften Mal, ich habe jetzt dreimal mit ihnen gesprochen, sie haben sogar noch eine extra Runde gedreht, und ja, Paul Iverson ist unser Mann. Es ist seine DNA, nicht nur auf einer, sondern auf allen Kippen, die wir da oben gefunden haben.«

»Verdammt.«

»Was machen wir damit? Wie sind die da gelandet?«

»Ja, das ist die Tausendkronenfrage. Katja soll ein paar

Leute aus Grønland mitnehmen und feststellen, ob Iverson uns eine Übersicht über die kriminelle Szene liefern kann, mit der er zu tun hat. Er war ziemlich benebelt. Die Wohnung stinkt, ist voller Flaschen, vielleicht ja kein Wunder.«

»Du glaubst, jemand hat die Kippen aus seiner Wohnung mitgehen lassen?«

»Möglich. Woher sonst? Ich weiß nicht, jedenfalls haben wir es mit etwas anderem zu tun, als ich zuerst geglaubt habe. Und ich glaube auch, dass wir aufmerksamer sein müssen als bisher.«

»Wie meinst du das?«

»Das Ganze wirkt kalkulierter als bisher angenommen. Er ist gerissener, als ich geglaubt habe. Das Brunnenhaus zeigt doch, dass es keine Tat im Affekt war, aber trotzdem, das hier ist etwas ganz anderes, oder? Fast, als ob er mit uns spielt. Ich will sofort informiert werden, wenn irgendwo irgendwelche Kinder verschwinden, okay?«

»In Ordnung. Jungen und Mädchen zwischen acht und zwölf, so ungefähr?«

»Ja.«

Munch warf wieder einen Blick auf den gesenkten Kopf.

»Oder nein, Jungen reichen. Er mag Jungs. Und die müssen blond sein.«

»Wie meinst du das?«

»Nehmen wir alle Jungen rein. Und acht bis zwölf ist gut.«

»Willst du das über die Medien verbreiten? Allgemeine Warnung an die Öffentlichkeit?«

Munch überlegte.

»Nein, wir warten noch. Ich kann vielleicht morgen mit Dreyer darüber sprechen.«

Anette Goli lachte höhnisch.

»Ja, das möchte ich sehen.«

»Aber hat er sich das Rückgrat in Ullersmo gebrochen?«

»Ja. Im Trainingsraum. Sie haben es als Unfall verbucht, aber ich hab da meine Zweifel. Sie haben ihn gefunden mit einem Zwanzigkilogewicht, das ihm unten im Rückgrat steckte.«

»Verdammt.«

»Ja, nicht wahr?«

»Irgendeine Rache? Wissen wir was von drinnen?«

»Die Leute, mit denen ich gesprochen habe, waren nicht sonderlich gut informiert, aber ich finde auch nichts in den Papieren, die sie geschickt haben. Vielleicht war es nur ein Dankeschön.«

»Wegen des Banküberfalls?«

Sie seufzte wieder.

»Ich weiß nicht. Egal, es spielt vielleicht auch keine so große Rolle für uns. Hast du mit ihr gesprochen? Mit Katja?«

»Ja, sie ist schon unterwegs hierher. Wissen wir etwas über die Zeit?«

»In Bezug worauf?«

»Na, von der Technik? Wie alt die Kippen sind? Wie lange es her ist?«

»Nein, aber das müsstest du vielleicht besser wissen als ich. Wir können ja deine Aschenbecher draußen auf dem Raucherbalkon untersuchen. Sehen, wie die sich entwickelt haben, seit du im vorigen Herbst da angefangen hast.«

»Haha.«

»Ich bezweifele, dass sie uns etwas ganz Konkretes sagen können, aber ich werde fragen.«

»Wann ist er rausgekommen?«

»Vor sechs Monaten.«

»Okay, stell bitte fest, ob die uns was von vor oder nach der Haft liefern können.«

»Wird gemacht.«

Jetzt wurde es still am anderen Ende der Leitung.

»Ja, ich höre?«, fragte sie endlich.

»Was meinst du?«

»Danke, Anette. Für alles, was du für mich tust.«

»Sorry, natürlich. Danke, Anette. Für alles, was du für mich tust.«

»Siehst du wohl. So schwer war das doch nicht, oder? Besprechung hier um sechs?«

Munch schaute auf seine Uhr.

»Lieber sieben.«

»Okay.«

Er hatte gerade erst auf den roten Knopf gedrückt, als sein Handy schon wieder klingelte.

Diesmal war es Fredrik.

»Hallo, Fredrik, wie läuft's?«

Eine atemlose Stimme am anderen Ende.

»Ich habe ihn.«

»Was?«

»Ja, nicht so, meine ich, aber ich habe ihn. Auf einem Überwachungsvideo.«

»Wo bist du?«

»An der ESSO-Tankstelle in Maura. Bist du im Büro?«

»Gerade dahin unterwegs.«

»Okay, ich komm gleich hin.«

• 48 •

Mia Krüger stieg vor der Villa in der Inkognitogate aus dem Wagen und ging hinüber auf Munchs Seite.

»Du triffst dich jetzt mit Patrick?«

»Ja, er ist schon hier. Wir wollen unser Material vergleichen. Richtig eintauchen.«

»Gut«, Munch nickte. »Wir treffen uns alle um sieben zur Besprechung, aber ihr braucht nicht dabei zu sein, tut einfach, was ihr müsst.«

»Danke«, sagte Mia und zog die Jacke dichter um sich.

Draußen war es gar nicht so kalt, aber aus irgendeinem Grund fror sie trotzdem.

»Sicher, dass alles in Ordnung ist?«

»Ja, klar.«

»Hat es dir etwas gebracht?«

»Was denn?«

»Unsere Begegnung da oben. Mit Iverson? Ich hätte dir die Situation wohl vorher erklären sollen, aber ich wollte, ja …«

Er zuckte hinter dem Lenkrad mit den Schultern.

»Du wolltest was?«

»Na ja, sehen, ob dich das auf irgendwelche Gedanken bringt, ich weiß nicht …«

»Eine Vision?«

Er lachte.

»Nein, aber, ja …«

»So läuft das nicht, Munch.«

»Na ja, ich weiß nicht, was ich damit bezweckt habe.«

Er kratzte sich an der Stirn und blickte sie verlegen an.

»Was hast du gedacht? Dass ich einen Schock erleiden würde, wenn ich ihn da im Rollstuhl sehe, und dann zu Boden sinke und mich in Krämpfen winde und in Zungen rede? *Das hat der Einarmige getan.* So in etwa?«

Wieder lachte Munch.

»Nein, ich weiß nicht, Mia.«

»Ich sehe Dinge an, und ich begreife Dinge. Manchmal klappt das. Manchmal klappt es nicht.«

»Genau, Mia. Es tut mir leid, ich hätte dich vorbereiten müssen. Das wäre besser gewesen. Aber was denkst du?«

»Über den Mann in seinem Rollstuhl? Und dass wir seine Kippen oben im Wald gefunden haben?«

»Ja?«

Sie zuckte mit den Schultern.

»Dasselbe wie du. Jemand anders muss sie da platziert haben.«

»Ja, nicht wahr, aber das ist doch etwas Besonderes?«

Munch runzelte die Stirn und zog eine neue Zigarette aus der Packung, wollte Mia noch nicht gehen lassen.

»Gibt es etwas, das du mir nicht sagst?«, fragte er schließlich.

»Wie meinst du das?«

»Ich kenne dich ja noch nicht sehr lange, aber so habe ich dich noch nicht erlebt. Ich bin dafür verantwortlich, dass du das hier bewältigen kannst. Hast du im Kopf unseres Täters etwas gesehen, das du mir nicht erzählt hast? Oder ist es zu früh für dich? Vielleicht solltest du zurück auf die Schule gehen? Ich werde immer einen Platz für dich freihalten. Das ist ja alles sehr schnell gegangen, wir können im nächsten Jahr einen neuen Anfang machen? Wäre das besser für dich?«

»Danke, aber ich schaffe das schon. Schick mir den Film von der Tankstelle, den, den Fredrik aufgetan hat, okay?«

»Natürlich.«

Sie spürte seinen Blick im Rücken ihrer Lederjacke, als sie weiterging.

Hatte er recht?

War es zu früh für sie?

Sie zog die Tür hinter sich zu.

Nein.

Verdammt, das nicht.

Es war an der Zeit, erwachsen zu werden.

»Patrick, bist du hier?«

»Hier oben.«

Der Schwede stand mitten im Raum, hielt eine Kaffeetasse in den Händen und schaute die vielen neuen Fotos an.

»Dann mal los«, sagte Mia und drehte sich zu den Bildern an der Wand um.

• 49 •

Fredrik war nicht von der eitlen Sorte, auch wenn das alle natürlich glaubten, weil er jeden Tag so elegant angezogen auftrat, aber er merkte, dass ihm die anerkennenden Blicke im Besprechungsraum gefielen. Sogar Oxen hatte ihm ein kleines Nicken spendiert.

»Okay, allesamt«, sagte Munch vorn bei der Leinwand. »Wir haben alle den Film gesehen, und wir werden ihn natürlich weitere Male sehen, aber zuerst müssen wir hier konkret werden und noch einmal von vorn anfangen. Denn obwohl wir sicher waren, ein Stück weit gekommen zu sein, ist das eben doch nicht der Fall. Wenn wir den Medien glauben wollen, dann sind wir alle Idioten, auch wenn wir erst seit einer Woche an dem Fall arbeiten. Aber klar ärgert mich das, und euch geht es sicher auch so. Wir sitzen nicht länger am Steuer. Unsere Spuren verlaufen im Sand, und wenn wir nach dem Video gehen, das Fredrik uns besorgt hat, dann geht es vielleicht um mehr, als wir anfangs gedacht haben. Das hier wirkt noch geplanter, findet ihr nicht? Ich will nicht direkt behaupten, dass er mit uns spielt, aber er agiert jedenfalls sehr viel bewusster, als wir gedacht haben. Ich meine, dass er sich unserer Anwesenheit bewusst ist, dass er weiß, wie er uns aus der Fassung bringen kann. Ich meine, dreizehn alte Kippen in einem Wald? Ich habe Mia heute Abend freigegeben, damit sie mit Patrick arbeiten kann, und ich hoffe wirklich, dass die beiden uns dahin zurückbringen können, wo wir sein sollten, denn im Moment muss ich ehrlich sagen, dass ich mich ein wenig verwirrt fühle.«

Munch schaute in die Runde und nickte Ludvig zu, der das Licht ausschaltete.

»Deshalb machen wir Folgendes: Wir fangen ganz neu an. Niemand geht irgendwohin. Wenn ihr andere Termine habt, sind die abgesagt. Wir bleiben hier, bis wir das Gefühl haben, wieder auf der Spur zu sein.«

Gemurmel im Raum, vor allem von Oxen, aber Munch achtete nicht auf ihn.

»Also«, fuhr er fort und schaltete den Projektor ein.

Wieder sahen sie die Bilder von der Fundstätte.

Zurück zu Tag eins.

»Sonntagmorgen haben wir Ruben und Tommy ermordet auf dem Feld gefunden, und wir wissen jetzt, dass sie vorher im Brunnenhaus waren, wo der Täter sie betäubt und danach erwürgt hat.«

Neues Dia.

»Wie lange er sie da oben bei sich hatte, wissen wir nicht, aber es ist eindeutig, dass er sich Zeit gelassen hat.«

Munch klickte wieder.

»Das hier wurde am Tatort von den Kollegen von der Technik gefunden.«

Die Unterhose in der Plastiktüte.

»Wir wissen jetzt, dass die Ruben gehört hat und dass er sie am Abend seines Verschwindens trug. Also …«

Zurück zu den Toten auf dem Feld.

»Wie lange der Täter vor Ort war, wissen wir nicht, aber wir können so ungefähr folgenden Verlauf annehmen.«

Nun sahen sie das rote Brunnenhaus, und Fredrik hatte einen Flashback, der ihm nicht gefiel. Der Geruch. Das ekelhafte Gefühl, das der enge Raum in ihm ausgelöst hatte.

»Wenn wir Mia glauben wollen, dann sieht der Mann gern zu. Irgendwas am Visuellen verpasst ihm einen Kick. Und wie wir sehen …«

Munch zeigte wieder ein Dia mit dem Feld, ein Bild diesmal, das aus etwas größerer Entfernung aufgenommen worden war.

»… scheint das Arrangement der Leichen wichtig für ihn zu sein. Vielleicht versucht er, eine Art Kunstwerk nachzubilden, oder das hier ist das Kunstwerk, möglicherweise eher Letzteres. Wenn wir ihn verstehen wollen, müssen wir versuchen, das hier zu verstehen. Was in ihm braucht diesen Kick? Was gefällt ihm? Ich weiß nicht, ob ihr euch an Dennis Nilsen erinnert?«

Einige der Anwesenden nickten.

»Wisst ihr noch? Der Londoner Serienmörder, der in den Siebziger- und Achtzigerjahren mindestens fünfzehn Jungen und Männer getötet hat. Er war homosexuell. Aber auch nekrophil. Eigentlich Polizist, aber gefeuert, nachdem er auf frischer Tat im Leichenschauhaus erwischt worden war.«

»Aber verdammt …«

»Er hat diese Männer aufgerissen, die oft obdachlos oder drogensüchtig waren, vielleicht beides, hat sie mit zu sich nach Hause genommen, sie haben zusammen getrunken, es sich nett gemacht, und dann – und merkt euch das gut – hat er sie betäubt und dann erwürgt.«

Wieder Gemurmel in der Runde.

Munch zeigte nun wieder das Brunnenhaus.

»Aber der hier hat die Leichen nicht auf diese Weise angerührt,« meldete sich Anja Belichek mit fast piepsender Stimme zu Wort.

»Nein, das scheint nicht das zu sein, was unserem Mann gefällt. Noch einmal, wie Mia gesagt hat, es scheint das Visuelle zu sein, das ihm diesen Kick gibt, diese Erlösung, wenn ihr so wollt. Aber noch kurz zurück zu Dennis Nilsen. Nachdem er seine Besucher getötet hatte, hat er oft etwas mit ihnen unternommen. Er hat mit der Leiche gebadet, sie haben zusammen geschlafen, zusammen ferngesehen …«

»Äh, als sie schon tot waren?«

»Mit den Leichen, ja. Ehe er sie dann in seiner eigenen Wohnung zerlegte, ihre Köpfe kochte und sie draußen im Garten vergrub. Die meisten von ihnen konnten nicht identifiziert werden.«

»Verdammt …«

»Ich kann verstehen, dass das vielleicht ein bisschen zu

viel für dich ist, Anja. Also, mach lieber die Augen zu. Ich will uns alle hier dabeihaben. Es ist wichtig, dass wir ein gemeinsames Verständnis für den Fall entwickeln.«

Munch tippte mit dem Finger das Brunnenhaus auf der Leinwand an.

»Hier geht es also vor sich. Darauf hat er sich vermutlich schon lange gefreut. Denn genau wie es bei Dennis Nilsen war, findet er dadurch zu sich selbst. Okay?«

Wieder Nicken.

»Dann hier drinnen. Er hat die Falle gestellt. Pornozeitschriften und Limoflaschen. Valium und Rohypnol. Noch einmal, und ich glaube, das ist wichtig: Diese Stoffe töten ja nicht. Aber sie sind so stark, dass die Kinder keine Möglichkeit hatten, sich zu wehren, und dass sie – das hoffen wir natürlich – so weit weg waren, dass sie nicht begriffen haben, was vor sich ging.«

»Ich muss nur …«

Anja sprang auf und stürzte aus dem Raum.

»Okay, gut. Wir reden seit einer Weile um den heißen Brei herum, aber jetzt wird es Zeit, dass wir uns überlegen, wer dieser Mann eigentlich ist. So wie ich das sehe, ist es nicht der Mord an sich, der ihm den Kick verpasst. Ich glaube, er liebt den Moment davor. Dass sie atmen, dass er mit ihnen machen kann, was er will.«

Nun klickte er sich rückwärts durch die Bilderserie.

»Wie wir sehen, sind sie also arrangiert worden. Zumindest Ruben, den Mia für die Hauptperson in dieser makabren Vorstellung hält, und ich glaube, sie hat recht. Er hat den Jungen gekämmt. Manikürt. Sogar die Zehennägel sind gesäubert worden, habt ihr das beim ersten Mal bemerkt? Alle kleinen Wunden wurden ausgewaschen. Die Technik hat Spuren eines Antiseptikums gefunden, und ich konnte nicht so ganz begreifen, wieso, aber es liegt ja auf der Hand, wenn man ein bisschen nachdenkt. Sie sollen ganz rein sein, nicht wahr? Das macht er also da drinnen. Seht her …«

Jetzt zeigte er ein Bild vom Inneren des Brunnenhauses.

»Ja, Karl, ich weiß, wir haben das alle schon gesehen und darüber geredet, aber jetzt tun wir es wieder, also, spar dir diesen Blick, wir bleiben hier noch lange.«

Munch war an diesem Abend offenbar in einer angriffslustigen Stimmung.

Oxen nickte und setzte sich aufrecht hin.

»Seht her.«

Wieder der Finger auf der Leinwand.

»Ein Schloss auf der Innenseite. Er hat sich eingeschlossen. Um diesen Augenblick so lange wie möglich zu genießen. Wie ihr wisst, haben wir im Haus Kerzenreste gefunden, und wenn die neu waren – was wir allerdings nicht wissen –, aber wenn sie das waren, als er angefangen hat, war er ungefähr …«

Er schaute zu Anette Goli hinüber.

»An die fünf Stunden«, sagte sie.

»Danke. Laut Familie Lundgren ist Ruben …«

»… nach halb elf aus seinem Fenster gestiegen«, steuerte Fredrik bei.

»Genau. Sagen wir, der Junge hat etwas gewartet. Bis die Eltern schlafen gegangen waren. Bis gegen Mitternacht. Und dann dauert es vielleicht zwanzig Minuten oder eine halbe Stunde, bis die Jungen einschlafen. Dann fängt er an und nimmt sich Zeit, an die fünf Stunden. Jetzt ist es, was sollen wir sagen, gegen sechs.«

Neues Dia, wieder das Feld.

»Nun ist es vorbei. Jedenfalls der erste Genuss. Aber dann kommt der nächste, was uns zunächst nicht bewusst war. Aber nun wissen wir, dass er noch nicht fertig war. Die Leichen werden mit dem weißen Lieferwagen zum Feld gebracht. Den muss er irgendwo verstecken, und wir nehmen an, dass es der Wagen ist, der hinter der Autowerkstatt gesehen worden ist.«

»Autowerkstatt?«, fragte Fredrik und beugte sich zu Katja hinüber, und die verdrehte die Augen und flüsterte zurück: »Ist heute aus Grønland gekommen. Irgendein Hinweis aus der Öffentlichkeit, den sie nicht richtig registriert hatten.«

Jetzt zeigte die Leinwand eine Karte.

»Wie wir sehen, liegt hier die Werkstatt. Er hat vielleicht zwanzig Minuten gebraucht, um zurückzugehen, und dann weiter nach hier oben ...«

Jetzt sahen sie den Wald.

»... wo er sich also positioniert hat, um auf uns zu warten.«

»Kranker Sack.«

Oxen schüttelte wütend den Kopf.

»Aber wie in aller Welt ist er an uns vorbeigelangt? Wenn er da oben war, als wir dort waren?«

Anja Belichek aus der Türöffnung.

»Ja, gute Frage, aber da gibt es eigentlich zahllose Möglichkeiten. Er konnte nicht an uns vorbei, das hätte er vermutlich nicht gewagt, aber wenn ihr hier auf die Karte schaut, dann gibt es in der Umgebung mehrere Wege, einen hier, zum Beispiel. Man kann erkennen, dass der zum Feld hinunterführt, und seht her, hier hätte er einfach zur Werkstatt hinunterspazieren und wegfahren können.«

»Aber warum ...?«

»Ja, Katja?«

»Na ja, ich frag mich nur, warum riskiert er das? Großer Gott, wir waren doch dort.«

Munch zuckte mit den Schultern.

»Ein kalkuliertes Risiko vielleicht? Wenn Mia recht hat in Bezug auf das Visuelle, also dass es ihm fast ebenso wichtig ist, alles zu beobachten, zu sehen, wie wir sein Kunstwerk finden, dann passt das. Wie die Katze, die die gefangene Maus anschleppt. Mit Stolz. Seht, was mir gelungen ist.«

»Herrgott ...«

»Und an dieser Stelle sollten wir uns mal kurz dem widmen, was wir heute auf dem Video gesehen haben, vor allem dem Schluss. Was macht er, nachdem er die Benzinkanister gefüllt hat? Er hat noch immer den Helm auf, aber trotzdem?«

Alle sahen Munch an.

»Er stellt sich vor die Kamera«, erklärte Munch, »mit einem Kanister in jeder Hand. Nimmt an, dass wir den Film finden werden, und schickt uns damit eine Nachricht. Und was teilt er uns mit?«

Munch schaute sich im Raum um.

Aller Augen waren weiterhin auf ihn gerichtet.

»*Ich kann so weit fahren, wie ich will; wenn ihr gedacht habt, dass ihr mich in der Nähe finden würdet, dann irrt ihr euch*. Genau«, sagte Munch und klickte wieder.

Es kam ein Foto der Familie Lundgren.

»Das alles auch noch einmal. Jedes kleinste Detail. Wir fangen mit den nächsten Angehörigen an. Fredrik?«

»Ja.«

Fredrik zog seine Notizen aus der Tasche und trat ins Licht des Projektors.

• 50 •

Mia saß mit der leeren Kaffeetasse auf dem Boden und merkte, dass er sich in ihr festgesetzt hatte, dieser Gedanke. Dass das Ganze vielleicht zu früh für sie war. Dass sie möglicherweise doch nicht bereit dazu war. Sie glaubte, ihn in Munchs Blick gesehen zu haben, einen Zweifel. *Doch, du bist begabt, aber das hier ist nicht der Lesesaal der Bibliothek, das hier ist die Wirklichkeit.*

»Du bist so still?«

Patrick schaute von seinen Notizen auf.

Mia biss sich auf die Lippe und wusste nicht, ob sie ihre Gedanken laut aussprechen sollte, gab dann aber nach.

»Ich glaube, ich schaffe das nicht.«

»Wie meinst du das?«

Er legte seinen Notizblock auf die Armlehne seines Sessels.

»Na ja, ich weiß nicht so recht.«

Mia nickte zu den Fotos an der Wand hinüber.

»Ich finde irgendwie, dass ich nichts mehr sehe. Keinen Zusammenhang. In meinem Kopf ist nur Chaos.«

»Das kommt in den besten Familien vor, Mia.«

Patrick erhob sich und öffnete das Fenster hinter ihnen. Sie hörten die Geräusche der Stadt, nah, aber alles schien doch weit weg zu sein. Es gab ihr ein seltsames Gefühl der Geborgenheit, dass er hier war. Sie kannten einander seit einer knappen Woche, und doch hatte sie bereits das Gefühl, sich auf ihn verlassen zu können. Dabei war sie eigentlich gar nicht so. Normalerweise nicht. Eigentlich brachte sie der Menschheit Skepsis entgegen. Sie brauchte immer lange, um jemanden an sich heranzulassen. Zu lange in den meisten Fällen, deshalb hatte sie so wenige enge Freunde.

»Vielleicht sollten wir eine Pause machen?«

»Nein«, sagte Mia verbissen und erhob sich.

Sie ging wieder zur Wand und fing an, die Fotos herunterzunehmen.

»Was machst du?«

»Fange von vorn an. Ich kann nichts sehen. Vielleicht hängt alles falsch.«

Er trat jetzt dicht neben sie.

»Sollen wir nicht mal für einen klaren Kopf sorgen? Eine Runde drehen? Frische Luft schnappen?«

»Nein«, sagte Mia und fing an, die Bilder vor sich auf dem Boden zu sortieren.

Verdammt.

Es war doch irgendwo hier, oder nicht?

»Was siehst du nicht?«, fragte Patrick und legte ihr freundschaftlich die Hand auf die Schulter.

»Weshalb.«

»Weshalb er das tut?«

Sie drehte sich zu ihm um und nickte, ging barfuß durch den Raum und ließ sich seufzend in den Sessel sinken, aus dem er gerade aufgestanden war.

»Das mit dem Weshalb ist nicht immer so einfach«, sagte Patrick. »Das ist typisch für uns.«

Er lächelte ein wenig, um sie zu trösten.

»Wieso für uns? Was ist typisch?«

»Na ja, für uns Menschen. Die gesund sind. Die niemandem etwas tun wollen. Wir haben Angst, nicht wahr? Wer tut solche grauenhaften Dinge? Bringt elf Jahre alte Jungen um? Wir brauchen eine Erklärung. Damit wir es wagen können, morgens aufzustehen und auf die Straße hinauszugehen, ohne uns zu fürchten. Wenn wir nur ein *Weshalb* formulieren können, hilft uns das, aber so ist es nicht immer, nicht wahr? Einige Male ist das Böse einfach das Böse. Warum, glaubst du, ist die Religion erfunden worden?«

»Sag es mir.«

»Um die Illusion zu erschaffen, dass es dort oben etwas Gutes gibt, das am Ende den Sieg davontragen wird. Damit wir normalen Menschen im Alltag funktionieren. Wenn wir den Glauben an das Gute verlieren, verlieren wir alles, oder nicht?«

»Himmel, das war tiefsinnig«, sagte Mia.

Das klang sarkastisch, auch wenn es nicht so gemeint war, und sofort hatte sie ein schlechtes Gewissen.

Es war doch nicht seine Schuld.

Er war das einzig Positive hier im Raum.

Verdammt, Mia.

Was ist es, das du nicht siehst?

»Du bist sicher, dass du keine Pause brauchst? Wie wäre es mit einer Runde durch den Park?«

»Nein.«

»Okay«, sagte Patrick und stellte sich mit dem Rücken zur halb leeren Wand. »Dann gehen wir zusammen darauflos. Das Motiv. Was denkst du bisher?«

»Ich rate einfach nur, so kommt es mir vor. Das hat keine Substanz.«

»Ach, hör doch auf, Mia«, sagte Patrick und seufzte, und zum ersten Mal klang er verärgert. »Du hast doch das meiste hier gesehen, richtig? Das Fuchsohr? Den Buchstaben?«

»Sicher, aber …«

»Nein, jetzt ist Schluss.«

Er zog den Filzstift aus der Hosentasche und ging zur Wand mit den Notizen.

»Elf Jahre. Alle Jungen waren elf Jahre alt, welche Assoziationen weckt das in dir?«

Na los, Mia.

Das sieht dir überhaupt nicht ähnlich.

Nun riss sie sich zusammen.

»Vielleicht ist ihm etwas passiert?«

»Wie meinst du das?«

»Als er selbst elf war? Vielleicht etwas, das er noch einmal erleben will?«

»Gut«, sagte Patrick lächelnd und berührte das Blatt Papier mit dem Filzstift.

»Ein extremes Ereignis? Das er vielleicht auslotet? Von außen sehen will? Vielleicht ist deshalb alles so stilisiert? Distanziert? Vielleicht will er eine Distanz zu einem Geschehnis schaffen, bei dem er selbst das Opfer war?«

»Jetzt sind wir auf dem Weg …«

Patrick lächelte und machte eilig Notizen. »Mehr? Andere Gedanken?«

»Die Kunst«, sagte Mia und setzte sich ein wenig aufrechter.

»Okay? Was ist damit?«

»Na ja, die Gesellschaft verehrt doch Künstler, stimmt's? Sie sind geheimnisvoll, anders. Früher glaubten viele, Künstler stünden in Kontakt zu den Göttern. Oder nicht?«

Sie wurde jetzt eifriger.

»Ja, mach weiter.«

Patrick schwenkte den Filzstift.

»Na ja, ich meine, Edvard Munch wird für Hunderte von

Millionen verkauft, die Leute stehen jeden Tag stundenlang Schlange, um die winzig kleine Mona Lisa zu sehen …«

Mia stand auf und lief hin und her.

»Was, wenn er …«

Sie unterbrach sich.

»Wenn er was?«

»Nein, kann es so einfach sein?«

»So einfach wie?«

»Vielleicht ist er einfach eine Null. Mit grandiosen Gedanken. Über etwas Großes, das er sein möchte, das er aber absolut nicht ist. Vielleicht sollten wir dort suchen?«

»Wo?«

»Na ja, eine belanglose Null. Einer, der sozusagen nichts ist. Oder der glaubt, etwas zu sein.«

»Denkst du an … seine Arbeit?«

Sie zuckte mit den Schultern.

»Ja? Oder an die Frage, ob er überhaupt eine hat?«

»Gut, Mia«, sagte Patrick und lächelte. »Das kann uns helfen.«

»Ja?«

Der Schwede sah aus, als ob er sie am liebsten umarmt hätte.

»Na klar, mach schon, weiter so.«

Mia erwiderte das Lächeln.

»Okay, ich hol mir nur schnell einen Kaffee.«

• Teil 6 •

• 51 •

Der *VG*-Journalist Alf Inge Myhren, vierzig Jahre, wusste noch immer nicht, was er von der Nachricht halten sollte, die vor zwei Tagen eingelaufen war, nämlich, dass die Lokalredaktion in Molde stillgelegt werden sollte. Er streckte die Hand nach dem Wecker aus, schaltete ihn ab, blieb liegen und starrte hellwach zur Decke hoch. Dreißig Arbeitsjahre auf Landesebene! Jetzt sollte die ganze Organisation verschlankt werden, und dann würden natürlich die zuerst abgeschafft werden, die am wenigsten lieferten. Alf Inge Myhren stand aus dem Bett auf und ging in die Küche, stellte das, was er für das Frühstück brauchte, auf den Tisch – Eier, Milch, Saft, er hatte am Vorabend Brötchen gekauft. Das meiste davon war gesund. Die Whiskyflasche stand noch immer ungeöffnet auf der Fensterbank. Er hatte sich alle Mühe gegeben, nach dieser Nachricht *auszuflippen*. Immerhin lief er Gefahr, seinen Posten zu verlieren, aber gerade in dieser Hinsicht fehlte ihm wohl das Journalisten-Gen. Er saß nicht gern die ganze Nacht in einer Bar, um über Politik und das Leid der ganzen Welt zu diskutieren. Er ging gern früh schlafen, damit er am nächsten Morgen fit genug zum Joggen war. Jetzt kippte er Kaffeebohnen in die Mühle und nahm die French Press aus dem

Schrank. Nein, kein Ausflippen. Die Flasche würde er verschenken.

Molde. Eine unglaublich schöne Stadt – ja, die ganze Gegend eigentlich. Steile Berge an glitzernden Fjorden in den inneren Regionen, gleich gegenüber das Meer, dort draußen an der Küste. Die lokale Fußballmannschaft war ihm im Grunde nicht so wichtig, er war immer ein treuer Anhänger von Vålerenga Oslo gewesen, aber die Jungs brachten doch zweifellos Leben in die Stadt. Und dann gab es natürlich das Jazzfestival. Das Beste in Europa? Ja, viel fehlte jedenfalls nicht. Jedes Jahr, zwei Wochen im Juli, verwandelte sich die sonst so ruhige Kleinstadt in das reinste Rio de Janeiro, mit Umzügen in den Straßen und Weltstars auf den Plakaten. Miles Davis. Zweimal. Die Interviews waren zweifellos das Größte, was er als Journalist erlebt hatte. Die Serie, die er über den hiesigen Fahrer von Miles geschrieben hatte, war auch sehr gut angenommen worden. Er freute sich bereits auf den Anpfiff des diesjährigen Festivals, falls er so lange hierbleiben würde. Sie hatten ihm keinen Zeitrahmen genannt. Bald, hatte es geheißen, und nach seiner Erfahrung konnte das alles von einigen Wochen bis längstens zum Herbst bedeuten.

Alf Inge Myhren schnürte seine Laufschuhe zu, ging gähnend hinaus auf die Treppe und war gerade durch die Tür, als sein Handy klingelte.

»Ja, Alf Inge Myhren?«

»Ja, hallo. Ist da *VG*?«

Eine ältere Männerstimme.

»Ja, richtig. Mit wem spreche ich?«

»Ich heiße Olaf Eriksen, und ich rufe aus Kristiansund an.«

»Hallo, Olaf, was kann ich für Sie tun?«

»Stimmt es, dass ihr tausend Kronen für einen Tipp bezahlt?«

»Das stimmt, aber da müssen Sie eigentlich die zuständige Nummer wählen. Wenn Sie eine Zeitung haben, dann finden Sie die auf der letzten Seite.«

Einen Moment herrschte Stille am anderen Ende der Leitung.

»Ja, das habe ich gesehen, aber das ist eine Nummer in Oslo, oder nicht?«

»Ja, das …«

»Nein, mit solchen Leuten will ich nicht reden.«

»Na gut, das kann ich verstehen. Und worum geht es also?«

»Ich kann das Geld auch von Ihnen kriegen, oder?«

Alf Inge Myhren überlegte kurz.

»Ja, das müsste gehen, aber wir bezahlen nicht alle, die anrufen, nur die, über deren Themen wir dann auch etwas schreiben. Was haben Sie also zu erzählen?«

Wieder Stille, diesmal etwas kürzer.

»Ich war Ole Gunnar Solskjærs Trainer, als der klein war.«

»Und? Ich weiß nicht so recht …«

»Jaja«, sagte der Anrufer irritiert. »Ich weiß, aber deshalb hat er mich besucht, dieser Polizist aus Oslo. Es geht um die Jungen. Sie wissen schon, die beiden, die auf einem Feld gefunden worden sind?«

Nun erwachte der Journalist in ihm.

»Ach? Sie hatten Besuch von einem, der an dem Fall arbeitet?«

»Ja.«

»Und hat er gesagt, was er wollte?«

»Ja, er sagte etwas von einem, der hinkt.«

»Und?«

»Na ja, die haben einen Typen in Verdacht. Einen, der hinkt, der behauptet hat, früher mit Solskjær gespielt zu haben.«

»Ach ja?«

Alf Inge Myhren machte auf dem Absatz kehrt, lief die Treppe wieder hoch und fand seinen Notizblock auf dem Küchentisch.

»Und wie war noch gleich der Name?«

»Von wem denn?«

»Entschuldigung, von dem Polizisten, der Sie besucht hat?«

»Oxen. Karl Oxen. Unsympathischer Kerl. Hat sich vor allem für andere Dinge interessiert, wenn Sie verstehen, was ich meine.«

»Nein, da bin ich mir nicht ganz sicher, aber er hat also gefragt, ob Sie wüssten …?«

»Ob wir Jungen vom gleichen Kaliber in der Mannschaft hatten, ja. Wie Ole Gunnar Solskjær. Ob einer von denen vielleicht ebenso gut geworden wäre, wenn er sich nicht verletzt und damit die Karriere ruiniert hätte. Wie gesagt, ich konnte den Mann nicht ausstehen. Und mir ist keiner eingefallen. Nicht sofort jedenfalls. Aber dann, als ich mir ein paar alte Mannschaftsbilder angesehen habe, ging es mir plötzlich auf. Verflixt, das stimmte ja. Ich wusste plötzlich, wen er meinte.«

»Einen, der sich verletzt hatte und danach hinkte, stimmt das?«

»Ja.«

»Von wo rufen Sie an, haben Sie gesagt?«

»Kristiansund.«

»Hätten Sie etwas dagegen, wenn ich mal vorbeikomme?«

»Nein. Das würde sich schon machen lassen. Wann wollten Sie denn kommen?«

Alf Inge Myhren streifte die Laufschuhe ab, griff nach einem Hemd und den Jeans, die zusammengefaltet im Schrank lagen, und warf einen Blick auf die Uhr über dem Kühlschrank.

Kristiansund?

Eine Stunde und zwanzig Minuten?

»Ich kann um kurz vor zehn da sein, ist Ihnen das recht?«

»Sicher, kommen Sie einfach.« Und er gab ihm seine Adresse.

»Schön. Danke für den Anruf. Dann bis gleich.«

• 52 •

Mia Krüger kam unter der eiskalten Dusche hervor und stellte sich nackt und bibbernd vor den großen Spiegel. Verdammt. Jetzt wusste sie es plötzlich wieder. Warum sie niemals Alkohol trank. Ihr Körper sollte in Form sein. Ihre Gedanken klar. Das Blut, das durch sie hindurchströmte, rein. Ihr Schädel dröhnte, und sie musste sich an eine Wand lehnen, um nicht zu fallen. Kotzen? Musste sie das? Sie beugte sich über die Toilette, aber in ihrem Magen war nichts. Am Vorabend hatten sie das Essen vergessen. Zwei Tage. Sie und Patrick. Eingeschlossen in der großen Wohnung, und am Ende waren sie gegen die Wand gelaufen.

»Sollen wir den aufmachen? Hilft ja vielleicht?«

»Was ist das?«

»Die Königin aller Armagnacs. Ein Domaine de Pantagnan 1965. Fünfunddreißig Jahre alt. Ich weiß, du trinkst nicht, aber …«

»Ganz oben im Schrank stehen Gläser. Bring mir auch eins mit.«

Mia drehte das kalte Wasser auf und verpasste ihrem Gesicht noch eine Runde. Verdammt. Sie taumelte nackt ins Schlafzimmer und wühlte einige Kleidungsstücke aus ihrer Tasche. Schwarze Leggings und eine Trainingsjacke. Raus und Laufen. Nur das würde jetzt helfen. Diesen Scheiß aus ihrem Leib entfernen. Die Tür zum Arbeitszimmer stand weit offen. Sie konnte ihn drüben schnarchen hören. In einem der anderen Zimmer hatte sie eine Matratze gefunden. Eine Decke und ein Kissen. Es hätte keinen Sinn gehabt, ins Hotel zu gehen. Sie waren so weit gekommen. Zwei Tage. Sie hatten von Fast Food und Koffein gelebt. Waren so dicht dran gewesen, so verdammt dicht dran, kam es ihr vor, aber jedes Mal war es ihnen gewissermaßen entwischt, wie Sand durch die Finger.

»Aber zum Teufel, das kann doch nicht stimmen.«

»Was denn?«

»Dass er irgendwie schüchtern ist. Dass er das Gefühl hat, nicht in die Gesellschaft zu passen. Dass er in gewisser Weise zu bedauern ist. Damit müssen wir einfach aufhören. Damit musst *du* aufhören.«

»Ich?«

»Ja, du, mit deiner blöden Psychohaltung. Du willst ihn so gut *verstehen*. Was ihm vielleicht *widerfahren* sein kann. Wie schwer er es gehabt haben kann. Scheiß drauf.«

»Aber ich sage doch gar nicht …«

»Doch, das tust du. Du suchst nach einer Entschuldigung. Der Typ wäscht betäubte Kinder und macht sie zurecht, ehe er sie nackt auf seinen Schoß legt und sie zum Vergnügen langsam mit einer verdammten Schnur umbringt. Also scheiß drauf. Da suchen wir nicht mehr. Scheiß auf seine verdammte Kindheit, die geht mir ja so was von am Arsch vorbei.«

»Sollen wir uns vielleicht etwas zu essen kommen lassen?«

»Nein, aber gibt es noch Kaffee?«

»Etwas Wasser wäre vielleicht besser?«

Mia setzte eine schwarze Schirmmütze auf, versteckte die rot unterlaufenen Augen hinter einer großen Sonnenbrille und taumelte weiter in die Küche. Dort hielt sie den Kopf unter den Wasserhahn und füllte ihren ausgedörrten Mund. Scheißidee. Trinken? Nein, es musste ja wohl Grenzen geben. Egal, wie vornehm sein Scheißcognac auch sein mochte. Nicht seine Schuld, natürlich. Sie hatte das Glas ja selbst an ihren Mund gehoben.

»Was sind das für Bilder, die habe ich ja noch gar nicht gesehen?«

»Das ist Oliver, vor seinem Haus. Einige Monate vor dem Mord.«

»Mit einem neuen Auto?«

»Ja, und man sieht, dass er stolz ist. Autos hat er geliebt. Eigentlich alles mit einem Motor. Wollte Formel-1-Fahrer werden.«

»Hast du auch welche von dem anderen? Sven-Olof?«

»Nein, ich hab nur die hier im Archiv gefunden.«

»Siehst du?«

»Was denn?«

»Ich habe recht, oder nicht?«

»Womit denn?«

»Er hat sie wegen ihres Aussehens ausgesucht. Die blonden Locken. Die Sommersprossen. Dünn. Unschuldig. Schwach. Das gefällt ihm, stimmt's, dem Arsch? Kinder, die sich nicht wehren können.«

»Du brauchst vielleicht frische Luft, Mia? Ich glaube, du siehst das alles nicht mehr objektiv.«

»Scheiß drauf. Ich hab noch nie so klar gesehen wie jetzt.«

Das grelle Licht bohrte sich trotz der Sonnenbrille in ihr Gehirn, und sie blieb stehen und lehnte sich für einen Moment an die Tür, ehe sie dann einige vorsichtige Schritte in den Garten machte.

Autos. Geräusche. Abgase. Menschen.

Mia zog sich die Mütze tiefer in die Stirn, bohrte die Hände in die Taschen der Trainingsjacke und steuerte den Uranienborgvei an. Überall Scheißleute. Konnten die nicht einfach zu Hause bleiben? Und wo war die Natur eigentlich, wenn sie gebraucht wurde? Schöne wogende Bäume? Moos? Ein plätschernder Bach, am liebsten gleich in ihrer Nähe?

Okay, der Frognerpark mit der Vigelandsanlage.

Das musste reichen.

Was hatte er eigentlich in dieser Flasche gehabt?

Fünfunddreißig Jahre altes Teufelszeugs?

Gift aus Mordor?

Sie sprang beiseite, als ein Auto sie anhupte; sie war über die Straße geschwankt, ohne sich umzusehen.

Verdammte Kacke.

Das war jedenfalls das letzte Mal.

Alkohol.

Nix da.

Nicht mit diesem Körper.

»Okay, aber was, wenn es nicht derselbe ist?«

»Hallo? Warum nicht?«

»Wir wollten doch alles auseinandernehmen, alles noch mal neu ansehen. Also sehen wir mal, ob wir Beweise dafür finden, dass es nicht derselbe ist.«

»Das geht nicht, glaube ich.«

»Aber versuch es doch! Sieh her, der Arm liegt nicht im selben Winkel wie bei den Toten in Schweden. Weder bei Oliver noch bei Sven-Olof. Sieh dir die norwegische Fundstätte an. Die ist viel – ja, wie soll ich sagen – viel reiner, irgendwie.«

»Perfektionierter.«

»Ach, verdammt.«

»Was?«

»Na ja, jetzt hast du es ja gesagt. Er wird besser, weiß besser, was er will. Sieh her, glaubst du nicht?«

»Er hat schließlich acht Jahre gewartet.«

»Ja, nicht wahr? Nicht, weil er das wollte, sondern weil ihm nichts anderes übrig blieb.«

»Du glaubst noch immer, dass er irgendwo gesessen hat?«

»Unbedingt. Also hatte er Zeit, richtig? Um sich zu perfektionieren. Deutlicher zu werden. Alles so zu organisieren, wie er das wollte. Er muss sich gesehnt haben. Er muss sich so verdammt gesehnt haben …«

Wieder hupte ein Auto, jetzt auf der Majorstukreuzung. Sie fuhr wieder zusammen, genauso heftig wie beim ersten Mal. Herrgott! Kippten sich andere Leute wirklich mit so was voll? Jede Woche? War das wirklich der soziale Kitt hier in dieser Gesellschaft? Alkohol? In allen Schichten? In allen Altersgruppen? In allen Zusammenhängen? Nein, vergesst die staatlichen Alkoholläden, verbietet den Scheiß. Für immer. Das hier ist für niemanden gut. Niemals.

Der Frognerpark, endlich, und sie konnte die Beine bewegen. So einigermaßen. Kein Joggen, eher wie eine Rentnerin hinter einem Gehwagen. Ein Hammer traf ihre Schläfen jedes Mal, wenn ihre Fußsohlen auf den Asphalt auftrafen, und am Ende musste sie einfach aufgeben. Stattdessen Mäuseschritte. Den Kopf hatte sie unter der Schirmmütze gesenkt, die Schultern ließ sie unter der Trainingsjacke nach unten hängen.

»Hast du sein Tagebuch gelesen?«

»Ja, mehrere Male.«

»Seltsam eigentlich.«

»Was denn?«

»Na ja, der Wolf wird nur auf der letzten Seite erwähnt, oder? Und über irgendwas anderes steht da auch nichts? Alles ist nur Freude und Rennwagen und Motorräder und – nein, ich kapier das nicht ganz.«

»Dass …?«

»Dass nichts anderes erwähnt wird. Warum gerade auf der letzten Seite? Was ist an dem Tag passiert?«

Plötzlich läuteten in ihrer Tasche die Kirchturmglocken, und sie verließ den Weg und trat in den Schatten der Bäume, um zu antworten.

»Ja? Mia?«

Ihre Stimme war rostig, wollte einfach nicht klingen.

»Hallo, hier Anette, wie geht's?«

»Na ja, es geht … gut.«

»Ich will ja nicht nerven, aber seid ihr weitergekommen? Irgendwas gefunden?«

»Nein, leider … nicht … wir haben …«

Ein Hund hatte seinen Haufen unter dem Baum machen dürfen, und der Gestank traf ihre Nase voll.

»Bist du noch da, Mia?«

»Ja, ich musste nur schnell ein Stück weitergehen. Nein, wir haben nichts gefunden. Rein gar nichts. Und ihr?«

»Totale Dürre hier. Wir haben alles gedreht und gewendet. Frust.«

»Munch?«

»Der hat heute nichts gesagt. Hat nur in seinem Büro gesessen.«

»Dreyer?«

»Ja, er ist natürlich zu dem Termin gegangen, den ich vereinbart hatte. Eben hat die Kripo angerufen. Die warten darauf, dass sie den Fall übernehmen können. Dreyer hat sie schon in Bereitschaft versetzt.«

»Ja, aber, wir sind doch erst … noch nicht so lange …«

»Ich weiß. Aber Dreyer bringt Schweden als Argument. Sie will nicht, dass das hier weitere acht Jahre dauert, und da kann man auch gleich den Stier bei den Hörnern packen. Das Pflaster von der Wunde reißen, oder so. Ich weiß nicht, hab nicht genug geschlafen. Ruf mich an, wenn du was findest, ja?«

»Unbedingt.«

Der Kiosk am Eingang zum Frognerbad. Eine Flasche Wasser. Nicht die Schlagzeilen lesen. Du bist nicht für alles verantwortlich. Weggehen. Wasser trinken. Versuchen, etwas zu laufen. Das Ganze ist bald vorbei.

Sie setzte die Füße vorsichtig wieder auf den Asphalt. Es war etwas besser jetzt, jedenfalls eine Art Joggen. Überall Leute. Unterwegs bei dem schönen Wetter. Wie tanzende

Kühe, die im Frühling aus dem Stall gelassen werden. Ein langer Winter war vorüber.

Jetzt war sie im Vigelandspark angekommen.

Der Stolz der Stadt.

Als Kind war sie so gern hergekommen.

Aber jetzt war alles vollgebaut, jeder kleine Fetzen der Innenstadt, Immobilienspekulanten auf dem Weg in die Wolken.

Aber einige waren clever gewesen.

Früher einmal.

Hatten diese Oase geschaffen.

Sie musste wieder anhalten.

Der vergangene Abend stieg ihr wirklich in die Kehle.

Der kleine Trotzkopf, die berühmte Skulptur im Park. Dieser kleine wütende Promi, umgeben von fotografierenden Touristen aus aller Welt.

Hier gab es doch irgendwo eine Toilette, oder?

Das Café.

Der Geruch von schalem Bier über lächelnden Gesichtern, es war ein langer Winter gewesen.

Herren.

Damen.

Verdammt, besetzt.

Und eine Schlange.

Sie konnte die Vorstellung nicht ertragen, sich in aller Öffentlichkeit zu erbrechen, deshalb zog sie sich von der Menschenmenge zurück, in den Schatten.

Breite Bäume.

Eine Plakatwand.

Elton John im Oslo Spektrum.

Eine koreanische Ibsenversion im Nationaltheater.

Hundesitting. Billig und gut.

Sie hielt sich die Hand vor den Mund und lugte zu der Warteschlange hinüber, die sich offenbar noch nicht bewegt hatte.

Noch mehr Wasser.

Okay.

Jetzt war es besser.

Mia wollte die Flasche gerade wieder an die Lippen heben, als sie es sah.

Was zum ...?

Sie trat näher, mit offenem Mund.

Ein Plakat.

Amund Andersens Kunstakademie.

Jahrgangsausstellung 2001.

Sie ließ die Flasche zu Boden fallen, zog das Handy aus der Jackentasche und wählte mit zitternden Fingern seine Nummer.

Ein Gemälde.

Von einem blonden Jungen.

War das nicht ...?

Doch, zum Teufel.

»Munch.«

»Hallo, Mia hier, setz dich ins Auto.«

»Was?«

»Wir treffen uns vorm Vigelandspark.«

»Ich habe ...«

»Nein, jetzt, sofort. Ich stehe gerade hier und sehe mir ein Gemälde an. Von Oliver Hellberg. Dem schwedischen Jungen.«

»Was?«

»Er ist nackt. Und hat einen Dachs in den Armen.«

»Welcher Ausgang?«
»Majorstuvei. Wo die Reisebusse stehen.«
»Schon unterwegs.«

• 53 •

Das Einfamilienhaus, bei dem er endlich ankam, war ungeheuer gepflegt und prachtvoll gelegen, mit Blick auf die Dalabucht nur wenige Kilometer außerhalb des Stadtkerns von Kristiansund. Ein großes weiß gestrichenes Haus, ganz nach seinem Geschmack, nicht zu ausgefallen, aber auch nicht genau wie alle anderen in dieser Siedlung, nein, das gefiel ihm. Alf Inge Myhren hielt am Straßenrand und ging dann über den Kiesweg in den gepflegten Garten. Meine Güte. Er musste für einen Moment stehen bleiben, sich bücken, um zu sehen, ob das wirklich stimmte. Austin-Rosen? So weit im Norden? Eine knallgelbe Teasing Georgia? Er zog seine Nikonkamera aus der Fototasche und machte ein Bild, das sogar ziemlich gut wurde. Früher hatte die Lokalredaktion einen eigenen Fotografen gehabt, einen, den er bei Bedarf anrufen konnte, aber auch dort wurde inzwischen gespart. Was ihn dazu gezwungen hatte, selbst Fotografieren zu lernen. Besonders gut war er nicht, aber ab und zu waren seine Bilder doch nicht so schlecht. Aber war das …? Neugierig betrat er den wohlfrisierten Rasen. Nein, unglaublich. Zentifolien, zwei große Sträucher mit – er zählte eilig – fast zwanzig Cristata? Er lächelte und hielt sich wieder den Sucher vors Auge. Was für Dünger benutzten die wohl? Er hob den Kopf und schaute sich um. Doch, den ganzen Tag Licht, in der Hinsicht perfekt, aber es war doch zu kalt? Er hatte gerade ein weiteres Einzelstück entdeckt, eine türkische Rose (eine Frankfurt, konnte das wirklich stimmen?), als hinter ihm die Tür aufging und eine Stimme ihn aus seinen Träumereien riss.

»Hallo? Was machen Sie in meinem Garten?«

Alf Inge Myhren fuhr zusammen und hob rasch die Fototasche vom Rasen hoch.

»Entschuldigung. Myhren. Von *VG*. Sie sind Olaf Eriksen?«

Das etwas strenge Gesicht entspannte sich.

»Stimmt. Ich wollte nicht grob werden, ich hab hier nur nachts Probleme mit Jugendlichen gehabt. Hab gerade das da installiert.«

Der ältere Mann mit der Brille zeigte auf eine gleich über der Tür angebrachte Überwachungskamera.

»Unglaublich beeindruckend«, sagte Alf Inge Myhren und nickte zu den prachtvollen Blumen hinüber.

»Ach ja? Sie mögen Rosen?«

Eine schrille Stimme aus dem Haus.

»Olaf, wollt ihr Kaffee?«

»Nachher, Marit.«

Eine fröhliche Frau im selben Alter trat in die Türöffnung und trocknete sich die Hände an einem Handtuch ab.

»Marit Eriksen.«

Alf Inge Myhren lächelte und reichte ihr die Hand.

»Alf Inge Myhren. Von *VG*.«

»Ach ja«, zwitscherte sie. »Es ist so nett, Besuch zu haben, werden wir jetzt berühmt?«

»Marit«, murmelte der Mann verlegen.

»Was? Man wird doch wohl noch einen kleinen Scherz machen dürfen. Wollt ihr den Kaffee drinnen oder draußen?«

Olaf Eriksen zuckte mit den Schultern und sah Alf Inge Myhren an.

»Danke, gern draußen, bei dem schönen Wetter.«

»Er mag Rosen.«

»Ach ja?«

Marit Eriksen warf sich das Handtuch über die Schulter und stemmte die Hände in die Seiten.

»Das ist mein Werk.«

Der Mann reagierte instinktiv.

»Das stimmt ja wohl nicht!«

Sie lachte herzlich. »Nein, das war ich wirklich nicht. Ich könnte keine grünen Finger kriegen, und wenn ich die Hände in einen Farbeimer steckte. Ich bring euch dann gleich die Tassen.«

Das Lachen folgte ihr ins Haus.

»Sie mögen also Rosen?«

»Oh ja. Mit der da hab ich es selbst versucht. Viele Jahre sogar.«

»Mit welcher?«

Olaf Eriksen stieg in ein Paar Holzschuhe und lief hinter ihm her über den Rasen.

»Der Austin-Rose. Tut mir leid, ich hab Fotos gemacht, hätte natürlich vorher fragen müssen, aber ich konnte mich einfach nicht beherrschen.«

»Ist schon in Ordnung.« Olaf Eriksen nickte stolz. »Ja, die da hat mich viel Zeit und Fleiß gekostet, das können Sie mir glauben.«

»Ja, das ist klar, können Sie mir ein paar Tricks verraten?«

»Hmm, tja. Ich will das aber nicht in den landesweiten Nachrichten haben …«

»Nein, nein, mein Mund ist verschlossen. Das ist nur für mich. Für meinen nächsten Versuch.«

»Haben Sie einen großen Garten?«

»Ja. Oder nein. Jetzt nicht mehr. Aber ich hatte einen. Und ich hoffe, eines Tages wieder einen zu haben.«

»Okay, ich zeig es Ihnen.«

Olaf Eriksen lächelte zufrieden und ging vor ihm her zu einem frisch gestrichenen Schuppen, der genauso gepflegt wirkte wie der Rest des Grundstücks.

»Sie haben es sicher mit einem Treibhaus versucht?«

»O ja.«

»Hat nicht geklappt?«

»Nein. Sehr traurig.«

»Nicht wahr?«

Olaf Eriksen lachte und schüttelte zugleich den Kopf.

»Sie mag nicht mit anderen zusammen sein, die da. Ist zu eigen. Wie ich. Will es so haben, wie sie will, verstehen Sie? Sie kann nicht mit den anderen zusammenstehen, in einem Treibhaus zusammenglucken. Das Licht stimmt nicht, und die Luft wird zu feucht. Nein, wenn Sie eine Teasing Georgia wollen, müssen Sie die behandeln wie ein verwöhntes Kind, oder vielleicht noch besser.«

Alf Inge Myhren schaute neugierig durch die Tür des Schuppens.

»Sehen Sie dahinten?«

»Ja.«

»Selbst gebaut. Ich nenne es *Das Antitreibhaus.*«

»Das was?«

Der andere lachte wieder.

»Das ist zwar ein Treibhaus, aber es ist kein gewöhnliches Treibhaus. Es ist speziell für die Austin-Rosen gebaut.

In der Decke gibt es viele kleine Klappen, die je nach Feuchtigkeit geöffnet werden können. Sie sind mit dem Barometer da verbunden. Und die Heizröhren sind an einem Thermostat befestigt. Das geht natürlich alles automatisch. Sowie die Temperatur unter eine bestimmte Marke sinkt, schwupp, schaltet sich die Heizung ein, steigt sie, schwupp, geht sie wieder aus.«

»Meine Güte.«

»Nicht wahr?«

Olaf Eriksen strahlte.

»Welche Temperaturen sind das denn?«

»Haha, ein paar Geheimnisse darf ich ja wohl für mich behalten.«

Er schloss feierlich die Tür des Schuppens und stellte das Ziffernschloss ein.

»Wollt ihr den Kaffee im Garten?«

Marit Eriksen hatte das Küchenfenster geöffnet.

»Wir trinken ihn auf der Veranda!«, rief ihr Mann zurück.

Einige Minuten später saßen sie auf bequemen Stühlen unter einem großen Sonnenschirm, und auf dem Tisch zwischen ihnen standen Kaffee und drei Sorten Gebäck.

»Sie hatten also Besuch von der Polizei?«, fragte Alf Inge Myhren und zog den Notizblock aus der Tasche.

»Ja, so ein großer, kräftiger Kerl, richtig unsympathisch.«

»Und der hat nach Solskjær gefragt? Und nach einem ehemaligen Mannschaftskameraden, habe ich das richtig verstanden? Können Sie wohl von Anfang an erzählen?«

»Natürlich.« Olaf Eriksen nickte und tunkte ein Stück Würfelzucker in seinen Kaffee.

• 54 •

Holger Munch sah eine Gestalt, die fast auf das Auto zugekrochen kam, und begriff erst, dass es Mia war, als sie die Tür öffnete. Das Gesicht war hinter einer Schirmmütze und einer großen Sonnenbrille versteckt, und sie hatte eine furchtbare Schnapsfahne.

»Meine Güte, Mia, was ist los?«

»Leiser reden«, murmelte sie und hielt sich die Hand vor den Mund.

»Du willst doch wohl in meinem Auto nicht kotzen, hoffe ich?«

Sie schüttelte den Kopf und schob ein aufgerolltes Plakat zu ihm hin. Munch entrollte es auf dem Lenkrad und wäre fast zusammengezuckt.

»Wow.« Die Ähnlichkeit mit dem schwedischen Jungen war umwerfend.

»Nicht wahr?«, murmelte Mia.

»Amund Andersens Kunstakademie?«

»Die liegt draußen in Asker.«

»Und wo da genau?«

»Hvalsbakken. Ausfahrt bei Holmen. Weißt du, wo das ist?«

Munch nickte und fuhr los.

Sie hatten sich dort einmal ein Haus angesehen, Marianne und er, damals, vor langer Zeit. Dort standen ehrwürdige alte Gebäude mit Garten, unten am Fjord, so nah bei der Hauptstadt, allerdings nicht in ihrer Preisklasse. Er erinnerte sich noch immer an Mariannes enttäuschtes Gesicht auf der Rückfahrt.

»Da draußen liegt doch ein Hotel, oder?«

Mia nickte und nahm versuchsweise die Hand vom Mund.

»Holmen Fjordhotell. Aber so weit ist es nicht, du musst nach rechts abbiegen.«

Munch fuhr jetzt in Richtung Skøyen.

»Woher weißt du das alles? Warst du schon mal da?«

Mia nickte vorsichtig.

»Nur einmal. Vor langer Zeit. Ich hatte einen ... Bekannten, der überlegte, ob er dort hingehen sollte, wenn er ein Stipendium bekäme. Er bekam keines. Also konnte er es sich nicht leisten.«

»Das ist eine Privatschule?«

Mia öffnete das Fenster und streckte den Kopf hinaus.

»Ja. Gegründet von dem Maler Amund Andersen, ewig her, glaube ich, irgendwann in den Siebzigern. Er hatte von seinen Eltern eine Riesenvilla geerbt und brauchte Geld zum Renovieren, oder so.«

Sie hielt den Kopf noch weiter aus dem Fenster.

»Ach, verdammt.«

»Spät geworden?«

»Keine Ahnung, wann wir aufgehört haben, kann mich an die letzten Stunden nicht erinnern. Patrick hatte was zu trinken dabei, weiß der Teufel, wie das Zeug hieß. Pures Gift. Ich werde in meinem ganzen Leben keinen Alkohol mehr trinken. Scheiße, was für ein Dreck. Tun erwachsene Menschen das freiwillig?«

Munch lächelte.

»Ja, es ist sogar ziemlich verbreitet.«

Er dachte wieder an sein einziges Mal, als er Alkohol getrunken hatte und betrunken gewesen war.

»Was glaubst du also?«

Sie nickte zu dem zwischen ihnen liegenden aufgerollten Plakat hinüber.

»Da muss doch etwas zu finden sein?«

Munch wollte eigentlich sagen, dass sich ihm die Haare im Nacken gesträubt hatten, als er das Motiv gesehen hatte, aber er versuchte, sich zu beruhigen. Sie waren in den letzten Tagen schon zu oft vor die Wand gelaufen. Seine Psyche konnte nicht noch eine Niederlage ertragen, nicht schon wieder.

»Ist ähnlich«, sagte er ruhig.

»Ja?«

»Ist verdammt ähnlich, aber trotzdem …«

»Was?«

»Wie groß ist die Wahrscheinlichkeit?«

Sie sah ihn verärgert an.

»Wie meinst du das? Die Wahrscheinlichkeit für was?«

Munch bog auf den Drammensvei ab und fuhr auf die linke Fahrspur.

»Jetzt hör aber auf! Wie groß ist die Wahrscheinlichkeit, dass unser Mann, der Kunstwerke mit toten Körpern produziert und offenbar durch das Visuelle einen Kick kriegt, eine Malschule besucht hat? Und dass er Oliver Hellberg nackt mit einem Dachs gemalt hat?«

»Ja, wie groß ist die Chance?«

»Die Chance ist …«

Sie hielt sich wieder die Hand vor den Mund und schloss das Fenster, als die Abgase eines Lkw zu heftig wurden.

»Nein, verdammt, ich weiß nicht, wie groß die ist, meinst du das rein mathematisch?«

»Nein, ich meine: Wie groß ist die Chance, dass du dich verkleidest wie ein Einbrecher aus einem Zeichentrickfilm und zufällig im Vigelandspark ein Plakat mit dem Bild von Oliver Hellberg findest?«

»Na ja, die ist gering.«

Sie saß ganz still da, bis sie die Ausfahrt nach Holmen erreicht hatten.

»Du meinst also, dass ich mir keine zu großen Hoffnungen machen soll?«, fragte sie schließlich.

»Ja. Gehen wir die Sache ganz ruhig an. Sehen wir, was wir dort finden. Die letzten Tage waren … ich kann jetzt nicht noch eine Enttäuschung ertragen, verstehst du?«

»Verstehe«, sagte Mia, nickte und warf ihm einen freundlichen Blick zu.

»Und noch eins …«

Er nickte in Richtung Handschuhfach.

»Du stinkst wie ein alter Säufer. Da drinnen liegen Pastillen, glaube ich.«

Sie schnitt eine Grimasse, öffnete aber dennoch das Handschuhfach, fand eine Packung Läkerol, steckte vier Pastillen in den Mund und schob die Schachtel in die Tasche ihrer Trainingsjacke.

»Da wären wir«, sagte Munch und stellte den Motor ab.

Sie konnten von der anderen Seite der prachtvollen Villa Gelächter und Musik hören. Es sah aus wie ein Pippi-Langstrumpf-Haus, nur nicht ganz so kunterbunt. Zwei hübsche Mädchen in schönen Kleidern standen am Eingangstor, an den Bäumen waren Ballons befestigt. Sie waren offenbar genau zum richtigen Zeitpunkt gekommen.

»Das ist also heute?«, fragte Mia und rollte das Plakat wieder auseinander.

»Perfekt«, sagte Munch. »Vielleicht gibt es etwas zu essen. Geht's bei dir? Kannst du dich aufrecht halten?«

Mia rutschte vom Sitz und stützte sich auf den Audi.

»Alles in Ordnung.«

»Sicher?«

»Klar doch, ich bin einundzwanzig, keine … wie alt bist du noch gleich?«

»Zweiundvierzig.«

»Nicht wahr, das ist einer der Vorteile, jung zu sein. Bei uns dauert es nicht so lange.«

Sie beugte sich vorsichtig wieder in das Auto und leerte die Wasserflasche, die sie mitgebracht hatte.

»Fertig?«

»Ja.«

»Vielleicht solltest du die Sonnenbrille abnehmen?«

»Nein. Oder von mir aus.«

Sie nahm langsam die Sonnenbrille ab und hielt die Hand in die Sonne, blinzelte einige Male, dann legte sie die Brille auf den Sitz.

»So, ist der Chef jetzt zufrieden?«

»Du solltest solche Tropfen benutzen. Für die Augen.«

»Du meinst Clear Eyes? Die rote Augen weiß machen?«

»Ja.«

»Das ist verboten, glaube ich, aber das wäre schön, da stimme ich dir zu.«

Sie steckte sich eine neue Pastille in den Mund und ging vor Munch her auf die Flaggen um das offene Tor zu.

Die hübschen Mädchen, beide um die zwanzig, lächelten ihnen entgegen.

»Willkommen, willkommen. Das Buffet steht im Garten hinter dem Haus. Getränke müsst ihr selbst bezahlen, legt das Geld einfach in den Korb. Alle Bilder sind von den Leuten aus dem Abschlussjahrgang gemalt worden, und alles steht zum Verkauf. Kauft doch ein Bild, dann freuen wir uns.«

Ihnen wurden Listen mit Titeln und Preisen aller Gemälde in die Hände gedrückt.

»Hören Sie, wir suchen nur jemanden«, erklärte Munch und zeigte seinen Dienstausweis vor.

Die beiden jungen Frauen wechselten einen Blick.

»Ach ja? Wen denn?«

»Den, der das hier gemacht hat«, sagte Mia und zeigte den beiden das Plakat.

Sie rümpften alle beide die Nase.

»Den?«

»Ja?«

»Das hat Emilie gemacht.«

Munch und Mia wechselten einen kurzen Blick.

»Emilie?«

»Ja, Emilie Skog. Unsere süße Westländerin. Die Apfelkönigin.«

Sie lächelten herzlich.

»Okay, ist sie hier? Diese Emilie?«

»Ja, sicher, sie ist verantwortlich für die Bowle. Sie finden sie vor einer orangen Schüssel, und sie trägt Hardangertracht. Sie können sie gar nicht verfehlen, um das mal so zu sagen.«

Neue Gäste kamen hinter ihnen an.

»Willkommen, willkommen. Das Buffet steht im Garten hinter dem Haus ...«

Mia warf Munch wieder einen Blick zu, als sie weiter durch die frühlingsgrüne Allee gingen. Hinter dem Haus war das Fest bereits in Gang. Fröhliche Musik strömte aus den Lautsprechern, die in den offenen Fenstern aufgestellt waren, während festlich gekleidete junge Menschen Gläser mit sprudelnden Getränken durch den Garten trugen.

Die Frau hinter dem Tisch fiel wirklich auf. Sie trug eine prachtvolle Tracht mit einer großen, funkelnden Silberbrosche auf der Brust.

»Emilie Skog?«

Munch zeigte abermals seinen Dienstausweis vor.

»Äh, ja?«

»Wir kommen von der Polizei. Könnten wir kurz mit Ihnen sprechen?«

Die blonde Frau schaute sie fragend an und trat mit ihnen ein Stück vom Tisch weg.

»Okay? Und womit kann ich Ihnen behilflich sein?«

Abermals rollte Mia das Plakat auseinander.

»Haben Sie das hier gemacht?«

»Äh, ja? Wieso?«

»Sie haben das hier also gemalt?«

»Was?«

Sie brauchte eine Sekunde, um diese Frage zu verstehen.

»Ach nein, nein. Das Bild ist nicht von mir. Ich habe nur das Plakat gemacht.«

»Von wem ist es dann?«

»Das weiß ich eigentlich nicht.«

»Wie meinen Sie das?«

»Ich habe es gefunden, als wir in einem Lagerraum aufgeräumt haben. Es ist von einem ehemaligen Schüler, glaube ich. Sie müssen wohl Amund fragen.«

»Kann man sich einfach was nehmen?«, fragte ein lächelnder junger Mann in Anzug und Sonnenbrille drüben bei der Bowle.

»Nein, warte, ich geb dir gleich was.«

Jetzt kam auch noch eine junge Frau an den Stand und sah sie fast verlegen an.

»War das jetzt alles? Ich muss eigentlich …«

»Und wo finden wir Amund?«, fragte Mia und schaute zum Haus hoch.

»Der hat sich verkrochen«, antwortete die junge Frau. »Er sitzt unten im Bootshaus, hat sich mit seinem Sherry eingeschlossen. Ihm gefällt es nicht, dass wir ihn bald verlassen werden. Er wird so traurig. Er ist nicht so schlimm, wie alle glauben, er hat ein gutes Herz.«

Emilie Skog lächelte und legte die Hand auf ihren Trachtenrock.

»Hallo, kann ich mal kurz …«

»Nein, nein, ich komme.«

Sie drehte sich wieder zu ihren Gästen um.

»Gehen Sie einfach den Weg da zum Fjord hinunter. Das Bootshaus ist dann links.«

Fünfzig Meter weiter unten, bei einem Anlegesteg, wo die Sonne den stillen Fjord glitzern ließ, stand ein Bootshaus, eine kleine Kopie der Villa oben am Hang.

»Amund Andersen?« Munch klopfte vorsichtig an.

»Geht weg!«

»Könnten wir kurz mit Ihnen sprechen?«

»Macht, dass ihr fortkommt!«

»Wir sind von der Polizei.«

Es dauerte einige Sekunden, sie hörten ein Rumoren im Bootshaus, dann tauchte in der Türöffnung ein altes Gesicht mit einer weißen Mähne auf.

»Was?«

»Holger Munch, Mordkommission, Polizei Oslo, sind Sie Amund Andersen?«

»Ja?«

Der Mann schaute sie unter seinem struppigen Schopf verwirrt an.

»Wir suchen den, der das hier gemalt hat«, erklärte Mia und hielt ein weiteres Mal das Plakat hoch. »Ist das ein ehemaliger Schüler?«

Amundsen griff nach einer Brille, die er an einer Schnur um den Hals trug, und warf einen kurzen Blick auf das Gemälde.

»Oh, verdammt. Ich hab ja gewusst, dass mit dem Burschen etwas nicht stimmt.«

»Sie wissen also, wer das ist?«

»Aber sicher«, murmelte der alte Mann und trat mit dem Sherryglas in der Hand zu ihnen hinaus in den Sonnenschein.

• 55 •

Ludvig Grønlie ging mit seiner Teetasse zurück ins Büro und ließ sich in den Sessel vor den Bildschirmen sinken. Anja Belichek hatte geseufzt, als er den Raum verlassen hatte, und nun seufzte sie wieder, als eine neue Mail mit einem Pling in ihrem Posteingang landete.

»Verdammt, hört das denn nie auf?«

»Noch mehr aus Stockholm?«

»Welche Massen an Fallunterlagen haben die eigentlich? Jetzt hab ich bald keinen Bock mehr. Meine Ausbildung hat mich verdammt noch mal ein Segelboot gekostet, und hier sitze ich und spiele Sekretärin. Wir müssen mit der Leitung sprechen, Ludvig.«

Anja ließ sich zurück auf ihren Stuhl sinken und packte ein Snickers aus.

»Du meinst mit Munch«, sagte Ludvig lächelnd und blies in seinen Tee.

»Ja, oder mit Anette, die ist es doch eigentlich, die den Kahn hier steuert, oder nicht?«

»Die Frage ist, was du mit steuern meinst«, sagte Ludvig und öffnete ebenfalls eine seiner Mails; nicht ganz so spannend, es war ein Angebot zur Penisverlängerung.

Ludvig hatte kein Bedürfnis, seinen Penis zu verlängern, andere Körperteile übrigens auch nicht, deshalb wollte er die Mail löschen, wusste aber nicht so recht, in welchen Korb sie gehörte.

»Was ist eigentlich der Unterschied zwischen Papierkorb und Spam?«

Anja lachte laut und fuhr sich mit der Hand durch ihre Löckchen.

»Du bist so süß, Ludvig.«

»Was?«

»Du erinnerst mich an meinen Vater. Der begreift auch nicht viel von diesem Computerkram. Ich habe neulich versucht, ihm per Telefon zu helfen. Er wollte einige Fotos in einem Ordner auf dem Schreibtisch speichern. Eine halbe Stunde später, als er das noch immer nicht geschafft hatte, ist mir aufgegangen, dass er dachte, ich hätte damit den echten Schreibtisch gemeint, auf dem sein Rechner steht, und dass er einen Pappordner bereitgelegt hatte.«

»Witzig«, sagte Ludvig und trank einen Schluck Tee.

»Also ist es gut, dass du mich hast, oder?«

Die Kollegin legte die Füße auf den Tisch und die Hände in den Nacken.

»Es ist sehr gut, dass ich dich habe, Anja.«

»Und ich würde mich ohne dich hier zu Tode langweilen, das passt doch gut.«

Sie warf ihm eine Kusshand zu und fluchte wieder, als ihr Rechner abermals pling machte.

»Aber verdammte Pest, wir wollen jetzt nicht noch mehr von euch hören. Wir haben genug Unterlagen aus Schweden. Ich kann nicht mehr!«

Anja stopfte sich das letzte Stück Snickers in den Mund und wischte sich die Finger an ihrem karierten Rock ab.

Plötzlich vibrierte das Handy auf dem Tisch vor ihnen.

Munch.

»Hallo, Ludvig, ich habe hier etwas Dringendes.«

»Ach ja?«

»Ich brauche alles über einen gewissen Frank Helmer.«

Ludvig legte die Hand über den Hörer und winkte Anja zurück an ihren Bildschirm.

»Dringend. Haben wir was über einen gewissen Frank Helmer?«

Anja machte sich über ihre Tastatur her.

»Ich finde hier zwei von der Sorte, einen in Alta, Frank Robert Helmer, Rentner, einundsiebzig. Dann habe ich einen in Manglerud ... Frank Helmer, sechsunddreißig. Zwei Adressen, eine private und eine Firma draußen in Lysaker, eine Klempnerfirma, glaube ich ...«

»Bist du noch da, Ludvig?«

»Ich bin hier, wir haben ihn gefunden. Ich gehe davon aus, dass du keinen Rentner aus Finnmark willst, deshalb schicke ich dir das, was uns über einen gewissen Frank Helmer in Oslo vorliegt. Wir haben ihn privat gefunden und außerdem mit der Adresse einer Klempnerfirma.«

»Super, Ludvig. Schick das an Mia und an mich, ja?«

»Wird gemacht.«

Anja öffnete eine Coladose und hob die Augenbrauen.

»Krass.«

Ludvig lächelte.

»Ich finde, du solltest hierbleiben, Anja.«

»Das werde ich vielleicht ja auch«, erwiderte sie und schob sich gerade die Brille höher, als an die Tür geklopft wurde.

»Entschuldigung.«

Der schwedische Psychologe.

»Verzeiht die Störung, aber Mia geht nicht ans Handy. Wisst ihr vielleicht, wo sie sein kann?«

• 56 •

Kevin Myklebust saß an dem runden Frühstückstisch in der kleinen Kellerwohnung und wusste nicht so recht, ob er sich freuen oder traurig sein sollte. Einerseits war es ja schön, dass Mama zufrieden war. Sie strahlte ja fast, wie sie da saß. Sie hatte frisches Brot gekauft und Eier und Bacon gebraten. Fein gemacht hatte sie sich auch, hatte richtige Kleider angezogen. So früh lief sie sonst immer im Bademantel herum. Wenn sie überhaupt schon aufgestanden war. Aber jetzt war es anders, natürlich, weil ein Mann im Haus war. Ein echter Mann, nicht nur einer, der versuchte, ein Mann zu sein. Ulf mit dem Abschleppwagen war wieder über Nacht geblieben. Kevin hatte gehört, wie die beiden hinter der dünnen Wand kicherten und einen Plan machten. Einen Plan, den sie jetzt so darzustellen versuchten, als wäre der zu seinem Besten, aber er wusste ja, was sie wirklich wollten, warum er aus dem Haus sollte.

»Du, Kevin«, sagte Mama zuckersüß und schenkte dem, der jetzt der Mann im Haus war, Kaffee ein.

Kevin hatte eigentlich keine große Lust, weiter hier zu sitzen. Die beiden fassten sich dauernd gegenseitig an, und Mama benahm sich so komisch, schlug die Hand vor den Mund, wenn sie kicherte, und saß ordentlich auf dem Stuhl, nicht mit den Füßen auf dem Tisch. Die Aschenbecher waren geleert worden, und sie hatte sogar staubgesaugt, jedenfalls den Teppich unter dem Tisch vor dem Fernseher, wo sonst jede Menge Reste herumlagen. Hunger hatte er auch nicht. Aber Mama war so glücklich, dass er einfach einen Versuch machen musste, und deshalb schmierte er sich Kaviar aus der Tube auf eine Scheibe Brot und aß vorsichtig winzig kleine Stücke.

»Du, Kevin«, sagte Mama noch einmal, nachdem sie seinen Arm gestreichelt und ihm Zuckerstücke aus einer Schale angeboten hatte, die Kevin total unbekannt war.

»Ja, Mama?«, fragte Kevin.

»Du, Ulf und ich haben uns etwas Witziges überlegt.«

Sie setzte sich ordentlich auf den Stuhl und zupfte ein bisschen an der Schürze mit der Aufschrift *Süßeste Köchin aller Zeiten*.

»Ach ja? Was denn?«

Kevin verstellte sich natürlich nur. Er wusste ja, was kommen würde. Er hatte die beiden im Nebenzimmer gehört, sogar mit dem Kopf tief unter dem Kissen.

»Also, wir haben gedacht«, sagte Mama und legte ihre Finger auf die Hand des Mannes, der Ulf hieß. »Wäre es nicht lustig für dich und Ronny, mal zelten zu gehen? Vielleicht was Leckeres zu essen mitzunehmen und draußen zu übernachten? Würde das nicht Spaß machen?«

»Klingt wirklich lustig, ja«, murmelte der, der Ulf hieß, und trank einen Schluck Kaffee.

»Ja, nicht wahr? Ich meine, ihr könntet doch Taschenlampen mitnehmen? Vielleicht Angelruten? Vielleicht bis zum Gråtjønnsee hochgehen? Und sehen, ob ihr was fangt?«

Mama hatte wohl vergessen, dass sie weder ein Zelt noch Angelruten oder Taschenlampen besaßen, aber das war vielleicht nicht einmal das größte Problem bei diesem Plan.

»Aber was ist mit Ronny? Wir dürfen uns doch nicht mehr treffen?«

Er spülte den Bissen Kaviarbrot mit einem Schluck Milch hinunter.

»Ach, das bring ich in Ordnung«, sagte Mama, jetzt mit einem mürrisch verzogenen Mund.

Sie hatte diesem neuen Mann offenbar nicht alles erzählt, und das war ja vielleicht auch kein Wunder.

»Ich rede heute mit seiner Mama, wir kennen uns doch so gut, kein Grund, warum man sich nicht vertragen sollte, nicht wahr?«

»Klar, das Beste ist, wenn alle sich vertragen«, sagte der, der Ulf hieß, räusperte sich und strich Makrele in Tomate auf seine bereits mit Butter beschmierte Brotscheibe.

»Okay«, sagte Kevin endlich, als er den nächsten Bissen hinuntergewürgt hatte.

Er konnte das Lächeln in den Augen der beiden sehen, als sie einen raschen Blick wechselten, gewissermaßen verstohlen.

»Wie schön«, sagte Mama und grinste.

»Ja, das wird sicher witzig«, sagte Ulf.

»Ich tu das gern. Wenn Ronny mitmacht, meine ich«, sagte Kevin.

Und das meinte er natürlich auch so. Denn Ronny fehlte ihm. Er sah ihn zwar in der Schule, aber das war irgendwie nicht dasselbe.

»Ich bring das in Ordnung«, sagte Mama lächelnd und schenkte sich Kaffee ein.

Er sah jetzt eine Gelegenheit, konnte nicht noch mehr von dem blöden Stück Brot essen.

»Ich bin satt.«

»Okay. Und was sagen wir dann?«

Wieder spielte sie Theater, aber diesmal begriff er nicht, was sie meinte.

»Was ...?«

»Was sagen wir dann, Kevin? Wenn wir gegessen haben? Danke für ...«

»Ach ja, tausend Dank für das gute Essen«, sagte Kevin und stand auf.

»Vergiss nicht, deinen Teller ins Spülbecken zu stellen«, zwitscherte Mama.

Er wollte schon etwas sagen, sah aber ihren Blick und schwieg.

Normalerweise sollte er den Teller immer stehen lassen. Der würde ja zur nächsten Mahlzeit wieder verwendet werden, aber er tat wie ihm geheißen.

Er band sich drüben bei der Tür die Schuhe zu und hatte das Gefühl, nun doch etwas sagen zu müssen.

»Du, Mama?«

»Ja, Kevin?«

»Wir haben doch gar kein Zelt?«

Leichte Panik jetzt am Küchentisch, ehe ihr plötzlich eine Idee kam.

»Du kannst den alten Wennberg fragen, der hat garantiert ein Zelt, glaubst du nicht?«

Den alten Wennberg?

Kevin wand sich ein wenig.

»Ich weiß nicht, Mama …«

Jetzt stand sie auf, schob ihn fast aus der offenen Tür.

»Doch, mach das, der beißt ja nicht. Und ich garantiere dir, dass er ein Zelt hat. Er hat doch alles Mögliche in seinem Schuppen rumliegen.«

Sie versetzte ihm einen leichten Stoß in den Rücken, aber er blieb ein wenig unschlüssig draußen auf dem Hof stehen.

Der alte Wennberg.

Dem das Haus gehörte, in dem sie wohnten.

Der über ihnen wohnte.

Normalerweise hatte Mama ihm streng verboten, den alten Wennberg zu besuchen, weil der ein Sonderling war, und die Götter mochten wissen, auf was für Ideen er kommen könnte, wenn Kinder bei ihm wären. Und das war auch kein Problem, denn wenn es jemanden gab, den Kevin absolut nicht besuchen wollte, dann war das der alte Wennberg. Es war schlimm genug, durch die Zimmerdecke dessen schlurfende Schritte zu hören. Oder das Geschrei und die seltsamen Geräusche der vielen Filme, die er sich ansah. Wenn Kevin den alten Wennberg unten bei den Briefkästen sah, machte er lieber einen Kilometer Umweg durch den Wald, als ihm zu begegnen.

»Aber Mama …«

»Ulf und ich wollen jetzt shoppen, wir bleiben also eine

Weile weg. Er fährt mit mir ins Strømmen Storsenter, musst du wissen.«

Mama band die Schürze ab und warf dem, der Ulf hieß, eine Kusshand zu.

Strømmen Storsenter.

Da wäre er auch gern mal.

Er hatte die anderen aus seiner Klasse oft darüber reden hören. Dort gab es offenbar eine Milliarde Geschäfte, und sie hatten alles Mögliche, von wahnsinnig gutem Softeis bis zu den teuersten ferngesteuerten Autos auf der Welt. Einige der anderen waren mehrmals dort gewesen, zehn waren es fast, aber er musste wohl warten, denn jetzt hatte Mama ihm die Tür vor der Nase zugemacht.

Der alte Wennberg.

Er drehte eine große Runde um das Haus und wich den Fenstern aus. Der Alte sollte ihn nicht sehen. Dann blieb er vor dessen Eingangstür stehen.

Ein totes Tier lag auf der Treppe, die Beine ragten aus einer blauen Plastiktüte. Er konnte nicht sehen, was das für ein Tier war, vielleicht ein Marder oder ein Nerz.

Präparator.

Er wusste, was dieses Wort bedeutete, denn es stand auf dem Briefkasten unten an der Straße.

Wennberg, Präparator.

Ein Präparator stopfte tote Tiere aus, damit andere Leute sie in ihren Häusern aufstellen konnten.

Er machte einen Schritt vorwärts.

Es knirschte im Kies.

Uff, er zog sich wieder auf das Gras zurück.

Nein.

Das hier wollte er nicht.

Ein Zelt ausleihen.

Aber dann kam ihm die Idee.

Genial.

Wenn die anderen so einen gemeinen Plan für ihn gefasst hatten, brauchte er ihnen ja wohl auch nicht alles zu erzählen?

Kevin Myklebust lächelte strahlend, schlich sich zum Weg hinter dem Haus und rannte dann in den Wald.

• 57 •

Anja fischte die soeben ausgedruckten Blätter aus dem Gerät und befestigte sie nebeneinander an der Tafel.

»Das habe ich gefunden«, sagte sie und trat einen Schritt zurück.

»Zu Frank Helmer?«

»Ja.«

Ludvig erhob sich und trat neben sie.

»Und wer ist er?«

»Ja, gute Frage. Wir haben nicht besonders viel über ihn in unseren Datenbanken, aber ein bisschen was eben doch.«

»Vorstrafen?«

Sie zögerte.

»Nein … oder jein. In seiner Jugend war er offenbar nicht gerade ein Chorknabe. Prügeleien, Körperverletzung, ein bisschen Vandalismus, zwei gestohlene Autos, aber alles, ehe er achtzehn wurde. Deshalb dürfte es eigentlich gar nicht vorhanden sein, so was muss doch gelöscht werden.«

Sie zog einen Lolli aus der Hemdtasche, entfernte die Verpackung und steckte ihn in den Mund.

»Später also nichts mehr?«

»Nein, aber hier ist etwas …«

Ludvig putzte sich mit einem Hemdzipfel die Brille und trat dichter vor die Wand.

»Siehst du?«

»Eine Gerichtsverhandlung?«

»Ja, aber er war nur Zeuge.«

»Worum ging es?«

»Hehlerei von Diebesgut, geschmuggelte Tabletten, anabole Steroide, aber er war nicht der Beschuldigte, sondern offenbar ein Bekannter. Er war sogar Zeuge der Anklage.«

»Hat den Bekannten also verpfiffen?«

Sie lachte.

»Das ist vielleicht eine übereilte Schlussfolgerung, meinst du nicht?«

»Wenn er in kriminellen Kreisen unterwegs war?«

»Was heißt schon kriminell. Der Mann ist doch – Moment –, jetzt ist er sechsunddreißig, und alles andere, was gegen ihn vorliegt, sind fast zwanzig Jahre alte Jugendsünden?«

»Schon, schon, aber dennoch …«

»Jetzt lass mal deine Vorurteile beiseite, alter Mann.«

Sie schnitt eine Grimasse und schob den Lolli wieder in den Mund.

»Dann hab ich hier einige Unterlagen aus dem Firmenregister in Brønnøysund. Er hat 1992 eine Firma namens Helmer Finanz eintragen lassen. Die lief wohl nicht so gut. Ich habe zwei Aufforderungen des Finanzamts, seine Steuerunterlagen einzureichen, gefunden, er hat dann dreiundneunzig selbst Konkurs angemeldet. Das Nächste habe ich dann für sechsundneunzig gefunden. Da hat er eine neue

Firma gegründet, Helmer Rohrservice. Die existiert angeblich noch immer da oben in Lysaker, obwohl ich auch darüber etwas von der Steuerbehörde gefunden habe.«

Sie blickte an der Wand nach oben und kehrte dann zu ihrem Bildschirm zurück.

»Habe ich das nicht ausgedruckt? Doch, hier ist es. Also, eine Steuerforderung vom vorigen Jahr, eine Reststeuer von gut und gern dreihunderttausend, die offenbar nicht bezahlt worden ist. Sonst nichts. Hat Munch etwas gesagt?«

»Worüber denn?«

»Über Frank Helmer. Darüber, weshalb wir uns plötzlich diesen Typen ansehen sollen.«

»Nein, aber es schien wichtig zu sein.«

»Und wir sind die Letzten, die etwas erfahren«, seufzte Anja und legte wieder die Hände in den Nacken. »Nur kleine Arbeitsmäuse, die im Rad laufen und die Batterien für die Glühbirnen ganz oben antreiben.«

Der schwedische Psychologe ging draußen auf dem Gang vorbei, jetzt mit dem Handy am Ohr.

Anja beugte sich zu Ludvig und nickte zur Tür hinüber.

»Der Schwede und Mia? Glaubst du, die …«

Er hob die Augenbrauen.

»Was? Dass die …? Nein, das kann ich mir absolut nicht vorstellen. Ist er nicht zwanzig Jahre älter als sie?«

»Ja, aber trotzdem.«

Sie ließ sich im Sessel wieder zurücksinken.

»Sieht gut aus, stimmt's? Zeitverschwendung, mit dem Aussehen Psychologe zu sein.«

»Was hätte er denn sonst machen sollen, was meinst du?«

»Na ja, was weiß ich? Fotomodell vielleicht? Leicht bekleidet? Auf einem Bärenfell vor dem Kamin? Zu Hause bei mir?«

»Ich wusste nicht, dass du einen Kamin hast.«

»Haha, Ludvig. Egal. Sieht jedenfalls gut aus, der Typ. Aber ja, er müsste mindestens zehn Jahre jünger sein.«

»Hattest du nicht einen Typen, mit dem du dich getroffen hast?«

Sie seufzte.

»Ja, ja, aber sieh mich doch an. Die werden zu langweilig für mich, weißt du. Diese Spießer. Student der Zahnmedizin? Was zum Teufel soll ich damit? Hat sie dich übrigens auch gefragt?«

»Wer denn?«

»Anette. Sie wollte alle Unterlagen aus Schweden, wo der Augenschmaus vorkommt. Der Schwede. Der Psychologe. Aber ich habe nichts gefunden, du vielleicht?«

»Ich kann mich an nichts erinnern.«

»Okay, sie will die Unterlagen also haben. Wenn du irgendwo auf seinen Namen stößt, dann schick mir den Kram, okay? Dann kann ich so tun, als ob ich meine Pflicht getan hätte.«

»Selbstverständlich.«

»Danke.«

Sie öffnete eine neue Coladose und betrachtete ihre Tätowierungen, das Herz auf ihrem Handgelenk.

»Ich überlege, ob ich mir noch eine zulegen soll, was meinst du? Noch ein Tattoo, was denkst du, sollte ich das tun?«

Sie zog die Bluse ein wenig über ihre Schulter und drehte sich um.

»Hier hinten, weit oben, das könnte doch geil aussehen, glaubst du nicht?«

»Ja, warum nicht?«

»Ich spiele mit dem Gedanken an den Orzeł Biały, den weißen Adler. Das polnische Wappen. Gelbe Krone, roter Grund. Geht das, was meinst du, oder wirkt das ein bisschen, wie sagt man, nationalistisch, also auf falsche Weise?«

Sie erhob sich und ging mit bloßer Schulter zu dem kleinen Spiegel, der neben den Kleiderhaken hing.

»Bist du denn keine Polin?«

»Doch, eben. Aber ich überlege. Glaube, das könnte toll aussehen.«

Ludvig streckte gerade die Hand nach der leeren Teetasse aus und wollte aufstehen, als Anette Goli durch den Gang gelaufen kam und keuchend mit dem Handy am Ohr vor ihnen stehen blieb.

»Wo, hast du gesagt?«

Anja nahm den Lolli aus dem Mund und setzte sich aufrecht.

Anette Goli legte die Hand über ihr Handy.

»Seht euch *VG* an. Online. Sofort.«

Wieder am Telefon.

»Ja, unbedingt, natürlich, Hanne-Louise. Nein, das wäre ja noch schöner, wir sind dran, ja, ich schnapp ihn mir sofort. Natürlich. Okay, ich ruf dich zurück.«

»Oh, shit«, sagte Anja, als sie auf Ludvigs Bildschirm dasselbe sah wie auf ihrem eigenen.

»Wie schlimm ist es? Ist es schlimm?«

Anja überflog den Artikel.

»Schlimm.«

»Wie schlimm?«

Die sonst so ruhige Anette Goli schob die junge Kollegin beiseite und blieb mit offenem Mund vor dem Bildschirm stehen.

»Oh, verdammt.«

Dicker Patzer der Polizei bei der Jagd auf mordverdächtigen Jugendfreund von Ole Gunnar Solskjær.

»Oh, Scheiße.«

»Ich dachte, Oxen hätte da oben nichts gefunden?«

»Dachte ich auch«, fauchte Goli und drückte wütend auf ihr Handy.

»Sie nennen auch seinen Namen«, sagte Ludvig.

»Was?«

»Der Junge, der sich verletzt hat. Dessen Karriere ruiniert war.«

Anette Goli lief zu ihm.

»Wo?«

»Da.«

»Roger Lørenskog? Haben wir schon mal von dem gehört?«

»Nicht, dass ich wüsste.«

»Besorg mir alles, was es über ihn gibt, alles, was wir über diesen Roger Lørenskog haben. Und sorg für eine neue Vernehmung des Trainers, dem auf dem Bild vor den Blumen. Aber verdammt, Karl, kann der denn seine Arbeit nicht vernünftig machen? Muss ich hier alles selbst erledigen?«

Sie rief das jetzt in ihr Telefon, obwohl sie niemanden erreicht hatte.

»Roger Lørenskog, ursprünglich aus Kristiansund. Absolut alles, was wir finden können, okay?«

Anette Goli lief zur Tür und gab dabei eine neue Nummer ein.

»Bin schon dabei.« Ludvig nickte und legte die Finger auf die Tastatur.

• 58 •

Sie fanden das Schild mit der Aufschrift Helmer Rohrservice am Eingang eines heruntergekommenen Geschäftshauses in der Nähe des Einkaufszentrums CC Vest in Lilleaker. Um das Büro an sich war es weniger gut bestellt. Munch steckte sich gerade eine Zigarette an, als Mia wieder herauskam, jetzt in besserer Verfassung. Wasser und nicht zuletzt Adrenalin hatten offenbar geholfen.

»Nichts?«

»Nein, ich habe an zwei Türen geklopft, aber niemand hat von der Firma gehört.«

»Seltsam.«

»Hast du es dahinten versucht?«

Er nickte.

»Beide Eingänge sind abgeschlossen.«

»Stimmt denn die Adresse?«

Ein hellgrüner Lieferwagen kam die Straße herunter, hielt vor dem Eingang, und ein junger Mann in hellgrünem, etwas zu engem Hemd stieg aus.

»Entschuldigung? Haben Sie hier häufiger Lieferungen?«

»Geht so, ja, warum?«

»Helmer Rohrservice, wissen Sie, wo wir die finden?«

Der Junge kratzte sich am Kopf und schaute sich um.

Munch dachte mit Grausen zurück an seine Studienzeit, als er selbst kurzfristig bei einer solchen Firma angestellt gewesen war. Elende Bezahlung, und dazu hatten sie ihn gezwungen, die orange Kleidung der Firma zu tragen, die es nicht in XL und etwas mehr gab, die Größe, die er schon damals gebraucht hatte.

»Irgendwo klingelt's«, sagte der junge Mann, schob sich einen Priem unter die Oberlippe und schaute sich um.

»Ja, richtig, da!«

Er lächelte und zeigte auf das Messingschild neben der Tür.

»Sehr clever«, sagte Mia und schüttelte den Kopf. »Aber das Büro, wo das liegt, wissen Sie nicht?«

»Ist das nicht da drinnen?«, fragte der Junge. »Das steht doch auf dem Schild.«

»Danke«, brummte Munch und winkte ihn weg.

»War mir ein Vergnügen«, sagte der Junge lächelnd, tippte seine Schirmmütze an und verschwand pfeifend mit dem auszuliefernden Paket durch die Tür.

»Vielleicht gibt es die Firma gar nicht?«, schlug Mia vor. »Nur das Schild?«

»Möglich«, sagte Munch. »Fahren wir eben zu ihm nach Hause. Wie war noch gleich die Adresse?«

»Skuronnvei 25, Manglerud. Wer nennt seine Straße denn Getreideernteweg?«

Mia setzte die Sonnenbrille wieder auf und stieg ins Auto.

»Niedlich, oder?«, fragte Munch, als sie wieder über den Drammensvei fuhren. »Die Straßennamen oben in Manglerud.«

»Wie meinst du das?«

»Na ja, das ist doch ein Teil von Oslo, ein Teil der Großstadt, aber dennoch bestehen sie darauf, dass sie eigentlich auf dem Land sind. Wer hat schon Roggen, Gerste und Gras in seinem Straßennamen?«

»Na, die Leute dort offenbar«, murmelte Mia und öffnete das Fenster.

Auch Munch öffnete sein Fenster einen Spaltbreit und nahm sich eine neue Zigarette.

»Und die Straßennamen in Manglerud helfen uns weshalb?«

»Ich war mal in ’ner ähnlichen Situation, vor vielen Jahren, auch in Manglerud.«

»In was für einer Situation denn?«

»Na, so was mit einem Schild. Mit einem Briefkasten. Im Treskevei. Larsens Import. Und ich musste darauf aufpassen. Da saß ich also. In der Stadt oder auf dem Land, wie man’s nimmt. Ich starrte fast eine Woche lang einen Briefkasten an.«

»Und was passierte dann?«

Der Himmel öffnete sich, als sie an Skøyen vorbeifuhren, und sanfte Tropfen fielen auf die Windschutzscheibe. Munch warf die Kippe auf die Straße und schloss das Fenster.

»Nach sechs Tagen kam ein Auto, und ein Typ sprang raus, ging zum Briefkasten, nahm das Schild ab und fuhr wieder. Ich habe ihn bis zu einem Hof in Hadeland verfolgt, und da …«

Sein Handy klingelte. Er steckte es in die Halterung am Armaturenbrett und drückte auf den Lautsprecherknopf.

»Hallo, Anette, was ist los?«

»Habt ihr *VG online* gesehen?«

»Nein, wieso?«

»Dieser verdammte Oxen …«

Sie war außer Atem und schien zu laufen.

»Er hat dort nichts gefunden, oder? Das hat er doch zu dir gesagt?«

»Wo? In Kristiansund? Nein, nichts, wieso?«

»Jetzt steht es jedenfalls überall. Dreyer tobt.«

»Ganz ruhig, was steht wo?«

»Der Junge mit der Verletzung. Der hinkende Mann bei Finstadjordet. Der behauptet hat, mit Solskjær zusammen Fußball gespielt zu haben. Die Geschichte stimmt jetzt also. Ein Journalist hat mit dem alten Trainer gesprochen und offenbar verdammt viel bessere Arbeit geleistet als wir.«

»Verdammter Mist!«

»Ja, nicht wahr? Warte mal eben …«

Sie unterbrach sich, war für einen Moment nicht zu hören, kam dann zurück, wieder in Bewegung.

»Er wohnt hier in Oslo. Wir haben eine Adresse.«

»Wir haben also einen Namen?«

»Ja, Roger Lørenskog.«

»Was? Nicht Frank Helmer?«

»Nein, hör doch zu! Er heißt Roger Lørenskog. In Oppsal. Ich habe eine Streife hingeschickt. Ich schreib dir gleich die Adresse, okay?«

»Okay, danke, Anette.«

Er drückte sie weg.

»Was zum Teufel …?«, fragte Mia.

»Dieser verdammte Scheiß-Oxen!«

»Oppsal? Da kommen wir doch an Helmers Adresse vorbei, stimmt's? Was, wenn du mich dort absetzt, und dann übernehmen wir jeweils ein Haus?«

»Nein, ich lass dich nicht allein auf einen Verdächtigen los.«

»Was? Komm schon, bin ich dreizehn, oder was?«

»Okay, von mir aus. Aber du gehst nicht rein, hältst nur die Stellung, bis ich herausgefunden habe, was hier vor sich geht, in Ordnung?«

»Natürlich.«

Munch fluchte, griff unter das Armaturenbrett, öffnete das Fenster und setzte das Blaulicht aufs Dach, fuhr auf die linke Spur und drückte das Gaspedal durch.

• 59 •

Es war Natalie Sommers zweite Stunde bei der Psychologin, und sie fühlte sich ein bisschen besser als beim ersten Mal, als sie vor allem geweint und kaum ein Wort herausgebracht hatte. Als sie am Ende ihren Hausarzt um eine Überweisung gebeten hatte, hatte sie gehofft, dass er sie zu einer Psychologin schicken würde. Denn es würde ihr natürlich leichter fallen, die ganze – ja, fast bizarre – Geschichte einer Geschlechtsgenossin zu erzählen. Ihr war ein Mann zugeteilt worden, und da hatte sie sich lange geweigert, aber als sie sich endlich hingetraut hatte, stellte sich heraus, dass der Mann krankgeschrieben war und von einer Frau vertreten wurde, und das war ihr fast wie ein gutes Omen erschienen. Ein Zeichen, dass es an der Zeit sei, das fast Unbegreifliche zu erzählen, das sie in den letzten Jahren durchgemacht hatte.

Natalie Sommer hatte sich eigentlich immer für die normalste Person aller Zeiten gehalten. Aus der normalsten Familie aller Zeiten. Ihr Vater war bei der Post gewesen, ihre Mutter hatte als Bibliothekarin gearbeitet. Sie war Einzelkind, und das war vielleicht das Einzige, was sie von den Schulkameraden und Freundinnen in der Nachbarschaft unterschied. Das Einfamilienhaus im Helge Sollies vei in Oppsal hatte einen großen schönen Garten mit einem Häuschen, in dem sie mit ihren Freundinnen spielen konnte. Sie freute sich jeden Tag auf alles Mögliche. Darauf, zur Schule zu gehen, nach Hause zu kommen, nachmittags zu spielen, sich unter der schönen, von Mama selbst gebastelten Lampe ins Bett zu legen. Ihr Zimmer war rosa und schenkte Geborgenheit, und jeden Abend saßen beide Eltern an ihrem Bett, lasen vor und sangen, bis sie eingeschlafen war. Als sie älter wurde und ihre Freundinnen anfingen, mit Jungen beim Manglerudsenter herumzuhängen und unten am Østensjøvann Bier zu trinken und Zigaretten zu rauchen, machte sie nicht mit. Sie wollte lieber zu Hause sein. Sie liebte ihre Familie und sah nicht ein, warum sich alle Welt nachts auf der Straße herumtreiben sollte. Während ihre Freundinnen nach und nach verschwanden, in andere Länder oder andere Städte umzogen, blieb Natalie in Oppsal. Ihr Zimmer war nicht mehr rosa, und sie war jetzt auf den Dachboden übergesiedelt, aber während ihrer gesamten Studienzeit blieb sie dort wohnen. Mit Blick auf die Apfelbäume im Garten, während sie auf der Pädagogischen Hochschule zuerst Sport, dann Sonderpädagogik studierte, denn dazu hatte sie Lust, und dazu hatte sie sich entschlossen.

Vor drei Jahren, nun schon vierundzwanzig Jahre alt, hatte sie ihre erste feste Stelle erhalten, als Lehrerin an der Schule Skøyenåsen. Sie hatte sich dort von Anfang an sehr wohlgefühlt, und das war noch immer der Fall. Sie unterrichtete Sport und Outdoorleben, und im vergangenen Jahr hatte der Rektor ihr vorgeschlagen, sich auf die freie Stelle als Sozialkundelehrerin zu bewerben. Und ihre Tage waren nicht mehr nur schön gewesen, sondern noch besser. Sie wohnte noch immer zu Hause. Von dort waren es schließlich nur einige Hundert Meter zur Arbeit, aber sie hatte doch das Bedürfnis nach etwas Eigenem. Und so hatte sie sich eine Wohnung mit Veranda oben in Ulsrud ausgesucht und wollte dafür gerade ein Angebot machen. Sie würde das alles nie vergessen. Denn sie hatte mit der Objektbeschreibung in der Hand zu Hause auf dem Sofa gesessen und sich auf die Wohnungsbesichtigung gefreut.

Als der Anruf gekommen war.

»Wie geht es Ihnen heute, Natalie?«, fragte die Psychologin freundlich und schob vorsichtig die Schachtel mit den Papiertaschentüchern über den Tisch.

»Danke, ich weiß nicht so recht.«

Sie streckte die Hand nach der Schachtel aus und nahm sich zwei Taschentücher, nur für den Fall, obwohl sie beschlossen hatte, heute stärker zu sein. Nicht so viel zu weinen. Dann brachte sie nämlich kaum ein Wort heraus von dem, was sie so lange schon sagen wollte.

»Möchten Sie da weitermachen, wo wir zuletzt aufgehört haben?«

»Ja, okay.«

Sie merkte, dass es jetzt doch passieren würde. Natalie schlug die Hand vor die Augen und versuchte, die Tränen zurückzuhalten, was ihr für den Moment glücklicherweise auch gelang.

»Ihre Eltern wollten also in den Urlaub fahren, stimmt das?«

»Ja. Das war ein Geschenk zu Papas Fünfzigstem. Er hatte sich immer schon so eine Reise gewünscht, und jetzt war es also so weit.«

»Eine Reise mit den Hurtigruten?«

Natalie nickte und schniefte ein wenig, aber ihre Wangen blieben zum Glück trocken.

»Aber dann haben sie ihre Pläne geändert?«

»Ja. Sie wollten eigentlich mit den Hurtigruten die ganze Küste hochfahren, von Bergen bis Kirkenes. Aber dann haben sie plötzlich beschlossen, auch noch meinen Onkel und meine Tante zu besuchen.«

»Die wohnten in Stavanger, nicht wahr?«

Natalie nickte. Die Psychologin notierte vorsichtig etwas auf dem Block, den sie auf den Knien hielt.

»Ja, und das ist ja nicht so weit von Bergen, und sie waren schon lange nicht mehr dort gewesen, also ja, weshalb nicht, es schien wie eine gute Idee.«

»Und da ist es passiert?«

Natalie nickte wieder und musste die Hände vor die Augen schlagen.

»Ganz ruhig«, sagte die Psychologin sanft. »Nehmen Sie sich die Zeit, die Sie brauchen.«

Was natürlich nicht wirklich möglich war, und das hatte sie beim ersten Mal als unangenehm empfunden. Hier saß sie und weinte und legte ihre Seele bloß, und plötzlich schaute die Psychologin auf die Uhr und sagte: *Ja, dann wären wir fertig für heute, und das macht einen Eigenanteil von 285 Kronen. Möchten Sie mit Karte bezahlen oder bar?*

Danach hatte sie vor dem Haus gestanden und eigentlich beschlossen, nicht zurückzukommen. Die Intimität dort drinnen. Sie hatte sich jemandem außerhalb der Familie geöffnet, zum ersten Mal in ihrem Leben, und war extrem verletzlich gewesen. Sie hatte sich fast schmutzig gefühlt. Es hatte einige Wochen gedauert, aber nun hatte sie also beschlossen, doch wieder herzukommen.

»Ich wusste nicht einmal, dass sie dieses Schiff nehmen wollten.«

»Den *Sleipner*-Katamaran?«

»Ja. Ich weiß noch, dass ich vor dem Fernseher saß, und dann kam plötzlich die Meldung, dass ein Schiff gesunken war. Sechzehn tote Fahrgäste. In Norwegen? Das konnte doch nicht möglich sein? Ich weiß noch, dass das mein erster Gedanke war. Großer Gott, die armen Menschen. Hierzulande? So ein großes Unglück? Das ist doch nicht möglich?«

»Und wann haben Sie erfahren, dass Ihre Eltern an Bord waren?«

»Später an dem Abend, als meine Tante angerufen hat.«

Jetzt kamen sie doch, die Tränen, und diesmal ließen sie sich nicht aufhalten.

»Nehmen Sie sich die Zeit, die Sie brauchen, Natalie«, sagte die Psychologin noch einmal freundlich.

Aber sie riss sich zusammen, wollte sich diese Stunde nicht auch noch ruinieren lassen, denn sie hatten sich dem, worüber sie eigentlich sprechen wollte, ja noch nicht einmal genähert.

Dem großen Geheimnis.

Als wäre es heute, erinnerte sie sich an den Anwalt in seiner tristen Kanzlei, einige Wochen später, nach der Beerdigung. Sie war allein in dem jetzt mit Blumen überfüllten großen Haus.

»Hier habe ich das Testament Ihrer Eltern. Alles, was diese besitzen, fällt an Sie. Das Haus im Helge Sollies vei, die Hütte in Solbergstrand, beide Autos, alles Geld auf zwei Sparkonten, alles, abgesehen von einer ziemlich großen Summe, die Ihre Mutter auf einem eigenen Konto gelagert hatte. Diese Summe beläuft sich auf eine Million zweihunderttausend Kronen. Diese Summe geht an Ihren Bruder, Roger Lørenskog.«

»An meinen … was?«

Die Blätter wurden über den Tisch zu ihr hingeschoben.

»Ich habe … einen Bruder?«

Natalie saß da mit dem Papiertaschentuch auf dem Schoß und spürte, dass er sich jetzt wieder einstellte, der Zorn, der sich in ihr angestaut hatte. Wer waren diese Menschen eigentlich? Mama und Papa? Wenn sie sie in diesem Punkt belogen hatten, was gab es sonst noch Ungesagtes? War ihr ganzes Leben eine Lüge gewesen?

»Sie haben also nichts davon gewusst?«

»Nein.«

»Sie hatten nie über ihn gesprochen, niemals erwähnt, dass es ihn gibt?«

»Mit keinem Wort.«

»Was haben Sie dann gemacht?«

Der Kies unter ihren Füßen. Der Wind in den Bäumen. Nervös dort draußen vor dem rostroten Gebäude. Aber sie hatte sich entschlossen, also musste sie es jetzt darauf ankommen lassen. Die psychiatrische Klinik Gaustad. In Ullevål, mitten in Oslo. Und wieder dieser Zorn. Wie lange war er schon hier? In ihrer Nähe? Ihr Bruder? Krank?

Eine freundliche Pflegerin ging vor ihr her durch die Gänge. Natalies Handflächen waren schweißnass, sie war froh darüber, dass sie die Türen nicht selbst aufmachen musste, mehrmals wäre sie fast umgekehrt, aber dann war sie da.

Schlaksig. Mit dunklen Ringen unter den Augen. Träger Blick, ein verlegenes, fragendes kleines Lächeln um die bleichen Lippen.

»Hallo, ich bin Natalie.«

»Hallo, Natalie. Ich bin Roger.«

Und dann, natürlich, hatte sie sich nicht beherrschen können, die Tränen waren ihr langsam über die Wangen gelaufen.

»Es tut mir so leid.«

»Was denn?«

»Alles. Ich weiß nicht …«

Der Blick jetzt auf das Fenster gerichtet, die Beine hochgezogen, die Arme zum Schutz um den dünnen Leib gelegt.

»Ist sie … nicht mehr da?«

»Nein, leider.«

»Das tut mir leid. Ich habe mich immer gefragt, wie er wohl werden würde.«

»Was denn?«

»Der Tag, an dem sie mich holen kommt.«

Sie warf jetzt die Zeiten ein wenig durcheinander. Die Psychologin war wie in Nebel gehüllt dort drüben in ihrem Sessel, während Wörter und Gefühle nur so aus ihr herausbrachen. Wie sie ihn seither fast jeden Tag besucht hatte. Wie er abgelehnt hatte, er wolle keine Belastung sein, aber sie hatte darauf bestanden. Es war klar, dass er zu ihr nach Hause ziehen würde. Natürlich würden sie zusammen wohnen. Nach all diesen Jahren. Sie waren doch noch jung, oder nicht? Sie würden einen neuen Anfang machen. Alles Versäumte aufholen. Sein Blick dort unten am Zaun, als sie aus dem Taxi stiegen, er mit der Reisetasche in der Hand, mit seinen wenigen Habseligkeiten.

Verflixt.

Diesmal hatte sie sich doch vorbereitet, aber nicht genug, offenbar.

Der Blick der Psychologin glitt zu der kleinen roten Uhr, das Zeichen dafür, dass die Stunde zu Ende war.

Das macht einen Eigenanteil von 285 Kronen. Möchten Sie mit Karte bezahlen oder bar?

Dann stand sie draußen bei ihrem Fahrrad, und die Luft kam ihr anders vor.

Sauberer.

Gesünder.

Soll ich für nächste Woche einen neuen Termin machen, Natalie?

Ja, gern, bitte, machen Sie das.

Froh?

Nein, das nicht, noch nicht, aber sie war jedenfalls auf dem Weg.

An einen besseren Ort.

So kam es ihr vor.

Sie hatte gerade ihr Rad zum Anfang des Helge Sollies vei geschoben, über den Weg, auf dem keine Autos fahren durften, und sie konnte dort vorn ihr Haus sehen, als plötzlich ein Mann mit einem Fotoapparat auftauchte.

»Sind Sie Natalie Sommer?«

»Was …?«

Noch andere hinter ihm.

Klickende Geräusche der Kameralinsen.

»Hallo, Natalie, herschauen!«

»Wo ist Ihr Bruder?«

»Hier, Natalie, hierher!«

Autos, Antennen, Mikrofone, modernste Kameras, Menschen mit Handys, ein plötzlicher Bienenschwarm aus Armen und Beinen, laute Rufe aus allen Richtungen.

Sie schob ihr Rad so schnell sie konnte die letzten hundert Meter.

»Natalie!«

»Hierher schauen!«

»Ist er zu Hause?«

»Wo ist Roger?«

Ein schwarzes Auto, zwei Schatten, die sich durch die Menschenmenge auf sie zudrängten, eine hochgewachsene Frau in einem blauen Trainingsdress und ein junger Mann in einem Anzug.

»Natalie Sommer? Ich bin Fredrik Riis, das hier ist Katja van den Burg. Wir kommen von der Polizei. Könnten wir kurz mit Ihnen sprechen?«

• 60 •

Der Skuronnvei 25 in Manglerud war ein farbloser rechteckiger Kasten, ein Zweiparteienhaus vom Ende der Sechzigerjahre, als die praktische Notwendigkeit von Häusern für die stetig wachsende Stadt in jeder Hinsicht wichtiger gewesen war als Schönheitsbedenken. Es hatte sich auch niemand um das Haus gekümmert, jedenfalls nicht um den Teil, der von der Straße abgewandt lag und wo sie seinen mit Filzstift geschriebenen Namen auf einem eingerissenen Zettel fand.

Frank Helmer.

Mia drückte noch einmal auf die Klingel und dachte wieder daran, was ihr schon den ganzen Vormittag vor dem inneren Auge geschrieben stand. *Keinen Alkohol trinken. Das ist nichts für dich.* Sie war ohne einen anderen Gedanken aus dem Haus gestürzt als den, ihren Körper zu reinigen, und sie fühlte sich unbehaglich, als sie nun hier stand, schweißnass unter den Armen und noch immer in Trainingskleidung.

Das war definitiv nicht die Arbeitskleidung, die sie für den Besuch bei einem Verdächtigen gewählt hätte. Sie hatte nicht einmal ihren Dienstausweis bei sich.

Er war es doch, oder?

Er musste es sein.

Mit dem Gemälde? Des nackten blonden Jungen mit dem Dachs?

Ja, verdammt.

Mia spürte ihr Herz unter der Trainingsjacke hämmern, und sie lächelte jetzt, konnte es nicht erwarten, dass die Tür sich öffnete.

Ihr erster Fall.

Und gelöst in …?

Okay.

Ruhig.

Du hast ihn noch nicht.

Weg mit dem Lächeln.

Normal aussehen.

Wieder den Finger auf die Klingel.

Guten Tag, ich bin Mia Krüger. Ich komme von der Polizei. Sind Sie Frank Helmer?

Noch immer kein Laut aus dem Haus mit dem abgeblätterten Putz.

Verdammt, er war nicht zu Hause.

Mia ging langsam zurück zur Straße und sah sich um. Sie hörte in Gedanken deutlich Munchs Stimme, das, was er ihr zugebrummt hatte, ehe er weiter nach Oppsal gefahren war.

»Du gehst nicht rein, okay? Weiß der Teufel, wozu dieser Kerl imstande ist. Du stehst nur auf der Treppe. Guten Tag, guten Tag, nicht wahr? Tu so, als ob du dich verirrt hast oder

Lose verkaufst oder was auch immer. Wenn er zu Hause ist, nickst du höflich, entschuldigen Sie, gehst ruhig weiter und rufst Verstärkung. Okay? Wenn er nicht zu Hause ist …«

Dann war sein Blick auf ihre Laufkleidung gefallen.

»Ja, du kannst zu uns kommen oder machen, was du willst, aber unter gar keinen Umständen …«

Ja, ja, ja, sicher.

Sie hatte sich für einen Moment wieder gefühlt wie früher im Büro des Rektors.

Shit.

Hatte sich da ein Vorhang bewegt?

Mia reckte sich ein wenig, bückte sich und gab vor, Dehnübungen zu absolvieren. Er war vielleicht doch nicht so dumm, dieser Anzug, für den Moment nicht. Sie fiel nicht auf, niemand hier achtete auf eine zufällig vorbeilaufende Joggerin. Sie hatte das übrigens vor nicht allzu langer Zeit schon einmal gedacht. Wenn ein Mann in voller Radfahrerkluft an ihr vorbeigeradelt wäre, mit Helm, glänzender Trainingsausrüstung, frisch vom Tatort, würde kein Zeuge ihn bemerken. In der Stadt wimmelte es doch von diesen Radlern. Es war die perfekte Verkleidung, oder?

Ja, verdammt.

War da jetzt nicht jemand …?

Da oben am Fenster …?

Mia lief ein Stück die Straße hoch, drehte und bückte sich, wie um ihre Schnürsenkel zu binden.

Das Haus aus einer anderen Blickrichtung.

Eine Hand.

Ein Vorhang, der geschlossen wurde.

Nein. Okay.

Nicht in seinem Teil des Hauses.

Was war im anderen Teil?

Sterne und Planeten auf dem Stoff. Und sie hatte auf der Treppe einen Spaten und einen Eimer gesehen, einen alten Plastiktrecker draußen auf dem Kies.

Ein Kind. In der anderen Hälfte.

Sie reckte sich wieder, stemmte die Hand in die Seite und ging noch einige Meter die Straße hinunter, bis sie das Haus hinter sich hatte, dann blieb sie abermals stehen. Von hier hatte sie eine bessere Aussicht. Die Rückseite. Bäume und Sträucher, ein winziger Wald vor dem alten morschen Zaun, der das Grundstück auf dieser Seite umgab.

Nein, verdammt.

Sie bog vom Weg ab und ging vorsichtig zwischen den Bäumen weiter.

Eine Joggerin in Not.

Die pinkeln musste.

Für ihn wäre es jedenfalls peinlicher als für sie, wenn er plötzlich auf die verfallene Veranda träte.

Sorry, sorry …

Musste unbedingt …

Sie schaute sich um und ging vorsichtig weiter.

Niemand war auf dem Weg.

Keine Nachbarn in Sicht.

Sie konnte den Garten jetzt deutlicher sehen.

Aber was hieß schon Garten, das Stück zwischen Haus und Zaun wäre wohl treffender.

Sie hatte jetzt ihre Mutter im Ohr.

Du kannst sehen, wer in einem Haus wohnt, wenn du dir den Garten anschaust, Mia. Siehst du da unten? Ein Finger aufs Autofenster gerichtet. Depression, Armut oder beides. Nein, wenn du deinen Garten in Ordnung hältst, ist viel getan. Und es ist nicht schwer, oder? Such dir pflegeleichte Pflanzen aus. Stauden kommen immer wieder, nicht wahr?

Hier gab es keine liebevollen grünen Finger. Eine überwucherte Moosfläche, die vielleicht einmal ein Rasen gewesen war. Trockene Sträucher, einige faule Bretter, zwei volle schwarze Müllsäcke als Stütze an einer Stelle, wo der Zaun fast eingestürzt war.

Mia ging vorsichtig auf den Zaun zu und krümmte sich ein wenig zusammen, schaute sich abermals um, ehe sie einen genaueren Blick riskierte. Die Verandatür, mit einer Treppe nach oben. Unten große dunkle Fenster. Drei kleinere Fenster oben, alle mit Vorhängen, oder jedenfalls mit Stoff, der sie bedeckte. Sie schlich sich vorsichtig unter die Bäume und blieb halb gebückt vor dem Loch im Zaun stehen.

War das nicht …?

Sie richtete sich auf, reckte den Hals ein wenig, um besser sehen zu können.

Die war ja gar nicht verschlossen!

Sie erkannte den Schließmechanismus der Verandatür. Irgendein geschäftstüchtiger Hersteller musste an diesen Türen Millionen verdient haben, denn fast alle Häuser, die Mia je besucht hatte, hatten einen solchen Schließmechanismus. Aber die waren schlecht. Sie hatten selbst unten im Garten hinter dem Haus so eine Tür gehabt. Der Türrahmen hatte sich verzogen, jetzt konnte sie nicht mehr abgeschlossen werden. Die Klinke ließ sich nicht ganz nach unten drücken, blieb in Schrägstellung stecken, und so hatte sie sich als Teenager rein- und rausgeschlichen.

Sie fasste einen raschen Entschluss, schlüpfte durch das Loch im Zaun, lief geduckt durch den kleinen Garten und drückte vorsichtig auf die Klinke.

Klar.

Offen.

Ehe sie sich's versah, stand sie im Haus.

Shit.

Okay.

Sie zwang ihr Herz, ruhiger zu schlagen, presste die Lippen aufeinander, um ihr Keuchen zu unterdrücken, und dann nahm sie ihn wahr.

Den Geruch.

Oh, fuck.

Sie zog sich die Trainingsjacke vor die Nase.

Schaute sich so ruhig um, wie sie nur konnte. Der Mann, der sich nicht um seinen Garten kümmerte, besaß auch keine Vorliebe für Ordnung im Haus. Ein altes Sofa mit einem überfüllten Tisch, leere Flaschen, Teller mit Pizzaresten, Aschenbecher, das Gemälde einer Afrikanerin mit riesigen Ohrringen, schief an der Wand, konnte den Riss in der Tapete nicht ganz verdecken.

Herrgott, was war das für ein Gestank?

Ein Fernseher. Eine Anrichte mit grünen Glastüren, angefüllt mit Abfällen, Papieren. Ein runder Tisch. Zwei Stühle, die nicht zueinander gehörten, der eine teilweise angestrichen. Ein viereckiger, abgeschnittener Karton neben der Tür.

Okay, so ist das also.

Ein Katzenklo.

Mehr Exkremente als Sand.

Eine Katze.

Oder mehrere.

Sie ließ die Jacke sinken, zwang sich, den Gestank auszuhalten.

Die Küche dort drinnen, schmutziges Geschirr überall.

Ein vorsichtiger Schritt in den Gang.
Ein altes Paar Stiefel.
Ein verrutschter Flickenteppich.
Eine auf den Boden geworfene Jacke.
Einige Fotos an der Wand.
Ein Auto mit Streifen.
Rauch über dem Asphalt.
Ein Autorennen.
Jungs auf Tour.
Ein gefangener Fisch.
Grinsende Zähne.
Bierdosen.

Mia nahm das Bild von der Wand und lief zurück ins Wohnzimmer, wo das Licht besser war.

Arme um Schultern.

Und da war sie.

Eine Tätowierung.

Ein großer grauer Wolfsschlund auf dem muskulösen Arm.

Der Wolf.

Sie zog ihr Handy hervor und fühlte sich plötzlich verletzlich.

Ihr Herz hämmerte unter ihrer Jacke. Munch antwortete in ihrem Ohr. Hier ist der Anschluss von …

»Holger. Er ist es. Frank Helmer. Er hat ein Tattoo. Von einem Wolf. Das Gemälde. Alles stimmt.«

Sie flüsterte, hatte aber trotzdem das Gefühl, zu laut zu sprechen.

»Kommst du her? Ruf mich an. Schick Leute. Okay?«

Sie fand die Nummer von Anette Goli und wollte gerade auf den grünen Hörer drücken, als ihr plötzlich ein Gedanke kam.

Mia fuhr herum und stand dann fast reglos auf dem schmutzigen Boden.

Wo waren die Gemälde?

Der Mann war Künstler, er konnte malen, das hatte sie doch gesehen, das Bild des Jungen mit dem Dachs war faszinierend schön, und wenn sie die Geschichte dahinter nicht gekannt hätte, hätte sie sich davon verführen lassen können, den Pinselstrichen, dem Licht.

Nichts an den Wänden?

Nur Kitsch zu fünfzig Kronen, der aussah wie in einem Container gefunden?

Nein, das stimmte nicht.

Draußen auf dem Kies war jetzt ein Auto zu hören, und sie erstarrte.

War das …?

Nein, die Familie aus dem Nachbarhaus. Ein kleiner Junge sprang heraus und lief lachend davon, dicht gefolgt von seiner wütenden Mutter. Einkaufstüten aus dem Kofferraum. Bald konnte sie die beiden im Haus hören, durch die dünnen Wände. Ein normaler Tag. Zurück von der Arbeit. Zeit zum Essen.

Verdammt.

Hier konnte sie doch nicht stehen bleiben.

Sie suchte wieder Anette Golis Nummer, doch abermals kamen ihr Zweifel.

Eine Tätowierung?

Die konnte doch jeder haben.

Aber zusammen mit dem Gemälde?

Wie groß war die Chance?

Nein, verdammt, er musste es doch sein, wenn sie nur herausfinden könnte …

Eine halb offene Tür, dahinter eine dunkle Treppe.

Natürlich.

Versteckt.

So arbeitete er.

Unten im Keller.

Bingo.

Mia steckte das Handy zurück in die Jackentasche, öffnete die Tür und schlich sich vorsichtig die knackenden Treppenstufen hinunter.

• 61 •

Munch konnte das Klicken der Kameras hinter sich hören, als er vorsichtig den Arm um die verängstigte junge Frau legte und sie in das schöne große Haus führte.

»Ich heiße Holger Munch«, sagte er ruhig, als sie endlich im Hausflur standen. »Wir kommen von der Polizei. Katja und Fredrik haben sich ja schon vorgestellt?«

Die blonde Frau sah sich verwirrt um.

»Ja, hallo. Was ist hier eigentlich los?«

»Sie haben keine Nachrichten gesehen?«

Munch hob die Hand, wie als Vorschlag, die Treppe hochzugehen und den engen Gang zu verlassen. Die Frau nickte und ging wie benommen vor ihm die breite Treppe hoch. Katja und Fredrik blieben unten im Hausflur stehen.

»Nachrichten?«

Sie war vielleicht Mitte zwanzig, mit Sorgfalt angezogen, mit weißer, gebügelter Bluse und rosa Weste, einem Rock, der ihr bis zu den Knien reichte, und Schnürschuhen, die sie in ihrer Verwirrung nicht ausgezogen hatte. Sie war sicher keine, die gewöhnlich im Haus Schuhe trug, denn im ersten Stock war alles ausgesprochen gepflegt.

Munch war so überrascht, dass er fast vergaß, mit ihr zum Sofa zu gehen. Der Boden war blank gebohnert, der Witz vom blitzsauberen Fußboden, von dem man essen könnte, passte in diesem Haus perfekt. Die Fenster waren so glänzend sauber, als wäre der Glaser erst vor zehn Minuten da gewesen. Im Bücherregal waren die Bücher nach Farbe sortiert. Das Sofa sah aus wie frisch gereinigt, und der Perserteppich unter dem blanken Tisch schien nagelneu zu sein. Auf der gläsernen Tischplatte stand eine funkelnde Kristallvase mit frischen weißen Lilien. Marianne schleifte ihn gern zu Einrichtungsmessen in Fornebu, aber keiner der Ausstellungsräume, die er je besucht hatte, konnte sich mit diesem Zimmer messen.

Er schaute auf seine abgenutzten und verschlammten Schuhe hinunter und zog sie oben auf der Treppe aus.

»Also, was ist los?«, fragte die Frau, blieb verwirrt mitten im Zimmer stehen und schaute durch das Fenster die Meute draußen an.

Munch ging vorsichtig an ihr vorbei und zog die Vorhänge zu.

»Vielleicht möchten Sie sich setzen? Hätten Sie gern ein Glas Wasser?«

Als wäre das hier sein Haus und nicht ihres, aber er hatte es natürlich längst bemerkt.

Sie stand unter Schock.

Die Frau wusste nicht einmal, wo sie war.

»Ja, danke«, sagte sie und ließ sich endlich auf das makellose senfgelbe Sofa sinken.

Munch ging in die Küche, nahm ein Glas aus dem Schrank,

in dem, was ihn nicht überraschte, alles mit generalstabsmäßiger Präzision untergebracht war, und kehrte zurück ins Wohnzimmer.

»Die Nachrichten?«, fragte die Frau ein weiteres Mal und starrte mit dem Wasserglas am Mund ins Leere.

»Ich bin hier, um Ihnen ein paar Fragen nach Roger Lørenskog zu stellen. Ist das Ihr Partner?«

»Was?«

Sie hatte noch keinen Schluck Wasser getrunken, das Glas hing weiterhin wie festgefroren in der Luft.

»Roger Lørenskog«, wiederholte Munch. »Ist das Ihr Mann? Ihr Partner?«

Endlich kam sie ein wenig zu sich, begriff, wonach er sie gefragt hatte.

»Roger?«

»Ja?«

»Was wollt ihr von Roger?«

»Ist das Ihr Mann?«

Sie trank jetzt einen Schluck Wasser, war endlich anwesend, schüttelte den Kopf und lächelte ein wenig.

»Nein, nein. Er ist mein Bruder. Oder mein Halbbruder.«

Fredrik und Katja waren jetzt in aller Stille ebenfalls nach oben gekommen und setzten sich vorsichtig auf Stühle im Hintergrund. Munch wurde abermals daran erinnert, warum er sie für sein Team ausgesucht hatte. *Nicht wie dieser verdammte Elefant, der überall herumtrampelte und nicht einmal seine Arbeit vernünftig erledigen konnte.* Munch verdrängte diesen Gedanken. Oxen würde er sich nachher vorknöpfen.

»Was wollt ihr von ihm?«

Die Frau war jetzt glücklicherweise zum Leben erwacht, hatte wieder Farbe in den Wangen, das Glas stand leer auf einem Untersatz vor ihr auf dem Tisch.

»Wir können uns ja zuerst richtig vorstellen«, sagte Munch höflich. »Also, wie schon gesagt, ich bin Holger Munch, und das sind Katja van den Burg und Fredrik Riis. Und Ihr Name war?«

»Natalie«, die Frau nickte. »Natalie Sommer.«

»Nicht Lørenskog?«

Sie lächelte traurig.

»Nein. Wir waren Halbgeschwister.«

»Waren?«, fragte Munch und schaute sich vorsichtig um.

Fredrik zuckte mit den Schultern.

»Ja.«

»Weil …?«

»Roger ist tot«, war die fast geflüsterte Antwort. »Er hat sich das Leben genommen. Vor sechs Monaten.«

• 62 •

Mia stieg immer tiefer hinab in die Dunkelheit und spürte, wie die Treppenstufen unter ihrem Gewicht nachgaben und bedrohlich knirschten. Ihr Herz hämmerte immer heftiger, als sie auf halber Strecke stehen blieb, damit ihre Augen sich an das fehlende Licht gewöhnen könnten. Unten tastete sie dann blindlings nach einem Lichtschalter, fand aber nichts an der kühlen Mauer in dem engen Gang, deshalb legte sie die Finger um die Türklinke und schob die Kellertür auf.

Ein länglicher Raum.

Ohne Fenster.

Der Geruch war hier unten stärker, nach etwas Fauligem, fast Erstickenden, ein altes Klo vielleicht, irgendwo hier.

Nein, das hier war schlimmer.

Sie zog sich wieder die Trainingsjacke über die Nase und ging vorsichtig einen Schritt weiter, suchte mit der Hand auf beiden Seiten der Tür und war erleichtert, als ihre Finger das Gesuchte fanden. Ein kurzes Klicken, und dann eine flackernde, knisternde Leuchtröhre an der Decke, die langsam zum Leben erwachte.

Mia zuckte zusammen, als sie sie sah.

Die Katzen.

An einer Schnur unter der Decke, da hingen sie an den Hinterbeinen.

Drei Stück.

Das Klo oben war voll gewesen.

Wo waren die ganzen Katzen?

Die hingen unter der Decke.

Hier unten im Keller.

Mia kniff die Lippen zusammen und machte sich bereit, kämpfte gegen den Impuls, sich einfach umzudrehen, nach oben zu laufen, hinaus ins Licht, an die frische Luft. Sie atmete ruhig und sah sich im Raum um. Zementboden. Einige Flickenteppiche. Schmutzig. Ein großer Fleck mitten auf dem einen. Ein Resopaltisch mit Werkzeug. Eine kleine Säge. Ein Hammer. Ein langes, schmales Messer. Eine Ahle. Eine Spule mit Angelschnur. Einige Nadeln. Nähgarn in unterschiedlichen Farben. Ein Paar Gartenhandschuhe. Pappkartons in einer Ecke. Viele. Hellbraun. Mit breitem blauem Klebeband verschlossen. Sorgfältig aufeinandergestapelt. Eine weitere Tür am anderen Ende des Raumes. Sie war dicker, und Mia wagte nicht, sich auszumalen, was dahinter versteckt sein mochte. Jedenfalls hatte er das Seine getan, um zu verhindern, dass jemand es sah. Die Tür war mit einer Stahlplatte verbarrikadiert und mit einem großen Metallriegel sowie einem riesigen Hängeschloss versperrt.

Okay. Mia, hier kannst du nicht bleiben.

Mach, dass du wegkommst.

Ruf Munch an.

Ein Schreibtisch in der einen Ecke. Eine grüne Leselampe. Mia ging vorsichtig hinüber und schaltete sie ein, aber die Birne funktionierte nicht. Papierstapel. Ein gesprungener Teller, eine alte Scheibe Brot, halb gegessen. Ein schwarzer Laptop, älteres Modell, halbwegs aufgeladen, aber ohne Stromkabel. Mia hob einen Briefumschlag vom Tisch auf und hielt ihn in das flackernde Licht. *Frank Helmer, Skuronnvei 25*. Das Absenderlogo in der linken Ecke.

Klinik Gaustad.

Die Psychiatrie.

Okay.

Jetzt fügt sich das Bild zusammen.

Sie legte den Umschlag vorsichtig zurück und schaute sich abermals um.

Aber wo waren die Bilder?

Die Staffelei?

Die Farben?

Die Pinsel?

Hatte er aufgehört?

War das der Grund?

Nach der Kunstschule am Fjord?

Dort war er hinausgeworfen worden, hatte er dann alles aufgegeben?

Aufgehört zu malen?

Hatte er stattdessen seine Träume in die Tat umgesetzt?
Vielleicht.
Das klang ja plausibel.
Oder nicht?
Aber dennoch.
Da war irgendetwas …
Sie hatte gerade das Handy aus der Tasche gezogen, als sie sie entdeckte.
Oben in der Ecke.
Eine Kamera.
Shit.
Ein bisschen zu einfach, so war es doch gewesen?
Hier hineinzugelangen?
Die offene Verandatür?
Plötzlich knackte oben etwas.
Mia blieb bewegungslos stehen.
Lauschte.
Nein.
Doch, verdammt noch mal, da war es wieder.
Jemand bewegte sich.
Ganz leise.
Damit sie nichts merkte.
Sie versuchte, sich zu erinnern. Da oben? Hatte es dort Kameras gegeben? Und wie lange war sie jetzt schon hier? Zwanzig Minuten vielleicht? Plötzlich ging es ihr auf.
Er wohnte gar nicht hier, oder?
Der Geruch.
Die alten Essensreste.
Sie schaute rasch zu der verriegelten Tür mit dem Hängeschloss hinüber.
Das hier war etwas anderes, oder nicht?

Ein Ort, den er im Auge behielt.

Die Kamera.

Oben und unten.

Er hatte sie hereinkommen sehen.

Und jetzt war er hier.

Es knackte wieder.

Sie erkannte das Knirschen der Bretter.

Die Treppe.

Er war auf dem Weg nach unten.

Langsam.

Verdammt.

Mia schaute sich fieberhaft um, aber es gab keine Rettung, nichts, um sich zu verstecken, zu entkommen, keine Fenster. Sie steckte in der Klemme, der einzige Weg hinaus führte durch die Tür, durch die sie gekommen war.

Die Türklinke wurde langsam nach unten gedrückt, dann blendete plötzlich ein grelles Licht ihre Augen, und sie hörte eine dunkle, abstoßende Stimme.

»Wer zum Teufel bist du?«

Mia hob die Hände vor die Augen, die Taschenlampe blendete sie.

»Es tut mir so leid, das hier muss ein Missverständnis sein.«

Er kam näher.

»Ach ja? Hat Boromir dich geschickt?«

»Was?«

»Leer deine Taschen aus.«

»Okay, keine Panik.«

Mia ließ die Hände sinken, das Licht stach ihr in die Augen. Sie stülpte die Taschen der Trainingsjacke um und begriff zu spät, was er damit bezweckt hatte.

Ein Baseballschläger sauste durch die Luft.

Er hatte sie ausgetrickst.

Sie dazu gebracht, ihren Kopf ungeschützt zu lassen.

»Grüß schön von mir.«

Mia konnte gerade noch die Hände aus den Taschen ziehen und sie verzweifelt vor sich halten.

Da traf sie der erste Schlag.

• 63 •

Munch stand mit dem Telefon am Ohr auf dem Balkon. Am anderen Ende der Leitung war Ludvig Grønlie. Eigentlich sehnte er sich verzweifelt nach einer Zigarette, aber er brachte es doch nicht über sich, denn was hätte er mit der Kippe machen sollen? Hier draußen war alles fast noch sauberer und ordentlicher als drinnen. Der Garten erinnerte ihn an ein englisches Landgut, sogar die Decke auf dem Tisch unter dem Sonnenschirm war frisch gebügelt. Er steckte die Packung zurück in die Jackentasche, und Ludvig meldete sich wieder zu Wort.

»Nein, ich finde nichts dazu …«

»Er ist also nirgendwo als tot registriert?«

»Nein, absolut nicht. Nach dem, was ich hier finden kann, erfreut er sich bester Gesundheit. Roger Lørenskog, geboren am 18. März 1973. Wohnhaft Helge Sollis vei 3, Oppsal.«

»Ja, danke, da sind wir gerade. Kann das ein Fehler sein?«

»Wie meinst du das?«

»Im System?«

»Das ist natürlich möglich, aber ich habe so etwas noch nie erlebt.«

»In Ordnung.« Munch nickte. »Das musst du klären. Und wenn du die Unterlagen selbst aus dem Archiv hervorwühlen musst. Wenn der Junge noch lebt, will ich das sofort wissen, okay?«

»Aber er lebt doch«, sagte Ludvig vorsichtig.

»Ich will wissen, ob es irgendwo einen Fehler gibt. Rechtsmedizinisch. Das muss ja aus den Unterlagen hervorgehen. Ein Selbstmord, vor sechs Monaten, an dieser Adresse. Falls das denn stimmt, okay?«

»In Ordnung«, sagte Ludvig und war verschwunden.

Munch zog eine Zigarette aus der Tasche und schob sie nun doch zwischen die Lippen. Er schaute ins Zimmer, wo Fredrik mit dem Notizblock der blonden Frau gegenübersaß. Er fischte das Feuerzeug aus der Tasche und warf einen Blick auf sein Handy, vor allem, um sich davon zu überzeugen, dass es noch immer lautlos gestellt war. Es klingelte andauernd, aber er wollte es hier so ruhig wie möglich haben. Mia hatte mehrmals angerufen und eine SMS geschickt. Munch wollte sie gerade öffnen, als das Display wieder aufleuchtete.

Oh, verdammt …

Im Keller gefangen. Er ist zu Hause. Komm.

Munch streckte die Hand aus und riss die Tür auf.

»Ich muss los!«

Große Augen dort drinnen, aber er achtete nicht darauf, denn er lief schon die Treppe hinunter und vergaß, dass er direkt auf dem Weg in die Höhle des Löwen war, zu den vielen Fotografen und Presseleuten, aber da half jetzt nichts.

Im Keller?

Er fluchte leise und rannte so schnell er konnte über den Rasen.

Verflucht, Mia, er hatte doch laut und deutlich gesagt, dass sie nicht …

Kameralinsen und Mikrofone.

»Munch!«

»Habt ihr den Verdächtigen festgenommen?«

Er winkte ab und ließ sich hinter das Lenkrad fallen, griff nach dem Blaulicht, knallte es aufs Dach und warf den Motor an. Es entstand eine gewaltige Aufregung in der Meute hinter ihm, natürlich, er konnte hören, dass Autos losfuhren und mit Türen geknallt wurde.

Eine alte Dame mit einem Hund trottete im Schneckentempo vor ihm über die Straße.

»Hau ab da!«

Er schlug auf das Lenkrad, hupte wütend und manövrierte das Auto an ihr vorbei.

Okay, ganz ruhig, Holger.

Wohngegend.

Und das ganze Pressekorps an den Hacken.

Er musste wieder anhalten, drei Kinder mit Fahrrädern, er hupte, fuhr auf den Bürgersteig und wich aus in den Haakon Tveters vei, versuchte, sich zu erinnern, auf welchem Weg er hergekommen war.

Skøyenåsen.

Runter zum Østensjøvei.

Musste er bis zum Brynsenter?

Hinaus auf die E6?

Und dann hoch zur U-Bahn-Station Manglerud?

Oder gab es einen direkten Weg?

Nachdenken, Holger.

Nachdenken.

Er griff nach dem Funkgerät und rief keuchend ins Mikrofon, musste abermals auf die Bremse treten, ein Rentner diesmal.

»Zentrale?«

»Ja, Foxtrott 13, Munch hier. Ich brauche sofort Verstärkung.«

»Okay, 13. Wo bist du?«

»Bei der Østensjø-Schule, aber es geht hier nicht um mich.«

»Okay, 13, was brauchst du, und wo brauchst du es?«

Der alte Mann hatte die andere Straßenseite endlich fast erreicht, und Munch drückte das Gaspedal durch und fuhr zwischen die Autos, die zum Glück sein Blaulicht gesehen hatten, einige waren deshalb an den Straßenrand gefahren.

»Adresse ist Skuronnvei 25, Manglerud, ich wiederhole: Sierra, Kilo, Uniform …«

»13, verstanden.«

»Haben wir Wagen in der Nähe?«

»Ich habe zwei Streifen bei Ryenkrysset. Möglicher Autodiebstahl. Fahrer angehalten …«

»Scheiß drauf. Schick sie sofort weiter. Ich habe eine Kollegin, die bei einem mutmaßlichen Verdächtigen im Haus gefangen ist. Potenzielle Lebensgefahr. Ich wiederhole: potenzielle Lebensgefahr.«

Die Zentrale verschwand für den Bruchteil einer Sekunde.

»Dann habe ich bestätigt, die Wagen Foxtrott 20 und 23, Einsatz bei Ryen abgebrochen, sie sind jetzt unterwegs zur Adresse Skuronnvei 25.«

»Wie lange?«

Wieder war die Zentrale einen Moment verschwunden.

»Vermutete Ankunft vier Minuten.«

»Gut, sie sollen sich beeilen. Und die Waffen einsatzbereit halten.«

»13, kannst du die letzte Anweisung bestätigen?«

Verdammte Gesetze und Vorschriften. Waffen erlaubt, aber eingeschlossen im Kofferraum, nur auf Befehl zu öffnen. Das würde sich im Zentrum von Los Angeles gut machen!

»Ja, zum Henker! Waffen einsatzbereit machen! Eine Kollegin ist in Lebensgefahr, hast du das nicht gerafft?«

»Mitteilung bestätigt. Foxtrott 20 und 23, Einsatz von Handwaffen gestattet. Vermutete Ankunft jetzt drei Minuten und dreißig Sekunden.«

»Sag ihnen, sie sollen sich verdammt noch mal beeilen!«

Munch ließ das Funkgerät fallen und riss den Wagen in den Kreisverkehr. Vollbremsung. Ein weißer BMW hätte fast einen roten Volvo erwischt.

»Mach, dass du wegkommst, zum Teufel!«

Ruhig jetzt, Holger.

Hier nicht noch jemanden umbringen.

Er warf einen Blick in den Rückspiegel und konnte sie jetzt deutlich sehen.

Die Wagen mit den Logos.

NRK.

TV2.

VG.

Dagbladet.

Nein, das half alles nichts.

Es ging jetzt nur um sie.

Natürlich.

Mia, Mia, Mia.

Was treibst du da denn bloß?

Seine Schuld natürlich. Frisch von der Schulbank weg jemanden einzustellen.

»Weg da, zum Henker …«

Ein Lieferwagen mit IKEA-Logo stand vor einer roten Ampel auf der Kreuzung beim Manglerudsenter. Hier kam er nicht weiter. Munch zwang den Wagen in den Rückwärtsgang, schoss zurück und drehte das Rad hinüber auf die entgegengesetzte Spur. Ein Wagen musste vor ihm eine Vollbremsung hinlegen, ein entsetztes Frauengesicht hinter der Windschutzscheibe, er konnte sie jetzt hören und sehen, 20 und 23, heulende Sirenen, die auf ihn zukamen. Munch bog in den Plogvei ab und hatte sie an den Hacken. Einen Aufzug aus Blaulicht und Pressemeute, während die Leute auf dem Bürgersteig glotzten.

Mia, zum Teufel!

Er musste sein Tempo wieder drosseln.

Noch ein Wohngebiet.

Schilder auf beiden Seiten.

Spielende Kinder.

Seine Fingerknöchel waren weiß um das Lenkrad, und er musste sich gewaltig zusammenreißen, um das Gaspedal nicht durchzutreten.

Macht schon.

Macht schon.

Macht schon.

Zum Glück nun ein Stück weit freie Bahn.

Nein, verdammt.

Ein ganzer Kindergarten.

Kinder mit gelben Westen, in Reih und Glied, geführt von einigen Erwachsenen, bald beim Zebrastreifen.

Nein, nein!

Darauf konnte er nicht warten.

Er öffnete das Fenster, rief so laut er konnte und fuchtelte mit dem Arm.

»Stehen bleiben! Stehen bleiben, okay?«

Die Erwachsenen zuckten heftiger zusammen als die Kinder.

»Wartet! Nicht über die Straße gehen!«

Okay.

In dieser Gegend kannte er sich sehr gut aus.

Weiter zur Bushaltestelle.

Dann nach rechts.

Jetzt waren es nur noch einige Hundert Meter.

Endlich.

Er stieg auf die Bremse und blieb quer mitten auf der Straße stehen, öffnete das Handschuhfach und zog die Pistole heraus.

Okay.

Protokoll?

Warten.

Sich einen Überblick über die Lage verschaffen.

Scheiß jetzt drauf.

Sie war da drinnen in Gefahr.

Vorne rein?

Oder hinten?

Die beiden Streifenwagen kamen mit kreischenden Bremsen vor ihm zum Stehen. Das Blinken der Blaulichter erhellte die Umgebung. Vier Polizisten sprangen heraus, vier gleichermaßen verwirrte Gesichter, dahinter dann ein neues Rudel von Fahrzeugen; Presseleute und Fotografen quollen aus den Türen. Munch bückte sich hinter sein Auto und winkte die Kollegen zu sich.

»Rechte Haushälfte. Eine Kollegin ist im Keller gefangen. Der Verdächtige ist mit ihr zusammen im Haus. Zwei von euch nach hinten, zu der Verandatür, die ihr dort seht. Ihr beide nach vorn, tretet die Tür ein, wenn es sein muss.«

Weiter kam er nicht.

Zuerst der eine Polizist.

Dann der andere.

Augen wurden aufgerissen, jemand stieß gegen seine Schulter und zeigte auf die Veranda des farblosen Hauses.

Für die nächsten drei Sekunden stand er einfach nur mit offenem Mund da.

Die Tür war aufgestoßen worden, und heraus kam ein Mann von Mitte dreißig, in weißem Unterhemd, auf der Schulter tätowiert, auf dem Kopf rasiert, die Hand auf etwas gepresst, das aussah wie ein blutiges Gesicht. Er rannte, als ob er den Teufel auf den Fersen hätte, sprang über das Geländer, stolperte beim Landen, schaute sich voller Angst um und rappelte sich wieder auf.

Denn dort war sie.

Mia.

Sie kam wie ein Panther aus der Tür, dann flog sie fast über das Geländer. Der Mann war gerade erst wieder auf die Beine gekommen, als sie durch die Luft segelte und ihn mitten im Rücken traf. Der Mann schrie auf und fiel wie ein Stofflappen ins Gras, über sich die geschmeidige Frau.

Munch reagierte instinktiv, nahm die Beine in die Hand, schwang sich über den Zaun und presste die Pistolenmündung gegen den rasierten Hinterkopf.

Die Polizisten standen noch immer glotzend bei ihren Wagen.

»Her mit den Handschellen, zum Teufel!«

Mia stand atemlos vor ihm. Sie blutete aus dem Mund, und der eine Arm hing schlaff vor ihrer Brust.

»Alles in Ordnung bei dir?«

Sie nickte.

»Frank Helmer. Sie sind verhaftet wegen Mordes an Ruben Lundgren und Tommy Sivertsen.«

• 64 •

Im Büro war alles still, aber ein Gefühl der Spannung und zugleich eine Art Erleichterung waren spürbar. Ludvig sah auf die Uhr an der Wand und dann auf sein Telefon. Er hatte in den vergangenen vier Stunden fast nichts anderes getan, und es wurde vielleicht Zeit, sie zurückzurufen. Auch wenn er bezweifelte, dass das helfen würde. Die Frau im Archiv, mit der er gesprochen hatte, war mürrisch und alles andere als hilfsbereit gewesen. Sie hatte ihn an eine Bibliothekarin erinnert, die sie in Nordstrand gehabt hatten, als er noch klein war, und die die Kinder einfach abwies, wenn sie ihren Leseausweis vergessen hatten. Sie war berüchtigt deshalb, und es endete damit, dass die Kinder die Bücher lieber unbemerkt mitgehen ließen, um sie dann ebenso unbemerkt wieder zurückzuschmuggeln. Er hatte dieses Gesicht vor sich gesehen, als er die übellaunige Stimme am Telefon gehört hatte. *Ja, dann müssen Sie ein Formular ausfüllen. AR-18, mit den Anlagen ARF-1 und 2, dann bekommen Sie die Antwort normalerweise innerhalb von drei Wochen.* Drei Wochen? Ludvig hatte seine strenge Stimme, die er nicht so oft verwendete, hervorholen und sie fragen müssen, ob sie in letzter Zeit einmal die Nachrichten gesehen habe. Dieser Fall sei von nationalem Interesse, und er brauche die Antwort in spätestens zwei Stunden, was nun also fast zwei Stunden her war.

Es wurde vorsichtig an die Tür geklopft, und Katja schaute herein.

»Hast du zu tun?«

»Nein, nein.«

Er winkte sie zu dem Stuhl, auf dem Anja normalerweise saß, die aber für diesen Tag schon Feierabend gemacht hatte. Er mochte Katja. Er wusste nicht so recht, warum sie sich immer anzog, als sei sie auf dem Weg zum Training oder ein Mitglied der Spice Girls, aber was wusste er schon über Klamotten? Er sah seit dreißig Jahren ungefähr gleich aus, und er hatte keine Pläne für irgendwelche Erneuerungen. Es sei denn, der Laden, in dem er einkaufte, ginge in Konkurs, was ihn dazu zwingen würde, einen anderen aufzusuchen, und das erinnerte ihn daran, dass er sich bald mal neue Kleider kaufen sollte, zwei Hemden und einige Paar neue Socken jedenfalls, um den Betrieb in dem alten Konfektionsgeschäft in Gang zu halten, das, wie alle anderen Läden in seiner Wohngegend, von diesen vielen Ketten bedroht war, die das Land an sich gerissen hatten.

»Hast du's schon gehört?«, fragte Katja, zog einen Stressball aus der Tasche und ließ ihn auf ihrer Hand herumrollen.

Ludvig nickte.

»Ließ sich ja nicht vermeiden, oder?«

Er war im Pausenzimmer gewesen und hatte fast seinen Kaffee verschüttet, als es losging, denn da hatte es in Munchs Büro wirklich geknallt. Eine kurze Brandrede von nur wenigen Minuten, dann war ein kleinlauter Oxen mit knallrotem Gesicht herausgetrottet. Er war geradewegs zu seinem

Schreibtisch gegangen, hatte alle privaten Besitztümer in einen Pappkarton gepackt und war verschwunden.

»Das hat dir sicher leidgetan«, sagte Ludvig lächelnd.

»Ach ja, Gott, der wird mir wirklich fehlen. Herzensguter Bursche, weiß so viel, galant zu Frauen. Nein, Ludvig, wenn er mich noch einmal provoziert hätte, dann hätte ich …«

Sie hob die Hand und quetschte den roten Stressball zusammen.

»Wie sah es dort aus?«

»In Frank Helmers Keller?«

»Ja?«

Katja schüttelte den Kopf.

»Seltsame Sache. Wie in einem Horrorfilm. Tote Katzen an der Decke, Flecken auf dem Boden. Die verriegelte Tür mussten wir mit einem Winkelschleifer öffnen. Du hast gesagt, dass er vor einiger Zeit in einem Drogenschmuggelfall Zeuge war, oder? Auf unserer Seite?«

Ludvig nickte.

»Na, dann war es das.«

»Was denn?«

»Alles, was wir da drinnen gefunden haben. Tabletten. Kistenweise. In allen Größen und Formen. Vor allem anabole Steroide, aber auch Arzneimittel. Unter anderem Rohypnol.«

»Das, womit die Jungen betäubt worden sind?«

»Genau, aber ich weiß ja nicht so recht. Wie gesagt, es waren extreme Mengen, aber unser Mann hat nicht mehr als eine Schachtel gebraucht. Das hier war größer, organisierter. Ich nehme an, darum ging es, deshalb hat er für uns ausgesagt.«

»Um sich eines Konkurrenten zu entledigen?«

»So ungefähr.«

Katja steckte den Stressball zurück in die Tasche und erhob sich.

»Kommst du, oder was? Fredrik hat im Besprechungszimmer alles vorbereitet. Wir haben eine direkte Videoverbindung zum Vernehmungsraum. Sie fangen bald an, warten nur noch auf seinen Anwalt.«

»Gleich«, sagte Ludvig und schaute abermals auf die Uhr, nahm den gelben Zettel von der Tafel und wählte die Nummer.

Es dauerte lange, bis sich jemand meldete.

»Ja, Ragnhild?«

»Ja, hallo, hier ist noch einmal Ludvig Grønlie von der Mordkommission in der Mariboes gate …«

Geräusche im Hintergrund, Kinder und Rufe, offenbar eine Sporthalle.

»Sie wissen aber, dass jetzt nach Feierabend ist?«, fragte die abweisende Stimme schroff.

»Ja, schon, aber ich brauche wie gesagt die Antwort jetzt. Haben Sie das gefunden, was ich suche?«

Stille jetzt, als ob sie am liebsten auflegen würde, sich aber zusammenriss.

»Sicher, ich habe Ihnen die Antwort geschickt.«

»Wie meinen Sie das?«

»Der Totenschein liegt in der Post.«

»Okay, er ist also wirklich tot?«

Jubel jetzt hinter ihr, die Pfeife eines Schiedsrichters, als ob jemand ein Tor geschossen hätte.

»Ja. Ich musste erst mal suchen, habe ihn dann aber gefunden. Keine Ahnung, was da passiert sein kann. Da muss wohl jemand bei uns ganz einfach vergessen haben, alles in die Datenbank einzugeben.«

Ach was. Und er hatte so ein Gefühl, wer das gewesen sein konnte.

»Aber er ist also tot? Roger Lørenskog?«

»Er ist tot, ja. Und die Information ist jetzt in der Datenbank zu finden, dafür habe ich natürlich gesorgt.«

Ach, wie schön, dass du am Ende deine Arbeit erledigt hast.

»Okay, dann vielen Dank.«

Sie war verschwunden.

Okay, gut. Dann wäre das erledigt.

Ludvig reckte sich und stand auf. Er konnte sehen, dass sie schon angefangen hatten, Katja und Fredrik saßen, Munch stand vorn bei der Leinwand. Frank Helmer und sein Anwalt auf der anderen Seite des Tisches. Ludvig ging ins Pausenzimmer und holte sich eine Tasse Kaffee.

»Wie geht's?«

»Pst, die haben gerade angefangen.«

»Wie lange haben Sie Amund Andersens Kunstakademie besucht?«, war Munchs Stimme zu hören.

»Was?«

Der Mann mit dem rasierten Schädel schnaubte.

»*Was* soll ich besucht haben?«

Munch schob ihm auf dem Tisch ein Blatt Papier zu.

»Stimmt es, dass Sie dieses Bild gemalt haben?«

»Hä?«

Helmer lachte jetzt und schaute seinen Anwalt an.

»Malen? Haben Sie denn total den Verstand verloren? Ich kann doch verdammt noch mal nicht mal ein Strichmännchen zeichnen!«

• 65 •

Kevin Myklebust saß fertig angezogen auf dem Sofa und sah zu, wie Mama die Sachen, die sie im Strømmen Storsenter gekauft hatte, aus den Einkaufstüten nahm. Ulf hatte offenbar jede Menge Geld nur für sie ausgegeben, und jetzt würden sie auch noch richtig gut essen. Lasagne. Die Ulf offenbar sehr gut machte, nach einem eigenen Rezept, mit echten Pastaplatten und richtiger Soße. Nicht so eine Fertigpackung, wie sie im Coop verkauft wurde und bei der man nur Wasser hinzufügen musste, wie Mama das bei ihrem einen Versuch gemacht hatte. Er hatte die Hoffnung aufgegeben, dass die Tüten auch etwas für ihn enthalten könnten. Denn Mama war manchmal so, vergaß einfach zu fragen, was er sich wünschte, auch wenn er es mehrmals erwähnt hatte, vorsichtig zuletzt, als er die beiden früher an diesem Tag zum Wagen begleitet hatte.

Ein Auto mit Fernsteuerung.

Er hatte versucht, das ins Gespräch einzuschmuggeln, damit es nicht allzu deutlich wäre, damit er nicht bettelte, denn wenn Mama etwas nicht leiden konnte, dann waren das Bettler. Da, wo sie wohnten, gab es keine Bettler. Drinnen in Oslo aber schon, und die arbeiteten nicht oder so, die saßen bloß da und logen und bettelten, und dann gaben sie das Geld für teure Häuser in Rumänien aus, während Leute wie Mama, echte Norwegerinnen und Norweger, nicht einmal genug Arbeitslosengeld bekamen.

»Ich habe mit Ronny gesprochen, und er freut sich sehr auf das Zelten heute Abend. Nur schade, dass sein *ferngesteuertes Auto* kaputt ist, er hatte sich darauf gefreut, dass wir damit spielen würden. Es wäre lustig gewesen, ja, aber so was kann ja mal passieren.«

Sie war mit einem Handtuch um den Kopf aus der Dusche gekommen.

»Meinst du, ich sollte mir die Haare schneiden lassen?«

»Was?«

»Da drinnen? Im Einkaufszentrum? Da gibt es sicher viel bessere Friseure, meinst du nicht?«

»Doch, die sind sicher tüchtig.«

Und dann, etwas später, als sie vor dem Spiegel Kleider anprobierte.

»Was zieht man denn an, wenn man in ein großes Einkaufszentrum geht?«

»Ich weiß nicht so recht, Mama.«

»Ein Kleid, oder wäre das übertrieben, was meinst du? Ich will ja auch nicht auffallen, so nach dem Motto ›hier kommt mein Kleid, und hier komme ich‹, verstehst du?«

»Das ist schön, das Kleid, Mama. Die Pailletten gefallen mir, die funkeln, wenn Licht darauffällt.«

»Nein, großer Gott, was denke ich denn bloß, ich geh ja schließlich nicht auf ein Fest. Jeans und T-Shirt sind besser, findest du nicht? Vielleicht den engen schwarzen Rollkragenpullover? So ein bisschen locker und lässig, ein ganz normaler Tag, aber doch elegant, nicht wahr?«

»Das ist eine gute Idee. Erinnert mich an den Pullover, den ich hatte, als ich klein war, weißt du noch? Der war blau, und vorne drauf war ein *Auto*. Und dann hat er, also Ivar, so getan, als ob er mich *fernsteuerte*, und dann bin ich sozusagen im Kreis gelaufen und musste nach hierhin und dahin abbiegen, nach links, nach rechts, stopp, Rückwärtsgang, und ich musste tun, was er sagte.«

»Du weißt, dass wir in diesem Haus nicht von Ivar reden, Kevin. Ach, jetzt hab ich's. Die große Sonnenbrille? Enge Jeans, schwarzer Rollkragenpullover und die Sonnenbrille? Vielleicht kann ich mir auch die Haare so machen, sie mit einem Gummi zurückbinden, das sieht doch dann sehr aus wie Angelina Jolie, findest du nicht?«

»Ja, Mama, das wird wunderbar.«

Er hatte noch einen letzten Versuch gemacht, als sie ins Auto eingestiegen waren. Ulf hatte einen sehr seltsamen Blick gehabt, genau wie viele andere vor ihm. Sie wollten doch Mama, jedenfalls für eine Weile, und Kevin war da sozusagen die ganze Zeit im Weg.

»Ja, dann amüsiert euch. Ich hoffe, ihr fahrt das Auto unterwegs nicht zu Bruch, denn der, der zu Bruch gefahrene Autos holt, sitzt ja hier, und wer soll dich holen, wenn du das Auto hier zu Bruch fährst? Dann kommt doch sicher keiner. Ich werde euch raus *fernsteuern.*«

Er hatte sich vor das Auto gestellt, wie mit der Fernsteuerung, aber sie hatten ihn nicht angesehen. Ulf hatte sich nach hinten umgeschaut, und Mama hatte sich im Spiegel geschminkt.

Und jetzt war nichts für ihn in den Tüten.

»Wann kommt Ronny denn?«, fragte Mama mit ungeduldigem Lächeln und schaute auf die Uhr an der Wand beim Kühlschrank, als ob sie die damit in Gang bringen könnte.

»Der wollte um sieben kommen.«

»Okay, das ist ja nicht mehr lange.«

Sie kam zu ihm und kniff ihn in die Wange, wie sie das immer tat, wenn sie etwas von ihm wollte.

»Mein lieber kleiner Kevin, heute Nacht im Zelt schlafen, das wird doch sicher schön für euch. Aber du? Kannst du nicht draußen warten, oder unten an der Straße? Ich muss noch alles einräumen und mich ein bisschen zurechtmachen, kann doch nicht so aussehen, wenn der Superkoch kommt, das wäre ja noch schöner. Tust du das?«

»Okay, Mama.«

Er stand vom Sofa auf und schulterte den Rucksack.

»Dann mach's gut.«

»Danke, Mama.«

Draußen regnete es zum Glück nicht.

• Teil 7 •

• 66 •

Munch saß in seiner Jacke vor dem großen Eckbüro im vierten Stock des Polizeigebäudes in Grønland und hatte zum ersten Mal, soweit er sich zurückerinnern konnte, das Gefühl einer Niederlage. Er hatte erbärmlich geschlafen, hatte sich im Bett von einer Seite auf die andere gewälzt, war mehrmals aufgestanden und ruhelos im Wohnzimmer hin und her gelaufen, hatte sich an dem neuen Wohnzimmertisch, den sie gekauft hatte, beide Schienbeine gerammt. Sie hatte umgeräumt, neue Möbel angeschafft. So hatte sie sich die Zeit vertrieben, und wer könnte ihr da einen Vorwurf machen? Er war in den letzten Wochen ja kaum zu Hause gewesen.

Das goldene Schild an der glänzenden Tür, *Hanne-Louise Dreyer, Polizeichefin,* ja, ja, fein musste es sein. Und sie ließ ihn warten, natürlich, und hier draußen in seinem eigenen Fett braten. Er war zu nahe an die Sonne herangeflogen, hatte sich die Flügel versengt und befand sich jetzt im freien Fall. Die Schlagzeilen hatten ihm am Kiosk unten in der Borggate entgegengeleuchtet. Zum zweiten Mal innerhalb kurzer Zeit musste er auf sie doch wirken wie ein Dilettant. Auf sich selbst natürlich auch, aber ihm war es ja scheißegal, was die Pressewichte meinten, bei ihr war das etwas anderes.

Hanne-Louise Dreyer. Der Drache. Er war in gewisser Weise naiv gewesen, seltsamerweise, hatte wirklich geglaubt, diesmal eine Chefin zu bekommen, die er leiden mochte, aber nichts da. Natürlich nicht. Schlimmer denn je. Er konnte die Frau ganz einfach nicht ausstehen. Sie stand für das genaue Gegenteil von allem, wofür er sich bei der Truppe jetzt seit fast zwanzig Jahren einsetzte. Sie war nicht einmal Polizistin. Betriebswirtin und Anwältin. Und ja, verdammt, was denn noch alles? War von Headhuntern aus einer anderen leitenden Funktion geholt worden, um *die Osloer Polizei ein für alle Mal auf den richtigen Kurs zu bringen.* Auf den richtigen Kurs? Munch fluchte leise und bereute, sich draußen nicht eine dritte Zigarette gegönnt zu haben. Sein Körper schrie schon nach einer weiteren. Auf den richtigen Kurs, zum Henker? Für was für einen Kahn hielt sie das hier denn wohl? Das war doch keine verdammte Versicherungsgesellschaft, oder woher immer sie die Hexe geholt haben mochten, wo es nur auf eins ankam. Profit. Geld. Überschuss für bereits stinkreiche Teilhaber. Und das sollte nun der Maßstab für die Polizei sein? Verdammte Politiker und gierige Schweine. Er hatte den obligatorischen Vortrag besucht, den sie für alle Vorgesetzten auf der mittleren Ebene im ganzen Distrikt gehalten hatte, und alles – ja, er übertrieb nicht – hatte sich um Kronen und Öre gedreht. Hier sparen. Da sparen. Weniger dies. Weniger das. Und dann die verdammten Speichellecker überall mit ihren feschen Uniformen, als ob es irgendeine Bedeutung hätte, wie sie sich anzogen. Er hatte sich natürlich nicht beherrschen können.

»Und was machen wir mit den über siebenundzwanzigtausend angezeigten Raubüberfällen und Diebstählen in

Oslo im vergangenen Jahr, wo bei über 85 Prozent die Ermittlungen eingestellt wurden? Menschen werden auf der Straße niedergeschlagen, ausgeraubt, ihre Wagen werden aufgebrochen, sie müssen sich abends auf dem Heimweg fürchten, aber uns soll das egal sein. Ist das so zu verstehen? Im vorigen Jahr haben wir 2,5 Milliarden bekommen, so ungefähr? Und dennoch konnten wir diese Fälle nicht aufklären. Wo sollen wir denn sparen, was meinst du? Und warum? Alle Untersuchungen zeigen doch, dass es für die Gesellschaft umso vorteilhafter ist, je mehr Geld in die Polizei investiert wird. Warum zum Teufel sollen wir sparen?«

Vielleicht waren es die Kraftausdrücke gewesen. Oder dass er überhaupt die Klappe aufgemacht hatte. Der Drache hatte diese Demütigung jedenfalls nie vergessen.

»Hat deine Mutter dir nicht beigebracht, dass du immer das Kleingedruckte lesen musst?«, hatte Anette Goli am vergangenen Abend gesagt, nach dieser verdammten Vernehmung von Helmer, bei der sie überhaupt nicht weitergekommen waren.

»Wieso denn das Kleingedruckte? Wovon redest du hier, zum Teufel?«

»Eigene Einheit, ja. Erlaubnis, eigenständig Mitarbeiter einzustellen, ja. Die Ermittlungen leiten, wie du willst, ja. Aber du weißt, dass wir im Juli evaluiert werden? Und dass es etwas gibt, das Haushalt genannt wird? Ich weiß ja, du denkst, man könnte von Luft und Liebe leben, Holger, aber wer, glaubst du, führt den Vorsitz im Komitee? Und entscheidet, wie viel Geld wir beim nächsten Mal bekommen werden?«

»Der Drache?«

»Ich glaube, du solltest sie nicht mehr so nennen, aber ja. Dreyer sitzt natürlich im Evaluierungsausschuss. Und im Haushaltskomitee. Also ist das abgemacht, ja? Du erscheinst morgen früh um neun vor ihrem Büro. Anständig angezogen. Gut gelaunt. Ich sage nicht, dass du ihr den Bauch pinseln sollst, oder vielleicht doch, genau das sage ich. Wenn sie sagt, spring, dann springst du, wenn sie sagt, roll, dann …«

»Ja, schon verstanden.«

»Morgen um neun. Und zieh dich anständig an. Hemd und Schlips dieses eine Mal würden nicht schaden.«

Die Uhr auf seinem Handy zeigte zehn nach.

Ihn hier draußen warten lassen.

Zeigen, wer das Sagen hatte.

Er spielte einen Moment mit dem Gedanken, einfach aufzustehen und zu gehen, eine oder zwei zu rauchen, Teufel auch, er hatte doch anderes zu tun, zum Beispiel einen Fall aufzuklären.

Munch schob sich ein Nikotinkaugummi in den Mund, und ihm schauderte, als er die Zähne hineinpresste. Wer zum Teufel hatte das für eine gute Idee gehalten? Etwas herzustellen, das schmeckte wie Auspuff mit Pfefferminz, um Leute vom Rauchen abzubringen? Verdammte Idioten. Er spuckte das Kaugummi wieder aus, klebte es diskret unters Sofa und spülte den widerlichen Geschmack mit einem Schluck Wasser aus einem Plastikbecher neben dem Wasserspender hinunter.

Hemd und Schlips, sonst noch was?

Er hatte sich gerade wieder gesetzt, als die Tür geöffnet wurde und der Drache herausschaute.

»Holger Munch. Da bist du ja. Komm rein.«

Außen freundlich, innen zynisch und berechnend?

Waren die nicht alle so?

Die Direktoren?

Die Chefs?

Wer bekam eigentlich solche Posten, und warum?

Weil sie kalte, zynische Egoisten waren, die auf Kosten anderer die Karriereleiter hochstiegen, war das nicht so?

Okay, jetzt durchatmen.

An den Haushalt denken.

Munch setzte etwas auf, von dem er hoffte, dass es einem Lächeln ähnelte, und betrat das luxuriöse Büro. Aussicht auf die Stadt. Ein riesiger Schreibtisch aus Teak. Ein hoher Sessel, der aussah wie aus einem Formel-1-Wagen.

Warum nicht erst mal hier drinnen etwas sparen, statt die Leute draußen leiden zu lassen?

Er schluckte diese Bemerkung hinunter und setzte sich brav auf den Stuhl, den sie ihm anbot.

»Möchtest du etwas trinken? Kaffee? Tee? Vielleicht ein Mineralwasser?«

»Nein, danke, ist schon gut.«

»Ein süßes Teilchen?«

Ein kleiner Teller wurde ihm hingeschoben.

»Nein, nein, muss an die Gesundheit denken, weißt du.«

Er strich sich vorsichtig über den Bauch.

»Holger, Holger. Ja, wo soll ich anfangen?«

Sie ließ sich im Sessel zurücksinken und legte die Finger gegeneinander.

»Ja, gute Frage. Ich habe es eigentlich eilig, da wäre es nett, wenn wir …«

Das pseudofreundliche Gesicht wechselte jetzt zu seinem eigentlichen Charakter über, mit kalten Augen und verkniffenem Mund, und der Zeigefinger richtete sich auf die Zeitungen, die vor ihr auf dem Tisch lagen.

»Darüber müssen wir auf jeden Fall reden. Ein direkter Überfall auf einen Unschuldigen? Mit Waffen? Am helllichten Tag? Vor den Augen des gesamten norwegischen Pressekorps? Ich meine, das ist stark, sogar für deine Verhältnisse. Und wer ist diese *Polizeischülerin,* die du offenbar eingestellt hast? Das ist sie doch auf dem Bild, nicht wahr?«

Sie hielt die Zeitung vor ihm hoch.

»Nicht ausgebildet? Draußen im Feld? Nein, nein, Holger, das ist wirklich schade. Es wirkte so verheißungsvoll, oder nicht? Etwas Neues? Eine eigene Einheit? Wirklich dumm, dass wir die nach nur einem Jahr wieder abschaffen müssen …«

»Ich brauche nur …«

»Darauf kommen wir noch zurück«, sagte der Drache und setzte wieder das Pseudolächeln auf. »Aber zuerst will ich den Bericht, nach dem ich jetzt schon wie lange frage? Zwei Wochen? Und dann beginnen wir mit dem Anfang.«

Sie öffnete einen Ordner, der vor ihr auf dem Tisch gelegen hatte.

»Wie gesagt, wir haben …«

»Wir bleiben hier, bis ich zufrieden bin, Munch. Dann sehen wir weiter. Okay? Anette hat dich sicher darüber informiert, dass die Kripo in Bereitschaft versetzt worden ist. Ein Anruf von mir, und schon geht es los. Sie ist übrigens unglaublich tüchtig, diese Goli. Ich glaube, wir müssen eine bessere Stellung für sie finden. Also ja, dieser Frank Helmer, den habt ihr gestern viele Stunden lang befragt, nicht wahr?«

»Ja.«

»Eine Zusammenfassung, bitte.«

Munch seufzte und öffnete seine Jacke.

»Wir haben ein Gemälde gefunden, das Ähnlichkeit mit den Tatorten hat.«

»Ein Gemälde?«

»Ja, auf einem Plakat, das uns zu einer Ausstellung geführt hat. Dort wurde uns bestätigt, dass Frank Helmer das Bild gemalt hatte, und deshalb haben wir seine Wohnung in Manglerud durchsucht.«

»Du meinst, ihr seid dort eingebrochen. Ohne irgendeinen Beweis. Ohne die vorgeschriebenen Papiere. Du weißt, dass er allein aufgrund dieser Verfahrensfehler ungeschoren davonkommen kann? Wenn er also der Gesuchte gewesen wäre, was er aber nachweislich nicht ist, ist das korrekt? Er ist nicht unser Mann?«

»Meine Mitarbeiterin fand triftige Verdachtsgründe und entschied sich deshalb dafür, ins Haus zu gehen, um zu verhindern, dass Beweise vernichtet würden.«

»Ach was? Und was waren das für Gründe?«

»Ein Foto.«

»Das sie von draußen gesehen hat?«

»Ja.«

»Und dieses Foto zeigte …«

»Helmer. Mit einer Tätowierung. Hier oben auf der Schulter. Ein Wolf.«

Dreyer lächelte ironisch.

»Ja, das habe ich gelesen. Dass ihr nach einem Wolf sucht. Der bei Vollmond tötet, war das nicht so? Oder wird er dann zum Wolf, mit Reißzähnen und allem, ist das eure Theorie? Ein bisschen an den Haaren herbeigezogen, oder nicht, Munch?«

»Wenn ich nur …«

»Ja, unbedingt. Ich finde das sehr komisch.«

»Meine Mitarbeiterin …«

»Du meinst diese Mia Krüger, nicht wahr?«

»Ja.«

»Die Polizeischülerin.«

»Ja.«

»Die du von der Schule geholt hast, ehe sie fertig war, fertig mit dem Training, fertig mit dem obligatorischen Pflichtjahr, das auf die Polizeischule folgt, damit wir sehen können, wie sie sich draußen unter den Menschen verhalten, wie sie in diese äußerst wichtige gesellschaftliche Aufgabe hineinpassen, und ob überhaupt, ist das richtig?«

Er nickte.

»Danke, es ging mir nur um diese Bestätigung. Weiter.«

»Im Keller hat sie tote Katzen gefunden, dazu einen verschlossenen Raum, und sie wollte den Schauplatz gerade wieder verlassen und den Vorschriften entsprechend ihren Vorgesetzten anrufen, mich, als sie im Keller von Helmer überrascht wurde und er sie mit einem Baseballschläger angriff.«

»Worauf sie ihn überwältigte, ihn durch das Haus jagte und ihm in seinem eigenen Garten etliche Verletzungen beibrachte, zur allgemeinen Freude des ganzen Pressekorps?«

»Stimmt.«

Dreyer seufzte und schüttelte den Kopf.

»Und was hat die Vernehmung ergeben?«

»Das Gemälde ist nicht von ihm.«

»Nein?«

»Nein.«

»Und weiter?«

»Er hat auch die besagte Kunstschule nie besucht.«

»Und woher wissen wir das?«

»Wir waren gestern Abend da draußen, mit einem Bild von ihm. Negativ. Das ist nicht der Mann, der da draußen studiert hat, und folglich auch nicht der Mann, von dem das Gemälde stammt.«

»Aber der Student da draußen hat sich Frank Helmer genannt?«

»Ja.«

»Und haben wir noch andere Frank Helmers, auf die diese Beschreibung passen könnte, denn diesmal hattet ihr einen Zeichner dabei, oder? Um ganz sicher zu sein, wenn wir das nächste Mal jemanden auf einen Verdächtigen loslassen, dass der dann aber auch Ähnlichkeit mit dem Gesuchten hat?«

Munch nahm diese Spitze schweigend hin. Sie hatte wirklich nicht unrecht. Das war sein Fehler.

»Nein, wir haben keinen anderen dieses Namens, der passen könnte, und ja, wir haben einen Zeichner hingeschickt.«

»Der Betreffende hat an der Schule also einen falschen Namen angegeben?«

»Ja.«

»Das ist noch immer ein bisschen an den Haaren herbeigezogen, oder nicht? Ein Gemälde? Wer ist denn auf die Idee gekommen? Hallo, dieses Gemälde hat Ähnlichkeit mit den toten Jungen, da wollen wir doch mal einen Mann, der sich zufällig anbietet, zusammenschlagen.«

»Ich war das«, sagte Munch mit gepresster Stimme.

»Okay«, seufzte Dreyer und trank einen Schluck Kaffee. »Ein Glück im Unglück, dass dieser Frank Helmer wenigstens kein gesetzestreuer Bürger war, der uns wegen unseres Vorgehens verklagen könnte. Er hat sich also als … Schmuggler entpuppt, stimmt das?«

»Pillen, Steroide«, Munch nickte. »Ob er Schmuggler ist oder nur ein Helfershelfer, der für die Lagerung zuständig ist, wissen wir nicht, aber wir haben die Sache an Wilkinsons Team gegeben, und die machen damit weiter.«

»Okay, gut, heißt das, dass ihr Helmer jetzt aus unserem Fall streicht, oder was?«

»Nein, nicht ganz.«

»Ach nein?«

»Frank Helmer war mehrfach Patient in der psychiatrischen Klinik Gaustad.«

»Und das ist wichtig, weil …?«

»Das passt zu unserem Täterprofil. Die Zeitpunkte liegen zwischen den Morden in Schweden und denen hier. Wir glauben, dass er vielleicht irgendwo in Behandlung gewesen sein kann.«

»Ein bisschen an den Haaren herbeigezogen, aber okay. Also, weshalb …«

Munch beugte sich vor und tippte mit dem Finger auf eine Zeitung.

»Dieser Mann.«

»Ach ja«, sagte Dreyer und seufzte. »Das steht auch auf meiner Liste. Ihr habt einen Kollegen nach Kristiansund geschickt? Und er hat nicht einmal die Auskünfte einholen können, die ihr brauchtet? Das musste *VG* übernehmen, also, ich meine, Munch …«

»Das nehme ich auf meine Kappe«, sagte Munch. »Und der Betreffende ist aus seiner Stellung bereits entlassen worden.«

Sie sah ihn für einen Moment an, als ob sie überlegte, ob er die Wahrheit sagte oder ob er überhaupt zu solchen Entscheidungen in der Lage wäre.

»Okay, wenigstens das. Aber ich meine, Ole Gunnar Solskjær? Du verstehst doch, welchen Zirkus die Zeitungen daraus machen? Und dass sie uns als Vollidioten dastehen lassen?«

»Ja, das verstehe ich. Aber es war wichtig.«

»Weil …?«

»Zwei Jungen haben den Täter beschrieben, sie sind ihm bei einem Fußballplatz oben in Finstadjordet begegnet. Er hinkte. Er beschrieb seine Verletzung als etwas, das ihm eine Karriere im Spitzenfußball unmöglich gemacht hatte.«

»Und das habt ihr geglaubt?«

»Nicht unbedingt, aber wir müssen schließlich allen Spuren nachgehen, und das war die einzige Zeugenbeobachtung, die wir hatten.«

»Okay, und das hat euch – oder genauer gesagt, *VG* – zu *diesem* Mann geführt?«

»Ja, Roger Lørenskog.«

»Und wo ist der jetzt?«

»Er ist tot. Selbstmord.«

Dreyer schüttelte den Kopf und ließ seufzend den Ordner auf den Tisch sinken.

»Was hast du eigentlich im Kopf, Munch? Nur Unfug? Nur Quatsch? Fiktive Gespenstergeschichten über Wölfe im Mondschein und alte Freunde von legendären Fußballspielern, die zuerst hinken und sich dann das Leben nehmen? Nein, das geht nicht. Ich hatte dich fragen wollen, was ein Bankräuber im Rollstuhl mit der Sache zu tun hat, weil er angeblich oben im Wald stand, als ihr die Leichen gefunden habt, aber ich glaube, ich habe schon genug gehört.«

»Wenn du nur …«

Sie hob die Handflächen und ließ sich wieder im Sessel zurücksinken.

»Ich will ganz ehrlich zu dir sein, Munch, ich kann dich nicht leiden. Ich habe dich noch nie leiden können. Nicht nur, weil du aussiehst wie ein Penner und dich auch wie einer benimmst, sondern auch, weil du keinen Respekt vor deinen Vorgesetzten hast. In meiner Organisation ist kein Platz für solche Leute. So, wie ich das sehe, bist du eine Schande für uns alle. Aber …«

Sie nahm die Brille ab und putzte sie mit einem Tuch, das vor ihr auf dem Tisch gelegen hatte.

»Ich habe mir deine Personalakte angesehen, und du hast für die letzten Jahre einen seltsam hohen Prozentsatz an aufgeklärten Fällen, fast hundert Prozent, und deshalb …«

Sie setzte die Brille wieder auf.

»… bekommst du dreißig Sekunden. Um mich zu überzeugen. Warum sollte ich dich weitermachen lassen? Warum soll ich jetzt nicht zum Hörer greifen und die Kripo anrufen?«

Munch beugte sich vor. Drehte zwei der Zeitungen um, sodass sie in Dreyers Richtung wiesen.

»Roger Lørenskog. Und Frank Helmer. Beide mit psychischen Problemen. Beide in Gaustad eingewiesen. Mehrmals. Gleichzeitig.«

»Und das ist wichtig, weil …?«

»Jemand gibt sich als Frank Helmer aus? Und deutet gleichzeitig an, dass er Roger Lørenskog ist? Glaubst du, das ist ein Zufall?«

Nun saß sie schweigend in ihrem hohen Sessel.

»Wart ihr schon da oben?«

»Ich bin gerade dahin unterwegs. Unten wartet ein Auto.«

Wieder Schweigen und das strenge Gesicht.

»Ich gebe dir zwei Tage. Und ich will diesmal über alles auf dem Laufenden gehalten werden, und damit meine ich, dass ich noch das kleinste Detail wissen will, ist das klar?«

»Das schaffen wir«, sagte Munch.

Sie winkte ab.

»In Ordnung. Du kannst gehen.«

Er erhob sich und schob sich eine Zigarette zwischen die Lippen.

Und ließ die Tür hinter sich offen stehen.

• 67 •

Bei der Besprechung hatte Camilla den Mann auf der anderen Seite des Tisches wirklich für verrückt gehalten. Jedenfalls für verlogen. Zuerst war sie natürlich sicher gewesen, dass er das alles nur sagte, damit sie sich sicher fühlte, so machten sie es doch im Krankenhaus.

Das wird schon gehen, Camilla.

Du machst wirklich Fortschritte.

»Ich habe einen Job für dich besorgt. Hast du Lust dazu, Camilla? Wieder in der Gesellschaft zu sein?«

Sie? Arbeiten?

An diesem Tag war Camilla mit Schmetterlingen im Bauch aus der Poliklinik nach Hause gegangen.

Sie hatte noch nie einen Job gehabt.

Sie war mit sechzehn von der Schule abgegangen und seither im System gewesen.

Eingewiesen.

Vier Jahre lang.

Obwohl das eigentlich gar nicht möglich war, niemand musste heutzutage noch vier Jahre in Gaustad bleiben. Früher, da schon, als die Kranken mit Lederriemen ans Bett gebunden und einer Lobotomie unterzogen worden waren. In diesen Räumlichkeiten, die jetzt ihr Zuhause geworden waren. Nein, kein Zuhause natürlich, nur ein Aufenthaltsort, eine sichere Zuflucht, wenn die Stimmen in ihrem Kopf zu schlimm wurden.

Vier Jahre.

Verschlafene Jahre im Tablettenrausch, immer neue. Und obwohl sie anfangs dagegen gekämpft hatte, hatte sie sich schließlich einverstanden erklärt. Weil sie wirkten, jedenfalls gegen diese vielen Gesichter hinter ihren Augen, die niemals mit Weinen aufhören wollten und die manchmal zu großen Mündern wurden und ihr Dinge befahlen, die sie eigentlich gar nicht tun wollte.

Und wenn die Wirkung der Tabletten nachließ, wurde sie eingeschlossen. Es hieß nicht mehr Isolationstrakt. Jetzt hieß es Sicherheitsabteilung, *zu ihrer eigenen Sicherheit und zu der anderer.* Und da blieb sie dann eine Weile, bis sie herausgefunden hatten, warum es passiert war, und dann bekam sie neue Medikamente.

Und dann ging es zurück auf die normale Station.

Und in den Nebel.

Wo sie durch die Gänge wanderte.

Ohne etwas zu fühlen.

Januar, Februar, März, April, Mai, Juni, Juli, August, September, die grünen Veloursvorhänge, die weiße Matratze, das niedliche Hundebild, das sie aus einer Illustrierten ausgeschnitten hatte, die belegten Brote zum Frühstück, jeden Tag dieselben, als ob überwacht würde, was sie aß, sieh da, ja, wie brav, und dann ein bisschen Saft, Oktober, November, Dezember.

Aber dann.

Eines Tages.

Sie müsste seinen Namen eigentlich kennen, denn er hatte ihr ja geholfen, bei so gut wie allem.

Egil?

Nein, das war es nicht.

Aber etwas Ähnliches.

Etwas mit E.

Camilla hatte ein furchtbar schlechtes Namensgedächtnis.

Sie hatte irgendwo gelesen, dass das vielleicht eine Krankheit war, das auch, nicht so gefährlich wie die andere, eine kleine, unschuldige Krankheit.

Namenslegasthenie.

Nicht wie die anderen Krankheiten, die in ihrer Akte standen.

Viele.

Nacheinander.

Die Blätter runter.

Das

geht

nie

im

Leben

gut.

Das hätte dort stehen können.

Auch egal.

Machen wir der Sache hier und jetzt ein Ende.

Verschonen alle mit den Scherereien.

Aber dann war dieser Mann gekommen. Er war neu in der Abteilung. Mit anderen Gedanken als die, die schon lange da waren. Und dann hatte sie wieder neue Medikamente bekommen. Nein, das stimmte nicht. Weniger von denen, die sie ohnehin schon nahm, so war das. Und dann noch weniger, bis sie am Ende fast nichts mehr nahm, und die ganze Zeit dieser Mann, und die anderen, die er mitgebracht hatte, die Frau mit den Locken, die etwas jüngere Frau mit der fast lila Brille. Neue Gespräche, auf andere Weise, und dann war das Wunder geschehen.

»Wir haben dir eine Wohnung besorgt, Camilla. Und von nächster Woche an wirst du als Tagespatientin an die Poliklinik überwiesen, was sagst du dazu?«

Äääääääää …

Was?

Sterbensangst an den ersten Tagen, natürlich, allein und auf sich gestellt draußen in der Welt, aber es hatte geholfen, dass es so nah war, dass sie zurückkommen könnte, wenn sie wollte.

Und dann, nach einigen Monaten:

»Hast du Lust dazu, Camilla?«

Im Rema 1000 Supermarkt.

Ihr erster Job.

Und heute hatten sie angerufen.

Fast jeden Tag jetzt.

»In dreißig Minuten werden Waren geliefert, Camilla, kannst du kommen?«

Natürlich konnte sie. Die ersten Male war sie auch dort nervös gewesen, aber ihre Füße waren sozusagen von selbst hingegangen, auch wenn Kopf und Herz nicht wollten.

Sie hatte sich durch die ersten Tage hindurchgezwungen.

In Ausbildung.

Das stand noch immer auf dem Schild auf ihrer Brust. Dunkelblaues T-Shirt mit den Rema-Buchstaben. Dunkelblaue, etwas steife Hose. Ihre Uniform gefiel ihr. Zuerst hatte sie gedacht, dass sie damit draußen im Laden vielleicht auffallen würde, zu deutlich sein würde, wer sie war, deshalb hatte sie die Chefin gebeten, das nicht anziehen zu müssen.

Wie hieß sie doch noch gleich?

Berit?

Beate?

Egal.

Die Chefin hatte gelächelt und gesagt: Weißt du, es tut mir leid, aber alle, die hier bei uns arbeiten, müssen diese Uniform tragen, aber das macht dich nicht sichtbarer, das macht dich unsichtbar. Niemand bemerkt dein Gesicht, wenn du eine Uniform trägst, die Leute sehen die Uniformen, und dann glauben sie, schon zu wissen, wer du bist. Polizistin, Postangestellte, Verkäuferin – sie denken: Aha, das ist eine Angestellte, kein Mensch, und du wirst anonym für sie, und das willst du doch, oder? Ja. Genau das wollte sie. Nicht mit Leuten reden. Ein andermal vielleicht, aber nicht jetzt. Glaubst du nicht, dass die Uniformen deshalb überhaupt erst erfunden worden sind? Beim Militär, zum Beispiel? Wenn du jemanden tötest, tötest du keinen Menschen, keinen Neunzehnjährigen, der eigentlich Buchhalter werden wollte und gerade erst von zu Hause weggezogen war. Nein, mit der Uniform ist das viel leichter. Oi, da ist ja der Feind, kein Mensch.

Sie war klug, diese Chefin, redete anders über viele Dinge und war ungeheuer verständnisvoll und freundlich, fast, als ob sie verstanden hätte, wer Camilla war. Ganz am Ende hatte sie das Schild herausgesucht. Es am T-Shirt befestigt, fast wie einen Orden. Schau her, jetzt fragt dich kein Mensch, wo irgendwas liegt. Niemand fragt eine, die *In Ausbildung* ist, das dauert ihnen zu lange. Die Leute warten nicht gern, ist dir das schon aufgefallen? Sogar Menschen, die einfach nur nach Hause wollen und da rein gar nichts tun werden, hassen es, zu warten, wenn sie einkaufen gehen. Sie hassen die Warteschlangen. Sobald eine neue Kasse geöffnet wird, rennen sie um die Wette, stoßen alte Damen aus dem Weg, trampeln auf kleine Kinder, ja, hurra, ich brauchte nicht diese zwei Extraminuten zu warten, und dann ab nach Hause aufs Sofa und sechs Stunden vor dem Fernseher sitzen. Ist das nicht seltsam?

Sie waren zu dritt.

Bei denen sie ausgebildet wurde.

Die Chefin.

Belinda vielleicht?

Nein, eher Buchstaben wie mintgrüne Blumen, die ein wenig herumschwammen und ab und zu aus dem Wasser sprangen, wenn ein Vogel vorbeiflog.

Beatrice.

Das war es, oder doch nicht?

So ähnlich.

Jedenfalls.

Die Chefin.

Und der mit dem einen Arm.

Und die Kleine mit den platten Haaren, die kein S sagen konnte.

»Tomatenchuppe, Blumenkohlchuppe, Fruchtchuppe, okay? Alle Chuppen hierher, hier geht ech loch mit Bouillon.«

Das war leicht zu lernen.

Sie hatte alles sofort begriffen.

Es war überhaupt nicht schwer.

Eher, als ob diese Arbeit genau auf sie gewartet hätte. Als ob sie jetzt zusammen den Angestellten hinter den großen Schreibtischen eine lange Nase drehten. Kurze Besprechungen, lange Besprechungen, und dann standen wieder neue Wörter untereinander auf dem Papier.

Es
gibt
allen
Grund
zu
der
Annahme
dass
die
Patientin
nie
wieder
normal
funktionieren
wird.

Ääääääääh ...

Wir haben sie ausgetrickst, stimmt's?

Sie gab sich alle Mühe, keine lauten Selbstgespräche zu führen. Zum Beispiel, wenn sie Kartoffelchips und Popcorn und Käseflips und Erdnussflips und Salzstangen und Cola und Limonade und Mineralwasser und Zitronenlimo und Gingerale und Magermilch und Buttermilch und Vollmilch und Schlagsahne und Kochsahne und entrahmte Sahne einsortierte. Aber ab und zu kamen doch ein paar Wörter, denn es gab allen Grund zum Feiern. Und nur einmal hatten Jugendliche es kommentiert, dass sie laut gesprochen hatte, aber da hatte sie einfach ihr Mobiltelefon hervorgezogen und etwas hineingesagt, und damit war offenbar alles in Ordnung und kein Grund zur Panik. Nicht mehr. Nicht hier.

Eigentlich nirgendwo.

Oder?

Sie?

Mit eigenem Job?

Camilla lächelte und gab den Türcode ein.

Codes konnte sie jetzt.

Solche, die sie einließen.

Die Uhr über dem Waschbecken im Umkleideraum zeigte fünf vor, es war erst zwanzig Minuten her, dass sie angerufen hatten. Das gefiel ihr, früh da zu sein, damit sie sich bereit machen konnte.

Sie zog die Hose an und wollte gerade das T-Shirt über den Kopf streifen, als sie sie sah.

Die Zeitungen auf dem Tisch.

Was?

Aber war das nicht …?

Sie lief verdutzt darauf zu, das T-Shirt nur halb übergezogen.

Auf beiden Vorderseiten.

Fast die gleichen Bilder.

Aber das war doch …?

Er!

Der lange Junge?

Der immer so nett gewesen war?

Und der andere.

Der mit der Tätowierung auf der Schulter.

Aber warum …?

Eilig blätterte sie durch die Zeitungen.

Nicht nur vorn, sondern auch auf vielen anderen Seiten.

Roger.

Genau, so hieß er.

Er war mehrmals dort gewesen.

Sie waren zusammen dort gewesen.

In Gaustad.

Der andere auch, aber nicht lange.

Soziales Training.

Zusammen mit anderen in den Aktivitätsräumen sein. Die beiden waren immer zusammen, spielten Karten.

Zusammen mit dem Dritten.

Dem mit dem Ring.

Wie hieß der doch noch gleich?

Das wusste sie nicht mehr.

Die Tür ging auf, und die Chefin stand lächelnd in der Tür.

»Hallo, die Lieferung ist schon da, bist du so weit?«

»Ich komme.«

Camilla zog das T-Shirt nach unten, schlüpfte in die weißen Schuhe, sah im Spiegel nach, ob das Schild auf ihrer Brust richtig saß, und lief hinter der Chefin her in den Laden.

• 68 •

Fredrik nahm Baguette und Cola mit ins Besprechungszimmer und merkte sofort, dass die Stimmung hier anders war als sonst. Das Licht brannte. Auf der Leinwand war nichts zu sehen. Der Projektor war ausgeschaltet. Und Munch saß in sich zusammengesunken am Tisch, mit den Zigaretten neben sich und einer Tasse Kaffee in den Händen. Erst jetzt begriff Fredrik, wie viel Platz Oxen wirklich eingenommen hatte, rein physisch mit seinen 1,90 und über hundert Kilo und nicht zuletzt mit seinem ausagierenden Auftreten. Fredrik ließ sich auf einen Stuhl neben Katjas sinken, während Munch sich erhob und die Hände vor der Brust verschränkte.

»Hallo, allesamt. Wir machen es heute etwas anders als sonst. Ich gebe als Erster zu, dass uns in den letzten Tagen so einiges misslungen ist, und es ist an der Zeit, tief Luft zu holen und darüber Rechenschaft abzulegen, was wir tun und wo wir stehen.«

Munch trank einen Schluck Kaffee, kratzte sich am Bart und schien kurz zu überlegen, ehe er weitersprach.

»Zuerst kurz etwas über Mia. Sie ist gestern Abend aus dem Krankenhaus entlassen worden, und ich habe ihr aufgetragen, noch einige Tage zu Hause zu bleiben. Den Umständen entsprechend geht es ihr gut. Sie hat zwei Brüche im Unterarm, der Arm ist also in Gips. An der Schläfe wurde eine Wunde mit zwei Stichen genäht, und sie hat einige kleinere Frakturen im Kieferknochen, ansonsten ist alles in Ordnung. Ich soll grüßen; sie wollte natürlich sofort herkommen, aber ich habe ihr gesagt, dass sie sich erst eine Runde ausruhen muss.«

»Wir hatten gestern ein Treffen mit der Chefin«, begann Anette Goli, aber Munch fiel ihr sofort ins Wort.

»Nein, das mache ich, Anette.«

Er drehte sich wieder um und hob die Hände.

»Okay. Wie Anette schon gesagt hat, hatten wir gestern ein Treffen mit der Chefin. Dreyer hat mich einbestellt, und ich hätte mich dort wohl schon längst zeigen müssen. Das nehme ich auf meine Kappe …«

»Übernimmt jetzt die Kripo?«

Katjas Frage löste Gemurmel in der Runde aus.

»Dreyer droht damit, ja, aber ich habe ein bisschen Zeit für uns herausschinden können, deshalb machen wir ganz normal weiter, jedenfalls vorläufig. Ich musste ihr ein paar Lügen auftischen, aber …«

»Was? Wieso das?«

Abermals Anette Goli.

»Na ja, mir blieb kaum etwas anderes übrig. Sie wollte eine konkrete Antwort auf die Frage, warum sie uns weitermachen lassen soll, und die habe ich ihr gegeben.«

Munch zuckte mit den Schultern.

»Und was hast du gesagt?«

»Ich habe gesagt, dass wir einen Termin in der Psychiatrie Gaustad hätten, und angedeutet, dass sie uns Zugang zu den Patienten dort geben würden.«

»Aber verdammt, Holger, das stimmt doch gar nicht!«

»Nein.«

»Warum haben wir keinen Zugang?«

Das war Anja Belichek.

Anette Goli seufzte.

»Das hat was mit den Krankenakten zu tun, vor allem dann, wenn es um Patienten in psychiatrischen Einrichtungen geht – da ist es fast ein Sakrileg, Leuten wie uns Zugang zu gewähren, quasi ein Ding der Unmöglichkeit, um es vorsichtig auszudrücken. Wenn sie noch leben, müssen sie uns das selbst gestatten …«

»Und das will Helmer nicht?«

»Nein. Und selbst, wenn sie tot sind, müssen wir einen Antrag einreichen, der wird dann einem Richter vorgelegt, dann werden die Angehörigen befragt und können Widerspruch einlegen. Das kann Wochen dauern …«

»Vor allem, wenn es nachweislich nicht um jemanden geht, den wir als Täter suchen. Die Personen stehen ja nicht mal unter Verdacht.«

Katja zog wieder ihren Stressball aus der Tasche und schüttelte den Kopf.

»Genau«, Munch nickte.

»Wir konzentrieren uns also nicht mehr auf Helmer und Lørenskog?«

»Doch, den beiden gilt weiterhin unsere volle Aufmerksamkeit. So, wie ich das sehe, haben wir sonst nichts, wo wir suchen könnten, und wir sollten bei den beiden unbedingt weitergraben. Wenn ich da falschliege, dann macht bitte andere Vorschläge. Ich habe in letzter Zeit vielleicht nicht immer die ganz richtigen Entscheidungen getroffen, das nehme ich auf meine Kappe, wie gesagt.«

Alle schwiegen, und Munch fuhr fort. »Okay, hier meine Gedanken: Ein Kunststudent hat unter dem Namen Frank Helmer das Bild des Jungen mit dem Dachs gemalt. Katja, du warst doch gestern Abend dort draußen, stimmt's?«

»Mit einem Foto, ja. Andersen hat bestätigt, dass das Foto nicht den zeigt, der das Bild gemalt hat, er hatte diesen Mann noch nie gesehen.«

»Und du hast eine Zeichnerin hingeschickt?«

»Sie ist gerade unterwegs, da werden wir wohl im Laufe des Tages etwas haben, hoffe ich.«

»Okay, schön. Zugleich haben wir Roger Lørenskog, dessen Tod nun endlich bestätigt worden ist. Danke, Ludvig.«

»Klar doch, wäre ja noch schöner.« Ludvig, der sich ausnahmsweise hingesetzt hatte, nickte.

»Also«, sagte Munch und trank wieder einen Schluck Kaffee. »Wir haben eine Zeugenaussage über einen Mann, der hinkt, der mit Ole Gunnar Solskjær Fußball gespielt hat und über den *VG* alles Mögliche in Kristiansund herausfindet.«

Er hatte hier mit einem spöttischen Kommentar von Katja gerechnet, aber der blieb aus.

»Eine seltsame Geschichte, nicht wahr? Wenn da nicht dieser Student an der Kunstschule wäre. Denn da gibt es doch einen Zusammenhang, oder nicht? Jedenfalls in meinen Augen. Es geht darum, sich als jemand anders auszugeben, oder nicht?«

Wieder murmelte die Runde. Fredrik hatte noch nicht in diese Richtung gedacht.

»Wir haben einen, der sich als Roger Lørenskog ausgibt. Und einen, der sich als Frank Helmer ausgibt. Wir nehmen an, dass es sich dabei um denselben Mann handelt.«

»Wenn denn dieses Gemälde überhaupt etwas mit dem Fall zu tun hat, das wissen wir doch nicht?«, warf Anja ein.

»Das habe ich zuerst auch gedacht«, sagte Munch und stellte die Kaffeetasse ab. »Aber wenn wir die Sache aus einem anderen Blickwinkel betrachten, dann wird sich vermutlich herausstellen, dass Mia recht hat, oder nicht? Denn warum sollte irgendwer an dieser Schule sich als jemand anders ausgeben? Und woher kennt dieser Jemand den Namen Frank Helmer?«

»Zufall?«

»Ja, das wäre möglich, aber im Zusammenhang mit Roger Lørenskog? Warum sucht er sich gerade diese beiden Namen aus, stiehlt gerade diese beiden Identitäten, wenn du so willst? Wenn wir Helmer nicht hätten, könnte es jeder sein, der Lørenskogs Geschichte gehört hat, das sehe ich auch so. Ein alter Freund, ein Mannschaftskamerad, einfach jeder, aber zusammen mit dem Namen Frank Helmer? Was ist der einzige gemeinsame Nenner zwischen den beiden und unserem Mann?«

»Gaustad«, antwortete Katja.

»Nicht wahr?«

Munch war jetzt eifriger.

»Über das alles habe ich mir die ganze Nacht den Kopf zerbrochen, aber dann habe ich es plötzlich ganz klar gesehen. Eigentlich ist es ganz einfach, oder nicht? Wie hoch ist die Wahrscheinlichkeit, dass unser Mann von Roger Lørenskogs Fußballgeschichte weiß und zugleich Frank Helmer kennt?«

»Ja, aber …«

»Natürlich kann das ein Zufall sein. Lørenskog, Helmer und unser Mann. Sie können im selben Bridgeclub gewesen sein oder sich an Helmers Tablettenhandel beteiligt haben.«

»Sie treffen sich zufällig in irgendeiner Kneipe, vielleicht halten sie zum selben Verein. Ein Risiko also …«

»Genau, danke, Katja, und deshalb finde ich, wir sollten ein bisschen mit Ideen jonglieren. Erstens, können wir uns darauf einigen, dass es aller Wahrscheinlichkeit nach einen Zusammenhang gibt? Dass unser Mann auf irgendeine Weise mit Lørenskog und mit Helmer zu tun hat?«

»Zweifellos«, Ludvig nickte.

Die anderen stimmten ebenfalls zu.

»Okay, gut. Und wir wissen ja, dass diese beiden mehrmals zur selben Zeit in der psychiatrischen Klinik Gaustad behandelt worden sind. Ich glaube, die Rede war von Haus 21, der Psychose-Station.«

»Unser Täter *muss* einfach von dort sein«, warf Katja ein.

»Das glaube ich natürlich auch, aber lasst uns jetzt offen bleiben. Diesen Zusammenhang haben wir ja schon, also lasst uns mal sehen, ob wir noch etwas anderes finden, etwas Neues, etwas, woran wir noch nicht gedacht haben.«

»Ist es wirklich total unmöglich, uns Zugang zu den Krankenakten zu verschaffen?«, fragte Anja, an Anette Goli gewandt.

»Theoretisch ist das natürlich möglich«, sagte diese und seufzte. »Aber wie gesagt, es ist eine ziemliche Prozedur. Zuerst brauchen wir einen konkreten Verdacht gegen die Person, zu der die Krankenakte gehört, und selbst dann wird es lange dauern. Aber in unserem Fall?«

Sie änderte ihre Stimmlage ein wenig.

»Hallo, hier ist die Polizei Oslo, wir haben einen Verdacht gegen jemanden, der einige Male bei Ihnen in Behandlung war. Wir haben keine Ahnung, wer das sein könnte, dürften wir deshalb die Unterlagen für absolut alle Ihre Patienten sehen, bitte? ... Es liegt doch auf der Hand, dass das nicht geht, oder? Also brauchen wir etwas anderes.«

Anette Goli schaute ihr Handy an und drückte den Anruf weg.

»Also«, sagte Munch. »Irgendeine Idee?«

»Was ist mit Leuten, die dort arbeiten?«, schlug Ludvig vor. »Die zu den konkreten Zeitpunkten dort waren?«

»Nein«, sagte Anette Goli und drückte einen weiteren Anruf weg.

»Weshalb nicht?«

»Weil die natürlich unter Schweigepflicht stehen. Die dürfen nicht über die Patienten sprechen, dann werden sie gefeuert und können schlimmstenfalls vor Gericht gestellt werden.«

»Das schon«, sagte Katja. »Aber das ist nicht unser Problem, oder? Wenn jemand von denen plötzlich ein paar Infos von sich gibt, ohne darüber nachzudenken?«

»Nein, das …«, begann Anette Goli, aber jetzt fiel Munch ihr ins Wort.

»Das ist eine gute Idee. In einem gewissen Rahmen, natürlich. Wir können niemanden zu irgendetwas zwingen, aber wenn wir jemanden finden, der gerne von sich aus erzählt, greifen wir selbstverständlich zu. Was meinst du, kriegen wir irgendwoher Listen der Angestellten?«

»Total unmöglich«, sagte Anette Goli.

»Okay, dann müssen wir kreativ sein. Wie können wir uns Zugang zu Leuten verschaffen, die in den fraglichen Zeiträumen in der Nähe dieser beiden waren?«

»Vielleicht kann Helmer uns helfen?«, schlug Fredrik vor. »Anfangs war der ja sehr offen. Der einzige Grund, warum wir die Zeiträume kennen, in denen er in Gaustad war, ist ja, dass er es uns selbst erzählt hat.«

»Und weil Mia unten im Keller Briefe aus Gaustad gefunden hat«, fügte Katja hinzu.

»Illegal«, murmelte Anette Goli.

»Schon, aber dennoch …«

»Helmer hat bereitwillig erzählt«, sagte Munch. »Bis dem Anwalt aufging, wie wenig wir in der Hand haben, woraufhin der ihm empfahl dichtzumachen. Danach hat er nichts mehr gesagt, aber klar, es wäre noch einen Versuch wert.«

»Diesen Anruf muss ich annehmen«, sagte Anette Goli leise und verschwand mit dem Handy am Ohr aus dem Zimmer.

»Was ist mit Lørenskogs Schwester?«, fragte Katja. »Natalie. Die weiß vielleicht mehr. Mit wem er zusammen war, vielleicht war er sogar mit irgendwem befreundet, auch draußen?«

»Gut, Katja. Übernimmst du das?«

»Sicher.«

»Okay, Leute«, sagte Munch und streckte die Hand nach seiner Kaffeetasse aus. »Weitere Vorschläge? Wie können wir …«

Er wurde von Anette Goli unterbrochen, die atemlos hereingestürzt kam.

»Wir haben weitere Verschwundene. Zwei Jungen. Elf Jahre alt. Vermisst, nachdem sie gestern Abend zelten waren.«

»Wo?«, fragte Munch, der bereits aufgesprungen war.

»Løvstad, eine Wohnsiedlung bei Hakadal. Da ist in der Nähe ein verfallenes Haus gefunden worden. Reste von Pornobildern, die draußen verbrannt worden sind, leere Limoflaschen im Haus.«

»Katja, Fredrik. Wir fahren mit drei Wagen hin«, befahl Munch, steifte seine Jacke über und lief zur Tür.

• 69 •

Mia Krüger saß unter einer Decke in einem Sessel vor den Wänden mit den vielen Fotos und versuchte, die Augen offen zu halten. Im Krankenhaus hatten sie ihr schmerzstillende Tabletten gegeben und darauf bestanden, dass sie die nahm, aber sie hatte sich geweigert, wollte ihren Kopf nicht zudröhnen. Doch dann wurde sie mitten in der Nacht von ihrem eigenen Wimmern geweckt, weil Schläfe und Kiefer so wehtaten und weil sich das Zimmer um sie drehte wie ein Karussell. Deshalb hatte sie kapituliert, war ins Badezimmer getaumelt und hatte keuchend vor dem Waschbecken gestanden. Eine Tablette bei Bedarf. Sie hatte drei genommen. War nur Minuten später umgefallen und von einer dösigen Sonne erwacht, mit einem Kopf, der absolut nicht funktionieren wollte.

Verdammt.

Vorsichtig erhob sie sich und stapfte in die Küche. Sie fühlte sich wie gerädert, wollte eigentlich einen Kaffee, entschied sich dann aber für Tee, trug die Tasse vorsichtig zurück zu ihrer warmen Decke, kroch darunter und starrte mit leerem Blick die Wände vor sich an.

Jetzt mach schon, Mia.

Es muss hier doch irgendwo sein!

Ihr Handy machte pling. Schon wieder. Das ging schon den ganzen Morgen so. Diesmal war es Mama. Ihre Tochter war auf der Vorderseite aller großen Zeitungen, und das war sicher den ganzen Tag Gesprächsthema gewesen, bei Nachbarn und Kollegen. Jetzt ist es also in Ordnung? Aber als ich zur Polizei gehen wollte? Sie verdrängte diese Gedanken. Kleinlich. Natürlich gönnte sie ihrer Mutter diesen Moment. Ein bisschen Aufmerksamkeit für ihre Tochter. Sie wusste, dass solche Dinge für Mama wichtig waren. Menschen, die etwas bedeuteten, die von sich reden machten. Bevorzugt in den Medien. Sie selbst hätte natürlich gern darauf verzichten können.

Es war alles so schnell gegangen. Sie hatte nicht mehr nachdenken können, hatte einfach instinktiv reagiert, die Arme vor den Kopf gehoben, und sie hatte die dünnen Knochen darin brechen hören. Der Schmerz war durch sie gejagt, Lichtexplosionen flackerten vor ihren Augen, sie hatte sich nur mit Mühe auf den Beinen halten können. Der zweite Schlag hatte sie am Kopf getroffen, hatte die Schläfe zum Glück nur gestreift, und das hatte ihr die Möglichkeit gegeben zu reagieren, als sein Körper nach dem heftigen Schlag ein wenig nach vorn gebeugt gewesen war. Sie hatte ihm mit aller Kraft das Knie in den Bauch gerammt und ihm einen Tritt in den Schritt verpasst, einen Ellbogen in den Nacken, und dann war die Situation plötzlich umgekehrt gewesen, sie war nicht mehr die Gejagte. Sie war die Jägerin. Der überraschte Blick in dem feigen Gesicht, als er plötzlich begriff, dass sie keine leichte Beute war. Dann war er davongestürzt.

Und der Rest stand in den Zeitungen.

Teufel auch.

Munch hatte sie so seltsam angesehen.

Da draußen auf dem Rasen.

Mit einer Art Bewunderung, aber auch mit Zweifeln im Blick.

Wen zum Henker hab ich denn da eingestellt?

Sie konnte ihn verstehen.

Natürlich.

Wieder machte ihr Handy pling, und sie stellte es lautlos. Wieder eine unbekannte Nummer. Sicher ein Journalist, noch einer.

Jegliche Impulskontrolle war ihr abhandengekommen. Sie hatte sich gefühlt wie ein Tier, hatte die Zähne gefletscht, hatte getan, was alle getan hätten, um sich zu verteidigen. Sie hätte ihn natürlich laufen lassen sollen. Diesen Zirkus vermeiden. Aber sie hatte sich nicht beherrschen können.

Sie blies in ihre Teetasse und versuchte, sich auf die Wände zu konzentrieren.

Er hatte die Bilder anders gehängt.

Im Nebel am Vorabend.

Bis hinab zum Allerwichtigsten.

Dem Zusammenhang.

Denn da musste die Lösung doch liegen, oder nicht?

Was verbindet das alles hier?

Zwei Jungen in Schweden.

Oliver und Sven-Olof.

Oliver, der Auserwählte.

Weil er ihm gefallen hatte.

Aber wie?

Wo war er ihm begegnet?

Ruben und Tommy.

Ruben, der Auserwählte.

Hier wusste sie ja mehr, da war einer gewesen, der sich zu erkennen gegeben hatte, versucht hatte, sich von den Jungen helfen zu lassen.

Der sich als ein anderer ausgegeben hatte?

Wie passte das ins Bild?

Er muss Kontakt zu beiden gehabt haben, zu Lørenskog und zu Helmer.

Sie zu einem bestimmten Zeitpunkt gekannt haben.

Das alles weißt du bereits.

Der Zusammenhang.

Der muss hier doch irgendwo sein?

Okay.

Die Tiere.

Die Kippen.

Woher hatte er die Kippen?

Die Kunstschule?

Wir müssen noch mal dorthin.

Mit den Schülern sprechen.

Ihre Augen glitten jetzt langsam zu. Fast wäre ihr die Teetasse aus der Hand gefallen, und sie musste sie auf den Boden stellen.

Jetzt mach schon, verdammt noch mal, Mia.

Sie schlug sich mit der flachen Hand ins Gesicht, ging ins Badezimmer und hielt den Kopf unter den Wasserhahn, kam mit feuchtem T-Shirt zurück, aber überall waberte nur Nebel. Sie konnte die Fotos vor sich an der Wand kaum erkennen. Wieder blinkte ihr Handy, aber sie brachte es nicht einmal über sich, nachzusehen, wer da anrief. Ihre Augenlider waren bleischwer, als sie die Decke fester um ihren kalten Leib zog und sich am Ende dem Schlaf ergab.

Wie lange sie geschlafen hatte, wusste sie nicht, aber lange konnte es nicht gewesen sein. Die Sonne warf noch immer dieselben Schatten ins Zimmer, auf Patrick Olsson, der nun mit zwei mitgebrachten Kaffeebechern und besorgter Miene in der Türöffnung stand.

»Geht's dir gut?«

Er trat vorsichtig ins Licht mitten im Zimmer. Sie konnte nur seine Silhouette sehen. Ihr Kopf tat noch immer weh, und ihr Körper begriff nicht, warum sie ihn geweckt hatte, wollte nur zurück in die Wärme.

»Was?«

»Geht's dir gut? Ich bin gerade gekommen. Ich hab Kaffee mitgebracht. Soll ich wieder gehen?«

Sie riss sich zusammen, tauchte langsam aus der Tiefe auf, nahm den lauwarmen Kaffee entgegen und richtete sich im Sessel auf.

»Nein, nein.«

»Sicher?«

»Klar, alles in Ordnung. Bin nur ein bisschen müde.«

Sie schob die Decke zur Seite und erhob sich langsam, während das Zimmer sich weiterhin um sie drehte.

»Ich kann gern später zurückkommen«, sagte der dunkle Schatten. »Das Wichtigste ist, dass du gesund wirst. Dass du genügend Ruhe hast.«

»Nein, nein«, murmelte Mia noch einmal und schleppte sich durch den Raum zu den Fotos, die sie ausgesucht hatte, und tippte sie an.

»Das hier«, sagte sie vorsichtig, »das muss hier irgendwo liegen. Wenn wir den Zusammenhang zwischen diesen Bildern finden, dann finden wir den Täter.«

Er kam näher. Sie konnte seinen Atem hören, ihn jedoch noch immer nicht richtig sehen, sie senkte den Kopf, als eine neue Welle des Unwohlseins sie überkam. Jetzt spürte sie einen Arm auf ihrem, und bald saß sie im Sessel, bei offenem Fenster und frischer Luft, die über ihr heißes Gesicht strömte.

»Wir machen jetzt Pause«, sagte die Stimme hinter der Silhouette. »Du brauchst Ruhe.«

»Nein, das …«

»Doch, darauf bestehe ich. Hast du etwas gegessen?«

Sie schüttelte den Kopf.

»Aber das geht doch nicht, Mia. Du brauchst was zu essen. Was hast du hier, woraus ich was für dich machen kann? Oder sollen wir Essen kommen lassen?«

Sie murmelte etwas, das sie nicht einmal selbst verstand, und zeigte vage in Richtung Küche.

»Gleich wieder da«, sagte der Schatten und verschwand ins Licht, während ihr Handy wieder blinkte.

Eine lange Nummer.

61?

Am Ende gab sie ihrer Neugier nach, drückte auf die grüne Taste und hob das Handy vorsichtig an ihr Ohr.

»Hallo?«

Jemand weit weg. Schweigen und Rauschen in der Leitung. Dann eine männliche Stimme.

»Spreche ich mit Mia Krüger?«

»Ja?«

»Von der norwegischen Polizei?«

»Ja? Wer ist da?«

Ihre Stimme schien von einem anderen Ort herzukommen, nicht aus ihrem Mund.

»Ich heiße Wilfred Hansen. Ich rufe an, weil Sie vor Kurzem an meiner alten Arbeitsstelle waren. Mit einem Bild von meinem Fuchs.«

»Von Ihrem Fuchs?«

»Sie haben mit meiner früheren Chefin gesprochen, Nina Dobrov, oben im NINA, stimmt das nicht?«

Langsam kehrte ihre Erinnerung zurück.

»Doch, ja, natürlich. Hallo. Sind Sie …?«

»Ich bin der Doktorand, der alle enttäuscht hat und nach

Australien gegangen ist, ja. Sie hat mir das Foto geschickt und gefragt, ob ich etwas wüsste. Und das tue ich. Dieser Fuchs, den ihr ermordet aufgefunden habt, ist mein Fuchs, meine besondere Freundin. Lisa. Dass irgendwer ihr das antun konnte, das ist …«

Eine Verwünschung, deren Wortlaut sie nicht richtig hören konnte, irgendwo weit weg in der Leitung.

»Okay«, sagte Mia und wurde etwas munterer.

»Was wollten Sie über die Füchsin wissen?«

»Mir ging es um ihr Revier«, sagte Mia und erhob sich. »Ich hatte gehofft, sie hätte vielleicht einen aktiven Sender gehabt, damit wir die Umgebung finden könnten, wo sie getötet worden ist.«

»Das hatte sie nicht«, sagte der Doktorand.

»Nein, das weiß ich schon. Zu dumm.«

»Aber ich weiß, wo sie ihren Bau hatte.«

»Wirklich?«

Mia schleppte sich zur Fensterbank, nahm sich einen Stift und ein Blatt Papier.

»Aber ja, ich weiß genau, wo sie wohnt. Oder gewohnt hat. Ich war viele Male dort. Mein zweites Zuhause, sozusagen. Lisa war eine unglaublich treue Mutter. Sie wissen, Füchse wandern manchmal, bisweilen meilenweit, Lisa aber nicht. Lisa blieb in der Nähe ihres Baus. Immer. Und deshalb haben wir uns angefreundet. Ich habe wunderbare Bilder von ihr und mehreren Würfen von Jungen, wenn Sie die sehen wollen.«

»Ja, gern«, sagte Mia. »Wo war also ihr Bau?«

»Der lag oben in Ålsbygd. Bei einem See namens Vassbråa, wissen Sie, wo das ist?«

»Nein, das kann ich nicht behaupten.«

»Okay, das ist aber kein Problem, ich habe die GPS-Koordinaten. Es ist unmöglich, das nicht zu finden.«

»Wie weit ist das von Oslo entfernt?«

»An die anderthalb Stunden, wenn man einigermaßen problemlos aus der Stadt rauskommt.«

»Können Sie mir die Informationen schicken? Per Mail? Die Fotos und die Koordinaten?«

»Natürlich.«

Mia ließ Stift und Papier los und nannte ihre Adresse.

»Ich hoffe, ich konnte Ihnen helfen.«

Sie konnte ihn fast nicht mehr hören.

»Ja, unbedingt. Tausend Dank.«

»War mir ein Vergnügen.«

Mia steckte das Handy in die Hosentasche und ging mit unsicheren Schritten zum Flur.

»Wo willst du hin?«

Patrick kam mit einer Suppentüte in der Hand hinter ihr her.

»Ich hab den Fuchs gefunden.«

»Was?«

»Die tote Füchsin, ich weiß, wo ihr Revier war.«

»Aber …«

»Nein, wir fahren jetzt hin. Wir müssen zur Mariboes gate und uns einen Wagen ausleihen. Hast du einen Führerschein?«

»Äh … ja?«

»Schön. Zieh dir Schuhe an.«

• 70 •

Ludvig Grønlie saß an seinem Schreibtisch und schaute zu Anja Belichek hinüber, die seit der Besprechung mit Munch kein Wort mehr gesagt hatte, und das sah ihr überhaupt nicht ähnlich. Normalerweise redete sie ununterbrochen, meistens mit sich selbst, über irgendetwas auf ihren Bildschirmen, und anfangs war ihm das auf die Nerven gegangen. Früher hatte er allein hier gesessen, in aller Ruhe, aber es hatte nicht lange gedauert, bis er angefangen hatte, diese Frau zu mögen, ihre Gesellschaft, und jetzt hätte er nicht mehr darauf verzichten mögen.

»Kann ich dir irgendwie helfen …?«, begann er, aber sie hob nur die Hand.

»Pst, ich denke nach!«

»Okay, natürlich.«

Er lächelte und zeichnete sich einen imaginären Reißverschluss vor den Mund. Ausnahmsweise waren die Rollen vertauscht. Plötzlich zitterte sein Handy, und er war überrascht, als er sah, wer da anrief.

»Hallo, Mia, wie geht's?«

»Was? Ach, gut. Du, wie bekomme ich ein Auto?«

»Wie meinst du das?«

»Eins von unseren Autos, wie krieg ich eins?«

»Die stehen unten im Keller. Mit Schlüsseln. Kennst du den Code zu der Tür da unten? Das ist derselbe wie der für hier oben. Aber müsstest du nicht …?«

Sie war schon wieder verschwunden.

»Verdammt«, murmelte Anja und nahm die Brille ab.

»Was ist los? Kann ich irgendwas tun?«

»Nein, glaub ich nicht, verdammt, ich versuch bloß, mich zu erinnern.«

Sie fuhr sich mit der Hand über die Augen.

»Woran denn?«

»Gaustad. Meine Schwester hatte eine Freundin. Eine Nachbarin, die war oft bei uns. Aber eines Tages war sie einfach verschwunden. Und ich glaube, sie ist dahin gebracht worden.«

»In die Psychiatrie?«

»Ja. Ich bin eigentlich sicher, dass es Gaustad war. Ich glaube, meine Schwester hat sie da auch ein paarmal besucht – nein, ich weiß nicht mehr, wie sie hieß.«

Sie hob ihre Tasche vom Boden auf.

»Du, ich bin mal kurz weg. Dauert nicht lange, okay?«

»Okay«, sagte Ludvig und erhob sich.

Er brauchte jetzt einen Kaffee, um das zu tun, was er tun musste.

Der Schwede.

Warum tauchte der in den Unterlagen, die sie bekommen hatten, namentlich nicht auf?

Er hatte nicht genug Ruhe, um einen neuen Kaffee aufzusetzen, nahm sich den letzten Rest des alten, setzte sich wieder vor den Bildschirm und öffnete den Ordner mit dem riesigen Archiv.

Wo sollte er anfangen?

Er überlegte einen Moment, dann ging es ihm plötzlich auf.

Er klickte sich eine ganze Weile durch die Unterlagen, dann hatte er sie.

Eine Liste.

Über Kontaktpersonen.

Wichtige Leute.

Er entschied sich für den Festnetzanschluss und wählte die oberste Nummer.

»Polizeirevier Väst, Karin Christensen.«

»Hallo, hier ist Ludvig Grønlie, Mordkommission in der Mariboes gate, Polizei Oslo. Ich brauche Informationen über einen Mann, der an den Ermittlungen zu den Morden an Oliver Hellberg und Sven-Olof Jönsson beteiligt war.«

»Okay? Ja, das waren nicht wenige. Wen genau suchen Sie denn?«

»Einen Profiler, Patrick Olsson.«

Stille am anderen Ende.

»Nein, das sagt mir gar nichts, einen Moment.«

Sie hielt die Hand vor die Sprechmuschel und rief etwas, dann war sie wieder da.

»Nein, wir haben keinen dieses Namens, wir hier jedenfalls nicht. Haben Sie es bei der Zentralen Kriminalpolizei versucht?«

»Die steht auf meiner Liste, vielen Dank.«

»Keine Ursache.«

Er fand schnell die richtige Nummer und wartete mit einem Gefühl des Unbehagens auf Antwort.

Das konnte doch nicht ...

Nein, das war nicht möglich.

»Zentrale Kriminalpolizei Stockholm, Sie sprechen mit Stefan Holm?«

• 71 •

Ein leichter Regen traf die Windschutzscheibe des schwarzen Audi, als sie an Sinsenkrysset vorbeifuhren und die Stadt verließen, ein sehr lokaler Regenguss, der schon zu Ende war, noch ehe sie die Trabrennbahn Bjerke passiert hatten. Mia war nur einmal dort gewesen, ein plötzlicher Einfall, den ihr Vater vor langer Zeit gehabt hatte. Sie war vielleicht zehn gewesen. Trabrennen. Das war das Neue. Auf Pferde wetten. Drei Stunden und tausend Kronen weniger Feriengeld später waren sie mit eingekniffenem Schwanz nach Hause gefahren, und seither hatte sie von ihm nie wieder ein Wort gehört, das mit Pferden oder Rennen zu tun gehabt hätte. Der Samstagabend wurde wieder auf dem Sofa verbracht, mit dem ungefährlichen Lottozettel, und sie konnte sich noch immer an die Wärme in Papas Augen erinnern, an ihr gemeinsames Geheimnis. Wir spielen hier nur zum Spaß, nie im Leben würden wir Geld für so etwas ausgeben. Zwanzig Jahre und fünf Richtige samt Zusatzzahl waren wohl das Fazit, und warum sie immer weitermachten, jede Woche, zur selben Zeit, immer gleich eifrig und hoffnungsvoll, ahnte sie nicht, aber es war jedes Mal dasselbe. Die Pizza auf dem Tisch. Limonade für die Kinder, pst, wenn jemand zu sprechen wagte, denn nun kamen die Lottozahlen aus Hamar. Vielleicht war das eine ihrer schönsten Kindheitserinnerungen. Ein warmes Gefühl und Nähe. Die Bälle, die in dem Rund umeinander wirbelten und herunterfielen, einer nach dem anderen. Mama, die jedes Mal aufschrie, wenn sie die erste und die zweite Zahl hatte. Und danach der Film. Samstagskino. Von den Eltern nicht immer gleich gut ausgesucht, aber das spielte keine Rolle. Der Geruch des Vaters, wenn sie sich mit der Popcornschale neben sich auf dem Sofa an ihn schmiegte. Sigrid, die immer über alles lachte, sogar über Dinge, die überhaupt nicht komisch waren.

Patrick konnte schließlich das letzte Regenwasser mit den Scheibenwischern entfernen, die offenbar nicht so leicht zu bedienen waren, in diesem Raumschiff von Auto, wie er auf dem Weg aus der Tiefgarage gemurmelt hatte. Sie konnte nicht sehen, was das Besondere sein sollte. Es war ein normaler 4.2 Quattro mit Allradantrieb, neuestes Modell, aber vielleicht war das ja der Grund. Der Psychologe fuhr sicher ein altes Modell. Etwas Nostalgisches, das besser zu ihm passte, vielleicht sogar einen Oldtimer, sie konnte ihn fast vor sich sehen. Mit Schirmmütze und roter Flanelljacke hinter dem Lenkrad eines offenen MG, vielleicht eines roten zweitürigen Roadsters von 1961, mit Pfeife und locker im Wind flatterndem Schal. Nein, wohl eher nicht. Etwas Schlichtes war wohl wahrscheinlicher, was weniger Auffälliges. Vielleicht ein alter Toyota Corolla, beige, oder etwas anderes Farbloses, mit Rostflecken hier und da und zu wenig Luft in den Reifen. So, dass der Wagen einen Hügel im ersten Gang nur mit Ach und Krach schaffte. Sie lächelte über diese Gedanken, merkte, wie sie wieder dösig wurde, als die Sonne zurückkehrte und sie Patrick nach vielem Winken und Zeigen endlich dazu gebracht hatte, auf den Trondheimsvei abzubiegen. Ein großer Autofahrer war dieser Schwede nicht, wie er wieder den falschen Hebel an dem modernen Lenkrad betätigte und abermals das Heckfenster besprühte, aber das spielte kaum eine Rolle. Verdammt, die wirkten ja lange, diese Tabletten. Wann war sie aufgestanden? Konnte das um vier, fünf gewesen sein? Sie konnte die Augen fast nicht offen halten. Erst keine Tablette, nein, nein, dann gleich drei. Das war ja so typisch für sie. Wie gesagt, nicht die geringste Impulskontrolle. Ein neuer kleiner Regenguss trommelte auf die Scheiben, als sie an Groruddalen vorbeifuhren. Richtiger Hebel diesmal, die ruhigen langsamen Züge des Gummis über die Windschutzscheibe. Der Rhythmus machte sie noch schläfriger. Sie hatten an einer Shelltankstelle gehalten, hatten Wasser gekauft, der Schwede hatte neuen Snustabak gebraucht. Sie drehte den Verschluss von der Flasche und leerte sie zur Hälfte, versuchte, die Wirkung der Medikamente abzuschütteln. Lutschtabak? Großer Gott, wie nervig. Mia wusste kaum etwas Schlimmeres als Leute, die priemten. Das eine waren diese fertigen Tabaktütchen, die es jetzt gab. Aber die Leute, die die Finger in den Dreck steckten und ihn sich dann unter die Lippe stopften? Denen brauner Schleim über Lippen und Mund lief, nein, pfui Teufel.

»Kannst du damit umgehen?«, fragte er sie mit einem Blick auf das GPS, das sie zusammen mit einer Landkarte, einer Taschenlampe und einer Liste über die Dinge, die jederzeit im Auto liegen mussten, im Handschuhfach gefunden hatte.

Sie unterdrückte ein Gähnen und nickte. Da hatte wirklich irgendwer bei der Truppe gute Arbeit geleistet. Volle Kontrolle über den Fuhrpark und darüber, was eine Polizistin ihrer Sorte jeden Tag bei der Arbeit benötigte. Wieder lächelte sie vor sich hin. Großer Gott, kam die in Wellen, die Wirkung dieser Tabletten? Sie hatte wirklich das Gefühl, dass es sie jetzt wieder überkam, eine neue Runde Wohlbefinden ohne Schmerz, das, sie wollte sich ja nicht beklagen, einfach nicht zu verschwinden schien. Ihr Magen knurrte ein wenig, und sie merkte, dass sie sich schon ein wenig vor dem Essen grauste. Sie hatte an der Tankstelle einen Kraftriegel probiert, aber ihr Kiefer hatte sich ganz einfach geweigert. Es würde auf Suppe hinauslaufen. Aber natürlich noch lange nicht. Hier draußen gab es nicht viele Imbissbuden. Sie hatten die Satellitenstädte jetzt hinter sich gelassen, und nun kam das, was viele Touristen so überraschte. Da war die große Hauptstadt, und schwupp, zehn Minuten später stand man in der Wildnis.

Er hatte sie nicht gehört. Er war heute in einer seltsamen Stimmung, dieser Patrick. Nicht sein übliches munteres und positives Ich. Die Augen, die starr auf die Windschutzscheibe gerichtet waren, beide Hände hart um das Lenkrad geschlossen. Er hatte während der ganzen Fahrt so gut wie kein Wort gesagt. Vielleicht war zu Hause etwas passiert? Wo war dieses Zuhause überhaupt? Ihr ging auf, dass sie kaum über ihn gesprochen hatten. Über sein Leben. Nicht mehr verheiratet, keine Kinder, mehr fiel ihr jetzt nicht ein. Ihr Fehler, vermutlich, sie war so auf die Fotos konzentriert gewesen.

»Kannst du so ein Gerät bedienen?«

Sie hob das graue GPS zwischen den Sitzen hoch und hielt es kurz vor ihn hin.

»Ich glaube, das ist nicht besonders schwierig«, murmelte der Schwede. Er war an diesem Tag wirklich nicht er selbst. »Man gibt die Koordinaten ein und folgt dem Pfeil.«

»Dem Pfeil?«

»Ja, oder dem Geräusch oder den Lichtern, ich weiß nicht, was das für ein Modell ist, kannst du das ein bisschen anders drehen? Ich versuche, mich hier auf die Straße zu konzentrieren.«

Na gut, also nichts mit gemütlicher Konversation und netter Spritztour. Sie hätte natürlich allein fahren sollen, aber das wäre ja nicht gegangen, nicht mit diesem Kopf. Deshalb musste sie es mit einem langweiligen und zugeknöpften und ziemlich miesen Chauffeur aushalten.

»Und jetzt geht es geradeaus?«

Er fragte mit steifem Nacken, ohne sie anzusehen, als ob das Universum einstürzen würde, wenn er den Blick auch nur für den Bruchteil einer Sekunde von der Straße losrisse.

»Ich hab ja gesagt, die ganze Zeit geradeaus. Neunzig Minuten lang. Die nächste Kurve kommt erst bei Roa, und das ist noch mindestens eine Stunde hin. Da fahren wir nach rechts. Also eine Stunde lang geradeaus, dann nach rechts. Okay?«

Er kam jetzt endgültig, der Schlafzug, und diesmal konnte sie ihn nicht aufhalten. Die monotone schöne Landschaft draußen, vorübersausende Bäume, das Summen der Reifen auf dem Asphalt.

»Muss mich wohl ein bisschen ausruhen. Weck mich in einer Stunde, okay?«

Er schaute kurz zu ihr herüber, zum ersten Mal seit Oslo.

»Du willst schlafen? Jetzt?«

»Sorry, aber ich bin so müde«, sagte Mia, gähnte und schloss die Augen.

Gott, wie schön!

»Eine Stunde, okay?«

Sie hörte gerade noch in weiter Ferne eine Stimme antworten.

• 72 •

Munch stieg aus dem Auto und wurde empfangen von einem kräftigen Burschen in Uniform und der polizeitypischen Lederjacke. Eine grobe Stimme unter einem gepflegten Schnurrbart, Handschuhe.

»Ruud, Einsatzleiter.«

»Was haben wir?«, fragte Munch und schaute aufwärts zu dem weißen Block-Watne-Fertighaus, das irgendwer hier draußen im Wald errichtet hatte, nicht in der Nähe der anderen Häuser gleichen Stils, was natürlich gewesen wäre. Die restliche Wohnsiedlung lag gleich um die Ecke, nur wenige Hundert Meter entfernt.

»Zwei Jungen, Kevin Myklebust und Ronny Eng, zuletzt in dem Haus in Løvstad gesehen. Der Erstere wohnt dort zusammen mit seiner Mutter, und die ist ... ja ...«

Er fuhr sich mit der Hand über den Schädel.

»Leicht verwirrt, und das kann man vielleicht ja verstehen. Sie sagt, der Junge habe zelten wollen, aber so viel wir wissen, hatten die gar kein Zelt. Wir haben oben im Wald eine seltsame Stelle gefunden, vielleicht einige Hundert Meter weiter, ihr wisst das vielleicht schon?«

Munch nickte und zog eine Zigarette aus der Packung.

»Dasselbe wie bei euch in der Stadt?«, fragte Ruud sichtlich neugierig. »Glauben Sie, es kann einen Zusammenhang geben? Mit den toten Jungen auf dem Feld?«

»Möglich«, Munch nickte und gab sich Feuer. »Und die andere Familie?«

Der Einsatzleiter wies in die Ferne.

»Die sind in der Wohnsiedlung da um die Kurve. Familie

Eng. Rotes Haus, das erste rechts. Hysterisch natürlich, wir haben sie gebeten, zu Hause zu bleiben und auf weitere Anweisungen zu warten, aber der Vater ist offenbar beim Roten Kreuz, und die haben schon einen Suchtrupp organisiert. Wie Sie sehen, sind sie bereits unterwegs.«

Er nickte zur Straße hinüber, wo eine Handvoll Erwachsene raschen Schrittes auf etwas zuging, offenbar einen Treffpunkt in der anderen Richtung.

»Und was habt ihr gemacht?«

»Wir haben alle, die wir unten in Nittedal haben, herbeordert. Ich habe elf Kollegen, die die Anwohner befragen und den Wald hier oben durchkämmen.«

Er seufzte und strich sich wieder über den Schädel.

»Aber wie Sie sehen, ist das hier nicht gerade das Osloer Zentrum. Wir sind doch meilenweit von allem entfernt. Wald, wo man nur hinguckt. Sie können überall sein, hinter einem Stein schlafen, was weiß ich. Aber ich war in Kontakt mit der Kripo, sicherheitshalber.«

»Und?«

»Ja, ich weiß, sie nehmen ein Verschwinden erst ernst, wenn mindestens zwei Tage vergangen sind, aber ich dachte, weil das, was wir da oben gefunden haben, Ähnlichkeit mit euren Berichten hat …«

»Genau.« Munch nickte. »Habt ihr die ans Labor geschickt?«

»Was denn?«

»Die Limo-Flaschen da oben?«

»Nein, noch nicht, wir dachten, ihr wolltet vielleicht zuerst einen Blick darauf werfen. Aber unsere Techniker waren drinnen. Standardabstrich, Fingerabdrücke, Haare – ja, Sie kennen das ja.«

»Ja, gut.«

Munch drehte sich zu Katja um, die von ihrem Auto herüberkam.

»Ein Junge hier, Kevin, und einer dort hinter der Kurve, Ronny. Kannst du Ronnys Familie übernehmen? Eng war der Name, oder?«

Der Einsatzleiter nickte.

»Besorg dir einen Überblick über die letzten Bewegungen der Jungen, und frag nach, ob jemand hier draußen überhaupt irgendwas Auffälliges gesehen hat.«

»Okay«, Katja nickte und lief zurück zum Auto.

»Denn das würde man hier draußen doch bemerken, stimmt's?«

»Entschuldigung, was genau meinen Sie?«

»Wenn jemand auffällt. Wenn etwas Ungewöhnliches passiert.«

Munch zog wieder an seiner Zigarette und schaute sich um. Wald. Hügel. Felder. Hier draußen geschah nicht viel. Wie gut. Wenn hier in den letzten Tagen etwas Ungewöhnliches passiert war, war es bestimmt jemandem aufgefallen. Und wenn nicht?

Dann wohnte das Schwein vielleicht hier in der Nähe?

»Sonst irgendwas?«, fragte Munch den Kollegen und nahm seine Stiefel aus dem Kofferraum.

»Was zum Beispiel?«

»Etwas, das auffällt? Etwas, das jemand gesagt hat? Worauf irgendwer hingewiesen hat? Ich weiß, wir sind auf dem Dorf, und die Leute hier reden gern übereinander, oder?«

Der Polizist zögerte und warf einen Blick auf das weiße Haus.

»Tja, wie wichtig wir das nehmen sollten, weiß ich nicht, aber der, der da oben wohnt, wird häufiger erwähnt.«

»Ach? Und wer ist das?«

»Er heißt Wennberg. Wohnt allein. Ein älterer Mann, wenn ich das richtig verstanden habe.«

»Und was wird also …«

Munch warf die Kippe weg und zog die Stiefel an.

»Na ja, Klatsch. Dass er ein Sonderling ist. Dass er Kinder beglotzt. Dass er Tiere ausstopft. Dass sich niemand traut, ihn zu besuchen.«

»Okay, und ihr habt mit ihm gesprochen?«

»Nein, er ist nicht zu Hause«, erwiderte der Polizist und ging vor Munch her den Kiesweg zum Haus hoch. »Wollen Sie zuerst mit der Mutter reden?«

»Mit Kevins Mutter?«

»Ja?«

»Nein, das machen wir nachher, sagen Sie ihr nur, dass sie zu Hause bleiben soll, ich möchte vorher gern den Tatort sehen. Da, wo sie eurer Meinung nach übernachtet haben, war das nicht so?«

Sie bogen um die Hausecke und machten sich auf den Weg durch den dichten Wald.

»Sie wollten zelten. Aber wie gesagt, wir haben kein Zelt gefunden, nur Schlafsäcke und ein bisschen Proviant, deshalb glauben wir, dass sie dort waren.«

»Wann sind sie gestern aufgebrochen?«

Munch stieg über einen kleinen Bach und wich einem schweren Ast aus.

»Gegen sieben. Die Mutter hatte den Jungen zum Warten vor das Haus geschickt, hat dann geduscht, und als sie herauskam, waren beide weg.«

Es war feucht jetzt, der Boden matschig. Munch trat einen Schritt neben den Weg und schob weitere Äste weg.

»Und wann sind sie vermisst gemeldet worden?«

»Die erste Meldung kam um elf Uhr am Vormittag. Von Ronny Engs Mutter. Der Junge hätte um neun Uhr morgens zu Hause sein sollen, sie wollten zum Geburtstag eines Familienmitglieds. Er hatte eine klare Anweisung bekommen. Ja, du darfst zelten gehen, aber du musst um Punkt neun zu Hause sein. Er hatte sogar einen Wecker bei sich. Den haben wir da oben gefunden.«

Trockenerer Boden jetzt, Moos, plötzlich fielen Sonnenstrahlen durch eine Öffnung zwischen den Baumkronen, ansonsten umgab sie der dichte Wald. In seiner Jackentasche piepste es, er schob die Hand hinein und stellte auf lautlos.

»Und Kevins Mutter?«

»Wir haben einige Zeit gebraucht, um sie zum Leben zu erwecken. Als sie endlich aufgewacht war, begriff sie nicht viel. Sie schien fast vergessen zu haben, dass der Junge nicht zu Hause war. Sie hatte ihn jedenfalls nicht vermisst. War leicht benebelt, um das mal so zu sagen.«

»Vernachlässigt?«

»Was meinen Sie?«

»Ich meine, was hatten Sie für einen ersten Eindruck von ihr? Von der Wohnung? Ist sie eine aufmerksame Mutter, die alles im Griff hat, oder vielleicht eher die andere Sorte, die es möglicherweise nicht bemerkt hätte, ob der Junge überhaupt nach Hause gekommen wäre?«

Der Polizist blickte ihn fragend an.

»Letzteres, möglicherweise. Ist das von Bedeutung?«

»Natürlich, alles ist von Bedeutung.«

Munch blieb stehen und rang nach Atem.

»Noch weit?«

»Gleich hinter der Anhöhe da oben.«

Der Einsatzleiter trat einen Schritt zur Seite und ging dann weiter vor Munch her durch das Heidekraut.

• 73 •

Anja Belichek stand vor der hellgrünen Mietskaserne an der Kreuzung zwischen der Kierschows gate und der stark befahrenen Uelands gate und fühlte sich plötzlich an ihre Kindheit erinnert, an damals, als sie, ihre Mutter und ihre Schwester Polen verlassen hatten, um endlich wieder mit Papa zusammen zu sein, der dort oben im kalten Norden auf sie wartete. Daran hatte sie nicht nur positive Erinnerungen, nein, so war das nicht. Zum Glück für die, die jetzt dort wohnten, sah das Haus grundsaniert aus, in viel besserem Zustand als damals bei ihrem Eintreffen. Aber die Lage an sich war noch ebenso übel, mitten auf einem Verkehrskreisel, wo der Bus Nr. 20 und alle anderen Fahrzeuge direkt vor dem Fenster vorbeifuhren. Erdgeschoss, und das Bestattungsunternehmen nebenan war noch immer dort. Sie hatte ihrer Schwester oft helfen müssen, sie in den Arm nehmen und trösten, unter der Decke in dem schmalen Bett. *Die toten Menschen wohnen nicht hier im Haus. Wirklich nicht, Zofia. Doch, das steht auf den Fenstern, Beerdigung, steht da, alle kommen in die Erde, wenn sie gestorben sind, bis sie in den Himmel kommen. Da liegen sie und reden mit mir.* Die Schwester war sechs und sie acht, und aus irgendeinem Grund hatte die Kleine die seltsame neue Sprache sofort übernommen und hatte schon nach wenigen Monaten fließend mit allen gesprochen, die ihr begegneten. Anja selbst hatte sich damit herumgequält. Sehr lange. Hatte sich fremd und ausgeschlossen gefühlt dort auf der ansonsten feinen Schule, Lilleby, drüben hinter der Trikkegate. Fast ein ganzes Jahr, dritte Klasse, und sie war nicht mehr der Mittelpunkt gewesen, wie zu Hause im kleinen Weselno, sondern nur eine Zuschauerin, hier, in der großen, fremden Stadt.

Aber das hatte sich dann gelegt, langsam, aber sicher, hatte sich normalisiert. Sie hatte sich an dieses viele seltsame Neue gewöhnt, es hatte ihr schließlich sogar gefallen.

Sie lächelte und ging weiter zur Haustür, zu den Schildern, die dort befestigt waren.

Camilla.

Natürlich, es hatte ihr auf der Zunge gelegen, sie hatte nur die Nummer ihrer Schwester wählen müssen, um sich zu erinnern.

Camilla Holt.

Aus dem Haus weiter oben in der Straße.

Sie zog das Handy aus der Handtasche und wählte die Nummer ihrer Schwester.

»Zofia?«

»Hallo, hast du nicht gesagt, an unserer alten Ecke? Ich kann ihren Namen hier an der Tür aber nicht finden.«

»Ach? Nein, dann weiß ich es auch nicht. Doch, warte, das war doch eine Firma oder so, die steht an der Klingel. Mofiss? Lofiss? Gibt es da so was?«

»Slowpace AS?«

»Ja, genau.«

»Da hast du ja nah dran gelegen. Mofiss?«

»Haha. Was willst du eigentlich von ihr? Von Camilla, meine ich.«

»Das hab ich doch gesagt.«

»Nein, du hast gesagt, dass du es nicht sagen kannst, es war irgendwas mit dem Job.«

»Genau.«

»Ach, komm schon!«

»Nein, vielleicht später, jetzt nicht.«

»Uäh. Du, übrigens, wenn sie nicht zu Hause ist, sie arbeitet ab und zu in dem Supermarkt, dem Rema 1000 oben in der Mogate. Du weißt schon, gleich beim Salon Habib.«

»Okay, danke.«

Die Schwester legte nicht auf.

»Nun sag schon!«

»Nein.«

»Ach, komm schon. Geht es um die beiden Jungs da draußen auf dem Feld?«

»Ein andermal«, wehrte Anja ab, legte auf und ließ das Handy wieder in ihre Tasche gleiten.

Sie sah sich noch einmal die Schilder an.

Slowpace AS.

Dann drückte sie auf den Klingelknopf und wartete.

Nichts.

Noch einmal, aber niemand machte auf.

Na gut.

Rema 1000. Mogate?

Sie hatte gerade den Zebrastreifen überquert und war auf dem Weg durch den Park, als sie eine Gestalt auf sich zukommen sah.

Dünn.

Zaghaft.

Versteckt unter einer großen Kapuze.

»Camilla?«

Verängstigte Augen blickten sie an. Das Mädchen blieb vor ihr stehen und schaute sich um.

»Ja?«

»Erinnerst du dich an mich? Anja? Zofias Schwester? Aus Lommedalen?«

Langsames Erkennen in dem bleichen Gesicht.

»Ach ja! Hallo. Lange nicht gesehen. Wohnst du auch hier?«

»Nein. Ich wollte gern mit dir reden.«

»Mit mir? Warum denn?«

»Hast du einen Moment Zeit? Vielleicht könnten wir zu dir nach oben gehen?«

• 74 •

Die Häuser standen immer weiter voneinander entfernt, und nachdem sie von der Nationalstraße 4 abgebogen waren, gab es fast keine Bebauung mehr. Einige wenige Häuser hatten sich nach hier oben verirrt, unklar, aus welchem Grund. Die nächste Ortschaft war Gran, aber der Straßenatlas, den sie im Handschuhfach gefunden hatte, sagte, dass der Ort auch Vassenden hieß, unklar, aus welchem Grund, jedenfalls wohnten dort Menschen. Autoferien mit der Familie waren ohne diesen Atlas undenkbar gewesen. Mia hatte einen Flashback in ihre Kindheit, oder mehrere, wie eine Reise in die Zeit, als sie zwischen acht und fünfzehn gewesen war, mit langen Autoreisen, denn ihre Familie fuhr nicht ans Mittelmeer wie normale Menschen. Nicht doch, hier sollte das Land durchkämmt werden. Wasserfälle, Hochebenen, tiefe Wälder und Zelte, die dem Regen nicht immer gewachsen waren. Ferien in Norwegen. Mama immer vorweg, immer die Enthusiastischste. Sie hörten Vorlesungen aus dem Straßenatlas, über alle Orte, die sie passierten. Mia hatte nach und nach begriffen, dass ihre Mutter diese unendlich langweiligen Ferien auf diese Weise ein bisschen interessanter machen wollte, aber im Alter von dreizehn Jahren hatte sie endlich Widerspruch eingelegt.

Du, Mama, bitte, noch mehr Heimatkunde kann ich einfach nicht ertragen. Sicher, aber hier steht, dass der Wasserfall achthunderteinundachtzig Meter lang ist und dass er nicht weniger als sechshundert Meter freien Fall aufweist. Stellt euch das vor, Kinder, sechshundert Meter im freien Fall! Klar, Mama, aber müssen wir darüber lesen? Können wir uns den Wasserfall nicht einfach ansehen, wenn wir da ankommen?

Mia hatte durchaus nicht vor, die Rolle ihrer Mutter zu übernehmen und den Schweden über norwegische Geografie zu belehren, sie hatte das Buch natürlich wegen der Landkarten hervorgezogen.

Gran oder auch Vassenden lag seit zehn Minuten hinter ihnen. Hier draußen gab es jetzt nichts mehr. Doch, da war ein Haus. Aus irgendeinem Grund. Ein Wohnhaus und ein Lagerschuppen. Ein Reifenverkauf? Eine Werkstatt? Ja, warum nicht? Mit einer Miete von null Kronen? Und Autos konnten doch überall repariert werden. Clever. Und sicher ein bisschen einsam. Aber dann war einfach Schluss. Die Straße wurde immer schmaler, und der Wald schien sich jetzt auf sie zuzufressen. Im Schneckentempo weiter zwischen dichten Kiefern, ab und zu leuchtete weiter unten ein

See oder ein Bach auf. Was für eine Natur! Sie streckte die Hand wieder nach ihrer Wasserflasche aus. Woraus bestanden diese Tabletten eigentlich? Das schwummerige Gefühl kam immer noch in Wellen.

»Hier darf man schneller fahren, Patrick. Ich glaube, die Grenze liegt bei achtzig.«

»Was?«

Der Schwede starrte immer noch vor sich hin, er war offenbar weiterhin in einer seltsamen Stimmung. Vielleicht hatten sich seine Magenbeschwerden von Neuem eingestellt. Mia wollte nicht nachfragen, so gut kannte sie ihn auch wieder nicht. Eigentlich kannte sie ihn gar nicht.

»Achtzig«, sagte sie ungeduldig und wies mit beiden Zeigefingern durch die Windschutzscheibe. »Es sind nur noch zwölf Kilometer, aber in diesem Tempo kommen wir erst am Wochenende an. Meinst du, du könntest ein bisschen mehr Gas geben?«

»Was? Achtzig?«

Der Tachometer im Armaturenbrett zeigte knapp fünfzig.

»Ja, achtzig. Acht-null.«

»Ich dachte, da unten stand irgendwo dreißig?«

»Sicher, aber das war bei der Schule, hier ist freie Fahrt, hier ist ja niemand, also lass dich einfach gehen. Du bist sicher, dass du einen Führerschein hast?«

»Was?«

Er wandte sich ihr zu, zuerst leicht irritiert, dann taute er zu einem Lächeln auf. Dem ersten an diesem Tag.

»Du bist witzig, Mia.«

Sie streifte die Schuhe ab und legte die Füße auf das Armaturenbrett.

»Ja, nicht wahr?«

»Doch, sehr witzig. Aber du liegst nicht ganz falsch.«

»Wie meinst du das?«

Sie passierten ein Schild, auf dem ein Elch abgebildet war. Mia hatte gehört, dass Wohnmobiltouristen diese Schilder liebten. Manche schraubten sie ab und nahmen sie als Souvenirs mit nach Hause. Seltsam für alle hier oben, natürlich, aber es war wohl so, als hätte sie irgendwo ein Schild mit einem Känguru gesehen.

»Na ja, das ist nicht das erste Mal Thema.«

»Wovon sprichst du?«

Patrick seufzte.

»Also, der Arzt hat gesagt, ich bräuchte vielleicht eine Brille, nicht nur am Bildschirm, sondern auch beim Autofahren.«

»Was? Und das erzählst du mir erst jetzt?«

»Es geht schon, solange ich langsam fahre.«

»Ach, du meine Güte. Das ist also die Höchstgeschwindigkeit?«

»Jetzt ist es doch nicht mehr so weit, oder?«

»Nein, das nicht.«

Mia schloss die Augen, als nun die Lichtung hinter ihnen lag und sie wieder vom dichten Wald umschlossen waren. Die Straße wurde jetzt fast noch schmaler, und plötzlich war der Asphalt zu Ende. Kies stob um die Räder auf, als sie auf den unbefestigten Weg fuhren.

»Ich könnte deinen Gips signieren«, sagte Patrick und nickte zu ihrem Arm hinüber.

»Weiß ist er mir lieber.«

»Kein W?«

Er grinste.

»Nein, das wäre ja noch schöner.«

Plötzlich überkam es sie wieder, eine Welle der Dösigkeit, und sie musste abermals das Fenster öffnen.

»Was zum Teufel ist nur los mit diesen Tabletten?«

»Ist dir schlecht?«

»Es kommt und geht, irgendwie. Eine Weile geht es mir gut, und dann überfällt es mich plötzlich wieder.«

»Das sind vielleicht Depottabletten.«

»Was ist das?«

Nun war der Schwede mit Lachen an der Reihe.

»Du weißt nicht, was Depottabletten sind?«

»Nein?«

»Du nimmst eine Tablette, die wirkt dann vierundzwanzig Stunden lang. Sie setzt die Wirkstoffe nach und nach frei.«

»Äh, was?«

»Du weißt wirklich nicht, was das ist?«

»Ich nehme nicht gerade oft was Schmerzstillendes, zuletzt mit zwölf, glaube ich.«

»Was hast du bekommen?«

»Nobo oder so? Nobi?«

»Nobligan?«

»Das kann es sein.«

Mia trank einen Schluck Wasser und lehnte den Kopf an die Nackenstütze.

»Okay. Viel Glück. Nobligan Retard. Das ist Morphium. Wie lange ist es her, dass du die Tablette genommen hast?«

»Die Tablette?«

»Ja?«

»Und wenn ich drei genommen habe?«

Der Schwede wäre fast auf die Bremse getreten.

»Was?«

»Theoretisch, meine ich.«

Sie spürte eine angenehme Müdigkeit, als sich der Wald abermals lichtete und die Sonne ihr Gesicht traf.

»Drei Nobligan? Das kann ein langer Tag werden. Ruh dich noch ein bisschen aus, Mia.«

• 75 •

Munch kam aus dem Wald herunter, als Fredrik gerade den Kiesweg vor dem weißen Haus hochstieg.

»Wie sieht es aus?«

»Unser Mann, zweifellos«, sagte Munch und zog die Zigarettenpackung aus der Tasche.

»Hundert Prozent?«

»Genau die gleiche Vorgehensweise. Pornozeitschriften in der Hütte. Sieht aus, als ob die den Jungen nicht gefallen hätten, die haben sie jedenfalls verbrannt, aber Reste kleben noch an der Wand.«

»Verdammt«, murmelte Fredrik. »Und auch Limo und alles?«

Munch nickte. »Vier oder fünf Flaschen. Zwei davon haben sie draußen auf der Treppe getrunken, gestern Abend war doch schönes Wetter, oder nicht?«

»In Oslo ja, aber hier draußen? Keine Ahnung.«

»Hier war es wohl genauso, bestimmt haben sie draußen gesessen, es sich in der Sonne gemütlich gemacht. Er muss sie irgendwann in der Nacht weggebracht haben. Du hast doch die Spuren des Geländefahrzeugs da oben bei dem ausgebrannten Lieferwagen gesehen, nicht wahr?«

»Stell dir vor, die kann ich auswendig.«

»Gut, da oben gibt es einen kleinen Waldweg, nicht weit von dem Versteck entfernt. Von dort muss er sie weggebracht haben. Da oben ist es ziemlich trocken, ich habe also nicht so viel gesehen, aber wenn du diesem Weg mal folgst …?«

»Ich seh es mir an«, sagte Fredrik und verschwand im Wald.

Munch steckte seine Zigarette an und ging zum Hauseingang auf der Vorderseite.

Der alte Mann, den die anderen erwähnt hatten.

Auf einem Schild neben der Tür stand Wennberg.

Wennberg?

W?

Munch trat vor ein Fenster, konnte aber nicht besonders viel sehen.

Er wurde von einer groben Stimme hinter sich aus seinen Gedanken gerissen.

»Entschuldigung, aber was soll das hier?«

Ein älteres Gesicht. Ergrauende Haare. Dunkle Augen, die ihn misstrauisch ansahen. Aufgekrempelte Hemdsärmel, Tätowierungen auf den Unterarmen. Ein Schäferhund an der Leine, der wie sein Besitzer nicht gerade so aussah, als ob er Fremde besonders gernhätte.

»Munch, Mordkommission Oslo«, erklärte Munch und zog seinen Dienstausweis aus der Tasche.

Der Mann sah sich den Ausweis genau an und gab ihn zurück.

»Was wollen Sie von mir?«

Der Schäferhund bleckte die Zähne.

»Wohnen Sie hier?«

Der Mann nickte.

»Sie wissen, was passiert ist?«

Der Mann nickte erneut, legte die Hand auf den Kopf des Hundes und befahl diesem, still zu sitzen.

»Ich bin nicht überrascht.«

Der Mann ging an Munch vorbei und die zitternde Metalltreppe hoch, schob den Schlüssel ins Schloss und ließ den Hund ins Haus.

»Wie meinen Sie das?«

Der Mann schloss die Tür hinter dem Schäferhund und kam zurück auf den Kiesweg.

»Wie ich es gesagt habe. Über den Rothaarigen weiß ich ja nichts, aber Kevin kenne ich gut. Die wohnen schon lange bei mir.«

»Aber Sie haben natürlich keine Ahnung, wo die beiden sein können?«

»Nein, das habe ich nicht. Dann würde ich nicht hier stehen.«

»Und woher wissen Sie, dass der andere rote Haare hat?«

Der Mann lachte.

»Ach, wenden wir diese Taktik an, Herr kluger Ermittler aus der großen Hauptstadt? Natürlich weiß ich, wie Ronny aussieht. Er ist doch Kevins einziger Freund.«

Er setzte sich auf die Treppe und fing an, seine schweren, verschlammten Stiefel auszuziehen.

»Haben Sie viel Kontakt zu denen, die unter Ihnen wohnen? Kevin und … seine alleinstehende Mutter, glaube ich?«

Der Mann schnaubte.

»*Mutter* ist wohl leicht übertrieben. Alleinstehend? Einmal im Monat vielleicht. Die geben sich da unten doch die Klinke in die Hand, ich habe den Überblick längst verloren.«

»Sie haben aber ein gutes Verhältnis? Sie haben keine Probleme mit denen?«

Wieder lachte der Mann.

»Sie meinen, ich hätte die beiden Jungs entführt, weil die Mutter immer mit der Miete im Rückstand ist? Glauben Sie das nicht, junger Mann, glauben Sie das nicht.«

Er erhob sich und spuckte in den Kies.

»War das alles? Ich habe zu tun.«

»Sicher«, sagte Munch. »Oder nein, eins noch. Haben Sie gewusst, dass da oben im Wald, einige Hundert Meter von hier, ein altes Häuschen steht?«

Der Mann schaute durch die Bäume nach oben.

»Waren sie da? In der Jagdhütte?«

»Die Jagdhütte ist Ihnen also bekannt?«

»Natürlich. Ich hab sie ja für ihn instand gesetzt.«

»Für den Jungen von unten, Kevin?«

»Ja.«

»Darf ich fragen, weshalb?«

Der Mann starrte ihn jetzt an und fuhr sich mit der Hand übers Kinn.

»Haben Sie einen Vater, Herr Detektiv?«

»Nicht mehr, aber ich hatte einen, ja, wieso fragen Sie?«

Der Mann legte die Pranke auf die Türklinke und schaute abermals hoch zum Wald.

»Ich hatte keinen. Und Kevin hat auch keinen. Irgendwer muss sich doch um ihn kümmern, finden Sie nicht?«

»Ich verstehe.« Munch nickte.

»War das alles?«

»Erst mal ja, danke.«

Munch drückte die Zigarette an seinem Stiefel aus und hatte das Haus schon ein Stück hinter sich gelassen, als das

Handy in seiner Tasche vibrierte. Diesmal zog er es hervor und sah die vielen unbeantworteten Anrufe. Er seufzte, zog eine neue Zigarette aus der Packung und steckte sie in den Mund.

»Mach es kurz, Ludvig, ich hab hier schwer zu tun.«

• 76 •

Patrick hielt das GPS hoch, während sich das Wetter um sie herum änderte. Graue Wolken glitten über die weite Landschaft. Hier draußen war der Frühling noch nicht richtig angekommen, jedenfalls nicht, was die Wärme anging. Mia zog die Jacke fester um sich, während der Schwede das Display betrachtete.

»Das müsste hier irgendwo sein.«

»Genau hier oder ungefähr hier?«

Patrick seufzte und reichte ihr das graue Ding.

»Sieh selbst nach.«

Sie lehnte ab und schaute sich um. Sie hatten zum Glück nicht weit vom Weg abzugehen brauchen. Mia war vorausschauend genug gewesen, Wanderschuhe in ihren Rucksack zu stecken, der Schwede jedoch war gekleidet wie für einen Barbesuch.

»Das ist jetzt ja nicht so schlimm, oder?«

»Was meinst du?«

Er kam durch das Heidekraut auf sie zu.

»Na ja, sie war hier irgendwo, die Füchsin, stimmt's? Und die Ortsbeschreibung, die ich von dem Australier bekommen habe, das haben wir doch jetzt alles gemacht, oder?«

Patrick hauchte seine Finger an.

»Was haben wir gemacht?«

»Es ist doch nicht so schlimm, wenn wir den Bau nicht genau finden, wenn wir doch wissen, dass er hier in der Nähe ist, oder?«

Sie wies auf den Wald, der sie in allen Richtungen umgab.

»Hier hat er sie erschossen. Und das bedeutet, dass er irgendwo in der Nähe wohnen muss.«

»Das muss es eigentlich nicht«, sagte Patrick und ging bereits zurück zum Auto. »Er kann doch von überallher gekommen sein.«

Mia wich einem Moorloch aus und folgte ihm.

»Das muss es doch«, erklärte sie. »Er wollte einen Fuchs, nicht wahr?«

»Das schon.«

»Sag das nicht so dahin, er wollte *unbedingt* einen Fuchs, und wo findet man Füchse?«

»Man kann einen kaufen.«

»Sei doch nicht so negativ. Das konnte er doch nicht riskieren, denn was, wenn der Verkäufer den Fuchs auf den Tatortbildern erkannt hätte? Es liegt doch auf der Hand, dass das nicht ging.«

»Okay«, sagte Patrick und öffnete das Auto per Fernsteuerung.

»Also muss er gewusst haben, wo diese Füchsin war, nicht wahr? Nur – Fuchsjagd? Hast du von vielen hierzulande gehört, die auf Fuchsjagd gehen? Äh, nein. Niemand. Weil man sie nicht findet. Füchse sind genial darin, sich zu verstecken. Er muss also von hier sein, oder zumindest muss er sich hier auskennen, eine Hütte in der Nähe haben, so etwas, glaubst du nicht?«

»Ich glaube, ich frier mir sonst was an den Hals, wenn wir nicht bald fahren«, murmelte der Schwede und ließ den Motor an.

»Aber du verstehst, was ich meine?«, fragte Mia und setzte sich auf ihren Sitz. »Du hast die Spuren bei der Füchsin gesehen? Eine Schlinge oder so etwas? Er muss eine Falle gelegt haben, denn es gab keine Schussverletzungen, nicht wahr? Er wollte sie sauber haben. Für das Bild. Nein, es muss hier irgendwo sein. Er muss jedenfalls genau hier gewesen sein. Zu unterschiedlichen Zeitpunkten. Um die Falle aufzustellen. Und um zu sehen, ob sie hineingegangen war. Garantiert. Er muss sich hier auskennen.«

Der Schwede wäre fast in den Straßengraben gefahren, konnte das Auto aber mit leichtem Schlingern zurück auf den Kiesweg holen, ehe sie den Rückweg antraten.

Mia ärgerte sich, weil er ihren Enthusiasmus nicht teilte, aber er war ja schon den ganzen Tag ein bisschen so, nicht ganz er selbst.

Sie legte den Kopf gegen die Nackenstütze, als die Wirkung der Tabletten langsam wieder einsetzte und sie aufs Neue schläfrig machte.

»Du hast ganz recht«, sagte er schließlich. »Entschuldige. Aber was sollen wir jetzt machen?«

»Wir müssen Leute hierherschicken«, sagte Mia, gähnte und lehnte den Kopf ans Fenster. »Oder genauer gesagt, wir müssen mit Munch reden. Uns mit allen zusammensetzen. Erzählen, was wir gesehen haben. Dann sollen sie entscheiden. Heute Abend vielleicht?«

»Was meinst du mit heute Abend?«

»Na ja, wir müssen doch alles zu Hilfe holen, was kreucht oder fleucht. Hubschrauber, vielleicht. Soldaten. Wir müssen hier oben alles durchkämmen, an alle Türen klopfen, auch wenn das nicht so viele sind.«

»Du glaubst, Munch wird Soldaten und Hubschrauber einsetzen, nur weil du herausgefunden hast, wo der Bau der Füchsin war?«

Mia lächelte, während das Morphin offenbar beschloss, ihr eine neue angenehme Runde Schlaf zu bescheren.

»Das glaube ich unbedingt. Er hält viel von mir.«

Der Schwede lachte. »Ja, das bestimmt, aber ich weiß nicht, ob er deshalb den ganzen Etat auf den Kopf hauen wird.«

»Warte ab.«

Mia spürte die Wärme im Leib und legte den Kopf wieder ans Fenster, als die Werkstatt im Außenspiegel hinter der Kurve verschwand.

Aber was zum Teufel …

»Anhalten!«

»Was?«

»Anhalten. Das ist mein Ernst. Stopp!«

Der Schwede zuckte zusammen und stieg auf die Bremse.

»Was hast du …?«

»Still!«

»Aber …«

»Nein, pst, sag nichts.«

»Was soll das eigentlich?«

»Er ist es.«

»Was?«

»Der Abschleppwagen. Das ist die Verbindung. Verdammt. Die vielen Verkehrsunfälle.«

Mia öffnete vorsichtig die Tür und stieg aus, warf einen kurzen Blick zu der weiß gestrichenen Werkstatt hinüber, dann duckte sie sich und lief den Weg entlang nach oben.

Sie erreichte die Kurve und konnte jetzt den Namen auf dem Wagen sehen.

Ulf Holand.

Ulf.

Natürlich.

Verdammt, warum begriff sie das erst jetzt?

Ulf.

W.

Wulf. Vom norwegischen Wort für den Wolf, Ulven.

Der Wolf.

Erst als sie die Tür sah, begriff sie, dass das hier vielleicht keine geniale Idee war.

Unbewaffnet.

Mit einem Kopf, der nicht funktionierte, und einem Körper, der lieber aufgeben würde.

Verdammt, so nicht, Mia.

Sie atmete schwer, blieb stehen und lauschte.

Nichts.

War er nicht hier?

Sie schlich sich um den Wagen herum und legte die Hand auf die Motorhaube.

Warm.

Er musste doch irgendwo in der Nähe sein?

Patrick steuerte den Audi jetzt langsam um die Kurve, und Mia versuchte, ihn wegzuwinken.

Mach, dass du fortkommst.

Ziviler Einsatzwagen.

Den erkennt er.

Jetzt sah sie Patrick hinter der Windschutzscheibe, mit fieberhaft fuchtelnden Armen.

Nein, nein, hau ab da.

Sie begriff erst, als er plötzlich die Hand aufs Lenkrad legte.

Die Hupe gellte in ihren Ohren.

Nein, was zum Teufel tust du da …?

Eine Warnung.

Sie konnte sich gerade noch umdrehen.

Sah für einen Moment den Spaten in dem verdreckten Fenster.

Nein.

Sie versuchte verzweifelt, wieder die Arme zu heben, aber der Gips wollte nicht, ihr Körper gehorchte ihr nicht.

Scheiße, Mia.

Und dann waren alle Geräusche verschwunden.

• 77 •

Munch hielt auf dem Behindertenparkplatz unterhalb des Polizeigebäudes in Grønland und lief den kurzen Hang zum Eingang hoch, wo Anette Goli bereits auf ihn wartete.

»Was Neues?«

Die Polizeijuristin schüttelte den Kopf und hielt die Tür für ihn auf.

»Noch nicht wieder. Wir finden sie nicht. Und den Schweden auch nicht. Um ganz ehrlich zu sein, weiß ich nicht einmal, in welchem Hotel er wohnt.«

Sie zeigten an der Rezeption ihre Dienstausweise vor und gingen weiter zum Fahrstuhl.

»Und nichts von Mia?«

Anette Goli drückte auf den Knopf und schüttelte den Kopf.

»Ihr Handy ist ausgeschaltet. Ludvig hat heute Vormittag zuletzt von ihr gehört. Da wollte sie ein Auto ausleihen.«

»Ein Auto? Eins von unseren?«

Die Fahrstuhltüren öffneten sich mit einem Pling.

»Ja, eins aus dem Keller.«

»Haben wir …? Können wir sie auf irgendeine Weise orten?«

»Nein, leider. Etwas Neues von den Jungen?«

»Noch keine Spur, aber die Kollegen haben alles im Griff. Die vor Ort machen einen brauchbaren Eindruck. Das Rote Kreuz hat eine Suchaktion organisiert, und sie haben ein Krisenteam geschickt, um den Eltern zu helfen.«

Anette Golis Handy vibrierte, aber sie drückte den Anruf weg. Munch sah für einen Moment sein Gesicht im Spiegel. Verzerrt, erschöpft, er sah aus, als ob er schon lange nicht mehr gegessen oder geschlafen hätte, was nicht so weit von der Realität entfernt war. Er bereute, nicht noch schnell eine geraucht zu haben, denn das hier konnte dauern.

»Er sitzt schon im Vernehmungsraum.«

Anette Goli zeigte mit dem Handy den Gang hinauf.

»Und er wollte mit uns reden?«

»Ja. Der Anwalt hat angerufen. Gesagt, es gebe vielleicht Informationen, die für uns von Interesse sein könnten, wenn wir ihnen unsererseits entgegenkämen.«

»Er will also, dass wir dafür die Anklage wegen der Tabletten fallen lassen?«

»So ungefähr.«

»Können wir so was machen?«

Sie überlegte kurz.

»Vielleicht. Ich muss mit dem Generalstaatsanwalt sprechen.«

»Okay, dann ruf ihn an«, brummte Munch und betrat den Vernehmungsraum.

Frank Helmer sah diesmal wacher aus, gepflegt, als habe er geglaubt, vor eine Jury treten zu müssen. Hemd, Sakko, die Haare nach hinten gekämmt. Er nickte Munch höflich zu und erhob sich halbwegs, als der hereinkam.

»Okay, was wollen Sie?«, seufzte Munch und ließ sich auf den Stuhl sinken.

»Mein Mandant«, begann der Anwalt, aber Munch winkte ab.

»Ich will es von Ihnen hören. Direkt.«

»Also«, begann Frank Helmer, schob einen Finger unter seinen Kragen und schaute zu dem Anwalt hinüber, der wieder das Wort ergriff.

»Ich habe es so verstanden, dass mein Mandant über Informationen verfügt, die Ihnen vielleicht von Nutzen sein könnten.«

»Du meine Güte«, sagte Munch. »Sie meinen also, die *könnten uns von Nutzen sein*? Dass Ihr Mandant mit großer Wahrscheinlichkeit weiß, wer vier kleine Jungen brutal ermordet hat und jetzt vermutlich zwei weitere gefangen hält? Wollen Sie das, Frank? Noch zwei Leben auf dem Gewissen haben?«

Frank Helmer schwitzte jetzt und fühlte sich sichtlich nicht wohl in seiner Haut.

»Ich …« Abermals ein verzweifelter Blick zum Anwalt.

»Wir schlagen vor«, der aalglatte Widerling räusperte sich, »dass die Ermittlungen gegen meinen Mandanten eingestellt werden und dass er eine erkleckliche Entschädigungssumme erhält, und nicht zuletzt eine öffentliche Entschuldigung für den Angriff, dem er …«

Anette Goli steckte den Kopf zur Tür herein und drückte sich das Handy auf die Brust.

»Das hier musst du hören!«

»Jetzt? Echt?«

»Unbedingt.«

Wieder draußen auf dem Gang, reichte sie ihm lächelnd ihr Handy.

»Ja, hallo? Wer ist da?«

»Hallo, Munch. Hier ist Anja. Anja Belichek. Ich weiß, wer es ist, ich weiß, wer er ist.«

Die junge Polin redete, ohne zwischendurch Atem zu holen.

»Meine Schwester hatte eine Freundin, die verschwunden ist, und ich glaubte mich zu erinnern, dass sie in Gaustad eingewiesen wurde, und am Ende habe ich sie gefunden, sie wohnte sogar da, wo wir früher gewohnt haben. Aber egal, ich habe sie nach Lørenskog und Helmer befragt und ob sie die Zeitungen gesehen hätte und ob sie sich an die beiden erinnern könnte. Und das konnte sie. Also habe ich gefragt, ob sie sich noch an einen erinnern könnte, der vielleicht mit den beiden zu tun gehabt hätte. Und sie sagte, es sei seltsam, dass ich gerade danach fragte, denn an den habe sie gerade erst gedacht.«

»Wie heißt er, Anja?«

»Ja, unglaublich, nicht wahr, deshalb hat es so lange gedauert. Denn Camilla, also die, über die ich rede, hat ein ganz mieses Namensgedächtnis. Ich glaube, das ist sogar eine Krankheit, Namens-soundso-Syndrom oder so, egal, wir mussten eine andere Freundin anrufen, die …«

»Anja!«

»Äh … ja?«

»Fantastische Arbeit. Wie heißt er?«

»Äh … Ulf Holand.«

»Du bist sicher?«

»Garantiert. Denn …«

Munch gab Anette Goli das Handy zurück, und die Stimme der tüchtigen jungen Frau erklang immer weiter, als er in den Raum zurückkehrte und sich ruhig wieder auf seinen Stuhl setzte.

»Wie gesagt«, räusperte sich der Anwalt.

Munch winkte ab und schob Helmer ein Blatt Papier und einen Stift zu.

»Ulf Holand.«

»Äh … was?«

»Wir werden uns Ihren Fall ansehen. Wenn Sie absolut alles aufschreiben, was Sie über Ihren guten Freund Ulf Holand wissen. Wo er wohnt und was er macht …«

Der Anwalt protestierte lauthals.

»Ulf Holand«, sagte Munch und klopfte mit dem Finger auf den Bogen.

»Nein, nein, wir verlangen vollständige …«

»Fresse halten«, murmelte Frank Helmer.

Und griff nach dem Kugelschreiber.

• Teil 8 •

• 78 •

Lydia Clemens hatte viel an die Sache mit dem Dachs gedacht. Sie hatte nachts wach gelegen, hatte sich überlegt, wie schrecklich es gewesen sein musste. Für das schöne Tier. In den kleinen Käfig eingesperrt zu sein. In dieser Nacht war sie so wütend gewesen, dass sie aufgestanden war, sich angezogen und das Haus schon fast verlassen hatte. Mit dem Bogen über der Schulter und dem Messer im Gürtel, aber draußen war es so dunkel gewesen, und der Wind hatte in den Baumwipfeln geheult, deshalb war sie doch nicht losgegangen. Stattdessen war sie wieder ins Bett gekrochen und hätte fast geweint. Denn was, wenn er ihn wieder gefangen hatte? Oder ein anderes Tier? Das jetzt dort oben saß, ganz allein, ohne Hilfe? Lydia hatte irgendwo gelesen, einige Tiere seien so klug wie Menschen. Vielleicht noch klüger. Und hätten Gefühle. Genau wie sie. Als sie damals so traurig gewesen war, als Brigitte, die eine Ziege, so krank gewesen war, dass sie geschlachtet werden musste. Wie sie geweint hatte, als sie Brigittes Kopf hielt, wie deren Augen zu sprechen schienen und um Hilfe baten. Dieses schlimme Gefühl hatten Tiere auch. Sie hatte gelesen, dass es Tintenfische gab, die die Lampen über ihrem Aquarium zerstört hatten, indem sie sie mit Wasser bespritzten, weil sie es so satthatten, von allen angeglotzt zu werden. Und es gab Eichhörnchen, die sich mit dem Geruch von Klapperschlangen einrieben, damit alle Angst vor ihnen hätten. Was für eine Vorstellung! So clever?

Anfangs hatte er ihr gefallen. Der Mann dort oben in der verfallenen Hütte. Sein Fernseher. Alles, was so spannend war. Und sie hatte gedacht, er sei bestimmt einsam, denn wenn sie ihn dort oben gesehen hatte, war er immer allein gewesen, wie sie, keine Freunde. Aber sie hatte ja Opa Willy, und da musste der Mann ihr mehr leidtun, hatte sie gedacht. Aber jetzt nicht mehr. Nicht nach der Sache mit dem Dachs. Der war jetzt zum Glück frei. Und bald würde sie wieder hochgehen können und ihn freilassen, falls er wieder eingefangen worden war, ja, vielleicht würde sie dann den Käfig gleich verbrennen. Ja, das würde sie tun, denn so was durfte man doch nicht machen. Lydia begriff jetzt besser, warum Opa Willy alle Menschen hasste und warum die daran schuld waren, dass die *lange Zeit* bald anbrechen würde.

Sie war eigentlich früh aufgestanden, hatte so schnell wie möglich losgewollt, aber dann war ihr eingefallen, dass das natürlich unmöglich war. Denn an diesem Tag würden sie den Graben ausheben. Unten vom Bach und ins Haus. Sie würden fließendes Wasser haben und nicht mehr zum Brunnen gehen müssen, wenn sie alle Kanister geleert hatten. Sie hatten schon oft darüber gesprochen, aber es war nie etwas daraus geworden. Denn Opa Willy hasste Plastik. Plastik sei unheilbarer Krebs für die Natur, sagte er immer, und eines Tages würde die Erde aufhören zu atmen, weil Plastik alles erstickt hätte. Aber dann war ihm eine gute Idee gekommen. Er war eines Tages unten in Vassenden gewesen und hatte einen Container gesehen, aus dem Plastikrohre lugten, und da hatte sozusagen über seinem Kopf eine Glühbirne aufgeleuchtet, wie bei Daniel Düsentrieb. Aha, hatte er gedacht, diese Plastikrohre werden ja nur weggeworfen oder verbrannt? Dann können wir sie doch zu etwas verwenden? Lydia hatte sich gefreut, als er damit angekommen war und ihr die ganze Geschichte erzählt hatte. Es war eine prickelnde Vorstellung. Einfach den Hahn aufdrehen zu können, und schon kam Wasser, wenn sie sich die Zähne putzen wollte, wie auf den Toiletten unten in der Bibliothek. So war es jedenfalls bei ihrem letzten Besuch dort gewesen, vor einigen Wintern.

Ansonsten war er nicht gerade gut gelaunt gewesen, ihr Opa Willy. Nachdem der Besuch von der Schulaufsicht bei ihnen gewesen war, der Staat, der ihnen nur Lügen und Fantasien darüber auftischen wollte, wie wunderbar alles sei und dass nichts Gefährliches passieren würde, obwohl sie natürlich wussten, dass das nicht stimmte. Diesmal war eine andere Frau dabei gewesen. Nicht die Übellaunige vom letzten Mal, die über sie gelacht hatte, wenn sie glaubte, sie sehe das nicht. Nein, sehr freundlich war diese Frau gewesen. Noch sehr jung, vielleicht fünfundzwanzig oder so. Lydia wusste das nicht so genau, aber jedenfalls war es viel schöner gewesen als sonst. Lydia hatte die Frau durch das Haus geführt, und die Frau hatte viele schöne Dinge gesagt, was sie für feine Ziegen hätten, wie schön das Fell der Schafe sei, dass sie noch nie einen so sauberen Schweinekoben gesehen habe, dass die Hühner ein prachtvolles Gefieder hätten, wie man es nicht oft zu sehen bekam. Solche schönen Dinge hatte sie gesagt, und Lydia war froh geworden, ungeheuer froh, und sie hatte es fast traurig gefunden, der Frau unten am Tor zum Abschied zuzuwinken. Sie hatte sich natürlich sorgfältig vorbereitet. Denn das hier war ungeheuer wichtig. Wenn sie ihre Sache nicht gut machte, würde der Staat kommen und sie holen. Also hatte sie noch eifriger gebüffelt als sonst. Sie hatte sogar einen ganzen Aufsatz geschrieben, *Die Mathematik der Natur,* mit etwas Hilfe von Opa Willy. Die Frau hatte keine Zeit gehabt, den zu lesen, aber Lydia hatte zumindest alle Fragen beantworten können, und noch einige dazu, und die freundliche junge Frau hatte zufrieden gewirkt und strahlend gelächelt, als sie gegangen war.

Und doch war Opa Willy sauer. Lydia fand, dass er sich jetzt wirklich ein bisschen zusammenreißen müsste. In bessere Laune kommen. War sie vielleicht nicht tüchtig gewesen? Als der Staat gekommen war? Und hatte sie sich nicht den ganzen Tag mit Hacke und Spaten abgemüht, in Heidekraut und Torf gegraben, Steine versetzt, bis ihr Schweiß nur so geströmt war? Damit Platz für die Rohre wäre?

Doch, zum Kuckuck.

Sie würde ihn sich vorknöpfen, wenn er an diesem Abend nach Hause kam, jawohl.

Aber nicht jetzt.

Lydia band sich ihr Stirnband um, steckte das Messer in die Scheide, hob den Köcher von der Wand und überzeugte sich davon, dass die Pfeilspitzen scharf waren, zupfte einige Male an der Bogensehne, um sicherzugehen, dass er richtig austariert war, dann zog sie ihre Schuhe aus Wildleder an und ging hinaus in die schöne Nachmittagssonne.

• 79 •

Fredrik hatte soeben in der Mariboes gate den Fahrstuhl verlassen, als Ludvig durch den Gang auf ihn zugelaufen kam.

»Wir haben ihn.«

»Was?«

Ludvig winkte ihn ins Besprechungszimmer, trat vor die große Landkarte und klopfte mit dem Finger darauf.

»Hier wohnt er.«

»Wie meinst du das? Wir haben ihn? Ganz echt?«

»Hast du mit niemandem geredet?«

»Nein? Ich komme gerade aus Hakadal.«

»Er heißt Ulf.«

Fredrik hatte den sonst so ruhigen Ermittler noch nie so erregt erlebt.

»Beruhig dich erst mal. Und dann von vorn. Wir haben ihn. Wirklich? Wer hat ihn gefunden?«

»Anja«, sagte Ludvig stolz.

Der grauhaarige Ermittler stürzte plötzlich aus dem Raum, kam sofort mit einem Ordner zurück und verteilte den Inhalt zwischen ihnen auf dem Tisch.

»Hier ist das, was ich bisher gefunden habe, ich hatte ja nur zehn Minuten. Munch hat eben aus Grønland angerufen, wir haben es von zwei Seiten …«

»Moment mal, Ludvig, hast du Anja gesagt?«

Der andere lächelte und rückte seine Brille zurecht.

»Ja. Irre, was? Ihr habt vielleicht gedacht, wir Büroratten könnten nichts? Säßen nur den ganzen Tag hier und legten im Computer Patiencen?«

»Nein, das habe ich nie geglaubt. Aber …«

»Ulf Holand. Hat eine Werkstatt. Zehn Kilometer nördlich von Vassenden. Und er fährt einen Abschleppwagen.«

Das Letzte wurde triumphierend verkündet.

»Was?«

»Eben!«

Langsam fügte sich für ihn das Bild zusammen.

Abschleppwagen?

Ja, verdammt.

Die Kippen.

Die musste er aus den Aschenbechern der abgeschleppten Autos geholt haben.

Ein Autounfall?

Der Imbiss *Grillen*.

Der Auffahrunfall.

Er hatte ihn auf Video gehabt.

Vor einiger Zeit.

Im Hintergrund.

Aber er hatte nicht hingeschaut.

Nicht genau genug.

»Und das ist noch nicht alles«, sagte Ludvig und schüttelte den Kopf. »Du weißt doch. Patrick. Unser schwedischer *Profiler* …«

»Ja?«

»Der ist nicht der, als der er sich ausgibt.«

»Wie meinst du das?«

»Ich habe die Nummer ausfindig gemacht, die uns angerufen hat«, sagte Ludvig eifrig. »Du weißt, aus Schweden. Er ist uns *empfohlen* worden, nicht wahr?«

»Ich verstehe nicht …«

»Nein, das ging mir verdammt noch mal genauso. Als ich diese Nummer angerufen habe, bin ich bei einem alten

Mann gelandet, der keine Ahnung hatte, wer oder wo er war. Er hat etwas darüber gefaselt, dass Ingmar Bergman in seinem Keller festsaß. Irgendwann konnte ich ihn dann beruhigen. Und dann stellte sich heraus, dass Patrick sein Psychologe ist. Er hat ihn überredet, sich als Polizei auszugeben, uns anzurufen, uns Patrick anzudienen …«

»Aber um alles … weshalb?«

Fredrik wurde das jetzt alles zu viel. Er musste sich setzen.

»Patrick Olsson ist kein Geringerer als Patrick Hellberg.«

»Wer?«

»Der Vater von Oliver Hellberg«, erklärte Ludvig. »Oliver. Das erste Opfer. In Schweden. Das muss doch eine furchtbare Qual für ihn gewesen sein, meinst du nicht? Zuerst verschwindet sein Sohn. Dann bringt seine Frau sich um. Seine ganze Welt ist von einer Sekunde auf die andere zerstört, durch dieses Schwein. Er muss gesehen haben, was hier passiert ist, und dann hat er gedacht: Verdammt, da mach ich mit, beteilige mich an der Jagd, will ihn finden, will dem Mann in die Augen schauen. Respekt, wenn du mich fragst. Wir sind ihm jedenfalls voll auf den Leim gegangen.«

Fredrik brachte noch immer kein Wort heraus.

»Bist du noch da?«, fragte Ludvig und hob die Arme. »Munch will alle Einheiten vor Ort haben. Sofort.«

»Wo?«

Ludvig trat wieder vor die Karte an der Wand.

»Hier. Gran Reifenservice. Sie sind schon unterwegs. Mach, dass du wegkommst.«

Fredrik erhob sich und lief zurück auf den Gang, hämmerte auf den Knopf, obwohl er im Grunde wusste, dass der Fahrstuhl deshalb nicht schneller kommen würde, aber er musste irgendwo sein Adrenalin abbauen.

Komm schon, komm schon, komm schon …

So, ja.

Unten in der Tiefgarage war es aus irgendeinem Grund dunkler als sonst.

War das Licht hier unten defekt?

Spielte jetzt keine Rolle.

Er lief zum Auto, zog den Schlüssel aus der Jackentasche und wollte gerade die Tür öffnen, als sich eine hohe Gestalt aus den Schatten löste.

»Hallo, du Casanova.«

Fredrik zuckte zusammen und sah plötzlich Karl Oxen, der schwankend vor ihm stand.

Oxen hielt eine Flasche in der einen Hand und schwenkte etwas in der anderen.

»Du schläfst also mit den Frauen deiner Kollegen? Reichen dir die Teenies nicht, die du sonst aufliest?«

Oxen grinste, trank einen Schluck aus der Flasche und kam näher.

Eine Pistole?

Oh, verdammt!

Fredrik hob abwehrend die Hände und trat einen Schritt zurück.

»Karl, es tut mir leid. Es tut mir wirklich leid. Ich wusste nicht, wer sie war. Es war ein purer Zufall, ich dachte …«

»Ach, halt doch die Fresse.«

Er sah Oxen jetzt deutlicher. Die dunklen Augen sprühten Funken. Der Kollege war so betrunken, dass er sich nur mit Mühe auf den Beinen halten konnte.

Oxen fuchtelte wieder mit der Pistole.

»Karl, wirklich. Ich wollte das doch nicht. Es war nur …«

Er konnte nicht mehr reagieren. Der riesige Mann, leichtfüßig wie ein Boxer, die Flasche, die durch das trübe Licht auf ihn zukam, und plötzlich sah er nur noch Blitze.

»Großer Gott, Karl …«

Blutgeschmack im Mund, seine Knie, die auf den Beton auftrafen.

»Hat sie dir gefallen? Was? Du Scheißanfänger! War es gut?«

Wieder ein Tritt, diesmal gegen den Kopf.

Sein Nacken knackte.

Und noch ein Tritt.

Und noch einer.

Ein Gefühl, als ob plötzlich die Decke eingestürzt wäre.

Ein Geruch.

Schnaps.

Der floss aus der Flasche und über ihn.

Und Oxen hob abermals den Stiefel.

• 80 •

Etwas tropfte. Und zuerst begriff sie nicht, dass es auf ihr Gesicht tropfte. Mia war nicht da. Sie war an einem anderen Ort. Goldene Tropfen eines Wasserfalls. Regen von einem Himmel mit Farben, die sie noch nie gesehen hatte. Jetzt noch ein Tropfen. Von einer Stirn, die gegen eine Mauer gelehnt war, und dann weiter nach unten. Zu einer Nase, die Schimmel und Fäule roch, zu einem Mund, der sich nicht öffnen ließ, in dem die Zähne locker saßen. Der kalte Tropfen stahl sich schließlich zwischen ihre Lippen, und nun öffnete sie die Augen.

Ein schwacher Lichtstrahl. Von einem Fenster irgendwo weiter oben. Der eingegipste Arm lag auf ihrem Oberschenkel. Der andere Arm saß fest. In etwas. Mia versuchte, den Kopf zu drehen, um zu sehen, was das war, bereute diese Bewegung jedoch sofort. Ein Blitz durchfuhr ihre Schläfe, traf den Kiefer und dann ihr Rückenmark.

Oh, ver …

Tu das nicht wieder. Halt den Kopf ganz ruhig. Heb ganz vorsichtig das eine Augenlid. Okay, das klebt fest, also das andere …

Vorsichtig.

»Bist du wach?«

Sie konnte Patrick sehen, der mit beiden Händen über dem Kopf unter dem Fenster saß, links von ihr, an ein Rohr gefesselt.

»Wo sind wir?«

»Im Vorhof der Hölle.«

Sie musste das Auge wieder schließen, hatte keine Kraft, es offen zu halten.

Seine Stimme schien über dem Lehmboden zu schweben.

»Und wir sind nicht allein. Hier sind Kinder. Zwei Kinder in dem anderen Raum. Vorhin haben sie gerufen, jetzt sind sie still. Er ist die Treppe heruntergekommen. Ich hoffe, er hat ihnen nur den Mund zugeklebt. Denn er wird uns doch wohl zuerst umbringen? Er hat ein Ritual, oder nicht?«

Wieder war sie einen Moment lang weit weg, auf diesen wunderschönen Himmel zuschwebend, der keinen Anfang und kein Ende hatte, diese Farben, die nicht an dieses Ufer der Wirklichkeit gehörten.

Ein neuer goldener Tropfen.

Diesmal erwachte sie, als er ihre Stirn traf.

Schwaches Licht fiel in ihr eines Auge, in das, das sich öffnen ließ. Seine Stimme aufs Neue entlang der kalten Mauern.

»Ich bin nicht der, für den du mich hältst, Mia. Ich habe nicht bei den Ermittlungen mitgemacht. Ich bin Olivers Vater. Und ich habe ihn schon früher gesehen. Das Schwein da oben. Bei dem Verkehrsunfall, in den wir geraten waren, als wir Urlaub in Norwegen gemacht haben. Er hat mit im Abschleppwagen gesessen, damals viel jünger, aber er ist es. Ich kann jetzt sterben, Mia, ich habe Frieden gefunden, jetzt weiß ich …«

Worüber redete er da?

Diese Worte?

Die keinen Klang hatten?

Nur Form.

In den Spalten im Lehmboden aus und ein, im Geruch der Fäule aus den Wänden, draußen auf dem Gang, die Treppen hoch, vorbei an den stampfenden Füßen, weiter zwischen den Schritten, in den Schlüssel, der ins Schloss geschoben wurde, durch die Ritzen, aus dem Fenster, in die frische Luft, hoch ins Licht, das kleine Haus tief dort unten.

Zum Glück.

Jetzt brauchte sie nie wieder Angst zu haben.

• 81 •

Die Sonne stand tief über dem riesigen Wald, als Munch bei dem weißen Lagerhaus ankam und aus dem Auto stieg. Katja lief über den Hof auf ihn zu und zeigte auf einen schwarzen Audi am anderen Ende des Hauses.

»Sie war hier.«

»Mia. Wir haben ihr Handy auf dem Boden gefunden. Und der Schwede ist bei ihr.«

»Was? Aber wie hat sie …?«

Munch zog eine Zigarette aus der Jackentasche, schob sie sich zwischen die Lippen, steckte sie jedoch nicht an.

Katja schüttelte den Kopf.

»Ich habe keine Ahnung.«

Ein Polizist des örtlichen Reviers kam aus dem Lagerhaus und begrüßte Munch.

»Es ist niemand hier, soweit ich sehen kann. Sein Schrank steht offen, und der ist zwar immer vollgestopft, aber etwas fehlt doch.«

»Und das wäre?«

»Sorry. Ein Gewehr. Die Schlüssel stecken, er muss es also eilig gehabt haben.«

»Und du bist?«

»Martinssen, Polizeidienststelle Gran. Wir sind ausgerückt, sowie die Nachricht eingelaufen war. Wir sind zu viert, zwei sind unten an der Straße, unterwegs zu den Häusern, die ein paar Kilometer tiefer liegen, um zu fragen, ob irgendwer weiß, wo er ist, wo er sich versteckt halten könnte.«

»Kennt ihr den Mann? Liegt bei euch schon etwas gegen ihn vor?«

Martinssen schüttelte den Kopf.

»Hier oben haben wir zwar kleine Verhältnisse, aber so klein nun doch wieder nicht. Wenn man seine Ruhe haben will, ist das kein Problem. Nichts im Archiv. Habt ihr etwas?«

»Konnten wir noch nicht überprüfen«, murmelte Munch und gab sich endlich Feuer.

Er schaute sich um. Mächtige Bäume dicht an dicht, seine Unruhe war gewachsen, je weiter sie gekommen waren. Hier konnte man doch niemanden finden. Hier konnte man sich monatelang verstecken.

»Beide Autos sind kalt«, sagte Katja und nickte hinüber zu dem roten und dem gelben Einsatzfahrzeug des Automobilclubs, die vor den Toren standen. »Hier war also seit einigen Stunden niemand mehr. Was bedeuten kann, dass sie sonst wo sind.«

»Irgendwelche Spuren von einem Geländewagen?«

Martinssen rief seinen Kollegen, der sich noch immer im Lager aufhielt.

»Haben wir einen Geländewagen gesehen?«

Der andere schaute aus der Tür.

»Nein, aber hier stehen Benzinkanister. Und bei dem Tisch dahinten liegt ein Satz kleinerer Räder, es ist also sehr gut möglich, dass er so einen hat.«

»Wenn die da nicht zum Verkauf sind«, sagte Katja trocken und nickte zu dem schief hängenden Schild über der Tür hinüber.

Scheiße.

Seine Unruhe wuchs und wurde fast übermächtig.

Was hatte sie hier oben gewollt?

Wie in aller Welt hatte sie ihn gefunden?

Und warum hatte sie sich nicht gemeldet?

Er schaute wieder zu dem dunklen Wald hinüber und kämpfte für einen Moment mit einem Gefühl der Ohnmacht.

Wie zum Teufel sollten sie …

»Was tun wir?«, fragte Katja, als ob sie seine Gedanken gelesen hätte. »Wenn er Mia und den Schweden in seiner Gewalt hat. Und die Jungen. Er muss sie doch irgendwo gefangen halten?«

»Alles hier ist durchsucht worden?«

»Hier gibt es nicht mehr als das, was du siehst. Zwei Gebäude. Keinen Keller. Kein weiteres Haus. Nur dieses.«

»Er ist also nicht hier?«

»Sieht nicht so aus.«

»Scheiße. Und eine andere Adresse haben wir nicht?«

»Ich frag noch mal Ludvig.«

Katja ging zu seinem Wagen und rief über das knisternde Funkgerät im Büro an. Dann kam sie zurück und schüttelte den Kopf.

»Nichts. Er ist hier gemeldet.«

»Familie? Sonst jemand?«

»Ludvig hat nichts. Nur jede Menge Ausdrucke von einem Forum im Netz. Offenbar hat er von hier aus Ersatzteile verkauft. Reifen, Felgen.«

»Aber nichts sonst, keine Bekannten?«

Munch hatte seine Zigarette vergessen, verbrannte sich fast die Finger und ließ die Kippe in den Kies fallen.

Katja schlug die Arme übereinander und musterte ihn besorgt.

»Wo zum Teufel sollen wir mit der Suche anfangen?«

»Ich weiß nicht, Katja.«

Ein dünnes Motorengeräusch erklang hinter der Biegung, und ein Junge auf einem Suzuki-Moped hielt vor ihnen an. Der Junge nahm den Helm ab und schaute sich verwirrt um.

»Meine Güte, äh … was ist denn hier los?«

»Können wir dir irgendwie helfen?«, fragte Munch und trat näher.

»Ich wollte nur … ist Ulf hier?«

»Was wolltest du nur?«, fragte Katja.

»Er hat meine Shimano Stradic.«

»Shimano …?«

»Eine Angelrolle«, erklärte Katja.

Der Junge nickte.

»Er hat sie ausgeliehen, und ich will morgen hoch zum Randsjø.«

»Kennst du ihn gut?«

»Wen, Ulf? Nein, nicht gut, aber …«

»Weißt du, wo er wohnt? Nicht hier, oder?«

»Nein, nein. Er wohnt in seiner Hütte.«

»Und die ist wo?«

»Ganz oben bei Brekkåsen.«

»Ist das weit?«

»Allerdings.«

»Bring uns hin.«

»Was?«

Der Junge schaute ihn verwundert an.

»Jetzt? Aber … Wir brauchen Räder. Wir können nicht gehen.«

»Dann *laufen* wir«, fauchte Katja und schob den schlaksigen Knaben über den Hofplatz.

• 82 •

Sie hatte schwarze Kohlestriche unter den Augen, wie Indianer sie bei der Jagd hatten, wenn die Sonne so niedrig stand wie jetzt. Damit sie die Beute besser sehen konnten. Lydia schlüpfte wie eine Waldkatze zwischen den Bäumen hindurch, über das Heidekraut, bis sie endlich in der Ferne das kleine braune Haus erkennen konnte. Sie waren keine Freunde mehr. Also musste sie vorsichtig sein. Sie konnte nicht wie ein normales nettes Mädchen im Wald zum Fenster gehen und die witzigen Zeichentrickfilme ansehen. Nein, diesmal war sie auf der Hut. Hatte alle Sinne in Bereitschaft. Ernsthaft. Sie bückte sich hinter einen Wacholderstrauch und hielt das kleine Fernglas an die Augen. Da drüben passierte etwas. Sonst verhielt er sich immer ganz ruhig, meist konnte sie ihn erst sehen, wenn sie sich dem Fenster näherte. Dann hatte er ein Bier auf dem Tisch. Aß mit einer Gabel aus einer Konservendose. Aber heute nicht. Er lief dahinten hin und her. Eine Runde über den Hof. Zu dem Geländefahrzeug, das auf dem Waldweg stand. Tür auf, hinein und dann wieder hinaus, und diesmal trug er etwas. Was war das? Ja, zum Henker. Ein Gewehr. Ein doppelläufiges Schrotgewehr. Sie schaute eilig mit dem Fernglas hin und her. Versuchte, den Käfig zu entdecken, aber der war nicht in ihrem Blickfeld. Zwei große Bäume standen im Weg. Sie bückte sich und schlich langsam über das Moor. Still wie eine Maus. Geschmeidig wie ein Eichhörnchen. Gefährlich wie eine Klapperschlange. Denn diesmal sollte er nicht entkommen. Wenn er den Dachs im Käfig hatte, würde er das bereuen. Hielt er sie denn für eine normale

Zwölfjährige? Das würde er sich dann bald anders überlegen. Sie hatte mit den Händen Forellen gefangen. Sie hatte mit dem Messer ein Reh getötet, nachdem sie viele Stunden gewartet hatte. Auf einem Ast. Bei einem Bach, den das Wild aufsuchte, wie sie wusste. Winter und nichts zu essen im Haus. Opa Willy krank in dem kleinen Bett beim Ofen. Sie hätte eins von ihren Tieren schlachten können, aber das wollte sie nicht. Die hatten doch alle einen Namen. Opa Willy hatte natürlich Nein gesagt, die müssten am Ende ja doch sterben, also dürfte sie nicht zu sehr an ihnen hängen, aber das war ihr egal gewesen. Die Tiere waren die einzigen Freunde, die sie hatte. Und im Kalender neben der Tür stand, wann sie sterben würden. Bis dahin sollten sie leben. Also hatte sie Proviant eingepackt, hatte sich die robustesten Schuhe ausgesucht, eine Pelzjacke, eine Thermoskanne mit einem heißen Getränk. Sie war auf den Baum geklettert und hatte gewartet. Wenn er den Dachs wieder eingefangen hätte, würde er schon sehen.

Mit wem er es hier zu tun hatte.

Sie duckte sich wieder, kniete jetzt auf dem feuchten Boden, der Geruch von Schwefel und Metall stieg aus den Grasbüscheln um sie herum auf. Sie hielt sich abermals das Fernglas vor die Augen und konnte jetzt den Käfig sehen. Sie atmete erleichtert auf. Er war leer. Die Tür stand offen, wie sie sie verlassen hatte. Sollte sie es tun? Den Käfig verbrennen? Sie hatte Streichhölzer und Opa Willys Feuerzeugbenzin im Rucksack. Rauchen. Das wollte er. Obwohl er wusste, dass es gefährlich war. Obwohl sie ihm in den Büchern Bilder von abgestorbenen Lungen gezeigt hatte.

Ein Laster muss man einfach haben.

Das hatte er gesagt und vor dem Kamin gehustet.

Ja, aber was ist mit mir?
Was soll ich denn machen?
Wenn die *lange Zeit* kommt?
Soll ich allein hier draußen sein?
Ganz allein?

Lydia ließ das Fernglas wieder auf ihre Brust sinken und wollte sich gerade näher an das Haus heranschleichen, als dort plötzlich etwas passierte.

Es kam jemand aus dem Keller.

Zwei, nein drei Leute.

Zwei vorweg und der Mann dahinter.

Hatte er also doch Freunde?

Nein.

Oh, verflixt.

Er ging mit dem Gewehr hinter ihnen her.

Schnell hielt sie das Fernglas wieder an die Augen, die Leute verschwanden für einen Moment, kamen dann aber auf der anderen Seite des Hauses wieder zum Vorschein und gingen langsam auf das Moor zu, geradewegs ihr entgegen.

Eine Frau. Dunkle Haare. Die Augen verbunden. Sie konnte nur schwer allein gehen und stolperte immer wieder.

Ein Mann hinter ihr. Etwas älter. Auch er mit verbundenen Augen, die Hände vor dem Bauch gefesselt.

Der Mann drehte sich um und sagte etwas, aber ihm wurde das Gewehr in den Rücken gestoßen.

Er wurde weitergetrieben.

Sie kamen noch näher und bewegten sich schwankend durch das Moor. Lydia brauchte jetzt kein Fernglas mehr, konnte sie mit bloßem Auge sehen.

Und dann waren sie wohl am Ziel.

Der Mann befahl ihnen, stehen zu bleiben.

Niederzuknien.

Er trat einen Schritt zurück und hob das Gewehr.

Und nun richtete sie sich auf.

Sie hatte den Bogen von der Schulter gestreift, der eine Pfeil lag bereits an der Sehne.

»He!«

Der Mann fuhr zusammen und schaute sich um, verwirrt, begriff nicht, woher die Stimme gekommen war.

»Hier!«

Sie ging mit festen Schritten auf die drei zu, der Torfboden war weich unter ihren Füßen.

Er sah sie jetzt, riss den Gewehrlauf fieberhaft in ihre Richtung, aber der eine Pfeil hatte den Bogen bereits verlassen.

Zweihundert Stundenkilometer, der Mann drehte sich halbwegs um sich selbst und wimmerte laut auf, als der Pfeil seine Schulter traf.

Das Gewehr ging los, es knallte gewaltig, und eine Krähenschar stob kreischend aus den Bäumen auf, als sie den zweiten Pfeil an die Sehne legte.

Auch diesmal traf sie.

Sie konnte seine Hände sehen.

Wie sie seinen Hals umklammerten.

Lydia Clemens zog den dritten Pfeil aus dem Köcher, aber den brauchte sie offenbar nicht mehr.

Der Mann sank in die Knie.

Ließ die Arme hängen.

Und lag dann leblos im Moor.

• Teil 9 •

• 83 •

Fredrik wurde von Blasmusik irgendwo in der Ferne geweckt und blieb mit geschlossenen Augen in dem großen Krankenhausbett liegen. So war es in der ganzen vergangenen Woche gewesen. Er hatte Angst gehabt, die Augen zu öffnen, Angst davor, seinen Körper zu spüren, aber es wurde langsam besser. Innere Blutungen, Milzriss, zwei gebrochene Nackenwirbel. Er war auf der Intensivstation zu sich gekommen, noch immer benommen von der Narkose, und hatte nicht begriffen, wo er war. Zugedröhnt. Unfähig, irgendetwas zu empfinden. Die Schmerzen waren später gekommen. Schlimme Schmerzen. Als ob sein Körper und seine Psyche gleichzeitig begriffen hätten. Er hatte immer wieder um Hilfe klingeln müssen. *Gebt mir mehr, das halte ich nicht aus.* Mehr aus dem Tropf, der neben seinem Bett hing, durch den Schlauch in seinen linken Arm, dann wieder Schlaf. Aufwachen. Schmerz. Klingeln. Und noch einmal dasselbe. Aber jetzt war es besser. Viel besser. Die Musik kam näher, Blechblasinstrumente, Trompeten, Klarinetten und Flöten, ruckhaft, kreischend, meistens nicht im Takt, aber das war doch der Charme der Sache, oder nicht? Mai in Norwegen. Bald würde gefeiert werden. Das Land war hundertsiebenundachtzig Jahre alt, nein, das stimmte vielleicht nicht, die Wikinger würden sich von dieser Behauptung beleidigt fühlen, würden das Krankenhaus überfallen, ihn aus dem Gips zerren, von allen Geräten losreißen, das wenige rauben, was er besaß, und ihn dann erschlagen. Seit der letzten Befreiung, so musste es heißen. Vereidigte Männer um den Tisch in Eidsvoll. Das Grundgesetz. Und deshalb hatte er viele Jahre lang im Mai die Trompete gespielt, Karl Johan hoch, vorbei am Schloss, hatte sich die Seele aus dem Leib geblasen, während die Königsfamilie vom Balkon winkte. Schulkapelle Uranienborg, mit ihren ziemlich enttäuschenden Uniformen. Warum hatten alle anderen Goldknöpfe und knallige Farben, während sie Matrosenanzüge tragen mussten? Und Matrosenmützen? Wie weiß-blaue Seeleute, die gerade an Land gegangen waren? Es war natürlich keine Trompete, sondern ein Kornett, aber seine Familie konnte den Unterschied nicht erkennen. Ein Kornett, was war das denn? Es sah aus wie eine Trompete, also musste es doch eine Trompete sein, und am Ende hatte er es dann selbst so genannt.

Seine Schwester war hier gewesen.

An einem der ersten Tage.

Hatte lange am Bett gesessen, geweint und seine Hand gestreichelt.

Er hatte noch nichts sagen können, sie hatten seinen Mund noch nicht geöffnet, aber er hatte versucht, seinen Blick sprechen zu lassen.

Das wird schon. Mir geht's gut.

Tausend Dank für deinen Besuch.

Endlich öffnete er die Augen. Das schwache Sonnenlicht fiel durch die hauchdünnen Vorhänge, und nun konnte er sehen, dass auf dem Stuhl jemand saß.

»Hallo«, sagte sie vorsichtig. »Bist du wach?«

»Ja, so halbwegs«, sagte Fredrik lächelnd und drückte auf den Knopf, der das Rückenteil seines Bettes hochfuhr.

»Ich heiße Silje Simonsen, ich bin Lehrerin an der Finstad-Schule, nett, dich kennenzulernen.«

Er lachte. »Ja, danke, ebenfalls.«

»Für den Fall, dass du mich vergessen hast, meine ich.«

Sie lächelte und stand auf, ging ans Fenster und stellte sich mit dem Rücken zur Fensterbank. Vielleicht waren das ja noch immer die Betäubungsmittel, aber ihm wurde richtig warm von ihrem Anblick.

»Wie geht es dir?«

»Danke, gut. Ich will heute Abend tanzen gehen. Kommst du mit?«

Sie lachte leise.

»Das möchte ich gern. Aber ich glaube, wir warten noch ein bisschen.«

Sie trat jetzt ganz dicht an ihn heran, und er konnte ihr mildes Parfüm riechen. Dann setzte sie sich auf seine Bettkante und streichelte behutsam seine Hand.

»Ist das okay? Oder tut es weh?«

»Nein, nein, tut nicht weh.«

»Du hast mir gefehlt«, sagte Silje Simonsen und schaute zu Boden.

»Du mir auch«, sagte Fredrik lächelnd und musste wieder die Augen schließen, sich ein wenig ausruhen, sie waren jetzt lange offen gewesen.

»Soll ich gehen?«

»Nein, nein, du sollst bleiben.«

Sie kam näher, ihr Atem auf seiner Haut.

»Okay. Dann bleibe ich«, sagte sie leise.

Und küsste ihn vorsichtig auf die Wange.

• 84 •

Lydia sah den Tisch vor sich an und überzeugte sich davon, dass sie nichts vergessen hatte. Pausenbrot, okay. Sie hatte selbst gebacken. Grobes Brot mit viel Hefe. Die Butter hatte sie selbst hergestellt. Sie bekamen ja Milch von den Ziegen, aber die taugte eigentlich nur zum Trinken, deshalb holten sie Milch in Kannen von einem Hof weiter unten im Tal, und die verwendete sie, wenn sie buttern oder Sahne abschöpfen wollte. Mit der Marmelade war sie vielleicht am zufriedensten. Um sie herum wimmelte es nur so von Himbeeren, so viele, dass sie sich fast nicht zu bewegen brauchte, um ihre Körbe zu füllen, und sie hatte eine Möglichkeit gefunden, Marmelade ohne Zucker zu kochen, die trotzdem ziemlich gut schmeckte. Und die Blaubeermarmelade natürlich, es war fast unmöglich, sich zwischen beiden zu entscheiden. Sie hatte nicht so recht gewusst, was sie als Proviantdose nehmen sollte, aber dann war es ihr eingefallen. Unten im Keller stand eine alte Spanschachtel. In Plastik gewickelt, was Opa Willy hasste, also musste sie wertvoll sein. Sie war klein und hellblau, und an die Seiten waren wunderschöne Rosen gemalt. Darunter hatte jemand einen Namen und eine Jahreszahl geschrieben. *Magdalena, 1980.* Diese Dose war einfach perfekt. Wasser in die Metallflasche, erledigt. Eine Jacke, falls das Wetter umschlug, es war ja ein weiter Weg. Erledigt. Reservesocken, das konnte nie falsch sein, erledigt. Ein Handtuch, falls sie unterwegs Lust auf ein Bad bekam, erledigt. Ja. Sie stemmte die Hände in die Seiten. Das müsste es sein. Lydia packte sorgfältig alles in den alten grünen Militärtornister und stellte ihn an die

Tür, ging leise zur Wand, um in den Spiegel zu schauen. Sie trug das Kleid. Das mit den großen Blumen. Das Selbstgenähte. Sie hatte sich auch die Haare gekämmt und hinten zu einem Knoten aufgesteckt, ließ sie nun aber über ihre Schultern fallen. Es war besser so. Okay. Schön.

Sie klopfte an die Tür und betrat vorsichtig die dunkle Kammer.

»Opa?«

Alles war dunkel.

Sie ging ans Fenster und zog die Vorhänge zur Seite.

»Opa? Bist du wach?«

Der Alte zog sich die Decke über den Kopf und drehte sich von ihr weg.

»Opa? Ich gehe jetzt. Willst du nicht Auf Wiedersehen sagen?«

Tiefe Stille, aber sie konnte sehen, dass er atmete.

»Ach, komm schon, Opa. Es ist doch nicht der Untergang der Welt. Ich bleibe ja nicht für immer weg. Heute Nachmittag bin ich wieder da. Soll ich dir etwas mitbringen?«

Er schüttelte den Kopf.

»Ich bin jetzt zwölf, ich entscheide selbst. Okay, ich muss los. Bleib nicht zu lange liegen, du weißt doch, dass du dann Rückenschmerzen kriegst, also steh auf, es ist eine Menge zu tun.«

Sie ging zur Tür, und da blieb sie stehen und horchte, ob er vielleicht doch kommen würde, aber es waren keine schlurfenden Schritte auf dem Boden zu hören.

Ja, ja.

Das würde vorübergehen.

Draußen war wunderbares Wetter. Als ob jemand da oben über den Bäumen mit ihr zusammen feiern wollte.

Sie lächelte die Sonne an.

Ich gehe in die Schule.

Toll, was?

Lydia Clemens setzte glücklich den Tornister auf und warf einen letzten Blick auf das kleine Haus, dann lief sie zum Tor hinab.

• 85 •

Mia saß in der Küche am Fenster zur Straße, mit einer Tasse Tee in den Händen, und schaute zur italienischen Botschaft hinüber. Irgendwer arbeitete dort im Garten. Sie sah behandschuhte Hände an den Fliederbüschen, unter den schönen Bäumen, und sie dachte: Vielleicht muss ich das auch bald machen. Im Garten arbeiten. Hatte sie einen Garten? Sie hatte vergessen zu fragen. Ihr Telefon vibrierte, und sie wollte schon auf den roten Knopf drücken. Sie hatte absolut keine Lust, mit irgendwem zu reden, überlegte sich die Sache aber anders, als sie sah, wer da anrief.

»Hallo, Holger.«

»Hallo, Mia. Wie geht's?«

»Gut, und dir?«

»Ja, gut, ich bin zu Hause. Haben sie dich gestern entlassen?«

»Vorgestern. Sieht offenbar alles gut aus. Ich höre noch immer so ein Klingeln im einen Ohr, aber das wird sich legen, und bis dahin brauche ich nicht zu telefonieren.«

Munch lachte.

»Gut, Mia, gut. Hast du mit Anette gesprochen?«

»Nein?«

»Ich dachte, wir könnten uns in ein paar Tagen alle treffen. Zu einer Abschlussbesprechung. Ist das in Ordnung für dich?«

»Ja, das ist schön.«

Munch schwieg einen Moment.

»Ich muss das einfach fragen. Anette hat gesagt, dass du den Vertrag noch nicht unterschrieben hast. Eine Formalität, nehme ich an? Du willst doch wohl bei uns bleiben?«

Mia lächelte über ihrem Tassenrand.

»Ja, das möchte ich. Wenn du mich denn noch haben willst, meine ich?«

Er klang erleichtert.

»Natürlich, Mia. Natürlich. Wir haben viele gute Jahre vor uns. Hast du die Blumen bekommen?«

Mia ließ den Blick langsam zu den Lilien auf dem Küchentisch wandern.

»Ja, von wem waren die noch?«

»Von der Familie von Ronny Eng. Sie sind total außer sich und wollen dich treffen, sich persönlich bei dir bedanken. Ich habe gesagt, das geht jetzt nicht, war das richtig?«

Mia nickte.

»Ich bin noch zu müde.«

»Großer Gott, das ist ja auch kein Wunder. Ich lass dich jetzt in Ruhe. Wollte nur wissen, wie es dir geht.«

Sie konnte Geräusche im Hintergrund hören, er war draußen, jemand rief ihn.

»Dann sehen wir uns bald?«

»Übrigens …«

»Ja?«

»Du hast vergessen, mir zu erzählen, wie es gelaufen ist.«

»Was denn?«

»Da oben in Manglerud. Als du den Briefkasten bewacht hast.«

Eine muntere Stimme irgendwo im Hintergrund.

Papa, kommst du? Der Grill ist heiß.

»Das muss noch warten. Das Leben ruft.«

»Okay, danke, dass du angerufen hast.«

Sie legte das Handy wieder hin. Die da draußen waren offenbar fertig, hoben ihre Geräte aus dem grünen Gras und wanderten zu dem prachtvollen Gebäude hoch. Sie wollte gerade Wasser für mehr Tee aufsetzen, als sie da unten plötzlich eine Gestalt erblickte.

Lange blonde Haare unter einer Mütze.

Dünne Arme um einen dünnen Leib.

Oh, Herrgott.

Sigrid.

Mia sprang von der Bank und lief barfuß die Treppe hinunter.

»Sigrid!«

Sigrid war fast nicht wiederzuerkennen. Sie hatte ein bleiches Gesicht, sie zitterte und konnte kaum etwas herausbringen.

»Hallo, Mia. Hier wohnst du also?«

»Ja, komm. Du kannst doch nicht hier draußen stehen.«

Sie legte den Arm um die schmalen Schultern und half ihrer Schwester in den Garten. Sie musste ihr auch auf der Treppe helfen. Sigrid wäre fast zu Boden gesunken, nur mit Mühe konnte sie ihre verschmutzten Schuhe abstreifen.

Ins Schlafzimmer, auf das Bett.

Mia half ihr vorsichtig beim Ausziehen.

»Wo warst du denn bloß, Sigrid? Du hast mir so gefehlt.«

Jetzt kamen sie, die Tränen, liefen ihr über die Wangen.

»Ich bin so müde. Ich kann nicht sprechen.«

»Sei einfach still, Liebes. Wir können später über alles reden.«

Sie half ihr, sich hinzulegen. Deckte sie vorsichtig zu. Ging zum Fenster und schloss die Vorhänge.

»Mia?«

Sigrid streckte die Hand nach ihr aus.

»Ja, Liebes? Sag jetzt nichts mehr. Ich bin hier. Ich passe auf dich auf.«

»Ich fühle mich so schmutzig, Mia. Von innen.«

Mia setzte sich auf die Bettkante und streichelte vorsichtig die blonden Haare ihrer Zwillingsschwester.

»Das bist du nicht, Sigrid. Du bist das Wunderbarste, das ich kenne. Niemand ist so rein wie du. Du bist weiß wie Schnee.«

Ein kleines Lächeln auf den schönen, bleichen Lippen.

Ehe die Augen langsam zuglitten.

Und dann war sie eingeschlafen.

Autor

Hinter dem Pseudonym Samuel Bjørk steht der norwegische Autor, Dramatiker und Singer-Songwriter Frode Sander Øien. Er veröffentlichte zwei hochgelobte Romane sowie sechs Musikalben, bevor er seinen ersten Thriller »Engelskalt« schrieb, den Auftakt zu seiner international erfolgreichen Bestsellerreihe um den Kommissar Holger Munch und seine Kollegin Mia Krüger.

Samuel Bjørk im Goldmann Verlag:

Engelskalt. Ein Fall für Kommissar Munch 1. Thriller
Federgrab. Ein Fall für Kommissar Munch 2. Thriller
Bitterherz. Ein Fall für Kommissar Munch 3. Thriller
Dunkelschnee. Der erste Fall für Holger Munch und Mia Krüger. Thriller

(Alle auch als E-Book erhältlich)

GOLDMANN

Unsere Leseempfehlung

544 Seiten
Auch als E-Book
erhältlich

Der New Yorker Strafverteidiger Eddie Flynn soll Amerikas prominentesten Mordverdächtigen vor Gericht vertreten: Robert »Bobby« Solomon – jung, attraktiv und der Liebling von ganz Hollywood. Eddies Klienten zählen normalerweise nicht zu den Reichen und Schönen. Aber wenn er von der Unschuld eines Angeklagten überzeugt ist, tut Eddie alles, um ihn freizubekommen. Und er glaubt Bobby, dass dieser seine Frau und deren Liebhaber nicht ermordet hat, obwohl alle Beweise gegen ihn sprechen. Der Fall scheint aussichtslos, bis Eddie erkennt: Der wahre Killer sitzt in der Jury ...

goldmann-verlag.de

GOLDMANN

Unsere Leseempfehlung

592 Seiten
Auch als
Hörbuch und
E-Book erhältlich

Mitten in den brisanten Ermittlungen um einen Verräter in den eigenen Reihen werden BKA-Profiler Maarten S. Sneijder und sein Team nach Norwegen geschickt, um den Mord an der deutschen Botschafterin aufzuklären. Doch das Motiv bleibt rätselhaft, und die norwegische Polizei verweigert die Zusammenarbeit. Sneijder muss kreativ werden – und macht damit einen besonders mächtigen Gegner auf sich aufmerksam. Als dann noch ein erstes Mitglied von Sneijders Team einem kaltblütigen Killer zum Opfer fällt, steht Sneijder vor seiner bisher größten Herausforderung …

goldmann-verlag.de

GOLDMANN

Unsere Leseempfehlung

416 Seiten
Auch als E-Book erhältlich

512 Seiten
Auch als E-Book erhältlich

512 Seiten
Auch als E-Book erhältlich

Anwältin Evelyn Meyers aus Wien und Kommissar Pulaski aus Leipzig – ein eher ungewöhnliches Team, das doch der Zufall immer wieder zusammenführt. Gemeinsam ermitteln sie in drei ungewöhnlichen Fällen und folgen den Spuren perfider Serienmörder quer durch Europa …

goldmann-verlag.de

GOLDMANN